宋代徽州诗坛研究

A Study on the Poetry Circle of Huizhou in the Song Dynasty

王昕／著

上海古籍出版社

2019年度国家社会科学基金后期资助项目

（项目编号：19FZWB071）

国家社科基金后期资助项目
出版说明

　　后期资助项目是国家社科基金设立的一类重要项目,旨在鼓励广大社科研究者潜心治学,支持基础研究多出优秀成果。它是经过严格评审,从接近完成的科研成果中遴选立项的。为扩大后期资助项目的影响,更好地推动学术发展,促进成果转化,全国哲学社会科学工作办公室按照"统一设计、统一标识、统一版式、形成系列"的总体要求,组织出版国家社科基金后期资助项目成果。

全国哲学社会科学工作办公室

序

  王昕博士国家社科基金后期资助项目成果《宋代徽州诗坛研究》即将出版，嘱我作序，作为她曾经的学业导师，看到自己的学生将有专著问世，便欣然接受。

  王昕博士本科毕业于河北师范学院中文系，后在四校合并的河北师范大学文学院文艺学硕士班获硕士学位。转攻古代文学后，需要跨越的第一道门坎就是学术思维与学业路数的转型，怎样从感悟式的评论写作转型到古代文学实证阐释型研究，是未来从事古代文学研究必备的能力、眼光与素养。为了实现这种转型，我将自己研究汉代边塞诗时发现的《上之回》诗作阐释存在的问题提供给她，训练其文史考据与理论阐释的能力。经过自身刻苦努力加上众多师友的交流与提点，其文章最终在《文学遗产》权威刊物上发表，这一训练不仅实现了学术思维与研究路数的转型，也使其在学业道路上增长了自信。

  王昕是我学生中对学业最为刻苦、最有毅力和韧劲、最为执著投入的一位。读博三年她不仅听完了我给研究生开设的"唐宋文献学""宋诗研究"及"聊天"课，还旁听了我给本科生讲授的"宋代文学""古代文学精品鉴赏"，聆听了王长华教授的"中国文化研究"、曾智安教授的"唐诗研究"及"乐府学研究"等相关课程，并为我的"宋代文学""古代文学精品鉴赏"课程作了全程录像。课后的交流中，还时时纠正我论述问题的逻辑偏差，师徒之间，教学相长，是我所带学生中交流切磋最多，也最为融洽的一位。

  博士论文选题时，我们期待能选择一个角度新颖的关系型研究题目，诸如"吕本中与南渡诗坛""杨万里与南宋诗坛"，还有"刘辰翁诗歌评点研究""宋人注宋诗研究"等等，但这想法或已被学人占尽先机，或因为所剩研究空间无多，最终又都放弃了。当时我正做《中华大典·目录典》的宋代集部目录整理工作，发现南宋时期新安一带密集涌现浮溪（汪藻）、韦斋（朱松）、洺水（程珌）、柳塘（汪莘）、秋崖（方岳）等多位有影响的诗人，师徒商定以此为核心研究新安诗坛，而南宋新安已更名徽州，于是便以"南宋徽州诗坛研究"

为题撰写博士论文。

徽州诗歌起步较晚,宋室南渡前后,徽州诗坛才呈崛起之势,其后不断发展,蓬勃壮大并走向繁荣。徽州诗坛的兴盛,是宋代社会文化发展与徽州特殊的地理环境共同作用的结果。在宋代社会和地域文化背景下,考察宋代徽州诗坛的发展状貌及地域特征,探讨宋代徽州诗歌创作及发展的文化动因,有助于宋诗和徽学研究的深入,也可为地域文学研究提供可资参考的范本,具有较高的学术价值。

题目确定后,为竭泽而渔地占有相关资料,她废寝忘食,每天坚持在省图阅览室读书写作十多个小时,以超乎寻常的毅力与能力全面搜集占有与徽州诗坛相关文献,从《全宋诗》到宋人别集、选本,到诗话词话、野史笔记、目录方志等,哪怕只存一诗或残句的徽籍六县诗人也不肯遗漏,辑补《全宋诗》漏收诗作300多首,这其中剔除汤华泉、常德荣等先生《全宋诗》辑补之作后,还有120多首辑佚作品。在全面占有资料基础上,由文献学上升到文化学,其博士论文从纵横两个维度展开研究,纵向梳理南宋徽州诗坛发展演进的历程,以重要作家为点,以点成线,构建南宋徽州诗坛发展史;又从自然地理、人文景观、科举文化、书院教育、理学思潮、家族影响等多角度对徽州诗坛及诗歌创作的影响作出较为充分合理的解说与阐释,最难能可贵的是,这种阐释与解说,不仅把握了影响制约徽州诗坛与诗歌创作的外围文学生态的核心要素,更在于理清了各种要素影响制约诗歌创作的途径、渠道与环节,淡化了标签式罗列,把文学生态对诗歌的影响落在实处,具有较强的学术说服力。论文得到外审和答辩专家的充分肯定,并荣获河北师范大学第三届最佳博士学位论文。

博士毕业后,王昕并没有停歇学术的脚步。她就职于石家庄学院,从当初在学报做编辑到后来转到文史学院做教师,一直在不懈地提高自己,并已成长为古代文学学科带头人。她申报并获批了国家社科基金后期资助项目,在博士论文基础上,经过两年多的努力,终于将40万字的《宋代徽州诗坛研究》呈现在大家面前。

这部著作,沿袭博士论文的基本框架,把研究范围扩大到整个宋代徽州诗坛。全书前有绪论,后有结论。主体为上编五章、下编六章。上编五章为徽州诗坛的纵向研究。在详尽统计和分析宋代162位徽籍诗人的地域分布、时段分布、存诗状况基础上,将宋代徽州诗坛分为北宋徽州诗坛、南渡前后徽州诗坛、南宋中期徽州诗坛、南宋后期徽州诗坛四个时期,对各时期重点作家及其创作成就与特点作了细致梳理与探讨,清晰地勾画出宋代徽州诗坛的动态演进历程,为我们呈现一个完整的宋代徽州诗歌史、诗学史和诗坛状况。下编六章把宋代徽州诗坛置于徽州文化生态系统中,分别阐述地理环境、教育、科举、理学思潮、宗族文化对徽州诗坛的影响。作者翻阅上述各领域大量文献与著作,在准确把握徽州地域文化生态的前提下,将文学生态影响诗坛创作的机制、路径与方式等条分缕析,深入细致地揭示出徽州诗坛如此而不如彼的时代特征、地域特色和诗学品位。审视全书,其学术创新有如下六点:

一、全书是对徽州诗坛全面系统的全方位综合研究。21世纪以来,以安徽大学徽学研究中心为基地,徽学研究成为学界有重大影响的地域文化学术研究增长领域,徽州地域文献、学术发展、徽商群体以及徽商与学术、与文学特别是徽商与戏曲都得到全方位深入研究,但相对而言,徽州诗歌研究停留在个案和局部研究上,系统地、全方位地徽州诗坛研究还显得薄弱,本书全面系统的综合研究一定意义上填补了徽州诗坛和徽州诗歌研究的空白,丰富了人们对不同角度与环节的认知与理解。

二、全书最大限度地挖掘了徽籍诗人和入徽诗人及其诗创作资源,具有较高的文献价值。作者制作了大量统计表格,以客观数据展现徽州诗人群体、创作数量、时段分布、地域分布、家族传承等各个层面基本状况,用丰富的数据与量化分析来展现宋代徽州诗歌的状貌与轨迹,是对徽州诗坛、诗歌、诗学资源的一次全方位系统清理与呈现。尽管这些表格存在重复和标准不一等缺憾,但为未来进一步深入研究徽学文化奠定了文献基础。附录"徽州文献所见宋佚诗补辑"和"汪莘年谱简编"也具有重要文献价值。系统全面的文献清理,不仅为宋代徽州诗坛研究提供了较为全面的文献资料,对于徽学研究的深入拓展也有着直接的借鉴和启示意义。

三、全书深入细致地描述了宋代徽州诗坛发展演变的轨迹。其北宋时期(960—1120)为酝酿期、南渡前后(1121—1162)为崛起期、南宋中期(1162—1224)为壮大期、南宋后期(1125—1285)为繁荣期的分期断代,符合徽州地域诗坛的历史实际,展现了地域诗坛与整个宋代诗坛的差异与特性。其中以点带线对重点诗人如朱松、王炎、汪莘、方岳等诗歌创作的鉴赏性解析与特征概括,对朱弁、胡仔、方回等人诗学思想的探讨都体现深厚的艺术学养与鉴赏眼光。

四、全书的重要亮点是下编的文化阐释。作者把宋代徽州诗坛置于徽州文化生态中进行全方位文化阐释,系统周密,精彩纷呈。书中选取自然地理、教育、科举、理学思潮、宗族文化等最具影响力的五个要素为视角,从各文化要素的来龙去脉到影响诗坛的路径渠道,再到影响的结果,全方位揭示制约和影响徽州诗坛、诗歌、诗学的逻辑理路与历史状貌,较好地把握了宋代徽州诗与徽州地域文化间的互动关系。如书中从山水美景、植被物产、生活方式、风俗习尚等方面展现徽州自然地理环境对诗歌创作题材的制约与影响;结合朱松携父母入闽任职后父亲去世而未能归葬故乡的经历,梳理其诗歌的思乡主题和情感发展脉络,分析徽州诗人出仕与归乡的矛盾心态等等,都丝丝入扣,分析到位。

五、全书实现了文艺美学与文本细读的有机融合。作者论证徽州诗坛的轨迹与状貌,有意识地增加作家的个案研究,对代表性诗作进行细致的文本解析,既有文艺美学的理论视野,又有精彩的文本细读的鉴赏学实践。如书中由《瀛奎律髓》中方回关于诗人修养的论述,分析方回由宋入元后的特殊心态,大体可见宋亡之际降元士人的复杂心理、人生选择和诗学取向;又如对徽州诗坛的细部把握,从诗歌分类、题材、体裁、意境、技巧、语言等各个方面,解读阐释诗歌作品,其对徽州山水、物产、生活方式在诗歌中的具体展现,既突显了徽州的地方文化特色,也丰富了宋代诗坛的格局,为全宋诗的研究提供了有力的参照,对推进宋诗的研究也具有重要意义。这些鉴赏与分析,证明宋代徽州诗坛不仅诗人及创作数量可观,而且以其独特的创作成就与特色参与宋诗的创新发展和徽州文化的建构,其所揭示出的徽州诗歌的地域特征,不仅丰富了宋代诗人与诗歌研究成果,也有助于全面评价宋诗的演进历程和时代特征,从而纠正学界对宋代徽州文学认识的偏见。

六、全书立足文学,广泛引证史学、地理学、文化学、文艺美学等不同学科的文献资料与理论思考,实现了多学科交叉融合,使全书获得了广阔的研究视野。全书以徽州诗人群体和诗歌创作为重心,纵向梳理描述其发展演进的史程轨迹,横向阐释其创作成就及地域特色的形成原因,将文学现象放在地域文化、传统文化、时代文化等多维视野中进行多学科交叉阐释与解析,构成一个环环相扣、层层展开的网状阐释结构,为地域文学研究提供了很好的范例。

总之,这部著作"构思精密、规模宏大、材料充实、文献功底扎实、论证有力、结论可信,是一部具有重要学术价值的专著"(外审专家意见),标志着王昕博士经历千辛万苦的修炼已达到了学术研究的高精尖水准,具备了一名学者应有的学术情怀、学术视野和研究能力,成为其学术成长的重要里程碑。作为当年的学业导师,青出于蓝,我甚感欣慰和自豪!

当然,任何事情都无法做到完美无瑕,从更高的学术要求看,书中还存在诸多缺憾。作为学术同仁的通例,作者深爱自己的研究对象,对一些作家及作品的评价难免有拔高之嫌;全方位多角度研究的优势往往也容易使深入的专题研究沦为通论性描述;纵横交错、学科交叉的多维阐释也容易造成重复与繁复；怎样摆脱就徽州说徽州，站在更高的中国文化背景和宋代乃至中国诗歌史大背景下考证考察、概括提炼宋代徽州诗坛与创作的地域特色与艺术美质等都是这部著作的美中不足，也都是未来思考与提升的重要方向。但瑕不掩瑜，本书仍不失为宋代徽州文学研究的一部力作。期待王昕博士在未来的学术耕耘中，在徽州文学、畿辅文学与文化研究等领域有更多更好的成果面世！

阎福玲

2024 年 2 月 18 日

目　　录

序 …………………………………………………………………… 1

绪论 ………………………………………………………………… 1
 一、研究对象与概念界定 ………………………………………… 1
 二、研究意义 ……………………………………………………… 3
 三、国内外研究现状 ……………………………………………… 7
 四、研究思路与方法 …………………………………………… 17

上编　宋代徽州诗坛的发展演变

第一章　宋代徽州诗坛创作统计与发展分期 ………………… 23
 第一节　宋代徽籍诗人创作统计 ……………………………… 23
  一、宋代徽籍诗人存诗统计 ………………………………… 24
  二、宋代徽籍诗人存诗层级分布 …………………………… 32
  三、诗作佚失徽籍诗人考辑 ………………………………… 33
 第二节　宋代徽籍诗人创作历时分析 ………………………… 35
  一、唐宋及两宋徽籍诗人存诗数量比较 …………………… 35
  二、宋代徽籍诗人创作时段分布 …………………………… 37
  三、宋代徽州诗坛发展分期 ………………………………… 38
 第三节　宋代入徽诗人统计 …………………………………… 39
  一、仕徽诗人及创作统计 …………………………………… 39
  二、游徽诗人及创作统计 …………………………………… 45
  三、入徽讲学诗人举例 ……………………………………… 47

第二章　北宋徽州诗坛的酝酿 ………………………………… 48
 第一节　宋前徽州诗歌发展概述 ……………………………… 48

一、东晋、齐梁时期徽州诗歌 …………………………………… 48
二、唐、五代时期徽州诗歌 ……………………………………… 49
第二节 北宋徽籍诗人及创作考述 ………………………………… 52
一、北宋前期主要诗人及创作 …………………………………… 53
二、北宋中期主要诗人及创作 …………………………………… 59
三、北宋后期主要诗人及创作 …………………………………… 62
第三节 北宋入徽诗人的文学活动 ………………………………… 66
一、仕徽诗人的文学活动 ………………………………………… 66
二、苏辙的绩溪创作及影响 ……………………………………… 69
三、游徽诗人的诗歌创作 ………………………………………… 74

第三章 南渡前后徽州诗坛的崛起 …………………………………… 77
第一节 南渡诗人流动与徽州诗坛的崛起 ………………………… 77
一、宋室南渡与文化南移 ………………………………………… 77
二、南渡前后徽州诗人分布及创作 ……………………………… 78
三、汪藻与徽州的不解之缘 ……………………………………… 81
四、范成大徽州之任诗歌创作 …………………………………… 83
第二节 朱弁和胡仔的诗话旨趣 …………………………………… 86
一、创作心态：义士的追忆与隐士的苦衷 ……………………… 87
二、宗杜旨向："浑然天成"与集成新变 ………………………… 89
三、崇苏所在："人莫能及"与所养过人 ………………………… 91
四、褒黄发明："更高一着"与"别成一家" …………………… 94
第三节 文儒朱松的诗歌世界 ……………………………………… 98
一、坎坷一生与心路历程 ………………………………………… 98
二、情感寄托与生命追寻 ………………………………………… 102
三、才情学养与诗歌风格 ………………………………………… 109
四、朱松对徽州诗坛的意义 ……………………………………… 113

第四章 南宋中期徽州诗坛的壮大 …………………………………… 115
第一节 学术追求与徽州诗坛的发展 ……………………………… 115
一、理学浮沉与文学中兴 ………………………………………… 115
二、朱熹对徽州诗坛的影响 ……………………………………… 116
三、南宋中期徽州主要诗人及创作 ……………………………… 119

第二节　王炎与程珌的诗学思想 …………………………………… 121
　　　　一、双溪硕儒的理学诗论 ……………………………………… 122
　　　　二、端明学士的政教诗论 ……………………………………… 127
　　第三节　居士汪莘的狂士之思 ……………………………………… 133
　　　　一、汪莘交游考述 ……………………………………………… 133
　　　　二、隐士的狂士情怀 …………………………………………… 139
　　　　三、奇而不俗的艺术个性 ……………………………………… 144
　　　　四、汪莘的典型意义 …………………………………………… 149

第五章　南宋后期徽州诗坛的繁荣 ……………………………………… 151
　　第一节　诗艺探讨与徽州诗坛的繁荣 ……………………………… 151
　　　　一、国势衰亡中的文化发展 …………………………………… 151
　　　　二、南宋后期徽州诗坛的凝聚与重组 ………………………… 153
　　　　三、南宋后期徽州主要诗人及创作 …………………………… 159
　　第二节　斗士方岳的诗歌追求 ……………………………………… 163
　　　　一、"里中学子"的气格养成 ………………………………… 164
　　　　二、"秋崖老子"的诗歌寄寓 ………………………………… 165
　　　　三、"异类诗人"的诗艺特征 ………………………………… 171
　　　　四、方岳对徽州诗坛的意义 …………………………………… 177
　　第三节　方回道德反思的诗学诉求 ………………………………… 178
　　　　一、道德辩解与诗学实践 ……………………………………… 178
　　　　二、尊杜：爱国情怀的表白 …………………………………… 180
　　　　三、格高：高尚人品的证明 …………………………………… 182
　　　　四、熟淡：平和心境的追求 …………………………………… 184

下编　徽州文化与宋代徽州诗坛

第一章　宋代徽籍诗人空间分布和文化背景 …………………………… 189
　　第一节　宋代徽籍诗人创作空间分布 ……………………………… 189
　　　　一、宋代徽籍诗人创作六县分布 ……………………………… 189
　　　　二、宋代徽籍诗人创作家族分布 ……………………………… 191
　　第二节　宋代徽籍诗人教育科宦情况 ……………………………… 192
　　　　一、主要诗人教育经历 ………………………………………… 192
　　　　二、徽籍诗人科举情况 ………………………………………… 194

三、徽籍诗人仕隐选择 …………………………………………… 195
　第三节　宋代徽籍诗人学术著述情况 ………………………………… 197
　　一、宋代徽籍诗人著述统计 ……………………………………… 197
　　二、《四库全书》宋代徽人著述统计 …………………………… 202
　　三、学术史收录宋代徽籍诗人统计 ……………………………… 203
　　四、宋代徽州六县学者诗人统计 ………………………………… 205

第二章　地理环境与宋代徽州诗坛 ………………………………………… 207
　第一节　地理环境与徽人秉性 ………………………………………… 207
　　一、徽州自然环境 ………………………………………………… 207
　　二、徽州文化发展 ………………………………………………… 211
　　三、徽人秉性气质 ………………………………………………… 215
　第二节　诗意徽州与徽州诗化 ………………………………………… 218
　　一、徽州山水的颂赞 ……………………………………………… 219
　　二、徽州物产的吟咏 ……………………………………………… 223
　　三、徽州生活的展现 ……………………………………………… 228
　第三节　奇新之趣与艺术呈现 ………………………………………… 234
　　一、奇新之趣的生成 ……………………………………………… 235
　　二、新颖的物象 …………………………………………………… 236
　　三、奇特的想象 …………………………………………………… 239
　　四、鲜活的语言 …………………………………………………… 245

第三章　教育兴盛与宋代徽州诗坛 ………………………………………… 250
　第一节　官学发展与文化环境 ………………………………………… 250
　　一、徽州州学的变迁 ……………………………………………… 250
　　二、徽州县学的兴起 ……………………………………………… 251
　　三、地方官员对官学的影响 ……………………………………… 254
　第二节　私学兴盛与学业渊源 ………………………………………… 255
　　一、宋代徽州书院 ………………………………………………… 255
　　二、宋代徽州塾学 ………………………………………………… 259
　　三、其他教育形式 ………………………………………………… 261
　　四、私学教育的意义 ……………………………………………… 263

第三节　气格崇尚与审美理想 …………………………………… 264
　　一、精神之气的张扬 ……………………………………………… 264
　　二、人格力量的凸显 ……………………………………………… 267
　　三、健朗风格的追求 ……………………………………………… 270

第四章　科举辉煌与宋代徽州诗坛 …………………………………… 279
　第一节　宋代徽州科举的辉煌成就 …………………………………… 279
　　一、宋代徽州登科人数统计 ……………………………………… 279
　　二、宋代徽州进士六县分布 ……………………………………… 281
　第二节　科举选士对徽州诗坛的影响 ………………………………… 283
　　一、登科士人与登科诗人 ………………………………………… 283
　　二、"举子事业"与"君子事业" ………………………………… 286
　　三、科举"时文"与士子"外学" ……………………………… 288
　第三节　精英意识与家国情怀 ………………………………………… 289
　　一、国运忧虑与民生关怀 ………………………………………… 289
　　二、游子之情与家园向往 ………………………………………… 297
　　三、仕隐矛盾与人生困境 ………………………………………… 305

第五章　理学兴起与宋代徽州诗坛 …………………………………… 314
　第一节　新安理学的崛起 ……………………………………………… 314
　　一、新安理学的孕育 ……………………………………………… 314
　　二、新安理学的诞生 ……………………………………………… 315
　　三、新安理学的成长 ……………………………………………… 317
　　四、宋代新安理学发展特点 ……………………………………… 318
　第二节　新安理学诗人群体 …………………………………………… 320
　　一、新安理学诗人统计 …………………………………………… 320
　　二、新安理学诗人基本情况 ……………………………………… 321
　　三、新安理学诗人类型 …………………………………………… 323
　第三节　性理人格的诗化呈现 ………………………………………… 324
　　一、义理体悟与情理表达 ………………………………………… 325
　　二、心性涵养与性情吟咏 ………………………………………… 331
　　三、人格追求与志怀抒发 ………………………………………… 336

第六章 宗族发展与宋代徽州诗坛 …… 344
第一节 宋代徽州宗族与文学家族 …… 344
一、宋代徽州宗族的发展 …… 344
二、宋代徽州文学家族 …… 346
第二节 宗族对徽州诗坛的影响 …… 351
一、家族教育与诗人素质 …… 351
二、宗亲伦理与抒情主题 …… 354
三、家集整理与诗文留存 …… 361
第三节 南宋商山吴氏家族诗歌创作 …… 363
一、商山吴氏家族世系 …… 364
二、吴氏家风与家学 …… 365
三、吴氏家族文学创作 …… 367
四、从《竹洲集》到《兰皋集》 …… 369

结论 …… 375
一、宋诗视域中的徽州诗坛 …… 375
二、地域文化视域中的徽州诗歌 …… 379
三、徽州诗人创作启示意义 …… 382

参考文献 …… 384

附录一：徽州文献所见宋佚诗补辑 …… 395
附录二：汪莘年谱简编 …… 413

后记 …… 428

绪　　论

一、研究对象与概念界定

本书以宋代徽州诗坛为研究对象，考察宋代徽州本籍诗人的诗歌创作和诗学思想，兼及非徽州本籍诗人在徽州的文学活动和影响，梳理徽州诗坛在宋代的发展演变历程，探讨宋代徽州文化与徽州诗坛发展的互动关系。为明确研究对象及内容，有必要对相关概念进行界定和说明。

（一）新安、歙州、徽州

徽州古地，在《禹贡》扬州之域，春秋属吴，吴亡属越，战国属楚。秦始皇二十六年（公元前221）立会稽郡，始置黟、歙二县属之，楚汉之际属鄣郡[①]。汉元狩二年（公元前121），鄣郡改为丹阳郡。建安十三年（208），孙权取黟、歙，析歙县为歙、始新、新定、黎阳、休阳五县，改黟为黝，六县属新都郡。晋太康元年（280），改新都郡为新安郡。隋开皇九年（589），置歙州，领海宁、歙、黝三县。之后隋大业三年（607）、唐武德四年（621）、天宝元年（742），新安郡和歙州之名屡易，直至乾元元年（758），新安郡三改为歙州，领歙、休宁、黝、婺源、玘野五县。代宗大历四年（769），歙州所辖歙、休宁、黝、婺源、绩溪、祁门六县名称与区域确定。宋宣和三年（1121），歙州改为徽州，六县之名与区划沿用。元后徽州虽有路、府之异，徽州之名（除元顺帝时一度改为兴安府外）一直沿用。民国元年（1912）废府留县。1949年5月，成立徽州区行政督察专员公署（简称徽州专区）。1971年，徽州专区改为徽州地区。1987年，撤徽州地区，成立省辖地级黄山市。

新安、歙州、徽州是三个可以互释又相区别的历史地理概念。新安郡名始于晋太康元年，新安郡主要属地和区域格局基本确立；隋后新安与歙州之

[①] 清以前县志皆记为秦鄣郡。清乾隆《歙县志》卷二："歙，汉旧县也，在《禹贡》扬州之域。秦始皇二十五年，初定荆江南地置会稽郡，明年遂并天下，罢侯置守，分为三十六郡，于时县歙以否未可知也。自汉以来，乃颇得而征实云。"学界普遍接受清志观点，认为徽州古地秦属会稽郡，楚汉之际属鄣郡。

名几易,唐大历四年(769)后歙州辖六县确定;徽州之名始于北宋徽宗宣和三年,之后一直沿用到20世纪80年代。新安因是先于歙州、徽州的概念,后人常以新安指称歙州或徽州,如宋时修志仍用新安之名,直到明弘治年间官方修志才改为徽州;而自歙州改为徽州后,徽州之名逐渐被认可,后人又常以徽州泛指新安或歙州。如此,从宽泛意义上言,新安、歙州、徽州所指地域大体相同,三者可以通用;而从具体所指而言,新安、歙州、徽州属于特定历史时期的建置称谓,指向不同的发展阶段。鉴于本研究的时间范围是宋代,期间先后称歙州和徽州,故不用新安这一概念;自北宋宣和三年(1121)歙州改为徽州后,徽州之名使用八百余年,相较歙州而言,徽州更为人普遍接受和理解,故用徽州而非歙州作为明确地域的概念。不过,在论述特定历史时期文化时,亦会使用新安或歙州。

(二)徽州诗坛

徽州诗坛由徽籍诗人和非徽籍的入徽诗人组成,他们的文学活动、文学产品(诗歌)、文学思想等为研究的主要内容。徽州诗坛研究既要从静态上考察徽籍诗人的创作,又要从动态上关注徽籍诗人在异地和非徽籍诗人在徽州的文学活动,这就有必要对徽籍进行界定。

古代史志、谱牒、别集等记述诗人属籍有五种情况:一是郡望,即某一宗族中威望较高的一支的居地;二是祖籍,即一个宗族族群认定的某一时期的某一位祖先的出生或居住地,常为祖父及以上父系祖先的出生或居住地;三是本籍,即某人的出生成长之地;四是客籍,又称寄籍,指某人离开出生地而移居入籍外地;五是临时贯籍,往往由于科举发解等原因变更本籍而贯以它籍。临时贯籍多是为了实现某种目的,郡望主要为满足个人提高身份标价的心理,祖籍对一个人的影响主要通过其家族长辈实现,但时间久远的祖籍也往往只具有象征意义,寄籍居住地对一个人的知识积累、艺术追求、审美态度等能产生直接影响,但是,一个人的秉性气质、道德情感、兴趣爱好等多是成年以前在出生成长的环境中基本养成和确立的,故本籍对一个人影响更为深远。

鉴于上述原因,界定诗人的属籍不能无限延伸。本书所谓的徽籍或徽州诗人指徽州本籍诗人,祖籍或郡望为徽州,然其父亲或以上辈分已迁居入籍外地的诗人和临时贯籍徽州的诗人不予计入。这样,纳入我们观照视野的徽州本籍诗人主要有以下三类:一、出生于徽州,一生的大部分时间在徽州居住,此类诗人亦称本土诗人,如汪莘、吴锡畴等;二、出生成长于徽州,因仕宦或其他原因居住于外地,后又回到家乡,如吴儆、方岳等;三、出生成长于徽州,因仕宦或其他原因长期居住于外地,如朱松、胡仔等。徽州诗坛的主干力量是徽州本籍诗人,其创作最能体现徽州地域文化特色,故为研究的重心。

徽州诗坛的成员除了徽州本籍诗人外,还包括曾在徽州居住的非徽州本籍诗人。纳入我们观照视野的非徽州本籍诗人主要有三类:一、祖籍徽州、本人出生成长于异地而后因任职或游学等曾入徽的诗人,如汪藻、朱熹等,由于情感、声誉、社会地位等因素,他们会对祖籍地文学发展产生极大的影响;二、在徽州任职并创作的诗人,亦称仕徽诗人,如苏辙、范成大等,仕徽诗人对徽州诗坛影响较大;三、因游学、游历等曾入徽并留有作品的诗人,如罗愿、杨万里等。研究非徽州本籍诗人重在分析他们在徽州的文学活动和对徽州诗坛的影响。

与属籍界定相关,徽州诗歌有广义与狭义之分。广义的徽州诗歌包括徽州本籍诗人创作的诗歌和因供职、游学、游历等客居徽州的非徽州本籍诗人所创作的与徽州有关的诗歌;狭义的徽州诗歌特指徽州本籍诗人创作的诗歌。书中所言的徽州诗歌可从广义理解,而研究时更侧重于徽州本籍诗人创作的诗歌。

(三) 宋代徽州诗坛

本研究中的宋代徽州诗坛,时间跨度超出了历史上宋代的断限,上自建隆元年(960)宋朝建立,下止于元朝至元二十二年(1285)。下限延伸,主要从以下三方面考虑:其一,诗人的创作和诗坛发展呈现出延续性,与朝代的更迭不完全一致;其二,南宋灭亡后,许多徽州诗人虽生活创作于新朝,而其政治心理归属、文化认同等仍定位于旧朝,诗歌也表现了对宋朝沉痛怀恋的遗民之思;其三,断限具体定为至元二十二年,还在于此年徽州遗民诗人楷范许月卿去世。

易代时期诗人划分主要以其生活时间、创作情况为依据,凡宋立国后尚在世和宋亡时年满四十岁的徽州诗人,均纳入"宋代徽州诗坛"的研究范围。由于诗人创作的延续性和创作时间的不确定性,研究时不排除两种可能:其一,五代入宋的诗人,诗歌创作发生于 960 年前;其二,宋元之际的诗人,诗歌创作活动发生在 1285 年后。鉴于文学断限以人存诗不可避免的问题,对易代期诗人研究,尽可能选择其在界定时间内的作品。

二、研究意义

(一) 宋诗研究上的意义

20 世纪以来,宋诗在文献整理、总体特征、诗学思想、体派风格、个案研究等方面都取得了可喜的成果,特别是 80 年代后,古典文学研究者利用新方法、变化新视角,由内部研究到外部关系阐释,从专题探析到综合贯通,开拓了宋诗研究的新领域。从地域角度研究宋诗是热潮之一,宋代两都、江西、江南、齐鲁、岭南、吴越、洛阳、永嘉、大名等地诗歌都成为观照对象。迄今为止,宋代徽州诗人创作总体研究未引起应有的关注。以宋代徽州诗坛作为研究对象,并非仅为寻找新的文学地域,还主要在于其对宋诗研究有着重要的意义。

第一,宋代徽州诗歌是宋诗的有机组成部分,对其整理考辨和分析研究,有助于全面认识和评价宋诗。事物属性虽然客观存在、不以人的意志为转移,不过对其认识、判定往往受制于研究者选择的对象。面对宋诗这头庞大的巨象,学界尽管力求较全面地、科学地揭示其特征,然由于无法"开眼见象",只能从局部、细节做起,"先说它鼻子像绳子,腿像柱子"①。当我们把目光集中于徽州这一区域的诗人活动和诗歌作品时,会惊异地发现许多诗人和诗歌被忽略。宋代徽州诗人并非取得了很高成就,但不少作品因其独特的思想内涵和艺术特征,超出了我们习惯的阅读模式和心理期待,能给我们耳目一新的感受。研究宋代徽州诗坛,将不仅丰富我们对宋诗的认识和感知,或还能引领我们重新审视和评价宋诗的特征。

第二,宋代徽州诗歌和宋诗整体发展并不同步,梳理徽州诗歌的发展过程有益于总体观照宋诗的发展史。在宋诗的发展演变中,徽州诗歌似乎没有与文学大潮同行。北宋时期,轰轰烈烈的诗文革新运动、振奋人心的元祐文学,并没有在徽州引起很大反响,徽州只有零星的诗人抒写自己的情志,直到北宋末,徽州才涌现出一批小有影响的诗人。南宋中后期,诗歌总体上由中兴走向衰落,而徽州诗坛却以上升趋势发展,不仅出现了方岳等卓有成就的诗人,诗歌数量和质量大幅度提升,而且这种创作发展态势一直延续到元代。徽州诗人以何种姿态置身于宋代诗歌大潮中?徽州诗歌在宋代诗歌转型中又起了何种作用?宋代徽州诗坛的发展动因究竟是什么?这些问题的解决,对我们全面认识宋诗发展史不无裨益。

第三,宋代徽州出现了众多诗人,对其考察和研究,探讨诗人创作和徽州文化的关系,不仅可以丰富宋代诗人的个案研究,也有助于进一步理解宋诗发展中出现的某些文学现象。宋代徽州诗坛有许多个性鲜明、创作极具特色的诗人,如朱松、汪莘、程珌、方岳、吴龙翰、孙嵩、许月卿等,对其细致考察无疑可以扩大宋代诗人研究的范围。方岳是学界比较重视的

---

① 莫砺锋、陶文鹏、程杰《回顾、评价与展望——关于本世纪宋诗研究的对话》,《文学遗产》1998年第5期。

作家,但研究者大多为其是否属江湖诗人而困惑,"江湖诗派的另类"几乎成了方岳的身份标签,如果从地域的角度去观照方岳,将会有更多的发现。宋代徽州诗坛与科举、理学、宗族等文化发展有着密切的关系,深入探讨可发掘徽州诗歌发展的具体动因。宋代徽州诗坛可以作为宋诗研究的标本之一,具体研究、以点带面,有助于我们进一步理解宋诗发展和宋代文化的关系。

(二) 文学地理学学科建设的意义

对文学现象中地理因素的关注是古代文学研究的传统。《诗经·国风》的分类和《楚辞》的结集充分体现了古人的地理眼光;《汉书·地理志》把地理环境与《诗经》作品联系起来的方法也为后来学者所继承;唐魏徵《隋书·文学传》关于南北文学"各去所短,合其两长,则文质斌斌,尽善尽美矣"的论断,也是着眼文学的地理因素而言。宋代以后的许多文学流派如"江西诗派""永嘉四灵""公安派""竟陵派""桐城派"等以地域来命名,更体现了人们对地域与文学关系的重视。近代以来,刘师培《南北文学不同论》(1905)、汪辟疆《近代诗派与地域》(1934)等,均从地域的角度来考察文学现象,比较系统地论述文学与地域的关系,于文学地理学学科的建设具有先导之功。

20世纪80年代开始,中国古代文学研究者努力建构"文学地理学"这一新型学科。胡阿祥从历史文化地理学的视角对"中国历史文学地理"进行界定:"中国历史文学地理,研究中国历史文化中的文学因子之空间组合与地域分异规律,可以视作为中国历史文化地理学的组成部分;同时,中国历史文学地理以其研究对象为文学,所以也是中国古代文学的一个重要分支。"①曾大兴指出"文学地理学"研究对象:"简言之,就是文学要素的地理分布、组合与变迁,文学要素及其整体形态的地域特性与地域差异,文学与地理环境之间的相互关系。"②研究者借鉴历史、地理学科的方法,选取不同的视角,或宏观研究文学地理形态和变迁,或深入考察某一地域和文学的关系,或分析比较不同地域的文学差异,或致力于文学地理学的理论建设,出现了许多优秀的成果,如胡可先《唐诗发展的地域因缘和空间形态》从地域因缘和空间形态探讨唐诗的发展,李浩《唐代三大地域文学士族研究》从地域角度对文学士族进行研究,梅新林《中国古代文学地理的表现形态与演变》侧重分析文学地理表现形态,曾大兴《文学地理学研究》尝试构建学科

---

① 胡阿祥《魏晋本土文学地理研究》,南京大学出版社,2001年,第174页。
② 曾大兴《文学地理学研究》,商务印书馆,2012年,第1—2页。

体系等。文学地理学开拓了文学研究的新领域,推动了古代文学研究的发展。

然而,过分执著于地域和空间的研究会出现新的问题,主要表现在:凸显空间因素而忽视时间因素;多作静态的分析而疏于动态的描述;强调地域的共性而淡化或遮蔽地域内部差异。陈寅恪曾指出文学史编著应"尽取当时诸文人之作品,考定时间先后,空间离合"①,这对于文学地理学研究极有启示意义。对每个地域文学作时空、动静结合研究非个人能力所及,而选取一个区域的文学进行研究将是可行的。徽州诗人的人格魅力及其诗歌的独特个性给读者带来很大的心理触动,本研究以宋代徽州诗坛作为对象,希望通过对宋代徽州诗人及创作进行研究,为文学地理学提供较好的个案研究范例。

(三) 徽学研究的意义

20世纪五六十年代,二十余万件徽州民间契约的发现,是学术界自甲骨、汉简、敦煌文书、大内档案之后的第五大盛事,吸引了愈来愈多的国内外学者的关注。80年代以来,徽州经济史和徽商成了学界研究的焦点,与其相关的历史文化现象也开始被重视。其后,一个以研究徽州历史文化为对象的新学科——"徽学"(又称徽州学)在学术界逐渐形成,并日益为国内外学者所瞩目②。"徽学"成为继"敦煌学""藏学"后地域文化研究的第三显学。

"徽学"由徽州社会经济史研究,逐渐拓展为对徽州历史文化的综合性探讨,并且取得了丰硕的成果,然而研究的各个方面还很不均衡,其表现为:集中于明清徽州文化的展示,疏于明前徽州文化的梳理;热衷于对商人、学者等研究,少及诗人词家论析;重视对明清文学创作和商人关系的分析,缺乏在历史文化系统中对徽州文学的考察,而宋代徽州文学更少有人问津。因此,在"徽学"如火如荼的研究热潮中,徽州文学却被搁置或遮蔽起来,以至于到了"徽州无文学"谬见大行其道的地步③。2005年,《徽州文化全书》由安徽人民出版社出版发行,丛书从徽州文化的二十个领域,宽视野、多层次地研究徽州的文化现象,几乎囊括了徽学方方面面。在这一文化研究与建设工程中,《徽州戏曲》已单列一卷,然而徽州文学其他体裁还未受重视,徽州文学有待于作全面而深入的研究。

---

① 陈寅恪《元白诗笺证稿》,上海古籍出版社,1978年,第9页。
② 周绍泉《徽州千年契约文书》前言,花山文艺出版社,1991年。
③ 吴兆民《徽州文学的历史地位》,《黄山学院学报》2005年第4期。

徽州文学是徽州文化的重要组成部分,缺乏文学的文化研究是不完整的;徽州文学是研究徽州文化的重要文献,通过对徽州文学的深入探究,可深化或纠正对徽州文化的认识,有益于更好地理解徽州文化;徽州文学和徽州文化的其他组成要素如宗族、教育、理学等有着密切的关系,研究徽州文学有助于分析徽州文化要素及其相互影响,从而系统地、动态地研究徽州文化。宋代是徽州传统文化的形成和确立期,徽州文学又是宋代徽州文化的重要组成和体现,因此,研究宋代徽州诗坛对于"徽学"意义重大。

(四)中国传统文化传承的意义

徽州文化是北方移民逐步融合改造当地土著、中原文明不断适应于徽州独特的地理环境新生和发展的结晶,又因仕者、商人、学者、文人等流动,徽州文化与异地文化持续相互作用并彼此影响。徽州文化既具有鲜明独特的地域特色,又"由于保留正统文化的原典最多,发展光大的成分亦众,成为中华优秀文化传承的典型"[①]。宋代徽州诗坛的研究,既有助于继承和发展徽州地域文化,同时也是对中华正统文化的传承与发扬。

诗歌是社会生活、时代精神的反映,也是诗人灵心善感、志向情意的外化,因此,诗歌是了解社会文化、世人心理独特而生动的文献资料。研究宋代徽州诗歌,有助于从文学的视角感知和研究徽州文化,透视中华传统文化在特殊的区域的发展和创新。这主要表现为:其一,宋代文学家族数量多,对家族文学的分析,能进一步认识中国宗族文化在徽州扎根、强化的进程;其二,南宋徽州诗人大多是理学家,研究理学诗人创作与理学的关系,能深入理解徽人在理学熏陶下的生活理想和学术追求,思索程朱理学于徽州的深远意义;其三,宋代徽州诗人分化为仕宦诗人和隐逸诗人两大群体,诗人仕与隐的矛盾和最终抉择,诗歌中表现的时政关怀和隐逸情志,对深刻透析中国士人文化心理、研究中国文化有着典范价值。另外,宋代徽州诗歌表现的重节尚义的品德、坦荡磊落的胸怀、坚韧不拔的意志、开拓进取的精神、乐观向上的心态等,都是中国传统文化的精华,对其整理和研究于传承中华优秀文化有积极意义。

三、国内外研究现状

近年来徽州文献的收集整理、徽学研究的丰硕成果、日益增多的宋代诗人个案研究,为本研究提供了所需的文献资料、参考范本和理论方法。

---

① 叶显恩《徽州文化的定位及其发展大势》,见周晓光《新安理学》总序,安徽人民出版社,2005年,第3—4页。

(一) 徽州文献整理

从 20 世纪 60 年代开始,《天一阁藏明代方志选刊》《中国方志丛书》《宋元方志选刊》《北京图书馆古籍珍本丛刊》《中国地方志集成》等丛书选刊了宋、明、清、民国时期徽州及各县的方志,主要有:淳熙《新安志》,弘治、嘉靖、康熙、道光《徽州府志》,乾隆、民国《歙县志》,嘉庆《黟县志》及道光、同治、民国的续志,弘治、康熙、道光《休宁县志》,同治《祁门县志》、光绪《祁门县志补》,嘉庆《绩溪县志》,民国重修《婺源县志》等。方志作为某一地域的"百科全书"或"一方之全史",广泛记载了当地历史地理、政治经济、学术文艺等各方面状况,并因其"地近则易核,时近则迹真"[1],为文学研究提供了可资采信的文献资料,于徽州诗歌的辑佚也有重要意义。20 世纪 80 年代以来,徽州地区和各县地方志编纂委员会开始重编各地方志,为本研究提供了许多历史和时代信息。1989 年,黄山书社出版《徽州地区简志》,此方志突破旧志的框架,运用现代统计方法和科学知识,既回顾徽州发展历史,又记载新时期徽州状况,对全面了解徽州极为有益。

安徽大学徽学研究中心策划的"徽学研究资料辑刊",自 2004 年起陆续由黄山书社出版,其中几部重要文献的点校整理为本研究提供了便利。明程敏政辑撰,何庆善、于石点校《新安文献志》,收录从汉到明代徽州先贤文人的诗文作品和行实记传,共计文 1 087 篇、诗 1 034 首,其书"表彰前哲,搜集旧文"[2],徽州的许多贤哲事略赖此集而不被湮没,很多徽州文学作品得以保存而流传。明戴延明、程尚宽等撰,朱万曙等点校《新安名族志》,采录了近 800 种徽州家谱或宗谱的资料,对于研究徽州宗族和家族文学具有重要意义。明程曈辑撰,王国良、张健点校的《新安学系录》,收集自宋到明代中期 101 人传记、碑铭、遗事等资料,梳理新安理学学者的学术渊源,这些理学家大多有诗作传世,对于研究新安理学和理学诗人大有裨益。清施璜撰,陈联、胡中生点校《紫阳书院志》,记载从南宋理宗淳祐六年到清代书院建制沿革、先贤诸儒、学术活动等,于研究徽州教育、新安理学等有极高史料价值。

宋代徽州诗人的三部诗学著作较早被整理,胡仔《苕溪渔隐丛话》经廖德明点校,1984 年人民文学出版社出版;方回选评、李庆甲集评校点《瀛奎律髓汇评》,1986 年上海古籍出版社出版;朱弁《风月堂诗话》由陈新点校,

---

[1] (清)章学诚著,叶瑛校注《文史通义校注》,卷八《修志十议》,中华书局,1985 年,第 843 页。

[2] (民国)许承尧撰,李明回等校点《歙事闲谭》,卷十七《新安文献志一》,黄山书社,2001 年,第 595 页。

1988年中华书局出版,为研究徽人诗学思想提供了便利。秦效成致力于整理方岳诗词,其《秋崖诗词校注》1988年由黄山书社出版,具有极高的文献和学术价值,为方岳及其诗歌研究奠定了基础。朱熹对徽州诗坛影响巨大,朱杰人等主编的《朱子全书》27册,2002年由上海古籍出版社出版,有助于较全面了解研究朱熹理学和文学思想。年谱编写方面,清胡培翚《胡少师年谱》、清朱玉《韦斋年谱》、黄宽重《程珌年谱》、秦效成《方岳年谱》、潘柏澄《方虚谷年谱》、毛飞明《方回年谱与诗选》,对于研究胡舜陟、朱松、程珌、方岳、方回五位诗人有重要的参考价值。朱熹年谱数量极多,仅《中国历代年谱考录》就收录朱熹年谱57种,2001年束景南又编写了《朱子年谱长编》,此谱广采史料,考辨行实,对研究朱熹、朱松及其他徽州学者极为有益。

《全宋诗》的出版是20世纪宋学研究领域最重要成果之一,这一大型断代诗歌总集的出版为宋诗的研究开拓了广阔的天地,宋代徽籍诗人和非徽籍诗人创作的关于徽州的诗歌,大多被网罗于其中;后汤华泉等人又作了许多辑佚工作,这是全面研究宋代徽州诗坛的基础。胡可先《两宋徽籍诗人考》一文,以《全宋诗》《宋诗纪事》《宋诗纪事补遗》《宋诗纪事续补》收录为限,对宋代一百二十余位徽籍诗人的郡望、占籍和家世里居进行详细的考证,对研究宋代徽州诗人具有借鉴意义。随着文献不断被发现,《全宋诗》的补佚和徽州诗人的考证有待于进一步开展。

(二) 徽州文化研究

早在20世纪三四十年代,徽州文化就受到关注,吴景贤于1937年发表论文《明清之际徽州奴变考》(《学风》第7卷第5期),后傅衣凌于1947年又发表《明代徽商考——中国商业资本集团史初稿之一》(《福建省研究院研究汇报》1947年第2期)。随着徽州民间契约的被发现,越来越多的国内外学者关注徽州文化,研究成果可谓汗牛充栋。下面简要介绍与本论文相关的几个研究领域的主要成果。

1. 宗族文化

徽州宗族文化是学者关注的热点之一。叶显恩较早对徽州宗族进行研究,其论著《明清徽州农村社会与佃仆制》(安徽人民出版社1983年)第四章论述徽州宗族制度,探讨宗族组织、祠堂、家谱、宗规家法等问题。唐力行先后出版《商人与文化的双重变奏——徽商与宗族社会的历史考察》(华中师范大学出版社1997年)、《明清以来徽州区域社会经济研究》(安徽大学出版社1999年),致力探讨徽商与徽州宗族的关系;2005年又出版《徽州宗族社会》(安徽人民出版社),从徽州宗族社会的形成、结构、文化教育、社会控制、迁徙定居、社会变迁等方面,对徽州宗族社会作了系统全面的探讨,并且通过考察徽州宗族社会的发展,认为在移民、文化和经济三大要素的相互作用下,中原士族完成了向徽州望族的变迁,也完成了徽州区域社会向徽州宗族社会的变迁。赵华富以谱牒史料为中心研究徽州宗族,2004 年出版《徽州宗族研究》(安徽大学出版社),对徽州宗族的兴起、组织、谱牒、族规、传统等进行分析研究;2011 年又出版《徽州宗族论集》(人民出版社),收录了 32 篇研究论文,从不同侧面考察徽州宗族社会文化,为本研究提供了丰富的资料。朱万曙的论文《〈丛睦汪氏遗书〉与汪氏文学家族》(《文献》2007 年第 4 期),对于探讨徽州宗族与文学的关系,具有方法论意义。

2. 科举教育

李琳琦致力于徽州教育的研究,论文如《徽州书院略论》(《华东师范大学学报》1999 年第 2 期)、《宋元时期徽州的蒙养教育论述》(《安徽史学》2001 年第 1 期)等,对徽州不同的教育方式进行研究;2003 年出版专著《徽商与明清徽州教育》(湖北教育出版社),主要探讨徽商的经济活动对徽州教育的冲击和影响,其中第一章关于徽州区域的文化特点及宋元时的徽州教育状况,极有参考价值;2005 年又出版专著《徽州教育》(安徽人民出版社),系统论述徽州教育的传统、发展、时代特点,是研究徽州科举教育和经济文化的重要著作。浙江大学于静 2007 年硕士论文《宋代徽州科举研究》,通过对宋代徽州登科情况进行考察,分析徽州科举在宋代的发展趋势,并从人口及经济状况、文教状况、学术思想状况三方面探讨宋代徽州科举与社会的互动关系,揭示了宋代徽州科举的"地域发展不平衡"和"以家族为单位居多"的特点。中国台湾学者对徽州教育较为关注,刘祥光博士论文 *Education and Society: The Development of Public and Private Institutions in Huichou, 960 – 1800*(Columbia University,1996),考察宋代到清代歙县、休宁公私教育机构建立、发展以及与社会的关系;朱开宇专著《科举社会、地域秩序与宗族发展——宋明间的徽州(1100—1644)》(台湾大学出版委员会 2004 年),探讨从宋到明徽州科举与家族、地域秩序的关系。徽州的科举教育对文学影响极大,现尚无专门研究著作,从宋代徽州诗歌发展的角度具体分析并深入探讨很有必要。

3. 新安理学

"新安理学"崛起于南宋,对 12 世纪以后徽州和中国学术思想的发展具有重要的影响,是徽州文化研究重点。周晓光致力于新安理学和徽州传统文化的研究,先后发表了《南宋新安理学略论》(《徽州社会科学》1989 年第 4 期)、《宋元明清时期的新安理学》(《中国典籍与文化》1993 年第 4 期)、《新安理学与徽州宗族社会》(《安徽师范大学学报》2001 年第 1 期)、《南宋徽州人文环境变迁与新安理学的形成》(《江淮论坛》2003年第5期)等数十篇论文,从不同角度多层面研究新安理学。2005年出版专著《新安理学》(安徽人民出版社),对新安理学的发展、演变的历史进行了系统的梳理和分析,对于理解徽州诗歌发展的理学背景具有极高的参考价值。2006年又出版其博士论文《徽州传统学术文化地理研究》(安徽人民出版社),此著运用文化地理学的相关理论和方法,从地域文化的角度对12世纪中叶后徽州的学术文化进行研究,探讨徽州传统学术文化区的形成、历史变迁、区域表征、空间传播以及文化景观等问题,是研究徽州学术沿革特别是新安理学和徽派朴学的一部重要著作,给予本研究理论和方法的启示,也提供了许多可资参考的文献资料和统计数据。

(三) 徽州文学研究

姚邦藻主编的《徽州学概论》,从学理上对徽州学的基本范畴进行界定,并且对徽州学的各个组成部分进行了具体的论述。该书单列徽州文学为一节,阐释了徽州文学的性质和特点,确定了徽州文学的研究对象,认为徽州文学"不只是局限于徽州的文学","不只是局限于进入徽州时代以后的文学","不只是局限于徽州籍文学家所创造的文学","不只是局限于专业文学家所创造的文学",由此定义徽州文学为:"所谓徽州文学,就是由徽州本土文学家和客居他乡的徽州籍文学家所创作的文学以及供职与游历徽州的外籍文学家所创作的有关徽州的文学的总称。"①著者从历史地理的高度界定徽州文学,为徽州文学研究奠定了基础。

鉴于徽州文学遭遇冷落的现象,吴兆民撰写了《徽州文学创作主体的类型特点》(《徽州社会科学》2002年第1期)、《有关"徽州文学"几个问题的思考》(《徽州社会科学》2002年第5期)、《徽州文学的历史地位》(《黄山学院学报》2005年第4期)等一系列文章,试图在理论上扭转人们对徽州文学的偏颇认识。在此基础上,吴兆民撰写了《徽州文学概论》一书(合肥工业大学2017年),上编是对徽州文学的性质、创作主体类型、纵向发展、历史地位等的综论,下编是对吴少微、许宣平、程敏政、徽州民谣、《集遗录》的专论,对于人们了解和研究徽州文学无疑有启示作用。不过,此书作为概论性质的徽州文学研究专著,对于徽州文学的发展演变、徽州文学与文化的关系、徽州文学的地域特征等,没有进行全面而深入的研究和阐释。

徽州文学研究以明清时期的文学研究为多。朱万曙专著《徽州戏曲》(安徽人民出版社2005年)介绍了徽州戏曲家和戏曲理论家的创作及贡献,

---

① 姚邦藻主编《徽州学概论》,中国社会科学出版社,2000年,第273—279页。

探讨了徽州文化与戏曲艺术发展的互动关系,拓展了戏曲史研究和区域文化史研究的新视野。论文《明代徽州的民间诗人》(《中国文化研究》2004年第3期),从《率滨吟社录》《新安名族志》等资料入手,对明代徽州的民间诗人和诗歌创作进行了探讨,分析明代徽州民间诗人的类型和创作特点,认为徽州民间诗人的活跃反映了文学史多层面、多线条发展的走向;论文《明清徽商的壮大与文学的变化》(《文学遗产》2008年第2期),论述明清时代徽州商人阶层壮大对此前的文学生态改变的种种表现,从而揭示了明清文学创作队伍变化和文学创作的新特点。这些研究提供了文学研究的新视角,具有重要的借鉴意义。韩结根于2006年出版了《明代徽州文学研究》(复旦大学出版社),该书是第一部明代徽州文学研究专著,从诗歌创作、传记文学、小说和戏剧几方面对明代后期的徽州地域文学做了全景式展示,尤其是对徽人所编的《广艳异编》和《亘史》加以系统研究,在明清小说研究界产生了较大的反响。方盛良拓宽了清代徽州文学的研究领域,专著《清代扬州徽商与东南地区文学艺术研究——以"扬州二马"为中心》(人民文学出版社2008年),以寓居扬州的徽籍书商"扬州二马"的文学创作为中心,对清代扬州徽商与东南地区文学艺术研究的关系进行探讨,其中"文化视野中的徽商诗词创作"一章,从文学和地域关系的角度,分析了徽州文学与东南文学之间的差别和融通,对于本研究进一步拓展具有启示意义。

宋代徽州文学研究尚无专著。近些年硕士论文开始关注宋代徽州文学,如华东师范大学陈颖2009年硕士论文《南宋中期徽州文人及其创作》,主要从徽州地区的人文地理特征与南宋中期徽州文学的发展背景、徽州文人的思想、徽州文人的诗文创作三个方面进行论述;南京师范大学李智2008年硕士论文《南宋徽州词坛研究》,以南宋时期21位徽州本土词人词作为研究对象,对南宋徽州词坛的状况和特征、词学观念和代表词人作了基本的梳理和探析;南京师范大学潘天英2010年硕士论文《南宋皖江词人群体研究》,以分布在今安徽长江流域区域的南宋词人作为一个群体,分析词人群体形成和词作主题取向与皖江地区时代战略地位、文化经济特征和地方风土的联系,所论33位词人包括21位徽州词人。这三篇论文均从地域视角对宋代徽州诗文或词进行分析,拓宽了宋代文学和徽学研究的研究领域。不过,《南宋徽州词坛研究》还有待于挖掘徽州词作的地域特色;《南宋皖江词人群体研究》在徽州、安庆、淮河等文化的差别对词作的影响上可进一步比较;《南宋中期徽州文人及其创作》重心在于对南宋中期徽州文人之文的探讨,诗歌研究显得单薄。本书拟通过对宋代徽州诗人和诗歌的整理、辑佚、考证,尽可能还原宋代徽州诗坛文学活动景况,把握徽州诗人创作的思想内涵与艺术特征,并对宋代徽州诗歌发展与徽州地理文化的关系进行深入探讨和研究。

(四) 宋代徽州诗人研究

宋代徽州诗人个案研究成果相对较为丰富,研究较多的有方回、方岳、朱弁、胡仔,另外,朱松、王炎、汪莘、许月卿等诗人的诗学思想或诗歌创作也得到了不同程度的关注。

方回无疑是最受热议的徽州诗人,关于其人其作的批评研究从元代开始,明、清蔚为大观。20世纪以来又涌现出众多学术专著和研究论文,以下只择与本课题相关的重要成果简要介绍。第一,关于方回生平、著作、人品的考辨。潘柏澄的《方虚谷研究》(新文丰出版公司1978年),编订方回年谱,概述方回家族、交游、志行、著作诸方面,并且对方回人品进行了"翻案",资料丰赡,考证细微,为方回研究重要专著。毛飞明的《方回年谱与诗选》(杭州大学出版社1993年),以系年的方法,结合社会时事、方回生平、诗歌创作进行考述。詹杭伦的《方回的唐宋律诗学》(中华书局2002年),附录对方回著述进行较为详细的考证,并且对周密《癸辛杂识》"方回"条进行考辨。第二,方回诗学思想研究。早在1932年,朱东润《中国文学批评史大纲》就概括方回诗论为句活、字眼、格高三端;后方孝岳在《中国文学批评》认为方回"格高"颇类《诗品》中的"风力","格高"成了研究方回诗学的重要论题。李庆甲集评校点的《瀛奎律髓汇评》(上海古籍出版社1986年),是研究方回诗学的主要文本,著作前言对方回修正、发扬江西诗派的创作主张、美学规则、精神品格等进行了比较全面的概述。詹杭伦早在八十年代就撰写一系列关于方回诗论的论文,专著《方回的唐宋律诗学》从唐诗史观、杜诗学、宋诗派、江西诗派、诗歌美学等方面对方回的诗学思想作了具体的阐述,为方回诗学思想研究的重要著作。张哲愿《方回〈瀛奎律髓〉及评点研究》(台北花木兰文化出版社2008年),从诗法、风格、"格"、体系四个方面论述方回诗学观,并且具体分析方回的评点方式。学术论文主要有:查洪德《方回的诗人修养论》(《中国人民大学学报》1994年第5期)从德、识、才、学四方面阐述方回的修养论;莫砺锋《从〈瀛奎律髓〉看方回的宋诗观》(《文艺理论研究》1995年第3期)将《瀛奎律髓》中选诗20首之上的诗人排序列举,认为方回对唐、宋诗持平等的心态,从而有可能对宋诗的发展过程、流派渊源和艺术特征作出细致认真的考察,在此基础上肯定了方回在宋诗研究史上的地位;李仲祥《方回论"格高"与"圆熟"》(《殷都学刊》1998年第3期)认为方回倡导"格高",济之"圆熟";李成文《方回的诗统论》(《四川大学学报》2006年第2期)认识到方回论唐宋诗歌的发展有两脉,以"老杜诗派"为唐宋诗发展的主流,以昆体为非主流的支流,"一祖三宗"是其诗统论的重要内涵;张红《方回的杜诗观及其诗学体系之建构》(《中国文学》2006年第3期)认为方回的诗学体系是建构于其对杜诗的研究之上,方回对杜诗的研究旨在寻求江西诗派和宋诗的正统地位,具有诗学史的意义。邱光华《方回诗学研究》(首都师范大学2012年博士论文),以方回现存四种诗学文本一并考察,以特定时代际遇下方回的特殊心态和理学价值观念为切入点,分析方回的诗学话语实践和诗学建构、诗歌史论与诗歌批评,把方回诗学研究又推进一步。第三,方回综合研究。许清云《方虚谷之诗及其诗学》(东吴大学1981年博士论文)对方回现存之作的版本进行溯源辨伪,在此基础上探究方回诗学思想,对本研究具有启发意义;孙凯昕《方回研究》(复旦大学2010年博士论文),从方回生平、诗歌创作、诗论批评等方面作了综合性的研究,面铺得较广难免深度挖掘不够。

　　胡云翼较早关注方岳诗歌,他在《宋诗研究》中高度评价方岳田园诗,认为刘克庄、戴复古、方岳三人为南宋"最值得珍视的第一流作家"①。钱锺书也肯定了方岳在南宋诗坛的地位,《容安馆札记》中关于方岳的长达两千多字的读书笔记,不仅宏观概括方岳诗歌的特点,而且具体分析诗歌创作的师法取向,其研究方法和结论都有启示意义。秦效成是当代方岳研究卓有成就的专家,其整理的《秋崖诗词校注》为研究方岳其人和诗词奠定了基础,序言对方岳诗歌创作也进行分析评价;论文《方岳研究三题》(《黄山学刊》1998年第4期)对方岳的生年、《秋崖小稿》的刊行和流传、四库本《秋崖集》的得失进行了探究。张宏生《偏离群体的"别调"——论方岳诗》(《江苏社会科学》1994年第3期),论述方岳诗歌的思想内涵、艺术风格,认为方岳在江湖诗人中具有独特性,后收入专著《江湖诗派研究》。朱秀敏《方岳诗歌研究》(山东师范大学2008年硕士论文)对方岳是否为江湖诗人进行论述,重点探讨方岳诗歌的题材内容、诗风渊源和表现方法。吴树燊《方岳诗词研究》(漳州师范学院2008年硕士论文)就方岳诗词的题材内容和艺术上的继承与发展进行论析。方岳是徽州最具代表性的诗人,学者多把方岳置于南宋后期的"江湖诗人"中分析其诗歌创作,而对方岳与江湖诗人的区别及原因挖掘不够,对方岳性格形成和其诗歌艺术特征的地域因素未以重视,从时代、地域、个性等方面综合论析其诗歌创作将会有新的发现。

　　近年来关于朱弁及其著作的研究出现不少成果,主要从三方面研究:一是其人研究,如王健的硕士论文《朱弁研究》(广西师范大学2011年),对

---

① 胡云翼著,刘永翔、李露蕾编《胡云翼说诗》,华东师范大学出版社,2004年,第244页。

朱弁的交游、思想和著作作了较为全面的研究。朱弁作为使金义士为人景仰,围绕其使金经历的研究还有史旺成《朱弁出使金国考》(《晋阳学刊》1983年第1期)、袁清湘《朱弁的两次人生转折》(《知识经济》2008年第4期)等。二是其诗研究,主要有泽人《诗穷莫写愁如海 酒薄难将梦到家——略谈宋代爱国诗人朱弁》(《江西图书馆学刊》1988年第2期)、梁桂芳的《朱弁"诗学李义山"初探》(《乌鲁木齐成人教育学院学报》2001年第4期)、刘春霞的《朱弁使金诗初探》(《西华师范大学学报》2008年第5期)等。三是其诗学思想探究。如耿文婷《论朱弁的诗学思想》(《北方论丛》1999年第6期)较早关注朱弁诗学观;张晶《朱弁"体物"的诗学思想与其诗歌创作》(《河北大学学报》2001年第2期)以"体物"为朱弁诗学思想的核心命题,具体剖析朱弁"体物"观的内涵,并结合朱弁诗歌分析其"体物"观在创作中的表现,论点鲜明独特;刘启旺的硕士论文《朱弁诗话研究》(首都师范大学2009年)对朱弁诗话全面钩沉辨析,揭示了朱弁的诗学观念,并对《风月堂诗话》的诗论史地位进行评价。朱弁的特殊经历和心理感受不仅反映在其诗歌创作中,诗话、笔记等著作中也有体现,由此出发进行研究可能会有新的发现。

对胡仔及其《苕溪渔隐丛话》的研究主要从三个层面展开:一是对胡仔生平、家世的考论。今人对胡仔生卒年存有争议,主要论文有曹济平《胡仔的生卒年及其他》(《文学遗产》1981年第1期)、杨海明《胡仔的生平、家世及其词学观点》(《江苏师范学院学报》1982年第2期)、吴洪泽《胡仔生年考》(《文学遗产》1989年第1期)、叶当前等《胡仔生平考述》(《湖州师范学院学报》2006年第6期)、殷海卫《胡仔生平新考》(《郑州航空工业管理学院学报》2008年第4期)与《胡仔家世新考》(《殷都学刊》2008年第2期)等。二是对《苕溪渔隐丛话》成书、版本考论。宋末方回就已著《〈苕溪渔隐丛话〉考》,可见胡仔其书留下许多谜团;今人对其成书或版本也进行考证,如沈乃文《胡仔及〈苕溪渔隐丛话〉历代版本》(《文献》2006年第3期)、殷海卫《胡仔〈苕溪渔隐丛话〉成书考论》(《济南大学学报》2009年第1期)均有较重要的学术价值。三是对胡仔诗学思想进行研究。徐爱华、邱美琼的《胡仔〈苕溪渔隐丛话〉的用事论》(《南昌大学学报》2006年第1期)、吴晟《胡仔论黄庭坚其人其诗》(《广东技术师范学院学报》2011年第6期)等,从不同角度论述胡仔的诗学主张。殷海卫在其博士论文《〈苕溪渔隐丛话〉研究》(陕西师范大学2006年)基础上又撰写多篇论文,致力于研究《苕溪渔隐丛话》的诗学思想和价值,如《论胡仔〈苕溪渔隐丛话〉的诗学批评特征》(《殷都学刊》2011年第2期)、《〈苕溪渔隐丛话〉编纂的诗话史价值》

(《山西师大学报》2011期第6期)、《论〈苕溪渔隐丛话〉的宋诗史价值》(《南昌大学学报》2011年第6期)等。胡仔及《苕溪渔隐丛话》，还有一些空间有待开拓。

朱松作为理学家在学术史上享有盛名，其诗歌学界关注不多。傅小凡《朱子与闽学》(岳麓诗社2010年)重点探讨朱松的理学思想，虽从理学立论，但作者对朱松诗歌蕴含的理学思想和观点进行了独到的分析，尤其是对诗歌美学意味的感知对于研究朱松及其诗歌有很高的参考价值。从徽州诗歌的发展来看，朱松诗歌创作具有代表性和影响力，对朱松其人、其诗的进一步探讨非常有必要。

王炎研究，王可喜、王兆鹏《南宋词人王炎行年考》(《词学》2009年)，钟振振《〈全宋词〉小传订补二篇》(《上海大学学报》2010年第2期)，分别对王炎的仕宦经历及具体时间进行了考证和辑补，对于研究王炎的生平及创作无疑大有裨益。贺莹《南宋王炎诗词研究》(南京师范大学2012年硕士论文)，从王炎的家世、交游、著述、生平及思想出发，分别对其思想内容及艺术特色进行研究，力图对王炎生平行实、思想著述、诗词创作加以全方位的解析，惜生平思想与文学阐释未能有机结合。

赵姝《汪莘诗词研究》(首都师范大学2011年硕士论文)，从汪莘的诗词文本入手去探析汪莘的志趣心态，显示了作者较高的文学感悟和理解能力，惜论文未能如其所愿知人论世，有些结论失之偏颇。刘明婵《汪莘诗歌研究》(湘潭师范大学2011年硕士论文)首先对汪莘生平、交游考证及部分诗歌编年，正文在考察汪莘自然哲学思想的基础上探讨其"诗源太虚说"，由此进一步分析汪莘诗歌内容和艺术特色，论文思路和结构较为合理，在文献考证和诗歌阐释上有待推究和深入。

钱锺书在手稿集《容安馆札记》中用大量笔墨、从多个角度对许月卿诗歌进行评点，肯定许月卿作为宋末"三仁"之一的同时，又对其诗歌"吊诡逞奇，破律坏度"的特点进行了毫不宽贷的批评。侯体健论文《钱锺书〈容安馆札记〉批评宋代诗人许月卿发微——兼及钱先生论理学、气节与宋末诗歌》(《社会科学》2012年第7期)，又对钱锺书的批评作了具体细致的分析，对于许月卿研究及理学、气节与宋末诗歌的关系研究有重要的参考价值。

徽州诗人中，除了上述方回、方岳、朱弁、胡仔、朱松、王炎、汪莘、许月卿等人外，近几年又陆续出现了以程珌、吴儆、吴锡畴、吴龙翰等为研究对象的学位论文，可见徽州更多诗人开始被人关注，但也显示出脱离地域文化环境进行个案研究的一些问题。从地域角度对徽州诗人进行个案分析或综合研究，不仅可行，而且也很有意义。

四、研究思路与方法

(一) 研究思路

为了能够全面、深入、准确地研究分析宋代徽州诗坛,本书以时代发展为线索,以地域文化为背景,从纵向和横向两个维度展开研究。纵向梳理宋代徽州诗坛的发展史,宏观把握宋代徽州诗歌的整体发展趋向;横向阐释宋代徽州诗坛与诸文化因素的关系,微观透视宋代徽州诗坛具体的文学现象,由此理解和把握宋代徽州诗人诗歌创作独特的文化内涵和地域特征。

本书分为绪论、上编、下编、结论四部分。绪论部分明确研究对象,对概念进行界定;进而分析选题意义,介绍国内外研究成果;最后说明研究的思路方法和主要内容。上编为纵向研究,梳理宋代徽州诗坛从酝酿、崛起、发展到鼎盛的历史,每个时期先概述诗坛状况,然后分别选择具有代表意义的诗人和诗论家重点研究,分析其诗歌创作或诗学观点。下编为横向研究,分别阐释宋代徽州诗坛和徽州地理环境、科举、教育、理学、宗族的关系,探讨宋代徽州诗坛构成和诗歌创作的地域文化缘由。结论部分总结宋代徽州诗坛的发展阶段特征,概括徽州诗人创作的思想内容、艺术特色,指出其成就和不足,在此基础上,肯定其于徽州文化研究的价值和对现代人的启示意义。

(二) 主要研究方法

本研究属于地域文学研究,可纳入文学地理学研究范畴。具体研究时既要运用文艺学、文献学的研究方法,还要利用历史学、地理学、统计学、社会学等研究方法和手段,尤其注意以下几个方面。

第一,文艺学与文献学结合。"文艺学与文献学结合"是程千帆提出并成功地运用到古代文学研究实践中的学术方法,"文艺学在理论上解决问题,文献学在史料上、背景上解决问题"[①]。文献考据是文学研究的基础,文艺鉴赏与批评是文学研究的重心,二者完美结合,才能使研究结论更科学、可信。

第二,数据统计与文本细读结合。为了能够全面展示宋代徽州诗坛状况,应有效利用统计学的方法,通过数据统计和量化分析,最大程度地保证研究的科学性;在此基础上,重视对诗歌进行文本细读,体悟诗人创作的个性特征和艺术价值,并且置于宋代诗歌历史和徽州文化环境中进行评价。由此,从定量和定性两个层面把握徽州诗坛的发展状况、地域特征和历史

---

① 程千帆《桑榆忆往》,上海古籍出版社,2000年,第48页。

地位。

第三,"时、空、人、诗"多维研究。陈寅恪认为"中国诗虽短,却包括时间、人事、地理三点"①,确定诗歌创作的时间、空间(地理)、人事坐标点,是准确把握和阐释作品的基础。金克木鉴于"文艺研究习惯于历史的线性探索,作家作品的点的研究"的局限,提出"作以面为主的研究,立体研究,以至于时空合一内外兼顾的多'维'研究"②的设想。徽州地域文学研究应该重视"时、空、人、诗"诸要素,从多维度阐释和评价诗人及其创作。

(三) 相关问题

任何个体或群体的文学活动都要在一定的时空范围内进行,文学研究在强调文学活动过程的人(作家和读者)、作品、世界等要素交互作用时,亦当重视时间和空间因素。时间可分为三个时段:长时段(地理时间)、中时段(社会时间)、短时段(个体时间);空间也可分为三个领域:大空间(历史空间)、中空间(社会空间)、小空间(个体空间)③。本研究要以长时段和大空间为参照,立足于中时段和中空间,聚焦于短时段和小空间。具体而言,应该关注徽州地形气候、历史发展等因素,重视宋代徽州政治、经济、学术文化等状况,在此基础上考察特定时空内徽州诗人活动和诗歌创作,把握宋代不同时期徽州文化和文学的特征及演变。这样,宋代徽州诗坛研究就不是孤立的个人考证和文本研究,而是时、空、人、诗结合起来的多维研究,从而宋代徽州诗人及其创作活动在徽州历史、地理的时空中得到释证和阐说。

徽州文学是徽州文化系统的有机组成部分,徽州文学与其他文化要素相互影响、彼此制约,其合力规定着徽州文化的发展方向,推动或延滞徽州文化的发展进程。本研究要把诗人活动置于文化生态系统中,作诗歌与其他文化要素的互动关联研究。首先,要有层级概念,徽州诗歌是第一层级,徽州文学是第二层级,徽州文化是第三层级,社会文化是第四层级,相近层级影响可能更直接,但都要受制于其上级或下级因素影响。其次,要理解相关的文化要素,如政治、经济、社会组织、学术风气、文学思潮等,分析哪些因

---

① 陈寅恪《讲义及杂稿》,三联书店,2002年,第483页。
② 金克木《文艺的地域学研究设想》,《读书》1986年第4期。
③ 法国布罗代尔认为历史时间可分为地理时间、社会时间、个体时间。地理时间通常称长时段,研究对象是结构,指长期不变或变化缓慢,在历史上经常发生作用的因素,比如地理、气候、生态环境、社会组织、传统文化等。社会时间又称中时段,研究对象是局势,指在较短时间内对历史起作用的呈周期变化的现象,如经济危机、王朝周期兴衰等。个体时间又称短时段,研究对象是突发性事件,如革命、条约等。在此基础上,本人对空间划分和界定,历史空间即大空间,指跨越不同时代的空间;社会空间即中空间,是某一社会时段的空间,往往呈现时代特色;个体空间即小空间,指个体生活、存在的具体空间。

素和诗歌创作最为密切,哪些因素为间接起作用。第三,在探讨徽州文化和诗人创作的互动关系时,重在分析各种文化因素对诗人创作的影响。影响宋代徽州诗歌的文化因素有许多,徽州特殊的自然地理环境、科举教育、学术追求、宗族文化等与文学发展关系密切,有必要系统、深入地分析和探究,从而把握宋代徽州诗坛的创作状况和发展规律。

上 编

宋代徽州诗坛的发展演变

第一章　宋代徽州诗坛创作统计与发展分期

徽州文学发轫于南朝，兴起于唐，发展于北宋，"自南迁后，人物之多，文学之盛，称于天下"①。徽州诗坛在宋代以上升趋势迅速发展，呈现出前所未有的繁盛景况。宋代徽州诗坛创作主体阵容不断扩大，诗歌创作数量可观，诗学成就也较为突出。据可见徽州文献和《全宋诗》统计，现有存诗的宋代徽州本籍诗人共162位，存诗总计8 607首，其中存诗百首之上的诗人有13位；可考有诗作传世但今未留存的徽州本籍诗人二十余位。宋代徽州州、县级官员现有存诗者98位，仕徽诗人以其政治影响和创作成为徽州诗坛的重要组成部分。另外，因讲学、游历等入徽的非徽州本籍诗人，进一步壮大了徽州诗坛力量。

第一节　宋代徽籍诗人创作统计

许承尧《歙事闲谭》云："若文艺则振兴于唐、宋，如吴少微、舒雅诸前哲，悉著望一时，而元、明以来，英贤辈出，则彬彬然称'东南邹鲁'矣。"②评价一个区域某一时代的文学发展状况，前人论述固然非常重要，然更需依据诗人及创作进行客观的分析。虽然见诸文献记载的诗人创作与实际情况不同，存诗数量也不能代表诗人的艺术成就，"但历史的选择又有其相对的公平性，大浪淘沙，优存劣汰，乃是文学史的规律"③，因此，对两宋徽州诗人及

---

① （元）赵汸《东山存稿》，卷四《商山书院学田记》，文津阁《四库全书》集部第1225册，北京商务印书馆，2003年，第441页。
② （民国）许承尧撰，李明回等校点《歙事闲谭》，卷一八《歙风俗礼教考》，黄山书社，2001年，第602页。
③ 尚永亮、冯丽霞《八代诗歌分布情形与发展态势的定量分析》，《东南大学学报》2003年第6期。

其创作进行考证和统计,能从数量层面相对客观地展示当时徽州诗坛的发展状况。

一、宋代徽籍诗人存诗统计

为了更好地呈现宋代徽州诗坛的总体格局和创作状况,我们应在尽可能全面占有相关史料和文学文献的基础上,对宋代徽州诗人及其诗歌创作进行统计和分析。统计分两种情况:一是现有存诗的徽州诗人及诗歌数量,二是未存诗但可考曾有诗作的徽州诗人及相关情况。现有存诗的徽州诗人及诗歌为统计和分析的重点。

据现存宋代徽人别集、《新安文献志》《新安文粹》《黄山志》《齐云山志》和徽州府县志、徽州家谱等相关文献记载,参考北京大学古文献研究所编《全宋诗》及汤华泉、常德荣等人对《全宋诗》的补遗,笔者对宋代徽州诗人及诗歌进行搜集、辨伪和整理①,并在此基础上进行统计。如下所示:

宋代徽州诗人存诗统计②

姓名	生卒年③	籍贯	科第	《全宋诗》④	录诗	录句	补诗	补句	总计
查元方		休宁		1—202	1				1
吕文仲	?—1007	歙县	南唐进士	1—596	4				4
舒雅	?—1009	歙县	南唐进士	1—262	5	1			6

---

① 需说明者有两点:其一,徽州诗人指徽州本籍诗人,祖籍徽州或寄籍徽州的诗人不计入,如汪藻、朱熹其父辈分别已迁居饶州和建州,不在本表统计范围内。诗人籍贯,文献记载有异说者据考证而定。其二,由宋入元诗人取舍主要参考其年龄、创作、影响,凡卒亡时年满40岁、生年不明但在宋代有一定创作或影响者,均在统计范围,诗歌以其所有存诗为计。《全宋诗》虽然收录,但诗人主要生活在元代,如汪炎昶、江砢、鲍寿孙、胡一桂、孙岩等,不在统计范围内。

② 存诗统计基于《全宋诗》所录诗、句和所补录诗、句。现存诗歌完整的以首计,不完整的作句,同题诗按实际数量计。诗歌总计则包括完诗和残句总数。补录诗、句包括学界已补辑和笔者新补诗、句。参考学界已有成果主要有:汤华泉《新辑徽州文献中的宋佚诗》《〈全宋诗〉补辑:池州地方文献中的宋佚诗》《全宋诗辑补》53首又12句,常德荣2011年博士论文《南宋中后期诗坛研究》(附录1)116首又4句,朱刚《宋代禅僧诗辑考》5首,詹杭伦《方回著述考》2首又2句,胡可先《〈全宋诗〉补遗100首》1首,李裕民《〈全宋诗〉续补》1句,周小山《宋人丘濬生平、著述考》1首。笔者在此基础上又补一百余首,参见本书附录。

③ 诗人排列主要参照生年、卒年、取进士之年、生活时期。生年或卒年不可考时,如为进士取其登科时朝廷年号。

④ 凡《全宋诗》所录诗人,为方便读者查询,表中标明诗人小传所在册和页。

续表

姓名	生卒年	籍贯	科第	《全宋诗》	录诗	录句	补诗	补句	总计
舒雄	端拱时	歙县	进士	1—263	1			1	2
谢泌	950—1012	歙县	进士	1—597	2		1	1	4
曹汝弼	951—1016	休宁	乡贡进士	2—1053	5		2	3	10
张秉	952—1016	歙县	进士	1—634	7	1			8
查道	955—1018	休宁	进士	2—823	3	1			4
俞献可	端拱时	歙县	进士	2—853	1				1
洪湛	963—1003	休宁	进士	2—1077	2				2
方仲荀	咸平时	歙县	进士	2—1292	1				1
聂致尧	咸平时	歙县	进士	2—1294	1				1
聂致孙		歙县		2—1295	2				2
魏瓘		婺源		3—1721	1	2			3
聂冠卿	大中祥符时	歙县	进士	未录			1		1
许俞	大中祥符时	黟县	进士	未录			1		1
聂宗卿		歙县		3—1845	1				1
许元	989—1057	歙县	赐进士出身	3—1922	1	1			2
孙抗	998—1051	黟县	进士	4—2319	8		2		10
丘濬	天圣时	黟县	进士	4—2323	8	5	15	2	30
俞希孟	景祐时	歙县	进士	6—4285	3	1			4
吕溱	1014—1068	歙县	进士第一	7—4895	2	1			3
俞希旦	嘉祐时	歙县	进士	12—8052	1				1
王汝舟	1034—1112	婺源	进士	13—8702	8			1	9
陈亨龙	元丰时	祁门	登科	未录			1		1
洪搏		婺源		未录			1		1

续表

姓名	生卒年	籍贯	科第	《全宋诗》	录诗	录句	补诗	补句	总计
释道宁	1053—1113	歙县		19—12891	153		3		156
王舜举	绍圣时	祁门	进士	未录			1	1	2
王愈	绍圣时	婺源	进士	未录			1		1
黄伯修		祁门		未录			1		1
胡伸	绍圣时	婺源	进士	22—14761		1			1
胡侃	崇宁时	婺源	进士	24—15736	1				1
黄葆光	1067—1124	黟县	赐进士出身	22—14728	1		1		2
程迈	1068—1145	黟县	进士	22—14930	4				4
汪伯彦	1069—1141	祁门	进士	22—14955	4	1	2		7
凌唐佐	约1072—1132	休宁	进士	24—15707	3				3
胡舜陟	1083—1143	绩溪	进士	27—17850	14	2			16
卢臣忠	?—1129	黟县	进士	未录			1		1
胡汝明	政和时	黟县	进士	未录			1		1
程嘉量	政和时	休宁	赐进士出身	28—18305	1				1
马咸		婺源		未录			1		1
王嵒		祁门		未录			1		1
朱弁	1085—1144	婺源		28—18313	45	3			48
方开之		婺源		29—18603	1				1
汪襄	政和时	绩溪	进士	29—18617	1		5		6
汪勃	1088—1171	黟县	进士	29—18904	1		2		3
吴源	?—1174	休宁		未录			1		1
王建	政和时	婺源	进士	29—18910	1				1

续表

姓名	生卒年	籍贯	科第	《全宋诗》	录诗	录句	补诗	补句	总计
罗汝楫	1089—1158	歙县	进士	30—19345	1		1		2
释嗣宗	？—1153	歙县		32—20280	32			4	36
程介		婺源		32—20287	1				1
张顺之		婺源		20—13442		7			7
朱松	1097—1143	婺源	上舍及第	33—20691	425			1	426
张敦颐	1097—1184	婺源	进士	35—22352	1				1
朱槔		婺源		33—20761	84				84
胡舜举	建炎时	绩溪	进士	33—21246	1				1
汪若荣	1107—1161	歙县	进士	35—22233	1				1
胡仔	1110—1170	绩溪		36—22527	11	11			22
金梁之	1114—1174	休宁		37—23059	3	1	1		5
胡伟		绩溪		未录			100		100①
汪德辅		祁门		未录			1		1
李缙	1117—1193	婺源		37—23401	1				1
程先		休宁		未录				11	11
程叔达	1120—1197	黟县	进士	38—23733	2				2
陈尚文	绍兴时	休宁	特科进士	38—23785	1		2		3
程大昌	1123—1195	休宁	进士	38—24015	10	3			13
汪远猷	绍兴时	休宁	进士	38—24045	1				1
李知己	绍兴时	婺源		38—24045	1				1
吴儆	1125—1183	休宁	进士	38—24059	63			1	64②

① （宋）胡舜陟《胡少师总集》后附录胡伟《宫词集句》，载胡伟集句100首，常德荣2011年博士论文《南宋中后期诗坛研究》附录1已补录。
② 《全宋诗》所录吴儆诗中有两首诗非吴儆所作，统计时已去。

续 表

姓名	生卒年	籍贯	科第	《全宋诗》	录诗	录句	补诗	补句	总计
李黄中		婺源		未录			1		1
方有开	1128—1190	歙县	进士	43—27078	3				3
罗颂	？—1191	歙县		45—27713	1		1		2
胡持	隆兴时	婺源	进士	46—28600	1				1
程洵	1135—1196	婺源	特奏名进士	46—28900	125				125
朱晞颜	1135—1200	休宁	进士	46—28927	15				15
罗愿	1136—1184	歙县	进士	46—28966	38		3		41
王炎	1138—1218	婺源	进士	48—29685	823	1	1	1	826
方恬	乾道时	歙县	进士	48—29851	4	2			6
吴箕	乾道时	休宁	进士	未录			1		1
汪义荣	乾道时	黟县	进士	48—29857	1		1		2
谢安邦	乾道时	祁门	进士	未录			3		3
滕璘	1150—1229	婺源	进士	50—31084	1		2		3
吴㞞	1151—1218	休宁		未录			2		2
程永奇	1151—1221	休宁		50—31348	4				4
程卓	1153—1223	休宁	进士	51—31685	2				2
汪雄图	淳熙时	休宁	进士	51—32021	1				1
汪文振	淳熙时	休宁	进士	未录			1		1
汪莘	1155—1227	休宁		55—34685	221				221
朱权	1155—1232	休宁	进士	51—32079	1		3		4
胡某		休宁		51—32126	1				1
金朋说	淳熙时	休宁	进士	51—32197	95				95
汪纲	淳熙时	黟县	进士	未录			2		2

续 表

姓 名	生卒年	籍贯	科 第	《全宋诗》	录诗	录句	补诗	补句	总计
李樟		婺源		未录			1		1
李棣	淳熙时	婺源	进士	未录			2		2
程准		休宁		52—32795	2				2
朱申	绍熙时	休宁	进士	51—32209	1				1
许文蔚	绍熙时	休宁	上舍释褐	53—32827	1				1
汪楚材	绍熙时	休宁	进士	53—32834	1		1		2
詹初		休宁		60—37837	49		1		50
汪晫	1162—1227	绩溪		53—32895	51	4			55
程珌	1164—1242	休宁	进士	53—33008	126		2		128
郑晦		歙县		52—32796	1				1
谢班		祁门	特奏名进士	55—34734	1			1	2
吴弘钰		歙县		57—36065	1				1
赵善璙	嘉定时	歙县	进士	56—35092	1				1
吕午	1179—1255	歙县	进士	56—35150	6	2	1	1	10
祝穆	？—1256	歙县		62—38994	2	2			4
李登	嘉定时	婺源	进士	未录			1		1
赵戣		休宁		59—36823	38		10		48
金文刚	1188—1258	休宁		59—36832	1				1
许大宁	1193—1249	婺源		未录			1		1
戴泳	嘉定时	绩溪	进士	未录			1		1
叶介		休宁		未录			4		4
方岳	1199—1262	祁门	进士	61—38262	1 416	2	30	2	1 450①

---

① 方岳诗，《全宋诗》录诗1 420首，其中4首自重；句3则，其存目一则见于朱松诗。补诗，参见汤华泉《全宋诗辑补》、常德荣博士论文附录和本书附录。

续表

姓　名	生卒年	籍贯	科　第	《全宋诗》	录诗	录句	补诗	补句	总计
程垣	1199—？	休宁		未录				1	1
程元凤	1200—1269	歙县	进士	62—38688	11	1		1	13
陈樾	绍定时	祁门	进士	未录			1		1
郑江	端平时	歙县	进士	62—39260	1				1
汪仪凤	1207—1290	歙县	进士	63—39357	2				2
吴觉	淳祐时	婺源	进士	66—41910			1	2	3
程洙	1210—1275	休宁	进士	63—39496	4				4
许霖	淳祐时	歙县	进士	未录			1		1
陈鼎新	淳祐时	祁门	进士	未录			1		1
程骧	1212—1284	休宁	赐武举出身	64—39931	1				1
吴应紫		休宁		未录			1		1
程以南		休宁		64—40322	3	1			4
吴锡畴	1215—1276	休宁		64—40399	128			2	130
吴资深	1215—？	休宁		未录			3		3
俞君选	1215—1286	婺源	进士	64—40421	1				1
许月卿	1216—1285	婺源	进士	65—40527	288		1		289
汪若楫		休宁		65—40659	6		3		9
程元岳	1218—1268	歙县	进士	65—40854	5				5
汪韶		黟县	特奏名进士	65—40857	4	1			5
江心宇		婺源		65—40865	3				3
陆梦发	1222—1275	歙县	进士	66—41205	2			1	3
胡斗元	1224—1295	婺源		未录			3		3
程鸣凤	1225—？	祁门	武举第一	65—40657	3		2		5
鲍云龙	1226—1296	歙县		未录			1		1

续表

姓名	生卒年	籍贯	科第	《全宋诗》	录诗	录句	补诗	补句	总计
方回	1227—1307	歙县	进士	66—41422	2 854	6	50	6	2 916
杨公远	1227—？	歙县		67—42060	457				457
吴倧		歙县		67—42128	1	7			8
刘光		歙县		67—42129	1	5			6
滕堞		婺源		67—42130	3		1	1	5
胡次焱	1229—1306	婺源	进士	67—42309	5		3		8
汪梦斗		绩溪	魁江东漕试	67—42358	128				128
吴龙翰	1233—1293	歙县		68—42873	169	3	2	4	178
吴山		休宁		72—45492	1				1
朱惟贤	咸淳时	休宁	特科进士	68—42906		1			1
曹泾	1234—1315	休宁	进士	68—42870	8		9		17
江恺		婺源	进士	68—43135	1				1
吴浩		休宁		68—43146	1				1
孙嵩	1238—1292	休宁		68—43152	68		3		71
汪宗臣	1239—1330	婺源	两中亚选	69—43267	14		5		19
程彻		休宁		70—43953	1		1		2
洪光基		歙县		70—43985	1				1
罗荣祖		歙县		70—44459	5				5
汪祐		祁门		未录			1		1
罗禧		歙县		72—45530	3				3
张冠卿		歙县		72—45537	1				1
程楠		歙县		72—45538	1				1
王德称		祁门		未录			1		1
陈士弘		祁门		未录			1		1
162 人				124/38	8 157	81	334	35	8 607

据上表统计,现有诗作存世的两宋徽州诗人共 162 位,现存诗歌总计(包括完诗和残句)8 607 首。其中收录在《全宋诗》中诗人 124 位,诗歌总计(包括完诗和残句)8 238 首。从诗人队伍和创作数量来看,宋代徽州本籍诗人创作具有了一定的规模。

二、宋代徽籍诗人存诗层级分布

诗人的存诗数量一定程度上反映了诗人的创作成就,也是决定诗人创作地位的重要参考标准。参照尚永亮的唐诗数量层级概念和划分标准①,笔者把徽州诗人分为 4 层:高产层诗人,存诗量 501 首以上;多产层,存诗量为 101—500 首;中产层,存诗量 21—100 首;低产层,存诗量 20 首以下。在此基础上,再进一步把每一层又分为 2 级,这样,形成 4 层 8 级分布图示。宋代徽州本籍诗人 162 位,现存诗 8 607 首,其层级分布具体如下:

宋代徽籍诗人存诗量层级分布②

层别	级别	级诗人数	层诗人数	个人存诗量	级诗量	层诗量
高产层	1 000 首以上	2	3 2%	2 916、1 450	4 366	5 192 60%
	501—1 000 首	1		826	826	
多产层	301—500 首	2	10 6%	457、426	883	2 238 26%
	101—300 首	8		289、221、178、156、130、128×2、125	1 355	
中产层	61—100 首	5	13 8%	100、95、84、71、64	414	744 9%
	21—60 首	8		55、50、48×2、41、36、30、22	330	
低产层	11—20 首	7	136 84%	19、17、16、15、13×2、11	104	433 5%
	10 首及以下	129		10×3、9×2、8×3、7×2、6×4、5×6、4×11、3×14、2×19、1×65	329	

---

① 参见尚永亮、张娟《唐知名诗人之层级分布与代群发展的定量分析》,《文学遗产》2003 年第 6 期。
② 百分比分别是层诗人数与总诗人数之比、层诗量与总存诗量之比。存诗数相同,用"存诗量×人数"表示。

从上表来看,宋代徽州高产层诗人3位,约占总诗人数2%;不过却留下5 192首诗歌,约占总诗量60%。高产层诗人均出现在南宋,在徽州诗坛居重要地位。多产层诗人10位,其中北宋1位、南宋9位,约占总诗人数的6%;存诗2 238首,约占总诗量的26%。多产层诗人成就较高,对徽州诗坛的影响较大。中产层诗人13位,其中北宋1位、南宋12位,约占总诗人数的8%;中产层存诗744首,占总诗量的9%。中产层诗人有相当数量的诗作存世,大体可表明其已超越于粗通笔墨的层面。低产层诗人最多,有136位,约占总数84%。低产层诗人多是粗通文墨的作者。诗歌数量与质量固然没有必然关系,但一定量的存诗,在某种程度上反映了作者及其创作的影响和价值。宋代尤其是南宋徽州诗坛高产层和多产层诗人的增多,除了说明这些诗人在徽州诗坛中的重要性外,也在数量上大致反映了南宋徽州诗坛的发展和兴盛。

三、诗作佚失徽籍诗人考辑

通过搜检徽州方志、徽人总集、宋人别集等相关文献,我们发现,宋代徽州还有不少人曾有诗集或诗作传世,但由于多种原因,其诗作未能留存。其中有些人诗歌创作在当时还颇有影响。现列举如下:

宋代徽州诗作佚失诗人考辑

诗 人	生卒年	居地	作 品	所 据 文 献
朱惟甫	979—1054	婺源	《歙溪府君诗集》	朱松《韦斋集》卷一〇
汪覃	神宗时	绩溪	与苏轼唱和	苏轼诗《汪覃秀才久留山中以诗见寄次其韵》
吴范	神宗时	休宁	《吴端翁诗集》	弘治《休宁志》卷七
曹道	北宋后期	休宁	《芸窗雨集》	道光《休宁县志》卷一二《人物·文苑》
江致一	北宋后期	休宁	《石室先生集》	程敏政《新安文献志》先贤事略上
许润	政和前后	绩溪	《诗文集》	道光《徽州府志》卷一五《艺文志》
张钰	南渡前后	婺源	《竹溪诗》三十卷	朱熹《跋张公予竹溪诗》
汪杞	南渡前后	婺源	《勉学诗》	戴延明等《新安名族志》前卷

续表

诗人	生卒年	居地	作品	所据文献
滕恺	高宗时	婺源	《溪堂集》	朱熹《跋滕南夫溪堂集》
王筠	高宗时	婺源	《冰玉老人集》	王炎《双溪类稿》卷二五
王昭德	高宗时	婺源	《绿净文集》	王炎《双溪类稿》卷二五
王橐	高宗时	婺源	《南窗杂著》	王炎《双溪类稿》卷二五
金安节	1094—1170	休宁	《金忠肃公文集》	弘治《休宁志》卷七
孙彦及	高宗时	徽州	《棣华堂诗》	吴儆《竹洲集》卷一七
吴从龙	淳熙时	休宁	《本斋集》《月评诗集》	戴延明等《新安名族志》后卷
东山	孝宗时	徽州	《东山集句》二百余首	王炎《双溪类稿》卷二四
王纲	孝宗时	婺源	《懒翁诗》	王炎《双溪类稿》卷二五
吴昶	孝宗时	歙县	诗文五十卷	程瞳《新安学系录》卷一六
吴天骥	孝宗时	休宁	《凤山集》	弘治《休宁志》卷七
程令说	孝宗时	休宁	《茅堂诗集》	道光《徽州府志》卷一五《艺文志》
朱由义	孝宗时	休宁	《秀轩诗集》	道光《徽州府志》卷一五《艺文志》
王至卿	宁宗时	婺源	《樗叟诗集》	王炎《双溪类稿》卷二五
胡俊伯	理宗时	歙县	《胡俊伯诗集》	吕午《竹坡类稿》卷一
奚朝瑞	理宗时	黟县	《奚朝瑞诗集》	方岳《秋崖集》卷三八
许允杰	南宋末	婺源	与许月卿唱和	许月卿《先天集》
金若洙	南宋末	休宁	《东园集》《四咏吟编》	黄宗羲、全祖望《宋元学案》卷八三

上表所列26位诗人,虽然我们无从了解这些诗人诗歌的具体情况,但从文献记载来看,其创作在徽州都有一定的影响,有些人如金安节、吴昶、金若洙等,在学术和文学上都卓有成就,由此可补充证明宋代徽州诗坛的繁盛。

第二节 宋代徽籍诗人创作历时分析

一、唐宋及两宋徽籍诗人存诗数量比较

（一）唐宋徽籍诗人存诗数量比较

徽州文学发轫于南朝齐梁，但从存诗来看，徽籍诗人诗歌创作兴起于唐代。宋代徽州诗歌是在唐代的基础上发展起来的，为了更好地说明徽籍诗人及诗歌在宋代的发展状况，有必要将唐代(含五代)徽籍诗人存诗进行统计，以便于对比分析。据《全唐诗》及《全唐诗补编》，统计徽籍诗人及存诗情况如下：

唐代(含五代)徽籍诗人存诗统计

姓名	时代	籍贯	《全唐诗》①	存诗	存句	总计
吴少微	663—750	休宁	2—1011	6		6
吴巩	玄宗时	休宁	4—1230	1		1
许宣平	睿宗时	歙县	24—9718	3		3
皇甫湜	777—835	新安	11—4150	3		3
汪万于	宪宗时	歙县	14—5372	1		1
汪极	昭宗时	歙县	20—7923	1		1
清澜	晚唐	歙县	《全唐诗补编》		1	1
张友正	唐末	歙县	21—8327	2		2
查文徽	885—954	休宁	22—8609	1		1
9人②				18	1	19

---

① 统计据(清)彭定求编《全唐诗》，中华书局，1960年；陈尚君《全唐诗补编》，中华书局，1992年。

② 《全唐诗》和《全宋诗》均录查元方。查元方为五代入宋诗人，现存诗一首应为入宋后作，故统计入宋人中。

对比唐、宋徽州诗人及存诗统计表不难看出,宋代徽州诗歌在唐代基础上呈现出飞跃式的发展。宋代徽州诗人 162 人,唐代 9 位,宋代是唐代的近 20 倍;存诗总量(包括完诗和残句)宋代 8 607 首,唐代 19 首,宋代是唐代的 400 多倍,从绝对数量而言,宋代徽州诗人及存诗相比唐代确实是巨大的飞跃。当然,我们对唐、宋诗人及诗歌数量进行比较,有必要考虑其外部因素的影响。唐代相对于宋代时间更久远,经历了更多的社会战乱和天灾人祸等;而且唐代的印刷出版技术、诗集编纂意识等远不如宋代,因此唐代诗歌遗失更为严重。绝对数量的增加不足以证明宋代徽州诗歌的发展成就,有必要分别考虑其在不同朝代总数中所占比例,然后再作相对比较。现有存诗的唐代诗人共 3 228 位,徽州诗人 9 位,徽州诗人不足总人数 3‰;唐代存诗总数 50 454 首,徽人存诗 19 首,徽人存诗约占总存诗 0.4‰①。宋代以《全宋诗》所录为据,《全宋诗》录两宋诗人 9 179 位,纳入我们考察的徽州诗人 124 位,徽州诗人约占总人数 13‰;《全宋诗》录诗总计 254 240 首,纳入我们考察的徽人存诗 8 238 首,徽人存诗约占总数 32‰②。宋代徽州诗人与总数比是唐代徽州诗人与总数比的 4 倍多;宋代徽州存诗与总数比约为唐代徽州存诗与总数比的 80 倍。这样,从绝对数量与相对比两方面进行比较,基本上可以说明宋代徽州诗人及诗歌数量在唐代的基础上实现了历史性的飞跃。

(二)两宋徽籍诗人存诗数量比较

历史上划分北宋与南宋,通常以靖康二年(1127)为界。宋代徽州诗坛依据朝代的变更,也分为北宋、南宋两个时期。不过,考虑到宣和三年(1121)歙州改为徽州,划定北宋徽州诗坛与南宋徽州诗坛也以此年为界。

据宋代徽籍诗人存诗统计表来看,两宋徽人的创作是不平衡的,南宋的诗人及诗作数量远超于北宋。诗人数量上,北宋 33 人,南宋 124 人,时代不明 5 人,南宋诗人数量约为北宋的 4 倍;存诗量上,北宋 277 首,南宋 8 323 首,时代不明 7 首,南宋约为北宋的 30 倍多。

需要说明的是,笔者把南渡诗人归入南宋,这样势必造成比较的不公平。鉴于这种情况,我们把南渡前后的诗人单独列出,再作比较。不难发现,南宋诗人及诗歌数量仍远超于北宋。因此,就诗人数量和诗歌数量而言,南宋时期徽州诗人创作在北宋的基础上实现了新飞跃。

---

① 唐代诗人及诗歌总数,参考尚永亮、张娟《唐知名诗人之层级分布与代群发展的定量分析》,《文学遗产》2003 年第 6 期。

② 《全宋诗》实际上收录徽州诗人 130 位、诗歌 8 389 首,在前表统计时,笔者去除由宋入元时未及 40 岁的一些诗人。如按《全宋诗》实际收录人数和诗歌而言,其占比要更高一些。

二、宋代徽籍诗人创作时段分布

宋代徽州诗坛非常活跃,呈现出空前繁荣景况。那么宋代各朝徽州诗人及诗歌创作情况如何?呈现怎样的发展态势?宋代徽州诗坛可分为几个发展阶段?各阶段具体状况如何?这些问题的解决,有必要从宋代徽州诗人创作的时段分布方面进行统计和分析。

统计不同时段诗人及诗歌数量,首先要综合考虑朝代更迭和诗坛状况等因素进行分期,然后再把诗人归置于某一时段。鉴于不少诗人可能历经两朝甚至多朝,界定某一诗人所属主要参考其文学活动相对活跃时间。而且,考虑到不同诗人创作数量的悬殊,仅统计不同时段诗人数量和存诗量远不能反映诗坛创作情况,还应区别不同层次的诗人,即把高产层、多产层、中产层与低产层诗人分开统计。

(一) 北宋徽籍诗人创作时段分布

北宋太祖建隆元年(960)至徽宗宣和二年(1120),期间161年,现有存诗的徽州诗人33位,总存诗达277首。参照历史研究常见的前、中、后划分方法,笔者把宣和三年前之北宋分为三个时段:前期三朝,太祖建隆元年(960)至真宗乾兴元年(1022);中期三朝,仁宗天圣元年(1023)至神宗元丰八年(1085);后期两朝,哲宗元祐元年(1086)至徽宗宣和二年(1120)。按照划分的时段,依次考察并统计各时段徽州诗坛的诗人及创作数量,具体情况如下:

北宋徽州诗人创作时段分布

时代	时间	低产层	中产层	多产层	高层	人数	存诗数
北宋前期	960—1022	13				13	46
北宋中期	1023—1085	8	1			9	55
北宋后期	1086—1120	10		1		11	176
总计		31	1	1		33	277

从上表来看,北宋时期三个时段诗歌创作发展缓慢。前期诗人数量稍多,然个人存诗和总存诗数量偏低;中期出现一位中产诗人,不过诗人数量下落;后期多产诗人产生,总存诗数量也提高,但考虑到多产诗人释道宁的作品主要是百余首偈颂诗,还不足以说明此阶段诗歌的发展程度。

(二) 南宋徽籍诗人创作时段分布

从北宋徽宗宣和三年(1121)到元世祖至元二十二年(1285),期间 165 年,存有诗作的徽州诗人有 124 位,总存诗达 8 323 首。参考南宋社会的兴衰发展历史,笔者把南宋徽州诗坛也分为三个时段:南渡前后,徽宗宣和三年(1121)到高宗绍兴三十二年(1162);南宋中期,孝宗隆兴元年(1163)到宁宗嘉定十七年(1224);南宋后期,理宗宝庆元年(1225)到至元二十二年(1285)。按照划分的时段,依次考察南宋徽州诗坛的诗人及创作情况,具体分布如下:

南宋徽州诗人创作时段分布

时 代	时 间	低产层	中产层	多产层	高产层	总人	总存诗
南渡前后	1121—1162	21	4	1		26	681
南宋中期	1163—1224	36	5	3	1	45	1 805
南宋后期	1225—1285	44	2	5	2	53	5 837①
总 计		101	11	9	3	124	8 323

从上表来看,南宋时期三个时段诗歌创作进展比较明显。南渡期相比北宋,诗人和诗歌数量突飞猛进,诗人 26 位,存诗总量 681 首,是北宋时期存诗总量 2 倍以上,这不能不说是徽州诗歌发展史上的重大飞跃。南宋中期诗人数量 45 位,且出现了高产诗人,存诗总量 1 805 首,是南渡期存诗总量 2 倍多。南宋后期徽州诗歌飞速发展,诗人 53 位,多产和高产诗人进一步增加,诗歌数量攀升到 5 837 首。需要注意的是,南宋后期诗歌,还包括一些跨代诗人入元的创作。也就是说,统计南宋后期的诗人,显然扩大了范围。不过,即使去掉这些由宋入元诗人诗作,其诗歌创作总量仍然占据首位。实际上,易代期的诗人均成长于理宗期,正是由于南宋后期徽州浓厚的诗歌创作风气和文学基础,才催生出元代又一创作高峰。

三、宋代徽州诗坛发展分期

宋代徽州诗人及诗歌的时段分布,大致可以反映出徽州诗坛发展状况。

---

① 宋代后期比较特殊,凡宋亡年满 40 岁或生年不明但在宋代有一定影响者归入宋代,统计数字中包含诗人入元后创作的诗歌。

北宋时期发展缓慢,诗人和诗歌数量总体较低。南渡前后是徽州诗歌发展的重要时期,其时诗人和诗歌数量突飞猛进,表明徽州诗坛开始屹立于宋代诗坛之林。南宋中期徽州诗人和诗歌数量又有所提高,徽州诗坛在迅速成长壮大。南宋后期徽州诗歌创作数量显著提高,尤其是高产诗人出现,扩大了徽州诗坛的文学影响,徽州诗坛逐步走向繁荣。

根据宋代徽州诗人及诗歌数量时段分布情况,并结合各阶段主要诗人及其创作影响,宋代徽州诗坛发展大致可划分为四个时期:北宋时期(960—1120)——酝酿期;南渡前后(1121—1162)——崛起期;南宋中期(1163—1224)——壮大期;南宋后期(1225—1285)——繁荣期。

第三节 宋代入徽诗人统计

一、仕徽诗人及创作统计

仕徽诗人是徽州诗坛较为重要的群体,对于徽州诗坛影响很大。徽州官员在任职期间的施政管理,关系到地方社会安定、经济生活、思想教育等各个方面,影响了文化的发展和文学创作;诗歌创作虽然对于徽州官员只是"余事"或雅兴,但因特殊的政治地位,其对文学的参与在很大程度上起到表率作用,特别是政绩较好又文才出众的仕徽诗人,其自身的创作活动和文学交往不仅构成诗坛的重要风景,而且能引领诗坛创作方向,推动诗坛健康发展。仕徽诗人任职时间有限①,其现存诗未必是在徽任职所作,存诗数量并不能说明其在徽州的诗歌创作状况。然而,存诗在一定程度上能反映其本人的文学素养和创作成就,对仕徽诗人任职、存诗等进行考察,有助于进一步了解徽州官员文学素质以及其对徽州诗坛影响。

(一) 州级仕徽诗人统计

依据《宋史》《南宋馆阁录》和徽州府县志、宋人文集等文献,参之《全宋诗》所录诗人及诗歌,笔者对宋代仕徽诗人的任职和存诗状况进行统计。宋代留存诗作的州级仕徽诗人有59位,基本情况如下表所示:

---

① 任职最长当为十年不调的李度,其诗作已佚;多数二年左右,短者当年离任。

宋代州级仕徽诗人统计

姓 名	生卒年①	籍贯	存诗	全宋诗	仕徽时间	任 职	徽诗②
王挺之			3	2—1174	至道元年	军事判官	3
陈知微	969—1018	高邮	2	2—1257	咸平五年	通判	
梁鼎	955—1006	益州	2	2—818	端拱初	通判	
李维	961—1031	洺州	13	2—985	咸平三年	知州	
鲁宗道	966—1029	谯县	5	2—1142	景德年间	军事判官	4
曹修古	？—1033	建州	2	3—1581	仁宗期	知州	
苏寿		绵州	2	3—1586	明道元年	知州	1
钱仙芝			1	6—3555	景祐中	知州	
潘夙	1005—？	大名	1	5—3455	至和元年	知州	
闻人安道	景祐时	嘉兴	2	6—4283	仁宗期	通判	
方仲谋	嘉祐时	淳安	1	11—7470	仁宗期	推官	
陈庸	1015—1077	眉州	1	8—5013	神宗期	判官	
刘琦		宣城	1	15—9772	熙宁初	通判	
黄浩	熙宁时	岳阳	4	15—10217	绍圣二年	知州	
顾临	1028—1099	会稽	5	11—7548	哲宗期	知州	
虞宾	元丰时	余姚	1	19—12985	崇宁初	知州	
曾谔	熙宁时	新城	1	17—11304	崇宁末	知州	
梅泽		吴郡	4	24—15720	宣和二年四月至十月	知州	
傅谦受		仙游	1	22—14396	徽宗朝	通判	

① 可考生卒年者,记生卒年;生卒年不可考者,记其科举登第时年号。
② 此处徽诗主要指仕徽期间创作的与徽州有关的诗歌。

续 表

姓 名	生卒年	籍贯	存诗	全宋诗	仕徽时间	任 职	徽诗
吴伟明	崇宁时	邵武	3	24—16035	绍兴八年四月至九年四月	知州	
曾开	崇宁时	赣州	7	24—15738	绍兴九年四月至九年十二月	知州	
汪藻	1079—1154	饶州	338	25—16504	绍兴九年十二月至十一年七月	知州	
严焕	绍兴时	常熟	2	37—22981	绍兴十二年	教官	
周必大	1126—1204	管城	869	43—26678	绍兴二一年	司户参军	
范成大	1126—1193	吴郡	1947	41—25749	绍兴二六年至三十年	司户参军	140
周麟之	1118—1164	海陵	184	37—23412	绍兴二五年	通判	
胡彦国			1	37—23222	绍兴二五年二月至二六年十一月	知州	
李稙	靖康时	泗州	1	32—20570	绍兴二六年十一月至二八年四月	知州	
洪适	1117—1184	鄱阳	796	37—23412	绍兴二九年九月至三一年二月	知州	
沈浚	建炎时	德清	1	33—21245	绍兴三一年四月至三二年七月	知州	
季南寿	绍兴时	龙泉	1	35—22078	乾道二年四月至三年八月	知州	
陈良佑	绍兴时	金华	3	38—24031	淳熙六年六月至七年六月	知州	
王居安	淳熙时	黄岩	11	51—32212	淳熙十四年	推官	
徐谊	1144—1208	平阳	5	50—31017	淳熙十六年七月	知州	
舒璘	1136—1199	奉化	1	47—29013	绍熙二年	教授	
张伯垓	绍兴时	嘉兴	3	45—27697	绍熙三年七月至五年七月	知州	

续 表

姓 名	生卒年	籍贯	存诗	全宋诗	仕徽时间	任职	徽诗
尚侑			1		庆元二年	知州	
高似孙	淳熙时	鄞县	188	51—31982	庆元六年	通判	
王休	庆元时	慈溪	2	53—33332	庆元中	教授	
赵彦卫	隆兴时	浚仪	2	45—28277	开禧元年十月至三年	知州	
汤起岩	乾道时	贵池	1	48—30030	开禧初	通判	
李浃	1152—1209	德清	1	50—31487	嘉泰二年八月至三年正月	知州	
吕祖平		寿州	1		嘉定八年	知州	
冯多福	绍熙时	无锡	1	53—33002	嘉定九年八月至十年七月	知州	
孔元忠	1159—1226	长洲	1	51—32237	嘉定十年八月至十二年九月	知州	
袁甫	嘉定时	鄞县	135	57—35846	嘉定十六年八月至十七年闰八月	知州	6
陈贵谊	1183—1234	福清	1	57—35656	嘉定中	知州	
汪立中	嘉定时	鄞县	3	57—35836	宝庆三年九月至绍定元年五月	知州	
谢采伯	1179—1251	临海	2	56—35150	绍定四年三月至六年四月	知州	
严粲		邵武	125	59—37390	绍定间	徽州掾	
倪祖常	淳熙时	归安	1	50—31442	嘉熙二年闰四月至三年三月	知州	
陈淳祖		瑞安	7	63—39404	理宗期	通判	
罗必元	1175—1265	进贤	17		淳祐时	知州	
魏克愚		临邛	2	64—39932	淳祐十二年三月至宝祐二年	知州	
王应麟	1223—1296	鄞县	10	66—41280	咸淳六年三月至咸淳七年	知州	

续　表

姓　名	生卒年	籍贯	存诗	全宋诗	仕徽时间	任职	徽诗
尤冰寮		无锡	3	69—43619	咸淳九年	通判	
张洪		鄱阳	2	68—42906	咸淳十年四月至咸淳十年	知州	
史唐卿		鄞县	1	68—42922	南宋末	通判	
徐师			1	72—45536	不明	通判	1

现有存诗的州级仕徽诗人59位,其中北宋19位、南宋40位。据弘治《徽州府志》,州级仕徽诗人列为名宦的有:李维、曹修古、黄浩、曾谔、范成大、李稙、洪适、徐谊、舒璘、袁甫、谢采伯、倪祖常、魏克愚、王应麟。上述名宦中,除范成大为司户参军、舒璘为教授,其他人均任知州。

（二）县级仕徽诗人统计

依据徽州府县志、《全宋诗》等文献,笔者对宋代县级仕徽诗人任职和存诗状况进行统计。宋代留存诗作的县级仕徽诗人主要有39位,基本情况如下表所示：

宋代县级仕徽诗人统计

县属	诗人	生卒年	籍贯	存诗	《全宋诗》	仕徽起时	任职	徽诗
歙县	胡权	1094—？	缙云	1	32—20336	绍兴间	歙县丞	
	史正志		江都	5	46—28966	绍兴二十一年	歙县尉	
	刘坦之		吴兴	1	50—31025	淳熙初	歙县令	
	乔孟符		东阳	2	50—31047	孝宗期	歙县令	
	滕岑	1137—1224	严州	110	47—29599	绍熙元年	歙县尉	
休宁	吕大防	1027—1097	蓝田	9		治平三年	休宁令	
	葛胜仲	1072—1144	常州	644	24—15593	大观二年	休宁令	
	章元振	政和时	崇安	3	29—18609	宣和七年	休宁令	
	陈之茂		鄞县	2	35—22199	绍兴六年	休宁尉	

续　表

县属	诗人	生卒年	籍贯	存诗	《全宋诗》	仕徽起时	任职	徽诗
休宁	陈曦		鄞县	2	35—22354	绍兴间	休宁令	
	祝禹圭		衢州	1	47—29112	淳熙十四年	休宁令	
	邹补之		开化	2		绍熙四年	休宁令	
	叶秀发	1161—1230	金华	6	53—32850	宁宗期	休宁令	6
婺源	杜叔元		成都	2	11—7724	仁宗期	婺源令	1
	杨邦义	1086—1129	吉水	4	29—18804	政和五年	婺源尉	
	袁采		衢州	1	46—28614	淳熙期	婺源令	
	沈焕	1140—1192	鄞县	2	48—30019	淳熙十五年	婺源令	
	周茂良		平阳	1	53—33446	庆元二年	婺源令	
	詹师文		崇安	1	53—33444	庆元二年	婺源尉	
	朱复之		建安	22	55—34450	宁宗期	婺源令	
	许应龙	1169—1249	闽县	68	54—33769	嘉定元年	婺源令	
	陈范		崇安	2	57—35843	嘉定七年	婺源尉	
祁门	王本			1	未录	绍圣二年	祁门令	1
	祝源			1	未录	宣和四年	祁门令	1
	张潜			1	未录	南渡前后	祁门主簿	1
	姚淑			1	未录	绍熙二年	祁门尉	1
	江泰			4	未录	庆元五年	祁门令	4
	惠端方		宜兴	1	53—33445	嘉定十五年	祁门令	
	曹黡			1	未录	宝庆元年	祁门令	1
	李时英			1	65—40847	淳祐七年	祁门令	
黟县	臧询	1051—1110	湖州	1	18—12239	元丰二年	黟县尉	
	周操	绍兴时	归安	1	35—22088	绍兴中	黟县令	

续　表

县属	诗人	生卒年	籍贯	存诗	《全宋诗》	仕徽起时	任职	徽诗
绩溪	赵企	？—1118	南陵	2	20—13535	大观中	绩溪令	
	苏辙	1039—1112	眉山	1854	15—9814	元丰间	绩溪令	41
	崔鶠	1057—1126	雍丘	52	20—13477	政和中	绩溪令	4
	虞俦		宁国	869	46—28463	孝宗期	绩溪令	
	王柟		温州	3	48—30367	孝宗期	绩溪令	
	李遇	1178—1248	福州	2	56—35026	端平间	绩溪令	
	董楷	1226—？	临海	2	67—42030	宝祐四年	绩溪主簿	

现有存诗的县级仕徽诗人 39 位,其中北宋 11 位、南宋 28 位。上述诸人,弘治《徽州府志》列为名宦的有:乔孟符、葛胜仲、陈之茂、祝禹圭、邹补之、袁采、朱复之、许应龙、江泰、苏辙、崔鶠。从诗歌创作而言,苏辙诗无论从数量和质量上都属上乘,另外崔鶠题咏新安、叶秀发题咏黄山诗也很有影响。

二、游徽诗人及创作统计

宋代有众多诗人游历徽州,不少人留下了脍炙人口的诗篇。依据《黄山志》、徽州府县志、《全宋诗》等文献,对宋代游徽诗人及在徽时诗歌创作进行统计,具体如下:

宋代游徽诗人及创作统计

诗人	生卒年	籍贯	入徽时间	在徽所作诗歌
石待问	？—1051	眉山		《游黄山》
吴黯		濮阳		《因公檄按游黄山》
王安石	1021—1086	临川	嘉祐三年	《过绩溪徽岭》《题杨溪》《题东松庵》
朱彦		南丰	约绍圣中	《游黄山》
黄庭坚	1045—1105	分宁		《砚山行》

续　表

诗　人	生卒年	籍贯	入徽时间	在徽所作诗歌
李弥逊	1089—1153	吴县		《黄山在歙郡之北……》《将至徽川道中作》《次韵国村送游黄山之作》《将至黄山寺细雨微云戏作绝句呈一老禅师》《晚登昭真亭云雾不见黄山因以述怀》《至华子岭初见黄山天都峰》
谢凤		闽县		《游黄山》
岳飞	1103—1142	汤阴	绍兴元年	《与咸公话别》《与释子珣联句》
杨万里	1127—1206	吉水		《新安江水自绩溪发源》《明发祁门悟法寺溪行险绝六首》《过闾门溪》《闾门外登溪船五首》
陈天麟	1116—1177	宣城		《登上岭游黄山》二首
陈炳		义乌		《翠微寺》《望黄山词》
王揆		尤溪		《游黄山留题》
石应孙		晋江		《游黄山》《水帘洞》《石花洞》《桃花洞》
赵汝育		晋江		《次龙吟寺壁间韵》《浮丘坛》
焦焕炎				《题黄山送别图》《游黄山》
柳桂孙				《花山寺看黄山》二首
文天祐		庐陵		《别黄山》《黄山听琴》
谢翱	1249—1295	长溪		《杂言诗》
邓宗度				《黄山杂咏》六首
赵日严				《游黄山留题》
焦静山				《汤泉》
焦本心				《游黄山留题》
汪兼山				《黄山遇雨》三首
方月涧	宋末			《游黄山留题》二首
释严隐				《游黄山》

三、入徽讲学诗人举例

宋时有不少学者入徽州讲学，他们不仅引导徽人的学术追求，也创作了不少诗歌，是徽州诗坛不可或缺的构成部分。影响较大的学者有朱熹、吕和问、吕广问、罗靖、罗竦、冯椅，其中朱熹、罗竦、冯椅现有存诗。

朱熹（1130—1200），字元晦，号晦庵、晦翁等，后追谥文。朱松子。祖籍徽州婺源，生于南剑州尤溪，占籍建州。绍兴十八年（1148）进士，位至焕章阁待制兼侍讲。淳熙三年（1176）朱熹第二次入徽后讲学，①由于朱熹卓越的学术成就，特别是与徽州血脉相连，故备受徽州士人尊崇。徽州学者以朱熹为泰山北斗，形成了新安理学学派。朱熹对南宋徽州诗坛影响极大，朱熹在徽州的学术传播，使朱子学成为徽州诗坛的思想统帅，增强了徽州诗坛的凝聚力和向心力。朱熹诗歌造诣也很深，现存诗 1 400 余首，他与程洵等徽人多有诗歌赠答，汪莘等也以诗文受教于朱熹。

罗竦，字叔共，江都人。徽宗崇宁中尝赴太学秋试，后举进士。南渡初，东莱吕和问、广问讲学婺源，竦与兄靖往从游，渊源相合，以河洛微言相发明，并称婺源"四先生"。罗竦现存诗 1 首。

冯椅，南康都昌人，字仪之，号厚斋。受业于朱熹，性敏博学。绍熙四年（1194）进士。充江西运司干办公事，摄上高县令。后家居授徒。尝注《易》《书》《诗》《论语》《孟子》《太极图》《西铭辑说》《孝经章句》《丧礼小学》《孔子弟子传》《读史记》等。据方岳《秋崖小稿·回冯宪》载，方岳儿时学于里之东皋，识厚斋，其当在宁宗时期入徽讲学。冯椅现存诗 1 首。

评价某一时期特定地区的诗坛发展程度，有两个重要指标：一是这个地区是否集中出现或输出一批诗人，二是这个地区是否引来或集聚了一批诗人。前者指向本籍诗人及创作，反映本地文学基础和发展状况；后者包括居于此地的本籍和非本籍诗人及创作，反映本地文学活动状况。宋代徽州本籍诗人和入徽任职、讲学、游历诗人文学活动的活跃，反映了宋代徽州诗坛的兴盛，也表明了徽州在宋代开始成为人文荟萃之地。

---

① 汪佑《紫阳书院建迁源流记》、汪贵《请赐文公生旦》均记录朱熹于庆元二年九月回徽州，主教于府城天宁山房。《朱子年谱》《徽州府志》均无载。清学者江永《郡城天宁寺会讲辨》否定朱熹第三次入徽讲学。因存疑，故只言朱熹两次入徽经历。

第二章　北宋徽州诗坛的酝酿

北宋时期，徽州诗坛发展缓慢。现有存诗的北宋徽州本籍诗人共33位，存诗总计277首。仕徽诗人和游徽诗人的加入，壮大了徽州诗坛的力量，丰富了徽州诗歌的创作内容。尤其是苏辙任职绩溪，扩大了徽州诗坛的影响。从全国范围内来看，北宋徽州诗人整体创作无论从数量还是质量方面都比较落后；而从徽州文学发展来看，北宋徽州诗人留下了数量远超前代的诗歌，是徽州诗歌史的重要一环。北宋徽州诗坛不仅积累了许多创作经验，而且培养和储备了一批文学人才，为徽州诗坛在全国的崛起和发展奠定了基础。

第一节　宋前徽州诗歌发展概述

一、东晋、齐梁时期徽州诗歌

徽州文化历史悠久，据下冯塘、新州等地出土石器证实，旧石器时代徽州境内已有人类活动。至迟到西周，徽州一带的文化已相当发达，屯溪西周墓葬中出土的绘有舞蹈图的铜鼎和钟形五柱乐器表明，先秦时期古徽州的音乐、舞蹈发展与中原相比并不逊色。① 随着徽州文化艺术的发展，徽州文学也应逐渐出现，然文学创作起源于何时尚未考定。

从目前可见文献来看，东晋之后徽州文学开始兴起。据《晋书》记载，晋太和六年(371)前，徽州已经出现"离别歌舞之辞"②，惜此类歌辞无传世之

---

① 姚邦藻主编《徽州学概论》，中国社会科学出版社，2000年，第24—28页。
② 《晋书》卷二八《五行中》载："海西公时，庾晞四五年中喜为挽歌，自摇大铃为唱，使左右齐和。又燕会辄令倡妓作新安人歌舞离别之辞，其声悲怆。时人怪之，后亦果败。"海西公即东晋废帝司马奕，兴宁元年(365)—太和六年(371)在位。庾晞即司马晞，据《晋书》卷六四《武陵威王》载，司马晞是晋元帝第四子，太和六年简文帝即位后，被桓温所诬徙于新安郡，太元六年(381)卒于新安。参见(唐)房玄龄等《晋书》，中华书局，1974年，第836、1727页。

作留存。徽州诗歌的兴起,还主要在于游徽诗人的创作和推动。游徽诗人主要有谢灵运、沈约。谢灵运是东晋著名山水诗人,曾游历徽州并赋诗《初往新安至桐庐口》。诗前八句述感节怀古之思,后六句写山水之景,其中"江山共开旷,云日相照媚"体现了诗人炼句功夫。此诗虽非谢灵运山水诗佳作,然因诗人的声誉和影响,引领后来众多文人游历并题咏新安江,开启了徽州山水题材诗歌的先河。齐梁著名学者、诗人沈约游历新安江,题诗《新安江水至清浅深见底贻京邑游好》。诗人通过描写江水清澈见底来表达自己的高洁之志,其中"洞澈随深浅,皎镜无冬春。千仞写乔树,百丈见游鳞"四句,形象描绘出新安江水的至清之美,对后世徽州诗歌创作影响深远。

现存作品最早的徽籍作家当推南朝齐时程茂。程茂,休宁人,齐永元时任郢州长史,萧衍起兵围郢,程茂写《责萧衍犯顺书》责讨规劝。① 责书立场鲜明而言辞恳切,用语委婉又不失锋芒,具有一定的文学价值。程茂子程訾,幼能文,以诸生选为司徒左长史,官至秘书少监。程訾与柳恽齐名,尝作《东天竺赋》以自况,为文士所传。②《东天竺赋》现存,此赋传说与现实相糅,叙写情事自然顺畅,状物设喻形象贴切,辞采优美而不繁丽,在南朝赋中别具一格。程茂、程訾均无存诗,不过从程訾与诗人柳恽齐名且相交友善来推测,程訾应能诗。

仕徽文人主要有吕文达、萧几、任昉、许摛、王规等。吕文达现存《吕堨记》,萧几可考作品有《新安山水记》,其他三人在徽州之任的文学创作均不明。仕徽文人因其主宰一方的政治地位和较高的文学声誉,对于引领徽州文风、扩大徽州诗歌影响意义重大。

二、唐、五代时期徽州诗歌

徽州诗歌经历了隋朝短暂的沉寂后,到唐代再度发展。首先,诗歌创作阵容扩大,诗歌作品数量增加。唐前徽州诗坛创作主要凭靠游徽诗人,唐代起出现多位徽州本籍诗人,且仕徽诗人、游徽诗人都留下吟咏徽州之作。其次,诗人创作影响扩大。吴少微享誉全国,引领当时创作风气;许宣平与李白的传说,也使徽州诗人及诗歌借助传闻轶事而广为传播。

(一)本籍诗人创作及影响

吴少微(663—750),休宁人,唐武后长安元年(701)进士。长安中任晋阳

---

① (明)程敏政辑撰,何庆善等点校《新安文献志》,黄山书社,2004年,第6页。
② (明)程敏政辑撰,何庆善等点校《新安文献志》,黄山书社,2004年,第6页。

尉，与晋阳尉富嘉谟、太原主簿谷倚并擅文辞，时人誉为"北京三杰"①。诗文和富嘉谟相类，号称"吴富体"。著有《吴少微集》10卷，现存散文7篇②、诗歌6首③。其散文内容充实，雄迈高雅。存诗数量虽有限，但风格并不单一，如《长门怨》《怨歌行》属乐府相和歌辞，拟写怨妇，凄美清婉；《过汉故城》纵论史事，雄阔悲凉；《哭富嘉谟并序》是作者血泪铸就的挚情悼诗，读者为之动容，"词人莫不叹美"④。吴少微与富嘉谟开创了"吴富体"创作范式，不仅改变了当时文坛竞相模仿"徐庾体"创作的浮靡文风，而且开启了唐代古文运动之端绪。吴少微以其文学革新引领徽州文人诗歌创作，开创了徽州诗歌的发展道路。

吴巩，少微之子，唐开元中为中书舍人，也以文行称著一时。后迁居休宁石舌山，乡人于是改石舌山为凤凰山、莲池为凤凰池，可见其对徽州文化的影响。吴巩现存《白云溪》一诗："山径入修篁，深林蔽日光。夏云生嶂远，瀑水引溪长。秀迹逢皆胜，清芬坐转凉。回看玉樽夕，归路赏前忘。"诗语清新明净，意境幽静恬适，别有情致。

歙县诗人许宣平颇具传奇色彩。许宣平的传说最早见于南唐沈汾《续仙传》。据载，唐景云中许宣平隐于城阳山南坞，曾在壁上题诗："隐居三十载，石室南山巅。静夜玩明月，清朝饮碧泉。樵人歌垅上，谷鸟戏岩前。乐矣不知老，都忘甲子年。"好事者题之于洛阳同华传舍，天宝中李白览之称"仙人诗"，乃游新安寻访，累访不获，后在其庵题诗云："我吟传舍咏，来访真人居。烟岭迷高迹，云林隔太虚。窥庭但萧索，倚杖空踌躇。应化辽天鹤，归当千岁余。"此事被《太平广记》等类书和《新安志》等方志采录，也见诸《唐诗纪事》《诗话总龟》等诗话著作中。由于李白追慕的传闻，许宣平其人其诗广为流传。

唐、五代还有不少诗人，如皇甫湜，元和中擢进士第，有集3卷，今存诗3首；晚唐歙县张正甫，有诗1卷，现存诗2首；汪万于、汪极、僧清澜、查文徽，均可见存诗。另外，查元方、吕文仲、舒雅等在五代时成长，入宋后引领宋代徽州诗歌创作之先风。

---

① （宋）欧阳修、宋祁《新唐书》，卷二〇二《富嘉谟传》，中华书局，1975年，第5752页。按，晋阳在并州，唐称北京。
② 《全唐文》存6篇：《冬日洛下登楼宴序》《为并州长史张仁亶进九鼎铭表》《代张仁亶贺中宗登极表》《为〈桓彦范谢男授官表〉》《为任虚白陈情表》《唐北京崇福寺铜钟铭并序》，载《全唐文》（三），中华书局，1983年，第2377—2380页。吴兆民又据《左台吴氏大宗谱》补《序》1篇，参见其《唐代文学家吴少微佚文的发现及其价值》，载《黄山学院学报》2014年第6期。
③ 诗歌6首包括：《长门怨》《和崔侍御日用游开化寺阁》《哭富嘉谟并序》《过汉故城》《古意》《怨歌行》，见《全唐诗》，中华书局，1980年，第1011—1014页。
④ （宋）计有功《唐诗纪事》，上海古籍出版社，2008年，第80—81页。

（二）仕徽诗人的诗事佳话

唐代来徽州任职的官员,在徽期间与其他文人交往,彼此常以诗歌表达心意,不仅产生了许多文坛佳话,也留下很多脍炙人口的诗歌。

卢肇,袁州宜春人,武宗会昌三年(843)状元及第。懿宗咸通中任歙州刺史。姚岩杰到婺源,卢肇迎至郡舍,尝咏诗曰:"明月照巴山。"岩杰大笑曰:"明月照一天,奈何独言巴山邪?"后江亭宴会,蒯希逸也在席,卢肇先行酒令:"远望渔舟,不阔尺八。"岩杰当即还一令:"凭栏一吐,已觉空喉。"

李擢,僖宗中和四年(884)以尚书领歙州刺史,任满离职,托后任吴圆存恤所爱女子媚川。临发共饮,不胜离情,李擢感慨赋诗:"经年理郡少欢娱,为习干戈间饮徒。今日临行更交割,分明留取媚川珠。"吴圆回诗:"曳履优容日日欢,须青违德涕汰澜。韶光今已输先手,领取蜍珠掌内看。"

伍乔,南唐保大十三年(955)状元,未得朝廷重用,外放歙州任通判。同科进士张洎深得皇上眷宠,四年后官至翰林学士。伍乔作诗希望张洎援引,并告诫仆人在其游宴时投诗。诗云:"不知何处好销忧,公退携壶即上楼。职事久参侯伯幕,梦魂长绕帝王州。黄山向晚盈轩翠,黟水含春绕郡流。遥想玉堂多暇日,花时谁伴出城游。"张洎得诗后非常动容,为其进言,皇上召还其为考功员外郎,判吏部流内铨。①

从以上三则诗话可知,徽州当时官员已经把诗歌作为日常交流工具,这对于引领徽州诗歌创作风尚有重要意义。

（三）游徽诗人的徽州吟咏

自谢灵运、沈约题咏新安江后,越来越多的人被徽州的奇山异水和桃源胜景所吸引。唐代不少文人慕名前来游历,同时留下许多吟咏徽州的诗作。

李白在《见京兆韦参军量移东阳二首》(其二)中就表达了自己游徽愿望,"他年一携手,摇艇入新安"。天宝年间,李白漫游时曾到徽州,专程寻访许宣平不遇,留下了《题许宣平庵壁》诗。② 此行期间,李白还游览黄山等胜地,写了许多题咏黄山的诗歌,如"我宿黄山碧溪月,听之却罢松间琴"(《夜泊黄山闻殷十四吴吟》),"黄山四千仞,三十二莲峰"(《送温处士归黄山白鹅峰旧居》),"醉石饮酒醉吟诗"(《在黄山鸣弦泉畔》)等。李白在黄山轩辕峰附近的碧山村,还用诗歌与胡晖交换过白鹇,诗《赠黄山胡公晖求白鹇》

---

① 以上三则诗话,见罗愿《新安志》卷一〇,《宋元方志丛刊》第8册,中华书局,1990年。
② 李白入徽之事,历代一直有争议。夏立恒认为,天宝十二载(753)秋,李白第三次来到安徽时,应泾县汪伦邀请到桃花潭游玩后到了黄山,又到新安江一带寻访许宣平,见夏立恒《"诗仙"李白五下安徽》,《新安晚报》2005年9月1日。另有一说是李白先到歙州寻访许宣平,后到黄山、黟县,再到泾县。

可证。李白徽州之行的传闻故事和徽州诗作被广泛传诵,"使徽州自唐以来都弥漫着诗仙的气息和精神"①。

中唐士人权德舆曾游历徽州,有诗《新安江路》:"深潭与浅滩,万转出新安。人远禽鱼静,山深水木寒。啸起青蘋末,吟瞩白云端。即事遂幽赏,何必挂儒冠。"权德舆曾掌知制诰九年,三知贡举,于贞元、元和间执掌文柄,名重一时。此诗一反台阁之气,语言自然浅近,而词致清深。

晚唐时期,僧人释岛云因慕东国僧掷钵神异事迹来黄山探访,他登临诸峰,游览佳景,寻觅仙迹,皆感慨赋诗。《黄山志定本》录释岛云黄山诗10首②,数量居唐代诗人之首。尤为可叹的是他登上黄山三大主峰中最为险峻的天都峰,《天都峰》诗云:"盘空千万仞,险若上丹梯。迥入天都里,回首鸟道低。他山青点点,远水白凄凄。欲下前峰暝,岩间宿锦鸡。"诗人杜荀鹤也曾登游黄山探寻汤泉胜景,并赋诗《汤泉》,借黄山温泉之地冷寂清幽,表达了企求离尘脱世的思想。

值得一提的是,除了游徽诗人,仕徽诗人也不乏题咏徽州山水者,如李敬方,大中年间初期任歙州刺史,因患风疾后到黄山温泉浸浴,写下长诗《题黄山汤院》,其诗"才力周备,兴比之间,独与前辈相近"③,是抒写黄山温泉之美的优秀篇章。

五代时期,南唐诗人许坚游黟县,作《入黟吟》一诗:"黟邑小桃源,烟霞百里宽。地多灵草木,人尚古衣冠。市向晡时散,山经夜后寒。吏闲民讼简,秋菊露汸汸。"诗作描绘了古黟民风淳厚、山川灵异、政事简淡的情状,流露出对桃源社会的向往之心。黟县"桃源"之美名由此也被广泛流传。

总体而言,徽州文学起步较晚,东晋、南朝时,游徽诗人在徽州诗歌创作中占主体地位。从唐代起,出现了引领全国诗风的徽州本籍诗人,仕徽诗人也留下不少诗事佳话,形成了徽州本籍作家、仕徽作家和游徽作家并立的创作格局,这为宋代徽州诗坛的发展奠定了基础。

第二节　北宋徽籍诗人及创作考述

北宋时期,徽州本籍诗人延续唐、五代徽州诗歌创作传统,缓慢向前推

---

① 翟屯建主编《徽州文化史》(先秦至元代卷),安徽人民出版社,2015年,第125页。
② (清)闵麟嗣纂修《黄山志定本》卷六,《四库全书存目丛书》,史部第235册,齐鲁书社,1996年,第595—596页。
③ (清)何文焕辑《历代诗话》,中华书局,2004年,第194页。

进。据徽州相关文献和《全宋诗》统计,北宋时期现有存诗的徽州本籍诗人共 33 位,现存诗歌总计 277 首。从全国范围来讲,徽州诗人和诗歌数量偏低,在北宋轰轰烈烈的诗文革新运动中显得步履蹒跚。然而,正是这些徽州诗人的创作,不仅积累了许多创作经验,而且培养和储备了一批文学人才,为徽州诗坛在全国的崛起和发展奠定了基础。

一、北宋前期主要诗人及创作

北宋前期,此指太祖建隆元年(960)至真宗乾兴元年(1022),历太祖、太宗、真宗三朝。宋太祖结束了五代十国纷乱的社会局面,自建国后开始推行偃武修文的政策,重视教育科举和文化艺术,为宋代诗歌的发展铺平了道路。然而,诗歌创作"却不是随着改朝换代而突然发生同步变化的,它有一个从因习旧章到变革创新的渐进过程"①。北宋前期,诗歌创作大体继承晚唐、五代的风格,"诗有白体、昆体、晚唐体"②。这三个体派风行一时,在全国范围内影响很大,徽州诗人创作也不同程度地受到当时文风的浸染。

北宋三朝,徽州出现了十余位诗人,从年龄、经历等来看,大体可以分为三类:一类是以舒雅、吕文仲为代表的南唐入宋文人,他们入宋后在馆阁任职,参与朝廷大型书籍的编纂,诗歌多应制题咏和臣僚酬唱之作;一类是通过宋代科举入仕的诗人,包括张秉、舒雄、谢泌、俞献可、查道、洪湛、聂致尧等人;一类是以曹汝弼为代表的隐逸诗人,因与"晚唐体"诗人交往密切,诗歌具晚唐之风。

(一)吕文仲禁林应制唱和

吕文仲(?—约1007),字子臧,歙县人。五代南唐进士,归宋迁少府监丞,升翰林侍读学士、直御书院,累至刑部侍郎、集贤院学士。吕文仲以文史书学而著,太宗时预修《太平御览》《太平广记》《文苑英华》三部大书。太宗每观古碑刻,常召吕文仲、舒雅、杜镐、吴淑等,文仲善于应对,深为太宗赏识。真宗时,也常被召问经史和书学,又受诏集太宗歌诗 30 卷。③ 吕文仲富词学,曾著集 10 卷,惜已佚。

吕文仲现存诗 2 题 4 首。虽然存诗太少难以真正理解诗人创作,但亦略可观诗人活动、心境和风格倾向。从存诗来看,吕文仲参与了两次上层官僚文人的同题唱和活动,诗作具有朝廷应制诗的典型特征。

---

① 程千帆、吴新雷《两宋文学史》,上海古籍出版社,1991 年,第 1 页。
② (宋)方回《桐江续集》卷三二,《四库全书珍本初集》,商务印书馆,1935 年。
③ 参见(宋)罗愿《新安志》,卷六《先达》;(元)脱脱等《宋史》,卷五五《吕文仲传》。

其一，禁林宴会题咏。在宋初三帝尤其是太宗、真宗的倡导下，君臣或臣僚之间酬唱成风。《禁林宴会集》是太宗时期馆阁文人群体赋诗的成果，其中收录吕文仲《禁林宴会之什》。据《宋史·苏易简传》《翰苑群书》所载，淳化年间，苏易简续《翰林志》后，太宗赋诗嘉赏，又书飞白"玉堂之署"并赐禁苑。翰林承旨苏易简与李至、韩丕、杨徽之、潘慎修、王著等十余人观赏，翰林侍读吕文仲也在其间。太宗遣中使赐宴，众人赋诗纪其盛事。与众人所赋相近，文仲此诗以称颂太宗诗书、描写禁林环境和宴会盛况、恭祝圣代长久为主要内容，诗歌取象瑰玮奇丽、用语富赡典工，呈现出"粲然有贵气"①的馆阁气象。不过，此诗超出一般应制唱和诗之处在于，诗人在两个意象之间巧妙置入动词，诗歌显得并不机械呆滞，如"石壁天章垂雨露，璇题宸翰动云烟"，"宴喜酡颜飞玉斝，铿锵奋藻擘花笺"，垂、动、飞、擘等词的使用，使诗歌具有了一种动势之美。

其二，旌表义门颂赞。吕文仲现存《题义门胡氏华林书院》三首。据王禹偁《诸朝贤寄题洪州义门胡氏华林书斋序》，洪州"胡氏大族一门守义，四世不析"，朝廷下诏旌表其门，以风化天下。淳化五年（994）寿宁节，胡仲荣赴阙献华封之祝，被赐试秘书省校书郎。后仲荣拜谒当时朝贤，盛言其华林书院，并求赐诗作。时"自旧相、司空而下作者三十有几人，诠次缉纪，烂然成编"②。吕文仲正是因此而赋题。其一从义门及书院入手，颂赞旌表义门、倡导孝治乃圣代之举；其二称赞南昌胡氏为诗书门第、孝悌传家；其三主要写华林书院藏书丰富、群英汇聚。因为吟咏对象不同，吕文仲这一组诗与禁林和诗相比，风格较平易浅淡，如"旌表异恩逢圣代，隐居佳致接仙乡"，"康成业自诗书显，卜世家由孝弟彰"等，语辞通俗、事典易懂，与白体诗人创作更近。

（二）舒雅与西昆诗人赠答

舒雅（约940—1009），字子正，歙县人。保大年间，舒雅赴金陵参加科举考试，以文谒见韩熙载，两人一见如故，定为忘年交；熙载知贡举，擢雅高第，覆试见黜。③ 太平兴国元年（976）归宋，授将作监丞；后历充秘阁校理、

---

① （宋）陈鹄《耆旧续闻》卷九，文渊阁《四库全书》子部第 1039 册，台湾商务印书馆，1986 年影印，第 627 页。
② 据王禹偁《小畜集》卷一九《诸朝贤寄题洪州义门胡氏华林书斋序》，当时作者三十余位。《全宋诗》据《甘竹胡氏十修族谱》收录 54 位作者 58 首同题诗，当是王禹偁序集后又有人赋诗。
③ 关于舒雅科举状况，史书记载不一。马氏《南唐书》卷二二："熙载知贡举以雅为第一，朝野无间者，以雅之才为当也。"陆氏《南唐书》卷三："韩熙载知贡举，放进士王崇古等九人。国主命中书舍人徐铉覆试舒雅等五人，雅等不就。国主乃自命诗赋题，以中书官莅其事，五人皆见黜。"《十国春秋》卷三一："熙载知贡举，擢雅高第。朝野素服雅才，无间言。会后主命中书舍人徐铉覆试雅等五人，雅不就试。"方志多采用马氏《南唐书》，如罗愿《新安志》称其为舒状元。

职方员外郎、知舒州；景德元年（1004），掌潜山灵仙观；大中祥符元年（1008），加主客郎中，转直昭文馆，转刑部。舒雅才辞敏赡，工文善画，与吴淑齐名。参预朝廷诏令的经史类书编校，如太平兴国中纂修《太平预览》《文苑英华》，淳化中校《史记》、前后《汉书》，至道中修《续通典》、校定《周礼》《礼记》《公羊传疏》《谷梁传疏》、别纂《孝经正义》《论语正义》，咸平中校《七经疏义》等。又自著《山海经图》10卷。

舒雅现存诗5首。《题义门胡氏华林书院》与吕文仲所咏事同，属同题唱和诗，诗以五言形式述事、写景、言志，语句洗练，用典但并不偏僻，故而平畅顺达。《送僧归护国寺》，诗风清雅闲淡，平易自然，尤以颈联"澄潭雨过秋涵月，古桧风生夜对琴"为佳。其余3首《答内翰学士》《答钱少卿》《答刘学士》均见载《西昆酬唱集》。

《西昆酬唱集》共收17位诗人五、七言近体诗250首，杨亿、刘筠、钱惟演三人诗歌占全集五分之四多，其他14人诗作共48首。景德二年（1005）王钦若、杨亿等人奉旨在秘阁编纂《册府元龟》，大中祥符元年（1008）杨亿把众人唱和编集成书。不过，参与编书的人并未都参加唱和，如王钦若、杜镐、戚纶、王希逸、陈彭年、查道等；而《西昆酬唱集》中有的也没有参加编纂《册府元龟》，如丁谓、钱惟济、张咏、舒雅等。集中收录了舒雅与杨亿、刘筠、钱惟演赠往诗歌，即舒雅掌潜山灵仙观后，杨亿、刘筠、钱惟演分别赠诗《寄灵仙观舒职方学士》，舒雅回复《答内翰学士》《答钱少卿》《答刘学士》三首。杨、刘、钱诗典型代表了西昆体风格，以舒雅回诗与赠诗对读，不难发现，舒雅与西昆体诗人诗风显然不同。下以杨亿和舒雅诗略作对比：

绿发郎潜不计年，却寻丹灶味灵篇。华阴学雾还成市，彭泽横琴岂要弦。晓案只应餐沆瀣，夜滩谁见弄潺湲。须知吏隐金门客，待乞刀圭作地仙。（杨亿《寄灵仙观舒职方学士》）

清贵无过近侍臣，多情犹忆旧交亲。金莲烛下裁诗句，麟角峰前寄隐沦。和气忽飘燕谷暖，好风徐起谢庭春。缄藏便是山家宝，留与儿孙世不贫。（舒雅《答内翰学士》）

杨亿是西昆体倡导者和代表诗人，为诗崇尚李商隐，善于用典，注重文辞，诗歌精工典雅，弘博富丽。舒雅虽然多年在馆阁编校书籍，精熟经史诗文典故，却并不以学为累，且后来任职舒州，秩满请掌灵仙观，远离西昆诗人，每日优游山水，吟咏自乐，诗风趋于平近自然。

（三）张秉的西昆酬唱诗

张秉(952—1016)，字孟节，歙县人。父谔，由南唐入宋，累官西川转运副使。张秉太平兴国五年(980)进士，因仪状丰丽，属词敏速，且善书翰，太宗擢置甲科第二。授将作监丞，历通判宣州、监察御史、知郑州、直昭文馆，累官吏部郎中知制诰。真宗时进秩兵部郎中、判昭文馆，后除左谏议大夫，历知颍、襄等多地州府，官至礼部侍郎，加枢密直学士。张秉知并州将行时，真宗作五言诗赐之，其受上赏识由此可见。

张秉诗多遗失，《全宋诗》载《清风十韵》1首、《戊申年七夕五绝》5首、与王禹偁《郑州联句》1首、残句1则。《清风十韵》《戊申年七夕五绝》见载杨亿等编《西昆酬唱集》，明嘉靖玩珠堂本于目录、诗题后均书"秉"，未著其姓；清刻本题作者为"刘秉"。"刘秉"，《宋史》《宋会要辑稿》等未见其人，王仲荦疑"刘秉"为"张秉"①。"戊申年"即大中祥符元年(1008)，杨亿等编修《册府元龟》已历三年，并着手编选唱和诗集；是年晁迥知贡举，张秉以给事中覆校特奏名进士、诸科举人试卷；又张秉与薛映曾同为制置茶盐副使，杨亿认为薛映是当时为数不多的"能诗者"②，张秉与杨亿、晁迥、薛映等人唱和也就不难理解了。

《西昆酬唱集》收张秉诗6首，与所收薛映诗数量、诗题均同，考虑到《西昆酬唱集》中除杨亿、刘筠、钱惟演外，其他人以李宗谔7首最多，张秉其诗在西昆诗人中还是有一定的分量的。从张秉存诗来看，其诗颇具"西昆体"特点，然也有不同之处。《西昆酬唱集》顺次收录刘筠、杨亿、钱惟演、薛映、张秉的七夕诗，张秉《戊申年七夕五绝》见下：

> 斜汉西倾桂魄新，停梭今夕度天津。世间纵有支机石，谁是成都卖卜人。（其一）
> 红蕖烂漫碧池香，罗绮三千侍汉皇。阿母暂来成底事，茂陵宫桂已苍苍。（其二）
> 香阶宝砌静无尘，遥指星河再拜人。若把离情今夕说，世间生死最伤神。（其三）
> 北斗城高禁漏多，汉家宫殿奏笙歌。漫教青鸟传消息，金简长生得也么。（其四）

---

① 王仲荦《西昆酬唱集注》(上海书店出版社，2001年)于诗题、目录均句题"刘秉"，而《西昆酬唱诗人略传》中提出"刘秉疑是张秉说"，参见此书第284、294、337—339页。
② 据《谈苑·雍熙以来文士诗条》载，杨亿列举了自太宗雍熙初到真宗大中祥符六年能诗者中有薛映，可见杨亿对薛映诗的认可。

珠箔风轻月似钩,还看锦绣结高楼。堪伤乞巧年年事,未识君王已白头。(其五)

首先,张秉诗用典较多,字词多有出处,与刘、杨等人诗相近。如其一,首句"斜汉"指银河,语见谢庄《月赋》"斜汉左界";"西倾",语见曹植《洛神赋》"日既西倾";"桂魄"指月,事出"月中桂树"传说,王维、李商隐等人诗已用。次句"停梭"事出"织女"传说,语见梁绎《古意诗》"停梭还敛色";"天津"指银河,语见《晋书·天文志》。三句"支机石"指织女支撑织布机的石头,事见《太平御览》所引《集林》:"昔有一人寻河源,见妇人浣纱,以问之,曰:'此天河也。'乃与一石而归。问严君平,云:'此支机石也。'"杨亿、钱惟演诗中均用。尾句"成都卖卜"事见《汉书·王贡两龚鲍传序》,谓严君平在成都以卜筮为生,修身自保;语见庾信诗《奉和赵王隐士》"霸陵采樵路,成都卖卜钱",钱惟演诗中"乘槎上汉"与此典相关。其次,五人诗均有寄托之意,而尤以张秉诗讽谏性最强。真宗祥符元年,真宗谓梦见神人,后"天书"两次出现,"此五馆臣七夕诗,皆作于天书再降之后,下诏东封泰山之前","盖针砭时事,其托兴深矣"①。张秉诗不言七夕离情,重在叙说汉宫生死之事,以古讽今更为显明。如其二"阿母暂来成底事"、其四"金简长生得也么",均用《汉武帝内传》七夕日汉武帝见王母问及成仙灵方书之事,对照当时朝中纷纷上报各种祥符出现并上书请求封禅之事,其针砭之意不言自明。再次,与"西昆体"诗讲求藻饰不尽相同,张秉诗用语较为自由,诗中虽不乏艳丽之语,如"红蕖烂漫""碧池香""罗绮""香阶宝砌""珠箔"等,但多有口语俗词,如"成底事""得也么""最伤神""已白头"等,相较而言,张秉诗要朴拙一些。

(四)曹汝弼的晚唐诗风

曹汝弼(951—1016),字梦得,自号松箩山人,休宁忠孝乡人。曹汝弼终身未仕,据《新安文献志》载,祁门令张式撰《唐故长史吴公(任欢)庙碑》时,"乡贡进士曹汝弼书篆额","端拱元年二月十五日建",知其端拱前曾中乡贡进士。天禧、祥符间,以经术德义高蹈州里,后因子曹矩进士及第后任都官而赠殿中丞。曹汝弼工诗文精书法,有"诗一百五十首传世,曰《海宁集》"②。《海宁集》已佚,所幸方回《瀛奎律髓》收录其诗6首。又据《新安文献志》《永乐大典》,还可补辑1首和断句3则。从现有文献来看,曹汝弼

---

① 王仲荦《西昆酬唱集注》,上海书店出版社,2001年,第295—296页。
② (宋)方回选评,李庆甲集评校点《瀛奎律髓汇评》,上海古籍出版社,2005年,第918页。

存诗共 7 首 3 句①。

曹汝弼与魏野、林逋、潘阆、种放等友善,其为人作诗也与"晚唐体"诗人相近。时尚书员外郎舒雄为《海宁集》作序,称赏其诗"立意措辞,以平淡雅正为本,浑金璞玉,得于自然,其体致高远,有王右丞、孟处士之风骨",并且评价其《赠渔父》等诗"深到古人之趣"。政和间休宁县宰葛胜仲读后,称其诗"句法隽逸","属辞精深",慨叹"恨不及见也"②。

从存诗来看,曹汝弼多书写隐居生活、与僧人交往之事。如《中秋月》:"年年相对赏,永夜坐吟床。众望自疑别,孤高非异常。园林分净影,台榭起余光。谁似蟾宫客,得攀仙桂香。"③以中秋之月的孤高清纯衬托诗人孤芳自赏,精巧妥帖,又不失奇趣。又如《怀寄披云峰诚上人》:"院高穷木盛,野极静无言。险路通岩顶,香泉出石根。微风飘磬韵,幽鸟啄苔痕。常记相留夜,秋堂共听猿。"用字洗练,对仗工巧,诗境清幽闲适,颇有晚唐韵味。再如《赠僧》:"一从叨命服,乘兴入天台。院接石桥住,门临瀑布开。松间应独坐,雪里更谁来。时复携藜杖,看云上古台。"方回评之:"宋诗之有唐味者,皆在真庙以前三朝,此其一也。"④

除了上述四人,查道和洪湛在当时也有盛名。查道(955—1018),字湛然,休宁人。文徽孙,元方子。太宗端拱初进士。初任馆陶尉,累迁秘书丞,历知数州。真宗时举贤良方正,拜左正言、直史馆。大中祥符元年(1008),预修《册府元龟》。有集 20 卷,已佚。其诗现仅存 3 首,具"昆体"的特点,亦富有气势。

洪湛(963—1003),字惟清,休宁人,雍熙二年(985)进士。洪湛年少聪慧,才思敏捷,尤长于诗。据《宋史·洪湛传》载,"湛幼好学,五岁能为诗,未冠,录所著十卷为《龆年集》";"曲宴苑中,赋赏花诗,不移晷以献,深被褒赏"⑤。《新安志》又载,洪湛廷试被黜,真宗出《廷燎赋》《淡交如水诗》再试,"湛以文采遒丽特升第三人"。⑥ 洪湛现仅存诗歌 2 首,均为寄赠诗,诗雄迈开阔,与馆阁诸人风格不一。

---

① 《全宋诗》收其诗 5 首,据《瀛奎律髓》可补《中秋月》1 首,据《新安文献志》可补《寄任从事》1 首,据《永乐大典》可补句 3 则。参见汤华泉《新辑徽州文献中的宋佚诗》,《淮北职业技术学院学报》2007 年第 2 期。
② (明)解缙纂《永乐大典》,卷八百二十二《诗·新安志》,国家图书馆藏。
③ 此诗《全宋诗》未载,见《瀛奎律髓汇评》,上海古籍出版社,1986 年,第 918 页。
④ (宋)方回选评,李庆甲校点《瀛奎律髓汇评》,上海古籍出版社,1986 年,第 1702 页。
⑤ (元)脱脱《宋史》第 37 册,卷四四一《洪湛传》,中华书局,1977 年,第 13057—13058 页。
⑥ (宋)罗愿《新安志》卷六,清嘉庆十七年刊本,《宋元方志丛刊》第 8 册,中华书局,1990 年。

二、北宋中期主要诗人及创作

北宋中期,此指仁宗天圣元年(1023)至神宗元丰八年(1085),历仁宗、神宗二朝。仁宗、神宗时期,诗文革新运动随着社会政治、经济和思想文化的变革和论争被推向高峰。欧阳修作为诗文革新运动的领袖,团结了梅尧臣、王安石、苏轼等一大批文人,在纠正繁丽典重的西昆体诗风和生僻怪奥的太学体诗风的创作实践中,引导宋代诗歌"完成了自身的变革"①,形成不同于前代文学的风格特征。

在北宋轰轰烈烈的诗文革新运动中,徽州没有出现见诸文学史的诗文名家,中期两朝,徽州现存诗者有9位,存诗量仅55首。不过,徽州诗人也感受到政治变革和文学革新之风,如丘濬在庆历新政之际以诗大胆抨击时弊而遭贬,吕溱参与苏舜钦提举进奏院宴会而获罪,孙抗与余靖、王安石、曾巩等有直接或间接的来往,②聂冠卿嗜学好古、享誉国内外等,北宋诗文革新对徽州的影响也不能忽视。

(一) 丘濬的观时感事

丘濬,字道源,号迁愚叟,黟县人。仁宗天圣五年(1027)进士,历卫尉寺丞、知句容县、饶州军事推官、监邵武军酒税,官至殿中丞。丘濬读易自悟,精太乙象数之学,能预知未来兴废,俨然仙者。又工于诗文,著有《洛阳贵尚录》10卷、《牡丹荣辱志》1卷、《观时感事诗》百篇、《天乙遁甲赋》1卷、《霸国环周立成历》1卷、《征蛮议》1卷。③ 除《牡丹荣辱志》外,其他均佚。丘濬是这一时期存诗最多且颇具神秘色彩的诗人,现存诗30首,④风格多样,别有特色。

丘濬自幼颖慧,早富诗名。据《诗话总龟》前集"幼敏门"载,丘濬10岁时,因在寺中闻陈州太守肆射,赋诗一首:"殿宇闲闻燕雀鸣,虚庭尽日少人行。孤吟独坐情何限,时喜风传中鹄声。"⑤诗歌构思巧妙,以动衬静,由孤及喜,可见其诗歌天赋。丘濬成年后所作《秩满诗寄茅山道友》,对比手法的

---

① 章培恒、骆玉明《中国文学史》(中),复旦大学出版社,1997年,第327页。
② 例如:余靖为孙抗诗集作序《孙工部诗集序》;孙抗子从王安石游,王安石为孙抗撰写墓碑《广西转运使孙君墓碑》;曾巩寄书于孙抗《与孙司封书》。
③ 参见周小山《宋人丘濬生平、著述考》,《中国典籍与文化》2012年第3期。
④ 《全宋诗》录丘濬诗8首5句,据宋陈应行《吟窗杂录》和明程敏政《新安文献志》,辑补15首2句。参见汤华泉《新辑徽州文献中的宋佚诗》、周小山《宋人丘濬生平、著述考》。
⑤ (宋)阮阅著,周本淳点校《诗话总龟》,人民文学出版社,1987年,第23页。又,(宋)陈应行《吟窗杂录》卷四七亦录丘濬诗,第三句作"孤吟独坐情何恨",中华书局影印明钞本,1997年,第1257—1258页。

运用和自然流畅的语言风格与幼时诗歌一脉相承。

给丘濬带来声誉同时也招致祸端的是《观风感事诗》百篇。据《新安文献志》引《宋朝事实》,康定中丘濬作《观风感事诗》,诗歌嘲讽当朝权贵,执政大怒,以其诗多及朝廷时政,言上请诛之,仁宗曰:"狂夫之言,圣人择焉,古有郇谟哭市,其斯人之徒欤?"①丘濬虽免于死罪,然被降为饶州军事推官,监邵武军酒税。《观风感事诗》已散佚,《全宋诗》未录,据宋陈应行《吟窗杂录》和明程敏政《新安文献志》,辑得14首2句。② 下择几首以观之:

> 太阳日日无光彩,阴雾相侵甚可惊。臣道昏蒙君道蔽,天垂警戒最分明。(嘲君臣)
>
> 太阴失度临南斗,南斗当寅属艮宫。月是大臣艮是主,何人贪位窃天功?(嘲权臣)
>
> 大游太一临西北,便有干戈动此中。五将三门都不会,漫言边吏尽英雄。(嘲武将)
>
> 枉费民财修郡学,总言声誉比文翁。其中只聚漂浮辈,教化根源恰似空。(讽文教)
>
> 密院中书多出人,不论功绩便高迁。金银一似佛世界,动便三千与大千。(嘲执政)
>
> 中书坏了朝纲后,方始辞荣学退居。(嘲宰相张士逊)
>
> 西鄙用兵闲处坐,可能羞见碧油幢?(嘲张耆)

丘濬《观风感事诗》作于庆历革新之际,诗歌表现出一位低层官员极高的政治敏锐性和社会责任意识。丘濬对于君臣之道、武功文教、当朝高官等,无不大加鞭笞,其诗歌直言时弊、笔锋犀利,尤其是熟练运用象数占卜术语和所讽某一人事对应,表现出强烈的干预现实的精神,在古代诗人中极为少见。

丘濬还创作了一些异域风情的诗歌,在诗坛传为佳话。据《宋朝事实》载,丘濬周游天下,至五羊(今广州)后以诗上太守云:"碧睛蛮婢头蒙布,黑面胡儿耳带环。几处楼台皆枕水,四周城郭半围山。"又云:"唇上腥臊惟蚬子,口中脓血吐槟榔。"又云:"风腥蛮市合,日上瘴云红。"太守览之不怿,曰:

---

① (明)程敏政辑撰,何庆善等点校《新安文献志》,卷一〇〇《丘殿丞(濬)传》,黄山书社,2004年,第2592页。

② 《全宋诗》未录,参见汤华泉《新辑徽州文献中的宋佚诗》、周小山《宋人丘濬生平、著述考》。

"今四海一家,玉帛万里,至于四方之民,言语不通,嗜欲不同,自其性也,子何好恶如此?"濬曰:"诗人之言当如此。"①诗歌语言直率,形象鲜明,别有奇趣。

(二) 孙抗的穷而后工

孙抗(998—1051),字和叔,黟县人。少孤力学,常常步行数百里借书。数年后通识诸经,为文操笔数百千言。仁宗天圣五年(1027),以同学究出身补滁州来安县主簿、洪州右司理。宝元元年(1038)登进士甲科,迁大理寺丞、知常州晋陵县,历知浔州、监察御史里行、知复州、提点江南西路刑狱、广西转运使,累至尚书工部郎中。②

据王安石撰《广西转运使孙君墓碑》,孙抗"所为文,自少及终,以类集之,至百卷。天德、地业、人事之治,掇拾贯穿,无所不言,而诗为多"。又据余靖《孙工部诗集序》,孙抗自通判耀州至提点江南西路刑狱任上七八年间,即有上千首诗歌,其诗歌总量应远超于此数。孙抗文集、诗集均佚,现仅存诗10首。其中7首题咏桂林隐山名洞,1首抒写湖北岘山,2首感怀家乡。桂林题咏多五言诗,简洁精约,清新自然,似得尹、欧笔法。如《朝阳洞》:"险绝信天开,春萝荫古苔。不愁云影闭,先得日光来。片石充棋局,凉坡递酒杯。东风偏着意,草木烂成堆。"感怀家乡诗篇与之相类,通俗浅近,如《山中杂咏》以白话叙述的方式,追忆"此客"入山读书的妙境和出山为宦的寂寥,"何当赋招隐,共驾青牛车"表达了诗人对归隐的向往;《桃源》直言家乡黟县是远离世事的桃源世界,诗句"落花满地青春老,千载渔郎去不归",清新自然,不落俗套。而《岘山》一诗采用七言长篇形式,写景意象繁密,论史引经据典,语言涩奥,气势恢宏,体现了宋诗"以学为诗""以议论为诗"的特点。

余靖极赞孙抗诗:"虽语存声律,而意深作用,固当远敌曹、刘,高揖颜、谢,兼沈、宋之新律,跨李、杜之老词。""且其取譬引类,发于胸臆,不从经史之所牵,不为文字之所局,如良工饬材,手习规矩,单见方圆成器,不睹斧斤之迹。"诗序可能有过誉之嫌,然可知孙抗诗发于胸臆、自然天成,与欧阳修等倡导的诗文革新趋向一致。又云:"世谓诗人必经穷愁,才能抉造化之幽蕴,写凄辛之景象。""其绵历周旋万里间,边风塞草,陇云江月,凄切羁孤,无不经涉,其为穷亦久矣。"③可见孙抗的宦海漂泊经历对其诗思想内容和艺

---

① (明)程敏政辑撰,何庆善等点校《新安文献志》,卷一○○《丘殿丞(濬)传》,黄山书社,2004年,第2592页。
② 孙抗行实参王安石《临川先生文集》卷八九《广西转运使孙君墓碑》;罗愿《新安志》卷六《先达》。
③ (宋)余靖《孙工部诗集序》,见《全宋文》第27册,上海辞书出版社、安徽教育出版社,2006年,第17—18页。

术价值的影响,"穷而后工"许是对孙抗诗歌的精当概括。

(三) 吕溱的不凡才学

吕溱(1014—1068),字济叔,歙县人。景祐五年(1038)贯籍扬州试进士第一。康定中又献其所业,召试学士院,赋及诗三入上等,除著作郎、直集贤院。迁翰林侍读学士,知徐州。因为人弹劾,分司南京(今商丘)。后加龙图阁学士,知开封府,累官枢密直学士、给事中,卒赠礼部侍郎。吕溱才学出众,欧阳修《举吕溱自代状》称其"首登辞科,素有文学,不屑碌碌以希例进","闻其议论,服其度量,材美甚众,非臣所如"①。吕溱诗现存2首1句。残句即其殿试诗语。景祐五年殿试诗题为"鲲化为鹏",吕溱诗云"九霄离海峤,一息到天池",仁宗大加赞赏,并钦点吕溱为状元,"议者谓此诗意自当为第一人也"②。存诗《钱光禄两张卿退居》二首,其一为五言长诗,语辞洗练自然,诗境素雅高洁;其二为七言律诗,格调古朴典雅,可见其文学功力。

除了以上三人外,在当时较有名气者还有聂冠卿、许元。聂冠卿(988—1042),字长孺,致尧子,大中祥符五年进士。累官至昭文馆,兼侍读学士。冠卿嗜学好古,手不释卷。参与修《景祐广乐记》,曾以文谒翰林学士杨亿而受器赏;又奉使契丹,契丹主仰慕他的文辞,礼遇甚厚。著有《蕲春集》10卷、《河东集》30卷,惜已佚。其诗现仅存《御帆亭》1首。③ 诗歌高古雅健,才力气格不凡。

许元(989—1057),字子春,歙县人。④ 官至工部郎中天章阁待制,《宋史》有传。与梅尧臣、王珪、欧阳修、王安石等友善,梅尧臣赠诗祝寿《赠许待制岁旦生日》,王珪为其祖母撰《望都县太君倪氏墓志铭》,王安石撰《许氏宗谱传》,去世后欧阳修撰《许公墓志铭》。许元存诗1首1句。诗《城阳祭祖》,缅怀先祖许宣平,平淡无奇。

三、北宋后期主要诗人及创作

北宋后期,此指哲宗元祐元年(1086)至徽宗宣和二年(1120)。王安石变法引出的党派政见之争演变为新旧两派争权夺利的互相倾轧,长期的派

---

① 李之亮《欧阳修集编年笺注》,巴蜀书社,2009年,第328页。
② (宋)罗愿《新安志》卷一〇,清嘉庆十七年刊本,《宋元方志丛刊》第8册,中华书局,1990年。
③ 《御帆亭》:"钱杜遗灵在,江山气凛然。锋争吟处敌,幕隐醉中天。鸥栋寒垂雨,乌城夕冒烟。病余诗思浅,犹得捧残篇。"《全宋诗》未录,见汤华泉《〈全宋诗〉补辑:池州地方文献中的宋佚诗》。
④ 许元籍贯,有宣城、绩溪、祁门等说。据笔者考证,许元原籍歙县,寄籍宣城,祁门和绩溪为许家后世所迁之地。

争党祸使得文人逐渐转向逃避社会政治,而自觉开始对艺术技巧进行探索。除了政治原因外,北宋后期理学和禅宗兴盛,诗人更注重道德修养,也促成文学"向内转"。活跃于北宋后期诗坛的主要是以黄庭坚为代表的苏门诗人,他们在欧、梅、王、苏等人的诗文革新的基础上,最终形成了以苏、黄为代表的典型宋调。

在北宋中、后期文学走向鼎盛的过程中,徽州文学却是蹒跚着向前行进。哲宗至徽宗朝,徽州现有存诗的本籍诗人有 10 位,存诗总量 176 首。其中在当时较有影响的诗人有释道宁、王汝舟、黄葆光、胡伸等。

(一) 释道宁的偈颂组诗

释道宁(1053—1113),俗姓汪,婺源人。壮年以道人游历四方,祝发蒋山泉禅师。后遍参诸名宿,晚师五祖法演禅师,为南岳下十四世。大观中,出住潭州报恩开福寺,躬自乞食,以养学人。道宁既有道家功夫,更深入禅宗旨趣,还有很高的文学修养,在北宋徽人中存诗最多。现存诗 156 首,其中偈和颂古组诗三组共 148 首,其他为咏物、交往等世俗诗和零散的偈颂诗。

释道宁诗多以偈或颂古形式释禅说理、颂述古则,在释理示法、体悟禅意时,也展现了较丰富的现实内容,具有一定的认识功能和文献价值。如《颂古十六首》其二描写女子出定"抹粉涂坯恰似呆,神头鬼面舞三台"的场景;《偈六十九首》其二八述"浅种与深耕,秋冬收颗粒"的自然规律;《偈六十三首》其二一描写解烹露地白牛、惯炊黍米香饭、煮野菜羹、唱村田乐等生活乐事;《偈六十三首》其三五叙述南州北郡买卖交关,酒肆茶坊迎宾待客、投壶走马、歌笑围棋等多种活动。

释道宁诗释禅说法很少用生僻难懂的佛教术语和典故,而往往借用常见事物或生活常识来作喻,语言通俗流畅,又富含禅意或哲理。有些偈颂类似世俗诗人的说理诗,在形象的描述中蕴含生活哲理,理趣横生。如下二首:

> 数声归笛离春浦,一片孤帆过洞津。到岸舍舟常式事,何须更问渡头人。(《偈六十九首》其四)
> 秋风秋雨颇相宜,万水千山木叶飞。堪笑灵云回首处,何须花发始忘机。(《偈六十九首》其四五)

有些偈颂描述清静自在、无拘无束的日常生活,在形象的描述中蕴含禅意,具有一定的艺术价值。如下二首:

选得幽居惬野情,终年无送复无迎。有时直上孤峰顶,月下披云啸一声。(《偈六十九首》其三六)

游山玩水事寻常,早晚归来鬓欲霜。踏破草鞋回首看,数声猿叫白云乡。(《颂古十六首》其六《游山玩水》)

除题为偈、颂、赞等类型的释家诗外,道宁还有两首赠送友人诗和两首咏物诗,其中咏竹诗为人称道。如下:

迸破莓苔地,箨随风雨解。亭亭出短篱,根有岁寒期。凤管终须奏,渔竿莫可窥。傥容常守节,定见化龙时。(《新笋竹》)

前两联状写笋竹从迸破出土到逐渐长高的过程,后两联称赏笋竹节操的坚守和高远的追求,诗歌咏物言志,生动形象,颇有意趣,艺术价值较高。

(二) 王汝舟的风节自见

王汝舟(1034—1112),字公济,晚年号云溪翁,婺源武口人。皇祐五年(1053)进士。历知舒城县、南剑州、建州、虔州。擢京东路转运判官,徙河东、河北、江西,累官夔州路提点刑狱。汝舟号循吏,凡十七任皆有治绩。又喜读书,手校书万余卷,著《云溪文集》百卷。尝与曾巩、李清臣游,曾巩赠诗曰:"身役簿书虽扰扰,力穷文史尚桓桓。"①《云溪文集》已佚,现仅存诗8首1句。

《咏归堂隐鳞洞》四首咏叹隐鳞洞先生的喜好和志节,其一言其淡泊名利、闲散自在;其二言其高雅不俗、孤芳自赏;其三言其恬于隐居、才馥德馨;其四言其孤节辛勤、志在辅君,由此抒发诗人的高洁情操和远大抱负。诗歌选用竹、松、兰、菊等以物衬人,谐和贴切,但并无多少新意,倒是"拟把一竿盘石上,幅巾闲过峡山来"(其一),摹写情态,声容毕现,更有韵味。

五言长诗《翠微峰》铺陈书写登游翠微峰所见之景,条理清晰,语言峭拔,境界清峻高拔。诗人并没有直接抒怀言志,其高迈不俗之气由景语自见。如下:

尘嚣十里清,秀岭半空插。萦纡疑无路,两石开一峡。豁然见天宇,四顾皆峭拔。入门上石级,伛偻如登塔。悬岩置楼殿,飞栋相匼匝。徐行云影动,低语谷声答。仰视绝壁间,势恐千仞压。侧身过幽谷,洞口若呀呷。仙英去何许,遗像寄山胁。浴池弄清泚,不敢着脚踏。顾余

---

① 《全宋诗》未录,罗愿《新安志》卷七《先达》载此残句。

倦游者,一宿借云榻。天风吹夜籁,客兴亦萧飒。幽寻约重来,吾屐当再蜡。

七律《藏春峡》清雅别致,尤为喜人。首联"短楼矮阁小亭台,中有高人避世埃",以楼阁亭台的低矮短小反衬主人乃避世高人;颔联"寒翠自怜霜后竹,清香谁辨雪中梅",巧用拟人手法,以竹的"自怜"和梅的疑问书写高人的清刚高洁气节;"喧嚣只为莺声巧,漏泄多应柳眼开",用词新巧,对仗精工,再次强调高人的傲然之气;尾联"只恐藏春藏不得,东君勾勒下山来",喻高人之德才被人发现,且景中寓理,远在南宋叶绍翁题写"春色满园关不住,一枝红杏出墙来"之先。

(三) 黄葆光的旧游题赠

黄葆光(1067—1124),字符晖,黟县人。少孤,刻意于学,年十六居太学有声,然四试礼部不第。使高丽,补将仕郎,政和元年(1111)吏部铨试第一,赐进士出身。由徐州司理参军为太学博士,迁秘书省校书郎,擢监察御史、左司谏,后拜侍御史。因极论蔡京罪状,贬知立山县。终官知处州,加直秘阁。葆光不畏权相,敢于直言上疏,无所隐讳,时颇推重。博涉经史,为文切理,不为横议所移。现存诗2首。

七绝《赠孙至丰》是黄葆光为太学旧友孙薪题诗。据《宋人轶事汇编》,孙薪质性清介,绝意仕进,宣和六年(1124)黄葆光以御史出知处州,孙薪不肯谒见,后应黄葆光约乘扁舟相会,黄葆光题诗纪事。[①] 诗歌语言浅显直白,不过尾句"可怜空负钓鱼舟"一语双关,在纪事同时表达对其学而优却不仕的遗憾,耐人寻味。五律《赠孙处士园居》,诗中孙处士或许是孙薪。相较而言,此诗富有学者气息,如颔联"蓬蒿仲蔚宅,水树子云家",典故运用自如贴切,颈联"地僻花宫近,亭深薜径赊",用词文雅工巧,可见诗人才致。

(四) 胡伸的名重一时

胡伸,字彦时,婺源人。绍圣五年进士,为颍川教授。崇宁中,召为太学正,累迁国子司业。出知无为军,有德政,民画其像于学宫。胡伸少年早慧,七岁时其父教练二兄伟、伋作诗,以"庄周梦蝶"为题,胡伸亦随作,末云:"谁能分梦觉,真妄两悠悠。"十四随兄游学杭州,每次月试,胡伸最先完成,而且名次多为首。教官命问所用事,对答如流。苏轼为太守时闻之,曾召与语,甚为叹异。胡伸与祖籍徽州迁居江西的汪藻齐名,时有"江左二宝,胡伸

---

① 周勋初主编《宋人轶事汇编》,上海古籍出版社,2014年,第1944页。

汪藻"之称。① 胡伸著作颇丰，遭丧乱后遗稿尚存二十万言，惜今所留无几，其诗仅存幼作断句一则。

总体而言，北宋时期徽州没有产生艺术成就突出的诗人，诗人及诗歌数量虽较唐代大幅度提升，但还远远落后于当时宋诗的总体水平。而且，北宋三个时期徽州诗人创作的数量和质量没有明显的进步，诗歌发展较为缓慢。不过，值得一提的是，南渡前后涌现出大批诗人，他们大都是北宋后期出生成长起来的，这对于徽州诗坛在全国范围内的崛起意义重大。

第三节　北宋入徽诗人的文学活动

一、仕徽诗人的文学活动

（一）黄山祷雨赏景

徽州多山，黄山在群山之中特立突出，"凝岚积霭，邈然云际，宜乎养灵孕粹，雄镇一方。故岁旱民饥，郡刺史修举祀典，躬事祷谒，厥报如影响"②。仕徽官员到黄山，不仅是观赏奇景，更多的是为民祷雨祭拜。

王挺之，太宗至道初任歙州军事判官，登黄山谒拜祷雨，投辞未竟而云起雨下，感慨吟诗《至道初元六月不雨为民冒暑乞灵龙湫投辞未竟云气已作雷雨继之》：

> 欲呼云雨沃焦田，袅袅篮舆入翠烟。万仞孤高随鸟道，一潭澄碧快龙眠。浮丘黄帝真成道，汉武秦皇谩学仙。但愿甘霖慰枯槁，岂知衰朽得神怜。

除祷雨诗外，王挺之还有《题黄山》二首，展现黄山奇秀之美和灵粹之气，如其二：

> 地灵通十洞，山邃宅诸仙。怪似龙逢霹，高疑剑倚天。岩端锁丹灶，石罅逗温泉。却忆登楼堞，徒能见巨然。

此诗前六句，一句一景，不仅描写了黄山的灵异、幽邃、险怪、高耸，而且以丹

---

① （明）程敏政辑撰，何庆善等点校《新安文献志》，黄山书社，2004年，第1971—1972页。
② 参见宋鲁宗道《题汤泉院壁》诗前序。

灶和温泉,突出了黄山独特的人文景观和自然景致。

鲁宗道(966—1029),字贯之,谯县人。真宗咸平二年(999)进士,景德年间调任歙州军事判官,四年(1007)与主簿阎宗烈一道,以公事至黄山,借宿灵泉院,此间多所题咏。现存黄山诗四首。《题汤泉院壁》描写了温泉的色泽和功能,"朱砂泉暖肌肤醒",突出温泉"去病"疗效,并为此发出了荡涤尘缨的人生感慨。《洗药源》着重强调泉水洗药千年后仍留余香。《莲花源》想象太乙真人稳眠一叶、泛舟中流的图景。《登黄山》不仅展现黄山的自然之美,也突出了黄山奇异神灵的特点,如下:

> 三十六峰凝翠霭,数千余仞锁岚烟。轩皇去后无消息,白鹿青牛何处眠。

前两句描写黄山三十六峰在霭岚笼罩下的奇秀特点;后两句通过对白鹿、青牛的反问,点出黄帝入山采灵芝、灵丘公炼丹的传说,进一步渲染黄山神话色彩。

(二)文房四宝研制与吟咏

徽州文房四宝中,纸、墨、砚至迟五代时已经闻名天下。《歙砚说》载《砚谱》云:"昔李后主留意翰墨,用澄心堂纸、李廷珪墨、龙尾砚,三者为天下冠。"① 至宋代,徽州四宝为文人雅士所欣赏,徽州官员更对其青睐有加。

潘夙(1005—1075),字伯恭,大名人,郑王潘美从孙。潘夙《宋史》有传,但未载其知歙州一事;罗愿《新安志》和明清《徽州府志》关于州牧的记载也无潘夙。现存梅尧臣与潘夙交往诗11首,其中10首诗题有"潘歙州"或"新安潘侯"。梅尧臣皇祐五年(1053)秋,扶母柩南归,至和元年(1054)丁母忧居宣城,次年秋归。② 应在此段时间内,潘夙与梅尧臣来往密切。梅尧臣至和二年有诗《潘歙州怪予遂行与黄君同路黄先游浙矣依韵酬寄》,诗中云"去年改藩屏,暂此解佩缨",即谓潘夙于至和元年到任歙州守;"作诗远见招,值我将西行",可见潘夙有诗寄赠梅尧臣,梅尧臣依韵答赠,惜潘夙诗未存。梅尧臣诗中盛赞潘夙的诗文和学识,如"潘侯擅诗笔,五色神授江"(《依韵自和送诗寄潘歙州》),"文章吞时英,光荒瞻星降"(《三和寄潘歙州》),"岂唯文学富,况亦论事精"(《潘歙州怪予遂行与黄君同路黄先游浙

---

① (宋)佚名《歙砚说》,载苏易简《文房四谱》,上海书店出版社,2015年,第191页。
② 朱东润《梅尧臣集编年校注》,上海古籍出版社,1980年,第800页。

矣依韵酬寄》)等。据梅尧臣诗还可知,潘夙对于歙州纸、砚还进行研制,①如《潘歙州寄纸三百番石砚一枚》:"澄心纸出新安郡,腊月敲冰滑有余。潘侯不独能致纸,罗纹细砚镌龙尾。墨花磨碧涵鼠须,玉方舞盘蛇与虺。"《九月六日登舟再和潘歙州纸砚》:"予传澄心古纸样,君使制之精意余。自兹重咏南堂纸,将今世人知首尾。又得水底碧玉腴,溪匠畏持如抱虺。"潘夙当有歙州纸和砚相关题咏,只是很遗憾没有留存。

崔鶠(1058—1126),字德符,颍州阳翟人。元祐九年(1094)登进士第。崇宁元年(1102),因上书入元祐党籍被免官。政和年间,复为绩溪县令。在绩溪期间,崔鶠创作《新安四咏》《题绩溪雪峰楼》《绩溪道中三首》等诗歌。《新安四咏》描绘了徽州从山水到人文诸多风物景观,字里行间洋溢着作者对新安的一片爱恋之心。如其一写徽州文房四宝:

  我爱新安好,斋房四友全。斫成千样玉,扫得万毬烟。云气随银管,蛟龙入彩笺。周旋不能去,何待更论年。

此诗中间两联,分别描写砚、墨、纸、笔。"千样玉,万毬烟",语言形象鲜明,写出了砚的形态和墨的原材料,突出了其质地之精良。"银管"与"云气"相随,"彩笺"能幻化成蛟龙,极富有想象力,强调了优质的纸、笔产生的神奇的效果。

(三) 刻石筑馆与题诗

徽州官员在徽任职时,立碑刻石、修建亭台楼阁,不仅起到教化的目的,也增添了不少文人雅兴。

赵昂,澶州顿丘人。金吾大将军赵延进之子,母早亡。太平兴国二年(977)登进士第,志求其母张氏遗像。淳化元年(990)终得其母绘像,赵昂悲喜作诗,时宰相宋琪、吕蒙正及台阁名贤十九人题诗,翰林旨承苏易简为赞,称赏其忠孝文行。景德元年(1004),赵昂知歙州。二年郊礼,因表求追封其母,诏赠清河县太君。三年五月,告至,赵昂刻告及所得诗赞为《纪美追荣记》,立之西溪太平寺,后置州学之左塾。

王荐,字继道,宣城人,尝从学于蒋之奇。元丰中知歙县事,其为政捐利于民,专务兴崇学校,招后进使就学,曾作《劝学文》以率之。歙县城东有

---

① 潘吉星《中国造纸史》(上海人民出版社,2009年)认为潘谷造墨精妙,又能造纸,仿制成功后又赠梅尧臣。李晖《论梅尧臣与澄心堂纸的绵绵情结》(《池州学院学报》2011年第5期)认为,梅尧臣诗中所言"潘歙州"即潘夙。笔者同意后一观点。

"松风亭",知州事张慎修此亭,并易名为"岁寒亭",取松柏岁寒而后凋之意。蒋之奇作赋刻石亭上,盛赞歙州教化有方。时苏辙在绩溪为令,感于此而赋诗《歙县岁寒堂》:"槛外甘棠锦绣屏,长松何者擅亭名。浮花过眼无多日,劲节凌寒尽此生。暗长茯苓根自大,旋收金粉气尤清。长官不用求琴谱,但听风吹作弄声。"

王本,字观复,绍圣二年(1095)知祁门。筑英才馆,引有才之士。时汪伯彦为布衣,延以入英才馆,激励汪伯彦奋进。有诗《劝汪伯彦入京华》:"红光灿灿发精神,指点青云笑入秦。浩荡词源吞四泽,纵横笔阵扫千人。市中有虎何妨畏,囊里无金未是贫。此去亨衢时节近,潢污从此脱凡鳞。"①祁门邑人黄伯修赞之,《赠王知县建英才馆》诗云:"三百余年百长官,几人遗爱在祁山。不嗟自昔如公少,只恐从今继者难。高阁夜弹风月静,一堂昼绩簿书闲。绣衣当路须青眼,莫作寻常令君看。"王本重教兴文、发掘人才,徽州乡人极为推重。

二、苏辙的绩溪创作及影响

北宋仕徽官员中,文学成就最高、影响最大者莫如苏辙了。苏辙(1039—1112),字子由,晚号颍滨遗老,四川眉山人。苏洵子,苏轼弟。官至太中大夫、守门下侍郎,谥文定公。元丰二年(1079)八月,苏轼因乌台诗案入狱,苏辙上书请以自己官职为兄赎罪,不准,由金书南京判官贬为监筠州盐酒税,五年不得升调。元丰七年(1084)九月,苏辙被量移为歙州绩溪县令,元丰八年(1085)春到绩溪;是年八月除秘书省校书郎,别绩溪回京。②

苏辙绩溪之任不到一年,他缓括军马,为民免役,重视农桑,兴修水堤,积极改善民生,县民谓其宰县是"邑人之幸"③。苏辙还创作不少脍炙人口的诗文作品,现存绩溪相关文4篇④,诗41首,包括赴绩溪任时2首、官绩溪时39首⑤。诗歌表现了其任职绩溪的生活状况和复杂心态。

---

① 此诗《全宋诗》未载,载永乐《祁阃志》卷八。参见汤华泉《新辑徽州文献中的宋佚诗》,《淮北职业技术学院学报》2007年第2期。
② 据传,元丰八年六月,苏轼至绩溪探望其弟,士大夫迎于城西石潭头渡口,后人就称此为来苏渡。到绩溪后,苏轼听说翚岭之北有座庐山寺,那里林谷幽深,岩崖奇秀,便同苏辙一起前往游览。据苏轼、苏辙年谱,二人相见并非在绩溪。
③ 参见苏辙《龙川略志》卷四《江东诸县括军马》;嘉庆《绩溪县志》卷八《名宦》。
④ 苏辙文有《绩溪谒城隍文》《谒孔子庙文》《祭灵惠汪公文》《代歙州贺登极表》。
⑤ 《栾城集》卷一三《将移绩溪令》《将之绩溪梦中赋泊舟野步》2首为苏辙赴任前作;卷一三《初到绩溪视事三日出城南谒二祠游石照偶成四小诗呈诸同官》至卷一四《神宗皇帝挽词三首》39首诗,应是苏辙官绩溪时所作。参见苏辙著,曾枣庄、马德富校点《栾城集》,上海古籍出版社,1987年。下文所引苏辙诗均自此版,不再一一标注。

（一）为令小邑的复杂心态

苏辙 18 岁中进士，23 岁举制科四等，可谓少年得志、前途无量。然而仁宗、英宗、神宗三朝，苏辙的仕途并不顺利，在贬监筠州盐酒税五年后，才量移绩溪令。苏辙对于来绩溪任职，心情极为矛盾。《将移绩溪令》云：

> 坐看酒垆今五年，恩移岩邑稍西还。他年贫富随天与，何日身心听我闲。山栗似拳应自饱，蜂糖如土不须悭。仲卿意向桐乡好，身后烝尝亦此间。

五年的酒税之任，苏辙已经习惯于顺其自然、听天由命，甚至产生归隐之心，"他年贫富随天与，何日身心听我闲"。然而，对于就任绩溪长官，他又希望自己有所作为，"仲卿意向桐乡好，身后烝尝亦此间"，希望自己能像汉代循吏朱邑在桐乡一样，造福于民，为民敬重。

尽管这种矛盾的想法一直萦绕苏辙心头，甚至赴绩溪途中做梦还发出感慨："深羡安居乐，谁令志四方？"（《将之绩溪梦中赋泊舟野步》）但他到达绩溪后，就马上投入政事，视察县境，拜谒祠庙，表现出实干精神和爱民情怀。苏辙赋诗《初到绩溪视事三日出城南谒二祠游石照偶成四小诗呈诸同官》，记述了其初到绩溪的所作所见、所思所感，也流露出其喜悦、惭愧、失望、期待等复杂心情。如其中二首：

> 行年五十治丘民，初学催科愧庙神。无限青山不容隐，却看黄卷自怜贫。雨余岭上云披絮，石浅溪头水蹙鳞。指点县城如手大，门前五柳正摇春。（《梓桐庙》）
>
> 石门南出众山巅，沃壤清溪自一川。老令旧谙田事乐，春耕正及雨晴天。可怜鞭挞终无补，早向丛祠乞有年。归告仇梅省文字，麦苗含穗欲蚕眠。（《汪王庙》）

诗人以自嘲的口吻，叙写自己在近知命之年首任地方官的感受，"行年五十治丘民，初学催科愧庙神"。苏辙惭愧自己没有治县经验，实蕴含着其多少的辛酸！进士及第后二十多年，苏辙一直沉居下僚，后又遭贬谪，他对前途并不抱有太大的希望。此番任职虽非如愿，"无限青山不容隐，却看黄卷自怜贫"，感叹自己身处"青山"中却未能归隐，现如今奔波忙碌而且生活困窘。不过，绩溪虽小但到处皆美景，"雨余岭上云披絮，石浅溪头水蹙鳞"，令人心旷神怡；"门前五柳正摇春"，也给诗人带来生机和慰藉。苏辙是一位实干家,他关怀民生,希望造福一地,而且做事雷厉风行,"可怜鞭挞终无补,早向丛祠乞有年",表现了诗人为民造福的志向和行动。组诗情景交融,含蓄婉致地表露出一位有志官员的矛盾处境和复杂心态。

苏辙绩溪为令,体恤民情,简政崇实,堪为地方官的楷模。然在绩溪前后不到一年,苏辙就被调任秘书省校书郎。校书郎是秘书省的低级职事官,但毕竟是宋代众多文章词学之士通往显位的馆职。年近半百初任地方县令的苏辙对此颇有感慨,《初闻得校书郎示同官三绝》云:

> 读书犹记少年狂,万卷纵横晒腹囊。奔走半生头欲白,今年始得校书郎。
> 百家小邑万重山,惭愧斯民爱长官。粳稻如云梨枣熟,暂留聊复为加餐。
> 病后浊醪都少味,老来欢意苦无多。临行寂寞空相对,不作新诗奈客何。

苏辙饱读诗书,才华横溢,然仕途蹇租,潦倒半生。如今除授得校书郎,可是苏辙已非当初科举中第、踌躇满志的青年才俊,因此,他并没有急欲回京的狂喜,也没有感激涕零或怨天尤人,而是"老来欢意苦无多"。毕竟要离开他任职半年之地,"临行寂寞空相对",只有以诗歌叙写他的所忆、所感和对绩溪人、地的怀恋。

(二)疾病缠身的真切感受

苏辙来到绩溪之后,身处异地,事业偃蹇,加之不久疾病缠身,使他感到身心交瘁。苏辙生病之后,写了不少诗歌。有些诗直接以病为题,如《病后》《病后白发》《病退》《复病三首》《病中郭尉见访》等。有些诗提到自己生病,如《送琳老还大明山》《次韵侯宣城题叠嶂楼》《初闻得校书郎示同官三绝》等。

诗人善于捕捉生病后的强烈的生理反应,又恰当地运用比喻,形象描述了生病后的身体状况,如《病后》:

> 一经寒热攻骸骨,正似兵戈过室庐。柱木支撑终未稳,筋皮收拾久犹疏。芭蕉张王要须朽,云气浮游毕竟虚。赖有衣中珠尚在,病中点检亦如如。

此诗运用一系列比喻,写出了自己在寒热袭来后如掏空肺腑、轰然瘫倒、虚弱无比的病状。另外,《复病》其二中"寒作埋冰雪,热攻投火汤",用两个对比性的比喻,具体描述了病后时寒时热、让人难以承受的极端感受。

诗人也写出自己在生病后的心理变化,如"委顺一无损,力争徒自伤。颓然付一榻,是处得清凉"(《复病》其二),言自己应顺其自然、不能力争强求;"示疾维摩元自在,放身南岳离思量"(《病退》),写出自己从禅境寻求慰藉等。其中《病后白发》写得较有情趣:

枯木自少叶,不堪经晓霜。病添衰发白,梳落细丝长。筋力从凋朽,肝心罢激昂。势如秋后雨,一度一凄凉。

此诗把病后头发比作枯木之叶,不堪经受秋日早霜,不仅衰白,而且大量脱落。在此基础上,言自己因体力衰朽,以往的雄心壮志也消去,心情正如秋后雨,凄凉无比。

作为一任长官,他对于身体生病耽误政事一直感到不安。《初闻得校书郎示同官三绝》就表达了这种心情,如其三云:"百家小邑万重山,惭愧斯民爱长官。粳稻如云梨枣熟,暂留聊复为加餐。"苏辙于春天到达绩溪,五月得病,病情反复两月多,秋季调任秘书省校书郎,苏辙觉得愧对百姓的厚爱,感到不安,在诗中向同僚表达自己的心情。

(三)胜景吟赞的心态流露

苏辙《绩溪二咏》咏赞了绩溪盛景豁然亭和翠眉亭。豁然亭在绩溪西垅上,为汪深所建。① 翠眉亭在绩溪县西隅,修建者未明。② 苏辙描写登临二亭所见美景,委婉地抒写自己的情怀,婉致深秀,为人喜诵:

南看城市北看山,每到令人意豁然。碧瓦千家新过雨,青松万壑正生烟。经秋卧病闻斤响,此日登临负酒船。径请诸君作佳句,壁间题我此诗先。(《豁然亭》)

谁安双岭曲弯弯,眉势低临户牖间。斜拥千畦铺渌水,稍分八字放遥山。愁霏宿雨峰峦湿,笑卷晴云草木闲。忽忆故乡银色界,举头千里见苍颜。(《翠眉亭》)

---

① 参见汪晫《西园康范存稿》中按语,《宋集珍本丛刊》第70册,线装书局出版社,第791页。
② 韩元吉《苏文定公祠碑》载:"歙之绩溪西隅有亭曰翠眉,不知何人作也。"(韩元吉《南涧甲乙稿》卷一九)《绩溪县志》载:"苏公为县,行平冈上,见双岭如眉势,作亭对之,名翠眉。"韩元吉为南宋前期人,受当时绩溪县令虞傅所托作苏辙祠碑,所述当可信;县志恐以苏辙登游而误作苏辙所建。

据诗中所述,诗人当时患病多日,在登临豁然亭后欣然在壁间题诗。苏辙由衷喜爱豁然亭的美景,"碧瓦千家新过雨,青松万壑正生烟",雨过天晴的豁然亭如同画境,以至于诗人每次光临都会"意豁然"。相较而言,《翠眉亭》写景抒情更胜一筹。首联以疑问形式描写翠眉亭地处奇特;颔联以拟人化手法生动形象描写了翠眉亭环拥碧水、八字成形的特征;颈联一愁一笑的情绪对比,更表现了翠眉亭景色多变,令人为之心动神摇;尾联由景及情,由欣赏任职地之景想起了故乡,思念之情油然而生,真挚感人。

绩溪有许多美景,这使得苏辙心灵得到慰藉。苏辙由衷赞叹绩溪景色时,也流露出自己的复杂心态,如《石照》二首:

行尽清溪到碧峰,阴崖翠壁书杉松。故留石照邀行客,上彻青山最后重。

雨开石照正新磨,鸟度猿攀野客过。忽见尘容应笑我,年来底事白须多。

石照处在清溪碧峰之中,幽美清净的环境就足以让人向往了;更有石照在雨后如同刚磨过一样,愈使行客流连忘返。诗人在欣赏石照时,自然从石照中照出自己的形象,"尘容"和"白须"表现了诗人漂泊在外、仕途多舛的艰辛。

(四)交往赠答的情志抒发

苏辙与绩溪县尉郭愿常以诗赠答,《郭尉愿惇夫以琳上人书诗为示次韵》云与郭尉促膝相谈,研习诗艺,"朝来过我三竿日,袖有幽僧数纸书";《病中郭尉见访》写郭尉对自己的关怀和勉励,"劳公强说修行渐,顾我方为病垢缠"。郭愿曾给苏辙一方古镜,苏辙《郭尉惠古镜》借镜言志说理:

凛如秋月照虚空,遇水留形处处同。一瞬自成千亿月,精神依旧满胸中。

诗人托物言志、借物言理,表现"凛如秋月"的情志和"一瞬成月"的理性思索。

苏辙与汪宗臣、汪深父子交善。苏辙与汪宗臣诗酒来往,有《次韵汪法曹山间小酌》叙述其事。汪深由国子监簿归家,与苏辙交游相善,《次韵汪文通监簿两首》叙述汪深来访带来的愉悦:

连宵暑雨气如秋,过客不来谁与游。赖有澹台肯相顾,坐令彭泽未能休。

　　琴疏不办弹新曲,学废谁令致束脩。惭愧邑人怜病懒,共成清净劝迟留。

苏辙绩溪之任上,与明州的琳上人交往密切,且多有诗书相赠。《送琳老还大明山》具体叙写琳上人冒热来访、以诗见赠情景,"百里走相访,触热汗雨翻。怀中出诗卷,清绝如断蝉",并言琳上人对自己的影响,"依依二三老,示我马祖禅。身心忽明旷,不受垢污缠"。《答琳长老寄幽兰白术黄精三本二绝》云"解脱清香本无染,更因一嗅识真如",表现二人纯洁无染志趣相投。

另外,苏辙在次韵咏物诗中,也常托物言志,表达自己的人格情怀,如《次韵答人幽兰》云"一寸芳心须自保,长松百尺有为薪";《次韵答人槛竹》云"猗猗元自直,落落不须扶","丛长傲霜雪,根瘦耻泥涂"。

苏辙绩溪为令仅半载有余,但对绩溪乃至徽州影响很大。南宋绍兴年间,绩溪县廨"秋风堂"修饰一新,改名"景苏堂"。曹训为令时,摹苏辙像置于堂中,并且镌刻由范成大所书的苏辙"绩溪所为诗三十六篇于石"。其后刻石"岁久磨灭,娄参政铃再书之"。淳熙年间,虞俦知县复修苏辙祠,"辟亭为四楹,得家庙本别绘公像于中"。绩溪人对苏辙及诗文的崇拜,一方面在于苏辙"名满天下,而文章颂咏于四夷",更在于其品格和政绩,"则其道德所加,比有未施信而民信之者矣"①。

三、游徽诗人的诗歌创作

（一）王安石的徽州题诗

王安石(1021—1086),字介甫,江西临川人,著名政治家和文学家。嘉祐三年(1058)调为江东提刑,由江西经徽州赴宁国府,过绩溪徽岭,有诗云:"晓度藤溪霜落后,夜过翚岭月明中。"②王安石题诗后,徽(又作翚)岭由此而闻名,如清代休宁人赵继序题诗赞曰:"大徽一径傍山通,度岭游行云气中。自有荆公题句后,居然形胜压江东。山多峭壁水清流,岭下村庄景最幽。山海图经供乙览,歙州从此易徽州。"歙州易徽州并非因王安石诗,但可证王安石徽岭题句的影响。祁门县西有东松庵,元丰中王安石过此止宿,留诗《题东松庵》于石上:"驱马深山里,村村景物新。正临长至节,还是远行

---

①　参见韩元吉《南涧甲乙稿》卷一九《苏文定公祠碑》、嘉靖《徽州府志》卷六《公署》。
②　此诗《全宋诗》未录,载罗愿《新安志》卷五,清嘉庆十七年刊本。

身。且喜仓箱满,争嫌牒诉频。从来疏懒性,何用丧天真。"①

王安石与徽州不少文人有交。王安石与绩溪葛琳交善,到绩溪后拜访葛琳未果,在宅壁题诗:"桥横葛仙陂,住近扬雄宅。主人胡不归,为我炊香白。"②婺源程惟象,善占算,英宗潜邸时惟象预言其兆既贵,得赐御书,王安石赠诗:"占见地灵非卜筮,算知人贵自陶渔。"祁门陈亨龙,元丰间登第,官南昌司户,极推崇王安石。有《南昌解组答王介甫》:"仕学经年尚未优,河干握别趁行舟。仁言润过三江渚,妙手文高五凤楼。别后不堪花片片,望中尤切水悠悠。君才自是无双十,际会风云奠九州。"另外,王安石与孙抗、许元等交情较密,嘉祐元年(1056)为许家作《许氏宗谱序》;孙抗长子孙适曾从王安石游,孙抗病故后王安石撰写《广西转运使孙君墓碑》等。

(二) 黄庭坚的砚山之行

黄庭坚(1045—1105),字鲁直,号山谷,洪州分宁人。北宋著名文学家、书法家,"江西诗派"领袖,诗与苏轼并称为"苏黄",书法与苏轼、米芾、蔡襄被誉为"宋四家"。文人诗书之好,自然钟情于砚。黄庭坚喜欢玩砚,且精于赏砚、题砚。元祐年间,黄庭坚时任秘书丞、提点明道宫兼国史编修官,因奉旨为天子求砚奔赴歙州,感慨即赋《砚山行》一诗:

> 新安出城二百里,走峰奔峦如斗蚁。陆不通车水不舟,步步穿云到龙尾。龙尾群山耸半空,居人剑戟旌幡里。树接藤腾两畔根,兽卧崖壁撑天宇。森森冷风逼人寒,俗传六月常如此。其间石有产罗纹,眉子金星相间起。居民山下百余家,鲍戴与王相邻里。凿砺磨形如日星,刻骨镂金寻石髓。选堪去杂用精奇,往往百中三四耳。磨方剪锐熟端相,审样状名随手是。不燥不煤禀天然,重实温润如君子。日辉灿灿飞金星,碧云色夺端州紫。遂令天下文章翁,走吏迢迢来涧底。时陈三日酒倾醇,祓祝山神神莫鄙。悬崖之处觉魂飞,终日有无难指拟。不知造化有何心,融结之功存妙理。不为金玉资天功,时与文章成里美。自从元祐献朝贡,至今人求不曾止。研工得此赡朝餐,寒谷欣欣生暗喜。愿从此砚钟相随,带入朝廷扬大义。写开胸臆化为霖,还与空山救枯死。③

---

① 此诗《全宋诗》未录,载永乐《祁阊志》卷八。参见汤华泉《新辑徽州文献中的宋佚诗》,《淮北职业技术学院学报》2007 年第 2 期。

② 参见(清)席存泰《(嘉庆)绩溪县志》,卷一一《艺文》、卷一二《杂志·拾遗》,清嘉庆十五年刻本。

③ 此诗黄庭坚别集、《全宋诗》均未载,据清徐毅《歙砚辑考》录,载《续修四库全书》第 1113 册子部谱录类,1996 年,第 417 页。

砚山，又名龙尾山、罗纹山，在歙州婺源县境内。唐开元间，猎人叶氏发现后雇匠人开采琢砚，自是歙砚闻名天下。南唐时在歙州设砚务官，朝廷常差遣官员到歙地搜罗歙砚。黄庭坚此行奉命亲到砚山，住歙人鲍日仁家，题诗留记。诗中详细记载了砚山地理位置、交通情况、砚石品种、砚工采选过程、诗人祝愿等，堪为歙州砚的形象诠释，也成为歙砚研究的重要文献资料。

（三）石待问等的黄山吟咏

北宋时期，入徽攀登游历黄山之风渐兴，许多人留下了脍炙人口的诗篇。如石待问，眉山人，弱冠登进士，官至知阶州，其《游黄山》云："轩皇曾把浮丘袂，驻跸兹山遂得名。迤逦午登随步胜，巍峨一上觉身轻。烟云日变百千态，猿鹤时闻三两声。截断杳冥秋势隔，数州各自见阴晴。"吴黯，邵武人，治平四年（1067）进士，官至太府少卿，有诗《因公檄按游黄山》："倏忽云烟化杳冥，峰峦随处入丹青。地连药鼎汤泉沸，山带龙须草树腥。半壁绛霞幽洞邃，一川寒雹古湫灵。霓旌去后无消息，犹有仙韶动俗听。"朱彦，南丰人，熙宁九年（1076）进士，累官刑部侍郎。曾游黄山，题《游黄山》："三十六峰高插天，瑶台琼宇贮神仙。嵩阳若与黄山并，犹欠灵砂一道泉。"与仕徽诗人创作目的不同，游徽诗人题咏黄山更多是对黄山之景的描绘，强调了黄山超越于其他山岳的独特之处。

总体来看，北宋时期徽州诗坛发展缓慢，徽州本籍诗人队伍规模不大，诗歌创作数量偏低，仕徽诗人和游徽诗人影响相对稍大一些。在宋诗发展大潮中，轰轰烈烈的诗文革新运动、盛极一时的元祐文学、影响极大的江西诗派等把宋诗推向繁荣成熟，而徽州诗坛却步履蹒跚，明显滞后于有宋一代总体水平。不过，正是北宋徽州本籍诗人和仕徽、游徽诗人的创作，接续了唐代徽州诗歌创作的脉流，积累了诗歌创作的经验，影响和带动了徽州后起诗人。直到南渡前后，徽州诗坛经历了长时间的酝酿，终于崛起于宋代诗坛。

第三章　南渡前后徽州诗坛的崛起

自北宋宣和三年(1121)徽宗改"歙州"为"徽州",至绍兴三十二年(1162)高宗朝统治结束,徽州诗坛实现了飞跃式的发展。南渡前后徽州诗坛现有存诗的徽籍诗人达26位,存诗总计681首,存诗百首以上的诗人有1位。徽州诗人多因求学、为宦等分散到异地,徽州诗坛凝聚性不强。朱弁的《风月堂诗话》和胡仔的《苕溪渔隐丛话》代表了南渡徽州诗坛的诗学成就,反映了徽州诗人不同的诗学旨趣。朱松以其诗歌创作和社会影响,引领徽州诗歌与学术联姻的先潮。徽州本地以仕徽诗人的文学活动为盛,尤其是汪藻、范成大的创作,对徽州诗坛影响很大。南渡前后徽州诗歌和诗学的勃兴,标志着徽州诗坛开始崛起于宋代诗坛之林。

第一节　南渡诗人流动与徽州诗坛的崛起

一、宋室南渡与文化南移

宋徽宗朝后期,统治集团奢侈腐败令人发指。为满足徽宗享乐之需,朱勔在江南大肆搜罗奇花异石,江南人民不堪花石纲之扰剥,宣和二年(1120)十月,歙县人方腊在睦州发动起义。方腊攻下清溪县后,起义人数迅速由千人增至过万。起义军先后攻克睦州、歙州,并以歙县为基地,向四面进攻。占领杭州后,起义队伍发展到百万之众,席卷东南一带。宣和三年(1121),起义军兵分两路进攻北宋,宋徽宗调集大军,全力围剿,在各路官军的合力夹击下,起义军开始败退。四月底,韩世忠率军俘虏方腊等人;八月,方腊英勇就义。方腊起义军被剿灭后,宋徽宗改歙州为徽州,这标志着真正意义上的"徽州时代"开始。

宣和七年(1125),金军开始侵略中原。靖康二年(1127)三月,北宋灭亡,徽宗、钦宗二帝被押至金。是年五月,高宗赵构在江宁登基,改元建炎,为南宋开国皇帝。在金国进攻下,宋室几经迁移,于绍兴八年(1138)正式定都临安。围绕对金战争问题,南宋朝臣形成主和与主战两派。尽管南宋军队在战争中不断取胜,但投降派在高宗支持下,杀害抗金英雄,卖国求和。绍兴和议之后,统治者安于歌舞升平的享乐生活,南宋在半壁江山中屈辱地发展。靖康之难给人们心理造成重大的影响,正义有为之士纷纷投身于卫国之战,诗人创作的思想内容和艺术风格也发生改变,吕本中、陈与义、曾几等诗人在继承和活变江西诗法的基础上,诗歌中增加了现实关注和国民忧患因素,诗歌风气为之一变。

随着宋室南渡,国家的政治、经济、文化重心从黄河流域转到长江流域。徽州位于皖、苏、浙、赣交界山区,曾是偏僻之地,南渡后近邻京师,故朝廷格外重视对其管理,许多颇有名望的贤士被选派到徽州任职,有利于徽州的安定和发展。徽州在唐代就被誉为富州,江南的进一步开发带动了徽州经济的发展,南渡后徽州因较便利的地理位置,与外地的经济往来增多。宋室南迁,徽州处于京畿文化辐射的范围内,一方面文人学者纷纷落户徽州,带来大量中原文献和汉文化思想;另一方面,受邻近区域的文化影响,徽州教育进一步发展,理学迅速传播并繁荣。

宋室南渡,社会政治、经济、文化格局的重新组合,成为徽州文学发展的契机,徽州本籍诗人如雨后春笋般涌现,把诗歌创作引向新的高度。徽州诗坛经历了漫长的酝酿和发展过程终于崛起。

二、南渡前后徽州诗人分布及创作

南渡前后,徽州诗人的地域分布呈现出以徽州为中心向四周辐射的格局。北宋后期,徽州地处相对封闭的山区,较之周边的江、浙、吴平原地带,文化明显落后。徽州诗人由于求学、入仕、避乱、随亲等,纷纷从徽州走出。徽州诗人分布之地主要有六处:北上金国,南下闽地,西南入饶州,东到湖州、临安、庆元府。南渡前后的徽州诗坛如一逐渐开放的花朵,花心在徽州,花瓣绽开、伸展到异地,诗人交往多限于其居地或活动地,故徽州诗坛凝聚性不强,诗歌创作特征性不明显。主要诗人分布如下图所示①:

---

① 从徽州走出的诗人在外地并非固定不动,考察徽州诗人的分布主要选择其文学和政治活动影响较大的一地。

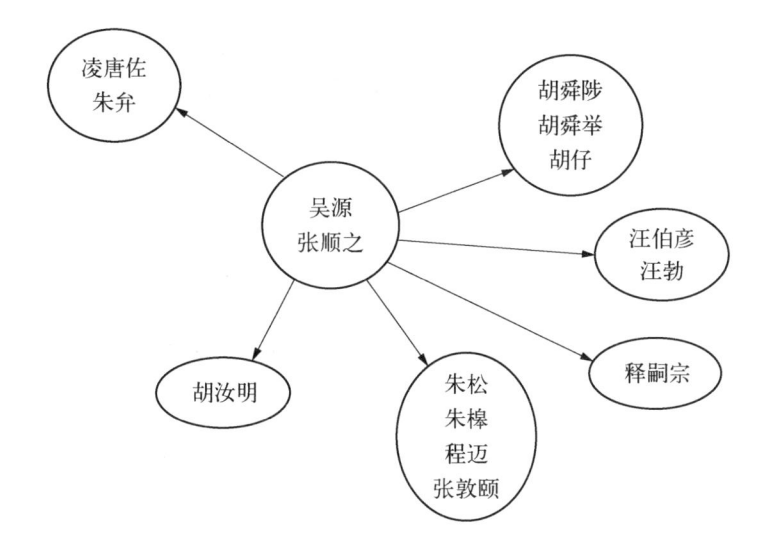

```
        凌唐佐
         朱弁
                        胡舜陟
                        胡舜举
                         胡仔
              吴源
              张顺之       汪伯彦
                         汪勃

                         释嗣宗
         胡汝明  朱松
                朱槔
                程迈
                张敦颐
```

　　福建的徽州诗人创作最为活跃,以朱松、朱槔最负盛名。朱松为南渡前后徽州诗坛成就最高诗人,详见第三节。朱槔,字逢原,号玉澜,朱松之弟,终生未仕。政和八年(1118),朱松登科后任政和尉,朱槔和父母、兄妹随朱松入居建州。朱槔有《玉澜集》1卷传世,存诗80余首,是南渡前后徽州诗坛存诗量仅次于朱松的诗人。朱槔与朱松手足情深、相知相惜,然不同的人生选择和志向情趣使二人诗风有异。朱松志高情深,在宦海浮沉中找不到自己的位置,诗中尽抒其漂泊异地的乡思和心灵探寻的矛盾,"诗传绝境忽入手,置我乡国情何穷"(《再和求首座》),"尘劳不相赦,竟类穷途迷"(《信州禅月台上》);朱槔不为世缚,诗中不见悲伤憔悴之态,"穷愁似与诗增气,嚼雪敲冰字字寒"(《寄梦肇》),"数公文字虽胜绝,莫使变作离骚哀"(《用东坡武昌寒溪韵三篇》其一)。朱松冰清玉洁,诗歌时有超尘脱俗之气,"仙姿不受凡眼污,风敛天香瘴烟里","多情入骨怜风味,依倚横斜嚼冰蕊"(《答林康民见和梅花诗》),如世间人入仙境,人顿感浊气全无;朱槔自负其长,冷静观物,"俗缘掣肘意未了,弄出飞琼乱纷委","回风自作妆半面,泣露真成愁龋齿"(《次韵梅花》),似尘外人重回人间,时不时有世中之物进入视野。朱松诗歌风格多样,高洁豪健、自然典重兼具;朱槔诗颇有江西诗风,拗峭涩硬,用事较多,不过一些诗句也给人奇新雅致之感,如"土浮迎竹醉,云净对山羞"(《竹醉日怀故山》),"玉立花千树,霞翻酒一杯"(《尤溪县之南李花千树无一杂木春时尝饮其中酒家小轩可爱不知何故不曾作诗追赋二首明年修故事当书之壁间》)等①。

---

① 朱松、朱槔诗引自《四部丛刊续编》影印明刊本《韦斋集》及所附《玉澜集》。

湖州的徽州诗人主要是绩溪胡氏家族成员。胡舜陟（1083—1143），字汝明，号三山老人。徽宗大观三年（1109）进士，积官监察御史，钦宗擢侍御史。高宗时为言者所论，除知庐州，于民有惠。累官广西经略，为运副吕源所陷下狱致死。后追赠少师。著有《论语议》《师律阵图》《奏议》《咏古诗》《三山老人语录》等。现存诗 16 首。胡舜陟诗尊杜甫，从存诗来看，诗句工整洗练，诗境隽朗和谐，如《泛歙溪用老杜诗青惜峰峦过为韵》其一写景净明自然，其三用事议论从容，颇得杜诗格高句精之旨。胡舜举，字汝士，舜陟弟。高宗建炎二年（1128）进士，绍兴二十年（1150）知建昌军。著《盱江志》《剑津集》，均佚，现仅存诗 1 首。胡仔（1110—1170）①，字符任，舜陟次子，自号苕溪渔隐。现存诗 22 首。胡仔为南宋著名诗论家，有《苕溪渔隐丛话》百卷行世，具体见第二节。

在金统治地，凌唐佐与朱弁均以节义著称。凌唐佐（约 1072—1132），字公弼，休宁人。哲宗元符三年（1100）进士。高宗绍兴初期，金人立刘豫，使为守，凌唐佐等遣人持蜡书告于朝，事泄被害。现存三首吟咏黄山之诗，自然流畅，清新可喜。朱弁（1085—1144），字少章，号观如居士，婺源人，移居新郑。高宗建炎元年（1127），以修武郎、合门宣赞舍人为通问副使，随正使王伦赴金探问徽、钦二宗，留金十七年，持节不屈。绍兴十三年（1143），宋金和议成才得遣返。著《聘游集》42 卷、奏议 1 卷、《尚书直解》10 卷、《曲洧旧闻》3 卷、《续骫骳说》1 卷、《杂书》1 卷、《风月堂诗话》3 卷、《新郑旧诗》1 卷、《南归诗文》1 卷等。朱弁诗，现存四十余首，诗歌多抒发其对祖国刻骨的思恋和不屈的气节。朱弁诗学成就很高，具体见第二节。

临安以汪伯彦、汪勃为代表。汪伯彦（1069—1141），字廷俊，号新安居士，祁门人，崇宁二年（1103）进士，累官右仆射兼中书侍郎。汪勃（1088—1171），字彦及，黟县人，高宗绍兴二年（1132）进士，累官御史中丞、签书枢密院事，兼权参知政事。二人在高宗时期仕途最为显达，诗歌创作并不出色。

释嗣宗居庆元府。释嗣宗（？—1153），俗姓陈，号闻庵。为青原下十四

---

① 胡仔生年主要有 1095 年、1108 年、1110 年三说。曹济平《胡仔的生卒年及其他》认为胡仔概生于绍圣年间（1095？）；杨海明《胡仔的生平、家世及其词学观点》考证胡仔生于大观二年（1108）。清胡培翚《胡少师年谱》（《胡少师总集·附录》清道光十九年金紫家祠刻本）载："大观四年庚寅，六月初二日，次子仔生。"清胡广植《绩溪金紫胡氏家谱》（清光绪三十三年木活字本）："仔公，字符任，号苕溪渔隐，行百十四。大观四年庚寅六月初二日丑时生。"胡家祚《胡仔及其〈苕溪渔隐丛话〉》、吴洪泽《胡仔生年考》分别依据家谱、年谱考定胡仔生于大观四年（1110）。叶当前等《胡仔生平考述》、殷海卫《胡仔生平新考》等认同第三种观点。

世,天童正觉禅师法嗣,后迁庆元府雪窦寺。释嗣宗偈颂诗多直接用佛教用语和公案语录阐述佛理,艺术成就不高。

徽州本地诗人以张顺之为代表。张顺之,号练溪居士,婺源人。少好为诗,老而不衰,尝得句法于吴思道,吴为苏轼门生。与程洵交情甚笃,二人多有寄赠唱和。晚年录《练溪诗话》一编,记吴思道及诸先辈诗言,程洵为之题跋;又有《练溪集》,均佚。现存仅7则诗句。

总体看来,南渡前后徽州诗人创作在北宋基础上实现了飞跃发展,然由于创作经验的不足,徽州诗人总体创作艺术尚显粗疏。不过,徽州诗人多保持一种自然的创作态度,表现出异于江西诗人的艺术风貌。

三、汪藻与徽州的不解之缘

徽州诗坛的崛起和徽州诗歌的勃兴,离不开仕徽诗人的文学创作活动。南渡之后,许多著名诗人曾在徽州任职,如汪藻绍兴九年(1139)知徽州,周必大、范成大先后于绍兴二十一年(1151)、二十五年(1155)任徽州司户参军,洪适绍兴二十九年(1159)知徽州等。其中汪藻和范成大对徽州影响最大。

汪藻(1079—1154),字彦章,祖辈居徽州婺源,至其父汪穀迁居饶州德兴。据《徽州府志》载,汪藻少年时曾就读于徽州州学,入太学后,与婺源江淳交情甚厚,二人数年间"从见于婺源、于会稽,而婺源为最久"①。汪藻以徽州人自居,《谢徽州到任表》谓徽州"乃平生父母之邦",《谢授新安郡侯表》亦言"久客还家,方憩南飞之鹊"②,《跋叶择甫李伯时画》《永州玩鸥亭记》等文落款均为"新安汪藻"③。

绍兴九年(1139)十月,汪藻以显谟阁学士知徽州,十二月二十九日到任,十一年(1141)七月十六日移知泉州。时行任官回避制,汪藻"以从官典乡郡,人以为荣"④。汪藻亦云:"比者误膺明诏,擢领偏城。地接行朝,盖今日股肱之郡。世联编籍,乃平生父母之邦。起废恩深,叨荣愧甚。"⑤

汪藻知徽期间,崇儒重教,用自己作文所得润笔费和"公帑之赢"修缮州

---

① (宋)汪藻《浮溪集》,卷二七《左朝奉郎知处州江君墓志铭》,《四部丛刊初编》,上海商务印书馆,1929年。
② (宋)汪藻《浮溪集》,卷五,《四部丛刊初编》,上海商务印书馆,1929年。
③ (宋)汪藻《浮溪集》,卷一七、卷一九,《四部丛刊初编》,上海商务印书馆,1929年。
④ (宋)罗愿《新安志》,卷七,清嘉庆十七年刊本,《宋元方志丛刊》第8册,中华书局,1990年。
⑤ (宋)汪藻《浮溪集》,卷二三《徽州到任谢丞相启》,《四部丛刊初编》,上海商务印书馆,1929年。

学,一改州学鄙陋窄小之貌,使徽州州学"为一方壮观"①;又立徽州先达题名碑,褒扬乡贤事迹,以教化乡民,对徽州教育文化影响巨大。汪藻同情民间疾苦,关怀民生,如长诗《徽州班春古岩寺呈诸僚友》一诗抒发心怀,节选如下:

> 数农前致辞,貌野意则诚。兹幸枉冠盖,使君岂无情。频年苦饥虚,奚用恤此生。守昔在闾里,先畴每躬耕。起家三绝余,谬忝符竹荣。无术布宽大,低头愧鲽惸。愿言同抚绥,永绝愁叹声。

汪藻文名甚著,"鸿文硕学,暴耀一世,人知其名,家有其书,而诗律高妙,兴寄深远,亦非近世诗人之所能及"②。汪藻知徽州时,汪伯彦归老祁门,曾拜访汪藻。二人以诗唱和,互表敬慕之意:

> 翰林诗思奏咸池,保信千旄入翠微。两两泰阶星一色,亭亭华表鹤双归。照溪城廓因如旧,并席朋游颇似希。相见各欣身健在,棋前盏斝莫停飞(汪伯彦《赠汪内翰》)③
>
> 几年东阁叹差池,忽见溪山照紫微。千里欢传旌节至,一城争看锦衣归。敢言刺史分符宠,幸遇诸生鼓瑟希。早晚九重宣诏急,紫阳山下驿尘飞。(汪藻《次汪相韵》)

除诗歌唱和外,汪藻还为汪伯彦祁门昼绣堂作《昼绣堂记》,盛赞汪伯彦"为时伟人",更是"新安之荣"④;汪伯彦去世,汪藻为其写《墓志铭》,对其执政之失也是模糊处理。汪藻与汪伯彦的诗文交游为当时徽州诗坛盛事,也颇为后人所诟,如宋末黄震谓:"黄、汪误国,三尺孺子能言之,而浮溪反许以中兴功臣……自昔名人才士,一失足于富贵之门,唯见其是,而不悟其非,卒与之俱辱而不自知,亦不可不戒也。"⑤汪藻祖籍徽州,与汪伯彦同姓又进

---

① (宋)汪藻《浮溪文粹》,附录孙觌撰墓志铭,《宋集珍本丛刊》第34册,线装书局,2004年,第456页。
② (宋)汪藻《浮溪文粹》,附录孙觌撰墓志铭,《宋集珍本丛刊》第34册,线装书局,2004年,第455页。
③ 此诗《全宋诗》未录,载永乐《祁阊志》,参见汤华泉《新辑徽州文献中的宋佚诗》,《淮北职业技术学院学报》2007年第2期。
④ (宋)汪藻《浮溪集》,卷一八,《四部丛刊初编》,上海商务印书馆,1929年。
⑤ (宋)黄震《黄氏日抄》,卷六六《汪浮溪集》,文津阁《四库全书》子部第710册,北京商务印书馆,2003年,第503页。

士同年,谀辞太过或情感使之;不过,汪藻未能秉实直言确为士人大弊,黄氏评语切中要害。

汪藻著作颇丰,①胡仔《苕溪渔隐丛话》录多篇关于汪藻的诗话,对其诗的褒誉常常溢于言表。朱熹以汪藻和其父朱松并重:"(婺源)百十年来,异材间出,如翰林汪公及我先君子太史公,皆以学问文章显重于世。"②南宋徽州通判孙嵘叟亦云:"新安人物以韦斋、龙溪为称首。"③汪藻在徽州的政治、教育和文学活动,对于徽州诗坛的崛起和发展具有极大的引领和推动作用。

四、范成大徽州之任诗歌创作

范成大④(1126—1193),字至能,号石湖居士,吴郡人。高宗绍兴二十四年(1154)进士。绍兴二十五年(1155)调徽州司户参军,冬赴任,次年春到徽州,绍兴三十年(1160)岁末去任离徽。⑤ 徽州之任是范成大人生价值观形成的重要阶段,也是其诗歌创作的关键时期。自去家赴徽到卸任离徽,五年期间范成大留下诗作140首,虽不及现存总诗的十分之一,然而其诗歌的思想取向、风格追求不仅对之前有所超越,也为之后创作风貌的确立奠定了基础。

(一)适应徽州环境,生活态度改变

范成大十四岁大病几死,十七八岁母亲和父亲又相继去世,这使范成大过早地感知到生死无常和人生的不可预测。他托身于昆山荐严寺,无仕举

---

① 汪藻有《浮溪先生文集》六十卷、《猥稿外集》一卷、《龙溪先生文集》六十卷等。
② (宋)朱熹《晦庵先生朱文公文集》,卷八二《跋滕南夫溪堂集》,朱杰人等主编《朱子全书》第24册,上海古籍出版社、安徽教育出版社,2002年,第3877页。
③ (宋)汪莘《方壶先生集》,卷首序,清雍正刻本,《宋集珍本丛刊》第69册,线装书局,2004年,第249页。
④ 范成大行实主要参照:于北山《范成大年谱》,上海古籍出版社,1987年;王德毅《范石湖先生年谱》,载《宋人年谱丛刊》第9册,四川大学出版社,2003年;孔凡礼《范成大年谱》,齐鲁诗社,1985年。范成大诗歌参照富春苏校《范石湖集》,上海古籍出版社,1981年。
⑤ 范成大任徽具体时间,史志均未载。弘治《徽州府志》卷四《名宦》:"绍兴中为徽州司户参军。太守洪适博洽精明,每以讼课付成大,成大由此究心吏事。"吴儆《送范石湖序》言:"吴郡范至能为户曹新安三年,州三易将。"吴儆所言"三将"指李穑、潘莘、洪适。据弘治《徽州府志》卷四《职制》载,李穑,绍兴二十六十一月九日到官,二十八年四月十八日除荆湖北路转运判官;潘莘,二十八年六月八日到官,二十九年闰六月十九日罢;洪适,绍兴二十九年九月十六日到官,三十一年二月二十九日除提举浙西常平茶盐。依此,范成大仕徽期约为二十八、二十九年前后。范成大《荔枝赋》序明言:"绍兴丙子(二十六)夏……时为新安掾。"又诗《次韵乐先生除夜三绝》其一言"天边客里五迎冬",当谓自己在徽州度过五个冬天。王德毅《范石湖先生年谱》系于绍兴二十五年至绍兴三十年;于北山《范成大年谱》谓绍兴二十六年春季抵任,绍兴三十年冬季离新安户曹任;孔凡礼《范成大年谱》谓范成大绍兴二十五年调徽州司户参军,二十六年春末到任,绍兴三十年岁末秩满去任。

之意,在父执王葆开导和督勉下才重续举子之业。范成大不像其他应举者有着强烈的功名欲望,又没有屡试屡挫的经历,故对于入仕既无太多的兴奋和愉悦,也似无高远的志向和抱负。范成大即将赴任,祭扫父母,有诗《天平先陇道中,时将赴新安掾》:"松楸永寄孤穷泪,泉石终收漫浪身。好住邻翁各安健,归来相访说情真。"诗歌表现了对亲人的痛彻怀念和内在的无法言说的伤悲,也流露出早去早归的愿望。然而,这种消极的生活态度和低落的心境在赴徽后不断发生变化。范成大赴徽途中经过险滩,心即有所震,"波惊石险夜喧雷,晓泊旗亭笑眼开"(《自宁国溪行至宣城,舟人云凡百八十滩》)。徽州的气候条件和自然环境,使范成大体悟到生命的坚强,如《积雨蒸润,体中不佳,颇思故居之乐,戏书呈子文》:"门外泥深蘸马鞍,墨云未放四维宽。前山忽接后山暗,暑雨全如秋雨寒。梦里江湖三叹息,醉中天地一凭阑。斗升留滞休惆怅,枳棘从来着凤鸾。"《雨凉二首呈宗伟》:"谁扶病客起龙钟,恩在盆倾一雨中。问讯九关何路到,拟笺欢喜谢天公。"范成大体弱多病,逢雨天当感不适,然其不复有过去的悲哀和无望。前诗念及故居之乐,又劝友人休要惆怅,颇有有朝一日凤鸾驾升之志;后诗极其乐观,不为凉雨而伤,反要拟笺谢天。四库馆臣谓其"自官新安掾以后,骨力乃以渐而遒"(《四库全书总目提要》),范成大也自言"江山得句有神功"(《晚集南楼》),范成大诗风的改变与其处于恶劣的自然环境中主体意识的激发及心境变化有着密切的关系。

(二) 关怀徽州人民,悯农意识增强

范成大出生于书香官宦家庭,其父范雩宣和六年(1124)进士,官至秘书郎,其母是蔡襄孙女、文彦博外孙女。范成大少时饱读诗书,并不知耕种之苦、稼穑之辛,农事生活在范成大看来,是田园风光的一个组成部分,或呈现富有生意的自然,或体现出闲适淡然的心境,如《初夏》其二:"晴丝千尺挽韶光,百舌无声燕子忙。永日屋头槐影暗,微风扇里麦花香。"随着父母的谢世,抚养弟妹,操持家事,范成大充分领略到财资之缺和生计之艰,开始懂得关怀下层人民。范成大仕徽之前,已开始着意于农村生活疾苦,如效王建乐府诗四首之一《催租行》:"输租得钞官更催,踉跄里正敲门来。手持文书杂嗔喜,我亦来营醉归耳。床头悭囊大如拳,扑破正有三百钱。不堪与君成一醉,聊复偿君草鞋费。"诗讽刺了勒索农民的里正,表现了农民的辛酸和无奈。这一主题到徽州任后进一步深化。徽州山多地少,土地贫瘠,雨旱之年尚不能自保,沉重的赋税更使人民苦不堪言。范成大作为地方户曹,掌户籍、赋税、仓库交纳等事,对徽州农民的生活有较近的接触和深刻的了解,也深知此地农民的艰辛和痛苦。此时有诗《后出租行》:"老父田荒秋雨里,旧

时高岸今江水。佣耕犹自抱长饥,的知无力输租米。自从乡官新上来,黄纸放尽白纸催。卖衣得钱都纳却,病骨虽寒聊免缚。去年衣尽到家口,大女临岐两分首。今年次女已行媒,亦复驱将换升斗。室中更有第三女,明年不怕催租苦!"诗人沉痛地叙写一老农灾荒之年卖女换粮的悲惨处境,并把矛头直指盘剥百姓的乡官,虽然尚未挖掘悲剧的根源,然其直面现实的胆量和强烈的批判精神已足以振聋发聩。范成大还有不少诗表现其与下层人民息息相关,如暑热难忍时,想到"遥知陇上耘,暴背愁白丁"(《次韵庆充避暑水西寺》);积雨伤麦时,有"麦头熟颗已如珠,小阮惟忧积雨余"(《刈麦》)。范成大的徽州农事诗,是对前期田园诗的超越,也为后期田园农事诗的创作奠定了基础。

(三) 善交徽州同僚,自身素养提高

家世的突变,使范成大过早地领略到人情冷暖和世态炎凉。赴徽途中,范成大有诗《元夕泊舟雪川》:"莲炬光中月自圆,人情草草竞华年。最怜一夜旗亭鼓,能共钟声到客船。"诗中浸染孤寂凄寞的伤感情调,显示了诗人内心的孤独和对世人的不信任。然而,范成大在徽州任职五年,虽然职位不高,却能与上下相处融洽,受到众人的尊重。据吴儆《送范石湖序》,范成大的三任上司,始李稙刚毅有大度,为郡以严称;继以检详潘莘,仁厚乐易号长者,然谨绳墨,不可挠以非法;后洪适,文名最高,又以政事称一时。三公性情不同,然均重范成大。范成大同时的幕府属邑之吏,亦皆推其能。① 究其因,范成大才学能力固然重要,而其虚心善学的品格也不容忽视。范成大善于从同僚身上发现其长处和优点,如李稙"锵金绝世诗情妙,倚剑凌空隶墨鲜"(《次韵知郡安抚九日南楼宴集三首》其三),洪适"神仙绝世立,功行闻清都"(《古风上知府秘书二首》其一),林彦强"纷纶草木变暄寒,竹节松心故凛然"(《送通守林彦强寺丞还朝》),宗伟、温伯"真清廊庙器,伟望配山斗"(《再次韵呈宗伟、温伯》),子文"肩耸已高犹索句,眼明无用且翻书"(《再韵答子文》)等,这些人都对范成大有积极的影响。范成大在与徽州同僚的交往中,善于取长补短,不断学习,从而积累品学,涵养自身,这对于范成大之后的人生道路和诗歌创作意义重大。

值得一提的是,范成大与仕徽官员来往密切,文学活动频繁,彼此以诗唱和题赠,形成了一个颇有声势的仕徽诗人群体,主要成员除范成大外,还有李稙、洪适、严焕、胡琏、汤温伯、林公正、刘庆充、赵圣集、李深之、林彦强、

---

① (宋)吴儆《吴文肃公文集》,卷一二《送范石湖序》,明万历刻本,《宋集珍本丛刊》第46册,线装书局,2004年,第653—654页。

黄博益、詹亢宗、景琳、黄必先、胡权、诸葛伯山、滕廥等。从范成大存诗来看，当时仕徽诗人曾结诗社。《再次韵呈宗伟、温伯》云："官居数椽间，局促如瓮牖。幸邻诗酒社，金薤对玉友。真清廊庙器，伟望配山斗。行当侍紫极，槐棘位三九。馆舍有奇士，高文粲参首。倡酬猥及我，双松压孤柳。生活从冷淡，幸免誉与咎。相从结此夏，何异归陇亩。"范成大绍兴二十六年春入徽，参与此诗社可能在此年夏季。诗社的发起人为胡珵（宗伟）、汤温伯，其成立当更要早些。

范成大与徽州诗人吴儆关系密切。两人年龄相近（吴儆长一岁），均富文才，交情甚深。他们曾在休宁诗酒相游，范成大有诗《休宁》："南街豪郡城，东圃压州宅。谁云沸镬地，气象不逼厌。林园富瓜笋，堂密美杉柏。山醪极可人，溪女能醉客。吴子邑中彦，毫端万人敌。传杯相劳苦，不觉东方白。"吴儆绍兴二十七年进士，调明州鄞县尉，诗中称吴儆为"吴子"，描写"林园富瓜笋"之景，二人相交或在绍兴二十六年夏秋。① 现存吴儆《竹洲文集》中，还有《答范石湖牡丹》诗、《次范石湖韵》词、《贺范至能自广帅镇蜀启》和《送范石湖序》，可见范成大离徽后，两人仍诗文赠和互为往来。

范成大徽州之任，无论对于其个人还是对于徽州诗坛，都意义重大。范成大而立之年初入仕途，徽州为其首站，而且仕徽五年不为不长，徽州之任对于范成大政治生涯和文学追求有较大影响。范成大任职时已有诗名，徽州之任间，以范成大为中心，形成了一个颇有声势的仕徽诗人群体。可以说，范成大的诗歌创作不仅壮大了徽州诗坛的声威，而且引领徽州诗歌创作风气，使徽州诗坛朝着健康方向发展。

第二节　朱弁和胡仔的诗话旨趣

朱弁和胡仔是南渡时期著名的诗论家。② 朱弁以其忠义之行名载《宋史》，其诗学主张集中体现在《风月堂诗话》③（下文简称《诗话》）一书中；胡仔卜居苕溪纂集《苕溪渔隐丛话》④（下文简称《丛话》）百卷而享誉于世，其

---

① 此诗《范石湖集》中列《古风上知府秘书二首》《挂笏亭晚望》之后，依此或为绍兴三十年作，俟考。
② 朱弁行实主要参及朱熹撰《奉使直秘阁朱公行状》和《宋史》朱弁传；胡仔行实主要参及《新安文献志》胡舜陟传和清道光《徽州府志》胡仔传。
③ （宋）朱弁撰，陈新点校《风月堂诗话》，中华书局，1988年。
④ （宋）胡仔纂集，廖德明校点《苕溪渔隐丛话》，人民文学出版社，1984年。

诗学思想由此著而彰显。学界对二人诗学思想所论颇丰,本节旨在对比研究《风月堂诗话》和《苕溪渔隐丛话》,以观南渡时期徽州诗坛的诗学理论取向。以下主要从两著对杜甫、苏轼、黄庭坚的论评来探讨朱弁和胡仔的创作心态和诗学观点。

一、创作心态:义士的追忆与隐士的苦衷

朱弁是徽州崇尚气节的义士代表,是深受中原文化浸染的诗人和诗论家。朱弁少年早慧,既冠已通六经百氏之书,入太学为内舍生,晁说之一见其诗,甚为奇赏。后晁说之携朱弁归新郑,且以兄女妻之。朱弁亲受晁说之教诲,又得以访游新郑及汴洛名儒,务以经史文章为进。高宗建炎元年(1127),上议遣使探问徽、钦二宗,朱弁慨然自荐,以通问副使赴金。滞金期间,起居自怀使印,拒不接受伪齐、金朝之官,着力诗文及学术。绍兴十三年(1143),宋金和议成,朱弁才得以遣返。朱弁以自己的使金行动和文学成就不仅彪炳南宋历史,而且对金朝有深远影响。

朱弁著述丰富,思念家乡、追忆往事不仅是朱弁创作的源泉和动力,也是其心系故国、忠贞不贰的文学宣言。朱弁诗歌多表达在异域的刻骨铭心的思乡之愁,抒写自己忠君爱国、持节不屈的情怀和志向,如《客夜》《春阴》等诗催人泪下、感人至深。绍兴十年(1140),朱弁编著《风月堂诗话》,序中交代其创作由来:

> 予复以使事羁绊漯河,阅历星纪,追思曩游风月之谈,十仅省四五,乃纂次为二卷,号《风月堂诗话》,归诒之孙。异时幅巾林下,摩挲泉石时取观之,则溱洧风月犹在吾目中也。

朱弁在金十余年,昔日新郑东里"风月堂"画像、文集、庭宇等历历在目,而当时与中原诸儒相游论诗之言多半已忘,朱弁记录从游闻听的诗话故实,希望异日溱洧风月犹在目中。《风月堂诗话》这部著作,不仅表达了朱弁诗歌创作的观点,也是其思乡念旧情怀的诗学诉求,透露出其对中原文化的深挚怀恋。

胡仔是南宋诗坛率先归隐的诗论家和诗人,也是徽州重修身立言的文人典型。胡仔为舜陟次子,其父及叔父舜申、舜举皆爱好文学,胡仔的文学兴趣源于家学的熏陶和影响。宣和年间为避方腊乱,胡氏一家从绩溪迁到湖州,胡仔见识日广,读书益博。胡仔以父荫补官,高宗绍兴六年(1136),胡仔侍亲赴官,就差广西提刑司干办公事,居岭外七年。绍兴十三年(1143)丁

父忧,卜居苕溪,自号苕溪渔隐,开始着手编纂《苕溪渔隐丛话》,至绍兴十八年(1148),完成《苕溪渔隐丛话》之《前集》初稿,后又陆续增补至60卷。绍兴三十二年(1162),胡仔起差福建转运司干办公事。乾道元年(1165)又归居苕溪,开始编纂《后集》,乾道三年(1167),编定《后集》40卷①。《苕溪渔隐丛话》是诗学史上的重要成果,与魏庆之《诗人玉屑》并为宋代诗话"双璧"。

胡仔在《苕溪渔隐丛话》之《前集》序中表达自己的创作动机:

> 绍兴丙辰,余侍亲赴官岭右,道过湘中,闻舒城阮阅昔为郴江守,尝编《诗总》,颇为详备。行役匆匆,不暇从知识间借观。余居苕水,友生洪庆远,从宗子彦章,获传此集。余取读之,盖阮因古今诗话,附以诸家小说,分门增广,独元祐以来诸公诗话不载焉。考编此《诗总》,乃宣和癸卯,是时元祐文章,禁而弗用,故阮因以略之。余今遂取元祐以来诸公诗话,及史传小说所载事实,可以发明诗句,及增益见闻者,纂为一集。

序中交代其诗话编著的主要原因在于取元祐诸公诗话事实,补阮阅《诗总》之阙。不过,胡仔最初选择隐居苕溪著书立言,还在于父亲去世给自己带来的隐痛。胡仔在《丛话·后集》序中言:"余丁年罹于忧患,投闲二十载,杜门却扫于苕溪之上。""忧患"指其父胡舜陟含冤屈死一事。据《宋史·胡舜陟传》载,舜陟因讨郴贼,弹劾吕源沮军事,二人生隙。后舜陟为广西经略,吕源因邕州守贪赃,乘机构织罪名报复舜陟,讼舜陟受金盗马,非讪朝政。秦桧素恶舜陟,奏遣大理寺官袁柟、燕仰之勘劾。舜陟辞不服,两旬后死于静江府狱中。舜陟妻江氏诉于朝,诏洪元英究实。洪言舜陟受金盗马事涉暧昧,又言其得人心虽古循吏无以过。朝廷遂惩袁、燕二勘官。② 舜陟为一世功臣,却被吕源挟私污劾,又为奸相秦桧所害。③ 胡仔和父亲感情极深,侍父赴广西任职七年,亲受父亲言传身教。胡仔敬重父亲的为人、能力和学问,胡舜陟的含冤而死,对胡仔造成致命打击,本对仕宦不感兴趣的胡仔从

---

① 《苕溪渔隐丛话》编纂时间参见殷海卫《胡仔〈苕溪渔隐丛话〉成书考论》,《济南大学学报》2009年第1期。
② (元)脱脱等《宋史》第33册,卷三七八《胡舜陟》,中华书局,1977年,第11670页。
③ 据《宋人轶事汇编》载:"秦桧父尝为静江府古县令,其后守胡舜陟欲为桧父立祠,县令高登坚不奉命。舜陟大怒,文致其罪送狱,备极惨毒,登不能堪。未数日,舜陟忽殂,登获免。"此事有待进一步考证。

此隐居苕溪。《苕溪渔隐丛话》以3卷多篇幅详载"元祐诗案",不无暗指其父冤案之意;书中又详记三山老人(舜陟号)语录,以彰显父亲的学问和诗才。因此,胡仔编纂《苕溪渔隐丛话》,除了补充《诗总》缺失,希望学术有所建树之外,固应有藉此排遣巨大苦痛、释放心中的郁结愁闷之因,而其深层目的当是承继父学、发扬光大,从而为父扬名张目。

二、宗杜旨向:"浑然天成"与集成新变

推尊杜甫是宋代社会的普遍风气,南渡前后达到极致。北宋后期,以江西诗派为代表的诗人崇奉黄庭坚倡导的杜甫诗法;渡江之后,经历了国破家亡流离之苦的诗人们更高扬杜甫忠君爱国精神。朱弁、胡仔尊杜倾向和时人基本一致,但针对时人创作之弊,二人对杜诗各有自己的独特见解。

自黄庭坚提出杜诗"无一字无来处"之后,江西诗派把杜甫诗歌作为善于用事的范本,不少追慕江西诗人的杜诗爱好者仅限于从杜诗中寻求典故,并把用事作为诗歌创作的最基本法则。这样,造成了学诗者和言诗者竞相以故实相夸的时习。朱弁尊杜甫为"诗人之冠冕",认为杜甫诗歌有极高的艺术价值,并非仅仅"用事"一端。对于时人片面认识和学习杜诗,朱弁深为忧虑,在《风月堂诗话》终篇,朱弁以客言道出当时学杜者惟求故实、对杜诗认识肤浅片面的现象,并通过自己的回答为学诗者指出比较合理的学习途径。朱弁认为学诗当溯其源流,以风雅为标准。对于杜甫诗歌,朱弁认为杜甫句法妙处不在于用事,而在于"自成文理""浑然天成";杜甫用事之高不在于"无一字无来处",而在于"掇英撷华"又善于"鼓铸镕泻"。朱弁告诫学诗者应借鉴钟嵘论诗之言,从而发掘杜诗精髓所在。

朱弁对杜诗的认识立足于其对诗的本质的思考和理解。朱弁极为肯定钟嵘"吟咏情性"之说,认为"诗人胜语,咸得于自然,非资博古",而专注于用事,"大抵句无虚辞,必假故实;语无空字,必究所从",将会与钟嵘所谓的"自然英旨"相悖,"拘挛补缀而露斧凿痕迹者,不可与论自然之妙也"(《诗话》卷上)。朱弁并非一概否定故实,对于自然贴切、无斧凿之痕的用事非常欣赏。朱弁曾与晁叔用论"体物"诗,叔用认为老杜咏子规诗"盖不从古人笔墨畦径中来,其所镕裁,殆别有造化也"(《诗话》卷上)。朱弁对此颇有同感,认为杜甫不仅能从即目所见的自然和社会生活中获得诗材,真实传达自己对生活的切身感受,上追风雅,体物自然;而且善于利用前人留下的丰富的语言材料,把故实与自己直寻所得熔铸陶冶,从而成就浑然天成的最高境界。

胡仔更为推崇杜甫,大力倡导全面学习杜诗。胡仔编纂《丛话》并构建诗学体系即以杜诗为宗："余纂集《丛话》，盖以子美之诗为宗，凡诸公之说，悉以采摭，仍存标目，各志所出。"（《前集》卷一四）《苕溪渔隐丛话》中所论杜甫共有13卷，仅次于苏轼。胡仔宗杜首先源于胡舜陟的影响："先君平日，尤喜作诗，手校老杜集，所正舛误甚多。句法，暮年深得其意味。"（《前集》卷一三）胡仔宗杜更是鉴于当时诗歌创作出现的不良现象，从而发出救弊宣言："余为是说，盖欲学诗者师少陵而友江西，则两得之矣。"（《前集》卷四九）江西诗派诸人最初在黄庭坚的倡导和指引下学习杜诗，后来，江西末流放弃对杜诗的学习，拘泥于黄庭坚总结的诗法诗技，致使诗歌成为生硬呆板的模式制作。胡仔认为黄庭坚诗学杜甫，论诗也独宗杜甫，倡导学诗者应上溯其源，"师少陵而友江西"，方能得诗之旨趣。

与朱弁不满学者热衷杜诗的故实不同，胡仔对杜诗用事很感兴趣。胡舜陟曾校对杜甫诗集，对杜诗典故多有考注。胡仔承继父学，《丛话》录论杜诗话时，对于时人注解杜诗典故之缺漏歧误，都认真补充或辨证。胡仔自云"读史传，及旧闻于知识间，得少陵诗事甚多"，并一连串列出杜甫诗中十九个典故，指出"皆王原叔所不注者"。（《前集》卷一一）后人对杜诗典故注解有误，胡仔均以纠正，如杜甫《遣怀诗》"吹台"一典，《西清诗话》以为是单父台，胡仔引《新唐书》，证明吹台"即梁孝王歌台，今谓繁台矣"。（《前集》卷一二）后人对杜诗典故注解有分歧，胡仔详细考证辨析，如对杜诗"乌鬼"之典的诸多注解，胡仔总结为四说："《漫叟诗话》以猪为乌鬼，蔡宽夫《诗话》以乌野神为乌鬼，《冷斋夜话》以乌蛮鬼为乌鬼，沈存中《笔谈》《缃素杂记》以鸬鹚为乌鬼。"（《前集》卷一二）胡仔不仅具载其说，而且以翔实的资料和亲身经历见闻证明"以鸬鹚为乌鬼"为是。胡仔认为杜甫诗不仅用典多，而且用典精确，如《前集》卷十四载："'功业多归马伏波，功曹非复汉萧何。'李公彦、刘贡甫皆云：'汉功曹曹参，非萧何也。'余读《高祖纪》：'萧何为主吏。'孟康曰：'主吏，功曹也。'然则子美岂误用事也。"

胡仔推崇杜甫诗歌，除了用典外，更在于杜甫能"集大成"与"新变"。集大成是新变的基础，诗人对诸家之长的融会贯通又使诗歌具有独特个性；新变是集大成的途径，诗人不断尝试新的风格体式才能实现兼容并包。胡仔以集大成为评诗最高标准，以此选出唐宋各两人，"开元之李、杜，元祐之苏、黄，皆集诗之大成者"《后集》序。胡仔同时也强调杜甫的新变。《丛话》录《遯斋闲览》云："（王荆）公曰：'白之歌诗，豪放飘逸，人固莫及；然其格止于此而已，不知变也。至于甫，则悲欢穷泰，发敛抑扬，疾徐纵横，无施不可，故其诗有平淡简易者，有绮丽精确者，有严重威武若三军之帅者，有奋迅驰骤若泛驾之马者，有淡泊闲静若山谷隐士者，有风流酝藉若贵介公子者。"

(《前集》卷六)胡仔认为杜甫对诗歌的新变主要表现在突破近体诗固有声律体式上。杜甫有意打破近体诗的平仄规则,以拗折代圆滑,创造性运用拗句或变体进行诗歌实践,并且把近体拗变引向成熟,从而实现了诗歌又一次新变,启示和影响着诗人要善于突破旧有束缚,寻找最佳表达之路。杜甫诗歌既集众家之长,又能突破旧有体式,学诗者以杜诗为范,不仅可以从杜诗中发现适合自己风格的诗歌去学习,高明者还能学其新变精神而自立一家,这或许就是胡仔以其振兴诗道的途径。

三、崇苏所在:"人莫能及"与所养过人

朱弁不仅大力称扬苏轼诗歌,而且明确树立了苏轼为宋代诗人之冠的地位。朱弁的评价是建立在对苏诗全面了解并以其与欧阳修、黄庭坚进行比较后得出的结论:

> 东坡诗文,落笔辄为人所传诵,每一篇到欧公处,公为终日喜,前后类如此。一日,与棐论文及坡,公叹曰:"汝记吾言,三十年后,世上人更不道着我也。"崇宁、大观间,海外诗盛行,后生不复有言欧公者。是时朝廷虽尝禁止,赏钱增至八十万,禁愈严而其传愈多,往往以多相夸。士大夫不能诵坡诗者,便自觉气索,而人或谓之不韵。(《诗话》卷上)

> 东坡文章,至黄州以后,人莫能及,唯黄鲁直诗时可以抗衡。晚年过海,则虽鲁直亦瞠若乎其后矣。或谓东坡过海虽为不幸,乃鲁直之大不幸也。(《诗话》卷上)

朱弁赞同欧阳修对苏轼的评价,并认为黄州之后,仅黄庭坚可与苏轼并立,而晚年过海后,已无人可比。朱弁以发展的眼光来看待苏轼的诗歌创作,而且树立了苏轼诗歌"人莫能及"的至高地位。

朱弁的评价是对惟黄庭坚是尊的江西诗人及后学的挑战。今人莫砺锋曾质疑朱弁的评价,以为黄及苏①。那么,朱弁的评价是否率意?他具体的参照标准是什么?由于被羁留在异国,朱弁更能深切地感受苏轼的遭遇,故其对苏轼海外诗的钟情,应该有其主观情感因素。不过,朱弁于金著书,本有弘扬中原文化之意,不会单单以个人感情来判定诗人,朱弁对苏轼诗歌的肯定主要是以其审美标准进行评判的结果。朱弁在笔记《曲洧旧闻》中借参

---

① 莫砺锋《唐宋诗论稿》,辽海出版社,2001年,第395页。

寥所言陈师道语,透露出对其苏轼海外诗欣赏的原因①。朱弁赞同陈师道的观点,认为苏轼早期诗有刘禹锡之风,后学李、杜诗歌大进,而过海后已深入少陵堂奥。朱弁称杜诗"浑然天成",为"诗人之冠冕",苏轼既已达到杜诗境界,他人自不可及。

朱弁认为苏轼诗直追杜甫,主要表现在四个方面。其一,熔事无痕。朱弁记载参寥与客评诗,客曰:"世间故实小说,有可以入诗者,有不可以入诗者。惟东坡全不拣择,入手便用,如街谈巷说,鄙俚之言,一经坡手,似神仙点瓦砾为黄金,自有妙处。"参寥曰:"老坡牙颊间别有一副炉韝,他人岂可学邪?"(《诗话》卷上)二人言苏轼"点瓦砾为黄金","别有一副炉韝"与朱弁言杜甫"鼓铸镕泻"互为相通。其二,字韵圆妥。朱弁高度评价苏轼和诗:"其和人诗用韵妥帖圆成,无一字不平稳。盖天才能驱驾,如孙、吴用兵,虽市井乌合,亦皆为我臂指,左右前却,在我顾盼间,莫不听顺也。前后集似此类者甚多,往往有唱首不能逮者。"(《诗话》卷下)朱弁对杜甫诗也有"妥帖平稳"之评。其三,诗夺造化。朱弁记录晁季一与客论诗事,当客谓苏轼所言《海棠》诗中两句乃"向造化窟中夺将来"为戏语,晁氏举杜甫诗"落絮游丝白日静,鸣鸠乳燕青春深",来说明"斡元造而夺造化"(《诗话》卷下)。苏轼、晁季一所言"夺造化",与前引晁叔用所言杜甫体物诗"别有造化"基本一致。其四,自然老成。与杜甫饱受世乱流离之苦、晚年在异乡漂游的经历相似,苏轼"乌台诗案"后被一贬再贬,晚年到荒无人烟的海南。杜甫历经忧患后,诗歌"不烦绳削而自合","平淡而山高水深"②;而在宦海中沉浮、饱尝人世冷暖艰辛的苏轼,无论在人生境界上,还是诗歌创作上,均提升一新层次,其诗歌自然天成、无意而工,达到了绚烂之后的平淡境界。朱弁认为苏、杜诗有异曲同工之妙,苏轼为宋诗人之冠当之无愧。

胡仔也非常欣赏苏轼的诗歌创作,而且更推崇苏轼的气质风范和人格涵养。《丛话》中,关于苏轼的诗话占14卷,为诸家之首,足见胡仔对苏轼的厚爱。如果说朱弁因自己的经历更深切理解苏轼的话,而胡仔因父舜陟与苏轼有着相似的遭遇而对其倍加亲近。苏轼生性胸怀坦荡,耿直不阿,敢于

---

① 《曲洧旧闻》卷九载朱弁与客问答。当有客问:"东坡诗始学刘梦得,不识此论诚然乎哉?"朱弁应之曰:"予建中靖国间,在参寥座,见宗子士暕以此问参寥。参寥曰:'此陈无己之论也。坡天才无施不可,而少也实嗜梦得诗,故造词遣言岳峙渊潚,时有梦得波峭。然无己此论,施于黄州以前可也。坡自元丰末还朝后,出入李、杜,则梦得已有奔逸绝尘之叹矣。无己近来得渡岭越海篇章,行吟坐咏,不绝舌吻。常云:'此老深入少陵堂奥,他人何可及。'其心悦诚服如此,则岂复守昔日之论乎!"

② (宋)黄庭坚撰,郑永晓整理《黄庭坚全集编年辑校》,江西人民出版社2011年修订版,第939—940页。

直言朝政,绝不随从俯仰。"乌台诗案"中新党为罗织罪名多对苏轼诗歌穿凿附会、恶意诋毁,但不可否认,苏轼诗歌对现实的关注和语言的犀利确有傲然抗对之意。胡仔在《丛话》中详录苏轼涉"乌台诗案"之诗,充分展示了苏轼的气节识见和爱民情怀。如所载《山村诗》他人释义或与苏轼本意有差距,不过诗歌揭露新法之弊的意旨确实很明朗。新法本为改善民生,然盐法、青苗法在实施过程中出现许多问题,反使百姓深受其苦,苏轼诗歌及时、如实地进行反映,这种直面现实的精神和关注民生的情怀正是中国士人的优秀品质。人们或不喜欢苏轼诗歌"讥消朝廷,殊无温柔敦厚之气"(《后集》卷三〇),然"东坡立朝大节极可观,才意迈峻"(《后集》卷二六),确实令人敬佩。

如果说苏轼早年的气节品格与胡舜陟颇类令胡仔敬重的话,苏轼晚年的人生态度和生活情趣更令胡仔欣赏。苏轼曾位居侍郎,因"乌台诗案"险遭丧命,后又一贬再贬,置身岭南,但能置穷达于度外,视生死为常事,始终保持旷达和乐观的心态。《丛话》记载苏轼的贬谪生活,并对其进行评论:

> 苏子由云:"东坡居士谪居儋耳,置家罗浮之下,独与幼子过负檐渡海,葺茅竹而居之,日啖薯芋,而华屋玉食之念,不存于胸中;平生无所嗜好,以图史为园囿,文章为鼓吹,至是亦皆罢去。犹独喜为诗,精深华妙,不见老人衰惫之气。"苕溪渔隐曰:"凡人能处忧患,盖在其平日胸中所养。韩退之,唐之文士也,正色立朝,抗疏谏佛骨,疑若杀身成仁者,一经窜谪,则忧愁无聊,概见于诗词。由此论之,则东坡所养,过退之远矣。"(《前集》卷四一)

苏轼的所养过人,在于其以佛家的超脱、道家的达生和儒家的傲然来面对生活的苦难和挫折,从而能在诗歌创作上对前人和自身有所超越。苏轼晚年深爱陶渊明诗歌,并以陶渊明为范"前后和其诗凡百有九篇"。苏轼解释其原因:"然吾之于渊明,岂独好其诗也哉?如其为人,实有感焉。渊明临终疏告俨等:'吾少而穷苦,每以家弊,东西游走。性刚才拙,与物多忤。自量为己,必贻俗患,俛俛辞世,使汝等幼而饥寒。'渊明此语,盖实录也。吾真有此病而不早自知,半世出仕,以犯大患,此所以深愧渊明,欲以晚节师范其万一也。"(《前集》卷四)

胡仔也极为推崇苏轼晚年诗。胡仔认为苏轼经历各种磨难后所养更厚、所见益高,故其诗超出少壮之作。胡仔云:"余观东坡《秦缪公墓诗》意,全与《三良诗》意相反,盖是少年时议论如此。至其晚年,所见益高,超人意表。此扬雄所以悔少作也。"(《后集》卷三)。丰富的生活经历、独特的人生体验，不仅是诗歌创作的素材来源，也提升了诗人的学养识见和思想高度，诗人自觉或不自觉地把自己对社会人生的感受、认识、体味融进了艺术世界，从而实现了一种新的超越。在这个意义上，胡仔认为苏轼晚年诗与杜甫夔州后诗相类，是历经生活百味后的老成和通明，是艺术素养积累到一定高度的精妙和醇熟，故识益深、气愈高、老而严，超人意表。

胡仔对苏轼和黄庭坚诗歌也有比较，如《前集》卷三九载："东坡《送子敦诗》，有'会当勒燕然，廊庙登剑履'之句。山谷和云：'西连魏三河，东尽齐四履。'或云：'东坡见山谷此句，颇忌之，以其用事精当，能押险韵故也。'然东坡复自和云：'我以病杜门，《商颂》空振履。'盖诸公饯子敦，以病不往，押韵用事，岂复不佳。山谷亦再和，有'发政恐伤民，天步薄冰履'之句，押韵又似牵强也。"胡仔认为在押韵用事方面，山谷韵险精当，东坡似更高一等，不过这并不代表胡仔对苏、黄二人诗歌成就高低的判定。胡仔以李、杜、苏、黄为唐宋四大家，并且又以苏、黄并称。对于时人所谓的苏、黄争名，胡仔有自己的理解："元祐文章，世称苏、黄。然二公当时争名，互相讥诮，东坡尝云：'黄鲁直诗文，如蝤蛑江珧柱，格韵高绝，盘餐尽废，然不可多食，多食则发风动气。'山谷亦云：'盖有文章妙一世，而诗句不逮古人者。'此指东坡而言也。二公文章，自今视之，世自有公论，岂至各如前言，盖一时争名之词耳。俗人便以为诚然，遂为讥议，所谓'蚍蜉撼大树，可笑不自量'者邪。"(《前集》卷四九)胡仔认为苏、黄争名还当别论①，不过，胡仔立意之本是强调苏、黄诗歌的独特风格和突出成就，捍卫二人在诗史中的不祧之位。

四、褒黄发明："更高一着"与"别成一家"

朱弁与诸晁兄弟交往密切，感情深厚，晁氏兄弟大多以文辞游于坡、谷间，如晁补之咎为苏门四君子、晁冲之叔用为江西诗派诗人，朱弁在政治倾向和审美趣味上多受晁氏兄弟影响，对苏轼和黄庭坚其人其诗都非常敬慕。在朱弁看来，除了苏轼过海诗无人可及外，其他诗唯有黄庭坚可抗衡。朱弁反对学诗者以故实相夸、片面推崇黄庭坚提出的"无一字无来处"的学杜主张，但对大量用典的黄庭坚却毫无贬斥之意。朱弁站在唐宋诗史整体

---

① (宋)王懋《野客丛书》云："诗文比之蝤蛑江珧柱，岂不谓佳？至言发风动气，不可多食者，谓其言有味，或不免讥评时病，使人动不平之气，乃所以深美之，非讥之也。"其理解应更合苏轼原意。山谷所言也是就苏轼诗、文比较而言，并非讥消其诗，相反他多次称赏苏轼之诗，如评苏轼《卜算子》云："语意高妙，似非吃烟火食人语，非胸中有数万卷书，笔下无一点尘俗气，孰能至此？"

观照的高度,发现了黄庭坚学杜的独特途径和高明之处:

> 李义山拟老杜诗云……置杜集中亦无愧矣,然未似老杜沉涵汪洋笔力有余也。义山亦自觉,故别立门户成一家。后人挹其余波,号西昆体,句律太严无自然态度。黄鲁直深悟此理,乃独用昆体工夫,而造老杜浑成之地,今之诗人少有及此者。禅家所谓更高一着也。(《诗话》卷下)

四库馆臣充分肯定了朱弁对黄庭坚的评价:"其论黄庭坚用昆体工夫而造老杜浑成之地,尤为窥见深际,后来论黄诗者皆所未及。"①郭绍虞进一步解释:"是则朱氏之取于山谷者,亦正以其矜用事而归宿所在,仍以浑成自然为主耳。"②朱弁之所以能独具慧眼对黄庭坚有所发明,既在于尊重黄庭坚创作的客观实际,也在于其独特的"自然"观。朱弁所言的"自然"有两个层面:其一,"风雅"式的自然,包括即目所见的体物方式和诗从肺腑而出的表达方式,表现为率真自然。其二,杜甫式的自然,虽采英撷萃,然"鼓铸镕泻",使诗歌浑然天成。朱弁反对"句无虚辞,必假故实,语无空字,必究所从",但肯定善于熔铸而用典无痕;反对注重格律用韵而雕琢太重,然欣赏语韵平稳圆妥而不露斧凿之迹。朱弁认为抒发情性是诗歌本质,典故韵律是诗歌的外在形式,诗歌的最佳境界是自然浑成。

朱弁认为李商隐学习杜甫诗歌,有些诗颇有杜甫风味,然缺少杜甫"沉涵汪洋笔力有余"的浑厚和气魄,而倾向于内敛细润。李商隐把关注的目光投入内在的心理世界,又通过典故、格律等手段,诗歌含蓄蕴藉但又不失自然之旨。西昆诗人把李商隐诗歌推向极致,却失去了李商隐学习杜诗真实自然的因素,片面强调格律、工对、典故,造成其诗"句律太严无自然态度"。黄庭坚却能融会贯通,既吸收西昆体之才学和功夫,又追求杜甫诗歌浑然天成之境。黄庭坚《与王观复三首》高度评价杜甫夔州之后诗歌:"简易而大巧出焉,平淡而山高水深,似欲不可企及,文章成就,更无斧凿痕,乃为佳作耳。"③黄庭坚以此作为自己创作目标,事实上,其后期诗歌创作确实逐渐摆脱前期奇新雕琢之气而逐渐走向平淡自然。朱弁从宏观的诗歌史出发,比较黄庭坚、杜甫、李商隐、西昆体诗人,寻找其联系和区别,发掘出黄庭坚学

---

① (清)永瑢等《四库全书总目》,卷一九五《风月堂诗话》提要,中华书局,1965年,第1784页。
② 郭绍虞《宋诗话考》,中华书局,1979年,第50页。
③ (宋)黄庭坚撰,郑永晓整理《黄庭坚全集编年辑校》,江西人民出版社,2011年修订版,第940页。

习杜甫的独特途径,这无论对专注杜甫诗歌故实的言诗者、还是惟黄庭坚诗法是尊的学诗者都具有重大的启示意义。

《丛话》中关于黄庭坚的诗话5卷,为苏轼、杜甫下第三。诗人所占卷数有多种原因,如元祐诸人的评价数量、胡仔所见度、阮阅先录为主等,并不代表诗人的诗歌成就和胡仔对其诗的评价,比如李白仅1卷,不过,从中也大致能窥见胡仔个人情感所向。鉴于当时诗坛的不良风气,吕本中提出"活法"理论,张戒溯其根源大力反对苏黄,而胡仔是站在对黄庭坚高度肯定的立场上提出了"师杜友黄"的学习途径。

胡仔推尊黄庭坚为集大成者,实际上更强调黄庭坚诗宗杜甫,这和黄庭坚自言得法杜甫并大力倡导杜甫诗法是一致的。江西后学为走捷径,不学杜诗,也忽视了黄诗学杜的事实,如前引《禁脔》提出"鲁直换字对句法",认为"其法为当下平字处以仄字易之,欲其气挺然不群,前此未有人作此体,独鲁直变之",胡仔纠正其说,认为"此体本出于老杜","非独鲁直变之也"。胡仔不仅强调黄庭坚学习杜甫诗法,更突出黄庭坚能学习并发扬杜甫的创新精神,从而"自为一家"。杜甫的诗作"正中有变,大而能化","自宋以来,学杜者什九失之"[①],黄庭坚能勘透杜诗变化二端,他不仅在创作中把杜甫的新变精神发挥到极致,而且也告诫学人不要一味追随别人,主张自出新意。黄庭坚的"点铁成金""脱胎换骨"之法,也并非要人模仿抄袭古人,而是强调在熟读古人文章的基础上,陶冶万物,然后化陈言为新语,变腐句为胜言。胡仔于此心领神会,认为只有创新才能自成一家:

> 学诗亦然,若循习陈言,规摹旧作,不能变化,自出新意,亦何以名家。鲁直诗云:"随人作计终后人。"又云:"文章最忌随人后。"诚至论也。(《前集》卷四九)

黄庭坚有众多追随者,但江西后人多不能理解黄庭坚之意,实际上,后人把黄诗奉为圭臬时,就与黄庭坚诗论的本质背道而驰了。胡仔尊杜又不抑黄,旨在为后学者指引一条比较可行之路。

胡仔认为黄庭坚"别成一家",在于其诗"清新奇巧"。他反驳吕本中"讥鲁直诗有太尖新太巧处",又明确表达自己的观点:"余窃谓豫章自出机杼,别成一家,清新奇巧,是其所长,若言'抑扬反复,尽兼众体',则非也。"(《前集》卷四八)其实胡仔未尝没有与吕本中相似的矛盾,胡仔一方面尊黄

[①] （明）胡震亨《唐音癸签》,卷六,上海古籍出版社,1981年,第55页。

庭坚为集大成者,另一方面又突出清新奇巧的特点。不过,胡仔并不否定黄庭坚的奇新,相反非常欣赏黄庭坚的新奇之格,认为这正是黄庭坚的独特之处,这与他赞同杜甫集成而新变的观点是一致的。

综上,南渡前后徽州诗坛崛起时期,朱弁的《风月堂诗话》和胡仔《苕溪渔隐丛话》先后出现,表现了徽州诗人对文学创作理论的重视和探索。二著既有相近的诗学追求,也有不同的诗学旨趣,其影响也不同。

朱弁的《风月堂诗话》尽管有感宋人学杜之弊而作,然此著直到南宋后期才由金传于中原,故于南宋学诗者影响并不大。不过,此著在金国广为抄传,对金代诗学思想和诗歌创作影响深远。金代文学"大旨不出苏黄之外"①,"百年以来,诗人多学坡谷"②,这固然因为二人的诗歌成就,但在很大程度上赖于《风月堂诗话》对苏、黄的推崇。尤其是金代中期,北方士人亦出现如江西末流的奇险尖巧之弊,王若虚《滹南诗话》直接把矛头指向朱弁:"朱少章论江西诗律,以为用昆体功夫,而造老杜浑成之地。予谓用昆体功夫,必不能造老杜之浑全,而至老杜之地也,亦无事乎昆体功夫,盖两者不能相兼耳。"③王若虚的反驳恰恰从反面说明朱弁的《风月堂诗话》在金代的深远影响。

胡仔的《苕溪渔隐丛话》收录了众家品诗论人之语,因其搜罗之广,考证之严,不仅是人们足资参考的重要文献,是后人诗话编纂的范本,更是宋代重要的诗学理论著作。胡仔因人选论,又时出己见,从中体现了胡仔的诗学思想和诗学旨趣。《丛话》至迟在南宋淳熙二年(1175)已出版流传,④对南宋的诗歌鉴赏与批评、诗歌创作影响很大。就徽州诗坛而言,《丛话》所录的诗论,在徽州广为传播,如罗愿淳熙《新安志》卷一〇之"诗话"全出自《丛话》。《丛话》的诗学观点、情感倾向等对徽州诗人有不同程度的影响,方回自云学诗由《苕溪渔隐丛话考》开始,"著《名僧诗话》,实用元任条例"⑤,更为重要的是,胡仔"宗杜友黄"的主张,启发了方回《瀛奎律髓》中提出的"一祖三宗"之论。胡仔的《苕溪渔隐丛话》对于徽州诗学理论的发展无疑有重大意义。

---

① (明)王世贞撰,罗仲鼎校注《艺苑卮言》,齐鲁书社,1992年,第227页。
② (元)元好问《赵闲闲书拟和韦苏州诗跋》,李修生主编《全元文》第1册,江苏古籍出版社,1999年,第342页。
③ (金)王若虚撰,胡传志、李定乾校注《滹南遗老集》,辽海出版社,2006年,第481页。
④ 北京大学藏《苕溪渔隐丛话》后集刻本,卷四〇末题"弟朝散郎直秘阁两浙东路提点刑狱公事胡仔",《会稽续志》卷二"提刑题名"载:"胡仔,淳熙元年十一月以朝散大夫、直秘阁到任,淳熙二年三月罢任。"故是书至少在南宋淳熙二年刻版。
⑤ (宋)方回《桐江集》卷七,阮元辑《宛委别藏》本,江苏古籍出版社,1988年,第428页。

第三节 文儒朱松的诗歌世界

朱松,字乔年,号韦斋,绍圣四年闰二月戊申(1097年2月23日)生于徽州婺源县万年乡松岩里,绍兴十三年三月辛亥(1043年3月24日)卒于建州环溪精舍。① 有别集12卷、小集1卷、外集10卷,现存《韦斋集》。② 朱松是徽州理学的先驱和代表,一生致力于研习和探求理学。朱松也非常重视诗歌写作,他以诗歌记录自己的心路历程,在诗歌中尽情抒发着自己的现实感受和精神追求。南渡前后,朱松诗歌"远近传诵,至闻京师,一时前辈以诗鸣者,往往未识其面而已交口誉之"③。透过朱松身上笼罩的理学和政治光环,走进朱松的诗歌世界,将能感受朱松的复杂情感与执著追寻。

一、坎坷一生与心路历程

(一) 入仕前后(1097—1123):"言强三尺喙,气溢一身胆"

朱松天才英秀,童时即出语惊人。束发之年游乡校,为举子文清新洒落,无陈腐悲弱之气。未冠,由郡学贡于太学,"当是时,年少豪锐之气,方俯一世而眇万物,向非有礼义法律羁束于后先,必且追随一时之侠,挥金使酒,驰驱而啸呼,以自快其意而后已"(《上赵漕书》)。朱松好贾谊与陆贽之学、元祐之文、安石之字,广闻博识,才华出众。政和八年(1118),朱松以上舍登第。既去场屋,朱松始放意于诗文,过婺源县东溪头芙蓉岭,有诗《度芙蓉岭》,幽泉鸣琴与娟娟菖蒲构成了一幅诗意的图景,使人神清气爽、心眼俱净,表现了朱松高洁自好、超然出尘的情趣。

朱松首任政和县尉,政和地处闽北,经济低下,文化落后。朱松恪尽职守,力倡教育,先后在县南建星溪书院,县西建云根书院,并率人讲学,一时

---

① 朱松行实参见朱熹《皇考左承议郎守尚书吏部员外郎兼史馆校勘累赠通议大夫朱公行状》、周必大《宋史馆吏部赠通议大夫朱公松神道碑》、朱玉《韦斋公年谱》、束景南《朱熹年谱长编》等。束景南在《朱熹年谱长编》中对朱松的生平行实进行了详细的考证,极有参考价值。

② 淳熙七年朱熹刻《韦斋集》,至元三年刘性重刻,宋元刊本今不见。现存主要版本有三种:明弘治十六年重刻本,《四部丛刊续编》据此影印;清康熙四十九年朱昌辰重刊本,《四库全书》据此抄录;清雍正六年朱玉刻本,收录于《宋集珍本丛刊》。本文所选朱松诗文自《四部丛刊续编》影印明刊本《韦斋集》,参及傅增湘校清雍正六年朱玉刻本、《全宋诗》和《全宋文》,引文后标所引诗文题目,不再另注。

③ (宋)朱熹《晦庵先生朱文公文集》,卷九七,朱杰人等主编《朱子全书》第25册,上海古籍出版社、安徽教育出版社,2002年,第4506页。

间政和学风昌炽。朱松经常鼓励奋发好学的年轻人,曾因公事行乡落间,见谢绰中田舍诵书,朱松与俱归,并亲授经史百家之言。① 朱松常召集三弟朱槔和友人谢绰中、德粲、德懋、正臣等集聚,且多有诗歌唱和。尽管位低薪薄,生活清苦,年轻的朱松不畏其艰,常常能以苦作乐。《上丁余膰置酒招绰中德粲德懋逢年》一诗记载了朱松生活与心态,"谁令事斗禄,饭粝羹不糁","朝来食指动,膰肉丰咀啖",糙米粗饭,故对上丁祭祀的余膰早有期盼;"当饥不忘歌,既饱复何憾",饥饿尚纵情高歌,一饱更让朱松兴奋不已;"急呼讲肄人,一醉舍铅椠。相携桃李径,历乱蹴红毹",暂舍讲义,畅怀开饮,与朋友相携郊外,共蹴红毹,乐观开朗、活力四射的朱松跃然笔端;"言强三尺喙,气溢一身胆",二句更形象地概括出朱松年轻气盛、锋锐胆大的个性特征。

宣和三年(1121),父亲朱森卒于朱松官邸,时方腊乱,加之家贫无资,只能葬父于政和。父丧未能归葬故里,给朱松带来巨大的心理创伤。朱松多次到寺院,希望排解心中的郁闷,如到延福寺,题诗《延福寺观酴醾》,诗中浸染着无法释怀的愁绪。不过朱松并未沉沦,丁忧期间,朱松"复取六经诸史与夫近世宗公大儒之文,反复研核"(《上谢参政书》),又从游萧颉等名儒,开始了理学求索之途。

(二) 淹滞下僚(1123—1133):"时难既可叹,道大未易涯"

宣和五年(1123)中秋,朱松丁忧除,调南剑州尤溪县尉。其时邓肃因宣和四年(1122)上《花石诗》被逐出太学,遣回故里。② 朱松与邓肃志趣相近,互为敬慕,多有诗歌唱和酬赠。③ 邓肃称朱松为"折槛朱",欣赏朱松"冠带质纸笔"的潇洒与才思,《贺朱乔年生日》极赞朱松:"长庚乘风下天宇,明窗万卷饱今古。笔端着处皆春容,文墨林中三角虎。只今声价高云烟,要辙故应岁九迁。"④是年冬,邓肃赴京师应试,朱松有诗《送志宏西上》,表达了对其"挥毫赋垂天"才华的钦慕。

朱松尉尤溪间,师从龟山弟子罗从彦、曹令德等名儒,致力于伊洛之学。

---

① 朱熹《谢监庙文集序》中对朱松和谢绰中的交往有所记载。
② 《宋史·徽宗纪》谓邓肃上《花石诗》在宣和元年十一月,王兆鹏《邓肃年谱》考证为宣和四年,可采信,然谓是年朱松任南剑州尤溪县尉,尚需进一步考证。参见王兆鹏《两宋词人丛考》,凤凰出版社,2007年,第250—257页。
③ 束景南《朱熹年谱长编》以为朱松与邓肃为太学同学,王兆鹏《邓肃年谱》认为邓肃补入太学于宣和三年,而朱松于政和八年即已上舍登第任政和尉,太学同学似不可能。两人相交应于宣和五年开始。
④ 参见(宋)邓肃《栟榈先生文集》,明万历刻本,《宋集珍本丛刊》第40册,线装书局,2004年,第37页、47页。

朱松有诗《奉酬令德寄示长句》，记述与曹令德相见的激动场面，并表示从学的志向："闲官屋舍如幽栖，寒苦余业偿盐齑。忽闻鹊声作破竹，尺书入手谁所赏。交游胜绝似公少，矫矫鸾孔依蒿藜……一笑从公岂无日，挽袖相属空玻璃。不须俗物败真赏，但觅佳处同攀跻。"朱松自谓卞急害道，因取古人佩韦之意以名其斋而自戒，罗从彦为朱松写《韦斋记》，曹令德又为之铭。朱松学有大进，"由是向之所得于观考者，益有以自信，而守之愈坚"①。朱松在尤溪还结交了不少方外之士。朱松拜见永和西堂道人，后又宿永和寺，前后用同韵作诗三首述之。朱松和求道人相交甚厚，二人曾在"韦斋"论谈作诗。求道人为东溪祖可之客，诗风清寒，高逸出尘，朱松《次韵酬求道人》赞云："新诗未出袖，光怪炯如射。悬知得力处，岛可不足跨。"朱松离开尤溪后，二人仍交往不断。

宣和七年(1125)起，金军大举进犯中原。靖康二年(1127)六月，传来了靖康之变的噩耗，朱松时在尤溪，"闻靖康北狩，大恸几绝。自是奔走卑冗，假禄养亲，无仕进意"②。朱松有心报国，却无用武之地，国家的灭亡，使他更加无望。组诗《五言杂兴七首》反映了诗人复杂的心态，诗歌叙述自己忧患国事但又无能为力的痛苦，如其一："侧席忧宗周，负痾头岑岑。又传衢梁盗，弄兵保山林。渴闻平虏诏，蛰户跂雷音。欲舞恨袖短，诸君独何心。"诗歌也表现了朱松坎坷经历，如其五："读书评世故，自许了无猜。忽然抚机会，往往凿枘乖。时难既可叹，道大未易涯。归来卧看屋，吾意亦悠哉。"读书有得——仕途不顺——世事艰难——求道未成——时有归意，这几乎可以概括朱松生命追寻的整个过程，也表现了朱松在痛苦中自我调整的努力。

建炎四年(1130)九月十五日，朱熹生于尤溪郑氏寓舍。儿子的出生给了朱松奋斗的动力，但之后生活更加动荡不安。绍兴初建寇作乱，朱松携家四处避难，《辛亥中秋不见月》对此有记述："劳生灰劫里，微雨客游边。旅泊正无酒，阴云遮怨天。何时草堂月，相对藉糟眠。"诗歌充满天涯牢落、世路艰难之叹。朱松先寓长溪龟灵寺，绍兴二年(1132)春将家至福州。此后三年，朱松监泉州石井镇，曾多次上书，表达自己的远大志向。《与祝公书》云："来书谓某懒于从仕，非也。中世士大夫以官为家，如农夫之于田，其敢惰邪？但未能赴行在间，闽中所有，不过权局。"朱松有《记草木杂诗七首》组诗，分别吟咏月桂花、萱草、紫竹、茱菊、吉贝、芭蕉和菖蒲，以草木的生活

---

① (清)黄宗羲、全祖望《宋元学案》第 2 册，卷三九《豫章学案》，中华书局，1986 年，第 1296—1297 页。
② (明)程敏政辑撰，何庆善等点校《新安文献志》，卷六三周必大《宋史馆吏部赠通议大夫朱公松神道碑》，黄山书社，2004 年，第 1531 页。

环境和品性特征寄寓自己的高洁之志;而从"谁知海滨客,独叹无人酬"(《吉贝》),"枝叶一何病,意色惨不舒"(《紫竹》)等句,可知朱松监泉州石井镇,仍然是郁郁不得志。

(三) 帝师浮沉(1134—1143):"乾坤一逆旅,鼎鼎竟何为"

绍兴四年(1134)三月,朱松受谢克家等人的荐举,诏试馆职,对策纵论中兴事业之难易后先,除秘书省正字。八月,朱松有《上赵签密书》,赵鼎欲奏取朱松为属,然因母病而辞谢。九月,母病逝,朱松回尤溪。次年,朱松寓居政和星溪,庐墓守葬。朱松有诗《将还政和》,抒写自己如天地一鸿、四海寄家的心情。从离开故乡婺源到丁母忧最后一年,已二十年,朱松题诗《馈岁》《别岁》《守岁》三首,寄写自己的思乡之痛。朱松又有组诗《秋怀六首》,诗中"黄墨勤点勘"句说明诗作于除秘书省职后,"幽人负痾卧"句当为朱松丁忧幽居写照,诗歌表达自己履霜而进的意志,也书写其念念不忘国事的苦闷,流露出功成退隐的向往。

绍兴七年(1137),朱松除服,入对中兴恢复大计,改左宣教郎,除秘书省校书郎。绍兴八年(1138)三月,除著作佐郎;四月,为度支员外郎,兼史馆校勘;六月,预修哲宗实录,历司勋及吏部员外郎;九月,修哲宗皇帝实录成,转承议郎。十二月二十一日,朱松与馆臣胡珵、张广、凌景夏、常明、范如圭等上书反对议和。时秦桧当政,朱松因上疏遭其打击,绍兴十年(1140),被外放饶州,朱松自请主台州崇道观。组诗《秋怀十首》反映了被贬后的心情,如其二"尘埃地上臣,天阙无力补。夜叉呵九关,尝胆真自苦",表达自己虽有补天之志,但因权臣把持朝政而无能为力的痛苦;其三"茝兰西窗下,萧艾病其根","寂寂芳畹空,离离幽佩昏",暗示了自己遭恶人陷害、却无法改变的处境;其六"乾坤一逆旅,鼎鼎竟何为",反映了朱松对人生价值的追寻的迷茫和失落。

朱松落职奉祠后,曾寄宿建州登高山丘氏二妹家,与子甥谈学论诗,然对国家之事还念念不忘,如《夜坐》:"九秋风露浩难平,伍子祠南鹤唳清。坐听儿曹谈往事,世间更觉总忘情。"诗中仍有一股抑郁不平和难忘世事之气。朱松后迁建州紫芝上坊,筑环溪精舍,"日以讨寻旧学为事","盖玩心于义理之微,而放意于尘垢之外,有以自得,澹如也"①。朱松晚年常常作自我反思,组诗《和几叟秋日南浦十绝句简子庄寄几叟》,诉说自己漫长而曲折的求道之路,并希望同道师友的指点帮助。诗中"心逐孤云天外去,恍疑身在大江东"二句,不仅再次表达了朱松归乡的渴望,也反映了朱松对理想境

---

① (清)黄宗羲、全祖望《宋元学案》第2册,卷三九《豫章学案》,中华书局,1986年,第1297页。

界的期盼。不幸的是,朱松47岁就过早谢世,这些愿望也成为永远的遗憾。

二、情感寄托与生命追寻

(一)草木之恋与人格物化

朱松长于徽州,仕宦闽地,江南自然风物孕育了朱松的艺术灵感;理学追求,又让他具有求学究理的思维方式,故对自然万物和物我关系有着独特的理解。可以说朱松是深富理学涵养的诗人,或者说极具艺术气质的理学家。朱松喜欢置身于花草树木之中,他把花草树木看作是具有和人相似品性、气质、情感的生命体,又把花草树木作为自己的情感、志趣的寄托之物,诗歌中的草木意象也是其精神的投射和人格的物化。

其一,自我体认。

朱松喜爱花草树木,窗前植桂,庭中养竹,又植芭蕉、芍药等于其中,花草纷敷,景色宜人。诗人朝夕与草木相处,从花草的生长习性中,发现草木与人的许多共通之处,因此,草木不仅是诗人相从相伴的知己,也成为诗人自己的化身。在《月桂花》诗中,朱松对月桂品性特征进行具体描写,又以芍药进行对比,表现诗人对自我的角色定位。"窗前小桂丛,着花无旷月。月行晦朔周,一再开复歇。"月桂不受花期影响,逐月开放,循环往复,其适应气候的生存能力令人惊叹。"初如醉肌红,忽作绛裙色。谁人相料理,耿耿自开落。"月桂变化色态,姿态可爱,但无人料理,只能自开自落。由月桂朱松想到贫家女子,"有如贫家女,信美乏风格",贫女虽然长得美,但因无人"料理"培养,故缺乏大家闺秀的风韵气格。朱松为一介贫士,其人生境遇与月桂或贫女何其相似!朱松才学出众,品性高洁,却因无人赏识栽培而难以发展。诗人又由月桂与贫女,自然联想到木芍药。"春风木芍药,秾艳倾一国。芳根维无恙,岁晚但枯槁。"木芍药如雍容尊华的贵妇,秾艳一国、极盛一时,但是花期很短,"岁晚枯槁",这与耿耿开落、默默无闻的月桂形成了鲜明对比。朱松欣赏月桂美好的品性,为其无人赏识而不平;慨叹木芍药很快枯败,为其难比月桂花恒常和持守而惋惜。

朱松曾有方俯一世而眇万物之豪情,然自上舍登第之后,长期沉滞下僚,得不到朝廷赏识和重用。"女贫苦难妍,士贫苦难高",朱松不仅对此深有感触,而且在诗中借花草进行呈现。他在《紫竹》一诗中,描写紫竹因久旱而枝叶萎卷的形态,"枝叶一何病,意色惨不舒";指出紫竹遭受旱苦,急需雨露滋润,"虽无樵苏厄,苦欠雨露濡"。紫竹枝叶不舒,意色愁惨,实际上表现了朱松自己当时境况。朱松离徽仕闽,因无人援引,长期得不到擢升,无法施展抱负,故抑郁不得志。诗人写月桂与紫竹,强调花草的生长环境对生命的关键作用,流露出朱松真切的生活欲求和期望,也反映了朱松对自身品质和处境的反思。

其二,理想寻觅。

如果说朱松从月桂和紫竹身上看到自我现状,菖蒲则被作为理想人格的化身。菖蒲是一种挺水型草本植物,因全株散发着特殊的香气,有益智明目、去湿解毒之药效,常被看作祛邪之物,故在朱松心目中就成为圣洁的象征。

朱松早期诗《度芙蓉岭》,描写婺源的菖蒲花"可玩不可触""净洗心眼肉",表现了其高洁超然、神圣不可侵犯的气质。在《菖蒲》一诗中,菖蒲更成为诗人追寻的理想目标。"窈窕云雾窗,参差冰玉肤。绝粒屏香节,仙姿清且腴。"菖蒲被赋予冰清玉洁、清腴绝香的美好形象与仙人风姿。"流泉撞哀玉,清洌生菖蒲。闻有婵娟子,弃家来结庐。"清洌的泉水滋生菖蒲,婵娟子被这幽美的环境所吸引,菖蒲的玉肤香节、仙姿清腴正是婵娟子的超尘脱俗、洁身自好的外化。诗人到东山寻访婵娟子,然婵娟子未能见到,失望的诗人移取菖蒲的根须来作为替补,"灵方无由乞,石斗移根须"。"根须"据说是菖蒲叶落之后灵气所孕,文王、孔子均嗜菖蒲,获取菖蒲之根,也就乞得了灵方,"相看意已消,何必见子都",诗人由失望转向释然。

《菖蒲》一诗中,婵娟子、菖蒲、诗人,构成了寻觅与被寻觅的关系:婵娟子寻求菖蒲——诗人求访婵娟子——诗人未见到婵娟子——诗人得到菖蒲。菖蒲是诗人与婵娟子之间的中介,可以说菖蒲既是婵娟子的化身,也是朱松理想人格的载体。因此诗人、菖蒲、婵娟子构成了相互印证的关系。朱松不经意间采用了寻觅与被寻觅的叙述模式,在于其内心深处对菖蒲的感知。菖蒲既有实用功能,又有清洁超逸品性,兼具外形之美和内在之美,因此,菖蒲成为朱松心目中理想的草木典型。朱松对菖蒲或婵娟子的寻觅,也可以看作是诗人渴求自我完善和对理想人格追寻的象征。

其三,风味相怜。

朱松最为迷恋的草木是梅花,在诗中对梅花倾注了更多的感情。《韦斋集》中直接咏梅的诗有十六首,无论是深壑幽梅、江边玉梅,还是盆中梅花,朱松都为之心醉神迷。

在朱松眼中,梅花是心仪已久的佳人。《溪南梅花》云:"巉巉石径鸣枯筇,意行诘曲无西东。心知幽壑梅已动,一枝寄我曾未蒙。暗香横路忽惊顾,冰蕊的皪蛮烟中。有如佳人久去眼,邂逅相得情何穷。"诗人心念幽壑之梅,随意行走,梅花却不经意地出现,诗人如邂逅久别的佳人般惊喜,尽情欣赏梅花在烟雾掩映下的冰洁玉蕊和灵动风姿。在朱松心中,梅花又是相契相通的知音。《饮梅花下赠客》:"忆挽梅花与君别,终年梦挂南台月。天涯溪上一尊酒,依旧风戹舞香雪。高情绝艳两无言,玉笛冰滩自幽咽。"月下梅边,风舞香雪,在空灵凄美的意境中,诗人、朋友与梅花默默无言却心有灵犀,梅花是联系友人的情感纽带,也是朱松倾心的朋友。《答林康民见和梅花诗》又写道:"寒崦人家碧溪尾,一树江梅卧清泚。仙姿不受凡眼污,风敛天香瘴烟里……多情入骨怜风味,依倚横斜嚼冰蕊。"江梅圣洁清香、超尘脱俗,是与朱松风味相怜的知音;诗人身倚横斜梅枝,咀嚼冰梅玉蕊,感受梅花的风情品味,诗人与梅花互为惜怜,相融无间。朱松还在梅花中照见自己,《梅花》:"霜溪咽绝照冰姿,谁见无人弄影时。香逐晓风穿暗户,梦随落月挂寒枝。"朱松因上书请战而外调,政治热情也再一次被冷却,孤傲的梅花更成为诗人的精神知己,甚至自己的影像与化身。

如果说月桂是朱松贫士境遇的写照,菖蒲是朱松心中完美人格的载体,梅花则成了与朱松风味相怜的佳人、知音,甚至朱松自我的化身。梅花冰清玉洁、香幽色冷的品性,凌厉高岸、特立孤芳的尊严,高情绝艳、超然物外的气质,无不透露出朱松骨子中的傲然不群和精神上的孤独自尊,也表现了朱松在洞察现实和理想之后的冰冷超绝的生命姿态和人生境界。

(二)故土之思与精神归宿

朱松对故乡有着刻骨铭心的感情。上舍释褐后,朱松以百亩田质以为资,携父母兄弟入闽任职。后父亲去世,因方腊起事未能归葬婺源,这成了朱松不能释怀的隐痛。朱熹《名堂室记》云:"(先君子)既来闽中,思之独不置,故尝以'紫阳书堂'者刻其印章,盖其意未尝一日而忘归也。"①然终其一生,朱松也未能了却这个心愿。"离开家乡——异乡寻梦——梦想失落——回望家乡",这是朱松的生命历程;"思念家乡——无法返乡——愈加思乡",形成朱松情感发展和诗歌抒情的脉络。

其一,异乡梦落。

朱松携父母兄弟赴任政和尉,既能为宦取禄、奉养双亲,也有望报效国家、实现自我人生价值。然而,这只是朱松的一种不可实现的美好梦想。现实中,朱松物质生活非常窘迫,"云何怜孤客,日受饥火驱"(《答保安江师送米》);而且颠沛流离,生活不得安稳,"劳生灰劫里,微雨客游边"(《辛亥中秋不见月》);最令朱松不堪的是无人能理解和赏识自己,"谁知海滨客,独叹无人酬"(《吉贝》),难以施展自己的远大抱负。《至节日建州会詹士

---

① (宋)朱熹《晦庵先生朱文公文集》,卷七八《名堂室记》,朱杰人等主编《朱子全书》第24册,上海古籍出版社、安徽教育出版社,2002年,第3730—2731页。

元》一诗描述了朱松身在异乡的困窘境况:"那知客天涯,相对寒骨耸。岁月曾几何,鬓丝今种种。忍饥山药煮,附暖地炉拥。深藏断还往,衰病脱拜拱。兴言望乡关,云物方郁滃。空余相属意,杯酒久不捧。"朱松年少曾从游詹士元,时激情四射,踌躇满志;异乡为宦多年,却落得饥寒交迫,贫病潦倒。

朱松曾有宗室之忧与恢复大志,《五言杂兴七首》其一云:"侧席忧宗周,负痾头岑岑。又传衢梁盗,弄兵保山林。渴闻平房诏,蛰户跋雷音。欲舞恨袖短,诸君独何心。"然而,朱松没有实现理想的机会,甚至连自身温饱和安危尚没有保障。《建安道中》一诗叙述在异乡漂泊经历和心理变化:"吾生意行初不谋,泛泛何啻波中鸥。携家来作闽海梦,三年客食天南陬。我先人庐在何许,大江之左道阻修。奉新家有手足爱,只身归扫先梧楸。旋当来此营斗粟,南北颠倒无时休。此心转与世事左,自作磨蚁将谁尤。"朱松离开家乡来到异乡寻梦,因"抱负经奇,尤耻自售以求闻达","以是困于尘埃卑辱、锋镝扰攘之中"①。时值王室飘摇倾覆之际,朱松不得不为斗粟之禄而寄身下僚,在"磨蚁"般的生活中因志向难以施展而郁郁不平。

其二,游子思乡。

朱松为了理想而离开家乡,梦想失落使朱松对故乡更为怀恋。故乡山水风物时时在朱松脑海萦绕,又进一步勾起对故乡的思念,"天涯岁晚感乡物,归欤何时路千里"(《答林康民见和梅花诗》)。朱松在《奉同胡德辉八月十四日夜玩月次韵》一诗中具体叙写梦忆山月、怀念家乡的情景:"我梦故山月,罗影垂秋光。谁言九衢晓,莽莽吹尘黄。群公直道山,晤语清夜央。飞辙转空阔,积暑苏苍凉。哦诗中天律,流光惜堂堂。鸡肥社酒熟,吾亦怀吾乡。"故乡山月,罗影秋光,清夜空凉,鸡肥社酒,怎能不对故乡心驰神往?

异乡漂泊的游子,每逢节日,其乡愁就愈加浓烈。如《馈岁》:"去乡二十年,忆此但愁卧。"离乡二十年来,每每追忆家乡馈岁之风,唯有思乡愁痛袭来。《别岁》:"凡心畏增年,而岁岂容追。丈夫有蠖屈,牢落天南涯。"漂泊天涯,告别旧岁,更觉流年易逝,无所作为,其愁苦更添一层,归乡的愿望与日激增。《寒食》一诗表达了思乡之痛和孤独失落感:"粥冷春饧冻,泥开腊酒斟。故乡空泪满,华发正愁侵。"思念故乡使自己泪流满面,而"空"又

---

① (宋)朱熹《晦庵先生朱文公文集》,卷九七《皇考左承议郎守尚书吏部员外郎兼史馆校勘累赠通议大夫朱公行状》,朱杰人等主编《朱子全书》第25册,上海古籍出版社、安徽教育出版社,2002年,第4507页。

增加了无奈和落寞感;本来已愁生华发,浩荡之心又无人可知,更加重了侵袭而来的愁绪。"山暝雨还住,烟孤村更深。谁知江海客,浩荡济时心。"山暝、晚雨、孤烟、深村的景物描写,渲染了诗人的寂寞和愁苦,而节序之伤、羁旅之苦再加上济时之志未能实现,更使诗人的孤独和愁思进一步叠加和疯长。

思乡不只体现在对山水风物的追忆,还体现为对亲人的思念。二弟朱柽中武举转战南北,朱松有诗《丁未春怀舍弟时在京师》,在对国事的关心中尤为担心二弟,骨肉相聚的渴望甚至超过了报国之志,拳拳情深,于此可见。当三弟朱槔返乡未归,朱松牵肠挂肚,有诗《怀舍弟逢年时归婺源以诗督之》,把对三弟的思念与对家乡的思念糅合在一起,"归来一何迟"既有对三弟衣食的担心,也不无急于得到故乡信息的热切期盼。游子思乡,又与对故友的怀念交织在一起,如《示金确然》:"牢落天涯身百忧,故人千里肯相投。知君强记当年事,莫说家山恐泪流。"天涯怀人,加重了异乡游子的乡愁,也凝聚了更浓重的故土之思。

其三,家园向往。

朱松为追求功名、实现个人价值而离开家乡,而农耕文化铸就的安土重迁的情感心理又使诗人苦恋家乡,特别是有志难伸、理想受挫时,归耕故乡便成了朱松新的愿望。朱松拜访叔父朱弁,《寄题叔父池亭》一诗表达其归耕愿望:"那知海㙰侄,斗粟忘归耕。余生信萍梗,归梦识林坰。涨水有回波,故乡岂无情。"南浦迎接二弟,也倾诉了自己归耕的目标,如《南浦五小诗迎劳二弟》其四:"青山北界大江东,了了乡关在眼中。归得一廛吾愿足,此生初不问穷通。"然而,这种愿望因"高堂急荣养,躬耕恨无田"(《送祝仲容归新安》)难以实现,诗人在《微雨》发自心底地呼出:"故园天一涯,茅荆谁为锄。峥嵘岁云晚,此念当何如。"

离开家乡——异乡梦落——回望家乡,贯穿朱松的生命历程,实际上也成为朱松精神追求的象征。在朱松诗中,家乡既是客观存在的地点,常常具有明确的指向,或出生成长地徽州婺源,或指向其为官所在地如建州政和、南剑州尤溪等,或泛指江东、楚江东岸或江南等;家乡还是诗人主观心念的对应物,不具有客观的指向性,诗人向往归耕的田园,是漂泊游子的精神归宿,是疲惫心灵的栖息地,具有形而上的意味。如《将还政和》:"归去来兮岁欲穷,此身天地一宾鸿。明朝等是天涯客,家在大江东复东。"诗中"家"即具有多义性,政和是朱松异乡为官的第一地,其父母又都葬于政和,故政和于朱松而言可算上是第二家乡;政和又是朱松临时归返的心灵驿站,而非永久的归宿,"家在大江东复东",表现了家乡的遥不可及和追寻之路的漫长。

朱松《送周时用自别业还永嘉》一诗，用美丽的意象表达了其理想追寻和心理感受："陌上花残客未归，故乡自合去迟迟。红香洲渚收归桨，却胜池塘草绿时。""陌上花残"既言时间的流逝，又喻指梦想的失落；"红香洲渚"是归桨之地，亦即理想家园；"故乡自合去迟迟"道出游子对家园的思念，也可理解为对一方精神家园的渴求和期盼，然而"迟迟"却使得回归家园显得遥不可及。《寄吴及之》又云："滔滔何处是吾乡……未成微服隐吴市，且可携筇访草堂。欲买鸡豚投近社，少陪风月坐胡床。共将绝唱追韩孟，一饮还须醻百觞。"诗中构织了自己的理想家园，然而"滔滔何处是吾乡"的反问，却又使追寻的家园变得渺茫无望。

（三）心灵安顿与人生求索

朱松志向远大，崇尚美好人格，然而裨补时政的宏志与长期沉于下僚境遇的反差，高洁清直的追慕和萧兰混杂现实的龃龉，是朱松必须面对而又无法超越的客观存在。前途的渺茫使朱松感到心灵焦灼，他努力安顿不能平静的心灵。朱松主要从三个途径来化解心中块垒：一是求师名儒、钻研圣道，使自己的价值追寻具有坚实的道德依据；一是寻佛问道、了悟人生，希望自己能真正心游万物；最后，儒家的道德人格和释道者的心智精神的互通，使朱松感到与陶渊明在某种意义上实现了契合。

其一，儒学修养。

朱松《上赵丞相札》自云："行年二十七八，闻河南二程先生之余论，皆圣贤未发之奥，始捐旧习，袚除其心，以从事于致知诚意之学。"朱松从游于萧顗、罗从彦、曹令德等名儒，与李侗、刘子翚等为友，日诵《大学》《中庸》等经著，故有较深的理学修养。

朱松的儒学追求主要表现为对儒家之道的探索和实践。朱松毕生不懈地探寻所谓"道"，"望道渺逾远，久生真暂寓"（《次韵梦得见示之什》），对"道"的追求令朱松兴奋、也让朱松失望，使朱松感到迷茫、也给予朱松以精神动力。朱松诗中的"道"既指向儒家之道，同时也与佛道密切相关。从儒学角度而言，朱松所言的"道"主要指治国之道，而又以"先王之道"为其理想。《上唐漕书》谈及士人追寻的"先王之道"："是道也，得之心，得之身，发之言，推而被之天下无二焉。"朱松虽有补衮医国之才志，然"夜叉呵九关"，以致"帝衣日月明，袖手久不试"（《秋怀十首》其十），政治理想与现实境况的落差使朱松对自己追求"先王之道"产生怀疑，由衷发出"时难既可叹，道大未可涯"的感慨。

然而，朱松并没有停止对"道"的追寻，他从试图以"先王之道"进行政治实践的失望中转身,开始通过探经浚源、独善其身的途径来排解烦纡,实现自己的新的人生价值。朱松以颜回为自己的楷模,"我师鲁颜子,陋巷翳蓬艾。执瓢不可从,一取清泉酌"(《蔬饭》),学习其身居陋巷而不改其志、箪食瓢饮不改其乐的生活态度;并且追求德、行、言、文冠盖千古,"我师陋巷人,千古冠四科"(《秋怀六首》其四)。朱松在诗歌中也表达了自己对时贤的追慕,他称赏陈蹈元:"闻道既先我,论诗又奇崛。纵横谈天口,卓荦扛鼎笔。"(《寄陈蹈元》)又非常仰慕翁子静:"松高节磊砢,鹤老格清耸。当知山泽臞,谁羡将相种。"(《用前韵答翁子静》)先贤时儒出入进退、穷达仕隐的人生态度和价值选择对于朱松具有典范意义。

朱松自觉践行诚心正意的道德要求,磨炼身处逆境不为所屈的意志,渴望完善自我人格以达到"内圣"境界。理学道德修养对于朱松不是外在的约束,而是内心的渴望,是朱松安顿心灵、实现人生价值而自觉追寻的目标。

其二,佛道慰藉。

道德修养能够抑制人的躁怒不满情绪,从而与现实在某种程度上达到妥协,使心灵保持基本的平衡;然而,却不能保证心灵的始终安稳。事实上,对每个人来说,当心中有一目标挥之不去时,心就会有所羁绊。朱松既然寄希望于以仕进来施展报国之志,从而实现自己的人生价值,理想不能实现自然会耿耿于怀。当道德不能抚平郁结的心情时,朱松又从佛禅中寻求解脱。诗歌《将宿松溪罗汉舟小不果渡乃宿资寿》其一透漏玄机:"霜余野水尚能深,隔见僧檐出短林。一苇欲航心未稳,故穿危径取墙阴。"

朱松题咏寺院或与佛僧交往诗有八十多首,占《韦斋集》诗歌总数五分之一多。朱松尊称僧人为"道人",多次向"道人"寻求人生的指导和生命的启示,以摆脱现实的痛苦和心灵的不安。朱松拜见永和西堂道人,先后用同韵作诗三首,末二句分别是"咄去真俗人,胡为来役役"(《赠永和西堂道人》),"区区竟何补,斗粟真自役"(《彦时过永和见和拙句辄复次韵以发一笑》),"笑我守吴门,心形等相役"(《甲辰七月二日宿永和寺用旧诗韵》),以道人的口吻对自己为仕宦而失去身心自由进行自嘲。朱松会华严道人,华严道人数语,使朱松明了心中的症结:"望道渺未见,况乃蹰其藩。职卑困掣肘,见溺不得援。未知造物心,颇复哀黎元。近窥颜稷意,未敢遽掩关。"(《与陈彦时会华严道人偶书》)朱松所有的困掣愁苦、渺茫哀伤,皆源于执著于俗世。

其三,相期渊明。

朱松在佛禅中找到安慰和平静也只是暂时的,他不可能入佛,寻求永久的解脱,正如《灯夕时在泗上五首》其四所言:"我欲安心未有方,至人遗迹已茫茫。自非窣堵波中老,谁直先生一瓣香。"朱松不断进行道德追问和哲学思索,进行自我反省,最后,他在安坐禅思时从陶渊明身上找到了共通之处,"悠然渊明心,千载与我期"(《秋怀十首》其五)。

陶渊明作为千古隐逸之士,历来受人尊重,宋人更是以其人其诗作为学习的典范。朱松一生陷在归与不归的矛盾纠结中,不能忘却现实世界使朱松未选择归隐,归隐不成又助长了朱松对精神自由的热切追求,因此,朱松更为敬服陶渊明人生抉择和对生命价值的追求。《寄题陈国器容膝斋》云:"渊明乃畸人,游戏于尘寰。南窗归徙倚,宇宙容膝间。岂不念斗米,折腰谅匪安。是非无今昨,飞倦会须还……心游万物表,了觉函丈宽。"陶渊明并非不念斗米,但宁不折腰;归隐之后,虽身居容膝之室,然心纳宇宙。陶渊明不趋炎媚世、宁折不弯的傲骨,达然处世、安静平和的心态,心游万物、游戏尘世的自由精神,正是朱松追求的理想人格,使迷茫的朱松得到启示和抚慰。

朱松晚年不仅尊奉陶渊明之人,而且推崇陶渊明之诗。朱松在《题临赋轩》表达了对陶诗之意的领悟:"远师渊明意,不愧灵彻魂。"朱松效仿陶渊明《归田园居》赋诗,言及自己早年就追慕陶渊明隐逸山林之趣,但终然有违此心,"一堕世网中,永与林壑辞"(《效渊明》)。朱松欣赏陶诗"萧散清远"艺术境界,认为其诗境源于诗人的摆脱流俗的人格精神和超越尘世的人生境界,"此殆太史公所谓难与俗人言者"①。朱松不仅体悟到空幽清妙、不言之言的陶诗之境,而且在精神上与陶渊明实现了跨越时空的契合:"渊明把菊对清秋,醉里诗豪万象流。画出多情愁绝处,七峰明灭断云收。"(《答国镇见迓之什》其二)把菊对秋的艺术人生、掩抑不住的浩然逸气、情到极致的超然境界、云峰明灭的生命自然,是朱松从自身角度对陶渊明进行形象的诠释。朱松正是在对陶渊明人与诗的品读中实现了与其精神的贯通。

诗中的朱松,是一个坚守美好品性、追求高洁人格的贫士,一个希望有所建树、又渴求回归精神家园的游子,一个充满迷茫、不停探寻的求索者。朱松以诗歌话语形式记载了自己的个人体验和心路历程,展示了南渡时期一位南方学子的理想追求、情感纠结和人生思考,也折射出千百年来无数士人的心灵图景和精神世界。

三、才情学养与诗歌风格

宋傅自得在《韦斋集》序中高度称赏朱松诗文:"公之于诗文可谓至矣!今世能言之士非不多也,然浅则及俚,华则少实,是无他,徒从事于末而不知

---

① (宋)朱松《韦斋集》,卷首傅自得序,《四部丛刊续编》集部第64册,上海书店,1985年。

其本之过也。公幼小喜读书缀文,冠而擢第,未尝一日舍笔砚。年二十七八闻河南二程先生之遗论,皆先贤未发之奥,始捐旧习,朝夕从事于其间。既久而所得益深,故发于诗文,自然臻此,非有意于求其工也。"① 傅自得虽强调朱松的深厚学养等诗外功夫,也承认朱松不为诗所累、自然为之的创作态度。从朱松创作实践来看,其前期诗歌清新直率,情气充溢;随着学识的积累,诗歌中说理言禅成分增多;后期诗歌逐渐摆脱晦涩之弊,诗歌显得自然高远。以下就其诗作主要艺术风格简而言之。

(一) 独出机杼,新活灵动

朱松是富有艺术才情的学者,诗歌时不时表现出其灵气和意趣。最能显示朱松灵性的是即兴而来的短诗,或想象丰富,构思奇妙;或自然鲜活,富有情趣;或略加点化,清新可喜,具有独特的艺术趣味。

徽州的奇山秀水孕育了朱松丰富的想象力,有些小诗使人耳目一新。《夏夜梦中作》构织了神秘莫测的太极:"万顷银河太极舟,卧吹横笛漾中流。琼楼玉宇生寒骨,不信人间有喘牛。"太极舟浮游万顷银河,诗人身卧舟中吹奏横笛,笛声漂漾在天河流波之上;虽是夏夜,寒楼切骨,置此清凉仙境,忘却人间一切。朱松以梦的方式形象地展示着他心中的宇宙,想象之奇、构思之巧,表现了一位诗人的才思。《立春日雷》由现实的感触生发想象:"陌上冬干泣老农,天留甘雨付春工。阿香急试雷霆手,莫放人间有卧龙。"阿香是神话传说中推雷车的女神,诗人想象她急于催促人间蛰伏之龙以降甘雨,悯农之情与美丽的神话结合,使诗歌内蕴丰富,耐人寻味。

朱松善于从生活中发觉美,并巧妙运用修辞手法,诗歌富有情趣。《太康道中》其一:"得春榆柳遍平郊,犹见藏鸦影未交。动地风来一披拂,青黄浅浅抹林梢。"早春榆柳,鸦似藏而未藏,微风吹拂,林梢一抹青黄,生机活力,在不经意间表露。《题蛟弯小庵》其二:"凿破苍崖俯碧流,石碕竹筏舣行舟。已邀明月来同宿,下数层澜寸寸秋。"邀月同宿、同数层澜,拟人自然,韵味无穷。《晓过吴县》:"舟行有严程,越国常晓发。双橹兀残梦,起坐窥落月。人家岸野水,雾雨笼邃阆。遥怜琐窗人,欹枕听瓯轧。"不说自己离别之愁,而想象和怜惜琐窗中女子思念之苦,给别离平添几分伤感和隐痛。

朱松有时从景物引发的独特感受出发,对前人诗句略加点化,形象生动,出人意料。罗愿《新安志》载:"绍兴初,綦处厚为翰林学士,每哦其诗,最爱一绝云:'春风吹起箨龙儿,戢戢满山人未知。急唤苍头斸烟雨,明朝吹作碧参差。'盖前人有笋诗云:'急忙吃着不可迟,一夜南风变成竹。'乔年点

---

① (宋)朱松《韦斋集》,卷首傅自得序,《四部丛刊续编》集部第64册,上海书店,1985年。

化,乃尔精巧。"①再如《太康道中》其二:"一色春匀万树红,坐愁吹作雪漫空。谁知榆荚杨花意,只拟春残卷地风。"反用韩愈《晚春》之意,韩诗晚春而无迟暮感,认为杨花榆荚"无才思"而漫天飞舞;此时尚未晚春而愁花落,又赋予榆荚杨花难以言说之情意,愁思也随之如雪般漫散空中。

(二) 学理入诗,深奥晦涩

朱松《上赵漕书》云:"盖尝以为学诗者,必探颐《六经》以浚其源,历观古今以益其波,玩物化之无极以穷其变,窥古今之步趋以律其度。"朱松认为学诗者必须重视诗外功夫,强调以《六经》为根本,还需历观古今群书、探究自然事物的变化,以能达到洞察自然世界和社会历史的规律。学术与诗歌认识世界的途径、思维模式、表达方法等都有明显的不同。朱松把学识素养作为写诗应具备的基本条件,这对于提高诗歌的思想深度无疑大有裨益,但也有一定的负面影响。朱松创作中不少晦涩生硬的诗歌,多是过分注重学识和道理的结果。

朱松以学入诗与江西诗人不同,他并非刻意追求大量典故和奇词险韵,而是自觉不自觉地把自己的学理认识或感悟直接表述出来,因此对接受者而言,阅读朱松诗歌主要考验的是能否具有相似的认识水平或修养高度。如《次韵梦得见示之什》:"居楚求齐音,美恶不同土。喧豗俗物华,群复有佳处。时从玉璧人,商略穷万古。诗如粟牛戏,误得摩顶许。望道渺逾远,久生真暂寓。忍持尺璧阴,空作秋虫语。微言倪倾倒,河汉濯肺腑。向来说诗口,自此行可杜。"前六句言不随俗和流,而从交高洁贤士;中四句言本以诗为戏却得到赞许,致力于道却仍未如愿;后六句言不应空作秋虫之吟。此诗大致表述朱松对诗歌和学术的认识与追求,不理解其人便难领会诗意。

朱松受佛道影响较深,不少诗中出现佛典或佛教用语,如上诗中的"摩顶许"等,增加了诗歌的理解难度,也显得枯燥晦涩。有些诗中出现大段的论说性的禅性感悟,如《梅花》诗,前半部分描写玉梅的形态:"露蕊欲的皪,月枝挂髯鬑。俨如江汉女,可爱不可陵。"形象生动,比喻也颇新颖贴切。后半部分写自己孤寂无望的心情:"却数今几日,痴如秋后蝇。北岭枝欲空,谁与扶一登。聊分窥水影,依我照字灯。坐使惜花梦,临风脚腾腾。昔如梦中蝶,今学桑下僧。了知菩提长,念起吾何曾。"语言抽象枯燥,审美价值不高。

学识或理学的追求使朱松诗歌好议论说理、抽象概括,因此诗歌显得生硬晦涩;但个别诗歌中在写景或绘境时融入理学思考,使诗颇具哲理深度。

---

① (宋)罗愿《新安志》卷一〇,清嘉庆十七年刊本,《宋元方志丛刊》第8册,中华书局,1990年。又,"春风吹起箨龙儿",《全宋诗》作"一雷惊起箨龙儿"。

如前引《答国镇见迓之什》其二:"渊明把菊对清秋,醉里诗豪万象流。画出多情愁绝处,七峰明灭断云收。"渊明把菊对秋、醉中吟诗、多情愁绝、峰云明灭,景中寓情理,诗中呈现出"佛家的空灵,道家的飘逸和儒家的深沉"①。又《吴山道中三首》其一:"满拂春光一番雨,闹花如海麦摇波。静观物化知如幻,奈此撩人风物何。"诗人把理学的静观体认方式置于景物的描写和诗情之中,虽未达到融合无间的境界,不过通过景物的形象感知去体会诗中所言之理,亦还不失诗趣。

(三) 天然秀发,高远幽洁

朱松是一个非常理想化的诗人,他往往以审美的眼光打量和过滤着现实世界,并把自己的人格理想寄托于高洁美好的物象上。朱松并不有意去雕琢文字,其精神气质、才情学识的自在外化,使诗呈现出独特的风貌。傅自得欣赏朱松诗歌,"爱其诗高远而幽洁"②;朱熹敬慕朱松创作方式,"其诗初亦不事雕饰,而天然秀发,格力闲暇,超然有出尘之趣"③。

朱松倾心描写梅、桂、竹、菖蒲等草木,喜欢月亮、溪水、雪等自然景物,常常选用玉、清、洁、仙、圣等形容词,从而抒写其向往的理想境界。《度芙蓉岭》呈现了一幅超尘脱俗的诗意图景,幽泉鸣琴,溪流浪馥,菖蒲娟娟,灵根翠崖,诗人于此之中,濯清浮尘,心眼俱静。《答林康民见和梅花诗》最具典型意义,"仙姿不受凡眼污,风敛天香瘴烟里","多情入骨怜风味,依倚横斜嚼冰蕊"。岁晚雪天,寒崦碧溪,残月清泚;一树江梅,仙姿冰蕊,风敛天香;诗人倚梅,冰心清影,多情入骨。冰清玉洁的人与梅,幽远孤冷的场景,传达出一种超越世俗的高情绝韵。

晚年的朱松对诗歌风格有了较为自觉地追求和体认,他更欣赏陶渊明、韦应物和陈与义的诗歌。傅自得记载从朱松学诗时情形:"比晨起,则积雨初霁,西风凄然。公因为予举简斋'开门知有雨,老树半身湿'及韦苏州'诸生时列坐,共爱风满林'之句。且言古之诗人贵冲口直致,盖与彭泽'把菊东篱下,悠然见南山'同一关楗,三人者出处穷达虽不同,诵此诗则可见其人之萧散清远,此殆太史公所谓难与俗人言者。"④朱松对陶渊明其人其诗有更深的理解和认识,他效渊明赋诗,表达自己对陶渊明的隐逸之行和隐逸之诗的追慕,不少写景咏物诗自然萧散又冷洁幽远。

---

① 傅小凡《朱子与闽学》,岳麓诗社,2010 年,第 116 页。
② (宋)朱松《韦斋集》,卷首傅自得序,《四部丛刊续编》集部第 64 册,上海书店,1985 年。
③ (宋)朱熹《晦庵先生朱文公文集》,卷九七,朱杰人等主编《朱子全书》第 25 册,上海古籍出版社、安徽教育出版社,2002 年,第 4506 页。
④ (宋)朱松《韦斋集》,卷首傅自得序,《四部丛刊续编》集部第 64 册,上海书店,1985 年。

四、朱松对徽州诗坛的意义

在朱松身上,赫然张挂一显明的身份标签:朱熹之父。这个标签极大地提升了朱松的历史地位,使朱松的理学追求和政治实践得到彰显,并备受推崇。但是父以子贵带来的巨大殊荣,也使朱松的诗人形象在某种程度上被绚丽的光环所遮掩,其诗歌创作的艺术成就也被后人有意无意地忽视。实际上,朱松以其学术追求和诗文创作,足以确立自己的诗人地位。四库馆臣评曰:"松早友李侗,晚折秦桧,其学识本殊于俗;故其发为文章,气格高逸,翛然自异。即不藉朱子以为子,其集亦足以自传。"①钱锺书也认为朱松才笔高于朱熹:"朱子在理学家中,自为能诗,然才笔远在其父韦斋之下。"②

诗中的朱松,是一个坚守美好品性、追求高洁人格的贫士;一个希望有所建树、又渴求回归精神家园的游子;一个充满迷茫、不停探寻的求索者。朱松诗中呈现的自我形象,与人们心目中的爱国斗士、理学纯儒相差较大,这需要结合时代环境与个人经历来阐释。朱松博学多才,希望建功立业实现自己的人生价值,然而异乡为宦沉滞下僚十几年,京城为官不足四年又被罢,政治权利中心的排斥与拒绝,国家前途的渺不可期,使朱松退却于自我世界,诗中多言个人内心矛盾;朱松的理学追求与治国理想紧密相连,理想的碰壁使其陷入迷茫境地,焦灼的朱松试图从多种途径求取精神的超越和生命的价值,诗中多言自己的困惑与探索。朱松以诗歌话语形式记载了自己的心路历程,以个人体验的方式展示了南渡时期徽州学子的理想追求、情志寄托和人生思考。

从艺术风格而言,朱松生活的南渡时期,诗坛上仍是以江西诗派为统领,不仅追求诗歌的奇新瘦硬,而且在用事、用韵等方面竞相走向极端。朱松不追逐时风雕琢竞险,诗歌艺术形式基本上服务于表情达意的需要。从句法结构、炼字用语等方面来看,朱松诗歌总体显得不够成熟,尤其是说理诗其弊更多。不过,朱松不刻意为诗的自然创作态度,使其诗歌表现出有别于当时诗坛主流的不同风格,不论是高洁清远的诗歌境界,还是灵动别致的艺术情趣,都带给人一种别样的艺术享受和审美体验。

朱松对徽州诗坛的崛起和发展意义重大。朱松创作了大量诗歌,其诗南渡时即广为流传,扩大了徽州诗人的社会影响。朱松在闽地与当地及徽州诗人多有诗歌唱和,促进了徽州诗人与闽地诗人的交流。朱松是徽州理

---

① (清)永瑢等《四库全书总目》,卷一五七《韦斋集》提要,中华书局,1965年,第1354页。
② 钱锺书《谈艺录》,三联书店,2001年,第216页。

学诗人的先驱,既重视自己的道德修养和学术提升,又善用诗歌表达自己的情志思想,引领了徽州理学诗人的创作先潮。南宋孙嵘叟赞曰:"新安人物以韦斋、龙溪为称首。"①的确,朱松是徽州诗坛崛起时的一面辉煌的旗帜,激励和影响了徽州后人的人生追求和诗歌创作。

---

① (宋)汪莘《方壶先生集》,卷首孙嵘叟序,清雍正刻本,《宋集珍本丛刊》第69册,线装书局,2004年,第249页。

第四章 南宋中期徽州诗坛的壮大

自隆兴元年(1163)孝宗朝开始,到嘉定十七年(1224)宁宗朝结束,是徽州诗坛发展壮大时期。与整个社会由中兴转向衰落不同,徽州学术和文学的发展一直保持强劲的势头。徽州诗人及创作增多,现有存诗者45位,存诗1805首;存诗100首以上的诗人有4位。朱熹在徽州的学术传播,使朱子学成为徽州诗坛的思想统帅,徽州诗坛凝聚性增强,理学诗人成为诗坛创作的主要力量。王炎和程珌是徽州诗坛两个重要诗人,除了诗歌创作外,王炎的理学诗观和程珌的政教诗观,也具有代表意义。汪莘为朱熹高弟,理学造诣很深,诗歌创作狂奇不俗,想落天外又理在其中,呈现出独特的美学特征。

第一节 学术追求与徽州诗坛的发展

一、理学浮沉与文学中兴

绍兴三十一年(1161),金军毁约再次举兵南下;次年,宋高宗在朝臣抗战声中传位给宋孝宗。孝宗志在恢复大业,然仓促发动的北伐并未如愿。隆兴和议之后,孝宗振兴朝纲,革弊布新,整顿财政,发展国力,使南宋出现了中兴的局面。孝宗不忘雪耻,积极备战,然朝无恢复之臣,再图北伐终未实现。淳熙十六年(1189),宋孝宗让位于宋光宗,光宗本非有为之君,即位不久又患精神疾病,绍熙五年(1194),赵汝愚、韩侂胄等发动内禅,宋宁宗即位。宁宗统治30年,前期韩侂胄专政,极斥秦桧主和投降,力主北伐,开禧二年(1206)韩侂胄出师伐金失败,次年被史弥远伪造密旨所杀;后期史弥远专权,主张乞和,大肆贬黜主战派人士,恢复之事基本搁置,巨额赔款也使南宋社会积重难返。

孝宗到宁宗时期,朱熹、张栻、吕祖谦、陆九渊等大儒以及永嘉、永康学者,把宋代理学推向了前所未有的高峰。伊洛之学行于世,至乾道、淳熙间尤盛。① 理学家既阐明性理,又积极参政,为官僚集团所不满,时有人以"道学"之目指斥朱熹欺世盗名。周必大为相时,道学人士再次集聚朝廷,又遭主政官员强烈诋毁。宁宗初期赵汝愚执政,重用理学人士进行改革,朱熹召为焕章阁待制,陈傅良、杨简等人被起用,一时间朝政颇有治世气象。庆元元年(1195)年韩侂胄专政,斥道学为伪学,道学家为逆党,贬黜道学人士;次年诏禁以"伪学"取士;三年,赵汝愚、朱熹、周必大等五十九人入"伪学逆党籍";庆元四年(1198)正式下诏禁伪学,史称"庆元党禁"。史弥远专政时,为巩固权力而推崇理学,赵汝愚、朱熹等人被昭雪,许多"伪学"党人和后起之秀受召,号称"嘉定更化"。理学经历了几度浮沉,最终成为官方主流文化。

从"隆兴和议"到"开禧北伐"前,宋金之间四十余年对峙,南宋社会相对较为稳定,思想文化、文学艺术蓬勃发展,一时声名文物之盛,人称"小元祐"。与繁荣的理学相持衡,文学之兴盛也达到南宋空前绝后的局面,仅就诗歌而言,不仅出现了尤、杨、范、陆、萧等"中兴"大家,而且成就了以朱熹、张栻为代表的一批理学诗人,群星璀璨,诗人云起,达到北宋中叶之后的又一文学高潮。"中兴"大家多由学江西诗派入手,又接受吕本中的活法之论,逐渐以中晚唐诗风来改变江西诗风枯梗硬涩之弊,艺术创作各有千秋;理学诗人们多主张文本于道,强调诗人自身修养,创作了不少富有理趣的诗作,当然也不可避免地出现了语录讲义类的理学诗。随着政治中兴局面的结束,文坛巨星的相继谢世,宏大阔放的文学气象也开始渐趋让位于野逸清雅的意境。

南宋中期,徽州的学术、文学在乾淳时迅猛发展,而且在宁宗期也基本保持着强劲的势头。徽州涌现了大批学者和学术著作,学者们又多进行文学创作,文学在浓郁的学术氛围中发展成长。

二、朱熹对徽州诗坛的影响

朱熹与徽州学术兴盛有着极为密切的关系,对徽州诗坛发展新变也有重大影响。南渡时期徽州诗坛因诗人多分散在异地,徽州诗人多在分布地之间进行小范围的联系,仕徽诗人主要在其行政活动圈内进行诗歌酬唱,徽州诗坛整体缺乏紧密的联系。南宋中期,朱熹与徽州学子广泛接触,或入徽讲学授徒,或与徽州学者书信来往,或对入闽徽州子弟亲加诲教。由于徽州学者多进行诗歌创作,徽州诗坛因诗人对朱熹的崇拜而渐趋凝聚。

---

① (清)黄宗羲、全祖望《宋元学案》第 4 册,卷九七,中华书局,1986 年,第 3234 页。

(一) 朱熹入徽的理学传播

朱熹先后两次入徽。绍兴十七年（1147），朱熹科举及第，次年十二月朱熹到婺源展墓，封识先祖坟茔，谒朱氏家庙，见婺源、歙县的宗族姻亲，又拜访先贤俞靖、李绻、洪樽等人，十九年（1149）三月自婺源归。① 淳熙三年（1176）四月，朱熹第二次入婺源，时朱熹47岁，学术名望已著。朱熹祭扫祖墓，拜见徽州姻亲和先贤；又向婺源县学赠书，为县学藏书阁作记；并且讲学论道，传播理学。历百余日，六月离徽。

朱熹首次入徽，曾拜见婺源先贤李绻，"然是时年少新学，未能又以扣也"②。再次入徽时朱熹已为理学名儒，他与李绻、程洵、李季札等在钟山书院讲论学问，游山觞咏。朱熹回忆当时与李绻交游情景："两林之间，渠清沼深，竹树蒙密，时命予与程弟允夫徜徉其间，讲论道义，谈说古今，觞咏流行，屡移晷刻。间乃出其平生所为文词，使予诵之，则皆高古奇崛，而深厚严密，如其为人。予以是心益敬公，而自恨其不能久留，以日相与追逐于东阡北陌之间也。"③

朱熹入徽最重要的教育活动是讲学收徒。朱熹讲学于汪氏敬斋，乡人子弟群起而从，尤以程先、程洵、滕璘、祝穆、李季札、程永奇、滕珙、吴昶、汪莘、谢琎、汪清卿、许文蔚十二高弟为著。朱熹离开徽州后，许多学子通书请教朱熹；程永奇、朱德和、祝穆、祝癸等赴闽地，进一步接受朱熹指教。朱熹对徽州学子诲导不倦，不仅传授为学之要，而且注重德性之训。朱熹学问精湛而系统，讲学因材施教，徽州学子无不受朱熹影响。从此之后，朱子学说逐渐深入徽人之心，并发展成为徽州士人的思想统领。

(二) 朱熹与徽州学者的文学交游

朱熹在徽州广泛开展理学教育与传播活动，在讲论学术时也常伴随着诗歌酬赠和诗学探讨。朱熹与王炎、程洵、汪莘的文学交游较为典型。

王炎为朱熹讲友，二人相交甚笃，据说"文公还自闽，一见即合，升堂拜其亲，又同往东山九曲亭讲《易》，他人于文公师之，而先生友之"④。王炎赴湘任职，有《寄德莹弟二首》，尽诉思乡之苦，如其二："洞庭秋水望中天，侧目飞鸿断复连。得句信知神入梦，浇愁不惯酒中仙。秋风白发欺来日，夜雨

---

① 朱熹入徽时间及经历主要参考束景南《朱熹年谱长编》。
② （宋）朱熹《晦庵先生朱文公集》，卷八三《跋李参仲行状》，朱杰人等主编《朱子全书》第24册，上海古籍出版社、安徽教育出版社，2002年，第3934页。
③ （宋）朱熹《晦庵先生朱文公集》，卷八三《跋李参仲行状》，朱杰人等主编《朱子全书》第24册，上海古籍出版社、安徽教育出版社，2002年，第3934页。
④ （宋）王炎《双溪文集》，卷首潘滋序，《宋集珍本丛刊》第63册，线装书局，2004年，第1页。

青灯忆往年。用拙不妨消息好,关山明月两茫然。"朱熹即有和诗,如《次晦叔寄弟韵二首》其二云:"试上闽山望楚天,雁飞欲断势还连。凭将袖里数行字,与问云间双髻仙。我访旧游终有日,君归故里定何年。抵今千里同心事,静对笔瓢独嗒然。"朱熹有咏梅诗《元范尊兄示及十梅诗,风格清新,意寄深远,吟玩累日,欲和不能,昨夕自白鹿玉涧归,偶得数语》,王炎也有和诗《次韵朱晦翁十梅》。宁宗守丧期,朱熹侍经筵,王炎有《与朱侍讲晦翁论谅中开讲事》,坦诚直言朱熹谅中开讲非礼,关于此事,四库馆臣认为"朱子急欲宁宗亲近士大夫,故不拘丧礼,汲汲以讲学为先,实一时权宜之计,追一经攻驳,难以置词,遂付之于不论"①。

　　朱熹与程洵既有姻亲关系,又有师生名分。程洵之父程鼎为朱松内弟,并从游于朱松,程洵又亲得朱子之学。朱熹首次入徽,即与程洵赋诗赠答,《赠内弟程允夫》中赞其"文字只今多可喜","又见春风登俊良"。程洵有诗《怀兄晦翁》,尊崇之意溢于言表:"谁能如此翁,独卧沧波冷。寂寞诗书林,优游岁年永。"二人多通过书信交流学术与文学,现存朱熹与程洵二人书信29通。朱熹在书中与程洵探讨作诗之法:"某闻先师屏翁及诸大人先生皆言:'作诗须从陶、柳门庭中乃佳耳'。盖不如是不足以发冲淡萧散之趣,不免于尘埃局促,无由到古人佳处也。如《选》诗及韦苏州诗,亦不可以不熟读。近古(笔者案,当为"世")诗人如陈简斋绝佳,吴兴有本可致也。张巨山愈冲淡,但世不甚喜耳,后旬当录寄一读。胸中所欲言者无他,大要亦不过如此而已。"②程洵好读苏氏之书,敬慕其议论不为空言,朱熹认为苏轼"浮华而忘本实、贵通达而贱名检","所谓可喜者,考其要归,恐亦未免于空言也"③。朱熹与程洵多次通书辩难,使程洵学术渐趋纯正,成为朱子学说最忠诚的捍卫者和弘扬者。程洵去世后,朱熹在《祭程允夫文》中云:"中外兄弟,盖亡几人,有如允夫,尤号同志。"④

　　汪莘慕悦朱熹之学,为朱熹高足。淳熙十五年(1188),朱熹除兵部侍郎,汪莘有诗《戊申六月闻晦庵先生除兵部侍郎》。汪莘曾寄诗文于朱熹以请教,朱熹在答书中直言以劝:"用力于文词,不若穷经观史以求义理,而措诸事业之为实也……至于文词,一小伎耳。以言乎迹,则不足以治已;以言

---

① (清)永瑢等《四库全书总目》,卷一六〇《双溪集》提要,中华书局,1965年,第1376页。
② (明)程敏政辑撰,何庆善等点校《新安文献志》,卷六九,黄山书社,2004年,第1694页。
③ (宋)朱熹《晦庵先生朱文公文集》,卷四一《答程允夫》,朱杰人等主编《朱子全书》第22册,上海古籍出版社、安徽教育出版社,2002年,第1859页。
④ (宋)朱熹《晦庵先生朱文公文集》,卷八七《祭程允夫文》,朱杰人等主编《朱子全书》第24册,上海古籍出版社、安徽教育出版社,2002年,第4092页。

乎远,则无以治人。是亦何所与于人心之存亡、世道之隆替,而校其利害,勤恳反复,至于连篇累牍而不厌耶?"朱熹希望汪莘能"损其逐末玩华之习,而加反本务实之功",并且告诫其学问芜杂之弊:"杂然进之而不由其序,譬如以枵然之腹入酒食之肆,见其肥羹大胾、饼饵脍脯杂然于前,遂欲左拏右攫,尽纳于口,快嚼而亟吞之,岂不撑肠拄腹而果然一饱哉?然未尝一知其味,则不知向之所食者果何物也。"①汪莘学识渊博,重视文辞,朱熹欣赏其才华,然更希望其致力于伊洛之学。

值得一提的是,朱熹与徽州理学家的文学交游,前后有明显的变化,前期喜欢诗歌唱和、探讨作诗之法,赞赏对方诗文成就;后期重视学子的理学追求,否定文辞之华。朱熹对于徽州诗坛,固有提高学术素养、团结理学诗人之功,然其重道轻文的思想,也降低了徽人致力于诗歌创作的热情,这对于徽州诗歌的发展实有负面影响。

三、南宋中期徽州主要诗人及创作

南渡前后,徽州诗人多从徽州走向外地,徽州本地以仕徽诗人文学活动活跃。孝宗到宁宗时期,徽州本地以本籍诗人文学活动为盛,终生未仕的本土诗人、致仕或罢官返乡的仕宦诗人,是徽州诗坛创作主体的主要力量。诗人们多从事或参与学术教育活动,彼此间文学交流增多。从某种意义上讲,南宋中期徽州诗坛才真正呈现出地域特征。

此期休宁诗人为多,程大昌、朱晞颜、吴儆、程先、金朋说、汪莘、程珌、詹初等都较有影响。程大昌(1123—1195),字泰之。高宗绍兴二十一年(1151)进士。累迁权吏部尚书。从存诗来看,诗重义理,有些诗说理形象,词句新奇,如《次韵陆务观海棠》:"唤回残睡强矜持,浅破朱唇倚笛吹。千古妖妍磨不尽,长随春色上花枝。"朱晞颜(1135—1200),字子渊。孝宗隆兴元年(1163)进士,累官权工部侍郎,兼实录院同修撰。现存诗多为写景咏物,笔力劲朗,气格豪健,如《龙隐岩》:"圣主龙飞已在天,洞中犹有老龙眠。便须吸尽西江水,需作商霖大有年。"程先,字传之,朱熹高弟,学者称东隐先生。《全宋诗》未载其人及诗,《新安文献志》录其诗 11 首。程先为人所称主要有三事:父死,庐墓三年;辞恩禄不受,隐居东山;七十余岁担簦见朱子问学。程先诗歌高古奇险,冷硬顿挫,如《和人感秋韵八首》之《秋风》:"疾风拔枯楠,天作破瓦色。古殿无飞尘,过者见瑟瑟。"《秋雨》:"金疮怯秋气,

---

① (宋)朱熹《晦庵先生朱文公文集》,卷五九《答汪叔耕》,朱杰人等主编《朱子全书》第 23 册,上海古籍出版社、安徽教育出版社,2002 年,第 2813—2815 页。

谪戍未终更。滴滴思乡泪,飞空作雨声。"金朋说,字希传,号碧岩。曾从朱熹学,为徽州"八达"之一。孝宗淳熙十四年(1187)进士。鄱阳政成,时值庆元党禁,弃官归隐于碧岩山。金朋说抱节持义,卫道不移,啸吟歌诗,涵泳情怀。现存诗95首。诗歌题花吟草,寄兴深远,有存神寓道之妙;吊古评史,总揽今往,有凛然正义之概。金朋说赏慕陶渊明志趣和文风,诗歌"平而易,澹而雅,婉而新,辞义之严,非特格律之工,一皆根乎心学之正,所发固如是也"①。詹初,字以元,为学崇奉朱熹,因上疏乞辨邪正,忤韩侂胄而罢归,以研理讲学为事。著《流塘集》,现存诗50首。詹初认为诗以涵养性情,费力作诗、字字雕琢便伤性情之真,故诗歌平易直白,浅显通俗。相比金朋说以诗寄兴存道而言,詹初多在诗中直接言理,有些诗即为语录讲义有韵之体,即使是咏物写景,也往往点明其中理意;不过有些诗也不乏理趣,如《漫兴》:"秋风独坐野塘前,水上游鱼自有天。真意更须何处觅,知音从古在无弦。"程珌见本章第二节,汪莘见本章第三节。吴儆(1125—1183),字恭父,学者称"竹洲先生",在学术和诗歌上均有建树,具体见下编第六章。

  婺源诗人主要有程洵、王炎。程洵(1135—1196),字钦国,后更字允夫,号克庵。累举进士不第,后以特恩授地方微职。有《尊德性斋集》10卷②、《三苏纪年》10卷。现存诗125首。程洵诗歌主要为游历与赠答两类。游历诗或描写所见之自然景观,如狮子岩的石崖峭壁、凤凰岭的连山孤松、华家埠的江涵寒月、湘江的万顷澄澜等;或记述自己行程所感,如《度黄瓜岭》叙述自己十年来往、风雨行程的苦辛;或拜谒古迹抒发情怀,如谒杜子美祠的忠愤之气、诸葛武侯祠的炯炯正义等。寄赠酬答诗占大部分。程洵与刘寺簿唱和最多,现存诗12首。刘寺簿当为刘清之,程洵任衡阳簿时,刘清之知州事,每延程洵,不以属吏待之,相与讲学,并杯酒唱和。程洵《次韵刘寺簿临蒸精舍落成》赞曰:"濂溪当日起南方,千载斯文有耿光。遗俗至今尊孔孟,后生谁肯学苏张。贤关莫叹吴天远,精舍今临楚水长。试问坐中谁鼓瑟,舞雩风味想难忘。"程洵与婺源诗人张顺之交情甚好,现存与其赠答诗8首,程洵欣赏张顺之"酸寒不作郊岛态,尚友渊明向千载"的人格与诗风,也在诗中表示其思乡归隐之意:"踏遍危途兴已阑,倦飞幽鸟故知还。手开高士蓬蒿径,坐对先生苜蓿盘。"(《寄张顺之》)王炎《程允夫集序》云:"竹溪居士张公公予尝为予言,'为文犹之善酿,稻秫必时,麹蘖必斋,水泉必香,投

---

① (宋)金朋说《碧岩诗集》,卷首范奕序,清钞本,《宋集珍本丛刊》第69册,线装书局,2004年,第421页。
② 程洵著作现存《尊德性斋小集》三卷,知不足斋丛书本。本文所选程洵诗文及集序均出自是本,并参及《全宋诗》和《全宋文》。

于一器,既熟去其糟粕,沉浊在下,菁华在上,其色澄清,其气芬郁,其味醇旨,此良酿也,惟文亦然。'读允夫之文者,当以是观之。"①以"宝玉""良酿"称赏其诗似显过誉,不过其诗歌"简而深,粹而雅,优游恬淡而无毕露之华"②,表现出理学家修养和诗风。程洵喜用叠音词和重字,如"昔闻潇湘好,今作潇湘游","黯黯云幕垂,漂漂浪花浮"(《初泛湘江》);"炯炯心怀丹,萧萧发垂白","庭花日日红,阶草年年碧"(《谒杜子美祠》);"依依鸦共林,片片云摩顶"(《用前韵入闽》);"十里五里聊幽寻,远山近山相对阴"(《张允迪出示方清老诗用韵简之》)。重字叠韵能造成一种回环宛转的效果,但未免有"拈弄对仗"之嫌。值得一提的是,程洵与朱熹、周必大等均有交往,周必大称其文"议论平正,辞气和粹",杨万里谓之"如宝玉大弓",亦可见程洵诗文影响。王炎见本章第二节。

歙县以罗愿最知名。罗愿(1136—1184),字端良,号存斋。高宗绍兴二十五年(1155),以荫补承务郎。孝宗乾道二年(1166)进士。历通判赣州,知南剑州,淳熙六年(1179)知鄂州,十一年(1184)卒于官,年四十九。有《罗鄂州小集》6卷、《新安志》10卷、《尔雅翼》32卷。罗愿以古文著称,被推为南渡后第一。罗愿现存诗41首,多为劝农溉田、鹿鸣宴礼、赠友仕职而作,诗歌艺术价值不高。

从主要诗人创作来看,南宋中期徽州诗歌呈现出与学术联姻的特征,一方面理学诗人赋予诗歌以体道言理的大用,诗歌创作不仅是义理表达的一种手段,而且成为涵养性情的方式,诗歌书写道德修养的内容增多,议论说理色彩较浓;另一方面,诗歌地位无形中降于学术之下,诗歌的审美价值重视不够,理学追求不同程度上抑制了诗人艺术的进一步提升。

第二节 王炎与程珌的诗学思想

王炎和程珌是徽州诗坛两个重要人物,前者以其独特的理学见识、丰厚的学术著作和八百余首诗歌在孝宗朝名噪一时;后者因其才识能力、政治地位和诗文创作在宁宗朝社会影响极大。下以二人诗文中表现的诗学思想作一分析,以观徽州诗人的诗学趋向。

---

① (宋)程洵《尊德性斋小集》,卷首王炎《程允夫集序》,《知不足斋丛书》三十,古书流通处影印。
② (宋)程洵《尊德性斋小集》,卷首王炎《程允夫集序》,《知不足斋丛书》三十,古书流通处影印。

一、双溪硕儒的理学诗论

王炎(1138—1218),字晦叔,号双溪,婺源人。孝宗乾道五年(1169)进士。应辟入张栻江陵帅幕而受学,累官至军器少监。有《读易笔记》《尚书小传》等著作十余种,总题为《双溪类稿》,有《双溪文集》传世①。王炎诗歌现存 826 首,诗歌内容丰富,风格体式多样,其中反映民间疾苦的古体诗沉郁深切,吟咏男女之情的乐府诗真挚缠绵,抒发隐逸之趣的咏物诗平易流畅,叙写友情志向的赠答诗多博雅理精。王炎的诗歌创作确立了其在徽州诗坛的重要地位,本书下编多有所论,现仅择其诗文涉及的主要诗学思想略述。

(一)才以学养,将之以气

王炎认为,文出于才,需要以学涵养,以气充实。学终达到理正识明,文方可不朽。《松窗丑镜序》云:"夫文生于才,养之以学,将之以气。中卿才高而学博,其气不挫,今日之文可几于古,他日之文又过于今,其名世也孰御?"《清江集序》云:"使天假以年,阅义理益精,更世故益多,而策天下事益熟,可以不朽者讵止于是哉。"学博、气充、理正是王炎论及诗人素养的三个关键要素。

学博是诗人创作的基础。王炎主张"平生经纶学,丰蓄乃啬施"(《送王右司移江西宪》);强调"胸中笈笥罗诗书",方能"睥睨云汉思高飞"(《留献之初得孙》)。王炎称赞从伯昭德"有淹博之学"(《绿净文集序》),从兄王刚"其学贯穿经史"(《懒翁诗序》),更由衷佩服张栻"六学妙经纶,未试百之一"(《到城南园瞻南轩先生遗像》)。王炎也自述"力学追古人,经史费抄读"(《用前韵答黄一翁二首》其二),"志定学始进,身臞道方肥"(《送许士龙秘校》)。王炎广闻博学,见识渊深,不仅对《易》《书》《礼》《春秋》等经传颇有研究,还涉足于历史、地理、哲学、医学等领域。深厚的学识,为王炎的诗文创作奠定坚实的基础。正如四库馆臣所云:"诗文博雅精深,亦具有根柢……盖学有本原,则词无鄙诞,较以语录为诗文者,固有蹈空征实之别矣。"②

气充是立身为文的关键。作诗需先立人,立人必须要养气。"气"首先表现为刚气。王炎认为"凛然气如生,可使懦夫立"(《用前韵答彪讲书》),

---

① 王炎诗文集存世有三种刻本:嘉靖癸巳其裔孙王懋元刻本《双溪文集》,十七卷,前有潘滋等人序;万历丙申王鏻刻本《重刻双溪类稿》,二十七卷,实为诗文集,四库本《双溪类稿》据此;康熙中其族孙王祺等据嘉靖本所刻《双溪集》,十二卷。文中所引王炎诗文主要据四库本《双溪类稿》,参考清刻本《双溪文集》及《全宋诗》《全宋文》。诗文只标题目,不再另注。

② (清)永瑢等《四库全书总目》,卷一六〇《双溪集》提要,中华书局,1965 年,第 1376 页。

感叹当世"士气久不振,罢软无刚风"(《林宝文生日》)。《送刘都干》表达了对雄豪之气的欣赏:"本叹儒冠误,因思学六韬。侵寻身尚困,凌厉气当豪。生理旧良薄,亲年今已高。匣中雄剑在,早去树旗旄。""气"又指清气。王炎认为清则无欲,"道重物自轻,心清内无欲"(《送李侍郎归衡州二首》其二);清则脱俗,"清意尘俗远,幽香风露知"(《梅花》);文清在于人清,"落笔语言清透骨,恐公胸次有冰壶"(《送蓬庵梵老》其一)。只有气清、人清,诗才更佳,《次韵李仲永携诗相别》云:"李侯人物极清真,气似灵犀可辟尘。平日论心思益友,而今刮眼见诗人。有官堕在兼葭境,为政恐无桃李春。抚字要须宽猛济,诵公佳句合书绅。""气"还指宽和之气。王炎欣赏气和之人,认为宽和乐易方具儒者气象。他极赞宗卿"洁白心如玉,宽和气似春"(《石倅宗卿挽诗》),李提干"心肃而气和"(《用前韵答李提干》),并希望"不忧桂玉顿增价,人在冲融和气中"(《腊中得雪快晴成古风呈尧章铦老》)。冲融宽和之气并非要弃置刚正、清真之气,而是把清刚之气内敛,表现为外柔而内刚,是学者修养的进一步提升。

理正是博学的目的和诗文的根本。王炎《送彭云翔序》云:"大抵学者涵泳乎义理,使见明而识正,志定而气充,其于为善强立不反,此根株也。荣华其言,幸中于一夫之目,此枝叶也。培护其根株,使根株郁然日茂者有之矣。欲繁其枝叶,而贼其根株,枯槁可立而待也。"王炎认为义通理达方能识正气充,为文则可枝叶繁茂。此论当本于朱熹的"文道合一"观:"道者文之根本,文者道之枝叶。唯其根本乎道,所以发之于文,皆道也。"①王炎与朱熹多有诗歌唱和,虽在侍讲问题上观点不一,但对文道关系的看法如出一辙。王炎又指出晚唐诗歌的不足也源于理的缺失:"诗到晚唐非不佳,少似国风能理到。"(《用元韵答清老》其二)故强调诗人对义理的涵泳:"洙泗之学心为宗,以心会理俱圆融。皎如日月犹有蚀,岂可讲习无深功。"(《题徐秘校达轩》)在王炎看来,诗人只有博学明识,义理中正,志定气充,其诗格才能进一步提升。

(二)恬淡和平,以理敛情

与理学修养相关,王炎不喜诗歌情感激切,主张诗人恬淡和平,以理来约束情感。《懒翁诗序》云:"唐人尚诗,士以能诗取高科、登达宦者接踵,然王昌龄、孟浩然、孟郊、贾岛之徒,其身至穷,而言语之妙有不可掩没者……郊、岛困穷,诗诚工,语多酸寒,且有怨怼。翁则不然,辞气恬淡而和平,不激

---

① (宋)朱熹《朱子语类》,卷一三九《论文上》,朱杰人等主编《朱子全书》第18册,上海古籍出版社、安徽教育出版社,2002年,第4314页。

不戚,所得有所存乎诗之外者,可以为贤矣。"王炎认为郊、岛虽诗工,然多酸寒怨怼;从兄懒翁却恬淡和平,所得在诗外,其轻前褒后的情感态度不言自明。

王炎对酸寒穷苦之言的不满并非基于语言风格的审美观照,而主要是从人生态度层面来考虑,从而指向创作主体的性情气度和道德修养。王炎主张恬淡和平的诗学观显然与宋人普遍崇尚理性的风气有关,不过更在于其坎坷的人生阅历、深厚的理学素养和乐观通达的处世态度。王炎耿介刚正,特立自守,然仕途多舛,被谤罢职后,筑亭寄兴,以乐天自比。王炎把"达则兼济天下,穷则独善其身"的儒家之道、理学家的心性修养与白居易的处世哲学融为一体,生活态度渐趋清真乐意、恬淡自适。王炎在诗中自述"穷通皆任运,逆顺但随缘"(《病起》),"人生何苦浪驰逐,但得所求心自足"(《次韵韩毅伯趣诸先辈送茶》);也往往从大自然中获得启示,"今我苦不乐,如此春意何"(《春日书怀二首》其二),"朝开夕谢休惆怅,我已无忧不待忘"(《麝香萱草》)。在王炎看来,诗歌的和平源于其人的淡泊,懒翁因为人"淡泊无营",诗歌才"不激不戚";而哀怒怨恨者,多有酸寒怨怼之语。故诗人欲创作出平淡中和之作,首先应涵养情性,保持乐意自适的心态。

王炎认为诗人身处困境时,更能锻炼心志,更加注意修身,从而产生优秀的诗篇;同时也能藉诗歌化悲愁为旷达,化穷苦为安乐,使人心态归于平静。《和韩毅伯述怀》云:"三沐三熏嗟已晚,一觞一咏乐余年。人穷愈甚诗方好,留取珠玑向后传。""人穷愈甚诗方好"不仅在于穷而益工,更在于三沐三熏的个人修养。《次韵韩毅伯病疟》云:"胸襟玉气吐长虹,扶老犹须药物功。示病维摩非实相,戏人疟鬼助文穷。笔头排闷诗千首,瓮面消愁酒一中。无闷无愁始安乐,此身何日不春风。"穷病困顿促成诗人创作,在创作过程中诗人愁闷消解,达到平和,故诗歌创作也成为一种修身方式。诗歌的情感宣泄功能很早就被人认识,吟诗往往是诗人疏释不平之气的有效途径,不过,诗人在创作后的结果却出现两种截然不同的情况。宋前诗人多是把诗歌作为泄愤散郁的载体,诗成后不仅没有平静,反而因诗歌创作引发的情感冲动进一步强化悲愁怨愤的心态,如屈原罹难遭忧后悲愤外发而有《离骚》,但最终没有摆脱其痛苦而投江;郊、岛穷困潦倒志不得抒而有怨怼愁酸之诗,诗歌更刺激其"不平而鸣"。宋人重视才学,尤其是理学的发展使其生活态度发生转变,通过诗歌化悲为达、涵养自身是宋代诗人和理学家的普遍理想,因此宋人普遍不欣赏啼饥号寒之作、愤世嫉俗之篇,如欧阳修不满穷苦羁愁之言,苏轼诗歌表现出其面对厄运的旷达和超然,理学家更是主张"行笔因调性"(邵雍《无苦吟》),保持性情平定和乐。王炎的诗歌主张和诗歌实践,也反映了宋人创作心态的变化。

王炎主张诗人创作时应力求"以理夺情",使诗歌具有中和之美。抒情言志乃诗歌的内在要求或本质属性,《毛诗序》指出诗"吟咏情性",陆机《文赋》更明确表示"诗缘情而绮靡",从六朝情感泛滥到唐代情感激荡,情由此获得诗人更多的青睐。唐代李翱"性善情恶"论到宋代发扬光大,理学家们开始对情进行声讨,诗人们也开始对情进行反思。应该说,宋人并不否认常情,宋人所不满的是毫无节制之激情,特别是愤激怨怼的情绪。从本性而言,王炎属于多情诗人,他不仅题吟亲情友情,甚至写了不少宋诗人很少涉及的"爱情"诗篇;也提出"无情安用诗陶写"(《和麟老韵五绝》其四),捍卫诗歌吟咏情性之传统。但是,王炎反对滥情和情感过度,《鳙溪行》序明确表示:"情见乎辞,若过于伤感,而卒归于正。盖庶几变风发乎情、止乎礼义云。"王炎明确表达了"欲以理夺情"(《念往》其四)的观点,主张用理或礼仪约束情感,这是对汉儒"乐而不淫、怨而不怒"之传统的回归,也是追求性情中和的宋人自觉地把道德规范内化为生活方式的诗学表达。

(三) 平淡隽永,文从字顺

王炎《冰玉老人集序》云:"伯父今人与居,古人与稽,内不立城府,外不事边幅,故发于诗文,易直平淡,如行云流水。读之文从而字顺,玩之理到而味长,与绳削织绘为工者异矣。"王炎称赏平淡隽永、文从字顺的艺术风格,既合于宋人的诗学风尚,也是王炎对诗歌进行理性观照和审美选择的结果。

宋人标举平淡诗风,王禹偁诗学白体开宋诗平淡先声,梅尧臣"以深远闲淡为意"[1],苏轼欣赏陶诗的自然平淡之境,黄庭坚追求"平淡而山高水深"[2],胡仔称赞陈与义诗平淡有工……理学家更把平淡推向极致,尤其是邵雍平易浅切、淡泊乐意的创作及主张成为理学家诗歌创作的典范。王炎推崇苏、王、黄的诗歌,以其为平淡美的理想:"是故东坡敛波澜而为简严,金陵去绳削而为闲雅,豫章罢追琢而为高古。"(《松窗丑镜序》)"敛其波澜而为简严"即苏轼所谓的绚烂之极乃造平淡,"去绳削而为闲雅"指王安石超越于文辞精工走向深婉不迫之平淡,"罢追琢而为高古"成就了黄庭坚后期诗歌山高水深的平淡,苏、王、黄均经过了锻炼陶冶走向平淡之境。王炎虽未以"平淡"一概念泛指三人创作,但其论实际上反映了三大家从"椎轮"至"大辂"的追寻平淡之途。宋人多把陶渊明诗作为平淡美的典范和理想,王

---

[1] (宋)欧阳修撰,郑文校点《六一诗话》,人民文学出版社,1962年,第10页。
[2] (宋)黄庭坚撰,郑永晓整理《黄庭坚全集编年辑校》,江西人民出版社,2011年修订版,第940页。

炎也称赏其诗,并认为其平淡根于胸次,《题杨秀才园三亭见山》云:"窗间酒榼与诗编,窗外山光翠入帘。山好要人能领略,直须胸次似陶潜。"不过,王炎称赞平淡诗风时又拈出王维,"诗方平淡如摩诘"(《和至卿述怀二首》其二)。殷璠欣赏王维在于其"词秀调雅,意新理惬"(《河岳英灵集》卷上),司空图推崇王维的澄澹精致,苏轼称道王维诗画一体,王炎却从其诗画中感受到平淡自然。《湘中杂咏十绝》其六云:"江天云暝雨垂垂,日暮移舟口岸时。拈笔欲题还袖手,细搜摩诘画中诗。"王炎深谙自然之理,在对自然的体悟中发现王维诗中自然与艺术共通的淡远之境、闲静之美。不过在诗歌实践中,王炎却不似王维诗的冲淡,而有点像王安石的闲雅,如《出游郊外七绝》其三:"闭户不知春色佳,柳梢欲暗可藏鸦。鸭头新绿齐腰水,女颊轻红刺眼花。"

　　宋人推崇的平淡,是平夷浑涵,简淡和厚,平淡而有内蕴,平淡而有至味。欧阳修认为"古味殊淡泊"①,淡中有至道古味;苏轼谓陶渊明、柳宗元诗"外枯而中膏,似淡而实美"②,淡中有峥嵘气象;理学家朱熹崇尚"真味发溢"③,平淡自然而不着力,把平淡美与诗人心性贯通。宋代诗人的平淡包括对诗歌思想内容和美学特征的双重追求,而理学家的平淡多指向对创作主体的要求,但无论诗人还是理学家都追求"理",言理应淡出,理至而淡泊,故理与平淡有着不可分割的关系。王炎认为好的诗歌既要"易直平淡",又要"理到而味长",《冬日书怀四首》其二云:"齑盐虽淡泊,义理极隽永。士唯知此味,未语已相领。"在王炎看来,儒家之道如齑盐,虽淡泊却有余味,这正如欧阳修所言的"古味虽淡淳不薄"④,好的诗歌也应该平淡而理到,淡却味长。王炎所言的"理"需读者"玩"才能"味"到,或曰读者通过吟咏、欣赏、把玩诗歌才能获得隽永之理,这样就需要创作者选择合适的方式来说明或寄托义理。这样看来,王炎虽站在理学家的立场上论平淡,突出理味,但并不主张把诗歌当成语录讲义直接表述义理。

　　王炎欣赏诗歌平淡而有理味,而对行文语词的要求是"文从而字顺"、不以"绳削织绘为工"。在王炎之前,黄庭坚就谈到理与文辞的关系:"好作奇语,自是文章病,但当以理为主,理得而辞顺,文章自然出群拔萃,观杜子美

---

① (宋)欧阳修撰,洪本健校笺《欧阳修诗文集校笺》,上海古籍出版社,2009年,第34页。
② (宋)胡仔纂集,廖德明校点《苕溪渔隐丛话》,前集卷一九《柳柳州》,人民文学出版社,1984年,第122页。
③ (宋)朱熹《朱子语类》,卷一四〇《论文下》,朱杰人等主编《朱子全书》第18册,上海古籍出版社、安徽教育出版社,2002年,第4332页。
④ (宋)欧阳修撰,洪本健校笺《欧阳修诗文集校笺》,上海古籍出版社,2009年,第46页。

到夔州后诗,韩退之自潮州还朝后文章,皆不烦绳削而自合矣。"①不过,王炎多从诗人品行学养来论及诗歌创作,"道在褐衣怀美玉"方能"文成熟路驾轻车"(《再和前韵三首》其一)。对道的追求,自然又导向对文采的否定。王炎《见张南轩》云:"章句之学,胶于陈言,而不知古人之用心。其以言语文章为重者,亦未能入圣人之门而窥见其奥也……且言语非不可以求道,而道则非言语;文章非不可以求道,而道则非文。何者? 不落其华,不探其实也。"王炎不否认以文求道,但反对过分重视言语文章,既然道非言、非文,言道必然也不能雕琢修饰,正如《题谢艮斋画筥四首》其三所云:"熟视天机日日新,无边物色尽横陈。从教巧手工摹写,粉墨何能便逼真。"在其理学观的制约下,王炎诗歌创作也不事雕琢、平易率直,如《双溪种花》其二:"苍头为我厮西山,扶病移花强自宽。纵不为花长作主,何妨留与后人看。"诗歌平易平淡又不乏兴味,可谓"文从而字顺","理到而味长"。

二、端明学士的政教诗论

程珌(1164—1242),字怀古,自号洺水遗民,休宁汊口人。十岁赋诗咏冰,后师从其舅黄何,熟读群书。绍熙四年(1193)登进士第,嘉泰元年(1201)再试博学宏词科。两度知礼部贡举,以端明学士致仕。曾替史弥远起草废济王诏,然其气节慷慨,关注国事民生。程珌热心乡事,修程忠壮公庙宇,建"内翰桥",修休宁县学,为吴儆、吴廛、汪莘等人文集作序,对于徽州文化教育和文学弘扬具有较大贡献。程珌著《洺水先生集》②60卷、《内制类稿》10卷、《外制类稿》20卷。现存诗128首,诗歌昂扬阔朗,想象丰富,可参本书下编。现仅就程珌诗文反映的文学思想略作分析。

(一)诗贵"风刺",有补于世

作为一位具有深刻政治关怀和强烈救世情感的文学家,程珌以言道为己任,以诗文"有补于世教"而自期。《洺水集自序》云:

> 道始于太极,尧以是传之舜,舜以是传之禹,禹以是传之汤,汤以传之文、武、周公,洙泗圣人群三千之士,讲益明,说益备。由是而后,学者不过服而习之,安而行之而已。而近世学者乃辄不然,思入妄境,行入

---

① (宋)黄庭坚撰,郑永晓整理《黄庭坚全集编年辑校》,江西人民出版社2011年修订版,第939页。
② 南宋末程珌曾孙景山辑刻《洺水先生集》六十卷,明嘉靖间裔孙元昺等据其残本重辑刻为《程端明公洺水集》二十六卷,本文所引程珌诗文据嘉靖重刻本,并参以《全宋诗》和《全宋文》,诗文只标题目,不再另注。

舛途,不流于老庄之苦空,则归于篇章之吟咏,纷纷籍籍,淆乱日甚。今
玭是集犹有不能尽去,亦或有补于世教之万一,观者其审之。

程玭的文学功用观表现了其对传统儒家诗学的回归。儒家诗学重视诗歌政治教化和伦理道德功能,孔子提出"兴、观、群、怨",孟子、荀子等又把"诗以言志"演化为"以诗言道"①,后世儒家诗学均以此为根本。程玭以承继儒家道统作为创作指导思想,反对仅仅流连于吟咏篇章,书无关痛痒之词,作无病呻吟之章。程玭以诗文创作践行自己的追求,"其词雅健精深,追逮古作根本谊理,扶植名教,有补于当世,学者夸传而争诵之"②。

在"有补于世教"文学观的基础上,程玭又重申"风刺"之说,《鄱阳董仲光诗集序》云:

> 诗与乐皆所以宣天地之和者也,是故以美颂为贵,次则风刺焉,次则讥切焉,又次则怨怒焉。降是则风云显晦,草木英瘁而已耳,亡补也。与为亡补也,宁怨怒焉,宁讥切焉,然方之风刺则劣矣。若夫治世之音既安且乐,使天下之口皆鸣天地之和,则非诗人所能也,必有任其事者焉。

程玭认为天地之和,诗乐有美颂、风刺、讥切、怨怒四种表达方式,以美颂为贵;但天地失和,出现"亡补"之状,诗乐有怨怒、讥切、风刺三种表达方式,而以风刺为佳。治世之音鸣天地之和,自有任职者;而诗人作诗,贵在天地失和时"风刺"。"风刺"之说源于汉儒对《诗经》的解释:"上以风化下,下以风刺上,主文而谲谏,言之者无罪,闻之者足以戒,故曰风。"③汉儒解诗,强调上以诗教化,下以诗讽谏,怨刺应该"主文谲谏"。程玭遥承汉儒的"美刺"之说并有所发明。程玭所言的"风刺"和"怨怒""讥切"相对,其实也就是汉儒所言的"主文谲谏"或曰"美刺",要求诗人应节制情感,"怨而不怒",利用"比兴"手法曲折地进行讽谏。程玭主张"风刺"在于他认为诗应有为而作,于世有益,《书俞侍郎锦野亭诗后》云:"诗非徒作也,有上下风刺之义焉;亦非徒采也,闻之者必戒焉。夫苟如词人之靡,作之者无补,息先王之泽,采之者不用,则何取于作,抑何取于采欤?"这样看来,诗歌是否有补于世在于诗

---

① 萧华荣《中国诗学思想史》,华东师范大学出版社,1996年,第13页。
② (明)程敏政辑撰,何庆善等点校《新安文献志》,卷九四吕午《程玭行状》,黄山书社,2004年,第2390页。
③ (汉)毛亨传,郑玄笺,(唐)孔颖达等正义《毛诗正义》,卷一,载(清)阮元校刻《十三经注疏》,中华书局,1980年,第271页。

人善于讽谏，且统治者能够接受采纳。在此意义上，程珌深为痛惜朝中无人风刺上谏，故于《鄱阳董仲光诗集序》慨叹："无以仲光言之朝者，吾是以悲仲光之心也。"

诗歌的"风刺"之用，早在宋初就有不同观点。杨亿不满《风》《骚》之风刺、忧思，推崇《雅》《颂》，他认为诗"恬愉优柔，无有怨谤，吟咏情性，宣导王泽，其所谓越《风》《骚》而追二《雅》"①。梅尧臣却认为《风》《雅》之道均在美刺，其诗云："自下而磨上，是之谓《国风》。《雅》章及《颂》篇，刺美亦道同。"②在反对怨谤、肯定美颂的意义上，程珌与杨亿相同。程珌曾称赞董宏父诗"声和气平，温泽雅实"，认为其诗吟咏"天地之和"（《董宏父诗序》）；他也殷切期望"圣主临御，辅以贤臣，使纪纲清明，百度惟正"，"将见仲光之含霜嚼铁、幽忧恳切之词悉化为《咸》《韶》"（《鄱阳董仲光诗集序》）。不过，杨亿是站在为统治阶层歌功颂德的立场上倡导"恬愉"之声，而程珌是感于"春雉未驯，秋螟未散"的现实而希望迎来"《咸》《韶》"之音。因此，程珌虽然以美颂为贵，但面对并非如意的朝政和社会现实，他更肯定"含霜嚼铁之词"。从本质上意义上讲，程珌认同美刺之道，倡导诗人有为而作，反对"陶镕水石闲勋业，铨择风光静事权""醉乡天广大，风光三千篇"类耽于闲适乐吟之诗。鉴于当时社会或流于老庄之无为空妄、或沉醉于吟情适性的不良风气，程珌率先重申"诗贵风刺"说，虽无更多创新性，然足以显示一有责任感的诗人的治世抱负和担当精神。

（二）本立文行，穷而道深

韩愈以儒家"道统"的继承者自居，"志在古道，又甚好其言辞"③，重"道"而不轻"文"。欧阳修继承这一传统，认识到"文"的相对独立性，强调应当"文与道俱"。不过，理学家更为强调"道"。周敦颐提出"文以载道"，重道还不否定文。程颐直谓"作文害道"，为强调道而否定文。朱熹从本体论的角度，肯定道为本，文为末，同时又提出"文道合一"的观点，对前人所论进行修正。程珌受朱子学影响较大，认为立言在于"立本"，"本不立"则文"无以行之"。《吴基仲诗集序》云：

> 洙泗论学文之序在于入孝出悌、爱众亲仁之后，然则非本不立，非

---

① （宋）杨亿《武夷新集》，卷七《温州聂从事云堂集序》，《宋集珍本丛刊》第 2 册，线装书局，2004 年，第 252 页。
② （宋）梅尧臣撰，朱东润编年校注《梅尧臣集编年校注》，卷一六《答韩三子华韩五持国韩六玉汝见赠述诗》，上海古籍出版社，1980 年，第 336 页。
③ （唐）韩愈撰，马其昶校注《韩昌黎文集校注》，上海古籍出版社，1986 年，第 176 页。

文则无以行之耳,文非所先也。诗自既删之余,世之鸣其和,写其怨,陶冶一性而藻绘万象,森然于丹漆铅黄间者,胡可胜计? 卒如春咔秋蜩,时过则歇,无复遗响于人间者,非诗不工也,其大者不立也。

程珌所言的"本"指伦理道德,即儒家所谓的"道"。程珌认为道为文之本,于文之先,诗歌的湮没不在于不工,而在于未立本。在此意义上,程珌赞赏吴垕之诗,肯定了诗人品学对诗歌行世的决定作用:"世之作诗如君者多矣,往往无以传其诗焉,诗能独行乎哉? 君其益务充达,使之宏广,如山之高,如水之深,如日月之升,君之进于行未已也。然君之诗平淡质实,亦皆践履体察之所形,见者读者可以想见其人焉。"程珌所言诗不能"独行","本立"与"诗工"两者均不偏废,这是合乎文学的发展规律的,但其论显然偏重于道德之本。

程珌主张"立本",强调诗人品德对诗歌的决定作用;对于诗人品学修养途径,程珌又进一步提出了"穷而道深"的观点。《曹少监诗序》云:

诗难言也,自洙泗圣人既删之后,惟唐工部实擅其全。垂今千年,炳炳一日,凡当时号为隽逸清新,奇古平淡,专美一家者,至是皆声销芳歇矣。盖少陵少年献赋,固自不凡,加以往来梓潼山谷凡十余年,涉患深,行道熟,则其养可知矣。人谓诗人穷而后工,工何足言哉! 人而至于穷,则于道益深耳。

欧阳修认为诗人"内有忧思感愤之郁积"而"愈穷则愈工"[①];王炎以为穷能使人独善其身,"人穷愈甚诗方好";程珌更进一步发展欧阳修"穷而后工"观点,他认为"穷"带给诗人的远远超出了"诗工","道益深"才是最有价值的馈赠。程珌认为杜甫历经磨难,涉患颇深,方"行道熟",具有丰厚的学养,其诗才会集诗之大成而流传千年。欧阳修"穷而后工"的命题由诗艺提升到诗道的层面,从而纳入"明道见性"的诗学框架。[②] 由此,程珌政教诗学观在重视诗中之"道"这一层面和理学家殊途同归。

程珌推崇杜甫的诗歌成就,肯定"穷"对其诗歌的玉成,但并非意味诗人"穷"都能"道熟"。程珌反对孟郊寒俭之气,认为其所养不足,《跋孟东野

---

① (宋)欧阳修撰,洪本健校笺《欧阳修诗文集校笺》,上海古籍出版社,2009年,第1093—1094页。
② 周裕锴《宋代诗学通论》,巴蜀书社,1997年,第120页。

集》云:"少陵之材有怒霓抉石,复有鸾铬纡徐,有廊庙雍容,复有佩剑磊魄。郊有是乎?一于寒且迫而已。孟子谓居移气、养移体,发于词章,见之气貌,曾子谓出辞气斯远鄙倍,士其可不知所养哉!"外在条件的艰苦恶劣固然能使诗人对社会体验加深,能透彻领悟社会人生;然如果诗人不志于道,个人又不善养气,"穷"未必能"道熟",至多只是"诗工"而已。程珌对孟郊其人其诗的否定,也反映了程珌重视诗人修养、强调"立本"的诗学观。

(三) 本于自然,无意生华

程珌对文学的理解不是孤立地着眼于文学自身,而是把其纳入与自然和人有机联系的生态系统之中。他认为天、地、人均本于自然,其共通之处在于无意自华。《吴安抚竹洲集序》云:

> 云汉昭回,日星光洁,天之华也;川岳之融峙,草木之纤秾,地之华也;天秩天叙之彝,皇坟帝典之经,人之华也。然皆一本于自然耳。元气霏霏而不结,明河澹澹以流光,天何意于华哉!山泽悉付于高平,万象自为于容色,地何意于华哉!赤图马负于灵河,绿字龟呈于温洛,圣人亦何心于华哉!

程珌之论,根于刘勰的原道观。《文心雕龙·原道》云:"文之为德也大矣,与天地并生者何哉?夫玄黄色杂,方圆体分;日月叠璧,以垂丽天之象;山川焕绮,以铺理地之形。此盖道之文也。仰观吐曜,俯察含章,高卑定位,故两仪既生矣。惟人参之,性灵所钟,是谓三才,为五行之秀,实天地之心。心生而言立,言立而文明,自然之道也。"①刘勰以天地之形象为"道之文",人作为"天地之心"而立言成文,亦为自然之道。程珌则把天、地、人并立,强调三者皆本自然;又把刘勰所言之"文"置换为"华",强调文之"华彩"皆无意而成。刘勰所言的自然主要指宇宙万物的自在状态,而程珌所言自然既包括宇宙万物的自在状态,又指向文章自然无意的表现方式。

程珌又认为天、地、人之华皆源自"气"。气散播在天地之间,在天而流光,在地而容色,在人而能文。《李文昌表笺集序》云:"文以气为主,学充之,辞缘之,至梁昭明以体为的,而后其论大备。盖真宰散淋漓清潋之气,人得之则能吐英奇,陶物象而为文,然则有体也。"程珌此论虽是言文体,也可用于论诗。宋人论诗"普遍把诗视为天地元气的体现,与自然天道同构"②,

---

① (南朝)刘勰撰,周振甫注《文心雕龙注释》,人民文学出版社,1981年,第1页。
② 周裕锴《宋代诗学通论》,巴蜀书社,1997年,第5页。

如范仲淹《唐异诗序》云:"诗之为意也,范围乎一气,出入乎万物,卷舒变化,其体甚大。"①程珌认为自然宇宙中"淋漓清漓之气"为人得之,自能"吐英奇,陶物象而为文",更为强调创作主体的能动性。程珌主张"文以气为主",同时也认识到"学"与"辞"的作用,认为三者结合,文则汪洋浸渍,"若太虚霏霏而不结,明河澹澹而流光",呈现出天、地之华彩。

程珌欣赏一种不假雕琢、"自然生华"的创作状态和文学风格。程珌"自然生华"的创作理想,与宋人推崇"自然为文"是一致的。苏洵对"自然为文"作了具体的阐释:"风行水上涣,此亦天下之至文也。然而此二物者,岂有求乎文哉?无意乎相求,不期而相遭,而文生焉。是其为文也,非水之文也,非风之文也,二物者非能为文,而不能不为文也。物之相使而文出于其间也,故此天下之至文也。"②苏洵用水与风形象地描述了"至文"产生的具体过程,突出了自然无意成文的特点。"自然为文"是诗人创造的理想状态,也是宋人评价诗文的重要标准。程珌对"自然生华"没有详细解释,而是具体论及创作主体与其文的关系:"大抵乾坤列而道阐,圣贤出而道鸣,器巨者其声庞,量浅者其词薄,才隽而言卓,德厚而言醇,气馁而言卑,道长而言远,表里符,华实贯,断断不诬,其可揠而长之哉!"(《吴安抚竹洲集序》)程珌认为创作主体本身的器量才德等自然会外显为语言,人与文表里相符,华实相贯,如果人涵养丰富,气充学博,无需刻意为文,其文自然会醇厚高远、卓然而华。正是在此基础上,程珌欣赏吴儆诗文"华而非雕"的风格:"竹洲抱负不群,志气激烈,思欲提精兵十万直入穹庐,系降王而献阙下,盖一饭不忘也。迨其见之词章则峭直而纡余,严洁而平澹,质而不俚,华而非雕,穆乎郁乎有正笏垂绅雍容廊庙之风。"(《吴安抚竹洲集序》)程珌对"自然生华"的论述实际上也更强调创作主体的学识素养,这与前面所云的"本立文行"的诗学主张是一致的。

综上,王炎和程珌是南宋中期徽州诗坛重要人物,两人均由进士出身入朝为官,都受理学影响并有著作传世,相近的地域环境、科宦经历和文化背景,使两人对于诗歌创作有着相近的观点。首先,重视创作主体的品行学识,强调道德修养重要性;其次,赞同文本于道的理学观点,主张本立文行;其三,不重创作技巧,追求自然为文。不过,由于政治地位、学术追求、个人阅历等不同,两人又有着独特的认识。王炎作为一位理学诗人,对理学的深

---

① (宋)范仲淹撰,李勇先、王蓉贵校点《范文正公全集》,卷八《唐异诗序》,四川大学出版社,2002年,第185页。
② (宋)苏洵《嘉祐集》,卷一四《仲兄字文甫说》,《宋集珍本丛刊》第7册,线装书局,2004年,第403页。

究使他更注重诗人自身的性情气度和学力涵养,强调诗歌创作也应以理节情、恬淡和平,与之相应的是诗风平淡朴质。程珌是一位居馆阁多年的诗人,他更多继承了传统儒学诗教观点,倡导诗人应有为而作、风刺补世,主张人与天地同构,为文自然生华,诗歌也相应具有气盛辞丽的特点。王炎和程珌作为徽州孝宗、宁宗诗坛的扛鼎人物,其诗学思想大致反映了当时徽州诗坛"内转"和"外放"不同创作趋向。

第三节 居士汪莘的狂士之思

汪莘(1155—1212)①,字叔耕,自号方壶居士,学者称柳塘先生。休宁西门人。终生未仕,曾屏居黄山,后筑室柳溪。汪莘为竹洲之客、文公高弟、西山挚友,从容往游于群玉堂诸名贤间;受知于贰卿徐谊,为徽州太守孟植、赵希远所推重;以一介布衣遮道进言,屡叩帝阍,志向高远;建柳溪书院,讲经授易,传布朱子理学;素好文学,发起诗社,广结诗友,诗文远播。著《方壶集》《方壶诗余》等,后世辑其作谓《方壶存稿》②,现存诗221首。汪莘其人其诗,在徽州诗坛甚至南宋诗坛都别有特色。

一、汪莘交游考述

(一) 汪莘与新安理学学者

汪莘一生深究理学,造诣颇深,与朱熹、吴儆、詹初、汪楚材多位新安理学学者都有交往。

1. 汪莘与朱熹

汪莘从小闻朱子之学,对朱熹极为敬慕。淳熙十五年(1188),汪莘听闻朱熹除兵部侍郎,奋笔题诗,表达自己的担忧,"从来功业知难就,未敢先赓庆历诗"(《戊申六月闻晦庵先生除兵部侍郎》)。大约此年前后,汪莘与朱

---

① 关于汪莘卒年,《宋人传记资料索引》载:"汪莘(1155—1227),字叔耕,号柳塘,休宁人……宝庆三年卒。年七十三。"《中国文学大辞典》《全宋文》,也作汪莘卒于1227年。现存徽州两种谱牒,均载汪莘卒于嘉定五年(1212)。明汪璨、汪尚和等纂修《休宁西门汪氏族谱》卷四载:"嘉定壬申九月十一日卒。"清汪澍、汪逢年等重修《休宁西门汪氏宗谱》卷七载:"嘉定壬申殁。"徽州族谱编写较严谨认真,记载具体翔实,故采族谱所载汪莘卒年。
② 汪莘别集宋、元书目均未著录,从现存汪莘集序跋推知,宋时当有《方壶集》《方壶诗余》《柳塘集》等。后世辑其遗作,题《方壶存稿》。现存汪莘集主要版本有:明汪璨刻本《方壶存稿》、明万历重刻本《方壶存稿》、清雍正刻本《方壶先生集》、四库本《方壶存稿》以及清钞本多部。本文所引汪莘诗文采自清雍正刻本《方壶先生集》,并参以明汪璨刻本、清初钞本《方壶存稿》及《全宋诗》,不再另注。

熹通信,希望得到朱熹的指导,现存朱熹《答汪叔耕》二书。淳熙十六年(1189)①,朱熹在《答汪叔耕》第一书中,劝导汪莘不要过多关注文辞"小伎",应"求其所谓道者而修之于己之为本","穷经观史以求义理,而措诸事业之为实也"。其后在《答汪叔耕》第二书中,朱熹又对汪莘遍究群书"杂然进之而不由其序"表示担忧。②

汪莘因上言封事,又通书寄责于朱熹,现存其《辞晦庵朱侍讲书》一文。汪莘在文中详述:"所为来上封事,拳拳惟以主上父子之间为务,非敢轻也……诸公视之,以为背时之论,莫有能举而行之者。是以徘徊京都,日夜待先生至。"宋李以申《汪居士传》载:"嘉定间,会下诏求言,遂三叩天阍,论天变人事、民穷吏污之弊、行师布阵之法,不报……时朱子召赴经筵,未至,莘逆通书。"③依此,似汪莘嘉定间上书论事后通书朱熹,然朱熹庆元六年(1200)已逝,时间上说不通。《宋史·宁宗纪》载:"(绍熙五年七月)戊辰,诏求直言。""(甲申)诏两省官详定应诏封事,具要切者以闻。""(八月)癸巳,以朱熹为焕章阁待制兼侍讲。"④《宋朱子年谱》亦载:"七月光宗内禅,宁宗即位,召赴行在奏事,辞。""先生辞奏事,两旬不报,遂东归。道中忽被除命(焕章阁待制兼侍讲)。"⑤据上述记载可知,汪莘上封事当在绍熙五年(1194)七月戊辰至甲申间,通书朱熹应在八月癸巳朱熹除侍讲后。束景南认为绍熙五年汪莘上封事归辞书朱熹,此说可采信;又言孙嵘叟序"至于叩阍三疏,极论时政六事"即是年上封事,似还可商榷。⑥刘次皋在嘉定元年(1208)七月跋汪莘诗云:"柳塘汪叔耕自新安来应诏上封事,一日因同舍生陈斯敬访余于学省,出示诗稿三编。"⑦传中述汪莘嘉定间应诏上书,当为此事。由此推知,汪莘在宁宗朝曾两度上书,绍熙五年七月,汪莘上书主论两宫之事;嘉定元年,上封极论时政六事。

朱熹去世之后,汪莘有诗《怀朱晦庵先生》,表达了继承朱熹之学杖屦寻道之志:嘉定元年孟植知徽州,建晦庵祠堂,汪莘作《晦庵朱子祠堂颂》,怀念和敬慕之情溢于言表。后人论定汪莘为从祀朱熹的十二高足之一,汪莘

---

① 朱熹《答汪叔耕》时间,参考陈来《朱子书信编年考证》(增订本),三联书店,2011年,第307页。
② 朱熹《答汪叔耕》二书,参见朱杰人等主编《朱子全书》,上海古籍出版社、安徽教育出版社,2002年,第2813—2815页。
③ (明)程敏政辑撰,何庆善点校《新安文献志》,黄山书社,2004年,第2132页。
④ (元)脱脱等《宋史》第3册,上海古籍出版社,1977年,第715—716页。
⑤ (清)王懋竑编《宋朱子年谱》,台湾商务印书馆,1982年,第1153—1155页。
⑥ 束景南《朱熹年谱长编》下卷,华东师范大学出版社,2001年,第1153—1155页。
⑦ (宋)汪莘《方壶先生集》,《宋集珍本丛刊》第69册,线装书局,2004年,第249页。

无愧于此称。①

2. 汪莘与吴儆

宋末陆梦发称汪莘为"竹洲之客"②。"竹洲"即吴儆,新安理学前驱和重要代表。现存汪莘赠吴儆诗四首、吴儆赠汪莘诗一首。从两人交游诗来看,汪莘曾先后两次拜见吴儆。

汪莘在《访吴安抚竹洲》中云:"忆昔见公十载前,知公即日图凌烟。而今见公十载后,岂意翻为竹洲叟。"诗题中称吴儆为"吴安抚竹洲",当是吴儆除安抚都监后请祠归家期间,汪莘前去拜访。淳熙五年(1178),吴儆请祠归家;淳熙九年(1182)二月,吴儆去世。汪莘拜访吴儆应在此段时间内。汪莘诗中谓"见公十载前",而吴儆诗《汪叔耕见访不数日别去恶语为赠兼简子用子美二友》,亦云两人"悲欢十年别"③,乾道七年至淳熙元年(1171—1174),吴儆丁母忧居休宁,汪莘首访当在吴儆丁忧时。

吴儆平时"恶俗客",但对汪莘来访非常高兴。汪莘在《又叙谢》一诗,描述了两人再次相见的过程:"云何一见我,捉手形深眷。坐呼兰溪酒,即取太白劝。阶前抱关卒,为我颜色变。解榻经两眠,天寒恐冰霰。主意厚且真,惜别如挽牵。"两人情投意合,饮酒赋诗,谈学论事。汪莘敬慕吴儆品学志节,"龙文虎脊君当取,有才不用当谁哉"(《访吴安抚竹洲》),对其未被重任表示惋惜。吴儆也赏识汪莘的才识学术,"老骥鼓不作,搴旗望公等"(《汪叔耕见访不数日别去恶语为赠兼简子用子美二友》),对汪莘给予了殷切期望。

3. 汪莘与汪楚材、詹初

汪莘在开禧、嘉定年间立柳塘书院,讲经授易,传布朱子理学。汪莘与汪楚材、詹初等学者论学赠诗,休宁学风和诗风一时俱兴。

汪楚材尝致书问学于朱熹,也曾问学吴儆,为朱、吴二人推重。汪莘在柳塘修建新居后,汪楚材去拜访汪莘,并题诗《方壶别墅为汪叔耕赋》二首。如其二:"绕屋留余地,穿渠引水来。养莲才出叶,甃石渐生苔。借润宜滋柳,临清得种梅。主人心地古,不是乐传杯。"④诗歌描写了汪莘所居环境幽静清新,也表现了对汪莘志趣的敬慕。

詹初为学尊朱熹,刚介正直,因上疏乞辨邪正,忤韩侂胄而罢归,在南山

---

① 具体参见(明)程瞳辑撰《新安学系录》,卷首"新安学系图二",黄山书社,2006年,第2页;(清)施璜编,《紫阳书院志》,卷一八,黄山书社,2010年,第191—200页。
② (宋)吴锡畴《兰皋集》,卷首,《宋集珍本丛刊》第86册,线装书局,2004年。
③ 吴儆诗见《竹洲文集》卷一六,明弘治本,《宋集珍本丛刊》第46册,线装书局,2004年。
④ 《全宋诗》仅汪楚材《方壶别墅》一首,弘治《休宁志》卷三七载汪楚材《方壶别墅为汪叔耕赋》二首,其一与《全宋诗》所录同,其二《全宋诗》未录。

筑寒松草阁,以研理讲学为事。詹初曾从游汪莘,以邑西门人自居,现存诗《寄柳塘汪叔耕三首》,表达对汪莘学术及为人的敬服。如其二:"久未从君行,出门无可去。思尔行之善,秉烛坐至曙。"其三:"数月未论心,此心觉还真。矢以惺惺法,始终奉此身。"

(二) 汪莘与仕徽官员

汪莘虽终生未仕,但由于其学术成就和文学影响,为徽州地方官员所推重,与多位徽州官员有交往。

1. 汪莘与徐谊

徐谊(1144—1208),字子宜,温州平阳人。淳熙十六年(1189)知徽州。开禧三年(1207)九月,以朝散大夫、安抚使兼行宫留守司公事,兼江淮制置使。李以申《汪居士传》载:"徐贰卿谊帅江东,谓其履行素高,移檄本郡,使备书史笔札抄录著述,欲以遗逸引荐于朝,不果。"①现存徐谊《徐安抚帖》记载甚详:"谊妄意欲以文学履行上之于朝,前书已尝略陈之矣。今移牒州县,使备书吏笔札就宅上抄录著述。又尝以书嘱南老运干董督其事,若春间毕事,当从南昌附奏。恐州县未悉此意,先自纳之官券以为纸笔之需。"②徐谊或在江淮制置使任时上荐汪莘,惜最终未果。

汪莘有诗《访建康留守》,宛新彬认为此诗是汪莘访张孝祥作,③张孝祥隆兴二年(1164)领建康留守,时汪莘刚十岁,不可能访张孝祥。汪莘在《赠张汉卿》序中云:"徐侍郎在宜春一寓,张汉卿朝夕相周旋。侍郎起九江,帅金陵,移豫章,皆挟以俱。余访侍郎于豫章,与之同处西斋。"嘉定元年(1208),徐谊由建康留守改任隆兴府知府,这与序中称其"帅金陵,移豫章"经历相符,徐侍郎即徐谊。从上二诗来看,应是徐谊建康任时,汪莘曾去拜访;后知隆兴府时,汪莘再访徐谊。

2. 汪莘与孟植

孟植,字符立,临川人。开禧三年(1207)十月知徽州,嘉定二年(1209)三月离任。两人交往非常密切,现存汪莘赠孟植诗一首、词六首。

孟植推崇理学,深受徽人爱戴。汪莘《访孟守》诗中赞孟植使徽州学风大变,"剞侯老儒术,渊源起波澜";并以孟植为知音,"人生乐相知,相知良亦难"。嘉定元年(1208)秋,孟植建晦庵祠堂,汪莘作《晦庵朱子祠堂颂》,称孟植此举"所以惠吾邦人甚厚",颂扬其推尊文公之功,"翁居在天,翁像

---

① (明)程敏政辑撰,何庆善点校《新安文献志》,黄山书社,2004年,第2132页。
② (宋)汪莘《方壶先生集》,《宋集珍本丛刊》第69册,线装书局,2004年,第295页。
③ 汪莘《访建康留守》,见载宛新彬《张孝祥资料汇编》,中华书局,2006年,第80—81页。

在堂,照临邦人,孟侯之光"。

孟植也非常敬重汪莘,而且在生活上加以关照。嘉定元年重阳节,孟植"遣厨人馈酒,廪人馈粟",汪莘有词《满江红·谢孟使君》。孟植还多次邀请汪莘共赏牡丹,汪莘有《浣溪沙》《谒金门》记其事。嘉定二年三月,孟植除浙东提举,汪莘有词《玉楼春·赠别孟使君》《江神子·再赠》;别后,又有词《念奴娇·寄孟使君》,可见二人交情深厚。

3. 汪莘与赵希远

赵希远,新安郡王赵师夔子,嘉定二年(1209)四月知徽州。徽州有驻屐亭,是赵师夔乾道年间知徽州所建,赵希远在徽州任上又进行翻新。当时徽州通判潘霆题诗,汪莘也有诗《题新安郡圃驻屐亭并序》记之。赵希远在任时,曾馈赠汪莘酒,汪莘有诗《重阳赵使君惠酒》。嘉定四年(1211)六月,赵希远离任,汪莘有组诗《送赵君十绝》,叙写郡人相送的盛大场面,如"醉把金鞭度绿杨,军民夹道笛声长";表现官民的鱼水情深,如"请看江上千株柳,尽是君民离别心"。

4. 汪莘与高似孙

嘉泰元年(1201),汪莘有诗《辛酉正月初八日入郡赴高校书之约二十二日出西郊即事》,高校书当是高似孙。高似孙,字续古,高文虎之子。庆元五年(1199)除秘书省校书郎;庆元六年(1200)通判徽州。高似孙一家享有"三世科名",从祖高闶曾任礼部侍郎,父高文虎以翰林学士兼实录院修撰。汪莘有诗《寿高内翰》三首,从诗中"一门人杰成龙种,三世科名各继宫"来看,此诗或为寿高文虎而作。

除了以上几位官员外,汪莘与汤起岩、潘霆等均有来往并赋诗。汤起岩,开禧间通判徽州。汪莘有诗《访汤倅》,言二人志趣相近,"臭味略相似,长松与茯苓"。潘霆,嘉定间通判徽州。汪莘与潘霆交情很深,往来唱和颇多,现存《次潘别驾韵》《潘别驾自祁门回》《寄潘倅》《潘别驾寄牡丹歌次韵》四首,惜潘霆诗未存。

(三)汪莘与"群玉堂八仙"

"群玉堂八仙",是汪莘对八位友人的尊称。语出汪莘诗《群玉堂即事》中"饮中八仙各洒落"。据诗前序,"群玉堂八仙"即真直院德秀、陈秘监武、李秘阁道传、任侍讲希夷、丁大著端祖、宣校书绘、曾侍郎从龙、刘祭酒次皋八人。

检阅《宋史》《南宋馆阁录》《南宋馆阁续录》等文献,排列上述八人与汪莘交往时任职的时间:真德秀,嘉定二年(1209)、嘉定五年(1212),权直学士院;陈武,嘉定五年四月至六年(1213)五月任秘书监;李道传,嘉定四年(1211)四月至六年七月在秘阁;任希夷,嘉定四年三月后任侍讲;丁端祖,嘉定四年三月至五年十月为著作郎；宣缯，嘉定四年十月至五年十月任校书郎；曾从龙，嘉定四年五月除礼部侍郎；刘次皋，任祭酒在嘉定元年后。上述八人任职相交的时间为嘉定五年，汪莘与八人相聚很有可能在此年。又，陈武由秘书少监升秘书监在嘉定五年四月，八人相聚当在四月后。再据汪莘诗《谒真直院杨花满路口占一绝见直院诵之》句"三月天寒尚腊衣"、《别真直院西山》句"过从两三月"，推知汪莘三月时在京、五月或六月离京。由上可推，群玉堂雅聚时间约在嘉定五年四月至六月。汪莘在《群玉堂即事》序中谓："当日相引临池看金鱼、抚琴、壶奕，碧笺小纸吟诗诵赋，诸公或诵余诗，或诵余赋，皆当时事也。"又，汪莘有诗《真直院招饮道山群玉堂自陈秘监而下凡八人坐上赋绝句》《玉堂中赓任宫讲希夷惠诗韵》。可见汪莘与"八仙"诗酒唱和，可谓一时盛事。

上述八人中，汪莘与真德秀相交最深。据汪莘《别真直院西山》："去年来见公，略以书自陈。今年来见公，知公意已亲。"知汪莘在嘉定四年、五年两次拜访真德秀。真德秀引荐汪莘与馆阁诸名贤相识，现存真德秀与汪莘帖："今直院曾侍郎、秘书陈少监、刘祭酒及馆中之数士，皆名好贤，欲从者一枉访之，不知肯俯屈否？"[1]真德秀招饮众人于群玉堂，即借雅聚引荐汪莘于众人。真德秀又以遗贤荐于朝，汪莘有诗《直院自言愿所以相拯之意有非毫楮所可宣者归途口占一绝为寄》记之。汪莘感激真德秀真诚热心的帮助，"一见为我喜，再见为我颦。温存到风雨，检点及米薪"；引荐没有成功，汪莘并没有太多失望，而以"松筠"之志宽慰对方，"嗟我老于行，东西足悲辛。那宜种橘柚，幸使守松筠"（《别真直院西山》）。

汪莘与刘次皋来往也很密切。嘉定元年孟秋，汪莘上书封事，入京时携自己诗稿，刘次皋读后题跋，以诗赞之："妙诗圆美走盘珠，照我形骸秽类除。光与离骚争日月，人非尔雅注虫鱼。一廛总览溪山秀，万卷森罗宝玉书。谁肯犯严开荐口，忍教夫子久穷居。"[2]汪莘有诗《孟秋朔日天台刘允叔和叔乡人陈思敬钱饮钱塘门外双清楼上》，又有词《乳燕飞·寄刘阆风祭酒》《杏花天·寄天台刘允叔》，刘允叔、刘阆风祭酒，都是指刘次皋。

（四）汪莘与方外高士

1. 汪莘与吴子文

吴子文，号东窗，道人。[3] 绍熙四年三月，汪莘与吴子文有交。汪莘题

---

[1]　（宋）汪莘《方壶先生集》，《宋集珍本丛刊》第 69 册，线装书局，2004 年，第 295 页。
[2]　（宋）汪莘《方壶先生集》，《宋集珍本丛刊》第 69 册，线装书局，2004 年，第 249—250 页。
[3]　吴子文有诗《访隐者不遇》，由句"道人入山访道人，山深俗朴鸡犬驯"，知其为道人。

诗《三月谢吴子文》云："为我归途怯晚风,解袍添我意何穷。念君夜度青松岭,亦恐寒侵气体中。"从诗可知,二人彼此关心,感情很深。

2. 汪莘与高法师

汪莘曾拜访祁门不老山高法师,诗《赠祁门不老山高法师》云："鳌山万仞峙璇霄,上有高真道寂寥。拔足壮能轩物表,洗心清不浑尘嚣。洞天别有风光异,人世那知宇宙遥。"可见汪莘对其超尘脱俗之仙人境界的敬叹。

汪莘终身未仕,但所交或理学诸儒,或贤哲名宦,或方外高士,皆品行高洁、才识出众之人。宇文十朋赞曰："知主可以复其客,柳塘之谓也。重光之宴,吾乡老苏先生以布衣与焉。遐想群玉堂中,柳塘负英伟奇严之气,与一时伟人,从游于觞咏之乐,然则谓之老泉也亦宜。"①孙嵘叟亦谓："夫以方壶之望,受知于文公、慈湖、西山三先生,实焯焯自足以名世矣。"②

二、隐士的狂士情怀

汪莘是一位具有狂士情怀的隐士。《论语·子路》云："不得中行而与之,必也狂狷乎。狂者进取,狷者有所不为也。"邢昺疏："狂者进取于善道,知进而不知退;狷者守节无为,应进而退也。"③汪莘放弃科举,终生未仕,不是进取善道;屏居黄山,筑室柳溪,退于安丘园,当是应进而退。依邢疏,汪莘应属狷者。朱熹解："狂者,志极高而行不掩;狷者,知未及而守有余。"④汪莘固有狷者之行,然更具狂者之志:不屑于场屋之文;布衣上书极论朝政之弊;冒渎师严通书寄责于朱熹等。汪莘的狂狷之气与复杂心态在诗歌中得以充分表现。

(一) 狂士之思:太虚之理

汪莘自幼表现出异于常人的见识,"浸长,卓荦有大志,不肯降意场屋声病之文,乃退安丘园,读《易》自广"⑤。汪莘认为宇宙由太虚构成,阴阳升降、天地交泰无时不在进行,万物生生之理相浃洽于交泰之中(《天地交泰辨》)。汪莘在其哲学认识基础上,又认为诗源于太虚,太虚之万物事理皆为诗,《说诸家诗》云:

---

① (宋)汪莘《方壶存稿》,卷末,《宋集珍本丛刊》第 69 册,线装书局,2004 年,第 345 页。
② (宋)汪莘《方壶先生集》,卷首孙嵘叟序《宋集珍本丛刊》第 69 册,线装书局,2004 年,第 249 页。
③ (魏)何晏等注,(宋)邢昺疏《论语注疏》,卷一三,载(清)阮元校刻《十三经注疏》,中华书局,1980 年,第 2508 页。
④ (宋)朱熹《四书章句集注》,中华书局,1983 年,第 147 页。
⑤ (明)程敏政辑撰,何庆善等点校《新安文献志》,卷八七,黄山书社,2004 年,第 2132 页。

盖太虚间皆诗也。诗人所见无非诗，凡天地、日星、云月、风霆、烟雨之变化，山川、草木、鸟兽、虫鱼、神鬼、生人、万物之状类，君臣、父子、兄弟、夫妇、朋友之大伦，皇王、帝霸道德风俗之殊、治乱盛衰之变，贤人、君子贵贱得失、否泰消息之机，与夫羲文洙泗之传，避秦商隐之志，翟昙黄老之道，是皆诗之散在太虚间者。而人各以其所得咏歌之为诗。于是诗之散乎太虚者，聚见于诗人之作。

汪莘在承认诗歌客观存在的前提下，更强调诗人的智识才学："惟其智能见之，其才能模写之，则诗之生生者无穷，诗人之作亦与之生生无穷。"对太虚天地和日月运行的思索和想象，常表现在汪莘诗歌创作中，也最能见其才学和智识。《对月与念六弟谈化作》最为典型。诗歌前半部分阐释宇宙之理，在一定程度上表明了汪莘的学术观点："日月天中行，地下亦双明。天地在太虚，一点如流萍。水轮载以浮，风轮吹不停。地譬鸡子黄，天乃鸡子清。天半绕地下，天半出地上。"天地高下交泰，天环绕地，地依水轮而行，水乘风轮而浮，此即汪莘"天地交泰"思想形象说明。后半部分放胆夸张想象，充分显示了其征服宇宙的胆量："吾尝挥雷鞭，骑龙日宫前。整顿朝东皇，拜手金乌傍。日宫月宫留不住，翻身透过天顶去。双手拨转赤精球，山河万象在里头。"诗人具有了超常的能量，穿越太虚，横贯古今，运转山河，重整乾坤。在对太虚理性认识的基础上，汪莘以艺术想象的方式对太虚进行观照并夸张抒写。

相较而言，诗歌《水天月歌》的哲学之思和文学之想已没有拼接痕迹，二者互为渗透、水乳交融。"朝立寒溪东，暮立寒溪西"，朝时立溪东以观月落溪西，暮时立溪西以观月升溪东，时间和空间概念明确。"一到神顿领，熟视眼更迷"，引领人们到明亮清晰的理性世界，又让人产生朦胧迷离的文学想象。"水中有天天不湿，天中有水水不入。天耶水耶堕渺茫，只见天光与水光。"水天相接，邈涵无边；天光水光，茫茫一片。这是诗人沉醉于水天月色之中的美丽的幻境，也是学者对宇宙之天、地、水、月的结构和运行规律的理解感悟与诗性描述。"月来水天中，水天裹月如不裹。月去水天中，水天锁月如不锁。明月不来不去时，琉璃泡中珠一颗。"诗歌没有以抽象的语言去阐释水天月的运行规律，而赋予月可感可知的动作行为，"来""去"的交替运行，"裹""锁"形态变化，再加上新颖形象的比喻如"琉璃泡中珠一颗"，使得人们对宇宙倍增几分畅往，也颇添几分亲切之感。

（二）狂士之适：寄意自然

汪莘自号方壶居士，方壶即方丈，是修道之人神往的世外圣地。汪莘在

《沁园春·自题方壶》描写自己的理想境界:"望蓬山路杳,万株翠桧,方壶门掩,四面红蕖。中有佳人,绰如姑射,一炷清香满太虚。"如此超尘脱俗之人,在纷扰尘世根本无法安顿自己的身心,唯有在大自然中才能找回生命的本真,充分获得自信与精神富足,寻得自由适意之所。

汪莘鄙弃世俗,选择高蹈天隐。在汪莘心目中,隐者栖居山林超越喧嚣凡尘,更接近自然的本真,能获得主体的自由和精神的独立,充分享受生活的自在和快乐。汪莘在组诗《开禧元年四月自中都挈家还乡寓居城南十二月迁居柳溪上其夜大雪初二日盖宰来访约过县斋为一日款深夜而归赋此》①中表达了这种感受,如其一:"出郭已超俗,住溪尤近真。青天素知我,白雪便随人。守道何妨贱,藏书不尽贫。长怀社中友,共发瓮头春。"其三:"群处那相合,单栖正自如。好言天外事,懒读世间书。指直笔难把,唇濡砚屡嘘。倾壶有余沥,窥瓮得残菹。"其一言柳塘所居邻近溪水,超俗近真;其三言尽管山居生活寒苦,然能随心自如。"乐柳塘之烟水,适吾性之天真"②,这种和自然亲密接触的适意和乐趣,凡俗之人不能体会的。

汪莘认为生命的快适在于发现并享受无尽的野趣,《野趣亭》一诗充分反映了其"野趣"观。汪莘认为"野"是宇宙永恒且普遍的特征:"我观宇宙间,野趣元不移。散殊零落遍处处,收拾聚集当时时。""野"是天地万物之所以伟大的根本要素:"天地不能野,不合文理争峨巍。日月不能野,不合照耀光陆离。昆仑瀛洲不能野,不合琳琅金碧相撑枝。"但是三代之后,随着社会奢侈夸饰之风的兴起,举世不复言野,能识"野趣"者并不多,只有超越于凡俗之人才能获得"野趣"。汪莘自称"野人",喜欢在大自然中充分放任自己的野性:"使我头得野,散发迎凉飔。使我脚得野,赤脚濯寒漪。炉野燃生薪,器野执素瓷。行野昂老鹤,坐野蹲孤黧。语野从己出,笑野非他随。"汪莘自信有炼石补天之才,然心知朝廷不用"野人",故以野云伴宿为乐,与山水相亲而适,尽情享受自然宇宙中真正的"野趣"。

汪莘喜欢游山历水,充分感受自然的生机活力,也常常在山水中寄托自己的情怀。如《春怀》其九抒写了汪莘春日野游的舒畅心情:"日酿天正绿,风酣麦方秋。闲携稚子辈,眷言共春游。芒鞋过涧壑,竹杖穿林丘。东西随所适,语嘿颇自由。"日酿风酣,花草正盛,闲携稚子,随心而游,仕途之人,怎

---

① 清雍正刊本《方壶先生集》题"初二日",清钞本《方壶存稿》"初一日",从诗题来看,"十二月迁居柳溪上,其夜大雪,初二日盖宰来访",如是"初一日"当为次年春节,从常理来说当应标出,故采"初二日"。

② (宋)汪莘《方壶先生集》,卷首程珌《像赞》,《宋集珍本丛刊》第69册,线装书局,2004年,第253页。

能享受此般自由和乐趣？汪莘往往选择避开人群而独自出游，从而尽情享受自然之趣："十里湖山苦见招，柳堤荷荡赤栏桥。待他朝市人归后，独泛扁舟吹玉箫。"（《夏日西湖闲居十首》其一）在泛游四方、观物赏景中，还会有意想不到的感悟和收获，或体悟到陶渊明的明智，"我来独对南山立，始信陶潜两眼明"（《再到》）；或感受到老僧独处特立的超脱，"老僧不与人间事，独立门前一点头"（《昌化县西广福寺前岭上有古松一株甚奇每过其下徘徊不能去今夏五月过之始赋一绝》）。这种感悟往往来自大自然的启示，也是诗人潜心感受和思索的产物，一般俗人难以体会和理解。

汪莘在自然面前表现出超常的自信，他纳天地万物于自己的怀抱，充分体验与自然相通的感觉，尽情感受拥有自然的满足。如《湖上早秋偶兴》："坐卧芙蓉花上头，清香长绕饮中浮。金风玉露玻璃月，并作诗人富贵秋。"坐卧花上，清香绕饮，连同金风、玉露、玻璃般明月，都为诗人所有，诗人在美妙的境界中尽享富贵之秋。类似的还有"天地为我园，众目一何小"（《春怀》其二），"都人正作黄粱梦，独占西湖明月天"（《夏日西湖闲居十首》其七）等。高远无际之天地，在其看来如同自己的园林；西湖、明月与长空，诗人却能独占。最能体现汪莘的自信与狂适的诗篇当属《黄山高》。汪莘面对奇险高峻的黄山，满怀兴奋地欣赏云霞飞舞、银河奔泻的自然奇观，尽情倾听鸾鹤雌雄交鸣、白牛青鹿对语的深林之音，充分感受草木烂漫、落英缤纷的山野之趣；汪莘还驰骋想象，以众人敬畏的神仙为自己服务，"帝酌我兮劳我，左右为余兮凝眸"，终篇"余将览秀巢云链其下，坐令万物不生疵疠黍盈畴"，更见其凌然万物、撼动黄山的气魄。

（三）狂士之苦：身心冲突

汪莘是一位身隐山林而心不在隐的狂者。汪莘退隐的主要目的是博学深积、待时而出。尽管汪莘才德双馨、见识超群，然他放弃了宋代选人最主要的科举渠道，又选择在权臣把持朝政的宁宗朝上书封事，这样，他根本没有机会脱颖而出，更不可能有帝王屈驾相请的幸运，甚至徐谊、真德秀等人的引荐也如石沉大海。隐逸生活固然带给汪莘一览溪山的自信和自由，然却不能充分实现汪莘的自我价值。狂者的救世之志和狷者的隐逸之行交叠一身，使其陷于悖反矛盾的处境中，一方面追求远离尘嚣、平静宁和，又无法做到心无牵挂、逍遥自在；一方面忧君爱国、有心用世，却时不我与、终身高蹈。汪莘在诗歌中不仅表达自己的隐逸追求，倾吐身心冲突的忧伤；而且表达自己的狂士之志，宣泄志不得伸的苦痛。

汪莘遁隐山林，潜心研究理学。隐士的离群独处与理学家的主静持敬，使汪莘渴望平和宁静的境界，如"世外太古日色静，洞中一片春风深"（《怀朱晦庵先生》),"高檐长廊白日静,朱帘绿幕清风微"(《群玉堂即事》)等。汪莘对人生之"静"也有着理性的思索,"谁能一刻静,大胜百年忙",然又认为"反己求中帝,逢时说外王"(《方壶自咏》其三),并不否认"时昌则出",这自然就陷入矛盾的纠结中。汪莘也努力摆脱外物的羁缠,以能达到性情平和,然而内心却不能保持永远的安静。"性静无一物,心生有万端"(《方壶自咏》其一),显示了汪莘心性无法和谐的无奈。汪莘追求"心静"而不得,其原因主要在于内心的"用世之志"所致。他在《秋怀十首》中表达自己对昌世贤明帝王的期盼:"四野秋风交敝庐,时平不用蔺相如","楚人临水为谁立,帝子隔烟相对愁","虞帝周王不复生,几多豪杰应离明"。又在《中原行·怀古》中直抒志怀:"汉家中原一百州,故老南望空悠悠。问君北贼何足道,坐守画地如穷愁。不共戴天是此仇,生不杀贼死不休……白衣不得见天子,道人何得愁朱门,可怜泾渭胸中分。愿起沔阳死诸葛,作我大宋飞将军。"收复故土的渴求、誓志杀贼的宏愿、报国无门的无奈、怀才不遇的失意,充分表现了一位壮志难酬的爱国志士的英雄豪情和热切祈望。隐士中不乏胸怀国事、关注民生者,然像汪莘这样忧愤深广者尚属罕见。

汪莘心怀天下,也不乏治国之才略,然上书不被采用,引为遗贤也无果。无望中汪莘常常以酒浇愁,而"每醉必浩歌赋诗,以宣其郁积"①,表现其心中的愤慨和壮志难酬的苦痛。汪莘在《击鼓行》一诗中自称为"狂士",直言其心中之苦:"柳塘有狂士,酒阑好击鼓。殷出黄金骨里泪,掺出白玉心中苦。""黄金骨里泪","白玉心中苦",包含着汪莘多少难以表达的愁闷。汪莘在悲愤中奋力击鼓:"我今击鼓一声高彻天,击鼓二声深彻泉。天上拂开白日路,地锁掣断如飞烟。豺狼闻之脑门裂,狐鼠粉碎臭满穴。"声声鼓击,震天动地,让人禁不住想起三扣天阍的激情;豺狼脑裂,狐鼠粉碎,可以感知汪莘对一切丑恶事物的痛恶和愤恨。抑郁不平之气堆积至多,常使汪莘做出或想象做出更多背离常态的行为,如《放歌行》:"有时愤闷须痛饮,长安市上相追随。左挟田先生,右拍樊于期。狗屠在前舞阳后,击筑叱起高渐离。扬雄但能识奇字,未识以道御之无不宜。一舞神鬼哭,再舞雷电飞。三舞乾坤悉清净,却视万物生光辉。"汪莘希望有所作为,但最终在无望中变得心灰意冷,《寄商察院》一诗表达了其真实情怀:"窃伏西湖雪鬓催,长歌声断鬼神哀。青天有月无人看,白帝行秋待我来。近水远山俱冷淡,败荷孤苇尚低回。今朝欲向青门道,出到疏篱意已灰。"纵饮放歌,潜藏着多少不为人

---

① (明)程敏政辑撰,何庆善等点校《新安文献志》,卷八七,黄山书社,2004年,第2132页。案,点校本把"郁积"分开,似欠妥。

知的痛苦;击鼓狂舞,隐含着多少难以释开的心结。汪莘这个归隐山林的狂士,内心一直承受着双重追求的矛盾冲突。

史唐卿跋《方壶存稿》云:"休阳汪叔耕,嘉定间驰诗声于搢绅之间,且叩阖献书,若有心于用世。当时诸老亦有欲为言者,奈时不我与,终身高蹈,而日以咏歌自娱。长篇短句,布在方策,多有意外惊人语,生平之志,于斯见之。"①汪莘的诗歌,表达了其所思所想、适意愁苦,也呈现了一位隐士并不平静的内心世界。

三、奇而不俗的艺术个性

程珌评汪莘:"叔耕蕴霞笺玉滴之奇,思出天表,蓄而不试,忧深思远,未易遽班之贺白也。"②四库馆臣论汪莘诗文:"集中诸文,皆排宕有奇气。诗源出李白,而天姿高秀不及之,故往往落卢仝蹊径。虽非中声,要亦不俗。"③汪莘诗歌中奇异的想象、奇妙的构思、奇新的艺术风格,也充分显示了奇而不俗的艺术个性。

(一)思出天表,想落天外

汪莘是一位对自然宇宙颇有见识的学者,也是一位极具文学才气的诗人,哲学之思与艺术想象糅合于其一身。一方面,汪莘热衷于探求未知天地,对宇宙天体进行思索,另一方面汪莘又不囿于现实的方式,善于构织神奇的艺术境界。思出天表而不离形象、想落天外而理在其中是汪莘诗歌创作基本的思维与想象方式。

汪莘的想象大胆而奇特,他常常赋予诗中人物以非凡的能力,从而创造了一系列的超人形象。在诗歌中,汪莘能飞越尘世,纵游太虚,串接古今,沟通人神。他曾经"历聘二十八列宿,遍谒三千六上皇"(《潘别驾寄牡丹歌次韵》),看到"虞帝被衮衣,周王在灵沼"(《春怀》其二),受到仙帝款待,"帝酌我兮劳我,左右为余兮凝眸"(《黄山高》);他也曾"神游汗漫趋蓬岛,禹步回旋指斗杓"(《赠祁门不老山高法师》),"走上半空望五岳,插天截海蟠金城"(《击鼓行》),甚至"双手拨转赤精球,山河万象在里头"(《对月与念六弟谈化作》)。汪莘钦慕敬赏的贤哲名宦,也大多具有仙人的气质或超常的才能。汪莘称真德秀等八人为"八仙","饮中八仙各洒落,琼林风月相光辉"(《群玉堂即事》);尊朱熹为"至人","道在羲皇孰断金,至人出处合天

---

① (宋)汪莘《方壶存稿》,卷末,《宋集珍本丛刊》第69册,线装书局,2004年,第346页。
② (宋)汪莘《方壶存稿》,卷首,《宋集珍本丛刊》第69册,线装书局,2004年,第297页。
③ (清)永瑢等《四库全书总目》,卷一六三《方壶存稿》提要,中华书局,1965年,第1397页。

心"(《怀朱晦庵先生》);认为徐谊具有拯救乾坤的能力,"北斗错落垂寒光,愿公提起扫八荒"(《访建康留守》);盛赞曾侍郎非凡的气魄,"列星退步失光彩,九虎低头若凡马"(《访曾侍郎》)。这些人物形象或品学出众,或能力超群,无不给人以震撼感。

汪莘善于自由联想和大胆比喻,随意组合看似无关的意象,从而创造出异于常态的神奇世界。长诗《日月莲花歌》把日月与莲花联系起来,以莲花展开对日月的想象。"伟哉天地间,谁家两枝莲。红莲一枝瑰子鲜,白莲一枝雪样妍。"诗人劈空出语,起势不凡,又马上转到平凡的事物,再通过对比描写两枝莲的颜色,突出两花的与众不同。当读者把注意力转移到莲花之上,接下去诗歌又打破读者的习惯阅读期待。诗中忽而转到与花相关的人和动物,"不见卖花翁,不知阿谁担南躔又北躔。不见采花蜂,但见乌蟾两点追过天津桥那边";忽而对莲花进行传神写照,"有时双晕更整整,有时五彩尤戈戈。有时露下花头湿,有时风起花头偏";忽而上升到天宇神空,"五凤衔入渊中渊,六龙插上天中天";忽而回溯到古代帝王,"神农教民乱耕耨,唐侯指出两花定节候"。最后诗人似在感叹世事的变化,"曾观尧舜山河去,也见汉唐池馆来。看花人逐年年改,畴昔看花几人在";却又出现日月兄妹乘莲花抚慰四海的神奇仙境,"惟有阿兄日珠姊月珠,坐乘两花抚四海"。诗人想象似乎没有一个明确的指向,想象组合又显得随心所欲。汪莘自注"平生好观日月之象",又采用"《华严》有莲花日光明"和"玉川子又以黄钟夜月为是白莲浮出龙宫"的比喻,再加之糅入对宇宙人生的思索,其奇特的想象和跳跃的结构方式就不难理解了。

汪莘的想象力让人不难想到李白。二人同喜欢月亮,都能上天入地,皆与仙人相会……李白藉其艺术才赋尽情地遨游在自己畅想的神话世界,其天才的想象、大胆的夸张为人惊叹不及;而汪莘对太虚的穿越却结合着其对宇宙万物的理性思考,从而更凸显人定胜天的自信。汪莘曾言:"贱子昔好学,何理不仰钻。风雷绕肠胃,日月悬肺肝。宇宙在掌握,鬼神露毫端。"(《访孟守》)汪莘所感知想象的艺术形象往往经过理性思维的过滤,加之时有言理之语,不能达到李白诗歌浑然圆融的审美境界;而且其对太虚和天地日月的认识常人难以理解,"理"的想象及呈现又有险怪之嫌。汪莘天姿高秀不及李白,诗歌艺术无法比肩,然其建立在哲学思维、科学认识基础上的想象,以及由此而生的新奇的比喻,使其创作有别于唐宋诸人而具有独特的艺术特征。

(二)构思奇妙,反常出新

如果说汪莘的古体诗以丰富奇特的想象力见胜的话,不少近体诗却因奇妙别致的构思见长,或打破常规思维而反出其意,或利用常见意象而生出新意,给阅读者以新奇的艺术感受。

汪莘对自然和人生具有敏锐的感受力,又善于从中发掘其自在之理,构思常出人意料。如《汪莘己酉夏偶兴》其二:"剥开莲子见芳鲜,花叶同心缩翠拳。欲记池莲多少朵,一枝荷叶一枝莲。"前两句写莲子和花叶,后两句突然引发出对莲花和荷叶的一一对应的联想。对于习以为常的人情物理,汪莘也往往会从新的角度来思索,从而生发出不同的见解,如《感秋》:"年年不是要悲秋,秋气愁人不自由。谁见江南魂断处,潇湘帝子在眉头。"人逢秋生悲乃感物触情的表现,汪莘却转换主客体角色,认为不是人悲秋,而是秋气愁人的不自由。汪莘也会从日常生活中捕捉一些人们并不注意的细节,由此生发出新意。如《篱阴》:"篱阴双蝶趁春晖,轻展新黄试舞衣。点草扑花如得意,因何相逐背人飞。"篱阴春晖下,双蝶飞舞,点草扑花,轻展新黄,本是一番欢欣惬意的景象,然而汪莘却从蝴蝶相互追逐、背人而飞的情景,联想到在表面快乐之下的不尽人意,由此汪莘隐居山林的复杂心绪或可窥一斑。

诗人创作重视选择意象来表情达意,有些意象经过历代的沿用其含义逐渐被凝定,其能指和所指呈现出基本一致的对应关系。汪莘常常突破意象的指称范围,赋予一些传统意象新的内涵,使诗歌显得新奇别致。汪莘最挚爱的意象为月,涉及月亮的诗歌有58首,以月为题9首。月亮通常被作为思念的载体、团圆的象征,而汪莘多把其作为一宇宙天体进行艺术呈现,如《中秋月》其一:"今宵何处惬清游,震泽波心太华头。初出海张红锦扇,到中天挂水晶球。兔蟾进作双轮现,金火熔成一监秋。惟有飞仙知表里,入他宫殿又焉庾。"自然运行规律与神话的迷离色彩,夸张、比喻的灵活运用,使月亮具有了雄伟壮丽之美。汪莘也会一反意象的情感指向,使一些传统意象承载个人的心理体验。如《晚晴即事》:"君平帘外雨霏霏,寂寞何人识少微。怪得湖边天色好,小舟争载夕阳归。"夕阳多寓迟暮、衰老之意,而诗人看到夕阳天色的美好,"小舟争载夕阳归",夕阳成为诗人寂寞伤感的慰藉。《三月十九日过松江》其四:"薰风吹梦听新蝉,又向长桥舣钓船。好剪吴松半江水,袖归三十六峰前。"薰风、梦、蝉多有思念、怅惘、悲凉之意,诗人却并不为此伤悲,而是着力凸显剪水、袖峰的气魄。

汪莘并非刻意追求诗歌的谋篇立意或结构布置,其新巧的构思主要源于其对自然和社会的独特的感受和理解;汪莘似也无意通过对传统意象的拓展改造来生新求奇,而是根据自己的喜好和体会选择运用某个意象并赋予其某种意义。换言之,汪莘审美感知的与众不同,决定了其诗歌在构思立意和意象运用上的别具特色。

(三) 风格迥异,境界纷呈

汪莘在《诗余序》中言:"余于词所爱喜者三人焉。盖至东坡而一变,其豪妙之气隐隐然流出言外,天然绝世,不假振作。二变而为朱希真,多尘外之想,虽杂以微尘,而其清妙之气自不可没。三变而为辛稼轩,乃写其胸中事,尤好称渊明。"汪莘诗歌创作呈现出相近的追求,然更具奇气,或狂放奇伟,或高逸清奇,或自然奇新,表现为多种风格类型。

其一,豪迈狂放,雄奇瑰玮。

汪莘生性不羁,发为诗歌,豪迈狂放,又雄奇瑰玮。古体诗《黄山高》典型体现这一特征。"黄山高哉,岿然为江东之巨镇兮,壁立于两浙之上游。摩天戛日以直上,阳枝阴派盘数州。"散句形式劈空出语,以突出黄山岿然屹立、摩天戛日的气势而先声夺人。"上有灵泉瀑布千万道,如银河自天争泻而竞注兮,砯雷溅雪隐现穿林幽。中有青鸾黄鹤千万对,雄倡雌和迭舞而交鸣兮,深林自适复有雪白数点之猿猴。"排列长句,极尽笔墨描写黄山中的壮丽景观和珍奇物产。"天都一峰杰出于三十六峰兮,星斗森罗挂珠殿,日月对展琼瑶楼。中有一人兮龙冠而凤裘,左容成兮右浮丘。"在最为突出的天都峰上,呈现似真似幻神仙境界。"帝酌我兮劳我,左右为余兮凝眸。指余以南峰石壁记,授余以红铅黑汞大丹头。黄山高哉,余将览秀巢云炼其下,坐令万物不生疵疠黍盈畴。"最后,"我"的出场更令人惊叹不已,不仅受到仙帝的犒劳,而且被委以重任,人的力量被无限放大。诗歌不仅以夸张的手法展现了黄山的高耸雄奇的景观,而且充分表现了个人力量的伟大,诗人的豪迈狂放和景观的雄奇瑰玮有机结合在一起。不过,过于狂放,往往失之于粗豪;乐在率意,却不免散漫,如《野趣亭》一诗共 853 言,诗句不假思索,自由无拘地叙写山水相亲的野趣,疏放直率,却有重复芜漫之嫌。

近体诗也不乏豪放之作。汪莘经常选用日、月、江、山等宏大的景物,具有震慑人心的壮美感,如《秋兴》其二:"天外涵天心广大,月中吐月性光明。夜来飞上昆仑顶,独倚琼楼啸一声。"又《三月十九日过松江五绝》其四:"熏风吹梦听新蝉,又向长桥舣钓船。好剪吴松半江水,袖归三十六峰前。"前诗涵天吐月,飞上昆仑,气魄宏大;后诗剪水吴江,袖归山峰,豪气劲足。这些小诗语言精练而境界阔大,又避免了粗散之失。汪莘也有不少诗颇似苏轼手笔,如《夜兴》:"倚天长剑为谁收,欲献君王镇九州。世事漫随红日下,壮心空逐碧江流。雁横西塞偏愁客,菊绽东篱始当秋。抖擞向来尘土梦,便提蓑笠上渔舟。"壮志未酬,悲壮沉郁;又化释愁闷,豪放旷达。又《淳熙壬寅仲夏大雨写望》:"一朵乌云起天末,倏忽长驱半天阔。云头到处急雨来,雨脚错落飞河魁。吹以南箕更豪横,打窗喷壁催吟咏。恰惊瓦上碎珠跳,已快檐前银竹映。平生不识南箕状,且看平畴翻翠浪。"此诗不难让人想到苏轼的《六月二十七日望湖楼醉书》,与苏诗相比,此诗虽显涩硬,然跳动激荡,更富气势。

其二,清奇净爽,超逸出尘。

汪莘高蹈天隐,其人仙风鹤姿,诗歌也表现清奇超逸。汪莘渴望一方世外圣地,有些诗作,把人引进了幽静清妙的仙境,如《赠祁门不老山高法师》所写不老山:"鳌山万仞峙璇霄,上有高真道寂寥。拔足壮能轩物表,洗心清不浑尘嚣。洞天别有风光异,人世那知宇宙遥。云覆醮坛闲悄悄,烟凝仙室静萧萧。"汪莘所交均高洁不俗之士,友人之居也成了远离尘嚣的神圣之地。如《题汪侍郎仲宗北山道院》:"北山之宅可忘归,北山之山天下稀。自非君身有仙骨,安得蓬壶阆苑相因依。长松巨柏气象古,红鸾白凤交横飞。朔风万里促冬日,金橘千树争光辉。"汪莘对于心中的理想境界,也赋予其超出凡尘的特点。如《怀朱晦庵先生》中所写:"青山白云有生路,流水落花无足音。世外太古日色静,洞中一片春风深。"人与境偕,心与理通,置身此中,顿觉尘浊荡涤,高逸超尘。

汪莘经常用诗意化的目光打量着一切,并善于用想象的方式构织图景,因此日常的生活的描写也让人觉得清奇俊爽。如《观雪行》描写雪景:"仙人剪水银河边,仙风吹散花联翩。明星撩乱入我眼,风紧一阵随天旋。"漫天飞舞的晶莹白雪幻化成仙人剪水散花,令人眼界豁亮,心情舒畅。《夏日西湖闲居》其六:"一曲波光彻太虚,四垂碧汉罩湖鱼。游人眼被荷花碍,不觉琉璃泡里居。"湖光映彻太虚,碧天四罩湖鱼,琉璃般晶透澄澈的居地,独有懂得欣赏的诗人受用。《夜兴》:"簟纹如水浸蟾光,睡觉湖边月半床。道是广寒疑不是,月中那得藕花香。"簟纹蟾光,湖月半床,藕花袭香,胜似广寒月宫。刘次皋跋汪莘诗云:"时秋暑甚于三伏,斋庐逼仄,如坐甑中,每读一篇,殊觉清爽飒飒自几案生。"①的确,汪莘的不少诗作,带来一股清新之气,能使人神清目爽,心驰神往。

其三,自然生新,别有奇趣。

汪莘对自然事物和现实生活颇有会心,他往往能在人们不经意处体察到生活中的情趣。如《己酉夏偶兴》其一:"雨后荷盘可干汞,日中莲座自焚香。儿童拗断垒珠柄,牵出银丝随手长。"儿童不受拘束、随意牵出藕丝的举动,给人感受到一种朴质天然的童趣之乐。再如《次潘别驾韵》:"野店溪桥柳色新,千愁万恨为何人。殷勤织就黄金缕,带雨笼烟过一春。"平凡的事

---

① (宋)汪莘《方壶先生集》,卷首,《宋集珍本丛刊》第69册,线装书局,2004年,第249页。

物,赋予了人的情感和动作,具有了新奇鲜活的灵动之美。

汪莘以诗意的眼光打量世界,有些诗歌颇有谐趣。如《八月间书案假寐戏作》:"四海春风曲肱里,出入鼻端云一缕。不知案上清露珠,漏泄傅岩梦中雨。"伏案假寐,呼吸之气以自然风雨云露写之,化俗为雅,令人忍俊不禁。《夏日西湖闲居》其九:"醉把青荷当箬笠,乱披红荾作蓑衣。渔翁家在蓬瀛上,欲驾莲舟一叶归。"青荷为笠、红荾作衣,生动地表现醉后之态,也反映了诗人的人格追求。

汪莘不仅具有艺术家的敏感,又富有理学家体道悟理的修养,他常常会从极为普通的自然事物中,发掘出其理趣。如《春夏之交风雨弥旬耳目所触即事》其九:"槐叶风清莺哺子,麦苗露湿雉寻媒。道人不出方壶境,坐见天时去又来。"槐叶麦苗、清风湿露、黄莺哺子、雉鸟寻媒,构成了一幅生机活泼的图画,又呈现出天时转换的自然规律。再如《己酉夏偶兴》其三:"两镜手提如合璧,两光相摄万重光。重重楼阁重重户,有个瞳人里面藏。"由两面镜子的互相映照,发现事物互相作用产生巨大的影响,尤其是"有个瞳人里面藏",轻松幽默地表达了诗人对理的寻觅和理的发现。

四、汪莘的典型意义

汪莘是南宋徽州诗坛承前启后的重要人物。汪莘因其高隐之行和忧国之志见赏于先贤名儒,以其理学成就和文学造诣为学者和文人推重。

汪莘是一位与众不同的隐士。汪莘心存大志,忧患国家,却鄙弃科举之途,自觉选择高蹈山林。汪莘的身隐心不隐体现了儒者修身治学和待时救世思想的两面性,汪莘内心的挣扎反映了徽州士人的精神追求和人生困境。其后徽州学者表现出仕隐分化的趋势,但无论是入仕为宦者还是隐逸山林者,均能从汪莘身上发现出亮光点,尤其是汪莘狂狷孤高、洁身自好的品行,更是徽人学习的楷范。

汪莘是新安理学的中坚人物。汪莘关于宇宙有限与无限相统一的思想以及天地交泰的观点,丰富扩充了新安理学的内容,提升了新安理学的学术高度,代表了徽州甚至南宋自然哲学的最高成就。① 他深为当时学者所敬重,孙嵘叟赞:"韦斋、龙溪岂得专美于前欤?夫以方壶之望,受知于文公、慈湖、西山三先生,实焯焯自足以名世矣。"②又创建柳溪书院,授业教徒,倡导

---

① 解光宇《论新安理学家汪莘》,《黄山学院学报》2008年第4期。
② (宋)汪莘《方壶先生集》,卷首,清雍正刻本,《宋集珍本丛刊》第69册,线装书局,2004年,第249页。

朱子之学，对于徽州学术贡献较大。

汪莘更是一位具有艺术个性的诗人。汪莘以一理学家的身份写诗，虽然自倡"以诗观道，以诗观时"，然其诗歌不是单纯的理学押韵之语录。在汪莘笔下，大至宇宙日月、小到鸡雏虫鱼，宏如黄山高峰、微如陋居花草，敬者圣贤教化、谐者假寐戏作，取材非常广泛。写法上，汪莘上取李白、近师苏轼，融合唐风宋学而自成一体，风格豪逸奇高，使人耳目一新。汪莘在南宋时就享有诗名，刘次皋、程珌、王应麟、孙嵘叟、宇文十朋等人都甚为推赏其诗。清四库馆臣评价较为中肯："诗源出李白，而天姿高秀不及之，故往往落卢仝蹊径。虽非中声，要亦不俗。"[①]汪莘诗歌总体看来尚显粗糙，但以其独特的创作个性，为南宋诗坛吹进一股清新之风。

---

① （清）永瑢等《四库全书总目》，卷一六三《方壶存稿》提要，中华书局，1965年，第1397页。

第五章　南宋后期徽州诗坛的繁荣

南宋后期徽州诗坛,始自宝庆元年(1225)理宗朝,延至宋亡后六年(1285)。在国势衰亡的进程中,徽州诗坛呈现出相反的发展态势,本籍诗人及诗歌数量攀升,现有存诗者53位,存诗5 837首(含入元后创作);存诗百首以上的诗人有7位。南宋后期徽州诗坛可分为两个阶段:理宗时期,徽州诗人以方岳为中心形成了强大的创作队伍,诗坛成员空前凝聚;宋末元初,徽州诗坛分化重组,遗民诗人群体与仕元诗人群体并峙。方岳是宋代徽州诗坛最杰出的诗人,不仅现存诗歌数量可观,而且诗歌具有独特的艺术风格;更为重要的是,方岳带动和引领了更多徽州诗人进行创作,把徽州诗坛推向南宋领先之列。方回是宋末元初徽州诗坛的重要人物,《瀛奎律髓》代表了徽州诗学的突出成就,也反映了由宋而仕元文人道德反思的诗学诉求。

第一节　诗艺探讨与徽州诗坛的繁荣

一、国势衰亡中的文化发展

嘉定十七年(1224),理宗赵昀即位,其时金人已入主中原近百年,南宋向金岁纳币绢以维持隔河对峙之势;端平元年(1234),北方蒙古联宋灭金之后,开始对南宋发起进攻。理宗虽有端平更化的政治举措,但宋蒙战争的爆发使更化尚未全面展开而中止,南宋政权积虚、垂亡之症更为严重。理宗在位四十一年,前有史弥远专政,后有史嵩之、丁大全、贾似道祸国,权臣不思如何强国富民,而是对内巩固自己的权势,布置佞臣党羽,排斥正直之士;对外苟且偷安,消极被动,不顾民族安危,致使南宋"民日以穷,兵日以弱,财日以匮,士大夫日以无耻"[①],整个社会病入膏肓。

---

① (宋)黄震《黄氏日抄》,卷六九《戊辰轮对札子》,文津阁《四库全书》子部第710册,北京商务印书馆2003年影印,第573页。

度宗赵禥继位后无所作为,整日沉湎酒色,拱手委政于权臣贾似道,致使朝政更加衰腐黑暗,国力虚空不堪一击。咸淳三年(1267),忽必烈开始发动对南宋的大规模进攻。咸淳九年(1273),襄、樊相继失守,临安危在旦夕。咸淳十年(1274),元军趁年仅四岁的恭帝即位之机,长驱直入,直逼临安。德祐二年(1276),谢太后求和不成,恭帝献上降表。其后南宋又先后建立以赵昰、赵昺为帝的流亡政权与元抗争。祥兴二年(1279),宋军在崖山海战中大败,南宋流亡政权灭亡,元朝统一中国。

南宋后期,程朱理学由庆元时的"伪学"跃升为官方哲学。宁宗嘉定更化,赵汝愚、朱熹等人已被昭雪;理宗更推崇道学,表彰朱熹《四书》,御制《道统十三赞》颁布天下,确立了理学的正统地位。郑清之辅佐理宗时,召用真德秀、魏了翁等理学大儒。后贾似道上台,也重用理学家,尽管其"名为尊崇道学,其实幸其不才愦愦,不致掣其肘耳"①,但程朱理学作为官方意识形态,已成为统治者治理国家的思想工具。始终恪守朱子学的新安理学学者,更以朱熹乡人为豪,奉朱子学为圭臬。

南宋后期,"永嘉四灵"力倡晚唐,师尊贾、姚,反拨粗率生硬的江西末流诗和语录讲义类的理学诗,开启了江湖诗派的创作先河。宝庆元年(1225),陈起刻《江湖集》,史党为了钳制舆论,从集中找出"东风谬赏花权柄,却忌孤高不主张"等诗句,诬为讥刺朝政,对作者进行迫害,《江湖集》也被劈板禁毁。当时群臣"一语及此,摇手吐舌,指为深讳"②,其后江湖诗人为避祸,诗歌也较少咏及时事。统治者为笼络人心,钳制思想,重用理学人士,一时研究理学或以道学饰身者涌起。理学家多置喙诗歌,纷纷以诗歌谈论性命天理。南宋后期文学正如四库馆臣所言:"道学一派,侈谈心性;江湖一派,矫语山林。庸沓猥琐,古法荡然;理极数穷,无往不复。"③

宋元易代之际,诗歌呈现出新的创作风貌。"宋之亡也,其诗称盛",④饱经战乱之苦和王朝灭亡之痛的南宋诗人,纷纷用诗歌来表达自己的爱国情志。以文天祥为代表的民族英雄,始终保持斗志,诗歌慷慨激昂,表达自己誓死不屈的决心;以汪元量为代表的遗民诗人,遁迹江湖,消极对抗元廷,诗歌哀感低吟,曲折抒发亡国悲情。诗人们多走出江湖诗人模拟晚唐的旧

---

① (宋)周密撰,吴企明点校《癸辛杂识》,续集下《道学》,中华书局,1988年,第169—170页。
② (宋)周密撰,张茂鹏点校《齐东野语》,卷一四《巴陵本末》,中华书局,1983年,第256页。
③ (清)永瑢等《四库全书总目》,卷一六七《道园学古录》提要,中华书局,1965年,第1440页。
④ (清)钱谦益《牧斋有学集》,卷一八《胡致果诗序》,《四部丛刊》本。

习,开始关注现实,描写离乱之悲,以不同方式抒发亡国易代的悲思。

与南宋后期文学总体走向衰颓不同,徽州诗坛呈现出与之相反的繁荣态势。理宗时期,以方岳为中心徽州诗坛成员联系密切,诗歌数量继续攀升,而且艺术水平也逐步提高,徽州诗坛开始跃居南宋领先之列。在民族生死存亡的关头,徽州大多数士人坚守民族气节,也有士人做出其他选择,由此徽州诗坛重新分化组合。在南宋后期成长的徽州诗人,入元后持续保持着南宋后期的创作态势,把徽州诗坛推向新的高峰。

二、南宋后期徽州诗坛的凝聚与重组

(一) 以方岳为中心的徽州诗坛

南宋后期,徽州诗坛成员文学交往密切,徽州诗坛凝聚性进一步增强;而且开始由追求学术向探讨诗艺转变,诗歌创作质量总体有所提升。这与方岳的文学声望、交游和引领分不开,以方岳为例,大致可观徽州诗坛成员之间的交往状况。

方岳登科入仕前后,辗转于徽州、滁州、扬州、临安、南康、邵武、建康、袁州等地。不过,方岳在朝为官不足十年,一生大部分时间在家乡。他每至一地,均与当地志同道合的文人交游唱和,或起社吟咏,或知己互酬,彼此切磋诗艺,促进了诗人之间的互动影响,甚至主导当地学风。方岳在异地的文学交游不再多叙,下主要考察其与仕徽官员、徽州本籍文人往来唱和情况。依据方岳诗文和徽州相关文献,初步统计与方岳进行酬唱赠答的仕徽官员有19人、徽州文人有51人。具体见下表:

方岳在徽州文学交游情况

身 份		交 往 对 象
徽州官员	徽州郡守	汪立中(宝庆三年至绍定元年)、范钟(绍定二年至四年)、史宾之(淳祐二年至三年)、韩补(淳祐五年至七年)、魏克愚(淳祐十二年至宝祐元年)
	徽州通判	梁玥(宝庆间)
	徽州司理	郑司理
	祁门县令	曹霶(宝庆元年至宝庆三年)、徐拱辰(绍定四年至端平元年)、潘釜(嘉熙三年至淳祐二年)、黄篪(淳祐二年)、赵希壁(淳祐间)、费翊(宝祐二年至三年)
	祁门县尉	王半竹、陈梦高、赵尉、俞尉

续 表

身　份		交　往　对　象
徽州官员	歙县县尉	江尉
	金判	郑金判（淳熙十年后）
徽州文人	前学	程珌、谢玭、吕午、赵善璙、李季札、因胜老、程伯茂、谢正夫、谢管辖、方益叔
	同辈	程元凤、程鸣凤、赵戣、吴锡畴、许月卿、陈樾、程务实、叶介、滕和叔、滕广叔、才老、谢从之、刘骐、汪应元、谢禧年、陈庆勉、赵肃、叶华父、汪汝渊、程少章、吴起隆、元可、胡登仕、方鲁山、方君用
	后学	方回、吴龙翰、吴资深、汪正己、奚朝瑞、郑江、徐衡伯、龚国录、胡尚礼、胡景尹、胡献叔、刘仲子、许允杰、三四弟、百十一弟、蒙侄

上述仕徽官员中，方岳与汪立中、梁玥、徐拱辰等诗歌酬唱较多；徽州文人中，方岳与才老、程元凤、吴锡畴、程鸣凤、吴龙翰、方回等来往密切。下简述之。

其一，诗以盟社。

紫阳诗盟。约宝庆三年（1227）九月到绍定元年（1228）五月，方岳与徽州郡守汪立中、副守梁玥以诗为盟，互为唱和。汪立中，字强仲，庆元府鄞县人，祖籍歙县，汪大猷之子。嘉定七年（1214）进士，宝庆三年，以宝谟阁少卿知徽州。任职期间主讲朱子学术，爱好诗文，赏识青年后学。方岳敬慕汪立中品行才学，称赏其"诗如霜月五更晓，人与梅花一样清"（《呈知郡汪少卿》）。现存方岳致汪立忠诗8首和《秀锦楼赋》，可见二人交情之深。方岳尊汪立中为诗坛"盟首"，表示自己积极追随汪守的志向，《次韵汪卿》云："裁量要是修月手，我欲追随慙笔阁。平生万事不挂口，爱诗苦未厌溪壑。有人肯筑风骚坛，敢不束甲三距跃。""公诗端似大国晋，玉帛诸侯赖联络。倘令吴楚主夏盟，获麟正恐春秋作。歙州虽小水如练，沤鸟亦知文字乐。此盟定自不可寒，把住梅花更商确。夜窗或许时过从，莫问圣清与贤浊。"梁玥宝庆间任徽州通判，为官清正，喜吟诗作文，方岳有诗《次梁倅录囚上饶》赞之："此老清如许，宁求使节知。檄分风宪重，山到月岩奇。秋色深宜雨，寒花并入诗。"方岳多次与梁玥诗歌唱和，现存次韵梁玥诗7首。方岳曾与徽州二守游紫阳，有诗《陪汪少卿游紫阳次梁倅韵》："此行许老亦津津，连夜催将雪树春。溪隔便无尘土事，山矜便识谪仙人。云依栏过香仍湿，墨带冰磨句转新。丘壑自容吾入社，不论五马两朱轮。"诗歌表现方岳与徽州二守的游山之乐和诗歌雅兴。

珠溪诗社。珠溪诗社主要活动在祁门珠溪寺,诗社成员有徐拱辰、才老、方岳等。方岳早年在珠溪寺读书,宝庆元年(1225)曾寓居于此①,其后多次到珠溪寺访才老。方岳有诗《次韵才老》云:"瘦藤莫厌频来往,同社壶觞手自斟。"诗社应是祁门令徐拱辰召集而起。方岳现存《次韵徐宰集珠溪》绝句一首和律诗二首,从诗题和"瀑煮春风生意长,梅花吹雪入诗香"等诗句知,春日他们集会珠溪,品茶赏花,饮酒和诗。徐拱辰于绍定四年(1231)知祁门县事②,当年秋季方岳漕试夺魁,徐拱辰以金瓯相赠;次年春季方岳进士及第,任南康军教授;绍定六年(1233),方岳居家丁母忧;端平元年(1234)徐拱辰离任,方岳调滁州教授。珠溪诗社活动应在徐拱辰任职期内,时方岳多居徽州,两人唱和甚多,现存方岳致徐拱辰诗13首,其中次韵诗9首。嘉熙三年(1239)至淳熙元年(1241),方岳丁父忧,徐拱辰已离开,新任祁门令为潘釜。潘釜拜访方岳并题诗,方岳有诗《次韵潘令君访予半村》,并用此韵与才老赠答。淳祐二年(1242),方岳被史嵩之罢黜闲居,重到珠溪寺,旧日诗社成员已离开,惟与才老诗酒来往。

其二,诗友唱和。

方岳与程元凤。程元凤绍定二年(1229)省试第二,方岳绍定五年(1232)别省第一,廷试均因语直科第降次;淳祐五年(1245),两人又同以宗学博士供职于荣王府。方岳与程元凤同乡,年龄相近,早期有相似科宦经历,故多有诗书往来。程元凤以少言自戒,号讷斋居士,方岳有诗《题讷斋》。方岳归居乡里时,程元凤过往并有诗投赠,方岳向其表达自己心声:"知无燕颔可封侯,索米长安亦强留。输与鲈肥菰叶滑,吴中风味老孤舟。"(《次韵程兄投赠》其二)宝祐四年(1256),程元凤任左相,起复方岳知袁州,方岳有诗表谢意:"绿阴门巷冷沈沈,何许文书忽见寻。谁爱屋乌方引玉,同骑竹马或登金。今吾久已忘人世,故纸焉能损道心。只有断云知此意,为驱一雨洗山林。"(《县送邸报》)

方岳与吴锡畴。吴锡畴对方岳非常敬慕,曾拜访方岳,有诗《荷葭坞呈秋崖方工部》可证。方岳与吴锡畴谈诗论学,互相唱和。现存方岳《山居》组诗十首、吴锡畴次韵组诗《山居寂寥与世如隔是非不到荣辱两忘因忆秋崖

---

① 据方岳《颐斋记》载,方岳与谢从之早年曾在珠溪寺共读;又据《乙酉岁游浙中道闻盗起雪川遂寓珠溪》知,方岳在宝庆元年(1225)再次寓居珠溪。
② 同治《祁门县志》卷二〇《职官表》载徐拱辰绍定六年到任,卷二一《名宦》又载徐拱辰以金瓯赠秋闱获隽者方岳,方岳绍定五年登第,秋闱考试在绍定四年,徐拱辰当在绍定四年任职祁门。

工部尝教以我爱山居好十诗追次其韵聊写穷山之趣》，从吴锡畴诗题可知其诗尊方岳。由于二人经历不同，诗歌也呈现不同的情思和意趣。如方岳《山居》其二："我爱山居好，红稠处处花。云粘居士屩，藤覆野人家。入馔春烧笋，分灯夜作茶。无人共襟抱，烟雨话桑麻。"方岳更钟情于红稠艳花，又因山居无知己表现出遗憾和孤独。吴锡畴《山居》其二："我爱山居好，蔬畦间药花。笕泉归爨舍，篝火乞邻家。苣嫩猫头笋，焙芳雀舌茶。野人曾拜号，何用给黄麻。"吴锡畴适意于田园生活，与邻家野人相处融洽，表现出置身自然荣辱两忘的隐者心态。方岳《跋吴兄诗卷》高度评价吴锡畴诗和为人："意王恺之珊瑚扶疏二尺，美止此矣。比贤君过予崖下，出其宝，则高三四尺者六七株，如'燕未成家寒食雨，人如中酒落花风'者尚多也。子其秘之，毋使豆粥韭蓱齑为帐下人所卖，彼恺辈者那得与君争长！"

方岳与程鸣凤。程鸣凤是方岳表弟，宝祐元年（1253）中武举状元，与省元方岳并称为祁门"二元"。程鸣凤熟读兵书，又善史好诗，著《读史发微》30卷，另有诗文集。方岳与程鸣凤均才华出众，加之亲缘关系，二人乡居期间往来密切，彼此多有诗歌赠和酬唱。程鸣凤和方岳诗，现仅存《和方岳题龙兴观韵》："懒读人间壁上诗，自循松径弄春扉。仙人恍惚下招我，竟欲乘风举袖飞。"①龙兴观建于祁门不老山峰彭公尖，方岳曾题《宿不老山》诗二首，其一云："未必催租能办诗，不妨扶老上烟霏。彭仙一去夜坛冷，老鹤不归云自飞。"程鸣凤即次韵此诗。方岳现存与程鸣凤赠答诗共13首，方岳在诗中尽情表意言志，如《次韵程弟》组诗十首，描述了山居生活的自在闲逸和清贫孤高的傲骨，也流露出了其壮志未酬的遗憾。二人也常以诗互为关心祝贺，如方岳孙石中童科、转孙初生、二人甃坟等，程鸣凤均有诗，方岳次韵谢答，惜程鸣凤原诗未存。

其三，提携后学。

方岳与吴龙翰。吴龙翰自称方岳门生，以师事之。开庆元年（1259）冬，吴龙翰携诗拜谒方岳，方岳欣赏其《嘉禾沈园》颔联"清池沈鸟影、高树落蝉声"，谓吴龙翰诗皆有思致。方岳尤为称赞吴龙翰和杜夔府百韵诗，认为诗"大篇春容，笔力遒劲"，并作百韵诗相和。方岳肯定其诗歌价值，而且对其创作诸方面进行指点。吴龙翰《书方秋崖和百韵诗后》对此记载："仆独挟诗瓢，过秋崖先生而问焉。先生曰：'《出车》劳还，《杕杜》勤归，诗讵埋没于鞍马间焉！'乃以诗正法眼受记于仆。孔墉春风，濂水霁月，向上钳槌，为仆

---

① 此诗《全宋诗》未录，载永乐《祁阊志》，参见汤华泉《新辑徽州文献中的宋佚诗》，《淮北职业技术学院学报》2007年第2期。

提起。仆问诗而得不止于诗,亦何幸也!"景定元年(1260),吴龙翰再次投业,方岳深为叹赏。方岳对吴龙翰的肯定,使吴龙翰深受启发,上引《书方秋崖和百韵诗后》又云:"先生文章,衙官屈、宋,于人不轻许,可独不惜齿牙余论于仆。昔秦观持所业见山谷,山谷赠诗以蚌珠之鳞况秦之作,当时多以为许之过,而秦之诗思诚由此而大发。先生之成就于仆,亦山谷法欤!"方岳曾寄红石于吴龙翰,并邀吴龙翰赴荷嘉坞游饮赋诗。方岳生日,吴龙翰以寿诗相祝;方岳去世,吴龙翰有《哭秋崖先生》三首表达哀思,"一瓣南丰后,他师不复求",进一步强调对尊师的敬仰和怀念。

方岳与方回。方岳与方回同乡同宗,且方岳与方回叔方璆为同门,方回又与方岳从子方贡孙是同年挚友。方回尊称方岳为吾家宗伯,以晚辈事之。宝祐三年(1255),方回拜谒方岳,方岳留回门下,二人夜饮诵诗彻晓。三十年后方回仍怀念当时情景,《怀秋崖》云:"崖仙忆昔手予携,音响如钟气吐蜺。槐国诸公千梦蚁,瓮天余子一醯鸡。满浮芳酒春梅动,朗诵新诗夜月低。倏三十年如一瞬,东坡门下愧双溪。"景定三年(1262),方回与方贡孙中榜后看望病重的方岳,方岳深为欣慰,方回《寄同年宗兄桐江府判去言五首》其一具体记载:"联翩同挂别闱名,尚得秋崖病体轻。三十四年如一瞬,梦中时见老先生。"方回对方岳的人品宦业深为敬重,如《追怀秋崖吏部知郡宗伯》:"崖仙终牖下,鏖鬼死漳南。人品谁今识,朝端汝岂堪。杞崩溶子口,鲧殛木绵庵。犹忆弄权日,湖山极宴酣。"《寄同年宗兄桐江府判去言五首》其三:"不识康庐真刺史,可怜德祐假平章。木绵老鬼死遗臭,万古秋崖姓字香。"方回也非常称赏方岳的诗文,《浙西园苑》云:"壁间墨客扫龙蛇,所写诗佳字亦佳。忽见一诗增感慨,吾家宗伯老秋崖。"《次韵休宁程君圉来访》:"秋崖劲笔敌黄陈,赘卷当年许望尘。十载江湖春雁断,万山烟雨石羊新。"方回曾为方岳作传,惜未存,现留有《跋方秋崖壬戌书》。

方岳是南宋后期徽州诗坛最重要的诗人,不仅自己诗歌成就突出,而且引导更多的徽州诗人创作。方岳善交乡人,喜提携后学,每有拜访者,热情接待,"倒屣亟迎客,沽斗酒相劳苦"(《跋奚朝瑞诗》),讨论诗法,切磋诗艺。在方岳的引领和带动下,徽州诗人诗歌创作数量、质量都得到提高,使徽州诗坛开始跃居南宋领先之列。

(二) 宋元易代徽州诗坛的重组

在宋元易代复杂多变的社会环境下,徽州诗人也进行了生存与死亡、道义与名利、气节与苟且、入仕与隐居等考验和抉择。

面临宋朝的覆灭,诗人们有壮烈殉国、屈节降元之别:其一,为国殉节。如程洙,元兵攻破建康之时,不堪亡国之恨,面对百官投牒相继降附,洙仰天长叹曰:"吾受宋官二十余年,其忍遷移所守为降虏以偷生乎?"遂自缢而死。其二,屈节降元。如方回,恭帝德祐二年(1276)二月,元将高兴欲兵取严州,方回在生命和节义的痛苦较量中,最后选择降元。

步入新朝的诗人,面对是否出仕新朝大体来说有以下几种情况:其一,誓不仕元。许月卿、孙嵩堪为典型,下文细述。再如,胡次焱,德祐年间为贵池县尉,因不肯降元,微服逃归,元廷搜求遗士,地方官屡荐,作诗寓其志婉拒;汪宗臣,宋亡后隐居乡间,不愿出仕;江恺,宋亡,隐居冲淘石室;滕璪,宋亡隐居乡里,誓不仕元,教授以终;刘光,宋亡后,郡守欲官之,不赴;休宁程骧,宋亡隐居,元廷访求旧臣,拒不应仕;吴资深,宋末任国史编校,入元不仕;吴浩,宋亡隐居不仕,以讲学著述为业等。其二,勉为学官。如吴龙翰,宋为编校国史院实录文字,元军攻占徽州,乡校诸生礼请充教授,寻即弃去;曹泾,入元曾为紫阳书院山长,几年后辞职归养。其三,降元为官。如方回,宋末知严州,入元任建德路总管。其四,宋元均未仕。如杨公远,宋末隐居,入元也未仕元,潇洒江湖。

经历了宋亡元兴的时代变革,徽州诗坛也由之前的凝聚而分化重组。为国殉节诗人以生命捍卫了民族气节,作为南宋后期诗人不再论述。由宋入元的诗人,分化为遗民诗人和仕元诗人两大群体。

宋时出仕或中举而入元不仕者,宋时未仕且元代征诏不仕者,是典型的遗民诗人;宋元均未仕、元并未征诏者通常也作为遗民诗人;勉为学官者考虑到其出仕往往身不由己,而且作为学官旨在弘扬朱子学说,也归入遗民诗人。这样,遗民诗人队伍庞大,身份复杂。遗民诗人主要有许月卿、江恺、程骧、吴应紫、孙嵩、孙岩、吴龙翰、鲍云龙、吴资深、吴浩、胡次焱、滕璪、罗荣祖、刘光、汪梦斗、漕泾、胡斗元、汪宗臣、胡一桂、胡炳文、陈栎、汪炎昶等。出任元朝学官之外官员者,归入仕元诗人。仕元诗人有方回、汪云龙等。

杨公远情况比较特殊。杨公远在宋末已隐,宋亡时已 53 岁,入元未仕。四库馆臣认为其诗"以宋之存亡付诸度外",且"入元以后,干谒当路、颂扬德政之诗不一而足","未出仕,当由梯进无媒"①。而康熙《休宁县志》载杨公远"清修高尚,与方回为友,回疏荐,固辞不仕"②。两种评价明显不同,四库馆臣以诗中是否有遗民之思而否定其为遗民,而县志纂修自有回护乡人的通病。实际上,以其诗集观之,既有己卯年宋亡诗《春雪》"略无一事恼胸

---

① (元)杨公远《野趣有声画》提要,文渊阁《四库全书》集部第 1193 册,台湾商务印书馆,1986 年影印。
② (清)廖胜煃修,汪晋征等纂康熙《休宁县志》,卷六,《中国方志丛书》,成文出版社,1970年,第 926 页。

襟"之语,也有庚午诗《闻鹃》"都缘伤国破,岂是怨春深"之句,而更多诗叙写了其归隐之后田园野趣;以其交游观之,既有与当时官员方回、卢挚等的唱和,也有与吴资深、吴龙翰等人的交往。笔者以为,杨公远在宋末已隐,隐士不关心时事也属正常;与新朝权贵交往,可能有提高身价、攀附讨好或其他目的,但不能忽视其中也有文学艺术旨趣相近的原因。杨公远气节自然非如誓不仕元之人,但也无更多文献证明其入元后汲汲于仕。但考虑到其与其他遗民诗人有别,故仍以江湖诗人称之。

分析宋元之际徽州诗坛,应主要以遗民诗人进行论述。需要指出的是,方回虽为仕元诗人,其在宋时创作已颇有影响,元初几年又有大量诗歌和诗学作品问世,考虑到其仕元后常常感到负疚并不断自责,并且以诗歌或著述方式表达其自身的道德反思,正反映了由宋仕元文人在错误的抉择后的矛盾心态,故也列为重点考察对象。

三、南宋后期徽州主要诗人及创作

依据诗人主要身份归属和社会影响,南宋后期徽州诗坛成员大致可分为三个类群:由科宦而显的仕宦诗人、以文学成名的江湖诗人、因气节著称的遗民诗人。仕宦诗人和江湖诗人生活在宋或宋元之际,遗民诗人仅指由宋入元者。

(一) 仕宦诗人

仕宦诗人中文学成就突出者当属方岳和方回,前者为理宗朝诗坛领袖,后者为由宋入元诗坛巨擘,对于徽州诗坛影响很大。二人有许多相似之处:均才学出众,省试夺冠,殿对本居第一后,为权臣所抑;均耿直狂傲,孤芳自赏,为当权者所不容。不过,在关键时刻二人表现出巨大的差异:方岳刚正高洁,毅然罢官,绝不随俗俯仰,充分表现了徽州士人的高风亮节;而方回却在元军入侵时率郡降敌,入仕新朝,在大节上失亏。分别参看本章第二节和第三节。

吕午(1179—1255),字伯可,歙县人。宁宗嘉定四年(1211)进士,两度为监察御史,终为起居郎兼史院官,卒赠华文阁学士。著《竹坡类稿》《左史谏草》。吕午纠正官邪,论谏切直,不畏忌触,名重当时;又为徽州乞免银赋、和籴等,惠及乡人。吕午师从程珌,与程元凤、方岳等人有交;好为人师,鼓励后学,尤赏识方回。吕午论诗无派宗之狭,既推尊杜甫如"日月",也欣赏"四灵"诸人清婉诗风,认为"为文于天,不可一阙"(《竹坡类稿》卷三)。吕午诗现存 8 首,从存诗来看,其诗平易流畅,不贵用事,也不雕琢,如《凤凰台》:"古台曾说少年游,弹指惊嗟岁月流。山似三神浮碧海,城如一虎卧崇丘。凤凰去后遗陈迹,白鹭来时认旧洲。但得风寒无罅隙,江河举目不须愁。"吕午诗歌成就不高,然其风节文章对徽州诗坛影响很大。

程元凤(1200—1269),字申甫,号讷斋,歙县人。理宗绍定二年(1229)以省试第二进士及第,累官至右丞相兼枢密使,谥"文清"。程元凤是继汪伯彦后徽州第二位宰相级诗人,汪伯彦品行为人所诟,而程元凤的才学能力、政治智慧和胸襟气度为当朝所重。程元凤侍经筵,蒙恩所赐"清忠""昭光""硕儒"六字,足见其品德学识;耿耿进言,规劝人主"正心""待臣""进贤""爱民"等,堪为一代贤臣。程元凤文才极好,著《讷斋文集》。今存诗13首。从其存诗来看,诗歌颇具特色,如《和竹坞过曹柘岭》:"午鸡喔喔岭头闻,下岭相将日已曛。跨涧小桥斜贴水,悬崖峭壁冷生云。青帘渐唤新从事,白壁犹存旧墨君。桑柘渐浓麻麦秀,田夫村妇总欣欣。"诗歌清新自然,富有韵味;选词用字,无意而工自巧;尤其颔联"斜贴水""冷生云"新颖贴切,形象生动。

(二)江湖诗人

南宋后期江湖诗风兴起,徽州诗坛也受到浸染,其中布衣诗人吴锡畴、杨公远和短暂从仕的吴龙翰都表现出江湖体特征。吴锡畴诗清新平和,深受吕午、方岳等人赞许,下编第六章多有论述。下对吴龙翰和杨公远稍作介绍。

吴龙翰,字式贤,号古梅,歙县人。友堂吴昶曾孙,场圃处士豫之子。理宗景定五年(1264),以乡荐授编校国史院实录文字。宋亡,乡校请充教授,寻弃去,日以奉亲为乐。崇尚古制,乐善好施。博学工诗,有诗16卷、杂著文200余篇。传世《古梅遗稿》①6卷,已非全帙。现存诗178首。② 吴龙翰嗜诗好吟,建安以来各人庭户走阖殆遍,又效梅都官日以诗为课。曾两度携诗请教方岳,受以诗法正眼;又以诗谒刘克庄,请其品题赏拔,瓣香二师,诗有渊源。吴龙翰以写景感兴见长,其诗往往以奇新清美的意境凸显出清狂孤洁的诗人形象。如《诗境》:"流水环诗境,未容尘土侵。步迂松径曲,坐占草堂深。秋句蛩分和,山杯鸟劝斟。好怀无客共,相对一踌躇。"流水、松径、草堂、蛩鸟构成了纯洁清幽的诗境,诗人孤寂但并不落寞。吴龙翰有不少咏史抒怀诗,如《乌江项羽庙》《登长干寺塔》,或凭吊故人而翻出新意,或

---

① 《善本书室藏书志》卷三二和《静嘉堂秘籍志》卷三八,著录旧钞本《古梅吟稿》,《藏园群书经眼录》卷一四著录《古梅遗稿》,《四库全书总目》著录《古梅吟稿》,而《四库全书》中所录为《古梅遗稿》,《宋集珍本丛刊》第88册收清咸丰钞本《古梅遗稿》。
② 《全宋诗》录诗172首,汤华泉据《池州方志》补诗1首,笔者又据《新安文粹》、方回跋补诗1首、句4则。

题咏古迹表达遗民情怀。另外,吴龙翰《乐府四首》等诗以女子作为抒情主人公,表达了其对爱情的坚贞,虽无多少新意,但其朴素的情思在南宋后期让人倍感亲切。吴龙翰较重视诗歌的艺术,表现出"近雅"的倾向。其诗构思新巧,似在不经意描写,往往在结尾荡开一笔,给人以出人意料之感,如《草堂》:"苍烟落日草堂深,浅浅寒侵白玉簪。等客不来僵睡去,自摇修竹和新吟。"诗人善用比喻、夸张等修辞手法,如"翠滚玻璃万顷秋,长江又挂水晶球"(《浙江姚楼观水月》),"日月双丸疾,乾坤一粟微"(《感兴》其一)等,新奇形象。吴龙翰还精于炼字,如"山色攒心事,江声咽世情"(《晚舟泊长河》),"雨磨山出色,风约水成文"(《归途绩溪界喜见十里岩》),攒、咽、磨、约,借富有情感色彩的动词来描摹自然景物,精当而生动。程元凤序其诗:"阅吴君式贤诗,句老而意新,咀之隽永,殊非苟作。闻其闭户读书,孜孜忘倦,经传子史,靡不究心,所以膏其墨端者,有自来矣。"①观吴龙翰诗,深有其感。

  杨公远(1227—?),字叔明,号野趣居士,歙县人。终生未仕,以诗画游士大夫间,有《野趣有声画》2卷,现存诗445首。杨公远在诗中屡屡表达其隐逸之致,如《隐居杂兴》十首和《次程斗山村居韵》及再用韵、三用韵、四用韵四十首等,反复陈述诗画琴棋、农田耦耕山居生活,要远超于藏机钩心的仕途,堪为其乐于作"山中宰相"的宣言。吴龙翰称赏其人其诗:"杨君家松萝白岳下,园池林木蔚然,大类魏野之居。多所得趣,故其襟怀玉雪,不涴点尘。"②杨公远是有意为诗并以写诗为毕生追求的诗人。他有关于"诗"组诗十首,书写了诗家、诗坛、诗将、诗匠、诗笔、诗筒、诗牌、诗壁、诗癖、诗狂等,莫不在宣称自己的诗人身份,如诗坛将帅"突兀骚坛依汉立,英豪元帅凛霜威","运筹决胜应无敌,郊岛从旁作鼓旗",似是夫子自道;诗癖"生来性癖耽佳句,吟得诗成似有神",诗狂"兴来拈起如椽笔,大咏高吟欲上天",写出了诗歌创作的两种状态;诗匠"好句何须劳斧凿,无痕无迹自天真",也正是杨公远的诗歌追求的理想境界。杨公远自云以孟郊为范,喜江湖句法,"书剑谋生总不成,效渠东野以诗鸣。未知唐宋源流异,却喜江湖句法轻"(《借虚谷太博狂吟十诗韵书怀并呈太博十首》其六),其诗歌创作也重视选词炼句,如"烘梅悭爱日,酿雪布彤云"(《四用韵》其三),"野水书之字,山田画卦爻"(《白茅道中》),令人耳目一新。杨公远超越于一般江湖诗人之处在于

---

① (宋)吴龙翰《古梅遗稿》,卷首程元凤序,《宋集珍本丛刊》第88册,线装书局,2004年,第63页。

② (元)杨公远《野趣有声画》,卷首吴龙翰序,文渊阁《四库全书》集部第1193册,台湾商务印书馆1986年影印,第730页。

善用画家的眼光取景构思，使其诗成为一幅幅有声之画。如《回溪道中》："山束溪流窄径迂，眼前景物入诗无。田中科斗古文字，柳下春锄新画图。巨室储茶供客贩，小旗夸酒诱人沽。行行不记几多里，回首林端日又晡。"方回称此诗为"五十六字溪山村落图"，并云："起句便能模写山径溪流逼侧之势；科斗春锄二句生逼江西，自是两幅奇画；储茶夸酒一联，村落中贾区饮肆在纸上历历可数；尾句收拾淡静，却少留不尽之意。全篇熟而不腐，新而不怪，诗妙至此，非胸中有所养不能也。"①杨公远精心经营自己的诗画，"画难画之景，以诗凑成；吟难吟之诗，以画补足"②，故诗与画相得，意与境相生。

（三）遗民诗人

宋末元初，出现以许月卿为首的理学诗人群体，包括江恺、孙嵩、汪宗臣、汪炎昶等人。这些人义不仕元，归隐山林，研究理学，又善文辞，其中以许月卿、孙嵩为著。

许月卿（1216—1285），字太空，婺源人。师董梦程、魏了翁。以《易》学魁江东，淳祐四年（1244）进士。累官为江南西路转运司干办。曾率三学诸生，伏阙讼徐元杰等之冤，理宗目以"狂士"。又拒贿秉公执案，江右号之"铁符"。召试馆职，以忤贾似道罢，归隐，自号泉田子。宋亡，改字宋士，制齐衰服之以居，但书"范粲寝所乘车"数字，五年不言而卒。许月卿与文天祥、谢枋得被誉为宋末"三仁"③，以气节著称于世。谢枋得尝书其门："要看今日谢枋得，便是当年许月卿。"黄宗羲高度评价许月卿："新安之学，自山屋一变而为风节，盖朱子平日刚毅之气凛不可犯，则知斯之为嫡传也。"④许月卿著《先天集》10卷、《百官箴》6卷，现存诗290首。许月卿虽以气节为著，然宋亡后停止创作，存诗多是吟咏山水、唱和寄赠、说理言志之作。其近体诗写景咏物不乏清新可喜之作，如《白雪》："白雪家家拆蚕箔，清风行行入秧苗。半开犹蕊花情远，久雨初晴禽语骄。"《吟蛩》："吟蛩不管兴亡事，舞蝶那分梦觉身。别浦连樯归远客，高山小径过樵人。"但也有许多吊诡逞奇之作。钱锺书在《容安馆札记》中批评许月卿诗："今观全集，乃知吊诡逞奇、破律坏度，近体诗每首复见字之多过于张文潜、赵子昂，对仗拈弄仅次于钱箨石，则以篇什少也。怪而不妙，滑而不巧，只观其卤莽灭裂耳。又好作

---

① （元）杨公远《野趣有声画》，卷末方回跋，文渊阁《四库全书》集部第1193册，台湾商务印书馆1986年影印，第776页。
② （元）杨公远《野趣有声画》，卷首吴龙翰序，文渊阁《四库全书》集部第1193册，台湾商务印书馆1986年影印，第730页。
③ （清）吴之振等选，（清）管庭芬等补《宋诗钞》三，中华书局，1986年，第2882页。
④ （清）黄宗羲、全祖望《宋元学案》第4册，卷八九《介轩学案》，中华书局，1986年，第2974页。

道学语,酸腐可厌。"①钱先生抛开以人论诗之窠臼,从艺术层面尖锐指出许月卿诗用韵、句法、修辞等弊端。

孙嵩(1238—1292),字符京,休宁人。以荐入太学。宋亡隐居海宁山中,自号艮山。许月卿之婿江恺、汪宗臣族孙汪炎昶均与之游。有《艮山集》,已佚。现存诗67首。孙嵩的诗歌,或"凄断沦绝,以寄其没世无涯之悲"②,如《秋怀五首》其三:"何处秋声多,竹外声历历。凄切不禁寒,萧萧旧时碧,此中白发愁,饷与秋风客。"或"清劲而枯淡"③,以述高拔超卓之隐,如《冬初杂兴》其三:"钟声烟外寺,报我明朝霜。篱落瞑雀惊,原野昏鸦翔。杖策归茅茨,偶一歌慨慷。千载有我辈,感念行斜阳。"汪炎昶《读孙元京诗集》云:"诗里重逢神骨峭,老来更觉语言深。鬼吟似有声堪听,风过浑无迹可寻。"方回称赞孙嵩"人品高,胸次大,学问深,笔力健"均在诗中见之,"持是以见朱文公可无愧哉"④。孙嵩神清骨峭,气厉山河,诗刚劲峭拔,悲壮激烈,显示了宋徽州遗民的气概。

综上,从主要诗人创作来看,南宋后期徽州诗歌表现出两个比较显明的特点:其一,理学的追求和普及,使南宋后期徽州诗人普遍重视自身气节品行和道德人格,诗歌立意较高,气格超迈,少有卑怜凋敝之态,表现出对整个社会颓衰的世风、诗风的超越。其二,艺术经验的积累,江西、晚唐诗风的影响,使南宋后期徽州诗人普遍开始注重诗歌的炼字选词、句法构思等形式因素,相对于之前的诗歌创作,艺术审美价值整体提高。

第二节 斗士方岳的诗歌追求

方岳(1198—1262),字巨山,自号秋崖,祁门荷嘉坞人。绍定五年(1232)年廷试第一,因语侵史弥远,降甲科第七人。历南康军、滁州教授,淮东安抚司干官,进礼、兵部架阁,添差淮东制司干官。因代淮帅赵葵书责史嵩之,史嗾言者论罢,闲居四年。范钟为左丞相,除太学博士兼景献府教授。

---

① 钱锺书《钱锺书手稿集·容安馆札记》,卷一,商务印书馆,2003年,第167页。参见侯体健《钱锺书〈容安馆札记〉批评宋代诗人许月卿发微》,《社会科学》2012年第7期。
② (明)程敏政辑撰,何庆善等点校《新安文献志》,卷八八朱同《孙上舍元京传》,黄山书社,2004年,第2154页。
③ (宋)方回《桐江续集》,卷三二《孙元京诗集序》,文渊阁《四库全书》集部1193册,台湾商务印书馆1986年影印,第644页。
④ (宋)方回《桐江续集》,卷三二《孙元京诗集序》,文渊阁《四库全书》集部1193册,台湾商务印书馆1986年影印,第643—644页。

淳祐六年(1246)迁宗学博士,以宗正丞权三部郎官。出知南康军,怒斥贾似道,移知邵武军。宝祐三年(1255)改知饶州、宁国府,未上而罢,闲居七年。程元凤任右丞相,起知袁州。丁大全弄权,以忤命劾罢。贾似道当国,起知抚州,辞不赴。景定三年(1262)卒。① 著有《重修〈南北史〉》《宗维训录》已佚,诗文集《秋崖先生小稿》传世,现存诗1 450首。方岳为南宋后期重要诗人,时与刘克庄、戴复古三峰并峙,对南宋徽州诗坛发展意义巨大。

一、"里中学子"的气格养成

方岳一生疾恶如仇,不畏强权,虽屡经罢黜,仍傲然以视,其气节品格为人所敬仰。明李汧称赏方岳:"不与相使之求,廉也;不应客将之请,重也;不入淮阃之幕,介也:不准荆阃具析而还其文,刚也;饷舟横境而榜之百,严也;廷对不讳,鲠也。特此屡挫而气不挠,虽困而节不移,屹然壁立,不可以犯,非自孟氏泰山岩岩中来邪!"②方岳的人生追求和气格养成,与所居地理环境、家庭、师友等合力作用分不开。

祁门"东有榆木岭之固,西有历山之塞,南有梅南山之险,北有大共山之阨"③,更有祁山、阊门山、新安山等峙内,四十余座山峰蚕丛盘错,磅礴蜿蜒,刚峭之气,融结其间。境内又川谷环抱,水多迅疾,尤以阊门滩、悬云滩为险,奔浪跳波,激流涌射,水石清泚,灵秀实中。祁门山奇而峭,水激而冽,方岳生于斯、长于斯,一生大部分时间在祁门度过,独特的自然山水孕育了其清刚拗峭的秉性气质。

方姓虽为徽州大族,可是方岳家不仅门第不高,且非常贫困。方岳自云"嗟予父祖曾,百屈不一伸"(《别蒙侄》),感叹"秋崖初无负郭二顷田,向来耕舍寒炊烟"(《戏呈君用》)。不过,方岳父祖的品行为人对其影响不容忽视。方岳在《方长者祠堂记》云:"吾祖吾父退然寒素,为乡人所推尊,一言折衷,两讼消弥,盖有王彦方之遗风焉。平生所为,力不足而心有余,事虽微而利无穷,义役特一事耳。"在父祖身上,方岳认识到虽为耕田农夫,忠信行事,亦可为人推重;而世卿大夫如无益于世,没后即会湮灭无闻。方岳执著于科举,希望通过及第为官改变生活处境;仕后又宁折不弯,毅然罢官而退

---

① 方岳生平行实主要参阅秦效成编《方岳年谱》,见秦效成校注《秋崖诗词校注》附录,黄山书社,1998年。如未特别注明,文中所引诗据《秋崖诗词校注》,引文据四库本《秋崖集》,并参及明嘉靖刻本《秋崖先生小稿》《全宋诗》《全宋文》。诗文引处只注题目。
② (宋)方岳撰,秦效成校注《秋崖诗词校注》,附录李汧序,黄山书社,1998年,第676页。
③ 同治《祁门县志》,卷三《舆地志·形势》,《中国地方志集成》,江苏古籍出版社,1998年,第51页。

居山中,方岳的人生选择和处世方式与其家庭影响不无关系。

方岳儿时就学于里之东皋,启蒙老师为冯椅。冯椅,南康都昌人,著名理学家,撰《厚斋易学》。长入郡庠,从学于严陵叶子仪教授。叶子仪"挟多闻困苦学者,升讲堂,课试诸生,反复穷诘",方岳的博学善记、遍通古今受益于叶师。方岳曾两次问学于祖籍徽州的理学家吴柔胜,与其子吴渊与吴潜交好。方岳对吴氏父子深表感激,《答吴尚书(吴潜)》云:"江山渺何许,宛然挹清扬。忽忆老先生,方上千岁觞。北园竹万个,想见清簟凉。安得子列子,御我薛古傍。剧谈坐抵掌,一吐冰雪肠。"方岳受知于名儒陈埙。陈埙,字和仲,庆元府鄞人,师事杨简,为司业主浙漕试,拔岳为第一。方岳对其人品、学问极为敬仰,《呈和仲》云:"几曾礼部奏第一,十载青衫百僚底。相公之甥径甚捷,头放稍低那得尔。直不虎关非狂耶,胡不爱官几历诋。吏铨教授古括州,管领风云二三子。孔堂丝竹秋雨荒,弦诵琅然顿盈耳。深衣楚楚有古意,相对青灯夜分语。六鳌云海渺何许,宝字森罗风日美。"方岳的求学历程中,几位老师的学问品识和人格风范对其影响极大。

徽州为程朱阙里,方岳自称"里中学子"。方岳非常敬重朱熹,尊其为"乡先儒""飞仙",现存次韵或追怀朱熹诗 13 首,表达自己敬重和追随之意,如《寄题朱塘晦翁亭》云:"不知几何年,有一晦翁老……藐予抱遗书,生世恨不早。"方岳与朱熹高弟滕璘、李季札、谢琎等交往甚密。方岳曾师从滕璘,与其子和叔、侄广叔同窗共读,滕氏鄙弃干进,传承家学,方岳深为敬慕,《次韵滕和叔投赠》其一赞云:"举世共知名父子,此身莫负晦翁门。"方岳拜访李季札,请教《易》学,《过李季子丈》云:"易在床头注未成,晦庵往矣与谁评。深衣静对山逾好,语录重抄眼尚明。"方岳与谢琎来往颇多,交情深厚,方岳把谢琎比作谢安,称其为谢兄,谢琎去世后,方岳题挽诗《挽谢公王》赞曰:"功名之梦晦庵晦,礼乐其家迁叟迁。雪屋一灯春夜半,竹山千古暮云孤。"方岳的清正刚毅、持守气节,与徽州的理学风气关系密切。

徽州自然、人文环境的影响,加之方岳自身的努力求学,造就了一位敢作敢为而不精明圆通的实干家,一位博学多识并富有艺术情思的学者,一位刚介拗峭又狂放孤傲的诗人。以下从方岳诗歌创作入手,进一步探讨方岳的精神世界和艺术追寻。

二、"秋崖老子"的诗歌寄寓

方岳一生,几度入仕与退居,辗转于仕宦之地和徽州祁门。宦海的浮沉变幻,山居的闲散清寂,赋予方岳丰富的阅历和清醒的认识。方岳自称"秋崖老子",在诗歌创作中寄寓其对社会的深切关怀、对诗意生活的真切向往、对人生孤独的独特体验。

（一）深切的社会关怀

方岳历经宁宗、理宗二朝，先是金国占据中原，后有蒙古威胁南宋的生存。方岳受赵葵赏识入其幕府，结识丘岳、杜杲、余玠、赵范等主战派人士，对时政认识非常敏锐。方岳对强虏侵略表示忧虑，"窃忧蠢彼胡，鳞介腥神京"（《次韵范侍郎寄赵校正》）；对中原失土未收不能释怀，"慨其叹矣山吞吐，何以酬之酒拍浮"（《宿多景楼奉简吴总侍》）；对百姓的安逸也不无伤感，"渔父不知兴废事，月明多在荻花洲"（《金陵怀古》），"渔蓑不涉兴亡事，自醉自醒今白头"（《瓜洲晚渡》）。方岳强烈反对议和，曾代赵葵拟书，斥责严嵩之屈从蒙使划江协和的投降政策，不少诗篇对此有所揭示，具有较强的爱国意识。《直汀晚望》诗中直言划江议和政策失误："沙头新雨没潮痕，独立苍茫欲断魂。如以长江限南北，何堪丑虏共乾坤！"《次韵徐宰题岳王祠》一诗凭吊抗金英雄，揭露权臣求和贻误至深："杀气犹缠岳字旗，秋风铁马已南归。和之一字误人国，今且百年遭祸机。"方岳对宋军抗战非常乐观，嘉熙元年，赵葵援泗水战蒙军奏捷，方岳欣喜若狂，有诗《十二月二十四日雪》："泗水风声欲破苻，文城雪意趁禽吴。诗筒拟醉玉跳脱，捷羽已飞金仆姑。剡曲但能乘兴逸，灞桥仅不负诗癯。那知幕府文书外，更解飞琼打阵图。"淳祐七年，赵葵从子赵淮入淮西，方岳题诗《送少卿奉使淮西》，以泗水之战相激励："金人据城坚如石，鞑人入关平如席。秋高塞上沙草愁，夜半军中羽书急。符麟留钥汉宗姓，风鹤为兵谢安佺。貔貅野宿日增灶，鼪鼯陆梁夜鸣镝。肯携金印问钱谷，盍上玉堂调笔墨……我所思兮丁令威，欲往从之语胸臆。"

南宋时期，佞臣当道，朝政腐败。方岳不畏权势，连撄史弥远、史嵩之、贾似道、丁大全四位佞臣逆鳞，堪称真正的斗士，诗歌也表现了其大无畏的战斗精神。方岳严惩违法勒索的贾似道手下，故被弹劾而易地，《去年五月十七庐山祷而雨尝有诗今年五月十七邵武祷而晴因用韵》表达其愤慨不平之情："浪漫东西不自期，此公犹有鬼神知。江闽易地谁为祟，晴雨在天皆及时。"邵武任上，因奏请惩处郡梗而奏格不下，方岳愤然交印，傲然题诗《闻罢》："面骨岩棱不入流，放归何止四宜休。束书自可供儿读，斗酒聊须与妇谋。旧稿如山应有误，老夫于世本无求。一犁春雨平生事，莫与诸公作话头。"丁大全党羽索取印历，方岳愤然在印历上题句"一钱太守今贪吏，五柳先生歉富民"，讽刺丁大全嗾人诬陷弹劾之举的荒唐和丑恶。三遭打击，方岳傲骨凛然，毫不屈从，"吾仕竟三黜，吾气竭再鼓"（《郑金判取苏黄门图史园囿文章鼓吹之语为韵见贻辄复赓载》其七）；鄙夷权贵，始终保持矜高和自尊,"诸公安用怒生瘿,老子岂为饥折腰"(《次韵山居》其一),"老僧今已倦行脚,不用维那吃饭凭"(《部索印纸》)。方岳在诗中也伸张正义,揭露权臣的罪恶行径。史嵩之丁父忧欲违礼起复,朝野诤臣群起攻之,方岳《除夜》其五直言:"不知相国何为者,撩得诸公屋大嗔。"史党密害曾弹劾史嵩之的杜范、刘汉弼、徐元杰等人,方岳时任京官,毫不顾及自身安危,为徐元杰题三首挽诗。《悼祭酒徐仁伯》其一痛悼徐元杰被毒害:"皇天老眼定何居,祸酷如公古亦稀。酖毒不令猜叔子,药家谁实死颜畿。人心纵崄难清白,世变不磨真是非。毕竟若为书史册,暮江倚徙泪沾衣。"其二直接揭露:"等之百世无今日,杀我三良不半年。"《徐仁伯侍郎挽诗》愤怒谴责史党的卑劣行径:"纲常通宇宙,机阱骇朝廷。躔宿惊霄陨,乾坤为昼冥。"方岳还常常选取一些动物,以动物的某些习性来影射或讽刺现实人事,如《猫叹》以幽默的语言谴责权臣的养尊处优和无所事事:"雪齿霜毛入画图,食无鱼亦饱於菟。床头鼠辈翻盆盎,自向花间捕乳雏。"《憎蚋》展示了作恶者给人制造的痛苦,也揭示了其作恶自有限数:"蚊蠛蠓,满乾坤,可奈渠何苦攘袂。一叶秋,群动闭,蚋何之兮岂其殢。"

方岳出身农家,长期在祁门生活,又三任地方长官,对农民的贫困和灾难他深有感触,诗中多有关注。徽州山多田少,又常遇自然灾害,《秋热》其一云:"六月潦为泥,七月稿为腊。十无一二存,政苦蝗狼藉。"山民没有收成,生活难以维系,不得不流离失所,《麦叹》云:"黑雨漫天殊未已,黄云委地不堪扶。禽声快活真成误,鸠妇流离空自呼。"方岳认为官员的横征暴敛甚于自然灾害,如著名诗篇《三虎行》:"黄茅惨惨天欲雨,老乌查查路幽阻。田家止予且勿行,前有南山白额虎……打门声急谁氏子,束蕴乞火霜风寒。劝渠且宿不敢住,袒而示我催租瘢。呜呼!李广不生周处死,负子渡河何日是!"为躲避田租未交被痛打,农人甘愿冒猛虎之险而逃,古代"苛政猛于虎"的主题得到具体呈现。方岳在《排门夫》一诗中也痛斥贪官的盘剥作威,表达人民对弄权者的憎恨:"黠贪分头按掌唾,田里宁容高枕卧。望青径指三尺坟,踏白邀为万金货。残尔冢,尔勿嗟,行取金钱宁尔耶。小人所忧在一饭,政坐尔冢残吾家。"天灾频发,官府催租,豪吏弄权,人们生活在水深火热之中。对农民生存之苦的揭示,表现了方岳真挚的民生情怀。

(二)诗意的山居生活

方岳是一位不屈的斗士,更是一位真正的诗人。当不被信任或遭遇罢黜,他毅然归乡,栖居山林,追寻一方自在的家园。如果说徽州于朱松是时时念及但最终未能返回的归宿,于汪莘是自我选择的求学修身的安丘园,于方岳则是仕途生涯的栖息之所和停泊后的港湾。

方岳几番归家修庐,成为荷嘉坞主,烟雨一犁,挂书牛角,晨昏漫兴,天地随心,"诗意地栖居"①在祁门山林中。在方岳看来,山居生活本来就具有诗情画意:"岁晚谁同涧谷盘,一牛呼犊野烟寒。村如有雪荞花白,山未着霜桐叶丹。是处丰登茅店酒,老夫闲散竹皮冠。醉归更草郊居赋,传与诗人作画看。"(《山行》其一)山林风光赋予人无穷诗思:"以酒为乡墨作庄,崖寒云亦为诗忙。春山药草谁同蓺,云径梅花只自香。竹不碍山青入户,藓缘谢客绿侵床。岂无枫叶吴江句,夜雨何时稻韭黄。"(《次韵叶兄云崖》)山居闲暇更适于诗人吟诗题句:"老石山苔手自治,爱闲诗最与山宜。园官莫惜频来往,破费春风又几时。"(《次韵宋尚书山居日涉园》)山中景观还能提升诗人境界:"能令诗腹化神奇,香到黄花秋力微。我醉悠然山亦醉,竹深啼鸟自忘机。"(《次韵宋尚书山居见南山亭》)

方岳以诗人的眼睛观察周围一切,日常熟悉的山水风物常能带给方岳无穷的灵感。在方岳笔下,祁山断崖苍秀奇异,"老木枯藤绞苍石,岚重云寒土花碧"(《书断崖》);阊门险滩水急浪高,"石芒荦荦宁容刀,崩洪斗落与石鏖"(《拔滩》);洞元观幽冷清野,"幽鸟似嫌人至数,瞥然飞过隔林啼"(《洞元观》);显亲寺闲静自足,"属玉双飞水满塘,石炉柏子掩山房"(《上巳游显亲寺题其壁》其四);岳王祠忠义长存,"皇昪予邑于祁阊,闻王有像北山冈"(《题祁门岳王庙》);不老山烟霏神秘,"彭仙一去夜坛冷,老鹤不归云自飞"(《宿不老山》其一)……祁门的奇山险水、幽寺肃祠,都带给人们不同的审美感受。方岳善写徽州风物特产,古松、斑竹、山樊、江梅、石菖蒲、雁来红等植物,鹭、鸥、蟹鳌、子鱼、鸂鶒等动物,茶、菌、紫蕨、猫笋、鲟鲊、蘘荷等食品,笔、墨、砚、纸帐、竹奴等用具,无不具有诗情画意之美。具体参见下编第一章所论,此处不赘述。

对于方岳而言,农事劳作也是山村诗意人生的重要部分。太平之日,春种秋收,妇子相笑,田家齐乐,山村洋溢着幸福:"前村后村场圃登,东家西家机杼鸣。神林饮福阿翁醉,包裹余胙分杯羹。妇子迎门笑相语,惭愧今年好年岁。牛羊下来翁且眠,时平无人夜催税。"(《田家乐》)归田学农,自治春畦,炊玉尝新,豚酒相祝,更给诗人带来无穷的喜悦:"秋来谁不负归田,炊玉尝新喜欲颠。乞我一年横短笛,太平有象是丰年。"(《观刈》其三)最具代表意义的是《农谣》组诗五首:

---

① "诗意地栖居在大地上"是德国19世纪浪漫派诗人荷尔德林的诗句,后经德国哲学家海德格尔引用和阐发,旨在通过人生艺术化和诗意化来抵制科学技术所带来的个性泯灭以及生活的刻板化和碎片化。

春雨初晴水拍堤,村南村北鹁鸪啼。含风宿麦青相接,刺水柔秧绿未齐。

问舍求田计未成,一蓑锄月每含情。春山树暖莺相觅,晓陇雨晴人独耕。

小麦青青大麦黄,护田沙径绕羊肠。秧畦岸岸水初饱,尘甑家家饭已香。

雨过一村桑柘烟,林梢日暮鸟声妍。青裙老姥遥相语,今岁春寒蚕未眠。

漠漠余香着草花,森森柔绿长桑麻。池塘水满蛙成市,门巷春深燕作家。

含风宿麦、刺水柔秧,一蓑锄月、晓陇独耕,秧畦岸岸、尘甑家家、烟雨桑柘、寒蚕未眠、漠漠草花、森森桑麻,一幅幅春日耕作采桑图景,一曲曲饶有情思的农家乡谣,本身就是一首首生意萌动的真实诗歌。农事劳作在诗人看来,不仅有锄云荷月的美感,"烟雨一犁经老手,翻匙香雪十分甜"(《观刈》其一);而且有畅想未来的快感,"下秧已觉齿生津,坐想堆盘雨夜春"(《种韭》)。诗人以达观超然的态度面对山居生活,就能获得无尽的精神享受。

方岳归居祁山,并非因田多谷丰、莼香鲈美,"纵无田亦归来是,说与秋风不为鲈"(《检校坞中》),而在于山居生活带来闲适、自由和精神富足感。方岳有《山行》组诗十首,每首颈联均以"闲"字作韵脚,抒写对"闲"的感受:"老马宁思十二闲""无求方得几多闲","闲"是一种无所欲求的境界;"一牛耕处月宽闲","一蓑烟雨可曾闲","闲"是一种从容平易的心态;"有兴自携残稿醉,无人得似老夫闲","天且莫教三月尽,我今无负一生闲","闲"也是一种旷适通达的人生态度。《山居》组诗十首,均以"我爱山居好"为首句,反复表达了山居带给诗人的诗酒之趣和自由快乐,如其三:"我爱山居好,闲吟树倚身。田园无事日,天地自由人。野竹穷三径,山苗草八珍。醉归浑不记,黄犊自知津。"组诗《山居十六咏》,题咏了所居之处的山林、幽谷、石梯、寒泓、草堂、锦巢等景观,反映了诗人享用山林时的傲然姿态,如《小山》:"拳石以为山,勺水以为池。我观于世间,何者非儿嬉。"《锦巢》:"佳日春酣酣,一色锦步障。谁知山中人,如此富贵相。"方岳在山林中,无世俗之事羁绊,悠闲自在;可以率性而为,自由行事;能够充分感受天地自然,保持精神的高贵。从这个意义讲,方岳确为诗意的栖居者。

(三)**孤独的人生体验**

现实生活中的方岳,不能和多数人真正融为一体,注定其又是孤独的文人。居于庙堂时,他疾恶如仇,耿直刚介,与佞臣俗官步调不一致;山居时,又因农夫山民无法理解自己的思想和行为,常常特立独行。方岳的孤独主要源于其不随从俯仰的直傲和超越于世俗的清高,因此孤独成为方岳的一种生活方式、心理感受和审美体验,其大部分诗歌都浸淫着难以释开的孤独情绪。

方岳在诗歌毫不掩饰其孤独感,直接提到"孤"的诗歌78首,"独"的诗歌85首。方岳往往以"孤"来修饰山、云、楼、亭、凤、鹤、桨、角等有形或有声的事物,营造一种氛围,映衬或说明自己的心态。"孤"首先传递给人一种孤立无依、冷落孤清的情绪,如《少微楼》:"不奈梅花尔许愁,天寒孤倚夕阳楼。"《闻雪》:"黄尘没马长安道,残酒初醒雪打窗。客子惯眠芦苇岸,梦成孤桨泊寒江。""孤"还常给人一种鹤立鸡群、孤傲无羁的感受,如《送童子卢观国试玉堂》:"佩纕径趋白玉堂,淋漓翰墨孤凤翔。"《次韵程弟》其四:"眼中转觉可人稀,得似孤云自在飞。""孤"有时也有清高孤愤之意,如《次韵山居》其一:"孤亭危受众峰朝,岁晚移床借避嚣。梅次第花春漠漠,鹤相随睡夜寥寥。诸公安用怒生瘿,老子岂为饥折腰。更入乱云深处去,极知与世不同条。"而"独"在方岳诗中更多凝化为诗人的行为和状态,如"独立""独往""独行""独步""独餐""独醒"等,以此展现了诗人的生活方式和人生感受。"独"自然有茕茕独立、寂寥冷清之感,如《独立》:"茅茨烟树水溶溶,篱落人家带晚春。独立西风无一事,自撑短艇看芙蓉。"《春日杂兴》其三:"杨柳春来青眼旧,山林老去白头新。毋多感慨令君瘦,独立斜阳一欠伸。"不过,"独"更多地展示了诗人不随世俗、特立独行的生活处世方式,如《独往》:"黄冠野服随孤鹤,竹径松冈共往还。不肯避人当道笋,相看如客对门山。穷居作计未为左,造物于吾本不悭。径扫石床供昼寝,自怜诗骨尚坚顽。"尤其是"独醒"的多次出现,进一步表示了方岳的孤独还在于他的清醒和先觉。方岳不像朱松那样表现出追寻的迷茫,而是对自己的能力、认识以及选择都具有充足的自信,然这种自我认可却不能被现实承认,因此孤独无奈也就时时伴随着他,"试问独醒观众醉,何如一笑失千忧"(《又用胡尉韵》),"灵均憔悴乃知此,到老可人宁独醒"(《道中即事》其四)。不过,方岳孤独但不悲观,《重午》自述:"重午无人肯访临,竹低沙浅绿连阴。倚松自读《离骚》坐,一笑独醒江水深。"重午没有友人来访,不免有些寂寥落寞,然尚有《离骚》可读,在与屈子的跨越时空的交流中,诗人不仅得到解脱,精神境界也得以提升。

方岳离开丑恶浊俗的宦途,"绝口不谈当世事,掉头宁作太平民"(《题归来馆》),然而,在山居生活中,也体味到深深的孤独感。他既无法真正化身于民,也不能真正融于农民的生活。《扣角》描述了这种状况:"东家打麦声彭魄,西家缫丝雪能白。中间草屋眠者谁,不农不桑把书册。书中宇宙三千年,凡几变灭成飞烟。不知读此竟何用,蓬蒿挂径荒春田。东家麦饭香扑扑,西家卖丝籴新谷。先生带经驾黄犊,扣角前坡烟水绿。"生活中找不到懂得自己的真正知己,方岳往往置身于大自然中,从自然中寻找对象,倾吐内心情感。方岳最钟情的物象是梅,咏梅之作有71首,涉及梅的诗歌达200余首。在方岳看来,梅是旧知,"只与梅花曾有旧,暗香时肯到湮尊"(《梅花》其四);又是乡人,"梅花便作乡人看,飞落酒杯相劝酬"(《道中即事》其八);是近邻,"岁晚何人肯卜邻,梅于我辈最情亲"(《次韵梅花》其一);又是爱人,"阿谁不爱梅花句,未省梅花爱阿谁"(《梅花十绝》其三)。梅花洁身自好、孤峭坚毅,与自己的性格品行相类,或者说梅即指自己,"世间所谓奇男子,除却梅花更是谁"(《即事》其一)。另外,方岳还倾情于荷、竹、鹤等物,在它们身上,方岳寄托自己高洁、超俗、正直的人格理想,流露出自己高贵又有些落寞的孤独心怀。

方岳是清醒的斗士,是自由的诗人,也是高傲的孤独者。惟其清醒,更为孤独,更渴求自由;惟其孤独,思想更为自由,也更能清醒地理解社会现实。因此,方岳的诗歌,不仅揭露了社会现实,更展示了一位士人的内心追求和精神境界。

三、"异类诗人"的诗艺特征

方回评方岳诗:"不江西,不晚唐,自为一家。"①当代学者张宏生认为方岳诗是"偏离群体的'别调'"②。这一方面说明方岳受江西、江湖诗风的影响,另一方面强调了方岳诗歌的独特性。下择物象、诗趣和语言三方面,简要分析方岳诗歌的艺术特征。

(一) 以俗为雅的食物诗

宋诗革新的重要途径是"以俗为雅,以故为新"。从题材层面而言,"以俗为雅"强调从日常生活中选取一般不入文学殿堂的物象进入诗歌表现领域,"谓为诗文境域之扩充,可也;谓为不入诗文名物之侵入,亦可也"③;"以故为新"侧重于对诗歌已有材料的"脱胎换骨"、翻新再现,拓宽引申,改变物象本身在文化传统中基本凝定的意蕴而具有新意。在方岳诗歌中,描写

---

① (宋)方回选评,李庆甲集评校点《瀛奎律髓汇评》,卷二七方岳《效茶山咏杨梅》评,上海古籍出版社,1986年,第1210页。
② 张宏生《偏离群体的"别调"——论方岳诗》,《江苏社会科学》1994年第3期。
③ 钱锺书《谈艺录》,三联书店,2001年,第83页。

食物和草木的诗分别表现出这两种趋向。相较而言,其食物诗以俗为雅更有特色。

宋诗相较唐诗而言更贴近日常生活,"文学开始被理解为一种与日常生活接壤的东西。这就是人们所说的宋诗日常化,那些从未使用过的素材、感情、思考突然闯入到我们的文学传统中来"[①]。从北宋的梅、欧、苏、黄,到南宋范、杨、陆等人极大地开拓了诗歌的表达领域,诗歌与现实的屏障被拆除了,现实之物几乎无不可入诗歌。方岳在前人的基础上,生动形象地描写了一些南方特有的食物,比如姆鲊、鹅鲊、蟹、鳌、鲎、蝤蛑、水母线、獐巴、土瓜、蕨、菖蒲、荔枝、杨梅、羹莼、羹苋等,这些日常生活中的事物都具有了诗意和情趣。

食物的艺术化。方岳不仅仅把食物看成物质生存的必需品,也作为一种欣赏对象,对其作艺术的观照和诗意的描绘。对食物的描写反映了诗人的生活情调和艺术趣味,如《姆鲊》:"肉未为奇骨最奇,透明玛瑙碎琉璃。老饕不奈残牙齿,却爱桃花软玉脂。"姆鲊并非仅是老饕的钟爱之物,而更像艺术品,骨似"透明玛瑙碎琉璃",肉为"桃花软玉脂"。《谢人致蟹》其三:"雪斫双螯玉一壶,樵中曾有此奇无。始知张翰思归意,不为秋风只为鲈。"以雪斫螯,玉壶斟酒,颇具诗情画意,由此诗人联想张翰归乡非因秋风而是思鲈莼之美。对食物的描写也显示了方岳的才情格调,如《次韵杨梅》:"筠笼带雨摘初残,粟粟生寒鹤项殷。众口但便甜似蜜,宁知奇处是微酸。"刚摘之杨梅带着雨露,使人顿觉寒意,作者在观赏中又翻出了不同常人的奇想。《次韵羹苋》:"琉璃蒸乳压纯膏,未抵斋厨格调高。脱粟饭香供野苋,荷锄人饱捻霜毛。"粟米野苋、清素斋食格调高于精美菜肴,诗人安于清贫之志也由此而现。

食物的诗化。诗化在此不仅指对食物的诗意描写,还在于食物与诗歌本身的关联,食物赋予诗人作诗的情思联想,如《羹莼》:"紫莼共煮香涎滑,吐出新诗字字秋。"羹莼的香滑味美,能引起诗人的食欲,带来诗人的创作欲望。《黄倅饷鲎一徐尉饷蝤蛑十同时至》:"谁饷鳌如径尺盘,更分鲎似惠文冠。曲生醉嚼玉五壳,剑客生劚珠一箪。我与尔元同蠢动,冤哉烹亦到蹒跚。不知南食诗何似,待问昌黎老子看。"鳌如径尺盘,醉嚼后壳如玉碎,鲎似惠文冠,生剥后有珠一箪,诗人忍不住想请教韩愈以好吟诗。方岳还经常以诗修饰人体器官,如诗肠、诗肺等,从而把诗与食物交织在一起,如《食猫

[①] 日本川合康三之说,转引自浅见洋二《距离与想象——中国诗学的唐宋转型》,金程宇、冈田千穗译,上海古籍出版社,2005年,第260页。

笋》:"诗肠惯识猫头笋,食指宁知熊掌鱼。莫遣匆匆上竿绿,一春心事政关渠。"《土瓜》:"蹲鸱不紫茯苓黄,初黬春烟带土香。久觉相如诗肺渴,入山餐玉不传方。"诗肺渴、诗肠空既是一种生理的状态,也是创作诗歌的心理状态,食物成了满足生理和心理从而进行创作的艺术中介。

食物的人化。人化在此指由食物想到与其相关之人,或直接以人来指称、描写食物。蕨菜是一种用以充饥的野生植物,《采蕨》云:"野烧初肥紫玉圆,枯松瀑布煮春烟。偃徐妙处元无骨,钩弋生来已作拳。"偃徐即徐偃王,周穆王时以仁义著闻,后人以书法之缓笔称徐偃笔,此以徐偃喻蕨茎柔嫩;钩弋,指汉武帝夫人赵婕妤钩弋夫人,生而握拳,蕨顶部嫩叶蜷曲如拳,故喻为钩弋拳。子鱼是一种味道鲜美的鱼,《子鱼》云:"桃花水暖正鱼肥,子胀连胞迸腹腴。黄粟玉烨春寸寸,水晶盐醋粟铢铢。鲛人泣下甘孥戮,龙伯刑淫并孕刳。老子胸中兵百万,酒船不枉到江湖。"子鱼烧熟被剖,鱼子如黄粟,鱼肉如玉,由此方岳想到南海鲛人泣而成珠,巨人国龙伯施展淫刑剖杀孕胎,最后由子鱼想到自己胸有百万,子鱼与传说人物、诗人联系在一起。另外,方岳把蟹称为无肠公子,獐巴呼作无魂山吏,"公子无肠秋满壳,山吏无魂饱霜箨"(《赵丞饷酒蟹獐巴》);把鳌叫作内黄侯,"郭索解围功独隽,中书君拟内黄侯"(《雨夜持鳌》);以杨梅属杨玉环,"略如荔子仍同姓,直恐前身是阿环"(《效茶山咏杨梅》)等,想象丰富奇特。

(二)富有理趣的杂体诗

诗歌固有娱乐功能,《诗经·卫风·淇奥》云:"善戏谑兮,不为虐兮。"以诗为戏,幽默诙谐,既是诗歌言志抒情的手段,也是诗歌兴、观、群、怨之大用的拓展和补充。汉魏开始出现多种形式的杂体诗,从创作活动本身到诗歌文本都带有游戏性质。以诗为戏,固然不登大雅之堂,甚至被称为"诗病",但却是诗人才学和智慧的一种较量,是诗人独特的生活情趣的展示,其意义不仅是一时之乐,也能给人以诗思、诗情的启发。

吴讷《文章辨体序说》云:"今总谓之杂者,以其终非诗体之正也。博雅之士,其亦有所不废焉。"方岳诗中出现了许多类型的杂体诗,音韵类有《次韵赵同年赠示进退格》二首、《餐雪辘轳体》①;语序类有回文诗《溪店回文》;重现类有首尾吟诗《次韵探梅首尾吟》《晚泛草塘有鱼入舟呼童鲙之适见瑞莲骈植与客赋首尾吟》二首;嵌名类有建除体诗《用简斋建除体韵》、八

---

① 辘轳体一指次退格用韵,即前两联用某韵,后两联用该韵相通的某韵;一是杂体诗名,即一组五首律诗,第一首诗起句的首句分别置于下四首诗的第二、四、六末句。方岳此首诗属前类,以"东""冬"二韵轮番相押。

音体诗《夏日珠溪赋八音体》二首、十二属诗《次韵十二神体》二首、人名诗《山中作人名诗》、鸟兽名诗《演雅》《效演雅》;禁体诗有《次韵刘簿观雪用东坡聚星堂韵禁体物语》;禽言诗有《禽言》《三禽言》等。

方岳的杂体诗不仅充分展示其博学和才思,也表现了他对世界人生的思考和体悟。《效演雅》最具代表性。"演雅"即以演绎《尔雅》释虫鱼鸟兽为诗。黄庭坚曾创作一首七言长诗,全诗 40 句,涉及 43 种动物。方岳效黄诗,虽无拓荒之功,然有突破之处。《效演雅》全诗 42 句,涉及 42 种动物,其中 29 种动物黄诗没有出现,有些动物少有人书写,如鹡鸰、鹔鹴、蜦蚾、螳螂等。方岳或以动物形体写景,"山溪斗折更蛇行,逗密穿幽见物情";或云其习,"饱卧夕阳牛反嚼,误投干叶鹿虚惊";或写其性,"饮风吸露蝉尸解,耸壑凌霄鹤骨轻";或讥其品,"野鸱得鼠腹彭亨","骨不须多狗必争";或咏其能,"一枝栖息鹪鹩足,三窟经营狡兔坻";或见物思文,"蝌蚪草泥文字古,蜗涎苏壁篆书精";或因物及人,"巴郙画眉翻律吕,仪秦反舌定纵横";或以物识理,"蚌何知识三缄口,蟹坐风骚五鼎烹";或睹物知世,"首昂蜦蚾贪宁死,臂奋螳螂祸自婴"……最后归以"庄周梦蝶","劳形大块皆同梦,蝶化庄周月正明",水到渠成,自然收篇。相较黄诗而言,方岳用典更密、说理更多、用词更奇,赋予了杂言诗更深刻的含义。如果说黄诗构织了一幅生机盎然的山村动物园景让人心驰神往,方岳则连缀了众多富有人生哲理的动物寓言而发人深省。

(三)出入唐宋的个性诗

方岳出入于江西、晚唐之间,兼具江西之学识和晚唐之情致,又能以己意为之,在语言运用和表现上很有个性。一方面,方岳善于"组织故事成语","移作四六法作诗"①,充分体现了宋诗以才学为诗、以文为诗特征;另一方面,"诗主清新,工于镂琢"②,用语新巧精切,不失晚唐风韵。

其一,善于用事。

方岳才学渊博,熟稔古今诗书,精通成语故事,经史百家之言皆了然于心,佛道术语亦了如指掌。方岳能根据表达的需要,巧妙选用并组织典故。

逐句用事。方岳通晓典故,有些诗甚至逐句用事,较江西诗人有过之而无不及。如《次韵十二神体》其一:"鼠技易穷谁比数,牛衣政可眠春雨。虎窥九关高莫扪,兔秃千毫老无补。龙婴鳞逆事可惊,蛇画足添心独苦。马宁坂下困盐车,羊勿梦中翻菜圃。沐猴从尔楚人冠,荒鸡宁起刘郎舞。狗监无

---

① 钱锺书《钱锺书手稿集·容安馆札记》,卷一,商务印书馆,2003 年,第 410 页。
② (清)吴之振等选,管庭芬等补《宋诗钞》,中华书局,1986 年,第 2771 页。

烦诵子虚,豕亥纵分吾不取。""鼠技"即"梧鼠之技"之典,《荀子·劝学》言"梧鼠五技而穷",此处指卑劣伎俩终会用尽;"牛衣"化用"牛衣对泣"之事,典出《汉书·王章传》,言王章贫病交加、卧牛衣中与妻诀别,后以牛衣指生活贫困;"虎窥九关"语出《楚辞·招魂》"虎豹九关,啄害下人些",揭露朝廷权相当政;"兔秃千毫"化用王安石诗《李君昆弟访别长芦至淮阴追寄》句"文章已秃兔千毫";"龙婴鳞逆"典出《韩非子·说难》,言传说中龙有逆鳞,不能碰触,喻冒犯天子;"蛇画足添",即"画蛇添足";"盐车"典出《战国策·楚策四》,老骥服盐车上太行,蹄申膝折,中阪迁延,伯乐攀而哭之,后以"盐车"喻贤才屈沉于天下;"羊勿梦中翻菜圃"典出隋代侯白《启颜录》,言有人常食菜蔬,忽食羊,梦五脏神曰"羊踏破菜园",后以之比吃美食而遭腹疾;"沐猴从尔楚人冠",即"沐猴从冠";"荒鸡宁起刘郎舞",即"闻鸡起舞";"狗监"典出《史记·司马相如列传》,言蜀人杨得意为狗监,因上喜《子虚赋》而荐司马相如,后常用以"狗监"为荐引之人;"豕亥"典出《吕氏春秋·察传》,言有读《史记》者曰"晋师三豕涉河",子夏纠正"三豕"为"己亥",方岳言"不取"有不囿古人的自矜、也有读书无用的自嘲。

随意用事。方岳并非刻意用典,但由于其超常的记忆,作诗时常典随笔到,信手即来。如《观刈》其二:"蹄豚盂酒祝瓯窭,一饱人间百事休。已约山妻同野饭,今年又胜去年秋。"整首诗叙观农民田事,首句典出《史记·滑稽列传》,言一禳田者,操一豚蹄,酒一盂,祝曰"瓯窭满篝,污邪满车",典故与诗意吻合,用事当无意而为之。《再用韵简赵簿》:"相逢倾盖几何时,世俗于君亦诡随。但觉文名惊朽钝,径令诗腹化神奇。别来已赋三秋句,久欲尊为一字师。洗耳正须过习簿,强于太乙夜烧藜。"方岳信手拈用"倾盖""三秋""一字师""洗耳"等习用典故,又用道家之事作结,自然随意,水到渠成。方岳还能巧妙地运用近人诗句之典,如"先后笋争滕薛长,东西鸥背晋齐盟"(《春日杂兴十三》),其前饶德操有"岂争滕薛长,未与管晏比"(《赋王立之家四梅》),吕本中有"未知滕薛长,乃若邹鲁哄"(《三月一日泊舟宿州城外因过天庆观》),杨万里有"笋如滕薛争长,竹似夷齐独清"(《看笋》),方岳取"滕薛长"之典,以晋齐盟作对,虽取径不高,亦见其典源广博。

谐音用事。方岳有时还利用谐音巧妙用典,趣学并茂。《客饷银茄不敢送场屋士》:"秋风谁怒水中蟹,昨梦不疑杯里蛇。迸齿清寒银粟粟,不随盐酪供毗耶。"因"茄"谐"缺",故不能送场屋之士,方岳为此赋诗。诗中用"水中蟹"典,又关涉谐音。《晋书·解系传》言,赵王伦欲害解氏兄弟,理由是"我于水中见蟹且怒之"。"蟹"同"解",这本为无稽之谈,"杯弓蛇影"。后两句用佛教语"毗耶",把日常生活之物与佛教供品相连,切合不敢送人之题意。全诗虽稍晦涩,然自然贴切,无强加硬拼之嫌。

其二,以文为诗。

方岳善用"四六法"作诗,典型体现在多用虚词。方岳好使用语气助词,诗中"哉""矣""耶""欤""耳"等词俯拾即是,如"山耶其竹欤,君子哉若人"(《次韵方蒙仲高人亭》),"到了不过相爱耳,未论此语是耶非"(《道中即事》其二),"翁之乐者山林也,客亦知夫水月乎"(《水月园送王侍郎》),"秦负儒耶君误矣"(《题致堂新州坐石(辛亥)》其一)等。除了语气词,还用介词,如"拳石以为山,勺水以为池。我观于世间,何者非儿嬉"(《山居十六咏小山》);连词,如"柴门虽设不曾开,俗面向人三寸埃。却是前溪双白鹭,门关不住又飞来"(《次韵程弟》其六);副词,如"归来遽云出,既出又归来"(《山居十六咏归来馆》)。虚词的熟练运用,显示了方岳对"以文为诗"之法的自觉认同。因诗中多用虚词承转联系,诗歌往往不拘句式和韵律。古体诗自不必论,近体诗也打破通常诗人惯用的句式结构,句式参差,变化不一,"不用古律,语或天出"①。如《以嗜酒爱风竹卜居此林泉为韵作十小诗》其十:"吾犹金在冶,惟冶者所甄。谨毋出光怪,夜半号龙泉。"全诗用散文的叙述方法,表达自己的心怀。有些诗尽管用虚词很多,句式繁复,然对偶又不失工整,如《感怀》其四:"去国何年老一丘,于今已换几公侯。不知我者谓为拙,是有命焉那用求。舴艋舟应容钓蟹,麒麟阁不画骑牛。百年长短身余几,付与西风汗漫游。"诗歌颔联、颔联以散文语构成对仗,正如钱锺书先生所谓:"至其合作,巧不伤格,调峭折而句脆利,亦自俊爽可喜。"②

其三,巧于修辞。

方岳想象丰富,感知独特,他不仅习惯于从具体的事物引申出神奇的联想,而且擅长运用多种修辞手段对客体对象生动形象地描述,从而诗歌语言新奇巧妙。

新奇的比喻。方岳常常使用具象化或色彩感极强的语词构成喻体,让人耳目一新,如"茶桑天似鹅黄酒,杨柳花飞狐白裘"(《夏夜》),"红菡萏肥如欲焰,绿玲珑卷过于春"(《次韵红蕉》其二),"青梅如豆带烟垂,紫蕨成拳着雨肥"(《春晚》其二),"夜凉如水琉璃滑"(《又用胡尉韵》)等。方岳在很多时候不用比喻词,先叙述本体,后接喻体,意象叠加,更觉色彩斑斓,如"一夜雪寒重整过,碧琉璃瓦水晶钉"(《雪后草亭》)),"鲟香透白琼瑶片,虾醉殷

---

① (宋)方岳撰,秦效成校注《秋崖诗词校注》,附录洪焱祖《秋崖先生传》,黄山书社,1998年,第675页。
② 钱锺书《钱锺书手稿集·容安馆札记》,卷一,商务印书馆,2003年,第410页。

红玛瑙钩"(《除夕》其八)等。方岳有时还对喻体再次作喻,构成双重的比喻,更强化了人们对描写对象的感知,如《夜渴挑菜》:"酒醒山月欲侵楼,小摘园蔬雪满沟。春入石炉然翠釜,涛翻银海走青虬。"积雪的畦沟中鲜绿透亮的菜蔬喻为石炉翠釜,又如银海中游走的青虬。《次韵刘簿祷雨西峰》其一:"句律清圆蚌剖胎,断无尘土到灵台。"祷雨诗句律清圆如体剖蚌之珍珠,又似无尘之灵台。

灵动的拟人。方岳常常赋予事物以人的语言、行动和情感,诗歌显得活泼生动。拟人描写在诗中俯拾即是,如"江行莫等蛟鼍怒,雨歇能令鸥鹭猜"(《次韵陈料院》其一),"莫说寻芳已后时,春蔬解甲茗搴旗"(《约鲁山兄》),"枝北春风惊婉娩,江南烟雨几悲酸"(《约刘良叔观苔梅》),"巨灵探璞夜不眠,斧斤睥睨鱼龙泣"(《书断崖》)等。拟人又可用于全诗。有时诗人并不出面,展示一幅生意勃勃的自然生活图景,如《春思》其三:"春风多可太忙生,长共花边柳外行。与燕啄泥蜂酿蜜,才吹小雨又须晴。"《春晚》其三:"山杏溪桃睡欲昏,青旗邀客过孤村。杨花不肯随春去,惹住晴风自入门。"有时诗人置身其中,人与物似无区别,融合无间,如《雪后梅边》:"月是毛锥烟是纸,为予写作百梅图。桃花尽赖春风笑,惯与刘郎面熟能。"《十二月十日》:"酒醒开门雪满山,径穿疏竹上危栏。溪山与我俱成画,草树惟梅大耐寒。"方岳常用互为问答的方式,或人问物言,如《此君室》其九:"竹意吾为谁,山曰子非我。未知回孰贤,自赞午也可。"或物问人答,如《雪后梅边》其二:"开口便遭花问当,老夫愧面了无辞。"或物物对答,如《闲居无与酬答因假庭下三物作四首》分别是桃讽梅、梅谢桃、梅问竹、竹答梅。对答之中,诗人心理矛盾和志向情趣得到展现。

四、方岳对徽州诗坛的意义

方岳是南宋后期重要诗人,更是南宋徽州诗坛的核心人物。方岳以自己的人格、才学、能力为徽州诗人树立典范,同时团结和引导徽州诗坛成员把宋代徽州诗歌推向高峰。

方岳是"里中学子"的代表。徽州独特的自然山水和学术氛围,孕育出与之相应的秉性气质和学识才华。他刚直耿介,拗峭廉洁,执著追求理想的人格;他博学多识,才华出众,既有管理一方的政治才能,又不乏儒者带兵的韬略;他天资雄迈,文采秀拔,留下恢宏史著和大量诗词文论作品,这些都成为徽州士子学习的榜样。

方岳堪称真正的"斗士"。方岳不畏权势,刚正不阿,连攫史弥远、史嵩之、贾似道、丁大全四位权臣逆鳞,虽屡经罢黜,傲然以视,其气节和品格为人所敬仰。"至其生平抱济世之略,而直道不容,难进易退。观其复贾似道书,有曰'岂不知天地间有一方岳',斯言非唯使当日权奸丧魄,虽千载而下,读之犹觉凛凛然有生气。"①

方岳被誉为南宋后期诗坛巨擘。《四库全书总目》谓方岳诗词"可与刘克庄相为伯仲"②;钱锺书《容安馆札记》把方岳与刘克庄、戴复古并为南宋后期三大诗人,"盖放翁、诚斋、石湖既殁,大雅不作,易为雄伯,余子纷纷,要无以易后村、石屏、巨山者矣"③。方岳出入于江湖体和晚唐诗之间,又借鉴中兴大家的诗法,诗歌"不江西、不晚唐",具有独特的艺术个性,在渐趋萎靡的宋季诗坛中崭露锋芒。

方岳也是南宋后期徽州诗坛的盟主。方岳是徽州诗坛最重要的诗人,他以自己的千余首诗歌创作,为徽州诗坛赢得了巨大的声誉,更重要的是,方岳带动和引领更多的徽州诗人进行创作,徽州诗坛凝聚性进一步增强,创作风气空前兴盛。方岳与徽州诗坛成员讨论诗法,切磋诗艺,促成了诗人开始关注诗歌艺术表现方法和技巧,诗歌创作总体数量与质量都得到显著提高,使徽州诗坛终于在南宋后期跃居全国领先之列。

第三节　方回道德反思的诗学诉求

方回(1227—1307),字万里,一字渊甫,号虚谷,别号紫阳山人,歙县人。理宗景定三年(1262)进士,宋积官至知建德府。恭帝德祐二年(1276),率郡降元,改授建德路总管。七年后罢,闲居终老。方回著述甚丰,今所知名者24种,涵经、史、子、集,现存《桐江集》《桐江续集》《瀛奎律髓》《文选颜鲍谢诗评》《续古今考》《虚谷闲钞》。④ 本章仅就方回至元二十年(1283)所撰《瀛奎律髓》,对其由宋入元后的特殊心态与诗学实践作一观照,大略可见宋亡之际降元士人的复杂心理、人生选择和诗学取向。

一、道德辩解与诗学实践

方回是文学史争议最多的诗人之一。方回的诗歌和诗学成就在宋末元

---

① (清)陈焱《秋崖小稿》序,见秦效成校注《秋崖诗词校注》附录,黄山书社,1998年,第679页。
② (清)永瑢等《四库全书总目》,卷一六四《秋崖集》提要,中华书局,1965年,第1404页。
③ 钱锺书《钱锺书手稿集·容安馆札记》,卷一,商务印书馆,2003年,第410页。
④ 詹杭伦《方回的唐宋律诗学》,中华书局,2002年,第216页。此著在对方回生平、著作详考的基础上论述方回的诗学思想,具有很高的学术价值,本文多有参考。

初少人比肩,但其率郡降元的行为为时人所不齿,甚者谓其人品卑污,巧诈伪劣,"见于周密《癸辛杂识》者,殆无人理"①。方回的行为与言论的矛盾成为后学争论的热点,方回的品节与其文学成就的巨大反差也是徽学和宋元诗学研究者难以回避的话题。

恭帝德祐二年(1276)二月,元将高兴欲兵取严州。方回时知严州,曾主张以死封疆,然而在生命和节义的痛苦较量中,最后选择降元。方回在《先君事状》中为自己的行为作了种种辩解:其一,临安已陷,严州于后,其罪可恕。方回自述:"行在所宰执大臣以嗣君名具表纳土,送玺于皋亭山,在正月十八日,军马入临安府易守,在二十日。回犹坚守孤城半月余……彼列阃连城,先下于临安未下之先者,可罪也。此一小垒,临安已下半月而后下焉,恕其罪可也。"②其二,众人所议,严州不降,恐遭灾难。方回陈述当时情境:"王郎中世英、萧郎中郁提兵五千赍诏至郡,合众官吏军民一口同辞,惟恐有如常州之难,议定归附。"其三,全其郡民,虽非正义,有史可鉴。方回从《三国志·霍弋传》中找到了更为可靠的历史依据:"陈寿书谓霍弋、罗宪,各保全一方,举以内附,此虽非人臣之正义,然国亡主迁,土地人民无所归,为小郡者,力不能全国矣,全其郡民可也。"既然投降归叛可以上升为全郡保民的高尚行为,方回心理由矛盾到平衡,从而做出了背离自己信念的行为。

然而,方回的辩解没有使人另眼相看,反而招致更多的指责和唾弃。周密《癸辛杂识》极诋方回:"未几,北军至,回倡言死封疆之说甚壮。及北军至,忽不知其所在,人皆以为必践初言死矣。遍寻访之不获,乃迎降于三十里外,鞑帽毡裘,跨马而还,有自得之色。郡人无不唾之。"③方回仕元,甚至遭到其女婿和门生屡屡评难。其实,方回自己也深感愧疚,他的降元理由能维持一时的心理平衡,但经不起理性深究和情感追问,不少诗真诚坦率地表白自己的心情,如《重至秀山售屋将归》云:"全城保生齿,终觉愧衰颜。"《送男存心如燕》云:"苟生内自愧,一思汗如浆。"方回后罢官不仕,反思自己的所作所为,试图以诗文创作来化释自己的心理纠结,凭借学术和文学成就重新为自己赢得立足之地。

至元二十年(1283),方回选编《瀛奎律髓》,正是在这种心境下产生的结果。诗歌选本不仅能显示编者的文学思想和审美情趣,也能反映其编选意图和内在的心理愿望。方回编选《瀛奎律髓》,自有为学诗者提供理想的

---

① (清)永瑢等《四库全书总目》,卷一六六《桐江续集》提要,中华书局,1965年,第1423页。
② (宋)方回《桐江集》,卷八,(清)阮元辑《宛委别藏》第105册,江苏古籍出版社,1988年,第518—519页。本段其下引文出处与之同,不再另注。
③ (宋)周密撰,吴企明点校《癸辛杂识》,别集上《方回》,中华书局,1988年,第251页。

教材、以纠正当时创作之弊的显在目的。不过,从《瀛奎律髓》选诗和评注来看,方回极力推尊杜甫,诗主江西诗派,称赏高健诗格和平淡诗境,这与其说是其鉴于当时文衰诗落、欲救弊扬正的宣言,毋宁说是以诗歌选评的方式进行的自我开释和自我表白,尤其是从诗人修养角度对唐宋诗歌思想艺术渊源进行追问和阐释,可称之为一种诗学意义上的辩解和诉求。

二、尊杜:爱国情怀的表白

《瀛奎律髓》以杜甫律诗作为选诗和评论的参照和根本。据李庆甲统计,《瀛奎律髓》选录诗人385家,五、七言律诗实2 992首(去重出之22首)。方回选评杜甫诗达221首,约占所选诗总数7%,居所选唐、宋诗家中首位。方回在《瀛奎律髓》中给予杜甫诗歌最高的评价,对其尊崇可谓无以复加,如下:

> 诗至老杜,万古之准则哉!(卷一六,杜甫《小寒食舟中作》评)
> 世间此等诗,惟老杜集有之。(卷一五,杜甫《阁夜》评)
> 此格律高耸,意气悲壮,唐人无能及之者。(卷一三,杜甫《野望》评)
> 凡老杜七言律诗,无有能及之者。而冬至四诗,检唐、宋他集殆遍,亦无复有加于此矣。(卷一六,杜甫《至日遣兴奉寄北省旧阁老两院故人二首》评)

方回又旗帜鲜明地把杜甫标树为江西诗派之祖,并列出宋代师祖杜甫的江西诸大家:"予平生持所见,以老杜为祖,老杜同时诸人皆可伯仲。宋以后山谷一也,后山二也,简斋为三,吕居仁为四,曾茶山为五,其他与茶山伯仲亦有之,此诗之正派也。"(卷一六,陈与义《道中寒食二首》评)又明确提出"一祖三宗"的观点:"古今诗人当以老杜、山谷、后山、简斋四家为一祖三宗,余可预配飨者有数焉。"(卷二六,陈与义《清明》评)

实际上,在方回的诗学体系中,除了江西诗人宗法杜甫,为"诗之正派",唐宋时期的众多优秀诗人也都应纳入"老杜之派"。方回在《恢大山西山小稿序》中详述:"王维、岑参、贾至、高适、李泌、孟浩然、韦应物以至韩、柳、郊、岛、杜牧之、张文昌,皆老杜之派也。宋苏、梅、欧、苏、王介甫、黄、陈、晁、张、僧道潜、觉范,以至南渡吕居仁、陈去非。而乾淳诸人,朱文公诗第一,尤、萧、杨、陆、范亦老杜之派也。是派至韩南涧父子、赵章泉而止。"①在方看

---
① (宋)方回《桐江续集》,卷三三,《四库全书珍本初集》,上海商务印书馆,1935年。

来,"老杜之派"荟萃众家,阵容强大,是唐宋诗歌发展主流。除杜甫一派外,方回认为"别有一派曰昆体,始于李义山,至杨、刘及陆佃绝矣";而嘉定中"祖许浑、姚合为派者",实"江湖晚生皆是也"①。方回对诗歌派别的划分,从某种意义上说是建构在他对杜诗的研究之上,"其杜诗观既是中国诗学史上杜甫崇拜的极致反映,也浓缩着两宋以来杜甫独尊诗学思潮的精神"②。

杜甫的楷范意义是在宋代被确立的。宋人尊崇杜甫,固然考虑到杜甫诗歌思想、艺术的杰出成就,而更主要的是宋人从杜甫身上发现了儒家推尊的道德价值和精神境界。苏轼《王定国诗集叙》云:"古今诗人众矣,而杜子美为首,岂非以其流落饥寒,终身不用,而一饭未尝忘君也欤?"③《潘子真诗话》记载黄庭坚也有相似表述:"山谷尝谓余言:'老杜虽在流落颠沛,未尝一日不在本朝,故善陈时事,句律精深,超古作者,忠义之气,感发而然。'"④南渡后,经历了国破家亡、流离之苦的文人儒士对杜甫本人及诗歌有了更深的体会,杜甫忠君爱国的精神被高度弘扬。李纲《重校杜子美集序》云:"子美之诗凡千四百三十余篇,其忠义气节,羁旅艰难,悲愤无聊,一见于诗。句法理致,老而益精。"⑤

方回弘扬杜甫罹遭动乱、身在下位却忧时爱国的怀抱和精神,这与宋人逐渐把杜甫典范化的旨向是一致的。如下所评:

> 老杜平生虽流离多在郊野,而目击兵戈盗贼之变,与朝廷郡国不平之事,心常不忘君父,故哀愤之辞不一,不独为一身发也。(卷二三,杜甫《正月三日归溪上有作简院内诸公》评)

> 凡十六年间,无非盗贼干戈之日。忠臣故宜痛愤,而老杜一饭不忘君,多见于诗。如"诸侯春不贡,使者日相望","由来强干地,未有不朝臣","领郡辄无色,之官皆有词","天地日流血,朝廷谁请缨"……"穷愁但有骨,群盗尚如毛",皆哀痛恻怆,令人有无穷之悲。(卷三二,杜甫《避贤》评)

---

① (宋)方回《桐江续集》,卷三三,《四库全书珍本初集》,上海商务印书馆,1935年。
② 张红《方回的杜诗观及其诗学体系的建构》,《中国诗学》2006年第3期。
③ (宋)苏轼撰,孔凡礼点校《苏轼文集》,卷一〇《王定国诗集叙》,中华书局,1986年,第318页。
④ (宋)胡仔纂集,廖德明校点《苕溪渔隐丛话》,后集卷一五,人民文学出版社,1984年,第112页。
⑤ (宋)李纲撰,王瑞明点校《李纲全集》下,卷一三八《重校杜子美集序》,岳麓书社,2004年,第1320页。

方回列举出杜甫伤时忧世、忠君爱国的一系列诗句,具体解释了苏黄等人对杜甫的评论。他又认为南渡前后诗人的忠愤爱国之诗皆本于杜甫。如《瀛奎律髓》卷三二选评吕本中《兵乱后杂诗五首》,认为"老杜后始有此";同卷评汪彦章《乙酉乱后寄常州使君侄四首》时指出,靖康中"吕居仁、徐师川、汪彦章"的乱后诗,"此等诗皆本老杜"。

方回推崇杜甫忠君爱国精神,同情其有志难伸的遭遇,还有寄托或表白自己的心志怀抱的用意。《秋晚杂书》一诗云:"窃尝评少陵,使生太宗时。岂独魏郑公,论谏垂至兹。天宝得一官,主昏事已危。脱命走行在,穷老拜拾遗。卒坐鲠直去,漂落西南陲。处处苦战斗,言言悲乱离。其间至痛者,莫若八哀诗。我无此笔力,怀抱颇相似。"诗中对杜甫一生作了总结,感慨杜甫的身世遭遇,敬佩杜甫的胸怀笔力,并且认为自己虽无杜甫之才,而怀抱颇似杜甫。这确实让人难以理解和接受,因为在世人眼中,杜甫与方回是截然相反的两类人,杜甫爱国之坚贞与方回降元之妥协构成了鲜明的对比,方回强调杜甫鲠直有才,屡屡受抑,安史之乱时脱命见新君,旨在表白自己的心志,其中不无藉此淡化其失节行为的用意。从这个意义上讲,《瀛奎律髓》以杜甫作为忧时爱国诗人典范,极力弘扬杜甫的人格精神,不仅反映了宋代广大士人的呼声,同时也是方回申述自己爱国情怀的诗学表达。

三、格高:高尚人品的证明

"格高"是方回诗学体系中最重要的范畴之一,其根于江西诗派的创作宗旨。陈师道认为"学诗之要,在乎立格命意用字而已",杜诗"事核而理长""句清而体好"皆在于"立格之妙"①。方回继承其观点,以"格高"作为学诗和评诗的首要标准,并把杜甫之诗作为"格高"的典范。如下所评:

> 诗先看格高,而意又到,语又工,为上。意到,语工,而格不高,次之。无格,无意,又无语,下矣。(卷二一,《上元日大雪》评)
> 盛唐律,诗体浑大,格高语壮。晚唐下细工夫,作小结裹,所以异也。学者详之。(卷十五,陈子昂《晚次乐乡县》评)
> 此格律高耸,意气悲壮,唐人无能及之者。(卷一三,杜甫《野望》评)
> 然格高律熟,意奇句妥,若造化生成。为此等诗者,非真积力久不能到也。学诗者以此为准。(卷二三,杜甫《狂夫》评)

---

① (宋)张表臣《珊瑚钩诗话》,卷二,(清)何文焕辑《历代诗话》上,中华书局,1981年,第464页。

方回所言的"格",是高于"意""语"更为重要的诗歌价值因素,是诗人气格熔铸于诗歌的思想内容和艺术形式而呈现出的精神风貌和审美风格。

方回推崇江西诗人,主要在于其诗格高。江西五子诗学老杜,又各有特点,如陈与义诗恢张悲壮、吕本中诗趋于圆活、曾几诗清劲洁雅,然在方回看来,格高是其共同之处。如下所评:

> 黄、陈特以诗格高,为宋第一。(卷二二,梅尧臣《和永叔中秋月夜会不见月酬王舍人》评)
> 简斋诗独是格高,可及子美。(卷一三,陈与义《十月》评)
> (居仁)诗格峥嵘,非晚学所可及也。(卷一四,吕本中《西归舟中怀通泰诸君》评)
> 茶山诗,观其格已高人一头地。(卷一八,曾几《述侄饷日铸茶》评)

除江西五子外,对其他诗人方回也有格高之评。如《瀛奎律髓》卷一评杨万里《过扬子江》:"中两联俱爽快,诗格尤高。"同卷评朱熹《登定王台》:"用事命意,定格下字,悉如律令,杂老杜、后山集中可也。"卷一七评赵蕃《雨望偶题》:"诗格高峭,不妨相犯。"甚至一些不知名者,方回也会称许其诗之格,如卷二一潘良贵《雪中偶成》评:"潘良贵,字子贱。诗传者不多。风格老练,而缴句皆高古悲怆。味其旨,仁人之言也。"方回还在《唐长孺艺圃小集序》中列举了近世诗人之格高者:"诗以格高为第一……予于晋独推陶彭泽一人,格高足方嵇、阮。唐惟陈子昂、杜子美、元次山、韩退之、柳子厚、刘梦得、韦应物。宋惟欧、梅、黄、陈、苏长翁、张文潜。而又于其中以四人为格之尤高者,鲁直、无己,上配渊明、子美为四也。"①

与"格高"相对的诗学范畴是"格卑"。方回认为姚合诗"格卑于岛"(卷一〇,姚合《游春》评),许浑诗"体格太卑"(卷一四,许浑《晓发鄞江北渡寄崔韩二先辈》评);四灵"学姚合、贾岛诗而不至,七音律大率皆弱,格不高致也"(卷四四,赵师秀《病起》评)。在方回看来,诗格高卑与诗人人格及才学有关。诗格高,创作主体之才格必高;而人格低下之人,其诗格必不高。方回认为刘克庄"诗意自足,但是格卑"(卷四四,刘克庄《问友人病》评),其诗格卑,并非其才学不富,主要在于其人格不高,"诗文谀郑及贾已甚"(卷二七,刘克庄《老将》评)。而对于"江湖"诸生,方回对其才学与人格一概否定,《送胡植芸北行序》云:"近世诗学许浑、姚合,虽不读书之人,皆能为五

---

① (宋)方回《桐江续集》,卷三三,《四库全书珍本初集》,上海商务印书馆,1935年。

七言……而务谀大官,互称道号,以诗为干谒乞宽之资。"①

人格与诗格之论本是传统命题,后人于此不断阐释。宋初有识之士感于士气不振,诗风萎靡,以改造士风来提高诗歌品格,之后,人格修养成为宋诗学理论的重要方面。方回立足宋末诗人无行导致诗歌卑弱之现实,提出"格高"之论,强调诗人品德和才学的决定作用,确有救弊起危之意义。从方回个人来讲,其极力主张才格决定诗格,认为人品卑劣必不能创作格高之作,方回本人又创作大量的诗歌,这也反映出方回证明自己高尚人品的努力和希望人们重新评价自己的良苦用心。

四、熟淡:平和心境的追求

方回论诗一方面标举"格高",另一方面又推赏"熟淡"。"熟淡"非方回直接用语,而是笔者对其所论"圆熟"而"平淡"的风格的概括。在方回看来,梅尧臣诗歌平淡有味,自然圆熟;张耒承梅尧臣之诗风,平熟圆妥。如下所评:

> 若论宋人诗,除陈、黄绝高,以格律独鸣外,须还梅老五律第一可也。虽唐人亦只如此。而唐人工者太工,圣俞平淡有味。(卷二三,梅尧臣《闲居》评)
>
> 圣俞诗不争格高,而在乎语熟意到。(卷一六,梅尧臣《依韵和李舍人旅中寒食感事》评)
>
> 圣俞诗淡而有味。此亦信手拈来,自然圆熟。(卷一四,梅尧臣《晓》评)
>
> 文潜诗大抵圆熟自然。(卷二九,张耒《自海至楚途寄马全玉》评)
>
> 平熟圆妥,视之似易。能作诗到此地,亦难也。(卷一六,张耒《寒食赠游客》评)

方回以"圆熟"论梅诗,似与梅尧臣自述相反。梅尧臣自云:"因吟适情性,稍欲到平淡。苦辞未圆熟,刺口剧菱芡。"②梅尧臣认为自己诗歌不仅不圆熟平滑,甚至苦涩刺口,可谓"苦淡"。梅尧臣言有自谦成分,同时也表明其在某一阶段的作诗情况。欧阳修对梅诗进行总结:"其初喜为清丽闲肆平

---

① (宋)方回《桐江集》,卷一,(清)阮元辑《宛委别藏》第105册,江苏古籍出版社,1988年,第102页。
② (宋)梅尧臣撰,朱东润编年校注《梅尧臣集编年校注》中,卷一六《依韵和晏相公》,上海古籍出版社,1980年,第368页。

淡,久则涵演深远,间亦琢刻以出怪巧,然气完力余,益老以劲。"①梅尧臣初学王、韦,中兼韩、孟,后效渊明,经历了一个从平淡到雕琢再到平淡的过程。当梅尧臣自觉追求渊明境界而"稍欲到平淡"时,确实不满于自己"间以琢刻"之弊,认为其辞苦硬,未达到圆熟之境。方回对梅诗的评价是针对梅尧臣创作总体而言,对古淡有味之作推崇备至;而且,方回站位于纵观唐、宋律诗整体发展的基础上,通过梅诗与唐诗及江西诗派的比较来论述梅尧臣诗之特色,更为突出梅诗的熟而淡的特征。

方回所言之"熟"有其独特内涵。首先,"熟"与"活"相通。"熟"的提出,根于吕本中之论,《紫微诗话》载:"叔用尝戏谓余云:'我诗非不如子,我作得子诗,只是子差熟耳。'余戏答云:'只熟便是精妙处。'"②吕本中诗"熟"而圆活,在于他对江西诗人创作艰涩生硬之弊的清醒认识,从而把自己提出的"活法"之论运用于创作实践之中。方回以吕本中为江西诗派重要传承者,对其诗也极为推崇,卷四《海陵杂兴》评:"其诗宗'江西'而主于自然,号弹丸法。"卷一七《柳州开元寺夏雨》又评:"居仁在'江西派'中,最为流动而不滞者,故其诗多活。"其次,"熟"与"工"相对。方回在《程斗山吟稿序》中云:"善为诗者,由至工而入于不工。工则粗,不工则细;工则生,不工则熟。"③在方回看来,工则粗而生,至工而不工则细而熟,亦即达到无意而工的境界。第三,"熟"与"韵"并在。方回在卷二〇张道洽《梅花二十首》评中明确说明:"夫诗莫贵于格高。不以格高为贵,而专尚风韵,则必以熟为贵。"方回认为梅尧臣不争格高,而以韵胜,卷四七僧怀古《寺居寄简长》评云:"宋之盛时,文风日炽,乃有梅圣俞之蕴藉娴雅,陈后山之苦硬瘦劲,一专主韵,一专主律,梅宽陈严,并高一世,而古人之诗半或可废。"

方回所谓的"淡"与"厚"统一,是醇厚而平淡。严羽《沧浪诗话》曾云"梅圣俞学唐人平淡处"④,方回更进一步指出"圣俞诗似唐人而浑厚过之"(卷二四,梅尧臣《送唐紫微知苏台》评)。方回认为梅诗"淡而有味",平淡而蕴涵丰富。方回所谓的"淡"与"熟"统一,是平淡而圆熟妥帖,自然而语熟意到。这种熟淡,非陈腐滥套之圆,也非平易通俗之熟,而是"覃思精微"后的"闲远古淡"⑤,是经历了艰苦锤炼过程后达到的圆熟自如。梅尧臣之

---

① (宋)欧阳修撰,洪本健校笺《欧阳修诗文集校笺》,上海古籍出版社,2009年,第881页。
② (宋)吕本中《紫微诗话》,(清)何文焕辑《历代诗话》上,中华书局,1981年,第362页。
③ (宋)方回《桐江集》,卷一,(清)阮元辑《宛委别藏》第105册,江苏古籍出版社,1988年,第53—54页。
④ (宋)严羽《沧浪诗话》,(清)何文焕辑《历代诗话》下,中华书局,1981年,第688页。
⑤ 欧阳修《六一诗话》云:"圣俞平生苦于吟咏,以闲远古淡为意,故其构思极艰。""圣俞覃思精微,以深远闲淡为意。"

熟淡与晚唐、四灵及江湖诗人毫无学术、卑俗陈熟有本质区别;而与杜甫"山高水深"之平淡境界却有异曲同工之处。卷一〇杜甫《春日江村》评:"老杜诗所以妙者,全在阖辟顿挫耳,平易之中有艰苦。若但学其平易,而不从艰苦求之,则轻率下笔,不过如元、白之宽耳。学者当思之。"梅诗与杜诗美学风格不一,但在这一点上相似,平淡中蕴含着艰苦,圆熟中包孕着历练,这是更高层次的平淡,是一种理想的审美境界。

方回倡导的"熟淡",不以格高取胜,而以意味为上;不以才学炫博,而主自然风情;似王、孟之淡,更兼宋人内涵;流利圆润又平易朴质,语律娴熟且韵味深长。方回之论,与其自身审美理想和创作实践有关。方回自己初学张耒,次学苏舜卿、梅尧臣,后又学黄、陈,深知众家优长与不足。方回以杜甫为"格高"和"律熟"完美结合的典范,然杜甫之诗"非真积力久不能到",如学杜诗,可取黄、陈之格高,兼学梅、张之圆熟,参之贾岛之苦练,方能从有法到无法,逐渐趋于最佳境界。

方回倡导"熟淡",又和自己的心境有关。方回晚年深悔以前的行为,希望能平淡生活。方回在卷一三白居易《戊申岁暮咏怀二首》评中云:"予年五十七岁选此诗,深愧之。"白诗云:"荣华外物终须悟,老病旁人岂得知。犹被妻儿教渐退,莫求致仕且分司。"方回当是由此发出感慨。方回不断调整自己,希望能圆通处世,融合为人,如张道洽诗评:"熟也者,非腐烂陈故之熟,取之左右逢其源是也。"(卷二〇,张道洽《梅花二十首》评)这与其说是评诗,毋宁说是陈述一种生活哲理。方回在诗中自言:"诗备众体更须熟,文成一家仍不陈。晚悔昨非思改纪,规随养气省心人。"(《七十翁吟七言十绝》)由此可以推想,方回论诗倡导"活法""圆熟""平淡",是既尊重创作规律和审美需求又符合生活哲学的诗学表达,也是方回在时间的流逝和现实的磨炼中,希望摆脱心理愧疚和良心不安、追求平和心境的曲折反映。

一部具有社会反响的著作能影响作者,这不仅意味着作品给作者带来正面或负面声誉和地位,也意味着读者会对作者作出新的评价和认识,更重要的是作者在写作的过程中,能重新体验和经历,不断反思和拷问自身,从而塑造另一自我。方回根于自身的特殊人生经历和创作经验,立足诗风萎靡的宋季诗坛,放眼唐宋诗歌发展历程,对诗歌创作进行赏析评论和反思总结,具有重要的诗学价值。方回在鉴赏和品评诗人及作品时,也对自身进行了道德人格的追问和艺术伦理的教育,这在一定程度上实现了自我救赎。方回以自己的创作成就和人生教训为徽州诗坛书写了斑驳的一笔,也为后世提供了正负两面借鉴的真切范本。

下 编

徽州文化与宋代徽州诗坛

第一章 宋代徽籍诗人空间分布和文化背景

古代徽州文化发展经历了漫长的历史过程,从越文化为主到汉越文化融合,至宋代汉文化的主导地位才真正确立。宋代是徽州文化发展的关键时期,尤其宋室南渡后,徽州邻近京城具有了较便利的交通条件,而且处在京畿文化辐射地带也便于文化交流。徽州的教育、科举、学术、艺术等开始勃兴,并逐渐形成具有近代意义的徽州文化。在宋代徽州文化兴盛的背景下,徽州本籍诗人及诗歌数量以直线趋势上升,徽州诗坛由崛起并走向繁荣。徽州诗坛是徽州文化的组成部分,徽州诗坛的发展及演化都取决于并且呈现出徽州地域文化性格。本章拟在徽州文化的视域下,先对徽州本籍诗人创作的空间分布进行量化分析,进而考察徽州本籍诗人的教育、科举、仕宦、著述等情况,以观宋代徽州六县诗人的文化素质,从而进一步探讨宋代徽州诗坛发展的文化动因。

第一节 宋代徽籍诗人创作空间分布

任何个体或群体的文学活动都要在一定的时空范围内进行,对宋代徽州诗人及其创作的把握既要考虑其时段分布,也应重视其空间分布。上编我们已经对宋代徽州诗人及其创作的时段分布进行统计和分析,下编再对其空间分布进行统计和分析。

一、宋代徽籍诗人创作六县分布

了解诗人出生和成长的不同区域,有助于具体分析徽州诗人创作状况及形成原因。宋代徽州本籍诗人现有存诗者 162 位,其中北宋 33 位,南宋 124 位,时代不明 5 位。为了说明能够展示徽籍诗人空间分布的动态发展,我们分别统计北宋和南宋徽籍诗人六县分布情况:

北宋徽籍诗人六县分布

六　县	北　宋	低产层	中产层	多产层	高产层
歙县	16	15		释道宁	
休宁	4	4			
婺源	6	6			
祁门	3	3			
黟县	4	3	丘濬		
绩溪	0				

北宋徽籍诗人数量不多,分散到每个县就更显得寥落了。歙县是郡治地,其诗人数稍多一点。绩溪未见有存诗者,文学基础相对落后。其他县诗人总数相差不太大。低产层诗人多为略涉诗歌者,考察六县创作状况应主要以中产层及以上诗人为对象。歙县和黟县分别有一多产层和中产层诗人,以此来看,北宋时期,歙县和黟县的文学成就不容忽视。

南宋徽籍诗人六县分布

六县	南宋	低产层	中　产　层	多　产　层	高产层
歙县	27	22	罗愿、释嗣宗	杨公远、吴龙翰	方回
休宁	43	35	吴儆、金朋说、赵戣、詹初、孙嵩	汪莘、程珌、吴锡畴	
婺源	29	23	朱弁、朱槔	朱松、程洵、许月卿	王炎
祁门	10	9			方岳
黟县	8	8			
绩溪	8	4	胡仔、汪晫、胡伟	汪梦斗	

南宋徽州六县,从诗人总数而言,由高到低依次为休宁、婺源、歙县、祁门、绩溪、黟县。这与北宋时期诗人分布情况大不相同。休宁和婺源突飞猛进,不仅总数赶超了歙县,而且涌现了许多中产、多产诗人,尤其婺源还有高产诗人。祁门诗人虽不多,但由于方岳的诗歌创作,显然不容小觑。绩溪不

仅诗人数量突增,而且出现了中产层和多产层诗人。

北宋六县中尚有诗人创作的空白,而南宋徽州六县不仅均有诗人创作,且在北宋的基础上大都有长足的发展。休宁发展最快,北宋时诗人较少,南宋诗人数量达到北宋的 10 倍之上。婺源、祁门、绩溪等增长也较显著。歙县南宋时诗人数量大为提高,且出现中产及以上层诗人 5 位,考虑到其北宋诗人总数较多,故相对休宁等县而言,其增长速度略低。相比之下,黟县在南宋时期诗歌发展稍显缓慢。

二、宋代徽籍诗人创作家族分布

宋代徽州诗人中不少人具有血缘关系,呈现出家族群体创作的特点。据可见文献考索统计,宋代徽州文学家族有 27 家,仅从现有存诗而论,家族成员中有两人或以上现有存诗的有 24 家①,具体分布如下:

现有存诗的宋代徽籍诗人家族分布

属县	家 族	家族成员及存诗	人数	存诗总数
歙县	舒塘舒家	舒雅6、舒雄2	2	8
	吕家	吕文仲4、吕溱3	2	7
	俞家	俞献可1、俞希孟4、俞希旦1	3	6
	聂家	聂致尧1、聂致2、聂冠卿1、聂宗卿1	4	5
	许村许家	许元2、许俞1	2	3
	呈坎罗家	罗汝楫2、罗颂2、罗愿41	3	45
	槐塘程家	程元凤13、程元岳5	2	18
休宁	西门查家	查元方1、查道4	2	5
	会里程家	程大昌13、程准2、程卓2	3	17
	商山吴家	吴儆64、吴庢2、吴锡畴130、吴资深3、吴浩1	5	200
	陪郭程家	程先11、程永奇4	2	15

---

① 统计仅为五服内两位或以上成员有诗存世的徽州家族。家族成员限于徽州本籍诗人,祖籍徽州但出生成长在外地者如朱熹不在统计范围。

续　表

属县	家　族	家族成员及存诗	人数	存诗总数
休宁	首村朱家	朱权 4、朱申 1	2	5
	资村汪家	汪文振 1、汪楚材 2	2	3
	汊口程家	程珌 128、程洙 4、程彻 2	3	134
婺源	考水胡家	胡侃 1、胡伸 1	2	2
	武口王家	王汝舟 9、王愈 1、王炎 826	3	836
	阙里朱家	朱弁 48、朱松 426、朱橰 84	3	558
	许昌许家	许大宁 1、许月卿 289	2	290
祁门	王家	王舜举 1、王咨 1	2	2
	井亭汪家	汪伯彦 7、汪德辅 1、汪佑 1	3	9
黟县	南山程家	程迈 4、程叔达 2	2	6
	黄陂汪家	汪勃 3、汪义荣 2、汪纲 1	3	6
绩溪	市东胡家	胡舜陟 16、胡舜举 1、胡仔 22、胡伟 100	4	139
	西园汪家	汪晫 55、汪梦斗 128	2	183

从上表来看,宋代徽州诗人及创作分布,表现出以家族为单位的分布特点。这些家族,歙县 7 家,休宁 7 家,婺源 4 家,祁门、绩溪和黟县均为 2 家。从各家诗人数量、存诗数量等综合考虑,休宁吴家、婺源王家、婺源朱家、绩溪胡家创作较为突出。另外歙县罗家、休宁会里程家、绩溪汪家等影响也较大。一州之境在宋代涌现出如此多的家族诗人群体,当为徽州诗坛一重要现象。家族诗人群体的形成,在一定程度上反映了家族对于宋代徽州诗坛发展的重要性。

第二节　宋代徽籍诗人教育科宦情况

一、主要诗人教育经历

此处所谓的"主要诗人"指多产层和高产层诗人,即创作超过百首的诗人。从现存文献来看，宋代徽州共有12位诗人存诗在百首之上。从这些诗人入手，了解其教育经历，以便于进一步了解教育对于徽州诗坛的影响。

徽州主要诗人教育情况

诗　人	生卒年	本籍	主要受教育经历	主要任职
释道宁	1053—1113	歙县	祝发蒋山泉禅师，依雪窦老良禅师。后遍历丛林，参诸名宿。晚至白莲，参五祖法演禅师，顿彻法源。	潭州开福寺禅师
朱松	1097—1143	婺源	幼受父朱森教。游乡校，由郡学贡京师。政和八年(1118)上舍及第。后从游萧顗、罗从彦等。	县尉；吏部员外郎
程洵	1135—1196	婺源	幼受其父程鼎教。从师名儒李缯。朱熹及门高弟，与朱熹相交甚深。特奏名进士。	衡阳簿；庐陵知录
王炎	1138—1218	婺源	幼受祖父、伯父、父亲教。师尊洪搏。乾道五年(1169)进士。后从游张栻。	大监
程珌	1164—1242	休宁	从舅父黄何学。绍熙四年(1193)进士。	翰林学士
方岳	1199—1262	祁门	少师从理学家冯椅，后入官学。从游名儒吴济柔、滕珙等。	知州
吴锡畴	1215—1276	休宁	少从家学，后从程若庸学。	未仕
许月卿	1216—1285	婺源	从魏克愚学。淳祐四年(1244)进士。	运干；归隐
方回	1227—1307	歙县	少从学叔父方瓒。从游学者吕午、魏克愚。学诗于方岳等。景定三年(1262)进士。	知严州；仕元
杨公远	1227—？	歙县	不明。	未仕
吴龙翰	1233—1293	歙县	学诗于方岳、刘克庄。景定五年(1264)领乡荐。	编校国史院实录文字
汪梦斗	约同上	绩溪	少从祖父汪晫教。景定二年(1261)魁江东漕试。	史馆编校

从上表来看,宋代徽州较有成就的诗人基本上都接受比较多样化的教育,一是家庭启蒙教育较早,二是入官学接受教育,三是多从师理学名儒,这有利于诗人的全面发展。宋代徽州教育兴盛,教育形式多样,不仅提高了徽人的知识水平,也极大地提升了徽人的德行学术和文学素养,在某种程度上决定了徽州诗人创作数量和艺术成就。

二、徽籍诗人科举情况

宋代徽籍诗人现有存诗者162位,其中查元方、吕文仲、舒雅由南唐归宋,后两位为南唐进士,不再考察,余159位科举情况如下:

宋代徽籍诗人科举情况一览

科举		歙县	休宁	婺源	祁门	黟县	绩溪	数量
登科者	常科	舒雄 谢泌 张秉 俞献可 方仲荀 聂致尧 聂冠卿 俞希孟 吕溱 俞希旦 罗汝楫 汪若荣 方有开 赵善璙 方恬 程元凤 吕午 汪仪凤 郑江 程元岳 许霖 方回 陆梦发	查道 洪湛 凌唐佐 程大昌 汪远猷 吴儆 朱晞颜 吴箕 程卓 汪雄图 朱权 金朋说 汪文振 朱申 汪楚材 程珌 程洙 曹泾	王汝舟 王愈 胡仔 胡伸 汪王建 张敦颐 胡持 李知己 王炎 滕璘 李棣 李登 吴觉 俞君选 李亨 江恺 许月卿 胡次焱	陈亨龙 伯彦 王舜举 谢安邦 方岳 陈樾 陈鼎新	许孙 俞抗 丘潜 程迈 卢臣忠 汪汝明 胡汝明 汪勃 程叔达 汪义荣 汪纲	胡舜陟 汪襄 胡舜举 戴泳	80
		24	18	17	7	10	4	
	其他	许元(赐进士出身)	程嘉量(赐进士出身) 陈尚文(特科进士) 许文蔚(上舍及第) 程骧(赐武举出身) 朱惟贤(特科进士)	朱松(上舍及第) 程洵(特奏名进士)	谢玭(特奏名进士) 程鸣凤(武举第一)	黄葆光(赐进士出身) 汪韶(特奏名进士)		12
		1	5	2	2	2	0	

续表

科举	歙县	休宁	婺源	祁门	黟县	绩溪	数量
未登科者	聂致孙 释道宁 罗颂 吴弘钰 鲍云龙 吴倧 吴龙翰 罗荣祖 张冠卿 聂宗卿 释嗣宗 郑晦 祝穆 杨公远 刘光 洪光基 罗禧楠 程楠	曹汝弼 金梁之 程永奇 汪莘 程准 程赵叶 吴锡畴 汪若楫 吴胡詹 应金文 戚以南 吴资深 吴嵩 程彻	源先庭 吴程某 胡初紫 应垣刚 吴山浩 吴	洪马程朱李李滕江汪 搏咸方朱李胡许心宗 介开顺黄斗大宇臣 槚缯楝元宁	魏 瑾 朱弁 张 李 胡斗 许大宁	汪德辅 黄伯修 汪祐 王德称 陈士弘		胡仔 王铚 胡伟 汪晫 汪梦斗	67
	18	23	16	5	0	5	

总体来看,宋代徽籍诗人中登科者共 92 人,未登科者 67 人,进士出身者占据徽州诗人总数一半以上。不过,六县情况又有不同。休宁、婺源登科人数与未登科人数相近,黟县 12 位诗人无一例外地均为登科之人,绩溪未登科人数稍多一点。需要说明的是,在未登科者中,多数人年轻时也习举子之业,并参加过科举考试的选拔,如曹汝弼是乡贡进士、汪梦斗曾魁江东漕试、汪宗臣两中亚选等。徽州诗人中进士出身者显然占优势,这也初步反映了徽州诗坛发展与科举教育的密切关系。

三、徽籍诗人仕隐选择

(一)徽州诗人的入仕情况

宋代徽籍诗人中,入仕者占绝对优势。据现存文献记载,曾任某种官职以及官职不明但确定曾入仕者共有 122 人,其中科举入仕者 92 人,荫补 8 人,荐举 8 人,不明 14 人。徽州仕宦诗人六县分布情况并不均衡,而且在六县徽籍诗人中所占比例不同,具体如下:

宋代徽州仕宦诗人统计

比较对象	歙县	休宁	婺源	祁门	黟县	绩溪	总计
北宋诗人	16	4	6	3	4	0	33
仕宦诗人	14	3	5	2	4	0	28
所占比例	88%	75%	83%	67%	100%	0	85%

续　表

比较对象	歙县	休宁	婺源	祁门	黟县	绩溪	总计
南宋诗人	26	43	29	10	8	8	124
仕宦诗人	20	30	18	9	8	7	92
所占比例	77%	70%	62%	90%	100%	88%	74%
时代不明	3			2			5
仕宦诗人	0			0			0
宋诗人	45	47	35	15	12	8	162
仕宦诗人	34	33	23	13	12	7	122
所占比例	76%	70%	66%	87%	100%	88%	75%

从上表来看,宋代徽州仕宦诗人与徽州诗人比约为75%,这表明徽州诗人中,四分之三的诗人曾经入仕为官。宋代徽州诗人中多进士、学者,尤其是前者决定了徽州诗人中绝大多数有过仕宦生涯。不过,北宋仕宦诗人与徽州诗人比为85%,南宋为74%,南宋科举成就高于北宋,而仕宦诗人占比下降,这与徽州士人放弃科举而从事学术有关。

从六县分布来看,诗人数量遥遥领先的休宁、歙县和婺源,其仕宦诗人绝对数量与之相应,但仕宦诗人占比却相对要低些;绩溪、祁门仕宦诗人占比相对较高,尤其黟县,诗人都有入宦经历,说明黟县科举与诗歌创作关系更为密切。徽州诗人队伍中仕宦诗人占据绝对比例,仕宦诗人构成了一个庞大的群体,成为徽州诗坛的主体力量。仕宦诗人由于异地为官,广泛与仕宦地的诗人交流,也与其地诗坛具有密切的关系。通过仕宦诗人群体,不仅可以大体把握徽州诗坛的创作状况,也能大致了解徽州诗坛与异地诗坛的交流互动,故研究徽州仕宦诗人群体创作非常必要。

(二)徽州诗人的隐逸情况

此处隐逸诗人指除释者外终生未仕或曾隐居的诗人。宋代徽籍诗人中,可考共有37位诗人有过隐居的经历,具体情况如下:

宋代徽州隐逸诗人一览

属县	宋终生未仕	宋先仕后隐	宋元均未仕	宋仕元不仕	人数
歙县		鲍云龙	杨公远、刘光	吴龙翰	4
休宁	曹汝弼、程先、程永奇、吴屋、汪莘、赵戣、叶介、吴锡畴	金朋说、詹初	吴应紫、孙嵩	程骧、吴资深	14

续　表

属县	宋终生未仕	宋先仕后隐	宋元均未仕	宋仕元不仕	人数
婺源	洪搏、张顺之、李缙、朱棵	胡侃、许月卿	胡斗元、滕琜、汪宗臣	胡次焱、江恺	11
绩溪	汪晫	胡仔①		汪梦斗	3
人数	13	6	7	6	

宋代徽州隐逸诗人与仕宦诗人相比虽然不多，但在宋代州府中隐逸诗人数量居上。这些隐逸诗人多居住徽州本地，相比仕宦诗人而言，其诗歌也更多表现出徽州的本土特征。许多隐逸诗人是理学家，他们著述授徒，在徽州士子心目中享有较高的地位，对徽州诗坛的影响也很大。尤其是由官归隐的诗人，或重视道德修养、不愿同流合污，或坚守民族气节、拒绝入仕异族，更体现了徽人的精神境界和艺术追求。

第三节　宋代徽籍诗人学术著述情况

考察徽州文化与诗坛的关系，我们还有必要对徽州诗人的学术著述进行统计。这不仅可以具体了解徽州诗人的文化素质，还可以初步把握徽州学术和文学的发展状况，以便于深入了解徽州学术对诗坛之间的影响。

一、宋代徽籍诗人著述统计

徽州教育、科举不仅培养了大批登科人才，同时也带来学术、文学的繁荣。宋代徽州士人多著书立说，留下了数目可观的著作。陈玲、汪芳依据四库系列丛书，整理徽州学人著作，统计由宋到清徽州籍著述者为335人，其中宋代36人，元代21人（其中约一半人由宋入元），明代136人，清代142人，②虽然宋代有著者人数少于明清，但与宋前相比，不仅是零的突破，而且是飞跃式的发展。

笔者依据《新安学系录》《新安名族志》和徽州府、县志等文献记载，并

---

① 胡仔由广西提刑司干办公事因丁忧卜居苕溪，自号苕溪渔隐，投闲二十载后又入仕。
② 陈玲、汪芳《四库系列丛书徽州人著述概况研究》，《黄山学院学报》2007年第2期。

参照周晓光的研究成果①,对宋代徽州本籍学者进行考证和统计,初步统计宋代徽州本籍学者190位②,著述有700余种。其中现有存诗徽籍诗人著述情况如下表所示：

宋代徽州诗人著述统计

诗 人	籍贯	存诗	著 作
吕文仲	歙县	4	预修《太平御览》《太平广记》《文苑英华》,集《宋太宗歌诗》
舒雅	歙县	6	编纂《文苑英华》、校《史记》《前后汉书》《周礼》《礼记》《公羊谷梁传疏》《七经疏义》,修续《通典》,别纂《孝经》《论语正义》,著《山海经图》
谢泌	歙县	4	《文集》
聂冠卿	歙县	1	《崇文总目》《蕲春集》《河东集》
查道	休宁	4	《查待制文集》
曹汝弼	休宁	10	《海宁集》
洪湛	休宁	2	《韶年集》《比部集》
孙抗	黟县	10	《工部文集》《映雪斋诗集》
丘濬	黟县	30	《霸国环周立成历》《历日纂圣精要》《难逃论》《历枢》《符天行宫》《转天图》《万岁日出昼夜立成历》《五星长历》《正祥历》《太乙遁甲赋》《洛阳尚贵录》《牡丹荣辱志》《观时感事诗》《文集》《困编》
王汝舟	婺源	9	《云溪文集》
洪搏	婺源	1	《菊坡言志录》
王愈	婺源	1	《文集》
胡侃	婺源	1	《棣华稿》
胡伸	婺源	1	《遗稿》两卷
凌唐佐	休宁	3	《周易解义》
程迈	黟县	4	《奏议表启》《止戈堂诗集》

---

① 统计主要依据明程曈《新安学系录》和道光《徽州府志》之《艺文志》,并参考周晓光《徽州传统学术文化地理研究》(安徽人民出版社,2006年)附录2中的统计情况。
② 统计仅为徽州本籍者,籍贯不能确定者未计入。由宋入元学者,凡宋亡时此人年满40岁或虽生卒不明但在宋代有一定影响力者,则列为宋代。

续 表

诗 人	籍贯	存诗	著 作
汪伯彦	祁门	7	《建炎中兴日历》
胡舜陟	绩溪	16	《论语义》《孔子编年》《师律阵图》《奏议》《三山老人语录》《咏古诗》
朱弁	婺源	48	《聘游集》《奏议》《尚书直解》《曲洧旧闻》《续骫骳说》《杂书》《风月堂诗话》《新郑旧诗》《南归诗文》
罗汝楫	歙县	2	《东山稿》
程介	婺源	1	《盘隐集》
朱松	婺源	426	《韦斋集》《外集》
张敦颐	婺源	1	《韩柳文音辨》《六朝事迹编类》
朱槔	婺源	84	《玉澜集》
胡舜举	绩溪	1	《盱江志》《乙巳泗州录》《乙酉避乱录》《剑津集》
汪若荣	歙县	1	《汪若荣集》
胡仔	绩溪	22	《孔子编年》《苕溪渔隐丛话》
李缯	婺源	1	《论语讲义》《西铭解义》《山窗业书》《诗文集》
程先	休宁	10	《东隐集》
程叔达	黟县	2	《诗文全集》
陈尚文	休宁	3	《漫翁集》
程大昌	休宁	13	《易原》《禹贡论》《雍录》《北边备对》《考古编》《演繁露》《续演繁露》《诗论》《易老通言》《尚书谱》《文集》《文简公词》
吴儆	休宁	64	《竹洲集》《棣华杂著》
罗颂	歙县	2	《狷庵集》
程洵	婺源	125	《克庵尊德性斋集》《三苏纪年》
罗愿	歙县	41	《尔雅翼》《新安志》《鄂州小集》
王炎	婺源	826	《读易笔记》《尚书传》《礼记论语孝经老子解》《春秋衍义》《象数稽疑》《禹贡辨》《考工记》《乡饮酒仪》《诸经考疑》《编年通纪》《纪年提要》《天对解》《韩柳辨证》《伤寒论》《本草正经》《双溪文集》

续 表

诗 人	籍贯	存诗	著 作
方恬	歙县	6	《正论》《机策》
吴箕	休宁	1	《听词类稿》
程永奇	休宁	4	《六经疑义》《四书疑义》《朱子语粹》《中和考》《定性书注释》《好学论注释》《太极图注释》《西铭注释》《格斋稿》
吴㠓	休宁	2	《自胜斋集》
滕璘	婺源	3	《论语说》《溪斋类稿》
程卓	休宁	2	《使金录》《奏议》《文集》
汪雄图	休宁	1	《李顿集》
汪莘	休宁	221	《方壶存稿》
汪纲	黟县	1	《恕斋集》《左帑集》《漫存录》
朱权	休宁	4	《史断》《讷言》《末议》《默斋文集》
金朋说	休宁	95	《碧岩集》
朱申	休宁	1	《道命录》
许文蔚	休宁	1	《文集》
詹初	休宁	50	《翼学十篇序经》《寒松阁集》
汪晫	绩溪	55	《曾子》《子思子》《环谷存稿》
程珌	休宁	128	《内制类稿》《外制类稿》《洺水集》
谢琎	祁门	2	《语录日录》《竹山遗略》
赵善璙	歙县	1	《自警编》
吕午	歙县	10	《左史谏草》《竹坡类稿》
祝穆	歙县	4	《方舆胜览》《事文类聚》《类编古今事林群书一览》《四六宝苑》
赵戣	休宁	48	《史权》《吟啸集》
许大宁	婺源	1	《双桂堂稿》
方岳	祁门	1 450	《重修南北史》《宗维训录》《秋崖小稿》
叶介	休宁	4	《云崖文集》

续表

诗人	籍贯	存诗	著作
程垣	休宁	1	《紫薇逸士集》
程元凤	歙县	13	《内外制》《奏稿》《经筵讲议》《讷斋文集》
汪仪凤	歙县	2	《程文》《山泉类稿》
吴觉	婺源	3	《易旨疏释》
程洙	休宁	4	《南窗稿》
吴锡畴	休宁	130	《兰皋集》
吴资深	休宁	3	《索笑集》《友梅集》
俞君选	婺源	1	《艮轩小稿》
许月卿	婺源	289	《书经解》《百官箴》《山屋集》
程鸣凤	祁门	5	《读史发微》
汪若楫	休宁	9	《秀山文集》
程元岳	歙县	5	《山窗集》
陆梦发	歙县	3	《晓山吟稿》《乌衣集》《圻南集》
胡斗元	婺源	3	《易传》《史纂》
方回	歙县	2 916	《读易释疑》《易中正考》《易吟》《尚书考》《仪礼考》《皇极经世考》《古今考》《历象考》《衣裳考》《玉考》《乐歌考》《礼记名堂位辨》《宋季杂传》《建德府节要图经》《先觉年谱》《虚谷间钞》《碧流集》《桐江集》《文选颜鲍谢诗评》《名僧诗话》《瀛奎律髓》
杨公远	歙县	457	《野趣有声画》
滕埁	婺源	5	《星崖集》
汪梦斗	绩溪	128	《北游集》《云间集》《杏山集》
吴龙翰	歙县	178	《古梅吟稿》《杂著》《诗文韵俪稿》
鲍云龙	歙县	1	《天原发微》《大月令》《筮草研几书》
曹泾	休宁	17	《服膺录》《读书记》《杂作管见》《三场管见》《过庭录》《课余杂记》《曹氏家录》《古文选》《讲义》《文稿》

续表

诗人	籍贯	存诗	著作
江恺	婺源	1	《四书讲义》《诗经讲义》《箕裘集》
吴浩	休宁	1	《大学口义》《直轩集》
孙嵩	休宁	71	《艮山集》
吴山	休宁	1	《麟坡集》
朱惟贤	休宁	1	《竹岳稿》
刘光	歙县	6	《晓窗吟稿》
汪宗臣	婺源	19	《紫岩集》《世乘窥班》

由上表可知,宋代徽州本籍诗人 162 位,可考曾有著作传世的诗人有 89 人,占据诗人总数一半以上。多数诗人著作不止一种,其中超过 5 种有 9 人。徽州诗人涉猎广泛、成果卓著由此可见。

二、《四库全书》宋代徽人著述统计

《四库全书》是清乾隆朝所修的我国古代最大的一部丛书,具有丰富的文献资源和巨大的研究价值。通过对《四库全书》收录宋代徽人尤其是徽州诗人著述的梳理,不仅可以总体上把握当时徽州文学和学术发展概况,也可初步判断诗人的学术背景和成就,以便于深入了解徽州学术对诗坛之间的影响。

《四库全书》收录宋代徽人著述统计①

四部 属县	经部	史部	子部	集部	人数
歙县	罗愿《尔雅翼》	罗愿《新安志》; 祝穆《方舆胜览》; 吕午《左史谏草》	祝穆《古今事文类聚》; 方回《续古今考》; 鲍云龙《天原发微》	罗愿《罗鄂州小集》; 方回《桐江续集》《文选颜鲍谢诗评》《瀛奎律髓》; 吴龙翰《古梅吟稿》; 杨公远《野趣有声画》	7

---

① 图表仅统计徽州本籍人著述情况。属县中,黟县未有著录者,未列;徽州,表示属县不明。表中〇,表示此人未见存诗。

续表

四部 属县	经部	史部	子部	集部	人数
休宁	程大昌《易原》《禹贡论》；○程若庸《性理字训》补辑	程大昌《北边备对》《雍录》；程卓《使金录》	程大昌《考古编》《演繁露》	吴儆《竹洲集》《棣华杂著》；汪莘《方壶存稿》；詹初《寒松阁集》；汪梦斗《北游集》；吴锡畴《兰皋集》	7 ○1
婺源	○胡方平《易学启蒙通释》	张敦颐《六朝事迹编类》；许月卿《百官箴》	朱弁《曲洧旧闻》；吴箕《常谈》；○滕珙《经济文衡》	朱弁《风月堂诗话》；朱松《韦斋集》；朱槔《玉澜集》；张敦颐《柳河东集注（音辨）》；王炎《双溪集》；程珌《洺水集》；胡次焱《梅岩文集》	9 ○2
祁门				方岳《秋崖集》	1
绩溪		胡仔《孔子编年》	汪晫《曾子》《子思子》	汪晫《康范诗集》；胡仔《渔隐丛话》	2
徽州			○张杲《医说》；○罗璧《识遗》		○2
著作数	5	9	12	22	

《四库全书》收录宋代徽人31人，其中现有存诗者26人；收录著作共48种，涉及经、史、子、集四部，这些著作凭借《四库全书》得以保存从而广泛流传。

三、学术史收录宋代徽籍诗人统计

评价一个人的学术影响，可以从一些重要的学术史著作是否收录其人或其著找到一些根据。我们主要选择《新安学系录》《宋元学案》及补遗，以观徽州诗人的学术影响力。

（一）《新安学系录》收录宋代徽人情况

明程曈编撰《新安学系录》，收录宋代到明代中叶徽州学术方面有突出贡献的学者111位，其中主要生活在宋代的学者有60余位。仅以徽州本籍学者来计，收录宋代徽州学者53位，约占全书收录学者人数的一半，由此可

证宋代徽州学术发展的兴盛。搜检《新安学系录》中所录学者存诗情况,其中现有存诗的宋代徽州学者有22人,如下所示:

《新安学系录》中现有存诗宋代徽州学者

属县	现有存诗学者	人数
歙县	方恬、祝穆	2
休宁	程大昌、吴儆、程先、程永奇、汪莘、汪楚材、吴屋、吴锡畴、吴资深、吴浩	10
婺源	朱松、李缯、王炎、程洵、滕璘、许月卿、江恺、胡斗元、汪宗臣	9
祁门	谢琎	1

《新安学系录》所选宋代徽州学者,有22人现有存诗,占总人数约42%。在未见存诗者中,还有不少人曾经作诗而诗作佚失,如滕恺著《溪堂集》、吴昶有诗文50卷、金若洙著《东园集》《四咏吟编》等。

(二)《宋元学案》收录宋代徽人情况

明末清初黄宗羲编撰《宋元学案》,是中国学术思想史上的一部经典著作。此著收录宋元时期著名思想家2 000余人,徽州学者共59人,占总人数3%,远高于宋元其他州府占人数的平均数①。从不同地域比较来看,可见宋代徽州地区学术的繁荣和深远影响。搜检《宋元学案》中所录宋代徽州本籍学者存诗情况,其中现有存诗的宋代徽州学者14人:

《宋元学案》中现有存诗宋代徽州学者

属县	现有存诗学者	人数
休宁	吴儆、程永奇、詹初、吴锡畴、曹泾	5
婺源	朱弁、滕恺、李缯、朱松、程洵、滕璘、许月卿、江凯、胡斗元	9

《宋元学案》所录,均是宋元学术思想史上占据一定地位的学者。宋代徽州诗人共162位,见于《宋元学案》的有14人,约占据徽州诗人十分之一。这些著名学者学术对诗坛发展的影响毋庸置疑。另外,由上表还可看出,现

---

① 周晓光《徽州传统学术文化地理研究》(安徽人民出版社,2006年,第21页)中统计75人,本文统计数字有异主要在于对籍贯、时代的界定。

有存诗的徽州重要学者主要集中于休宁和婺源两县,可见这两县的学术与文学发展情况更有典型意义。

(三)《宋元学案补遗》收录宋代徽人情况

在《宋元学案》的基础上,《宋元学案补遗》又收集补录宋元时期著名思想家约万余人。其中,徽州学者共140余人,宋代学者占据半数以上。搜检《宋元学案补遗》中所录徽州学者存诗情况,现有存诗的宋代徽州学者有40人,如下所示:

《宋元学案补遗》中现有存诗宋代徽州学者

属县	现有存诗学者	人数
歙县	罗愿、罗颂、方有开、吴龙翰、方恬、吕午、陆梦发、方回、程元凤、刘光	10
休宁	曹汝弼、程大昌、吴箕、程卓、汪莘、程先、汪楚材、吴㡞、金朋说、程珌、徐文蔚、孙嵩、朱权、汪雄图、叶介、程洙、吴浩	17
婺源	洪搏、胡伸、李缙、张敦颐、王炎、胡次焱、滕塛、孙嵩	8
祁门	方岳、谢玤	2
绩溪	汪襄、汪晫	2
黟县	孙抗	1

《宋元学案补遗》收录的现有存诗的徽州学者,不仅人数更多,而且分布在徽州六县。再进一步分析可知,《宋元学案》《宋元学案补遗》收录学者中,包括了徽州高产层诗人方岳、方回、王炎,多产层诗人吴龙翰、汪莘、程珌、吴锡畴、朱松、程洵、许月卿、汪梦斗,也就是说宋代徽州高产层、多产层诗人中,除杨公远外,都见诸中国学术史,这确实是值得关注的现象。

四、宋代徽州六县学者诗人统计

"学者"这一概念运用广泛,但其外延指向并不确定。笔者对学者的统计,主要选取两类人:一是学术史上榜上有名者,二是有学术著述传世者。① 根据学术著作记载和个人著述情况,统计徽州本籍学者共170位,其中现有

---

① 周晓光在《徽州传统学术文化地理研究》中界定学者包括三类人,一是学术史上榜上有名者,二是有著述传世者,三是科考有功名者。参见周晓光《徽州传统学术文化地理研究》,安徽人民出版社,2006年,第20页。

存诗的学者 74 位。考察徽州诗坛成员学术背景和学术情况,有必要综合分析徽州学者、诗人、学者诗人六县分布情况,由此可大致了解徽州六县学术、诗歌发展状况和发展趋势。具体分布如下:

宋代徽州学者、诗人六县分布

分类	歙县	休宁	婺源	祁门	黟县	绩溪	属县不明	徽州
学者	39	45	57	8	10	9	2	170
诗人	45	47	35	15	12	8	0	162
学者诗人	19	25	18	4	5	5		76
学者诗人与诗人比	42%	53%	51%	27%	42%	62%		47%

从学者与诗人数量来看,婺源学者人数为六县之首,然诗人数量居第三位,婺源相对更重视学术;歙县诗人数量居第二,而其学者数略少,相对而言较偏重于文学;休宁学者居第二,诗人数量居于六县之首,学术与文学发展基本平衡;其他三县,祁门、黟县诗人数量超过学者,绩溪学者与诗人数量基本相当。

从诗人中学者的比例来看,宋代徽州学者诗人约占总诗人数的47%,也就是说,徽州诗人中将近一半人从事学术活动,其中尤以绩溪为最。徽州诗人往往具有学者的身份,这样的诗人队伍必将影响徽州诗坛的整体创作。

综上,通过对徽州诗人的空间分布、教育科举、学术著作等统计,我们可初步形成一认识:宋代徽州教育、科举、学术、文学均得到极大发展,尤其是休宁、婺源在南宋发展更为迅速。随着徽州士人的文化水平提高和身份的变化,徽州诗坛格局和创作风貌都发生变化。徽州诗人能普遍接受不同形式的教育,通过科举入仕诗人数量不断增加,成为徽州诗坛主要力量。南宋徽州学术文化风气空前浓厚,由此学者诗人队伍庞大。宋代徽州宗族进一步发展,出现许多文学家族。之下将从徽州地理环境、教育、科举、理学、宗族几个方面,分别阐述其与徽州诗坛的互动关系,并重点考察徽州诸文化要素对徽州本籍诗人诗歌创作的影响。

第二章　地理环境与宋代徽州诗坛

　　地理环境包括自然地理环境(自然环境)和人文地理环境(人文环境)。自然地理环境是气候、地貌、水文、土壤、植被与动物界有机组合的自然综合体;人文地理环境是人类通过历史的和现代的经济、政治、社会、文化等活动在原先的自然地理环境基础上所造成的人为环境。① 地理环境是孕育生成地域文化的源泉和土壤,而地域文化一经形成又成为新的地理环境,"它怀抱每一代刚出生的成员并将他们塑造成人,提供他们信仰、行为模式、情感与态度"②,因此,地理环境与地域文化融为一体,不可分割。

　　徽州素有"大好山河""东南邹鲁"之誉,也有"郡称四塞""山越剧县"之谓。在漫长的历史变迁中,徽州形成了独特的地域文化,孕育了徽人与之相应的秉性气质。徽州的山水风物和生活习俗进入诗人审美观照的视野,成为诗人艺术想象与表现的对象。地域环境和时代风气,造就了诗人尚新求奇的审美情趣和艺术趋向。宋代徽州诗歌呈现了充满诗意的徽州生活图景,不仅折射出徽州地域文化的风貌,也折射出徽人独特的感知方式与丰富的想象力。

第一节　地理环境与徽人秉性

一、徽州自然环境

(一) 山高谷深,郡称四塞

　　徽州基本属地在皖南丘陵山地,大致在黄山南麓、天目山以北,介于东

---

① 参考夏征农、陈至立主编《辞海》,上海辞书出版社,2009年,第437页。
② (美)E.哈奇著,黄应贵、郑美能编译《人与文化的理论》,黑龙江教育出版社,1988年,第133页。

经117°12′—118°55′与北纬29°24′—30°31′之间,地处亚热带北缘。徽州是"原始江南古陆"的组成部分,早在前震旦纪末,与浙、赣毗邻地区就上升为陆地,之后山地高度逐渐增加,范围不断扩大。三叠纪中期(约2.1亿年前),徽州区域全部成陆地。侏罗纪(约1.4亿年前),区内发生大规模断裂活动,形成黄山胚胎和断陷谷地。第三纪和新三纪时期,区内受断块式升降运动控制,形成山脉隆起与谷地、盆地展布的格局。徽州中部断陷区形成两侧的断块隆起带,从绩溪、歙县、休宁等地的河谷平原,向南北演变为丘陵、低山和中山,地势逐渐上升。除河谷地带外,徽州一直表现为抬升运动,呈现出山高谷深的地貌特征。①

徽州以山地丘陵为主,府志称"本府万山中"②,"郡处万山"③。徽州的中山海拔高1 000米以上,主要有五大山脉:黄山山脉、天目山脉、白际山脉、五龙山脉、九华山脉,遍布徽州境内。各山脉又有许多高峰,如黄山的莲花峰、光明顶、天都峰海拔都在1 800米之上。中山外围有中起伏低山,海拔500米—1 000米,山体陡峻,坡度多在25°—30°以上;小起伏低山分布在山地向丘陵过渡地带或盆地,海拔200米—500米之上。在低山的外沿和盆地、谷地内,还有大面积的高、低丘陵。山间谷地、盆地面积不大,多发育在断陷带,以新安江盆地为中心形成若干片山岭环峙的村落,成为徽人生存的境域。

徽州群山环抱,地势丛峻,故郡有"四塞"之称。许承尧《歙事闲谈》录《越黄门郡志略》:"徽之为郡,在山岭川谷崎岖之中,东有大鄣山之固,西有浙岭之塞,南有江滩之险,北有黄山之厄……地势斗绝,山川雄深。自睦至歙,皆鸟道萦纡。两旁峭壁,仅通单车。"④四境高峰,径路陡险,形成了天然的屏障,使徽州如一坚固的堡垒,在战火纷乱的年代少受兵力侵扰,"险阻四塞,几类蜀之剑阁矣,而僻在一隅,用武者莫之顾,中世以来,兵燹鲜经矣"⑤;即使间遭兵戈,因其山高谷深,也不至于久延,人民多能保全生命。这样,徽州不仅成为社会动乱时期人们的避难之地,也成为入迁北方士族生

---

① 徽州自然环境特征主要参考安徽省徽州地区地方志编纂委员会编《徽州地区简志·地理》,黄山书社,1989年,第56—69页;高寿仙《徽州文化》,辽宁人民出版社,1995年,第10—16页。
② 弘治《徽州府志》,卷二《食货一》,《天一阁藏明代方志选刊》,上海古籍书店,1964年。
③ 康熙《徽州府志》,卷八《蠲赈》,《中国方志丛书》,成文出版社,1975年,第1223页。
④ (民国)许承尧撰,李明回等校点《歙事闲谭》,卷一八《越黄门郡志略》,黄山书社,2001年,第635页。
⑤ 歙县《方氏族谱》,清康熙四十年刻本。转引自赵华富《徽州宗族论集》,人民出版社,2011年,第39页。

存发展的理想家园。

徽州的地理形势还有助于文化的承传和统一。徽州四塞险要,峻陉丛奥,形成了一种"隔绝机制",使其与外界处于相对隔离的状态。一方面,徽州以高山为界限形成了相对封闭的独立王国,徽州人民多在所居区域内活动,主要接受居地文化影响,少受外界环境的干扰;另一方面,地势险峻带来的安全和稳定,使北方士族大量入迁,其带来先进的思想和文化,易于在徽州传播并发展。徽州周围高山,盆地居中,地貌呈现为一种向心结构,与之相应,人们形成一种特殊的"盆地感应"心理。一方面,以所居地为中心,徽州人民形成若干村落或宗族群体;另一方面,以徽州为归属区域,人民和睦团结,易于生成共同的精神信仰和价值观念,使徽州文化具有一定的内聚性和趋同性。①

(二)水系较多,奔腾外注

徽州水系比较发达,境内以黄山山脉为界,南坡有流向东南钱塘江流域的新安江水系,流向西南鄱阳湖流域的阊江水系和乐安江水系;北坡有直接流入长江的水阳江、青弋江、秋浦河、黄盆河水系。新安江是最主要的水系,其南支为发源于五龙山脉六股尖的率水,北支为发源于黟县五溪山主峰白顶山的横江,两支在黎阳汇合后至歙县浦口一段称渐江(今也称新安江)。左岸上游的丰乐水、富资水、布射水、扬之水,汇合为练江,注入新安江。右岸还有许多支流直入新安江。新安江水系以及龙田、荆州、营川等河水把徽州和浙江联系起来;阊江水系、乐安江水系和溪西河又连接着徽州与江西。由于陆路梗阻,交通乏便,而各水系河网密度较高,徽州与外界的联系主要依靠水路。

水系的发达,有利于徽州与浙、赣等地交往,然而古时水路交通也很困难。徽州地势高峻,山峰陡峭,"天日之巅"仅及"黄山之趾",江河奔腾外注如悬布之势;支流多在10公里之内,源短流急,落差很大。徽州险滩众多,如阊门险滩,对峙巨石夹以峻流,迅川相向而涌,激浪跳波,摧舻碎舶十常七八。《赵黄门郡志略》载:"水之东入浙江者,三百六十滩。水之西入鄱阳者,亦三百六十滩。石之林立,势之斗下……船经危石以止,路向乱石攸行。"②河流又随降水变化暴涨暴落,不利于水路行舟,《祁门县志》载:"三日雨则溢,五日不雨则涸。盈则由天而下,飞鸿怒马,一日千里;竭则日行不能

---

① 周晓光《徽州传统学术文化地理研究》,安徽人民出版社,2006年,第44页。
② (民国)许承尧撰,李明回等校点《歙事闲谭》,卷一八《越黄门郡志略》,黄山书社,2001年,第635页。

六七滩,虽曰舟行,艰同负贩,地势然也。"①徽州陆路既阻,水路又险,人们外出不仅要"历经险阻,跋涉山川",而且"靡费金钱,牺牲时日",故"旅之往来,殊非易事"②。

山高水急,路途险阻,使徽州人在很长的历史时期安于所居,不奢想外面的世界。人们凭借有利的山水条件,建造村落和房屋,过着世外桃源般的生活。然而,水流奔腾总会给人传递出许多开放的信息。从唐代开始,徽州修建了许多堤坝,水患得到有效治理,徽州与外界交流增多。随着江南逐渐被开发,特别是南渡后社会政治、经济、文化重心的南移,处于皖、浙、苏、赣交界枢纽的徽州具有得天独厚的地理优势,徽州与外界广泛往来,不仅徽人外出求学入仕人数大增,而且外地学者也纷纷入徽传播先进思想文化。徽州由封闭的"桃源"之境逐渐成为开放的"邹鲁"之地。

(三)田少地瘠,农乏林富

徽州自古山多田少,"吾徽居万山环绕中,川谷崎岖,峰峦掩映,山多而地少"③,"岩谷数倍土田"④。据《徽州地区简志》载,20 世纪 80 年代,徽州总面积为 13 403 平方公里,折合为 2 010.45 万亩,其中山地 1 394 万亩,耕地(含茶、桑、果园)116.56 万亩,水面 63.2 万亩,其他 436.69 万亩。⑤ 徽州山地占总面积七分之一多,而耕地面积不及山地的十一分之一,民谚"七山半水半分田,两分道路和庄园"说法非夸大其词。徽州不仅田少,而且土瘠,徽州境内中山为变质岩类和花岗岩类,土层较薄,有机质层较厚。山地丘陵地带土壤一般土层浅薄,有机质含量不高,保水保肥性能差。山间盆地间有水稻土,其成土母质为山河的冲积物,但除屯溪盆地土壤肥力较高外,其他小盆地多较贫瘠。徽州的气候也不大利于农作物生产。徽州属亚热带季风湿润气候地带,四季分明,春秋短,夏冬长。日照时数少,而且云雾多,光能资源较少。徽州降水较充沛,然降水季节分配很不平均,四到七月降水量常占全年降水量的 50%—60%,八月以后降水显著减少,容易出现秋旱。由于田缺地瘠,雨水无常,徽州农民虽"火耕而手耨,以汗和种,然岁收甚俭"⑥。

与农业相左,徽州的土地状况和气候条件却使徽州具有丰富的林业资源。徽州海拔较高地区由下而上为山地黄壤、山地黄棕壤、山地棕壤以及山

---

① 同治《祁门县志》,卷一二《水利志》,《中国地方志集成》,江苏古籍出版社,1998 年,第 113 页。
② 张海鸥、王廷元主编《明清徽商资料选编》,黄山书社,1985 年,第 7 页。
③ 张海鸥、王廷元主编《明清徽商资料选编》,黄山书社,1985 年,第 6 页。
④ (明)汪道昆撰,胡益民、余国庆校点《太函集》,卷七《新都太守济南高公奏最序》,黄山书社,2006 年,第 146 页。
⑤ 安徽省徽州地区地方志编纂委员会编《徽州地区简志》,黄山书社,1989 年,第 65 页。
⑥ 康熙《徽州府志》,卷六《食货志》,《中国方志丛书》,成文出版社,1975 年,第 1000 页。

地草甸土,虽然土层厚度较低,但表面有机质含量较高,分布在中山山顶平面和缓坡上的山地草甸土,腐殖质层较厚,有机质含量高达17%,适宜林木生长,故"山出美材"①。南宋绍兴后期任徽州参军的范成大谓:"休宁山中宜杉,土人稀作田,多以种杉为业;杉又易生之物,故取之难穷。"②直到现在,祁门、休宁、歙县森林覆盖面积均在100万亩以上,古代徽州山林面积应远超上述数字。森林树种以杉树、松树和毛竹最为重要。此外还有许多珍贵树种和多种特用经济林木,如楠木、樟树、青檀、杜仲、棕榈等。徽州云雾蒸腾,密林遮日,高耸回环的峰峦阻挡四面之风,加之山间泉水滋润灌溉,故茶叶质地优良。徽州茶叶在唐代已有记载,唐咸通三年(860)歙州司马张途云:"(祁门)山且植茗,高下无遗土。千里之内,业于茶者七八矣,由是给衣食,供赋役,悉恃此。"③

徽州歉于田而丰于山,故以农业为生的徽人生存极为艰苦,"壮夫健牛,田不过数亩,粪壅缛枱,视他郡农力过倍,而所入不当其半。又田皆仰高水,故丰年甚少,大都计一岁所入,不能支什一"④。自唐、宋以来,随着徽州人口的增加,土地资源更为匮乏,徽人不得不寻求其他谋生方式,除了靠山吃山、以徽州特有的资源生产并进行商业交换之外,徽人呼应科举政策,纷纷走上求学入仕之途,从而改变自己的生活处境。生存的艰巨从根本意义上决定了徽人的文化选择,从而带来徽州文化的全面兴盛。

二、徽州文化发展

古代徽州文化的发展经历了漫长的历史过程,大体上可分为三个时期:越文化发展期、汉越文化融合期、汉文化一统期。⑤

(一) 越文化发展期(远古—208)

从远古到新都郡的建立,古徽州地区以越文化为主。这一期可分为两个阶段:远古到先秦,徽州古地越文化自由发展;秦汉以后,统治者开始加强管理,汉文化有一定的影响,然入居汉人很少,山越文化占主导力量。

---

① (宋)罗愿《新安志》卷一,清嘉庆十七年刊本,《宋元方志丛刊》第8册,中华书局,1990年。
② (宋)范成大《骖鸾录》,《丛书集成初编》史地类第3114册,中华书局,1985年,第4页。
③ (唐)张途《祁门县新修阊门溪记》,陈新等译注《历代游记选译》,中国戏剧出版社,1991年,第327页。
④ (清)顾炎武《天下郡国利病书》,《四部丛刊三编》史部第21册,北京商务印书馆,1935年,第75页。
⑤ 古代徽州指从远古到民国建立。本部分论述主要参考姚邦藻主编《徽州学概论》中"徽州文化的形成和发展"等节,赵华富《徽州宗族论集》中《徽州文化之根在中原》《与客家始迁祖不同的徽州中原移民》等文。

徽州文化可上溯到旧石器时代,据下冯塘、新州等地出土石器证实,旧石器时代,歙县境内已有人类活动。有关专家考证,徽州古地的土著先祖属三苗部族,夏之后江南的越族即三苗之一。至迟到西周,苗越土著居民已相当活跃,黟县古文化遗址出土的大量陶片,屯溪发掘的西周墓中的陶纺轮、罐、盆、盂等,足以证明徽州古民的农业、手工技艺已达到一定程度,尤其是屯溪西周墓葬中出土的绘有舞蹈图的铜鼎和钟形五柱乐器,表明先秦时期徽州古地的音乐、舞蹈发展与中原相比并不逊色。①

徽州在秦朝之前,尚未见史籍记载,据《禹贡》当属扬州之域。公元前221年,秦始皇立会稽郡,始置黝(后称黟)、歙二县属之,后属鄣郡;汉武帝时又改丹阳郡。秦汉时期,虽然百越各族均置于中央政府的统治之下,然古徽州地区仍属深险荒服之地。徽地山高岭峻,交通不便,山民们保留着古越国"椎髻""鸟语"等习俗。山民少于教化,"俗不好学,嫁娶礼仪,衰于中国",直到东汉建武六年(26),丹阳太守李忠"为起学校"②,人民才开始学文习礼。环境的艰苦,造就了山民剽悍强壮的体魄,"俗好武习战,高尚气力,其升山赴险,抵突丛棘,若鱼之走渊,猿狖之腾木"③。伏居于深山远林的越民,"依阻山险,不纳王赋,故曰'山越'"④,表现了与统治者不合作的姿态。

汉代后期,统治者加强管理,山越人不再享有"不纳王赋"之自由,与统治者冲突不断,歙县、黟县成为困扰统治者的"险县""剧县"⑤。随着赋税的不断加重,汉末至三国时,山越人与统治者矛盾激化,造反之事屡有发生,如汉灵帝建宁二年(169)九月,"丹阳山越贼围太守陈夤,夤击破之"⑥;建安八年(203),吴军西伐黄祖,"而山寇复动"⑦。山越"好为叛乱,难安易动"⑧,故陆逊向孙权建议:"山寇旧恶,依阻深地。夫腹心未平,难以图远,可大部

---

① 姚邦藻主编《徽州学概论》,中国社会科学出版社,2000年,第24—28页。
② (南朝宋)范晔撰,(唐)李贤等注《后汉书》第3册,卷二一《李忠传》,中华书局,1965年,第756页。
③ (晋)陈寿撰,(南朝宋)裴松之注《三国志》第5册,卷六四《诸葛恪传》,中华书局,1959年,第1431页。
④ (宋)司马光编著,(元)胡三省音注《资治通鉴》上,卷五六《孝桓皇帝下》,上海古籍出版社,1987年,第380页。
⑤ 安徽文化史编委会《安徽文化史》,南京大学出版社,2000年,第303—314页。
⑥ (南朝宋)范晔撰,(唐)李贤等注《后汉书》第2册,卷八《灵帝纪》,中华书局,1965年,第330页。
⑦ (晋)陈寿撰,(南朝宋)裴松之注《三国志》第5册,卷四七《吴主传二》,中华书局,1959年,第1116页。
⑧ (晋)陈寿撰,(南朝宋)裴松之注《三国志》第5册,卷六〇陈寿评,中华书局,1959年,第1395页。

伍,取其精锐。"①建安十三年(208),贺齐统帅大军大举讨伐山越,歙帅金奇万户屯安勒山(今歙县北布射山)、毛甘万户屯乌聊山、黟帅陈仆和祖山等二万户屯林历山(黟县南)②,尽管山越人顽强抵抗,但最终失败。然山越人并没有完全屈服于统治者的武力,斗争时起时伏,直到隋唐时期才被彻底征服。

(二)汉越文化融合期(208—960)

从三国开始,汉越文化从相持到相融,汉文化不断影响、改造越文化,至唐,汉文化反客为主,占据徽州文化的主导力量。

建安十三年(208),孙权政权平定山越后,析歙县为歙、新定、始新、黎阳、休阳五县,改黝为黟,统为新都郡。古徽州"逮为郡之后,吏治益详"③,朝廷特别重视对郡守的任命,对新都郡严加管理。贺齐作为第一任郡守,保其疆界,明立部伍,把归顺者充为兵士或屯田客户及佃客,并大力剿杀残余的反抗力量。除了以武力征服"不宾"的山越人外,统治者还对其安抚和教化,如梁高祖以徐摛为新安太守,令其"卧治此郡",徐摛到任后"为治清净,教民礼仪,劝课农桑,期月之中,风俗便改"④。在统治者对山越土著的强力管理和大力教化下,汉文化对山越人的影响不断强化。

隋开皇九年(589),置歙州,领海宁、歙、黟三县。隋大业十二年(616),歙人汪华占据新安郡及相邻五州,号称"吴王"。唐武德四年(621),汪华附唐,封越国公。徽州经济在唐代快速增长,享有"富州"之誉。韩愈《送陆歙州诗序》云:"歙,大州也;刺史,尊官也;由郎官而往者,前后相望也。当今赋出于天下,江南居十九;宣使之所察,歙为富州;宰臣之所荐闻,天子之所选用,其不轻而重也较然矣。"⑤歙州成为东南重地,故太守多为朝廷选任的治世贤才。据《新安志》载,"唐世宰相,尝为此州者盖七人"⑥。朝中贤臣任政歙州,以儒家文化对州人进行教化,对于影响和转变其思想和观念意义重大。

---

① (晋)陈寿撰,(南朝宋)裴松之注《三国志》第5册,卷五八《陆逊传》,中华书局,1959年,第1344页。
② (晋)陈寿撰,(南朝宋)裴松之注《三国志》第5册,卷六〇《贺齐传》,中华书局,1959年,第1378页。
③ (宋)罗愿《新安志》卷一,清嘉庆十七年刊本,《宋元方志丛刊》第8册,中华书局,1990年。
④ (唐)姚思廉《梁书》第2册,卷三〇《徐摛传》,中华书局,1973年,第447页。
⑤ (唐)韩愈撰,马其昶校注《韩昌黎文集校注》,上海古籍出版社,1986年,第231页。
⑥ (宋)罗愿《新安志》卷九,清嘉庆十七年刊本,《宋元方志丛刊》第8册,中华书局,1990年。

汉越文化的融合还在于北方士族入迁徽州。西晋末为士族入徽的第一高峰。永嘉之乱，中原之人纷纷南迁江左，新安郡地处皖南，又有堡垒似的天险，故成为他们首迁或再迁之地。据史料统计，西晋初年到刘宋末年近200年中，新安郡户从5 000户上升至12 058户，①人口的剧增主要在于北方士族迁居于徽并繁衍发展。《新安名族志》亦载，两汉时迁入徽州的仅方、汪两族，而两晋之际，就有九族移入徽州，这也证明此期汉人数量较前明显提高。值得一提的是，有些官员在出任新安郡守后，定居于其地，如东晋咸和间郡守鲍弘占籍郡城西门，梁天监中为郡民深敬的任昉安家于富资，唐德宗朝宣歙观察使洪经纶定居婺源等。这些中原士人和官员都具有较深的文化素养，不仅注重家族成员教育，也多与士人探讨学术和文学，中原汉族文化逐渐渗透到郡人心中。

从三国到隋代，随着汉人统治的加强和北方士族的入徽，汉越文化逐渐融合，山越人的尚武习性和中原士人保宗强族的乡土观念结合，形成捍卫乡里的武劲之风。唐代之后，徽州社会稳定，经济发展，中原文化逐渐深入人心，人们从尚武渐趋崇文，徽州文学开始兴起。

（三）汉文化一统期（960—1912）

宋代到民国是近代意义的徽州文化形成和确立时期。这一期又可分为两个阶段：宋元时期，科举教育兴盛，以朱子理学为主导的统一文化开始形成；明清时期，商业文化兴起，具有鲜明特色的徽州宗族文化非常繁荣。鉴于本研究的时间范围在宋代，宋后暂不述论，以下简要介绍宋代时的徽州文化状况。

宋代徽州文化发展首先在于唐末移民的入迁。唐末中原动荡不安，士族大量南迁，造成了徽州历史上规模最大的移民活动。据《新安名族志》载，唐末因黄巢之乱，有近20族迁入歙州，如唐昭王季子李祥，广明间避黄巢乱迁歙县；朱熹先祖朱师古，广明间避黄巢乱，从姑苏迁歙县；太原王氏后裔希翔兄弟，因避黄巢之乱，从宣城迁歙县；许远后裔许儒，不义朱梁，唐末从雍州迁居歙县；歙州刺史夏元康，唐乾符间还政迁居休宁等。这些中原士族非常注重宗族的发展和宗族子弟的教育，后世多名宦贤者、学者文士，对于徽州文化发展意义重大。罗愿对此概括精当："黄巢之乱，中原衣冠避地保于此。后或去或留，俗益向文雅。"②

---

① 姚邦藻主编《徽州学概论》，中国社会科学出版社，2000年，第47页。
② （宋）罗愿《新安志》卷一，清嘉庆十七年刊本，《宋元方志丛刊》第8册，中华书局，1990年。

北宋开始，徽州教育得到极大发展。徽州的县学和州学纷纷兴起和扩建，书院接次出现，其他各种私学教育也不甘落后。官学和私学均以弘扬儒家文化为任，科举教育又促使更多的士子对儒家经典进行学习和研究。至北宋后期，中原文化基本完成了对山越文化的改造，成为占据绝对地位的主导文化。宣和三年(1121)四月，宋徽宗改歙州为徽州，真正意义的徽州时代开始。

宋室南渡，又使徽州文化发生巨大的转变。两宋之际，金兵入侵，大批士族涌向江南。徽州地处皖、浙、苏、赣交通枢纽，又山高谷深，战火不易侵扰，故不少士族迁居徽州，形成徽州移民史上第三次高潮。据《新安名族志》载，靖康前后，有十余族迁入徽州，不少宗室成员也选择定居徽州，徽州宗族进一步发展。更重要的是，南宋政治中心的转移，随之而来的是文化中心的转移。徽州处在京畿文化辐射地带，迅速成为汉文化传播和发展的重要地区。南宋仕徽官员和当地学者更注重徽州教育，大力兴学，徽州科举取得了辉煌的成就。徽州书院、官学、塾学广泛传播理学，徽州的学术文化风气空前浓厚。尤其是理学大儒朱熹来到祖籍地徽州，与徽州学者讲论伊洛之学，其学术成就加之地缘和血缘关系，使徽人普遍尊崇朱子之学，新安理学学派逐渐形成。徽州"自朱子出后，为士者多明义理之学，称为'东南邹鲁'"①，徽州文化因朱子学术而实现了高度统一。

三、徽人秉性气质

一方水土养一方人，不同的地理环境孕育出与之相适应的秉性气质和士风民俗。《礼记·王制》早已论述："凡居民材，必因天地寒暖燥湿，广谷大川异制。民生其间者异俗，刚柔轻重，迟速异齐，五味异和，器械异制，衣服异宜。修其教不易其俗，齐其政不易其宜。中国戎夷，五方之民，皆有其性也，不可推移。"②宋人庄绰《鸡肋编》谈及人性与风土关系："大抵人性类其土风。西北多山，故其人重厚朴鲁。荆扬多水，其人亦明慧文巧，而患在轻浅。盱鄂可见于眉睫间。不为风俗所移者，唯贤哲为能耳。"③徽人在长期的历史发展中适应其生存的地理环境，至宋代已形成了与徽州文化相适应的气质秉性，主要表现在三个方面：刚武到刚正的转变，纯真与纯洁的结合，狂高与狂狷的统一。

---

① 弘治《徽州府志》，卷一《风俗》，《天一阁藏明代方志选刊》，上海古籍书店，1964 年。
② (汉)郑玄注，(唐)孔颖达等正义《礼记正义》，卷一二，载(清)阮元校刻《十三经注疏》，中华书局，1980 年，第 1338 页。
③ (宋)庄绰撰，萧鲁阳点校《鸡肋编》，卷上，中华书局，1983 年，第 11 页。

(一) 刚：刚武与刚正

"刚"是徽人在漫长的时期逐渐适应徽州山水风土而养成的基本品质。《淮南子·地形训》描述水土与人的关系："是故坚土人刚,弱土人肥。垆土人大,沙土人细。息土人美,秏土人丑。"①徽州崇山峻岭,水高湍急,"厥土驿刚而不化"②,故人多刚。法国启蒙思想家孟德斯鸠也阐释土地对人的影响："土地贫瘠,使人勤奋、简朴、耐劳、勇敢和适宜于战争;土地所不给予的东西,他们不得不以人力去获得。"③徽州田少地瘠,农业条件艰巨,"大山之所落,力垦为田,层累而上,十余级不盈一亩,刀耕火种,望收成于万一"④。为了能够生存,徽人锻炼出刚强健壮的体格,养成了吃苦耐劳的习惯,塑造了坚韧不拔的性格,由外及内充盈着"刚"性的力量。

徽人在历史上以刚武喜斗而著称。朱熹《徽州休宁县厅新安道院记》云："山峭厉而水清澈,故秉其气、食其土以有生者,其情性习尚,不能不过刚而喜斗。"⑤早期的山越人在高山深谷中散居而生,攀援山路的锻炼、与野兽生死搏斗的经历使其健猛强壮,勇武好斗;入迁徽州的中原汉人,他们要在艰苦的环境下生存和发展,也崇尚体力和武劲。徽州武劲之风,盛于唐前,如南朝程灵洗少时以勇力闻,"步行日二百余里,便骑善游"⑥,后招募勇士,守卫新安;汪华少时苦练刀枪弓箭,以飞镖独步天下,隋末起兵,拥兵十万,占据六州。程灵洗、汪华,皆以武力捍卫乡里为徽人推尊。

刚毅正直是徽州士人的突出品性。徽州"俗尚骨鲠,耻脂韦之习"⑦,唐宋之后,随着徽州教育的迅速发展、理学在徽州的传播和兴盛,徽人从崇尚武劲渐变为重视文雅,从推尊刚武好斗之士到敬慕刚正高节之君子。朱熹《徽州休宁县厅新安道院记》云："然而君子则务以其刚为高行奇节,而尤以不义为羞。"⑧罗愿《新安志》亦云："宋兴则名臣辈出,其山挺拔廉厉,水悍

---

① （西汉）刘安编撰,（东汉）高诱注《淮南子》,上海古籍出版社,1989年,第42页。
② （民国）许承尧撰,李明回等校点《歙事闲谭》,卷一八《歙风俗礼教考》,黄山书社,2001年,第604页。
③ （法）孟德斯鸠《论法的精神》（上册）,商务印书馆,1982年,第281页。
④ （民国）许承尧撰,李明回等校点《歙事闲谭》,卷一八《歙风俗礼教考》,黄山书社,2001年,第604页。
⑤ （宋）朱熹《晦庵先生朱文公文集》,卷八〇《徽州休宁县厅新安道院记》,朱杰人等主编《朱子全书》第24册,上海古籍出版社、安徽教育出版社,2002年,第3789页。
⑥ （唐）姚思廉《陈书》第1册,卷一〇《程灵洗传》,中华书局,1972年,第171页。
⑦ （民国）许承尧撰,李明回等校点《歙事闲谭》,卷六《为黄山寄远方游客书》,黄山书社,2001年,第186页。
⑧ （宋）朱熹《晦庵先生朱文公文集》,卷八〇《徽州休宁县厅新安道院记》,朱杰人等主编《朱子全书》第24册,上海古籍出版社、安徽教育出版社,2002年,第3789页。

洁,其人多为狱史谏官者。"①徽州士人多刚毅正直,富有"高行奇节",如凌唐佐以身殉国、朱弁不辱使命、汪介然见义勇为、程叔达上万言书等。许月卿更典型体现了徽人对气节的坚守:"夫和平以从,我岂不和平以从人?勿过刚以顺,我亦岂不能勿过刚以顺人?靖康士大夫率由此道,许某只是一许某,决不能枉道以事人也。"②

（二）纯:纯真与纯洁

"纯"是徽人处于与外界相对隔绝的自然环境中养成、又因理学风气熏染而强化的基本品性,主要表现为纯真无伪、洁身自好。大自然是最伟大的创造者和启示者,不仅提供无尽的财富以延续人类生存,并且以永恒的本真昭示着人类对生命理想的追求;大自然又是净化人心、陶冶情性的最伟大的导师,不仅赐予人类千姿百态的风景图画,也以不浸染任何尘俗的美感染和影响着人类。徽州山高水清,风景奇美,人们与自然亲密接触,在山花野草、鸟兽虫鱼面前,人们不需要一点伪饰,再没有任何顾忌,可以真正释放自我,充分体味自由自在的濠梁之乐,尽情感受无拘无束的野性之趣;置身于清净幽远的山林,濯足于清澈澄洁的溪水,人们洗净尘浊,抖落俗气,恢复赤子般天真的情怀。在很长的历史时期,徽州因地处偏僻,"山限壤隔,民不染他俗"③,保持着较为本真纯洁的天性。南渡之后,徽州与外界交往增多,程朱理学传入并为徽人普遍信奉,理学提倡的修身之道与徽人的天人合一的生活方式基本一致,理学追求的人格理想与徽人的纯真本性也有共同之处,因此,当众多世人熙熙攘攘奔波于功名利禄之途时,徽人不愿违背自己的本性,不与世俗同流合污,执著追寻生命的真实和洁身自好的君子品格。从宋代诗人来看,无论是汪莘"乐柳塘之烟水,适吾性之天真"④,詹初"鉴此去物欲,而求我真纯"(《求心斋》),还是赵戣欣赏不被脂粉所污的"天真";无论是朱松"高远而幽洁"⑤,方岳"透骨洗清烟火气"(《餐雪》),还是吴龙翰追求"未容尘土侵"(《诗境》)的境界,都表现出对自然本真的天性的回归,保持着自己纯真高洁的人格之美。

（三）狂:狂直与狂狷

"狂"具有多种意义和感情色彩。从形容人的角度而言,贬义的"狂"常

---

① （宋）罗愿《新安志》卷一,清嘉庆十七年刊本,《宋元方志丛刊》第 8 册,中华书局,1990 年。
② （明）程敏政辑撰,何庆善等点校《新安文献志》,卷六六许飞《宋山屋先生许公月卿行状》,黄山书社,2004 年,第 1608 页。
③ （宋）罗愿《新安志》卷一,清嘉庆十七年刊本,《宋元方志丛刊》第 8 册,中华书局,1990 年。
④ （宋）汪莘《方壶先生集》,卷首程珌《像赞》,《宋集珍本丛刊》第 69 册,线装书局,2004 年,第 253 页。
⑤ （宋）朱松《韦斋集》,卷首傅自得序,《四部丛刊续编》集部第 64 册,上海书店,1985 年。

指人思维、情绪等失常状态,如疯狂、狂妄、狂躁等;褒义的"狂"指正常人在理性支配下的较高精神状态,多指行为主体狂高自信、恃才傲物、不随世俗、执著追求等①。在此所言"狂"具褒性色彩。

"狂"是徽人受环境的影响并在"慧"的基础上形成的性情气质。徽州地处危峻,境缘高矗,"天目之巅"仅及"黄山之趾","人谓新安在万峰中,不知实在万派上"②。高台矗立的地势,使徽人有一种峻高峭拔、俯视万物的态势。徽人聪颖智慧,才高学博,才高必志大,学博气更足,故表现出凌然超群、疏狂超迈的气质。"狂"首先表现为狂直傲拔,无所畏惧。狂者往往带着欣赏的眼光来打量自身,对自己的才学能力非常自信,由此恃才傲物,直言不讳,不畏权势,敢于斗争,坚持自我的价值判断和理想追求。徽州多狂直之士,如丘濬作诗讥刺权贵,宋仁宗曰"狂夫之言";方岳连撄四位权臣逆鳞,宣称"天地间有一方岳";许月卿率三学诸生伏阙讼徐元杰等冤死,言辞激切,理宗目以"狂士"等。"狂"又表现为狂狷清高,孤傲特立。"狂"与"狷"本为相对的行为气质,"狂者进取","狷者有所不为";狂者"知进而不知退",狷者"应进而退"。然两者都源于个人在现实中"不得中行而与之"③。狂者往往清高孤傲,洁身自好,不愿随从世俗,理想的无以实现或对现实的不满,使其选择退而守其节,以归隐的行为证明自己的高洁情操,捍卫自己的独立意志。如此,"狂"又转化为与之相反的"狷"。徽州不乏狂狷之人,如汪莘自称"柳塘狂士",高蹈山林;詹初、金朋说等,执著求道,挂冠东归等。"狂直"与"狂狷"成了徽人两种典型的精神状态与行为方式。

风俗习性是居地之人逐渐适应自然和社会环境的产物,是自然与人、人与人共同作用的结果;而人们的秉性气质的养成,直接影响和制约着人的行为方式、思想意识和文化创造。徽人的"刚""纯""狂"的秉性气质,决定了其精神追求和审美趣味,也决定其诗歌创作的思想内容和艺术风貌。

第二节　诗意徽州与徽州诗化

"诗人的梦想固然可以产生非凡的事物;然而惯常的印象必然出现在一

---

① 张海鸥于中国士人之狂有独到见解,极有参考价值,参见张海鸥《宋代文化与文学研究》,第4页。
② 民国十六年修《大阜潘氏支谱》,附编卷一〇《大阜潘氏宗祠记》,第1页。
③ (魏)何晏等注,(宋)邢昺疏《论语注疏》,卷一三,载(清)阮元校刻《十三经注疏》,中华书局,1980年,第2508页。

切作品之中。"①惯常印象往往是熟知或接触过的客观事物在人头脑中留下的迹象,同一地域环境的诗人通常具有相近的印象群。徽州的奇山清水、风物特产,徽人的山居生活、风俗信仰,构成了一幅幅充满诗意的图景,也成为生于斯长于斯的徽州诗人的审美对象和艺术表现内容。

一、徽州山水的颂赞

徽州古有"大好山水"之美誉。南朝梁武帝谓徐摛曰:"新安大好山水,任昉等并经之,卿为我卧治此郡。"②南宋朱熹手书"新安大好山水"六字,镌于歙县南源古寺后燕石岩。

(一) 黄山白岳

山水之胜以"天下第一奇山"黄山为最。黄山古称黟山,山脉横亘歙县、黟县、休宁和太平之间,峰峦叠嶂,千米之上高峰达七十五座;更有奇松遍布,怪石嶙峋,云海翻腾,温泉流淌;山中草木竞秀,气象万千,禽鸟虫兽,飞走其间。黄山集天下山岳之美为一体,堪为人间仙境。然由于山路阻隔,交通不便,唐代之前黄山并不引人注目。唐玄宗为道教信徒,闻听黄帝在黟山修道的故事,天宝六年(747)下令改名黄山。从此,黄山逐渐成为人们游览和歌咏的胜地。李白不仅题写了"丹崖夹石柱,菡萏金芙蓉"等佳句,而且留下了"醉石""梦笔生花"等传说,卢照邻、贾岛、温庭筠等均有题咏黄山之作。从宋代开始,徽州诗人开始吟咏黄山,现存19位诗人创作关于黄山诗歌41首。徽州诗人从不同层面、不同角度描写黄山的奇美景观,而且在不同程度上揭示了黄山所承载的文化内涵。

黄山不仅以神奇秀美被众人称道,又因黄帝与浮丘公、容成子炼丹的传说富有神秘色彩。徽州诗人题咏黄山,往往选择描绘与黄帝炼丹升天传说有关的山峰怪石、泉水溪流。黄山自然承载着某种帝王膜拜,如凌唐佐《洗药溪》:"红泉声里独徘徊,帝子当年洗药来。怪底余香至今在,四时艺术有花开。"因黄帝洗药,黄山红泉余香、艺术花开,帝王的能量被无限放大。然与五岳相比,黄山的政治意味相对较弱。自汉代开始,五岳就被附会为群神所居之处从而成为帝王封禅、祭祀的场所,具有极强的政治色彩和权力旨向;而黄山更多地承载着某种神仙膜拜或理想信仰,寄寓着文人志士的民生关怀或生命关注。凌唐佐《黄山汤泉》:"一道出遥岑,潺潺古到今。雪天声

---

① (法)史达尔《论文学》,伍蠡甫主编《西方文论选》下,上海译文出版社,1988年,第108页。
② (唐)姚思廉《梁书》二,卷三〇《徐摛传》,中华书局,1973年,第447页。

泻玉,月夜影摇金。岁旱施功大,民情被泽深。容成与轩帝,仙迹可追寻。"汤泉又称朱砂泉,宋景祐《黄山图经》记载黄帝在此沐浴后返老还童,故又称灵泉,凌唐佐进一步赋予汤泉岁旱普泽人民之意,黄山成为施功于民的理想载体。程元岳《观黄山仙人药臼》:"药臼空遗千载名,丹成人向九天行。我来欲觅刀圭剂,只听寒泉佩玉声。"药臼为黄山怪石之一,传说是黄帝捣药器具,程元岳感慨其没能充分发挥其价值和作用。汪雄图更弱化了对黄山景象的描写,直接抒发疗救众生的志向,《黄山采药歌》篇尾高歌:"招浮丘兮为侣,岂刘阮兮自迷。疗膏肓兮下土,陪轩辕兮与归。"

汪莘和杨公远曾隐居黄山,对黄山较为熟悉,二人诗歌比较具体地描绘了黄山奇景。汪莘的《黄山高》极力盛赞黄山之高峻雄伟:"黄山高哉,岿然为江东之巨镇兮,壁立于两浙之上游。摩天夏日以直上,阳枝阴派盘数州。四海不知两根本,行人但觉云飞浮。"突出丹砂、九龙尤其是天都峰的奇高:"黄山高哉,云际一峰尚可画,云外一峰画不得,霜缯铺了掉首休。丹砂一峰烛天争日月,九龙一峰拔地张旗旐。天都一峰杰出于三十六峰兮,星斗森罗挂珠殿,日月对展琼瑶楼。"汪莘也非常欣赏黄山的奇丽幽美:花草树木,争奇斗妍,"一溪桃杏红烂熳,万壑松柏寒飕飕","但见夫涧谷之间桃花如扇,松花如麜,竹叶如笠,莲叶如舟";温泉瀑布,溅珠泻玉,"上有灵泉瀑布千万道,如银河自天争泻而竞注兮,砯雷溅雪隐现穿林幽";鸾鹤交鸣,猿猴自适,"中有青鸾黄鹤千万对,雄倡雌和迭舞而交鸣兮,深林自适复有雪白数点之猿猴";奇花异草,遍布林间,"菖蒲九节喂白鹿,灵芝三秀眠青牛","奇香异气逐风去,散落尘世谁能酬"。在汪莘笔下,黄山既雄奇伟丽,又幽美多姿,融自然之美景,汇山岳之奇观,堪为"吴越诸山之祖"。杨公远的《黄山》更为细致地模写黄山的诸多山峰及山中景观。黄山的山峰,富有神奇色彩,炼丹峰"炼丹帝往名长在,捣药仙归臼已闲",朱砂峰"瀑漈岩罅常飞沫,砂现崖巅未带殷",棋石、桃花二峰"着罢棋枰留嶂顶,流来桃片点溪湾",容成、浮丘二峰"对峙容浮高耸峭";山间的潭水溪流、岩洞石室,美不胜收,"清潭易见鱼翻锦,幽洞难窥豹露斑","水畔青牛眠正稳,源头白鹿去仍还","水帘珠贯何曾卷,石室云封底用闩";山中动物、植物众多,"鸾翔弄影非无侣,鹤唳冲天岂类鹇","老桧络藤缠夭矫,苍苔蚀径绕回环","枝头果熟猿争取,树杪梢枯鹊为删","虎踞风前疑啸吼,龙潜潭底想盘跧";有时还有人影浮动,增加了几分清幽,"空谷伐柯樵父远,平川唤犊牧儿顽";更有灵泉、药鼎,令人为之向往,"汤泉浴起能轻骨,药鼎餐遗可驻颜"。汪莘、杨公远均具体生动地描写和歌咏黄山,相比而言,汪莘更多地颂赞黄山的高峻奇伟的气势,杨公远力图展现黄山的奇丽优美的景观;汪莘在诗中与仙帝相见,更富有想象力,杨公远描写与传说结合,更多地表述自己的感受;汪莘最后宣称"余将览秀巢云链其下,坐令万物不生疣疬黍盈畴",表达其疗救众生的志向,杨公远首以"古今墨客兼骚客,推许黄山甲众山"起笔,末以"胜概不穷吟不尽,一时模写在人寰"照应,呈现了黄山蕴含的诗情画韵和人文色彩。

徽州诗人关注较多的还有白岳。白岳,今称齐云山,与黄山有姐妹山之称。黄山奇绝壮丽,观止天下;白岳景致灵秀,别有洞天。现存宋代徽州诗人题白岳诗16首。① 白岳非白山,而以栖霞地貌著称,峰峦尽呈红色。白岳一称或源于山上白云缭绕,正如吕午《白岳》所写:"白云堆里石门开,人向蓬山顶上来。四面峰峦排剑戟,九霄烟雾幻楼台。""齐云山"得名源于山上一石插天、与云并齐,不过"齐云山"在明前应指白岳山西北的"齐云岩"。《大清一统志》以齐云山和白岳山并列,齐云山注:"明嘉靖十一年敕改岩为山。"②后人统称二山为齐云山。在宋代,徽州诗人多以"云岩"称齐云山或白岳。今山上玉屏峰又称齐云岩,据说因程珌题"云岩"而得名。《太平寰宇记》载:"白岳山在县西四十里,山峰独耸,有峻崖小道,凭梯而上,其山并绝壁二百余丈,不通攀缘。峰顶阔四十亩,有古阶迹,瓦器、池水、石室,亦尝有道者居之。其东石壁立状,楼台在空中,势欲飞动,又恍有仙侣六人凭栏观望,久视之乃知非耳。"③叶介久居白岳修道学医,吟诗作文,诗歌《云岩》四首对云岩形象描述:山东有峻崖小道,山西"石崖天与齐",山南见"三潭",山北有万年之松,诗人幽栖于此,如神仙与尘世相隔。程卓的《云岩》重在描述白岳之美:"石门一望路迢迢,五老峰高耸碧霄。泉挂珠帘当洞口,烟拖练带束山腰。香炉捧出仙人掌,辇辂行过织女桥。午夜月明天似水,鹤归松顶听吹箫。"程珌的《云岩》突出了修道之人:"曲径峰前转,林行见虎踪。涧边松偃蹇,岩下洞空窿。瑶草垂甘露,飞泉挂白虹。道人面北坐,应悟性圆通。"而朱晞颜则以白岳寄托自己的隐居情怀,《白岳寄怀》:"静思世上千年事,不值山中一局棋。欲说行藏舒卷意,洞天惟有白云知。"与题咏黄山诗相比,白岳虽然不乏仙侣之述,然神话色彩减少,而更多了些隐居修道者的清幽超尘之气。

除了黄山、白岳外,城阳山因许宣平曾隐居于其地而多为诗人题咏。据

---

① 《全宋诗》收录宋代徽州诗人咏齐云山之诗7首,笔者又据明鲁点《齐云山志》(北京图书馆藏明万历刻本)补9首,见附录1。下引吕午《云岩》、叶介《云岩四首》、程珌《云岩》均载《齐云山志》。

② (清)乾隆二十九年敕撰《钦定大清一统志》,卷七八,文津阁《四库全书》史部第475册,北京商务印书馆2003年影印,第638页。

③ (宋)乐史《太平寰宇记》,卷一〇四,文渊阁《四库全书》史部第470册,台湾商务印书馆1986年影印,第117页。

《新安志》载,城阳山在县南二里,唐景云中许宣平隐山之南坞,坞别号南山。许宣平尝题诗传舍,李白东游览之,以为仙诗,到新安累访而不得。咸通七年(867),有妪入山采樵,见宣平坐石上食桃,妪食一桃后亦不归。可见,许宣平在徽人心目中是集隐士、诗人和神仙于一身的先祖。北宋许元有诗《城阳祭祖》,其中所云"仙翁醉卧南山头","仙翁"即指许宣平。南宋金梁之有《南山》诗:"一登南山颠,众山皆俯伏。松风飘然来,红日照山麓。我欲问金丹,还到几时熟?龙虎性方调,坎离功且足。混世诚足贵,升天亦何辱。宣平在何处,肯来见忠告?行满全吾真,此山闲对局。"①金梁之自称"野仙",诗中所述南山具有道家气息。杨公远《游南山次刘晓窗韵二首》其二:"李白曾来问姓名,宣平疑是古初平。负薪出处天将曙,沽酒归时月又生。鸡啄遗丹非有意,瓢悬老树寂无声。寒泉满沼依然在,静夜长涵星斗明。"杨公远重在叙述许宣平的传奇生活和南山的幽静。徽州奇山众多,歙县乌聊山、问政山,休宁松萝山、颜公山,祁门祁山等也多见于宋徽人诗中,不再多述。

(二) 清江险滩

徽州之美不仅在于山峰奇绝,还在于江水溪流的清奇。新安江为钱塘江的上游,是徽州至严州的水路航道,很早被诗人关注。东晋谢灵运的《初往新安至桐庐口》开启了描绘徽州山水之美的序幕;南朝梁沈约《新安江至清浅深见底贻京邑游好》赞曰"洞澈随深浅,皎镜无冬春。千仞写乔树,百丈见游鳞",是对梁元帝所言"新安大好山水"最形象生动的注解。唐李白《青溪二首》、宋杨万里《新安登江水自绩溪发源》等均盛赞新安江的清澈澄碧,景色优美。

徽州诗人题新安江之诗主要描写其上游的歙溪和渐江。胡舜陟《泛歙溪用老杜诗青惜峰峦过为韵》其一:"港净千寻碧,峰回两岸青。鹭飞烟漠漠,猿啸竹冥冥。"其五:"观山如走马,倏忽千群过。水从云际来,舟疑天上坐。"诗歌不仅赞美歙溪的水清景怡,同时描述歙溪穿山而过,地势极高。渐江又称练水,在歙县之西。方岳认为练水最为奇美,《题偶爱》其一:"每评吾郡佳山水,当以水西为最奇。径向水西非具眼,不眠偶爱不渠知。"水西即城西练水。其二:"长汀宜日山宜雨,尽在鸥看鹭听中。想见夜寒留客醉,倚阑拍手唤渔篷。"长汀即醉月滩,传说李白寻访许宣平到徽州,曾醉饮于此。

徽州"山多涧谷,水贯其间,脉络如织"②,除前面所写黄山中溪流、泉水

---

① 此诗《全宋诗》未收,载道光《徽州府志》卷六,汤华泉《新辑徽州文献中的宋佚诗》已补录。
② (宋)吴儆《竹洲文集》,卷一〇《相公桥记》,《宋集珍本丛刊》第46册,线装书局,2004年,第545页。

之外，还有许多美景。如滕塛《桃溪十景》："石门孤月一轮冰，峭壁飞泉瀑布声。碧井曲池春水洌，金山万卷晓云轻。桃花流水松壖雪，岩柳垂荫芳桂荣。犹记河阳花县好，山门此景亦天成。"①孤月如冰映照着飞泉瀑布、金山晓云下碧井曲池、岩柳垂荫中桃花流水，无不呈现出秀美绝人的天然之美。

徽州险滩遍布，曾任徽州参军的范成大在《严州诗》中自注："舟人云：自徽至严二百滩。"徽州诗人更具体描写了境内江滩危险、水流峻急的状况，王炎《夜宿闵滩下》突出滩高水猛："歙江两岸山立壁，一水潭潭浮绀壁。嵌空老石出中流，触碎玻璃成沸白。滩高水落定难行，莫雨淋浪新涨生。三更风怒山欲吼，催唤金乌回晓晴。"方岳《拔滩》渲染滩多浪急："大滩嶅嶅，小滩嘈嘈。石芒荦荦宁容刀，崩洪斗落与石鏖。风声悲壮波声豪，势如万马之奔、群熊之嗥。并船欲上牵纤牢，浪头卷过船头高。"

相比而言，徽州诗人咏山为多，其水多作为山中之景，水为山增添了秀色奇姿，山因水而具有生命灵气，山水相映，才使徽州如诗如画，风光无限。

二、徽州物产的吟咏

徽州不少诗人在诗中描写当地的风物，提供了志书未及的一些物产，能令人"多识草木鸟兽之名"，在一定程度上具有文学文献的意义；而且，诗人对所咏之物的生动描写和形象展现，通过所咏之物抒发的情思志趣，也表现了徽人的物质生活和精神追求。

（一）食物

北宋时期，绩溪令崔鷗曾题《新安四咏》盛赞徽州，其四咏农粮蔬物："我爱新安好，新安度岁华。风烟迷郡阁，浦溆带人家。南亩元多黍，丘中亦种麻。更逢飘皂盖，疆场视新瓜。"崔鷗描写了徽州种植的黍、麻、皂、瓜。不过对徽州本地诗人而言，最能引起其诗性想象的是蕨菜和竹笋。程珌《新旧句》中有"社日侍亲行交源，紫蕨儿拳森玉立"，道出蕨的生长时节、种类、形态和茂盛之状。方岳《采蕨》把蕨菜写得更具有诗意和文人情趣："野烧初肥紫玉圆，枯松瀑布煮春烟。偃徐妙处元无骨，钩弋生来已作拳。早韭不甘同臭味，秋莼虽滑带腥涎。食经岂为儿曹设，弱脚寒中愁未然。"诗歌以徐偃王书法之缓喻蕨茎柔嫩，以钩弋夫人生来握拳喻蕨顶部嫩叶蜷曲之状。②蕨为野生植物，徽人因粱蔬短缺而济之以食，《新安志》载："马兰、繁缕、荠、

---

① 此诗《全宋诗》未收，载乾隆《婺源县志》卷三七，汤华泉《新辑徽州文献中的宋佚诗》已补录。
② 秦效成在《秋崖诗词校注》中对方岳诗所写的特产如蕨、笋、菌、雁来红、蟹、子鱼等注释详细可信，本文多有参考。

苋、藜、蕨,皆物之旅生者,贫者所资也。"①方岳《湘源庄舍》叙贫苦农人冒虎险采蕨薇之事:"馋虎过新蹄,怒狸争旧穴。悲哉两翁姥,西山采薇蕨。"朱松《次韵李尧端见嘲食蕨》述其以蕨菜充饥:"真人官府未夤缘,且向龙山作散仙。春入晓痕催采蕨,雨翻泥陇忆归田。蔬肠我若枵蝉腹,诗格君如击鹘拳。箸下万钱谋更鄙,诸公饱死太官膻。"竹笋也多见诗中,方岳有《食猫笋》:"诗肠惯识猫头笋,食指宁知熊掌鱼。莫遣匆匆上竿绿,一春心事政关渠。"猫笋又称茅竹笋、猫头笋,以祁门为多。朱松《春日二首》其一,对春笋的描写极为形象生动,本书上编曾引,不再多述。又有《篁竹笋》:"梅雨冥冥稻已齐,连云篁竹暗蛮溪。短萌解箨登雕俎,错落黄金骙袅蹄。"在徽州诗人笔下,笋、蕨常并列对举,如朱松《蔬饭》:"蕨拳婴儿手,笋解箨龙蜕。"方岳《新晴》:"鹰芽长及寸,猫笋重兼斤。"前者描写蕨形态如婴儿之拳,笋长时像箨龙之蜕;后者描写鹰咀似的山蕨芽之长和猫笋之重。笋、蕨又常连在一起,其意义往往不局限于具体的事物,如王炎《清明日先茔挂楮钱》:"岂是他山无笋蕨,只缘故国有松楸。"方岳《次韵郑司理》:"二月江南柳正花,扶携贫病又天涯。愁予夜雨莼鲈梦,老却春山笋蕨芽。"汪莘《访曾侍郎》:"春已暮,人未归,平生不问鳜鱼肥。若教买得青山住,饱食笋蕨歌春晖。"王炎仕宦在外因笋蕨想念亲人,方岳怀念故乡的笋蕨,汪莘情愿饱食笋蕨而隐。江南诸地多笋蕨,不过在徽州诗人笔下,笋蕨常与徽州连在一起,因此也被赋予思乡或归隐之意。

徽州菌类植物众多,《新安志》云:"菌之为物美,而类甚多,或能杀人,亦使人善笑。"②方岳在《采菌》一诗中写到雪菌:"溪行近里所,雪菌朵寒萚。久晴危欲枯,抱瓮日商略。可怜书生愚,为口不计脚。龟肠惯饥虚,鸡肋忍馋嚼。"枯干的雪菌如鸡肋般,但对于饥饿的诗人也是美味。灵芝是具有药用价值菌类植物,黄山中有"灵芝三秀眠青牛"(汪莘《黄山高》),祁山上有"崖寒孕雪芝"(方岳《山墅》)。方岳曾自培灵芝,《次韵采菌》云:"秋崖不惯大官肉,雪屋为出斋房芝。山灵颇怜世味薄,风格略与诗情宜。菘膰何但退三舍,蕨拳恨不同一时。自寻堕樵了幽寂,岂料枯柿能神奇。群仙餐霞吸沆瀣,豪贵蒸乳盛琉璃。砖炉石鼎煮飞瀑,此妙勿令渠辈知。"诗人以飞瀑之水煮灵芝而食,其中风味即使豪贵的蒸乳、群仙的餐霞也难以相比。

菖蒲(昌蒲)是徽州一重要的药用植物,《新安志》云:"昌羊,石生而细

---

① (宋)罗愿《新安志》卷二,清嘉庆十七年刊本,《宋元方志丛刊》第8册,中华书局,1990年。
② (宋)罗愿《新安志》卷二,清嘉庆十七年刊本,《宋元方志丛刊》第8册,中华书局,1990年。

者为昌蒲。大观中绘本草术所处之州七,歙与一焉。"①朱松挚爱婺源的菖蒲,《度芙蓉岭》云:"幽泉端为谁,放溜杂琴筑。山深春未老,泛泛浪蕊馥。娟娟菖蒲花,可玩不可触。灵根盘翠崖,老作蛇蚓蹙。褰裳踏下流,濯此尘土足。何当饵香节,净洗心眼肉。余功到方书,万卷不再读。晚岁穷名山,灵苗纵穿斸。"在朱松心中,菖蒲幽美、圣洁,又富有灵性,是其理想人格的载体。方岳也咏菖蒲,《次韵菖蒲》云:"瓦盆犹带涧声寒,亦有诗情几砚间。抱石小龙鳞甲老,夜窗云气故斑斑。"把菖蒲比作小龙,形象生动。

茶是徽州的重要特产,徽州诗人提到许多外地茶叶,如庐山茶、阳羡茶、双井茶等,本地茶叶并没有着意介绍,吴锡畴的诗中出现雀舌茶、龙茶,惜未细述。与宋代常见的咏茶诗相似,徽州诗人也普遍喜欢描写煮茶的场景,如罗愿《茶岩》:"岩下才经昨夜雷,风炉瓦鼎一时来。便将槐火煎岩溜,听作松风万壑回。"方岳《煮茶》:"瀑近春风湿,松花满石坛。不知茶鼎沸,但觉雨声寒。山好僧吟久,云深鹤睡宽。诗成不须写,怕有俗人看。"茶已经成为文人生活的一部分,既富有天然之趣,又具有人文雅兴。

徽州溪流池沼遍布,水产丰富。徽州诗歌中鱼多以传统的意象出现,如游鱼、鱼龙、双鲤鱼;也不乏咏鱼之语,如"白鱼沉更浮"(汪莘《竹涧》)、"自钓鳜鱼西塞雨"(方岳《次韵费司法其二》)等。不过,给人印象最深的是把鱼作为美食而着力描写,方岳诗歌最为典型,如《子鱼》写烧熟之后的鱼肉:"桃花水暖正鱼肥,子胀连胞迸腹腴。黄栗玉烀春寸寸,水晶盐醋粟铢铢。"《鲟鲊》写腌过的鲟鱼:"肉未为奇骨最奇,透明玛瑙碎琉璃。老饕不奈残牙齿,却爱桃花软玉脂。"徽州诗人普遍对蟹螯很感兴趣,汪晫《秋夕遣兴》、金朋说《冬日忆友》写蟹还比较简单,而方岳《谢人致蟹》、吴锡畴《擘蟹》、杨公远《次兰皋擘蟹》等诗,直接描写蟹,并借蟹咏怀。诗人开橙、擘蟹既是一种物质享受,也是一种精神的愉悦。如果说蕨笋表现了徽州诗人的清贫生活的话,蟹螯似乎是徽州诗人高雅生活的反映。

徽州诗歌中还有一些可食用的动物,如牛尾狸、鹅等。朱松《牛尾狸二首》描述牛尾狸:"压糟玉面天涯见,琢雪庖霜照眼明。投箸羞颜如甲厚,南山白额正横行。""物生甚美世所忌,吹息雪中成祸胎。汤帆卯杯频下箸,江南归梦打围来。"《新安志》载:"牛尾狸的颡而大尾,蛰则不食,舐掌而肥,别名曰白额,亦曰玉面狸也。"②牛尾狸肉极鲜美,《本草集解》曰:"南方有白面而尾似牛者,为牛尾狸,亦曰玉面狸,专上树木食百果,冬月极肥,人多糟为

---

① (宋)罗愿《新安志》卷二,清嘉庆十七年刊本,《宋元方志丛刊》第8册,中华书局,1990年。
② (宋)罗愿《新安志》卷一,清嘉庆十七年刊本,《宋元方志丛刊》第8册,中华书局,1990年。

珍品,大能醒酒。"①"雪天牛尾狸"是宋代著名的菜肴,梅尧臣、苏轼、苏辙、曾几等人均有咏诗,朱松诗的意义在于不仅寄寓乡思,也表达了对"物生甚美"的叹惜。历来咏鹅诗,多描绘其形态,或及王羲之爱鹅之典,方岳却写以鹅制成的美食,《鹅鲊》:"翠箬红泥曲米春,篆滩风月入厨珍。谁令渠识黄庭字,且醉胸中无字人。"食物对于徽州诗人,既是解决温饱的生存需要、改善生活水平的物质产品,又是增加文人雅兴和情趣、引发创作激情的媒介和对象。

(二)器具

纸、墨、笔、砚号为"新安四宝",是徽州最具标志性的物产。南宋理宗时,"徽州守谢公暨于理宗有椒房之亲,贡新安四宝:澄心堂纸、汪伯玄笔、李廷珪墨、旧坑石之砚"②。文房四宝中,尤以歙砚为著。苏易简《文房四谱》介绍歙州之山有龙尾石,"巧匠就而琢之,贮水之处圆转如涡旋"③;治平三年(1066),婺源县令唐积撰写《歙州砚谱》,对歙砚的采发、石坑、品目、名状、修断、匠手等进行详细说明。歙砚为宋代文人钟爱的文具和馈赠佳品,随之出现大量吟咏歙砚的诗文,如苏轼有《龙尾砚歌》、黄庭坚有长诗《砚山行》等。

在徽州诗人心目中,歙砚不仅是与文人书画相关的人文意象,而且已经作为徽州的"名片",其本身就是吟咏徽州的主要对象。徽州诗人也写了许多咏砚诗篇。如乾道八年壬辰(1172),王炎到砚山一游,有长诗《游砚山》:

> 他山石徒多,器宝匿幽僻。产璞芙蓉坑,金声而玉德。冈峦外钩联,地势中断隔。曲坞八九家,路入羊豕迹。涧水抱石根,石骨多绀碧。北山上拶天,南山势蟠伏。砚工二百指,日凿崖嵬腹。篝灯砺斧斤,深入逾百尺。我行冒风雨,周览不知夕。夜宿茅茨下,青灯照岑寂。酒阑呼匠氏,访之语纤悉。冰蚕吐银丝,鲛人织雾縠。巧手琢磨之,价直黄金镒。断岩半倾欹,旧穴久湮塞。旁求得他材,饮水不受墨。坚滑已支庶,粗燥乃藏获。信知天壤间,尤物神所惜。罕见固为贵,有亦未易识。珉玉混一区,语尽三叹息。摩挲苍藓崖,此言可镌刻。

---

① (清)张英、王士禛等《御定渊鉴类函》,卷四三一,文渊阁《四库全书》子部第993册,台湾商务印书馆1986年影印,第475页。
② (清)赵吉士《寄园寄所寄》,周晓光、刘道胜整理,黄山书社,2008年,第904页。
③ (宋)苏易简《文房四谱》,上海书店出版社,2015年,第191页。

王炎具体描写了砚山的地理位置、砚工采石劳作、匠人选材琢砚等事，由此发出了珉玉相混、不易识别的感叹。与王炎把砚作为尤物相近，许月卿视其为徽州之奇，《新安》云："新安别无奇，只有千万山。千山万山中，其奇乃出焉。下者为砚石，与世生云烟。高者无系累，飘然出神仙。"俞君选《送砚与吴元真广文》诗着力刻画砚的鬼斧神工，突出砚的特殊功用：

  插天万仞芙蓉峰，茫茫积翠连青空。中有千年苍玉骨，山奇水怪秀所钟。断崖绝壁不可到，虎豹守护烟萝封。一朝良工夺天造，云斤月斧磨玲珑。踏天下割碧云髓，往往霹雳惊蛇龙。冰蚕吐丝织新就，罗文光莹浮青铜。人间何处用此物，造化欲付文章公。先生早晚运椽笔，判花视草蓬莱宫。手挥五色补天漏，放开白日消阴虹。坐令万物无疵疠，尽从笔底生春风。此时浓墨书大字，正须巨石相追从。愿公收拾此至宝，相伴他年参化工。

上述诗不约而同地把砚作为徽州的典型物产进行夸张描写，使砚具有了神妙奇异的色彩，可见砚在徽州诗人心中的地位和价值。

  徽墨以黄山名，宋代还出现了戴彦衡、吴滋能造墨名家。相对于砚而言，徽墨吟咏较少。王炎诗中出现"徽墨"一语，但未细述。朱松《以砚墨送卢师予》有句："明窗子石滟松腴，万卷卢郎正要渠。""子石"指砚，"滟松"指墨。程珌有诗《送松煤十丸与叶秀才》："云溪深处万松林，烟起晴天自作尘。根向九华分结处，与君同是墨仙人。""松煤"即墨，松木燃烧后所凝之黑灰，是制松烟墨的原料。徽州多松，用以制墨为佳，程珌所言松来自云溪深处万松林。

  徽州也多良纸，"有凝霜、澄心之号，复有长者可五十尺为一幅"①。徽州纸未见于诗，诗人感兴趣的是以纸为材所制的纸帐、纸被等。纸被又称楮被，是用藤纤维纸制成的一种被子。朱松的《三峰长老送纸被》、王炎的《纸被行》、方岳的《答惠楮衾》等均有描述。朱松诗中的纸被当时比布被更时髦，取暖效果也很好；方岳所言的纸被更具素朴高雅的情调；王炎对纸被的描述更为具体，"楮生"言被的材质，"麻姑"言纸被的原料，"宁随人意任舒卷"表现纸被的舒软，"风姨霜女皆退舍"说明纸被的暖和等。和纸被相似的还有纸帐，诗歌中出现较多，如"梅花纸帐伴书窗，毡褥平铺小小床"（杨公远《次友梅编校独卧床》），"平生睡债何时足，春在梅花纸帐边"（吴龙翰

---

① （宋）罗愿《新安志》卷二，清嘉庆十七年刊本，《宋元方志丛刊》第8册，中华书局，1990年。

《楼居狂吟并引》其三),"纸帐不知寒浩荡,银幡自爱雪峰松"(方岳《立春》)等。

徽州诗人对寝室居宿相关的器物也很感兴趣,除纸被、纸帐外,竹席、竹夫人、脚婆等多见于诗。徽州多竹,以竹为材制成多种用具,如吴儆《以竹床赠杨信伯古诗代简》写竹床:"此君丘壑姿,不受世炎凉。那知犹有用,未免斤斧伤。矫揉加尺度,指绕百链刚。直节甘枕藉,凛气荐冰霜。"《箑送人诗代简二首》其一写竹席:"一幅冰纨织翠筠,风涵秋水碧鳞鳞。"方岳《过北固山下旧居》写竹舆:"舍馆不知何日定,竹舆鸣雨又咿哑。"诗人题写最多的竹制用具是"竹夫人",如方岳《斑竹夫人》、杨公远《竹夫人》、吴龙翰《先曾大父作竹夫人铭北窗蘧蘧偯尔冰肌毋徇其名乃邪其思甚有思致余不能道漫作俳优语》等。"竹夫人"又称竹姬、竹奴、青奴,以竹编为笼,或取竹一节,夏天置床席间,以供憩肩休膝所用。方岳夏日多用之,故称"专房";杨公远赞其节操刚、体自凉、知素分;吴龙翰言其冰肌凉骨未入史官为憾。"竹夫人"在夏日受人欢迎,而冬日最为人钟爱的是"脚婆"。"脚婆",又称"汤婆""汤媪""锡夫人""锡奴"等,通常用铜或锡制成的南瓜形状的圆壶,充满热水后放置被窝,用以暖足,黄庭坚有《戏咏暖足瓶》二首,戏称暖足瓶为"脚婆"。王炎有诗《脚婆》写自己在寒冬之日,唯以此暖足伴寝,诗歌对其描述具体形象,"瓠壶"指"脚婆"似瓠瓜之形状;"爨釜蟹眼生,汲之满皤腹"指把滚烫的热水装入其中;"暖气所熏蒸,羸躯任伸缩"写"脚婆"的取暖效果。

徽州诗人热衷于书写可食用的野生植物、动物和日常起居生活用具,一方面在于宋代以来诗歌题材的扩大、诗人日常化的选材趋向的影响,另一方面也与徽州独特的自然环境和生活条件有关。徽州山多田少,人们赖以为生的农粮匮乏,但林业、水产、矿业等资源丰富,人们在生活实践中不断发现一些特产并且有效利用,在贫困的生活中也时时能感受到乐趣。正如方岳所云:"且莫嫌穷僻,山居尽自奇。候樵分玉蕈,熏穴得香狸。杯隽明冰片,崖寒孕雪芝。不遗吾一美,惭尔野人为。"(《山墅》其三)徽州的风物特产,不仅满足了诗人的物质生活需求,而且提供了无尽的审美对象,丰富了诗人的精神生活和艺术表现内容。

三、徽州生活的展现

(一) 生存选择

徽州黟县素有"桃源"之地的美誉。《新安志》引《方舆地志》云:"黟县北缘岭行,得樵贵谷。昔有人山行七日至一斜穴,入穴廓然,周三十里,土甚平沃,中有十余家,云是秦时离乱入此避地。"①南唐许坚有《小桃源》赞之:"黟县小桃源,烟霞百里间。地多灵草木,人尚古衣冠。"②宋代徽州诗人也有"桃源"之咏,如孙抗《桃源》:"洞里栽桃不记时,人间秦晋是耶非?落花满地青春老,千载渔郎去不归。"胡舜陟则以徽州为"仙境",《泛歙溪用老杜诗青惜峰峦过为韵》向人们展现了一幅清奇秀美、纯净幽渺的徽州生活水墨画卷,山碧峰青、鹭飞猿啸、烟竹隐幽、云霞缥缈,诗人怀疑歙溪即桃源仙境。更多的徽州诗人则展现徽州古朴清纯的桃源生活,如王炎《山间偶成二绝》其一、吴儆《晚步》、吴锡畴《山居寂寥……》其七等诗,描写了徽州的奇美秀丽、清幽洁净,山人生活的知足安乐、古朴恬适,为避乱乐隐之人的理想家园。

中国传统以农业生产为主,耕田植桑是基本的生存手段,自食其力、衣食无忧乃农民的最基本的生活理想。男耕女织的农家之乐,也是徽州桃源生活的重要组成,徽州诗人多有描写,如汪勃《碧山下看春耕》③、杨公远《次金东园农家杂咏八首》其八等。然而,桃源之地并不意味着人们生活的无忧,更不能保证永远的平静。相反,以种田为生的农民,经常会面临流亡或饿死的危险。首先,徽州的田土状况不利于农作,一遇旱灾雨涝之年,维持生存的基本物质资料都无以确保,如方岳《田家苦》云:"六月之雨田成溪,七月之旱烟尘飞。眼中收拾不十年,未议索饭儿啼饥。"其次,官府的盘剥,使农民丰年也不能太平,方岳《谕俗》表达了这种状况:"昨日籴米如籴珠,顿落半价多年无。卖刀买牛政不恶,一字入官妨尔乐。"更有甚者,灾荒之年又逢官府苛捐之重,人们就更难逃厄运,正如王炎《太平道中遇流民》所云:"春蚕成茧谷成穗,输入豪家无孑遗。丰年凛凛不自保,凶年菜色将何如。但忧衔恨委沟壑,岂暇怀土安室庐。"

徽州人面临自己的生存困境,不断探索新的出路。徽州诗人一方面描写传统农民的淳朴生活,另一方面也表现人民生活的新变化。在徽州诗人笔下,出现了以行船、捕鱼、制砚、制墨、刊刻、裱书等为生的篙工、渔人、砚工、墨士、刊工、背书人等劳动人民,如下:

---

① (宋)罗愿《新安志》卷五,清嘉庆十七年刊本,《宋元方志丛刊》第 8 册,中华书局,1990 年。
② 此诗世传为李白所作,清王琦《李太白集注》按,此诗乃南唐许坚诗,其后尚有二韵,非太白作。
③ 汪勃《碧山下看春耕》:"东南足稼穑,泽国水所钟。山田实晓确,俗朴唯力农。二月戴胜降,杏花春色浓。昨宵雷雨过,沟洫水溶溶。稚子牵犊伏,少妇炊朝饔。苞穫以待时,先自除田葑。老夫春睡足,好鸟鸣雍雍。东皋一舒啸,徐徐曳短筇。"此诗《全宋诗》未录,嘉庆《黟县志》卷一六载,汤华泉《新辑徽州文献中的宋佚诗》已补录。

歙江两岸山立壁,一水潭潭浮绀碧。嵌空老石出中流,触碎玻璃成沸白。滩高水落定难行,暮雨淋浪新涨生。三更风怒山欲吼,催唤金乌回晓晴。篙工倚柂笑相语,但上闵滩无所阻。明日日晡过歙渚,舣船沽酒劳辛苦。(王炎《夜宿闵滩下》)

西南月未堕,白雾吞青山。渡口无人行,老渔一舟还。呵手系短缆,被襦犯夜寒。捕鱼养妻子,谁谓斯人闲。(王炎《渔人》)

涧水抱石根,石骨多绀碧。北山上挼天,南山势蟠伏。砚工二百指,日凿崔嵬腹。篝灯砺斧斤,深入逾百尺……冰蚕吐银丝,鲛人织雾縠。巧手琢磨之,价直黄金镒。(王炎《游砚山》)

满地干戈正扰攘,君家犹自捣龙香。轻清披就烟云质,坚劲磨来金玉相。倚马喜资挥露布,飞鸢端藉发天章。山屋莫道浑无用,留写樵歌入锦囊。(许月卿《赠墨士程云翁》)

六经四十三万字,古未版行天所秘。鲁才得见易春秋,书到汉时犹默记。不知何年有尔曹,误我百世惟寸刀。日传万纸未渠已,宇宙迫窄声嘈嘈。一第竟为吾子恩,办笔如椽补龙衮。生毋谓我不读书,待捡麻沙见成本。(方岳《题刊字蔡生》)

我无王书二千六百纸,空有六经四十三万字。荒山寒入雪夜灯,三十年来无本子。壁鱼不生糊法死,君欲如何染君指。石炉煮饼深注汤,自向胸中相料理。(方岳《赠背书人王生》)

歙江篙工笑视闵滩之险,轻松行舟渡人;年老渔人不畏夜寒,辛劳捕鱼养家;砚山工人入山日凿夜采,琢磨价值不菲之砚;墨士、刊字、背书人等也利用其技能开始新的生活。诗人赞颂了这些人的精湛技艺、顽强意志以及如何在艰难的生存处境下寻求出路的开拓精神。

(二)时令习俗

中国古代通常根据季节制定有关农事的政令,民间在特定的节令日要举行相关活动,往往习沿成俗。立春是一年中最重要的节令日之一。彭大翼《山堂肆考》引《摭言》:"东晋李鄂,立春日以芦菔、芹芽为菜盘,相馈遗。"又引《四时宝鉴》:"唐立春日荐春饼、生菜,号春盘。"①杜甫有《立春》诗:"春日春盘细生菜,忽忆两京梅发时。盘出高门行白玉,菜传纤手送青丝。"宋时立春食春盘成为一种礼俗,宫廷和民间都非常盛行。《宋史·礼志》载:

---

① (明)彭大翼《山堂肆考》,卷八,文津阁《四库全书》子部第 976 册,北京商务印书馆 2003 年影印,第 677 页。

"立春,赐春盘。"①周密《武林旧事》卷二《立春》详载宫廷春盘的奢侈:"后苑办造春盘供进,及分赐贵邸宰臣巨珰,翠缕红丝,金鸡玉燕,备极精巧,每盘直万钱。"②徽州民间春盘较简陋,有的仅以笋蕨而代,如吴儆《拾梧子》云:"春盘厌笋蕨,秋子积梧桐。"但有的也较讲究,虽无宫廷之豪,却自有天然丰厚之状,如方岳《春盘》:"莱服根松缕冰玉,蒌蒿苗肥点寒绿。霜鞭行苗软于酥,雪树生钉肥胜肉。与吾同味藘丝辣,知我长贫韭菹熟。更蒸独压花层层,略糁凫成金粟粟。青红饾饤映梅柳,紫翠招邀醉松竹。擎将碧脆卷月明,嚼出宫商带诗馥。赐幡羞上老人头,家园不负将军腹。"莱服又名芦菔,俗称萝卜,是立春日常食的菜蔬,通常认为莱服能解困;蒌蒿,一种野生植物,茎可食;霜鞭指竹笋;雪树生钉形容银色的野蘑菇;藘,种子辛辣,又名辣味菜;独,即豚,小猪;糁即米羹;饾饤指果品,青者多梨,红者多枣;碧脆卷月明或指卷菜的春饼。《春盘》几乎成了徽州春季美食的展览,颇合现代意义的"绿色食品"和健康饮食观念。

　　徽州诗人对社日活动吟咏颇多。社日是汉族民间祭祀土神的日子,一般在立春、立秋后的第五个戊日。唐张籍《吴楚歌》:"今朝社日停针线,起向朱樱树下行。"明谢肇淛《五杂俎·天部二》:"唐、宋以前,皆以社日停针线,而不知其所从起。余按吕公忌云'社日男女辍业一日,否则令人不聪',始知俗传社日饮酒治耳聋者为此,而停针线者亦以此也。"③徽州基本沿袭此习,然又有不同之处。如方岳《社日雨》:"今兹淫春霖,曾不避甲子。荷锄做秧田,宁欠三寸水。社戊占丰登,不以此故已。径起穀棘公,鸣蓑共于耜。"从诗中看,徽州有立春戊日为社之俗,然此日并不辍业,相反要趁雨做秧。社日饮酒在诗中多有出现,如王炎《社日》:"日暖泥融燕子飞,海棠深浅注胭脂。一杯社日治聋酒,报答春光烂漫时。"许月卿《天道》:"天道尊高父道同,地亲如母祀先农。社翁不肯饮残水,野老犹能存古风。箫鼓村田聊击壤,鸡豚社酒好治聋。满庭芳曲还堪唱,一笑东坡鬓已翁。"诗中均言社日饮酒治耳聋之俗。以酒祭祀还有许多讲究,方岳《社酒》云:"春风泼醅瓮,夜雨鸣糟床。相呼荐蠲洁,洗盏方敢尝。不辞酪酊红,所愿穄秠黄。家家饭牛肥,岁岁浮蛆香。"社酒时要以清洁干净的酒来祭祀土地神,祭祀之后人们必须"洗盏方敢尝"。除了酒外,牲肉是祭神主要供品。方岳《社牲》云:"年登敛牲钱,日吉视牢策。烹庖香满村,未觉膳脤窄。馂余裹青蒻,篱落笑言

---

① (元)脱脱等《宋史》第9册,卷一一九《礼志》,中华书局,1977年,第2802页。
② (宋)周密撰,傅林祥注《武林旧事》,山东友谊出版社,2001年,第36页。
③ (明)谢肇淛《五杂俎》,上海书店,2009年,第22页。

哑。咄哉陈孺子,乃有天下责。"民间社牲虽比不上朝廷,然也颇具规模。"膰脤"为祭祀的熟肉,徽人常以"青蒻"裹之,祭祀之后分给村人。祭祀中击鼓是必不可少的,汉应劭《风俗通义》载:"鼓者,郭也,春分之音也。万物郭皮甲而出,故谓之鼓。"① 方岳《社鼓》:"冬冬枌榆社,坎坎桑竹野。初非有均度,意欲薄幽雅。侯家按新声,视此宁勿赧。且从群儿嬉,吾未已可把。"立秋后的第五个戊日亦为社日,《梦粱录》载:"秋社日,朝廷及州县差官祭社稷于坛,盖春祈而秋报也。"② 徽州也有秋社之俗,如方岳有诗《中秋日社》:"月明如水带寒流,饮福灵坛晓未收。不是社公唤我起,何缘一日两中秋。"

中和节也是与农事相关的节令。尉迟枢《南梵新闻》载:"李泌谓以二月一日为中和节,人家以青裳盛百谷果实,更相馈遗,务极新巧,宫中亦然,谓之献生子。"③ 每逢此日,皇帝都要举行耕种仪式,象征性地赐给人民百谷,以示劝民努力从事耕织之义。在民间,亲友们也常聚集在一起喝中和酒,并祭祀主管树木的林神勾芒。方岳《出关》云:"牡丹径尺妙天下,许酿醹醵呼娉婷。到家二月亦晚矣,未办翠色官窑瓶。"此诗言及中和节这天,徽州人酿宜春酒,互赠花果,祭祀勾芒,祈求丰年。

种桑养蚕是徽州的重要农事,汪纲《过桑林有感》云:"蚕眠桑老叶田田,村少闲人在路边。蚕事正忙农事急,官堂寂静昼如年。"④ 因忙于蚕事,村少闲人,也无讼事。养蚕有很多的禁忌,据《新安志》载,祁门"俗重蚕,至熏浴斋洁以饲之"。从徽州诗歌来看,徽州还有蚕月之日禁忌往来之俗,如方岳《宿芙蓉驿》云:"麦秋天气半明暗,蚕月人家忌往来。"杨公远《次金东园农家杂咏八首》其一云:"买酒割鸡祠社后,踏歌捶鼓闹清明。柔桑叶长蚕苗出,从此关门禁客行。"

(三) 精神信仰

佛教在南朝时就传入徽州,对徽人精神信仰和思想观念影响较大。据《新安志》所载统计,至南宋初,徽州佛寺共计131所,歙县41所、婺源35所、绩溪19所、祁门与休宁各14所、黟县8所。宋代徽州佛寺的普及,说明佛教对徽州民间的影响已相当广泛。⑤ 佛寺也出现在宋代徽人诗歌中,如

---

① (汉)应劭《风俗通义》,卷六,文渊阁《四库全书》子部第862册,台湾商务印书馆1986年影印,第387页。
② (宋)吴自牧撰,傅林祥注《梦粱录》,山东友谊出版社,2001年,第43页。
③ (明)陶宗仪《说郛》,卷四六,文渊阁《四库全书》子部第878册,台湾商务印书馆1986年影印,第521页。
④ 此诗《全宋诗》未录,嘉庆《黟县志》卷一六载,汤华泉《新辑徽州文献中的宋佚诗》已补录。
⑤ 王昌宜《宋代徽州的民间宗教信仰——以〈新安志〉为中心》,《合肥学院学报》2011年第4期。

吴儆题阳山寺,方岳写到显亲寺、珠溪寺等。徽州也出现了许多佛学修养深厚的僧人,如智琚、定庄禅师、茂源和尚、谦禅师、澜大德、雪山子、宁道者、宗白头等。宁道者即释道宁,为北宋徽州诗僧,留存156首偈颂类诗歌;宗白头即释嗣宗,为南渡时期徽州诗僧,留存36首说禅诗。徽州诗人普遍受佛教影响。朱松诗歌中涉及佛寺或佛僧的诗歌达80余首,占其全部诗歌的五分之一多。朱松与僧人交往颇多,禅者的哲语往往给予其人生的指导和生命的启示,他在诗中多次表示对佛禅的向往,如"眼明佛屋丽丹碧,瓦鸥鹚凤凌空虚"(《宿禅寂院》),"幸分曹溪水,万劫付一澡"(《赠觉师》),"一句从谁闻,投老承此力"(《赠永和西堂道人》)等。汪晫诗歌禅意较浓,如《静观堂十偈》其三:"万缘一息丝不挂,一个闲身煞潇洒。静中有味淡如如,哑子得梦难为话。"《次韵环谷即事》:"本是偷闲择一枝,静中此乐有谁知。山光照座年年在,世事于人日日非。春研有诗吟即事,夜灯无梦到相思。汉阴老子机何有,禅病今来减带围。"方岳与多位名僧来往,并作偈言诗多首,表现对佛理的体悟,如《梦有饷予宝器一衮者》序以梦的形式,虚构僧人入寂前对自己的授法,与其说表现了诗人与僧人的宿缘,毋宁说诗人以僧而自况。诗人在此基础上进一步表达对佛法的理解,诗尾云:"我法一切无,何以此宝诀。问宝何从来,岂为我辈设。师今何方去,更吐广长舌。"意为自己已超越了僧师之法,进入更高的境界。

南宋初,徽州道观共计10所,其中歙县5所,婺源2所,祁门、休宁、黟县各1所。① 虽然道观的数量比不上佛寺,但徽州黄山、白岳均与道教有着密切联系,道教影响也不容小觑。道教推崇黄帝为其始祖,而黄山又是黄帝修道之处,黄山浮丘峰下的浮丘观是境内最早的道观之一,吴儆《浮丘仙赋》云:"黄之为山,崛奇伟丽,视海内诸名山无愧。又产丹砂及诸神仙久视之药,则浮丘之所尝至若居之无疑。"齐云山在唐宋时成为道教名山,唐栖霞道人隐居于此,宋宝庆年间,方士余道元拜请金安礼、金士龙筹资建真武祠。徽州不少诗人受道教影响。汪莘自幼爱性命之学,以道家仙山"方壶"为号,自称"道人不出方壶境,坐见天时去又来"(《春夏之交风雨弥旬耳目所触即事十绝》其九),极赞汪仲宗"自非君身有仙骨,安得蓬壶阆苑相因依"(《题汪侍郎仲宗北山道院》),敬慕周尊师"眼有神光射霭山,不须更问列仙班"(《除日寄黟山周尊师》)。叶介为道教徒,居齐云山,募捐辟三清阁,建四聚楼。吴龙翰也嗜好道,如《楼居狂吟》其十云:"偃月炉深紫气浮,红铅黑汞六丹头。梅翁欲抱浮丘诀,颛为黄山作此楼。"

---

① 王昌宜《宋代徽州的民间宗教信仰——以〈新安志〉为中心》,《合肥学院学报》2011年第4期。

徽州文化是在漫长的历史时期山越文化受中原文化影响、改造而发展形成的。中原文化系以儒学为主、儒释道思想互补。中原文化对徽州的影响不仅表现在佛、道对徽人精神生活的渗透和影响,更集中反映于徽州对儒家思想尤其对理学的崇奉与信仰。宋代开始,徽州学人纷纷追求理学,尤其是朱熹到徽州讲学后,徽州逐渐形成了阵容强大的新安理学学派,程朱理学成为南宋以后徽人的学术追求和精神信仰。前述朱松、汪莘、汪晫等尽管受佛或道影响很深,却是著名的理学家。以文学著称的诗人也无不受理学影响,如方岳自言"道官儒骸释头颅"(《蒙恩予祠》),更以"里中学子"自居。我们仅就"晦庵亭"相关诗歌以观徽人的思想趋向。许月卿有诗《次韵朱塘》三首,记载朱熹游"绯塘"及"晦庵亭"所建之事。据诗序,淳熙三年(1176),朱熹归婺源,与滕氏兄弟游其先业绯塘,朱熹云曾梦游此地,并提议建亭以领山水;淳祐二年(1242),亭成,郡丞秘书郎书其扁曰"晦庵亭"。程元凤称"婺绯塘坞朱子题滕氏草堂,有居然我泉石之句,滕氏兄弟建此",因作《居然庵》。方岳有诗《寄题朱塘晦翁亭》,以徽州有朱熹为荣:"吾州断云边,山水则大好。不知几何年,有一晦翁老。"并且为自己未能亲聆朱熹教诲为恨:"蕞予抱遗书,生世恨不早。至今章句间,兀兀首空皓。缅怀草堂云,春风动芹藻。"程鸣凤有诗《晦庵亭》,也表达了对程朱理学尤其是朱熹道业的推尊。程元凤、方岳、程鸣凤等并非朱熹弟子,也不以理学而著,然从其诗歌来看,他们把朱熹看作徽州同乡,尊称其为翁、仙,盛赞其承继道统、力定乾坤的千秋功业和虽遭党厄不改其志的气节人格。徽人修建晦庵亭祠以使"斯文不死道常存",表现了朱子学说的对徽人的学术追求和精神观念的巨大影响。

需要一提的是,徽州诗人创作诗歌向人们展现了宋代徽州生活图景,尽管相比实际生活内容还是有限的,但是诗人以独特的观照方式和想象性语言构建的文学世界,折射出徽州本地的历史文化风俗,反映了宋代徽人的思想情感和价值观念。在此意义上来说,徽州诗歌是记载宋代徽州地域文化的独特文献。

第三节 奇新之趣与艺术呈现

宋代徽州诗人表现出尚奇的特点,如汪莘"集中诸文,皆排宕有奇气"[①],方

---

① (清)永瑢等《四库全书总目》,卷一六三《方壶存稿》提要,中华书局,1965年,第1397页。

岳"奇奇怪怪之文如其人"①,吴龙翰"嗜奇学博"②,许月卿"吊诡逞奇、破律坏度"③……徽州诗人的求新尚奇固然与宋代诗风密切相关,然不可否认,徽州独特的地理环境也孕育了诗人的奇新之趣。徽州诗人独特的审美感知力、奇特的思维形式和极为丰富的想象力,使其诗歌具有新奇之美。

一、奇新之趣的生成

大自然不仅具有取之不尽的审美对象和艺术素材,是文学艺术创造的源泉;而且还以其生生不息的"大美"影响着诗人的审美感知、艺术想象和思维方式。正如清孔尚任所云:"盖山川风土者,诗人情性之根柢也。得其云霞则灵,得其泉脉则秀,得其风陵则厚,得其林莽烟火则健,凡人不为诗则已,若为之,必有一得焉。"④徽州的山水风物是诗人奇新之趣形成的根源和土壤,自然的奇美培养了徽人的好奇心和善于发觉新奇事物的审美感知能力。黄山"无峰不石,无石不松,无松不奇",花草菌茶、鸟兽鱼虾令人目不暇接,奇特多样的事物常带给人不同的感受;云烟雾气飘然而来、倏忽而去,美景胜观时隐时现、若有若无,瞬息变化的事物令人在不期意间有新的发现。自然景物本身的新奇和变幻使诗人对世界产生好奇,他们喜欢去发觉、探索未知的事物,由此也训练了感知美的眼睛和能力。自然的奇美还培养了诗人丰富的想象力和奇特的思维方式。置身于与天相接的山峰,使人不免心驰神往;处于苍郁浓茂的丛林,令人往往神思飞扬;云雾缥缈、烟气萦绕,使人如进仙境,激发人无尽的想象;奇花灵草、珍禽异兽,令人眼前一亮,总能给人奇妙的灵感。奇伟瑰丽的山峰、奇美秀丽的水流、新奇罕见的风物,构成了奇特的生活环境,徽州诗人长期居于其中,一方面他们不以已有之奇为奇,奇已成为其生活的常态;另一方面,他们总喜欢寻找和表现令其感到惊奇的事物和现象。如此,"奇新之趣"不仅是诗人的审美艺术追求,也是诗人的自然本性和生活情趣。

宋代诗人求新尚奇的艺术趋向,进一步激发和助长了徽州诗人的奇新之趣。宋人不仅在立意上自高一着,文体上破体融通,而且自觉追求以大量的典故、拗硬的声韵、对立冲突的结构等实现推陈出新。南渡之前,由于徽

---

① (明)彭大翼《山堂肆考》,卷一二六,文津阁《四库全书》子部第979册,北京商务印书馆,2003年,第55页。
② (宋)方回《桐江集》,卷三《跋吴古梅诗》,(清)阮元辑《宛委别藏》,江苏古籍出版社,1988年,第246页。
③ 钱锺书《钱锺书手稿集·容安馆札记》,卷一,商务印书馆,2003年,第167页。
④ (清)孔尚任《孔尚任诗文集》,卷六《古铁斋诗序》,中华书局,1962年,第475页。

州的地理位置和地势状况,徽州与外界的文化交流并不太多,文学创作比较落后,宋代诗风对徽州诗人的影响表现并不充分。南渡之后,随着国家政治、经济、文化等中心的南移,徽州具有了得天独厚的地理优势。徽州从少人眷顾的偏僻乡壤成为邻近京都的重要地区,京畿文化迅速在徽州传播和发展,一方面入徽的官员、文人、学者输入了新鲜的文化思想和文学观念,另一方面,日益增多的求学为宦的徽州士人在接触和学习外界文化时,也逐渐受到当时诗歌创作风气的影响和感染。

宋代徽州诗人对奇新之美的追求有一发展过程。南渡前后,虽然一些诗人在理论和创作上具有求新的意识,但多数诗人创作的奇新并非刻意追求而为之;中期之后,尚奇成了诗人比较自觉的追求,甚至不少诗人出现逞奇之弊。方岳对徽州文学之"奇"进行反思并且加以引导:"某故尝以为,易奇而法,昌黎之言也。好奇自是文章一病,山谷之言也。然则学者将何从?秋崖曰:奇可也,好奇不可也。夫人而好奇也,夫人而不能奇也。长江大河滔滔汩汩,此岂有意于奇哉?而奇在是矣。至其绝吕梁、冲砥柱,则堰,而风雷喷薄,鱼龙悲啸,又有不得而不奇者。若夫激沟渎之顽石,而落之为奔放,舒之为沦涟,不谓不奇,而与夫长江大河之滔滔汩汩,忽然而绝吕梁、冲砥柱之奇,则有间矣。"①一方面,方岳充分肯定诗歌之"奇",并推崇江河奔流的"奇"的效果;另一方面,方岳又认为"奇"并非有意求之,"奇"是自然而然形成的。从多数徽州诗人的创作实践来看,徽州诗人奇新之趣多在于诗人本身的自在之"奇",诗人独特的审美感知、思维方式和丰富的想象力,成就了其诗歌的奇新之美。

二、新颖的物象

诗人通过对客观物象的审美选择、感知和想象,并运用艺术手段和语言符号把其转换成诗歌文本中的艺术物象,从而来传达诗人对世界的体认和理解。徽州诗人的独特之处在于:首先,他们选择并提供了一些人们比较陌生的物象;其次,对于常见的物象他们善于发现其新奇性,并能运用其独特艺术手段进行呈现;另外,他们也对前人曾经吟咏的物象进行质疑,突出物象为人误解或忽略的特征。

(一)新的物象

明袁宏道《雪涛阁集序》云:"有宋欧、苏辈出,大变晚习,于物无所不

---

① (宋)方岳《秋崖集》,卷二七《答许教》,文津阁《四库全书》集部第1186册,北京商务印书馆2003年影印,第475页。原文出现"砥柱""底柱",引文统一为砥柱。

收,于法无所不有,于情无所不畅,于境无所不取,滔滔莽莽,有若江河。"①到了南宋,诗歌无论从题材内容还是艺术形式进行新的"开辟"都更加难为。徽州诗人在题材开拓上的贡献首先在于提供了一些前人诗歌少见的新颖物象,或者是徽州的风物特产,或者是异地所见的新奇事物,或者是日常习见但诗文中较少出现的物象。

徽州诗人把当地的一些风物特产写入诗中,如猫头笋、石菖蒲、雪菌等,在人们阅读经验中甚为少见,甚至有些物象对于异地之人还是首次接触。如朱松《休宁村落间有奇石如弹子涡所出者宜养石菖蒲程德藻许以馈我以诗督之》:"君家绿溪上,岸曲溪成涡。涡间石无数,水甃相荡磨。谁尝掬而戏,一一印指螺。我欲往取之,拥此菖蒲窠。石罂注新汲,幽姿发清哦。"休宁溪水中的奇石,因溪涡水甃,其石荡磨,故石如印指螺,宜养菖蒲。方岳《雁来红》:"是叶青青花片红,剪裁无巧似春风。谁将叶作花颜色,更与春风迥不同。""秋入山篱叶正丹,老天浑误作花看。不知宋玉今何似,雁欲来时霜正寒。"雁来红是一种生草,俗称秋色、老少年,其茎叶类鸡冠,或全红全紫,有红黄等色斑,至秋天,叶子美丽如花,徽州人多在庭院种植。②

徽州诗人不仅从本地生活环境中寻求诗材,异地新奇的事物更能引起他们的注意。丘濬来到南方五羊,看到当地的相貌服饰和生活习俗与内地有很大差别,诗中出现了蓝眼睛蒙头的婢女和黑皮肤戴耳环的小伙,"碧睛蛮婢头蒙布,黑面胡儿耳带环";腥臊的蚬子和血红的槟榔,"唇上腥臊惟蚬子,口中脓血吐槟榔"。朱弁描写北人燃烧取暖的煤炭:"西山石为薪,黝色惊射目。方炽绝可迩,将尽还自续。"(《炕寝三十韵》)又叙北人以松皮为菜食:"伟哉十八公,兹道亦精进。舍身奉刀几,割体绝嗔恨。鳞皴老龙皮,鸣齿溢芳润。流膏为伏龟,千岁未须问。便堪奴笋蕨,讵肯友芝菌。"(《北人以松皮为菜予初不知味虞侍郎分饷一小把因饭素授厨人与菌蔬杂进珍美可喜因作一诗》)朱松咏叹闽地的吉贝:"炎海霜雪少,畏寒直过忧。驼褐阻关河,吉贝亦可裘。投种望着花,期以三春秋。茸茸鹅毳净,一一野茧抽。南北走百价,白氍光欲流。似闻边烽急,缘江列貔貅。裁襦衬铁衣,爱此温且柔。"(《吉贝》)吉贝为梵语或马来语的译音,古时兼指草棉和木棉。诗云"投种望着花,期以三春秋",而草棉的生长期仅几月,可知所咏吉贝非草棉。又据《梁书·林邑国》载,吉贝为树名,"其华成时如鹅毳,抽其绪纺之以作

---

① (明)袁宗道等撰,唐昌泰选注《三袁文选》,巴蜀书社,1988年,第69页。
② (宋)方岳撰,秦效成校注《秋崖诗词校注》,黄山书社,1998年,第80页。

布,洁白与纻布不殊"①,诗云"茸茸鹅毳净,一一野茧抽"与之相合,故朱松诗当咏木棉。

(二) 物象之新

徽州诗人也善于从常见物象中发现其新奇鲜活的一面,使所写物象具有新颖性。方岳《约鲁山兄》云:"莫说寻芳已后时,春蔬解甲茗搴旗。松风石铫晴云碗,不是吾曹未必奇。"方岳认为事物之"奇"依赖于审美主体的发现参与、发现、感知,平常的事物在善于发现美的诗人眼中也常常会变得新奇而有趣,如切鱼本是极为普通之事,方岳却能发现令人赏心悦目的东西,并能引发无尽的联想,《次韵姚监丞斫鲙》其一:"冰盘飞缕落芳馨,雪色微红糁玉霙。唤起篛箬十年梦,诗肠平截鹭波清。"诗人把片片鲙鱼看作缕缕芳馨,并以飞缕状其切肉落盘之迅速,鲙鱼色白微红又似雪花糁粒,由此诗人想到垂钓江边,波水清漾,白鹭掠过,怎能不诗情溢生?

其他诗人也从不同的观察角度,在一些平凡的事物中发现一些被人所忽略的独到之美,如下:

> 奔波来往一生忙,方寸包藏不可量。用尽心机还骨立,为他人作嫁衣裳。(吴儆《说谜三绝》其三)
> 剥开莲子见芳鲜,花叶同心缩翠拳。欲记池莲多少朵,一枝荷叶一枝莲。(汪莘《己酉夏偶兴》其二)
> 绝怜花带雪璘珑,仿佛惟存蜡带红。一夜清寒风结冻,分明身在水晶宫。(杨公远《冰梅》)
> 卷地飞埃逐晓飙,盘旋曲折势飘飘。筵前旧说回风舞,今见娉婷楚女腰。(汪梦斗《风起扬埃如天舞》)
> 寒声敲破玉琳琅,绾断鸳鸯双梦长。几斛明珠收不起,巧粘翡翠络红妆。(吴龙翰《荷花四绝·雨》)

前两首诗从极为普通的日常之物,体会到生活或自然之理。吴儆诗以谜语的形式,既是阐述一种辛苦奔波的生活方式,又是对梭的功用特征概括介绍,让人在思索中悟得谜底,同时又有人生哲理的启示,机智幽默,妙趣横生;汪莘把剥开莲子之后的芳鲜之状描绘得生动可爱,然后引出一物自有一本之理。后三首诗通过奇异的想象和精致的描摹,使所状之物生动形象、鲜活传神。杨公远选择冰梅题咏,梅花披雪,如蜡带红,本就风味怜人,梅雪冻

---

① (唐)姚思廉《梁书》三,卷五四《林邑国》,中华书局,1973年,第784页。

结成冰,更像置身于水晶宫中;汪梦斗到北地,初见扬尘之风,引发想象,把风中卷地尘埃的盘旋曲折看成娉婷楚女回风舞腰;吴龙翰以通感的方式,言落雨之寒声敲破玉荷之梦,又以明珠粘翠络红比雨着荷花,表现其新奇明丽之美。

三、奇特的想象

诗人"最杰出的艺术本领就是想象"①,诗歌在本质意义上就是想象的产物。优秀的诗人不仅能够"精骛八极,心游万仞",接通并调动不同时空的纷繁复杂的事物,而且能够把一种事物糅塑变形成无穷的表现形态,从而创造出异于现实的"第二个自然"。徽州诗人具有丰富奇特的想象力,这是其创作具新奇之美的最重要原因,主要表现为两方面:一是诗人通过直接或间接的想象方式构织出神奇的境界;二是诗人通过比喻、拟人、夸张等想象手段呈现出新奇的形象。

(一)想象方式

想象是人类认识、把握世界和自我的一种独特方式,想象主体通过一种与实践理性不同的虚拟方式改造现实,使个人能量在一新的时空领域中得到充分展示和无限释放。萨特曾说:"想象的活动是一种变幻莫测的活动,它是一种注定要造就出人的思想对象的妖术,是要造就出人所渴求的东西的;正是以这样一种方式,人才可能得到这种东西。"②徽州诗人的想象方式主要有神游、梦幻、静观想象三种。

神游是一种最直接、与现实关系最疏远的想象方式,诗人不仅要构织一神话世界,而且诗人也参与到神话之中,成为神话世界的一个角色。换言之,诗人具有二重主体性,既是神话的叙述者,又是被叙述神话的参与者。汪莘诗歌创作最显著特点是神游想象。汪莘曾屏居黄山读《易》自广,黄山之奇与经书之奥,使其思维与想象异于常人。诗人能够上天入地,指挥神灵,"吾尝挥雷鞭,骑龙日宫前";可以穿越太虚,重整乾坤,"翻身透过天顶去","双手拨转赤精球"(《对月与念六弟谈化作》)。《黄山高》一诗中描述诗人从容与仙帝相见情景:"天都一峰杰出于三十六峰兮,星斗森罗挂珠殿,日月对展琼瑶楼。中有一人兮龙冠而凤裘,左容成兮右浮丘。我时收却钓竿樵具作一束,投诸曹阮溪中流。浴余身兮汤泉,风余袂兮帝所。夔鼓隐隐兮管啾啾,水精盘兮碧玉瓯。帝酌我兮劳我,左右为余兮凝眸。指余以南峰

---

① (法)黑格尔著,宗白华译《美学》,第一卷,商务印书馆,1979年,第357页。
② (法)萨特著,褚朔维译《想象心理学》,光明日报出版社,1988年,第192页。

石壁记,授余以红铅黑汞大丹头。"甚至在感怀诗中,也不乏奇异的想象,如《秋怀十首》其六:"曾向潇湘遇水仙,倏来如月去如烟。深林一笑闻山鬼,余处幽篁不见天。"汪莘神游式的想象颇类李白,创作主体不仅随心所欲地构织成现实世界不存在神话境界,并且把自我置于其神话中成为超现实的形象。相较而言,李白的想象建立在神话思维上,诗人作为现实之人而遨游于神话之中;汪莘的想象建立在对"太虚"或宇宙认识的哲学思维之上,诗人作为征服宇宙的主宰而参与神话。汪莘超越了李白"欲上青天揽明月"的"人"的奇妙想象,而是以"双手拨转赤精球"的行为突出"人"的超常能量。同时,汪莘也减弱了李白以"强自我"对抗现实社会的意义,而突出了以"超自我"征服自然的能力。因此,汪莘诗歌的超现实因素更为突出,也更具有怪奇感和夸张性。与汪莘相比,王炎的神游要现实得多。《吕待制所居八咏·月台》:"我欲登仙换凡骨,飞上云头窥月窟。羿妻问我何自来,笑指广寒令径入。归来却见半隐翁,月台如在神仙中。霓裳歌舞不用觑,把酒长啸生清风。"诗人飞上云头,与嫦娥对语,入广寒一游,不过,"我欲登仙换凡骨"少却了汪莘"吾尝挥雷鞭"的自信和气势。郑晦神游空间转换更自由,《浮丘祠》:"青天志欲骑长虹,半生双眼四海空。题诗远寄广成子,笔力万仞摇崆峒。前年鹤背乘天风,翻然回首江之东。束书归隐黄山中,山中偶遇浮丘翁。人生寰宇总过客,呼酒浇愁醉李白。十亩耕云种紫芝,酣歌击石嫌春窄。招浮丘,乾坤到处堪遨游……住庵道人请书壁,秃毫轰雷停不得。飞香洒雪淋漓湿,一夜寒风瘦蛟泣。"现实与神话交错,历史与未来相接,想象极具跳跃性和随意性,诗歌境界宏阔瑰玮,其失在于破坏了诗歌的整体和谐之美。

　　梦幻想象指通过梦境来构织神奇的世界,想象主体通常也是梦中世界的见证者和参与者。既然是梦,诗人想象自然会不受客观事实和逻辑规律的限制,能自由创造出现实不存在而心中希望的理想之境,这是文学想象对现实压抑的极大解放。不过,诗人借助梦的方式来表现对现实的排斥和抗拒,不仅少却了一些直接神游征服世界的自信,也反映了诗人对现实在一定程度上的妥协。朱松往往通过梦来展开奇特的想象:"蓬蓬飞梦过云乡,物色清辉眼界长。阊阖未招金马士,蓬莱先立玉澜堂。千寻濯足衣裘冷,六字哦诗笔砚香。当与瑶池作同社,红巾青鸟两相忘。"朱松似乎确有其梦,诗题中详述其诗由来:"仆自以四月十四日自延平归,所寓之南轩积雨阴湿,体中不佳。二十五日,夜梦至一处流水被道,色清绝,若有栏槛而无屋宇,有笔砚皆浸水中。予惊问何地,旁有应者曰'此玉澜堂也'。梦中欲取水中笔砚作诗,诗未成而觉。意绪萧爽,殆不类人世,鸡已一再鸣矣。因赋此。"梦是人潜意识的表现,诗人之梦往往是日有所思而生,哦诗蓬莱正反映了诗人的艺术追求。朱松小诗《夏夜梦中作》别有特色:"万顷银河太极舟,卧吹横笛漾中流。琼楼玉宇生寒骨,不信人间有喘牛。"似梦似幻,意境新美,令人回味无穷。许月卿的梦境更为神奇,如《除月二十三日夜梦》:"仙君重瞳衮衣明,红云一朵当殿楹。千官拜舞环佩鸣,中有一人摄齐升。琅琅敷诵百辟惊,首云有臣许月卿。合在帝所式群英,煌煌召节来帝廷。肤使奕奕华弓旌,我时荷边食芡菱。坐茅心涣俨不听,从天飞下苍葱珩。申传帝命通叮咛,亲授秘诀餐长生。提耳言言帝旨令,梦回题诗香枕屏。"与许月卿现实不得重用相反,诗人被仙帝所召之梦美丽而离奇,诗人的愿望与志向通过奇异的梦幻进行了表达。方岳的梦中之作甚多,然其梦多类现实,如《梦中》二首:"凡我同盟鸥鹭群,既盟之后亦幽忻。山中芝术香堪煮,鹤未归来空暮云。""树擎晚色柔枝碧,兔睡晴香老月寒。自滴玉蛴秋满袖,轻云片片泊阑干。"诗人在梦中想象自己的隐逸生活:与鸥鹭为群,食山中芝术,月下畅想月兔与玉蛴,清风轻云身边相随,呈现了诗人追求的理想生活。

无论是神游还是梦幻,诗人都以一种超现实的能力或非现实的方式参与到其想象世界之中,而静观想象主要指诗人作为观察主体进行想象和创造,通常诗人不参与到被想象世界中。在对外界事物的观赏中,诗人充分调动其生活阅历和知识储备,创造出与眼前之物相关但又完全不同的奇异之境。胡舜陟雪夜秉烛赏梅,梅花在蜡烟辉映下,诗人想象为神女呈香雾而来:"蜡烟青绕雪培堆,神女疑乘香雾来。绰约仙姿明醉眼,横斜疏影入樽罍。"(《秉烛赏梅》)吴儆看到雪积桃花之上,光辉红润,想象其为骚人以铅粉之;"夭桃先已醉春风,青女犹争造化功。应与骚人嫌太赤,故将铅粉注深红。"又想象其为桃妃侍宴瑶池醉后妍态娇色:"粲粲乘鸾万玉妃,肯将红艳斗光辉。只应侍宴瑶池罢,犹带天边醉色归。"(《壬午二月桃方盛开雪积其上光辉红润不可形状以二诗纪之》)吴龙翰细观露、日、风、雨之下的荷花,浮想联翩,如《荷花四绝·露》:"一机蜀锦着纱笼,不放纤尘到水宫。但觉晓寒金掌重,仙人危立白云中。"荷花带露,如美丽的蜀锦着了纱笼,澄洁无尘,联想到汉武帝以铜制仙人手掌作承露擎盘,带露之荷一时又成了危立白云的仙人,诗歌除题目点出所观之物,皆为想象之境。

(二) 想象手段

想象是以一种虚拟的方式生成新事物、创造新世界的心理活动。为了实现诗歌艺术形象的独特性、艺术表现的新颖性,诗人往往要有意或无意地利用一些艺术手段展开想象并进而用文学语言呈现其想象成果。想象与语言密不可分,"一种想象只有采用了具有文学性的语言、技巧和结构等等,才能被认作进入了文学想象的状态"①。通常被看作修辞手法的比喻、拟人、夸张等,实际上不仅是语言表达层面的技巧,也是思维和想象最常利用的艺术手段,而且从一开始就与想象相随相伴。波德莱尔曾谈到想象力和比喻的关系:"它在世界之初创造了比喻和隐喻,它分解了这种创造,然后用积累和整理的材料,按照人只有在自己灵魂深处才能找到的规律,创造一个新世界,产生出对于新鲜事物的感觉。"②诗人在想象时通过一些技巧或手段对自己感知或记忆的表象进行加工、改造和组合,或把此物看成彼物,或把自己的情感意念赋予客体,或对想象客体夸张变形,从而创造出新奇独特、富于感染力的新的形象或世界。

比喻是诗人最重要的想象手段之一,也是诗歌生动新奇的重要因素。徽州诗人在比喻的运用上未必能超越前人,然因其独特的感知体验、知识结构与表现内容,时常会有别出心裁的比喻令人耳目一新。徽州诗人善于"远取譬"③,使关系疏远的两种事物或现象构成本体与喻体,造成奇趣之美。汪莘经常以小喻大,如《日月莲花歌》把日月比作双莲:"伟哉天地间,谁家两枝莲。红莲一枝瑰子鲜,白莲一枝雪样妍。两花径面各千里,压尽众草无朱铅。"汪莘取喻佛典,日月双莲之喻形象而又新奇,这在文学作品中极为罕见。方岳也常把宏大阔伟之物比作日常生活中的细微渺小之物,如"日月双车毂,乾坤一蘧蒢"(《汪运干容安斋》),"日月双飞鸟,江湖一聚蚊"(《新晴》),"双车毂"表现了日月之形及其运转规律,而"双飞鸟"更突出了其日月变换之快;"蘧蒢"把宇宙看成陈尸之席,"聚蚊"突出了世界的纷扰和芜杂。比喻不仅形象而具有深意,而且上下联对偶工整。汪莘也善于以大喻小,如《鸡雏》:"负清抱黄圆如弹,昆仑磅礴幽未判。母鸡春日宿鸡栖,躬抱乾坤入烹煅。"汪莘以其对自然宇宙的哲学认识,从鸡蛋的外形结构和生命诞生的本质想到宇宙,从而宇宙成了母鸡所孵之蛋。又《八月间书案假寐戏作》:"四海春风曲肱里,出入鼻端云一缕。不知案上清露珠,漏泄传岩梦中雨。"把人呼气比作春风,鼻前气息看作云,睡时留在桌上的口水看成露珠,又想象其为梦中之雨,不仅取喻新奇,而且生动有趣。钱锺书曾言:"愈能使不类为类,愈见诗人心手之妙。"④汪莘、方岳等人的"远取譬",堪见其"心手之妙"。博喻也是徽州诗人常见的想象和表达方式,诗人往往以连续的比喻

---

① 南帆、刘小新、练暑生《文学理论基础》,北京大学出版社,2008年,第33页。
② (法)波德莱尔《1846年的沙龙——波德莱尔美学论文选》,转引自郭昭第《文学元素学》,中国社会科学出版社,2006年,第155页。
③ 朱自清《新诗杂话·新诗的进步》,三联书店,1984年,第8页。
④ 钱锺书《谈艺录》,三联书店,2001年,第477页。

对某一事物或现象描述,形象而精彩。如朱弁《炕寝三十韵》:"飞飞涌玄云,焰焰积红玉。稍疑雷出地,又似风薄木。谁容鼠栖冰,信是龙衔烛。阳曦助喘息,未害摇空腹。"朱弁看到北人以煤取暖,想象四溢,比喻迭出,火气是玄云飞涌,积焰为红玉,燃烧煤炭之声如雷似风,并以之为飞龙衔烛、阳曦生暖。方岳《枇杷》:"击碎珊瑚小作珠,铸成金弹密相扶。罗襦襟解春葱手,风露气凉冰玉肤。"枇杷外形如珊瑚碎珠,金弹密扶;枇杷果肉又像是冰玉之肤透着风露气凉。赵戣《松风行》:"或如凤凰在朝阳,雄鸣雌和声锵锵。或如湍流下滩险,汹汹浩浩抑更扬。或如轻雷初震发,隐隐隆隆响复灭。或如急雨波涛惊,蛟龙汹汹斗未辍。或如钧天广乐张,仿佛闹中语笙簧。或如万天鏖战雄,喑呜叱咤前无当。"①诗人连续用了六个比喻描绘山中松与风相抗,形象生动又富有气势。

　　拟人或比拟是文学想象独特的手段,也是诗歌生命最活泼的基因。诗人在想象时,经常把自己的行为方式和心理体验赋予想象客体,使动植物或者无生命事物具有了人的语言、行动、感情、思想,感知的世界成为人化的世界,富有生命的活力和情趣。从想象主体与客体的离合关系来看,徽州诗人在应用比拟想象时,通常有三种方式:第一,主体隐退式,指想象对象以人的方式自由行动,诗人不出现于其中。方岳《春思》其三:"春风多可太忙生,长共花边柳外行。与燕啄泥蜂酿蜜,才吹小雨又须晴。"春风、小雨、花柳、燕蜂,在春日忙得不亦乐乎。吴龙翰《春雪》:"一雪满天地,三春景更妍。鹤梳琼羽落,蝶舞粉衣翩。嫩柳飘新絮,残梅补落钿。东风初解冻,洗手破轻烟。"春雪到来,鹤梳琼羽,蝶舞粉衣,嫩柳飘絮,残梅补钿,更有东风洗手,解冻破烟,一切美丽而多情。第二,主体潜入式,指诗人不直接介入想象对象的人化世界,但能感知到诗人的存在。王炎《题杨秀才园三亭绣春》:"幽圃春风荡漾时,阿谁绣出百花枝。春工不与人争巧,玉笋羞拈五色丝。"汪莘《次潘别驾韵》:"野店溪桥柳色新,千愁万恨为何人。殷勤织就黄金缕,带雨笼烟过一春。""阿谁""为何人"的提问,透出作者的声音,表现出诗人对对象世界的好奇。赵戣《雨中见花》:"细雨敛轻尘,枝间态度新。春疑天雨宝,寒怯地铺裀。叶底含羞女,阑边倚醉人。休将脂粉涴,一一是天真。"方岳《次韵双头牡丹》:"春入多情草木妖,霓裳相倚奏咸韶。玉栏一样红如洗,不比觚棱锁二乔。""休将脂粉涴,一一是天真","不比觚棱锁二乔",均是诗人由想象对象而引发的想法或观点。第三,主客交流式,即诗人直接参与到想象对象的活动中,主客体双方进行互动交流。王炎《田间闲

---

① 此诗《全宋诗》未收,载明金德玹《新安文粹》,卷一一,明天顺四年刻本,全诗见本书附录1。

步》："春光挽我出柴扃，道上陈根换短青。尚怯东风寒料峭，已闻好鸟语丁宁。"方岳《雪后梅边》其二："与君只隔竹笆篱，踏雪过从自一奇。开口便遭花问当，老夫愧面了无辞。"上诗"春光挽我"，下诗"遭花问当"，想象主客体直接交往。还有些诗，诗人在与人化之物的交流中，诗人更为主动，如方岳《独立》其一："村夫子挟兔园册，教得黄鹂解读书。能记蒙求中一句，百般娇姹可怜渠。"吴龙翰《金陵寓楼居》："楼中有酒客身闲，约住孤云共往还。摇落碧桃春欲去，倚栏无语看钟山。"或教黄鹂解读书，或约住孤云，更突出了诗人对想象世界介入和交融的主体力量。

夸张性想象在徽州诗人创作表现得非常突出。除了通过对外在事物进行夸张或变形以造成诗歌的奇异怪谲之外，徽州诗人往往通过大胆的夸张和丰富的想象，在诗歌中塑造出不同凡响的狂者形象，给人强大的惊奇感和震撼力。张顺之仅留七则残句，然从其"聊将遮日手，松下弄清泉""出门一笑遇诗仙"等句可感知他对个人能力的极度自信。朱松也有袖纳灵山、指转如来之狂，《水精念珠颂》云："只应袖里灵山在，无数如来转指端。"汪莘之狂更为典型，夸张想象俯拾即是，如"梦中酒渴不可忍，一口吸下骊龙腮"（《水天月歌》），"抱回红日浴东井，横截碧天朝太微"（《中秋月五首》其三），"口中吐佛子，腰间出神仙"（《放歌行》），"风雷绕肠胃，日月悬肺肝"（《访孟守》），"我自太虚观世间，释迦老子皆等闲"（《对月与念六弟谈化作》）等。程珌虽比不上汪莘出入天地的自如，然其整顿乾坤的自信与胆量并不逊色，他亦能"左架虹腰上玄圃，右骑鳌背度飞关"（《玉堂昼值有怀万松》），可以"徐呼风伯入苹蒿，指挥八极建六鳌"（《辛亥冬交石阻风三日》），甚至能号召神仙为人服务，《伐千秋巨木竟梁梅堂》云："直须作法起南风，号召百神同力扈。昂昂头角向梅堂，五六镇星来作辅。"方岳的狂高促成了其想象的大胆与神奇，《餐雪辘轳体》："酒渴来时海不供，山寒餐玉有奇功。柘浆滴处丝糕紫，冰碗擎将片脑松。透骨洗清烟火气，满腔顿着水晶宫。人间尘土何堪住，径住琼瑶第一峰。"杨公远往往以一种理想化的方式使自然纳入自我的掌控之中，如"四时景物知多少，一一投降听指挥"（《诗坛》），"掬取长江供砚水，借将碧汉作蛮笺"（《诗狂》）等。吴龙翰以狂为傲，诗歌多夸张性想象，《楼居狂吟并引》其五："汗漫相期欲控鲸，龟楼粗可寄闲身。天教吴猛亲常健，乞与商山九斛尘。"其八："胸次玲珑着九垓，政须时复兴崔巍。楼高手可扪星斗，移掇天河入酒杯。"夸张是徽州诗人想象与创作的普遍特点，这与其说是诗人把夸张作为一种艺术手段来实现诗歌的奇异之美，不如说来自其内在的气质与性格，诗人自身的狂奇不俗、特立超群，决定了其想象与表达想象的方式，也决定了诗歌中出现了许多宋代诗歌中并不常见的狂者形象。

想象是诗人创作最基本、最重要的心理活动,这本不是徽州诗人的超常之处,不过,在理性被无限放大的宋代,文人不仅以是否合理来评价诗歌创作,而且自觉地以理性来制约和干涉诗歌的创作,想象不仅受到冷落,而且还被嘲笑甚至低贬,因此在宋人的诗歌中不乏理趣盎然之作,但却少了浪漫气息和神奇想象。徽州诗人的想象更具有自发性和原创性,更具有感觉体验的形象性,故诗歌作品常常给人以新奇之感。

四、鲜活的语言

诗歌是语言的艺术,诗人的想象与构思需要借助语言进行,想象与构思的结果也需要通过语言表达得到物化。俄国形式主义理论代表什克洛夫斯基提出了文学语言的"陌生化"原则,实际上中国古人多有类似之论,如韩愈"惟陈言之务去"、孔平仲"作不经人道语"、韩驹"作诗不可太熟,亦须令生"等①,均是强调诗歌语言的新奇感与陌生化。面对唐诗高度成熟化的精粹淳雅的语词系统,宋人不仅讲求下字用韵的奇险生新,也善于通过造语、用典等建构新的语词系统。受时代诗风的影响,徽州诗人也常从经史子集或日常生活中寻找新的语词入诗,或奇奥,或新异,显示了诗人的学识见闻。不过,徽州诗人常以自己的感觉体验选择和组合习用字词,不少诗歌语言生动鲜活,能给人以美感。

(一) 鲜明的实词

唐诗多通过名词性的意象并置让人产生无尽的想象,而宋诗更注重动词性的主谓或动宾式的结构突出事物之间的关系和动态性。不像江西诗人多用奇字硬语以求得审美感受的陌生化,也与江湖四灵推崇晚唐诗人追求苦吟雕琢不同,徽州诗人多以本真的心灵感知自然,并把其对自然和社会的直接印象和独特体验自然地传递与表达。诗人善于运用富于运动感、情态性的动词和形容词,给人留下生动鲜明的视觉印象,同时具有句新语奇的效果。

徽州诗人善用比拟手法,以说明人的行为动作或情感态度的动词来描摹自然事物,又不拘动词在句中的位置,灵动鲜活,活泼有趣。如下诗句:

> 山藏千垒秀,云结四垂阴。(朱弁《冬雨》)
> 熨开睡眼色,一洗空花横。(朱松《书窗对月》)

---

① (宋)魏庆之撰,王仲闻点校《诗人玉屑》,中华书局,2007年,第183—186页。

野船穿树过,沙鸟带云飞。(方岳《阻风》)
雨磨山出色,风约水成文。(吴龙翰《归途绩溪界喜见十里岩》)
吹散浮云澄玉宇,敲残枯叶堕银床。(杨公远《雨后》其二)
泉挂珠帘当洞口,烟拖练带束山腰。(程卓《云岩》)
桃花一笑弄春晴,布谷澜翻亦劝耕。(王炎《劝农出郊三绝》其二)
秋水无尘浸碧虚,风前一叶故飞飞。(汪莘《感秋》其一)

上述句子,主谓或动宾的搭配人们容易理解并能接受。有时诗人根据自己的独特感受来组合词语,使被描述的对象显得新异陌生。如下诗句:

刚被幽禽知此意,风前拈出两三声。(汪莘《甲寅西归江行春怀十首》其六)
洞口醉眠船正暖,碧桃流出两三花。(方岳《渔父词》)
冰瓷嚼出宫商羽,一洗人间芥蒂胸。(方岳《赵尉送菜》其二)
山色攒心事,江声咽世情。(吴龙翰《晚舟泊长河》)

有时候觉得人格化的行为描写还不尽兴,又在其后补充说明动作的具体状态或后续过程,使对象的"视觉式样"传导出"具有倾向性的张力"或"运动"①,使人们强烈地感知描述对象的存在。如下诗句:

缲出烟丝轻袅袅,扫成雪帚重垂垂。(汪莘《柳枝词》)
苔绣曲蹊千万点,梅窥碧沼两三梢。(杨公远《隐居杂兴十首》其八)
霞抹晚空鱼尾赤,水生春渚鸭头青。(胡仔句)
烟收山翠揩摩净,风软江波熨贴平。(吴龙翰《夜泊富阳》)

徽州诗人也喜欢运用颇具色彩感、形态感或动态感的形容词,使事物的视觉形象非常突出。形容词可用作修饰语描述被修饰对象的性质状态,如"微澜迷秀石,纤草荫新槐"(程珌《戊子正旦贺寿慈宫》其一),"梅倚幽岩顶,花开碧藓枝"(杨公远《次汪制议梅岩韵》);有时形容词也用作名词充当主语,如"暗绿不遮春去路,乱红翻作雨来天"(张顺之句),"寒沁柳眉愁寂寂,湿凝花脸泪盈盈"(杨公远《苦雨》)。形容词作为谓语比较常见,不仅显

---

① (德)阿恩海姆《艺术与视知觉》,转引自周裕锴《宋代诗学通论》,巴蜀书社,1997年,第517页。

示出具体可感的视觉形象,有时也能显示出动态的变化过程,如"寒波白似面,远岫劣于眉"(汪梦斗《金陵僦舟渡江至仪真登陆舟中口占六首》其二),"白""劣"紧接比喻性的介宾状语,形象说明寒波之色,远岫之形;"苔生肥石骨,水落瘦溪毛"(吴龙翰《感兴》其二),"肥""瘦"为拟人化的使动用法,石头因为生有苔藓而令其"肥",水落之后溪中的水草随之变"瘦",形象且具有动作性。

(二)灵活的虚词

如果说徽州诗人重视具有动作性、情态性的实词与典型的宋调有所区别的话,徽州诗人也注意选用具有连接、斡旋功能的虚词而与宋人"以文为诗"的趋向基本一致。虚词的合理使用,不仅能使诗的意脉通畅而曲折,进一步突出诗人所表达的情志思想,也反映了徽州诗人已开始有意识地关注诗歌炼字用语等形式因素。灵活运用虚词主要表现在以虚为工、以文为法两个方面。

其一,以虚为工,"活字斡旋"。罗大经《鹤林玉露》提出"活字"说,并以杜甫诗"生理何颜面,忧端且岁时""名岂文章著,官应老病休"为例,指出其中的虚词"何""且""岂""应"有"斡旋"之用。① 方回《瀛奎律髓》评黄庭坚诗云:"诗家不专用实句、实字,而或以虚为句,句之中以虚字为工,天下之至难也。"② "以虚字为工",使虚字成为诗句之眼,不仅可以"斡旋如车之有轴",而且有画龙点睛之功。徽州诗人也有工于虚字者,如下:

  草绿唯供恨,花红只笑人。(朱弁《寒食》)
  黄麻方草罢,红药正花翻。(程珌《红药当阶翻》)
  都缘伤国破,岂是怨春深。(杨公远《闻鹃》其一)
  行李未知何日了,转蓬方觉此生浮。(王炎《到胡道士草庵二首》其一)
  只应猿鹤无惊怨,从自龙蛇有屈伸。(吴锡畴《山中杂言》其二)

其二,以文为法,"喜用全语"。"全语"即散文用语。宋末元初韦居安《梅涧诗话》指出宋人作诗"喜用全语",并列举了苏轼、王才臣、方君遇、方岳和潘恸的诗句,认为其"下语皆浑然天成,然非诗之正体"③。钱锺书称之

---

① (宋)罗大经撰,王瑞来点校《鹤林玉露》,甲编卷六,中华书局,1983年,第108页。
② (宋)方回选评,李庆甲集评校点《瀛奎律髓汇评》,卷四三,上海古籍出版社,1986年,第1547页。
③ (宋)韦居安《梅涧诗话》,卷上,丁福保辑《历代诗话续编》,中华书局,1983年,第545页。

为"四六法",《容安馆札记》谓方岳"盖移作四六法作诗者,好使语助","用之字尤多凑砌不妥";不过"至其合作,巧不伤格,调峭折而句脆利,亦自俊爽可喜"①。韦居安引用了方岳《送客水月园》中"翁之乐者山林也,客亦知夫水月乎",二句中包含了"之""者""也""亦""夫""乎"诸多虚词。方岳有时会句句用虚词,如《次韵方蒙仲高人亭》其五:"爱之不我疏,狎则不我亲。山耶其竹欤,君子哉若人。"这首五言绝句,每句均有二、三个虚词,比之散文运用虚词有过之而无不及。"以文为法"的例子在方岳诗中不胜枚举,《容安馆札记》列举多首,本书上编论方岳诗中也有所列举,故不再多论。其他诗人也对散文之法颇感兴趣,如朱松"老矣从他笑,公乎伴我闲"(《姚大本以李义山诗韵作诗题息轩继作》),王炎"执热汗如雨,得此亦快哉"(《秋旱得雨》),程珌"时哉非不遇,命也更奚言"(《挽吴郎中》),汪莘"寒儒老矣心犹在,诚念唐虞有野臣"(《中秋月》其二)等。徽州诗人的"喜用全语",充分体现了宋诗"以文为诗"的特点,也反映了徽州诗人追随宋诗大潮的努力。

(三) 机巧的典故

"以学问入诗"和大量使用典故是宋诗有别于唐诗的鲜明特色,"崇尚用事既与宋人重视人文资源、诗学传统的意识密切相关,也与宋人自觉立异于唐诗、超越唐诗的心态分不开"②。自西昆体诗人倡导用典,王安石、苏轼、黄庭坚等人把用典艺术发挥到极致,其后以江西诗派为代表的学诗者极为推崇用典,以至于形成"篇章以故实相夸""词必有据,字必援古"的风气。受时风的影响,徽州诗人如朱槔、朱松、王炎、方岳等诗歌中出现许多典故,就连大力反对故实的朱弁,钱锺书也指出其时不时爱搬弄些故实。

徽州诗人多学识广博,对传统典故和经史子集中的故事了然于心,用典多为即兴而来。在此仅以比喻典和谐音典为例,说明徽州诗人运典的机巧之处。首先,用典和比喻兼用,以典作喻,使诗歌新巧别致,雅俗共赏。如胡仔《咏黄白菊花》:"何处金钱与玉钱,化为蝴蝶夜翩翩。青丝网住芳丛上,开作秋花取意妍。"金钱与玉钱喻黄白菊花自是形象,蝴蝶翩翩更为生动,更妙的是其中还蕴含一典,胡仔在《苕溪渔隐丛话》中解释:"金玉钱事见《杜阳杂编》,唐穆宗时禁中花开,夜有蛱蝶数万飞集花间,宫人以罗巾扑之,无有获者。上令张网空中,得数百。迟明视之,皆库中金玉钱也。"方岳以典作喻更出色,前引描写蕨的诗句"偃徐妙处元无骨,钩弋生来已作拳",新奇别致,令人叹为观止。其次,巧妙运用谐音典,机智奇奥,引人思索。谐音典使

---

① 钱锺书《钱锺书手稿集·容安馆札记》,卷一,商务印书馆,2003年,第410页。
② 周裕锴《宋代诗学通论》,巴蜀书社,1997年,第528页。

用分两种情况:一是取其典本身的谐音义,如王炎《旅兴》云:"倚门应望切,早晚赋刀头。""刀头"典出《汉书》卷五四《李广苏建列传》,言汉昭帝立,遣任立政至匈奴招李陵,因未能私语,立政数数自循其刀环,握其足,阴谕其还归汉。刀头有环,"环"与"还"同音,隐含"还"之意。王炎诗以"刀头"言"还乡"之意。二是所述之事与谐音有关,如方岳《客饷银茄不敢送场屋士》:"秋风谁怒水中蟹,昨梦不疑杯里蛇。"银茄俗称昆仑瓜,又称白茄,见《新安志》:"昆仑瓜者,茄之别名,其色有如银者。"[1]茄与缺音近,因谐音之故不能送应试的考生。诗人由"银茄"谐音而想到谐音的典故"水中蟹",《晋书·解系传》载,赵王伦害解氏兄弟,曾云"我于水中蟹且怒之","水中蟹"与所咏"银茄"本身无关,只不过均为谐音而已。徽州诗歌不乏典故,用典方式也很多,以上比喻典和谐音典表明徽州诗人受宋代用典风气影响,又有自己的独特追求。不过,总体看来,徽州诗人通常不刻意用典以标新立异,用典既非徽州诗人所擅长,也非徽州诗歌语言的主要方面。

以上从选材、想象、思维、语言诸方面论述了宋代徽州诗人的奇新之趣。新颖的物象、神奇的想象世界、超人或狂者形象、别致的构思、视觉感的语词等,使诗歌具有新奇之美,也典型体现了徽州诗人的创作特点。需要指出的是,上论虽然突出了徽州诗人在学习宋诗的基础上又有所区别或超越,其旨在呈现其创作的独特的地域特征,并非意味着宋代徽州诗人创作达到极高的艺术水平。实际上,宋代徽州诗人对诗歌的艺术形式和审美功能并不特别重视,而更为重视诗歌的思想内容和道德伦理价值,以下几章将会论述。

---

[1] (宋)罗愿《新安志》卷二,清嘉庆十七年刊本,《宋元方志丛刊》第8册,中华书局,1990年。

第三章 教育兴盛与宋代徽州诗坛

宋代统治者非常重视教育,整个社会形成崇文尚教的风气。呼应着全国范围内的三次兴学改革浪潮,徽州教育在宋代也蓬勃发展。① 徽州州学、县学后来居上,书院教育非常兴盛,各种形式的私人教育广泛开展,共同促成徽州教育文化的繁荣。徽州教育使徽人的学术文化水平和文学素养普遍提高,而且教育者在传播学术的同时,也形成了诸多志趣相近的诗人群体,直接或间接影响了诗歌创作的数量和质量。徽州教育重视道德品质、人格气节的培养,使徽州诗人多崇尚刚毅傲拔、清高超迈的气格,这不仅提升了诗歌的精神高度,也使诗歌呈现出昂扬健朗的艺术风貌。

第一节 官学发展与文化环境

宋代徽州官学主要指徽州州学和六县县学,另有官方主办的书院。官办书院不多,为了论述的方便,本节主要介绍州学和县学,官办书院于下节书院教育中论述。

一、徽州州学的变迁

从现存文献记载看,徽州教育当始于东汉初。《后汉书·李忠传》载:"(建武)六年,迁丹阳太守……忠以丹阳越俗不好学,嫁娶礼仪,衰于中国,乃为起学校,习礼容,春秋乡饮,选用明经,郡中向慕之。"②汉时黟县、歙县,属丹阳郡。徽州州级学校始建于唐贞观年间(627—649),时徽州称歙州,校址在歙县城东北隅。宋太平兴国三年(978),知州苏德祥迁罗城东门内街南

---

① 李琳琦《徽商与明清徽州教育》《徽州教育》等著作全面深入论述徽州教育的发展历史及特征,具有极高的参考价值。在其研究成果的基础上,本节主要阐述宋代徽州的教育状况。
② (南朝宋)范晔撰,(唐)李贤等注《后汉书》第3册,卷二一《李忠传》,中华书局,1965年,第756页。

乌聊山上;因山高地狭,交通不便且不足以容纳更多学生,嘉祐四年(1059)州学迁至南园(后改为江东道院);南园濒江地卑,时有泛滥之患,故熙宁四年(1071)又迁回乌聊山;元祐初再迁南园。绍圣二年(1095),知州黄诰复迁回歙县城东北旧址,黄诰撰记并请礼部员外郎、书法名家米芾书碑。宣和初年(1120—1121),方腊起义,州学毁于火。绍兴十一年(1141),知州汪藻复营建州学,左为先师庙,右为学宫,中设知新堂,又辟八斋(殖、懋、益、裕、毓、定、觉、浩)作为生员攻读之处;并且藏御书、法帖等48卷以供生员阅读,此后徽州州学逐步改善和提升。淳熙五年(1178),知州陈居仁又创御书阁。淳熙十五年(1188),知州陈昌期重修州学,改原八斋为六斋且重新命名,后以肄业之序续添二斋,又改知新堂为明伦堂。绍熙二年(1191),州学教授舒璘在直舍后圃依山城创风雩亭,植松百株,杂以花草,作为士子藏修游息之所。嘉定元年(1208),知州孟植在学宫内筑晦庵祠堂。嘉定十一年(1218),知州孔元忠增添祭服二十余袭。德祐元年(1275),元兵南下,徽州府兵屯驻学宫,生徒解散,郡将李铨以守御之名将州学撤毁几半。宋祥兴元年即元至元十五年(1278),江东按察副使奥屯希鲁尽徙军屯,还为学宫,大兴土木修建殿宇、讲堂、楼阁、斋庑,徽州州学恢复教育并继续发展。①

二、徽州县学的兴起

徽州各县置学起于唐代。唐玄宗开元十六年(720)诏令天下郡县每乡立一学,歙县、休宁、黟县、婺源四县开始建学,并设经学博士、助教等教职,择聘学者教授;祁门和绩溪分别于大历元年(766)和大历二年(767)置邑并建学。唐末五代,由于政治混乱和战事不断,刚刚有所发展的徽州官方学校又陷入停滞状态。

宋代,徽州各县县学开始兴起并快速发展,共同把徽州官学教育推向繁盛。六县兴学、修学大事见下表所示:

宋代徽州六县主要学事

	时　　间	主　要　学　事	学记撰者
歙县	北宋至南宋理宗朝	歙县为州治所在县,县学附于州学	
	元丰末	知县王荐专务兴崇学校,招后进使就学,作《劝学文》以率之	

---

① 以上主要参见康熙《徽州府志》卷七《营建志・学校》。

续 表

	时间	主要学事	学记撰者
歙县	淳祐十年(1250)	知州谢堂建歙县学于县治之左,迁文公祠密迩礼殿,讲堂一新,置学田二百亩	吕午
	嘉定间(1208—1224)	知县彭方捐俸贮书数百卷于学宫	
休宁	庆历四年(1044)	休宁县学始建于东街	
	绍兴六年(1136)	县尉陈之茂迁学南门之左,为屋五十楹	洪适
	淳熙五年(1178)	主簿傅本修建	吴儆
	绍熙五年(1194)	知县邹补之修明伦堂	邹补之
	嘉泰七年(1202)①	县令张抃重修	程珌
	嘉熙三年(1239)②	县令吴遂与邑人程珌重修	方岳
婺源	庆历间(1041—1048)	婺源县学始建于县东	
	熙宁中(1068—1077)	知县刘定迁县学于县西	孙觉
	乾道四年(1168)	知县彭烜再迁婺源县学于县东,并先后建藏书阁、周程三先生祠	洪适
	乾道淳熙间	知县洪邦直续修	
	淳熙三年(1176)	张汉率领诸生拜见朱熹,朱熹向县学赠书	朱熹
	嘉定十五年(1222)	县学失火,知县刘复之改建县学于西湖之上	
	绍定六年(1233)③	知县许应龙迁婺源县学于县治西旧址,邑人胡煦模写太学规制营建礼殿	尤焴

---

① 弘治《徽州府志》卷五《学校》:"淳祐癸酉,县令张抃重修,邑人程珌记。"康熙《休宁县志》载嘉泰七年(1202)令张抃重修。程珌《休宁县修学记》云:"绍兴中,锡山先生陈公之茂来尉休宁,迁学于南门之左。今六十八年,屋侵壤,邑大夫毗陵张抃修之,不异新宫。"从绍兴六年(1136)下推68年是嘉泰八年(1203),或七年修次年成。疑府志载淳祐误。

② 《安徽通志》卷八八《休宁县学》:"嘉熙三年,县令吴遂复修,端明殿学士邑人程珌重建正殿。"弘治《徽州府志》卷五《学校》:"壬寅,珌为端明殿学士,以已资更建礼殿,复葺斋舍而记之。"康熙《休宁县志》载嘉熙三年"令吴遂修学宫"。程珌《休宁县重建大成殿记》:"休宁之学,凡几坏几修矣,而大成殿今之重建者,尤为宏壮。鸠工于嘉熙己亥季冬,告成于淳祐壬寅孟夏……相其役者邑令吴遂……任其费纪其事者,端明殿学士、新安郡开国侯程珌也。"据上,嘉熙三年(1239)为重修学宫日,淳祐壬寅(1242)为大成殿落成日。

③ 康熙《徽州府志》载"端平甲午(1234),知县事陈应龙复迁县西旧址,未及成而去,邑人胡煦创礼殿",然尤焴《婺源县学建大成殿记》载胡煦建礼殿"盖三年而后成","殿成于端平乙未(1235)秋八月",以此推,胡煦建礼殿当于绍定六年癸巳(1233),而陈应龙迁旧址至迟始于是年。

续表

	时　间	主　要　学　事	学记撰者
祁门	宋端拱元年（988）	知县张式创建县学于县南	
	绍兴间（1131—1162）	建炎间县学毁于兵，知县张益草创数楹为县学，后知县陈宗翰、刘邦翰相继广之	
	淳熙间（1174—1189）	知县胡垣进一步增广，县学规制始备	
	嘉泰二年（1202）	知县林士谦建大成殿，绘从祀于四壁，邑人谢珽共成	林士谦
	宝庆绍定时（1225—1233）	知县陈过创建奎文阁，日与诸生讲论其中	
	端平间（1234—1236）	知县傅褒建魁星堂	
	咸淳二年（1266）	知县潘子昌建文公祠于学西，以门人谢珽从祀	
黟县	宋初	黟县县学始建于县南	
	淳熙十六年（1189）	知县叶崧、县尉鲍叔源等修建黟县学	
	庆元初（1195—1196）	主簿袁孚重建大成殿	
	嘉定八年（1215）	县尉张叔介修	
	端平间（1134—1136）	知县舒泳之重建三门，置文公祠于门内，并修讲堂、殿宇，建明伦坊，籍绝户田二十亩于学，用以养士	
绩溪	北宋	绩溪县学始建于县治	
	绍兴二十五年（1155）	知县滕廥增建县学一堂、二位、四斋舍三十余间，以试艺禀告于州，给官田五顷	
	淳熙六年（1179）	县令张杰为县学建两庑、三门、讲堂、直舍	
	淳熙十五年（1188）	绩溪知县叶楠购监书二千七百余卷赠县学学宫，买田三十六亩以养士	罗颂
	嘉定间（1208—1224）	知县王㭿再辟地重建直舍三间，讲堂内设苏辙、崔鷃、胡舜陟三先生祠	
	嘉定间或后	知县赵时份重建大成殿；知县胡岩肖重建东西庑；知县俞任重立学门直舍后，迁朱子祠于东庑	
	端平元年（1234）	知县李遇就旧基立祠宗宇德	

三、地方官员对官学的影响

徽州州、县学的发展,地方行政长官具有至关重要的作用。庆历之后,州、县学学职主要负责学校内部的教学和管理,学校外部的行政事务由州、县的行政长官主管。绍兴十三年(1143),朝廷又下令州官"依旧制带提举或主管学事"①。一般而言,州学、县学分别由知州、知县总领,而具体管理也可以由副职或幕职官来负责。知州、知县对地方教育的重视程度和决策,决定着地方官学的命运和发展前途,如乾道四年(1168),知县彭烜再迁婺源县学于县东,因郡守恶异,责其敛财,后县学兴建被迫停止;后知县洪邦直上言后郡守史侯,史侯拨郡资续修,县学得以建成。徽州官员多重视学校教育,不仅积极修建学宫、礼殿、贤祠,增置学产、礼器、图书,还对官学监督指导,甚至参与教学事务,如咸平年间(998—1003)知歙州李维,"至郡起学舍,时行乡射之礼";绍兴六年(1136),休宁尉陈之茂迁建学址、购经籍,并为诸生讲经,使休宁学风为之一变;绍兴十二年(1142),知祁门县事刘邦翰,兴学明善,养育士类,民歌之"天下无双颍川公,布政优游化日浓"。

徽州地方官学的发展,更在于州、县学教官。宋初,州学学职往往由州内较低职官员兼任,或者由本州举人有德义者充。庆历四年(1044),朝廷命令各州、军、监都要建学,而且"始置教授以经术训其诸生,掌其课试之事,而纠正不如学规者"②。熙宁王安石变法改革,朝廷向所有州学派出专职教官;并且建立教官试制度,以成绩选任太学和州学教授。③ 在朝廷的管理下,州学学官素质普遍提高。宋代徽州州学出现不少德行兼备的教授,如舒璘、何坦、李以申等。舒璘,四明人,从陆九渊游,乾道进士及第为徽州教授,以"正人心、讲道学、明经"自任,作《诗礼解》,徽州家传人习,从此《诗》《礼》之学寖盛,丞相留正称之为"当今教官第一"④,谥文正,徽人立祠祀之。何坦,建德人,开禧间为州学教授,增学田,新斋宇,修大成殿,陶成生儒,科目始盛,徽人立祠祀之。李以申,四明人,端平二年三月到学之初,首访孔若谷并荐举之,知州刘炳器重其才,授其续修《新安志》,成《新安续志》8卷。宋初,县学无专职,以令佐兼之,庆历四年之后,各县也始设教官。徽州县学

---

① (元)脱脱等《宋史》第12册,卷一六七《职官志七》,中华书局,1977年,第3974页。
② 嘉庆《黟县志》,卷四《职官·学职》,《中国地方志集成》第56册,江苏古籍出版社,1998年,第105页。
③ 学职亦有地方举荐者,如徽州学正吴自牧,歙县溪南人,讲义史评杂著颇丰,州守詹阜民处以学职,后由学录升为学正,为士子之领袖。
④ 参见弘治《徽州府志》,卷四《名宦》;康熙《徽州府志》,卷五《名宦》。

一般设主学、直学、学长、学谕、学宾、斋谕各一,负责学子的教育教学之任。

徽州州学作为地方教育系统的高层教育机构,其办学规模和教学质量代表了一州的教育水平,引导和影响了地方的教育发展;而各县县学的发展,在很大程度上决定了当地教育文化的发展。州、县学的兴盛,对于徽州人才培养、文化繁荣、徽州社会的发展意义重大。

第二节 私学兴盛与学业渊源

私学指非官方的教育组织和活动。狭义的私学,主要指较为正规的教育组织形式,如书院、塾学等。广义的私学还包括多种灵活自由的非正规的教育形式,如家庭教育、公开讲学、私人指导等。

一、宋代徽州书院

(一)宋代徽州书院统计

书院产生于唐代,宋代达到繁荣。宋代书院兼讲学、藏书、学术交流为一体,成为与官学并峙的重要教育组织。书院数量的多少也成为衡量"区域教育发展程度和学术发展水平的重要标志之一"[1]。徽州书院在宋代兴起并迅速发展,至南宋末增至31家,[2]书院众多一定程度上也表明了徽州教育的兴盛。宋代徽州所建书院参见下表所示:

宋代徽州书院一览

名 称	始建时间[3]	地 点	创建者	文 献 来 源
桂枝书院	景德四年(1007)	绩溪龙井	胡忠	绩溪《胡氏龙井派宗谱》卷一
龙川书院	天禧间(1017—1021)	婺源龙川	张舜臣	民国《重修婺源县志》卷七《书舍》

---

[1] 李琳琦《徽州教育》,安徽人民出版社,2005年,第13页。
[2] 主要参考:李琳琦《徽商与明清徽州教育》,湖北教育出版社,2003年,第25—27页;赵华富《徽州宗族论集》,人民出版社,2011年,第64—66页。在前辈研究的基础上,笔者又补五所书院:钟山书院、双溪书院、岑山书堂、竹溪书院、梧冈书院。
[3] 书院排列基本以书院建立时间为序。因大多数书院文献多无明确纪年,只能根据文献材料大略估知,如剑潭书院建立者程师长之高祖是五代时人,依此下推,其本人约是北宋中后期人。

续　表

名　称	始建时间	地点	创建者	文　献　来　源
云庄书堂	嘉祐前后；淳熙间（1174—1189）	绩溪狮子峰	汪汲、汪龟从	绩溪《坦川越国汪氏族谱》卷三 弘治《徽州府志》卷五《学校》
槐溪书院①	熙宁间（1068—1077）	绩溪高枧	戴季仁	《新安名族志》后卷
剑潭书院	北宋中后期	休宁剑潭	程师长	《新安名族志》前卷
乐山书院	政和间（1111—1118）	绩溪沅山	许润	康熙《徽州府志》卷一五《隐逸》
东麓书院	靖康元年（1126）	绩溪华阳	胡舜陟	胡成业《绩溪书院考略》
四友堂	靖康间（1126—1127）	婺源大畈	汪存	康熙《徽州府志》卷一五《隐逸》
西山书院	绍兴间（1131—1162）	休宁会里	程大昌	弘治《徽州府志》卷五《学校》
秘阁书院	南宋前期	歙县西溪	汪叔詹、汪若海	康熙《徽州府志》卷七《学校》
钟山书院	乾道至淳熙三年（1165—1176）	婺源钟山	李缯	《新安文献志》卷三三
岑山书堂	淳熙间（1174—1189）	歙县小溪	项安定	《新安名族志》后卷
竹洲书院	淳熙六年至十年（1179—1181）	休宁商山	吴儆	康熙《徽州府志》卷一二《硕儒》
柳溪书院	开禧、嘉定年间（1205—1224）	休宁西门	汪莘	弘治《徽州府志》卷五《学校》
双溪书院	嘉定十一年（1218）	婺源武口	宁宗赐立	《新安名族志》后卷
江东道院	理宗前	歙县南门		康熙《徽州府志》卷七《学校》

① 弘治《徽州府志》卷五《学校》载"槐溪书院"："在(绩溪)县东,宋淳熙间戴季仁建,后毁。"然《新安名族志》后卷《戴》载："四世曰季仁,博学好古,为时硕儒,宋熙宁间尝魁漕试,由前山迁高枧,建'槐溪书院',以教子弟。"笔者认为后一说法更可信。

续 表

名　称	始建时间	地点	创建者	文　献　来　源
紫阳书院	淳祐六年(1246)	歙县南门	韩补	弘治《徽州府志》卷五《学校》
灵山精舍	理宗时	歙县山泉		康熙《徽州府志》卷一三《文苑》
梧冈书院	理宗时	祁门六都	程鸣凤	明袁凯诗《梧冈书院》
竹溪书院	理宗、度宗时	祁门	方贡孙	《秋崖小稿》序
秀山书院	咸淳间（1265—1274）	休宁藏溪	汪若楳	弘治《徽州府志》卷五《学校》
横绿书院	南宋	休宁方塘	汪洽	《新安名族志》前卷
翰林书院	南宋	休宁方塘	汪龙孙	《新安名族志》前卷
醉经堂	南宋	婺源九都	程忠	民国重修《婺源县志》卷七《书舍》
万山书院	南宋	婺源九都	程傅宸	民国重修《婺源县志》卷六《学校》
心远书院	南宋	婺源龙井		民国重修《婺源县志》卷三〇《孝友》
山屋书院	南宋末	婺源许村	许月卿	民国重修《婺源县志》卷七《书舍》
友山藏书楼	南宋末	歙县	许友山、许洪寿	民国《歙县志》卷一《古迹》
翠岩书院	南宋末	休宁五城	黄发	《新安名族志》前卷
易安书院	南宋末	歙县呈坎	罗氏宗族	歙县呈坎后罗氏《传家命脉图》
西畴书院	南宋末	歙县棠樾	鲍寿孙	道光《徽州府志》卷三《学校》

（二）宋代徽州重要书院

北宋时期书院教育尚属起步阶段。从现有文献来看,建于北宋的徽州书院共有8所,其中绩溪5所,婺源2所,休宁1所。景德四年绩溪桂枝书院的建立标志着徽州书院教育的开始。书院建立者胡忠为绩溪县令胡延进之子,北宋开宝末,就学于邑西龙井,后随父调任到异地,景德丁未迁回绩溪定居,并于龙井之东建桂枝书院,聚徒讲学。桂枝书院引领了绩溪书院创建风气,嘉祐前后,汪汲在狮子峰建云庄书堂;熙宁间,戴季仁在高枧建槐溪书院;政和间,许润建乐山书院;靖康间,胡舜陟建东麓书院。婺源书院教育开展也较早,天禧间张舜臣辟先贤张竹房兰室建龙川书院。婺源大畈的四友堂最为著名,四友堂原为乡贤汪绍创办的义学,靖康末,其子汪存辞西京文学之职,"招延四方之士讲学",已具书院教育之实。

南宋徽州书院教育迅速发展,私人书院非常昌盛。从现存文献来看,南宋书院达23所,除黟县未见有书院记载,徽州五县均有书院,休宁、婺源又创建7所,歙县7所,祁门2所。南宋徽州较为著名的书院有西山书院、竹洲书院、山屋书院。西山书院为休宁名贤程大昌所建。程大昌以其学术渊博著称于世,而且"接引后进,谆谆诱训不倦焉;苟有一善,亹亹称道不厌焉","故在学校,为师儒诸生敬之;在州里,为乡先生、乡之子弟慕之"①。朱权有诗《西山书院》赞之:"拄笏朝看爽气浮,好开黉馆集英游。流芳旧欲传家学,起废今闻聚族谋。声入琴弦松不老,色侵书帙竹偏幽。但愁捷径从兹去,夜鹤他年怨不休。"②竹洲书院为休宁名儒吴儆所建。淳熙五年(1178),吴儆奉亲请祠,归乡建竹洲书院。吴儆"与从游之朋,穷经论史,考德订业",并且"分斋肄业,如安定胡学之法以教之","四方之士闻之,负笈而至,岁数百人,居不足以容,或相率结茅其傍",时徽州学子"言有章,行有操,官有业,问有学,未有不自竹洲之门者"③。山屋书院为婺源学者许月卿的藏书授学之处。许月卿以气节学问名闻于时,贾似道当国,许月卿罢官归故里,"游从者履满门外,当时翕然师尊之"④,徽州名儒江恺、许嵩、程直方、程荣秀等皆出其门。

紫阳书院是宋代徽州唯一的官办书院,也是影响后世最深远的书院。淳熙六年(1179),知州韩补在歙县南门原江东道院旧基建书院。《紫阳书院志》具体描述书院规制:"前为祠堂,奉文公位于其上,勉斋黄公幹、西山蔡公元定侑之。乃为堂,中揭'明明德'三字,以来学者。六斋并设,书楼立其前,披云阁峙其后,庖湢廪厩,左右夹置,所以尊师道而昭地灵也。"⑤书院落成,理宗皇帝亲题"紫阳书院"四字以赐。紫阳书院的规制和尊威,私人书院

---

① (明)程曈辑撰,王国良、张健点校《新安学系录》,卷五,黄山书社,2006年,第106页。
② 此诗《全宋诗》未录,笔者据弘治《休宁志》卷三六补录。
③ (明)程敏政辑撰,何庆善等点校《新安文献志》,卷六九程卓《竹洲先生吴公儆行状》,黄山书社,2004年,第1687页。
④ (明)程敏政辑撰,何庆善等点校《新安文献志》,卷六六许飞《宋山屋先生许月卿行状》,黄山书社,2004年,第1607页。
⑤ (清)施璜编,陈联、胡中生点校《紫阳书院志》,卷一八,黄山书社,2010年,第322页。

难以比肩。

宋代徽州书院兴起后迅速发展,数量较多,分布较广,影响极大。从总体来看,徽州书院教育对象主要面向家族子弟,教育规模不大;教育大多数相当自由,管理不够完备;多处于讲学读书层面,相对于宋代一些"将图书的收藏和校对,教学与研究合为一体"的著名书院而言,开展项目不够广泛。然而,对于教育起步较晚、文化基础薄弱的徽州来说,书院教育确实具有无可估量的意义。由于学子对书院讲学者的认同感、书院灵活亲切的教学氛围、方便的交通等,宋代徽州书院适应于当地学子的求学要求,培养了许多知名学者和科宦人才,提高了徽州总体学术文化和道德修养水平。

二、宋代徽州塾学

塾学,又称塾馆、教馆、私塾等,通常指由私人举办的以蒙学教育为主的教育组织。塾学起源很早,《礼记·学记》载:"古之教者,家有塾,党有庠,术有序,国有学。"①后世塾学除了家塾外,也有面向宗族、乡人、社会等开办的多种塾学形式,塾学的投资者、教师身份、教学内容、收费情况等也有所不同。宋代徽州塾学,主要有家塾、自设馆、义塾三种形式。②

(一) 家塾

家塾,是个人出资在家中设馆,对家庭或家族中子弟实施教育的塾学形式。依据教育者不同,宋代徽州家塾又大致可分为家学和馆学两种类型。家学,指家塾的教师为家族中某人,是长辈对诸子弟进行教育。如绩溪胡咸,自太学谢病归,"招诸子出其书授之"③,后子舜陟、舜举相继中第;休宁吴儆叔祖吴彦启、伯父吴民宗教授于丛桂堂,吴俯、吴儆及家族诸弟子均曾受学于家;婺源滕洙因科举不第,弃去不为,"独教诸子为学"④;歙县方璹在家教授诸子弟,方回及其兄弟都受学于叔父。馆学,指延请家族之外的文人或名儒,在家塾中进行执教。这样的家塾多为富庶且重教之户独立投资所设,以教育自家晚辈为目的,如绩溪胡策"诲其子必千里求师"⑤。有的也接纳外来学子,如休宁程卓曾祖程士彦"富而仁,延礼名儒,训迪子弟,士有来

---

① (汉)郑玄注,(唐)孔颖达等正义《礼记正义》,卷三六,载(清)阮元校刻《十三经注疏》,中华书局,1980年,第1521页。
② 宋代私人所办的教育机构区分并不清晰,如家塾也称塾馆,义塾也称家塾或书塾,有些塾馆和早期书院类似。李琳琦《徽商与明清徽州教育》关于宋代徽州教育有极高的参考价值,本部分内容多借鉴其研究成果。
③ (明)程敏政辑撰,何庆善等点校《新安文献志》,卷九一,黄山书社,2004年,第2251页。
④ (明)程敏政辑撰,何庆善等点校《新安文献志》,卷九一,黄山书社,2004年,第2260页。
⑤ (明)程敏政辑撰,何庆善等点校《新安文献志》,卷九一,黄山书社,2004年,第2251页。

就学,皆馆粲无倦,由其家塾以成名者甚众"①。宋代徽州家塾不仅有教学的场所,也常是家族人藏书之地。文献中不乏记载,如程珌撰《朱惠州行状》言朱权卒后,其著作藏于"家塾";《徽州府志》亦载汪晫卒后著作藏于"家塾"。

(二) 自设馆

自设馆,是塾师自行设馆对外招生的塾学形式。依据私人讲授内容,又可分为蒙馆和经馆两种形式。蒙馆,主要对学生进行启蒙或小学教育。如张雄飞嘉熙时亚乡贡,不再应举,"专教授乡社子弟"②。经馆,主要讲授经义或传播学术,和私人书院类似。设经馆者多为较有成就学者,如婺源洪搏,"元符元年诏征,不就。筑室主龙山园,授徒讲学……朱子方弱冠,搏预知其贤,与为忘年交"③;休宁朱权,绍定二年(1229)致仕回乡,开馆授徒,"学者来从,不远千里,率百余人,随材诱掖,后多知名之士"④;吴自牧,三取乡荐而不第,退而著述,"执经来学,岁百余人"⑤。

(三) 义塾

义塾,又称义学,由私人或宗族出资创办的免收学费的塾学。义塾以免费为特征,其招生对象多面向宗族,有的义塾也向社会开放,收外来的求学者。正规的义学始于宋,徽州义学为宋代义学领先风者。据冀霖《义学记》载:"义学始于有宋,若衡阳侯氏、建昌洪氏、婺源王氏、莆田林氏,则咸有之。"⑥冀霖所言王氏无考,或为汪氏之误。据汪师泰《畈上丈人汪君绍传》云:"(汪绍)尝于其居之南,辟义学,教授乡里子弟,曰'四友堂'。捐田三百亩以膳师生,学者无裹粮束脩之费,四方闻风踵至。婺源县簿吕广问,值靖康之变不能还,留以为师。广问尝游尹公彦明之门,与闻二程之学,君之子存方以西京之学辞官归养,遂得与吕公游,尽授其说。"⑦《徽州府志》《新安文献志》等均载其事。元赵汸《东山存稿》亦云:"然考其(新安)学所由,则在宣政间,婺源有汪公绍者,始作四友堂于其乡,以居四方学者。其子存遂以明经教授,学者称为四友先生,一时名士若金公安节、胡公伸辈皆出其门,

---

① (明)程敏政辑撰,何庆善等点校《新安文献志》,卷七四,黄山书社,2004年,第1813页。
② 弘治《徽州府志》,卷九《隐逸》,《天一阁藏明代方志选刊》,上海古籍书店,1964年。
③ 民国重修《婺源县志》,卷四九《隐逸》,《中国地方志集成》,江苏古籍出版社,1996年,第220页。
④ (宋)程珌《程端明公洺水集》,卷一五《朱惠州行状》,《宋集珍本丛刊》第71册,线装书局,2004年,第143页。
⑤ 弘治《徽州府志》,卷九《隐逸》,《天一阁藏明代方志选刊》,上海古籍书店,1964年。
⑥ 同治《赣州府志》,卷二六《书院》,《中国地方志集成》,凤凰出版社等,第507页。
⑦ (明)程敏政辑撰,何庆善等点校《新安文献志》,卷八七,黄山书社,2004年,第2122页。

此吾郡义塾之始见也。"①需要说明的是,"四友堂"四方学者汇聚,实际上具有书院的性质。

三、其他教育形式

除了书院、塾学这些较为正规的教学形式外,还有多种灵活自由的非正规的教育形式,如家庭教育、公开讲学、从游求学、拜谒受教、书信指导等。这些教育形式在实践、场地、教学形式上较为自由,但是对于受教者的影响却不容小觑。

(一) 家庭教育

家庭教育主要包括通过家规家训的为人处世教育、日常生活中实践能力的培养、家族长辈学问事业的传承等。其中,家学传承对文学创作的影响最为直接和显著。由于家庭环境的熏陶和家族先辈的文学启蒙,徽州出现了许多早慧的诗人,如胡伸随从二兄伟、仅听父亲讲诗,七岁能为诗;罗颂很小就在父亲教导下写文作诗,七岁能作《青草赋》为父祝寿。家族对子孙的教育,还不限于文学,更注重学术教育和引导,如王炎幼而笃学,跟从父亲"读书不窥斋,尤精于《易》";程永奇在父亲程先的亲授下,"励志于诸经子史,悉含英咀华,而卒以反躬实践为事"。家族先辈的学术和文学成就不仅激励后世继承传统,而且也是后世学习的楷范,如胡舜陟尤为推崇杜甫,手校《老杜》集,其子胡仔收集杜甫诗八种,其著《苕溪渔隐丛话》也以杜甫之诗为宗;吴儆在学术、文学上卓有建树,其子辈中吴垕、孙辈中吴锡畴、四代中吴资深、吴浩都有集传世,家学被继承和不断发展。

(二) 公开讲学

公开讲学,主要指面向社会讲述和传播相关学术理论的教育活动。与官学、书院、塾学的常规讲学授课形式不同,公开讲学者通常是在某一领域有一定成就的学者,而不是学校的常设教师,公开讲学的时间、地点、讲学内容,也取决于讲学者的安排。讲学者向听众介绍和传授相关知识和理论,学子因慕其声望学识而通过听讲受业。宋代徽州有不少讲学活动,其中最重要、对徽州学术影响最大者莫如朱熹的讲学了。朱熹第二次入徽祭扫时,已是卓有成就、富有声名的学者,他在汪氏敬斋讲学,徽州学子群起而从,争相拜入其门,如吴昶率先执经馆下,获闻伊洛至论;汪清卿因朱熹寓其家之便利,得以时时执经请教;程先携子永奇,"担簦见之,夫

---

① (元) 赵汸《东山存稿》,卷四《商山书院学田记》,文津阁《四库全书》集部第 1225 册,北京商务印书馆,2003 年影印,第 441 页。

子示以圣学大要"①;滕璘、滕珙兄弟以弟子礼拜见,朱熹授以《大学中庸章句》等。朱熹弟子也纷纷传承朱熹讲学之风,如滕珙,弱冠入上庠,几二十年乃归,其群居讲学,涉猎经史,既多所闻于前言往行之美,又有慨然于中而思践其迹之得。②再如休宁人范启,从学沈毅斋,所著有《鸡肋漫录》《管锥志》《井观杂说》等,不乐仕进,理宗征之不起,创风月亭以讲学自娱,徽州学子受益颇多。

(三)从游求学

从游是古代常见的求学方式,指学子跟随有德望学识的文人,在交往相从中完成知识学问的传递、人格修养的认同、情感道德的熏陶。由于从游求学在日常交往中师生互动、教学相长,故受到广大士子的欢迎。如吕广问宣和七年调任婺源簿,奉其兄吕和问以俱,传伊洛致知笃敬之学,俞靖、李缯、滕恺、汪存等悉从其游;吴儆绍兴时自太学请假归家,徽州之士以治经术作文章从游者数十人;朱熹入徽讲学后,徽州子弟三十余人以其为师,程永奇、李季札、朱德和、祝穆、祝癸等赴闽地,随从朱熹求学,进一步接受指教;许月卿以易学登科,为世名士,孙嵩、江恺、程直方、汪炎昶等均从之游,宋亡均追随许月卿,隐居不仕。

(四)拜谒受教

拜谒受教是最为普遍的私人求学方式。学子就专门问题拜谒学者名家,后者就其作品或提出的问题进行评点指导。吴儆《答吴益深书》中自述对其学术影响较大的学者:未第时常从陈阜卿学举子之文,历仕后常见尹少稿论古文,晚而拜见薛士龙言王伯之略,后又拜见张栻论诚明之妙。汪莘亲自登门拜见吴儆,两人饮酒论诗、互为赠答,引为佳话。吴锡畴曾多次拜访方岳,方岳与吴锡畴谈诗论学,互相唱和。吴龙翰尊方岳和刘克庄为师,《联句辨》自叙其拜谒求教之经历:入京试右庠,持所业参呈讷斋、林竹逸,诸公夸奖其学选;又携诗谒见方岳,方岳赏其"清池沉鸟影,高树落蝉声"之联,评价其作皆有思致;之后又再谒刘克庄,刘克庄对其亦沐深许。吴龙翰"自瓣香二师"后,诗艺"粗有寸进"。

(五)书信交流

书信交流,通常是学者通过书信的方式进行交流和指导。如吴儆与陈亮通书探讨学术、王炎上书请教于张栻等。朱熹与徽州学者的书信交流很多,大致分为三类:一是朱熹向徽州前贤求教,现存朱熹与程鼎书9封、与

---

① (明)程敏政辑撰,何庆善等点校《新安文献志》,卷六九,黄山书社,2004年,第1700页。
② (明)程敏政辑撰,何庆善等点校《新安文献志》,卷一三,黄山书社,2004年,第346—347页。

李绶书1封。二是朱熹与徽州学者学术交流,现存朱熹答程大昌书3封,与王炎书2封。三是徽州学子向朱熹请教,现存程洵向朱熹求教书信2封,朱熹答书27封,书中与程洵谈论诸多学术问题;汪莘曾寄诗文论说于朱熹,向朱熹请教学术和文学之事,现存朱熹答汪莘书2封,书中与汪莘谈论为学次第;此外,现存朱熹答滕璘书13封、滕珙7封、汪义和3封、程先1封、程永奇1封、汪楚材1封、汪清卿1封、汪次山1封、朱㷆1封、朱塪1封、祝克清1封等。由于交通不便,通过书信往来获得指导也就成为徽州求学的重要方式。

四、私学教育的意义

宋代徽州州学和县学的兴起和扩建,使许多学子能接受官方正规的教育;但是官学招生毕竟人数有限,不少人由于家庭、年龄、才质等原因而被摒除在外,因此,私学教育的重要性就不言而喻了。宋代徽州官学和私学教育彼此补充,互相影响,共同提高了徽人的道德品质和文化素质,为徽州培养和造就了大批人才,推动了徽州的整体发展和进步。一个人的求学途径多样,受教育形式也不限于一种,相对而言,宋代官学教育,受教育政策影响较大,教学内容侧重于科举内容的学习;而私学教育,在培养受教者的学术、文学和多方面素质上,起着不可替代的作用。

私学教育对诗人群体的形成具有重要意义。其一,家庭教育直接指导和影响家庭成员文学的文学创作,由此形成了众多的文学家族,其中尤以婺源王氏家族、婺源朱氏家族、休宁吴氏家族为著。其二,徽州学人对理学的追求,特别是朱熹来徽讲学和书信指导徽州学人,促成了以程朱理学为旗帜的新安理学诗人群体。其三,书院教育和诗人交游,形成了诸多诗人创作的群体,如以吴儆为首的竹洲诗人群体、以汪莘为首的柳塘诗人群体、以方岳为中心的理宗期徽州诗人群体、以许月卿为首的遗民诗人群体,等等。

吴儆感慨:"苟学之不讲,则德之不修,而言之不文,亦行之不远。"①宋代徽州教育的兴盛,极大地提高了徽人的学术水平和文学素养,培养和塑造徽人的德性人格,在一定程度上决定了徽州诗人的价值取向和审美理想,直接或间接地影响了徽州诗歌的思想内容和艺术境界。以下将从气格崇尚与审美理想方面略观宋代徽州教育对徽州诗坛的创作影响。

---

① (宋)吴儆《吴文肃公文集》,卷六《谢洪徽州撰休宁县学记并书启》,《宋集珍本丛刊》第46册,线装书局,2004年,第626页。

第三节　气格崇尚与审美理想

气格是评价人精神品格的传统概念,也是赏鉴艺术创作的理论术语。作为诗学范畴的气格,一般指诗人至大至刚、充实完善的人格力量在诗歌精神内容与艺术形式中的审美表现,指与诗人崇高的道德品格和高昂的精神风貌相统一的艺术风格。① 宋代诗人普遍把范仲淹、欧阳修等人作为楷范,诗歌创作以气格相尚,重视自身的精神品格和主体力量。气格是徽州士人立身处世的重要标尺,也是诗人创作实践的普遍追求。徽州诗人自身的刚武气质与对气节品质的推重,使诗歌充盈着英豪刚直、清正劲健的生命之气,凸显了刚毅傲拔、清高超迈的人格力量,呈现出昂扬乐观、健朗开阔的艺术风貌,从而提升了诗歌的精神境界。

一、精神之气的张扬

"气"是一个含义丰富、包蕴力极强的概念。气首先指自然之气,是"有别于液体、固体的流动而细微的存在"②;气还指人自身之气,指人的精神力量或气质品性。作为文学理论范畴的气,既指"流转的精神活力以及与其相关的气质、个性、习染、志趣、情操等创作主体方面的因素",也指创作主体的"主观精神以运动的形式在作品中的表现"③。从唐代起"气"与"格"连在一起,逐渐成为评判作者和作品的重要标准。④ 气为格的根本,格为气的凝聚,气格于人即人的精神气质与道德品格的统一,于诗即诗人之气格融注于作品而形成的风格。

徽州诗人对自然之气非常感兴趣,诗中出现的不同形式的自然之气,充分显示了宇宙生命的运动和活力,诗歌生气盈动、气势飞扬,具有无限的生命力。徽州诗人更重人的精神气格,极力张扬人的浩然之气,诗歌表现出刚劲的力量和昂扬的精神,凸显了诗人高尚的人格和孤傲的气骨,使诗歌具有更高的精神境界。创作主体的精神之气主要表现为英豪之气、清刚之气、平和之气。

(一) 英豪之气

精神之气首先表现为英豪之气。英豪之气指充沛、旺盛的气力和英迈、

---

① 参见周裕锴《宋代诗学通论》,巴蜀书社,1997年,第287—296页。
② 方立天等《中国哲学范畴集》,人民出版社,1985年,第107页。
③ 涂光社《原创在气》,百花洲文艺出版社,2009年,第86页。
④ 如唐释皎然《诗式》评《邺中集》:"语与兴驱,势逐情起,不由作意,气格自高。"

豪放的气概,包括豪气、锐气、英气、侠气、雄气、猛气等。徽州本尚刚武气力,虽然唐后徽人逐渐向文雅转变,但仍保持着内在的英豪之气,尤其有志之士奋勇抗争的爱国行为,更激起其对英雄气概的向往。徽州诗人对英雄豪气的张扬既是对世人的期许,也是自我的精神激励。

朱松早年"豪锐之气,方俯一世",追慕侠义之举,"惟其不得骋,故敛其使气以玩世者,一寓于诗"(《上赵漕书》)。诗人之气灌注于艺术创造中,使诗歌充溢着一股高迈俊朗、豪逸劲健的骎骎之气。朱松标举生命豪气,他自矜"言强三尺喙,气溢一身胆"(《上丁余膰置酒招绰中德粲德懋逢年》);称赏邓肃"挥毫赋垂天,风雨卷蓬颗"(《送志宏西上》)的豪壮气势;甚至丝毫不掩饰对侠气的欣赏,"伟哉奇男子,侠气横八极"(《戏赠吴知伯》)。朱松有诗《睢阳谒双庙》,极力颂扬奋勇作战的英雄气概,诗歌缅怀唐代睢阳太守许远及守军将领张巡的英勇仁义和慷慨为国的壮举,寄寓了对国家形势的忧患,表达了对当权者的规劝和希望,英气凛冽、横彻天宇。程珌天才英豪,少年即有"滹沱渡汉兵"之志气,为官后更有"指挥八极"之决心。他在诗中表达自己杀虏灭寇的壮志,"我欲剐幕飞於菟,十万一屯淮之区"(《奉送季清赴山东幕府》);毫不掩饰自己对英雄的崇拜,"自是英雄元不死,至今犹占大江流"(《甘将军庙》);极力夸赞英勇作战之壮举,"手援神矛截河汉,中天真人正握符"(《秘阁儒荣堂》)。程珌用夸张的手法、神奇的想象,塑造一系列英雄形象,可见诗人宏伟气魄和英雄气概。

(二)清刚之气

精神之气典型地表现为清刚之气。如果说英豪之气主要源于先天气质而易受生理年龄及外在环境的因素制约的话,清刚之气更在于人自觉、积极地通过道德追求和行为实践充实和涵养内在之气。从自然属性而言,清气与浊气本无高低好坏之别,也无需改变,"气之清浊有体,不可力强而致"。然而,古代元气说认为"清是阳气所为,形成精神,浊为阴气所致,构成肉体"①,故清气多指清俊超迈的阳刚之气,浊气多指凝重沉郁的阴柔之气。人们又往往把清刚与清纯、清净、清正、清明、清廉、刚正、刚直、刚强、刚烈、刚毅等美好的品质建立联系,故清刚之气不仅在传统观念上被肯定,而且具有道德意义的绝对优势。

尚刚是徽州诗人最主要特征。朱弁、朱松、王炎、方岳、许月卿、汪梦斗等均以自己的行为实践弘扬了持正守节、凛然不屈的至刚之气。诗人在诗中也表示对刚气的欣赏,如王炎自云"白眼看时事,刚肠厌俗流"(《旅兴》),

---

① 李欣《宋南渡诗坛的格局与变迁》,中国社会科学出版社,2011年,第109页。

"刚肠厌徇俗,老眼饱阅世"(《次韵分宁罗簿赠行二首》其一);方岳宣称"平生刚直胸,不肯偶土木"(《次韵程少章投赠》),"每遭官长骂,刚肠怒生芒"(《郑金判取苏黄门图史园囿文章鼓吹之语为韵见贻辄复赓载》其六)。尚清是徽州诗人自觉的精神和审美追求。朱松欣赏"心境两清妙,尺喙何由吞",王炎称许友人"落笔语言清透骨,恐公胸次有冰壶"(《送蓬庵梵老》其一),方岳自矜"透骨洗清烟火气,满腔顿着水晶宫"(《餐雪辘轳体》),吴龙翰又颂赞方岳"清气胚成龟鹤相,丹田炼就虎龙蟠"(《庚申冬寿秋崖先生》)。"清"与"刚"紧密相连,王炎坚持清则无欲、无欲则刚,"道重物自轻,心清内无欲"(《送李侍郎归衡州二首》其二),"不欺身自正,无欲气能刚"(《萧参政挽诗二首》其二);朱弁认为刚有助文清,"凭藉刚风力,青章达九清"(《元夕厅设醮》)。在具体创作中,清气与刚气往往能同时彰显,如下两首诗:

　　踏破苍苔马有声,百金一诺不寒盟。挥犀议论高流辈,落笔典刑追老成。犯雪方知松节直,截河不变济流清。论交独许吾同调,翻覆从渠自世情。(王炎《和祝季通韵》)
　　孤亭危受众峰朝,岁晚移床借避嚣。梅次第花春漠漠,鹤相随睡夜寥寥。诸公安用怒生瘿,老子岂为饥折腰。更入乱云深处去,极知与世不同条。(方岳《次韵山居》其一)

王炎诗表示唯与如雪松、济流的同调结盟论交,方岳诗宣称自己不为饥折腰、孤身傲然于尘世之外,均表现了诗人的清正之气和刚直之节。

需要指出的是,诗人清刚之气于"刚"或"清"的偏重,形成了诗歌的不同气格,前者更多体现为扶正祛邪而斗志轩昂,后者更多体现为洁身自好而绝不同流合污,后文将会论述,故不再赘言。

(三)平和之气

精神之气也表现为平和之气。随着年龄、阅历的增加和理学认识的积累,徽州诗人推重的浩然之气在表现上由外扬逐渐内敛,由最初的"英气""刚气",转变为"玉气""和气"。这种变化正合程颐对孟子的评述:"孟子却宽舒,只是中间有些英气,才有英气,便有圭角。英气甚害事。"孟子的"英气"在于太外露,不如颜子的"浑厚",更比不上孔子的如玉般温润含蓄,"但以孔子之言比之便见。如冰与水精非不光,比之玉,自是有温润含蓄气象,无许多光耀也"①。

---

① (宋)程颢、程颐《二程集》,中华书局,1981年,第196—197页。

朱松年轻时血气方刚,后逐渐心情静如,《送黄彦武西上》云:"门掩蓬蒿气浩然,西风笔势更翩翩。未忘大学虀盐味,时说定林文字禅。"尽管身处蓬蒿之地,然浩然正气,不为所掩,这种涵养一是从圣人经书中寻求至味,一是从说禅言理中体悟随缘自适的豁达。王炎少年时也锐气外显,早期创作无论抨击现实还是关怀民生,均充溢着凌厉之气,如前引《太平道中遇流民》等作,踔厉直露,慷慨豪迈;后来更为欣赏"玉气"与"和气",如"胸襟玉气吐长虹"(《次韵韩毅伯病痊》)、"先生玉气贯白虹"(《送徐尉移簿巴陵并简邓器先汪兼善》)、"翩翩贵公子,和气如春温"(《送施宣教》)、"人在冲融和气中"(《腊中得雪快晴成古风呈尧章铦老》)等。值得一提的是,王炎虽然欣赏玉气、和气的含蓄内敛,但不否认其内在之刚,是"心肃而气和"、外柔而内刚。

徽州诗人注重精神之气,既与儒家教育弘扬的浩然正气一脉相承,也与时代重养气的文化氛围密切相关。理学家推崇孟子"善养吾浩然之气",强调"气须是养,集义所生。积集既久,方能生浩然气象"①。徽州诗人多接受理学教育和影响,不仅在诗中张扬浩然之气,而且在道德和文学层面阐释养气说。朱松认为:"知耻可以养德,知分可以养福,知节可以养气。"②王炎提出:"夫文生于才,养之以学,将之以气。"③程珌主张:"文以气为主,学充之,辞缘之。"④这表明,徽州诗人对"养气"与"文气"具有比较自觉的理论意识。诗人以节养气,以气主诗,诗歌自然会浩气飞扬。

二、人格力量的凸显

"格"作为重要的诗学范畴,其义大致有三:一是格式之格,二是品格之格,三是风格之格。⑤ 宋人标举的"气格","格"主要强调人的品格。在宋人看来,气格与人格紧密联系。晚唐、五代士人忠义之气变化殆尽,其诗气弱格卑,窘薄浮浅;范仲淹、欧阳修等人以名节相高,挺立士风,诗歌呈现出昂扬踔厉的气格美;其后,苏轼以其旷达豪放之气对诗歌气格进行拓展,黄庭坚通过道德修养使其诗歌具有刚劲的骨力;靖康之变,志士投袂,临难不屈,

---

① (宋)程颢、程颐《二程集》,中华书局,1981年,第207页。
② (宋)朱松《韦斋集》,卷一〇《跋山谷食时五观》,《四部丛刊续编》集部第64册,上海书店,1985年。
③ (宋)王炎《双溪类稿》,卷二五《松窗丑镜序》,文津阁《四库全书》集部第1159册,北京商务印书馆,2003年影印,第701页。
④ (宋)程珌《程端明公洺水集》,卷一二《李文昌表笺集序》,《宋集珍本丛刊》第71册,线装书局,2004年,第107页。
⑤ 参见周裕锴《宋代诗学通论》,巴蜀书社,1997年,第288页。

诗人也多悲壮豪迈之诗,后陆游等中兴诗人继承并发扬光大;然南宋以来,由于权相掌政,政治高压,士风逐渐萎靡,南宋后期晚唐诗风又成为主流;直到宋亡之际,文天祥、谢翱等人忠节相望,把宋诗的气格美推向新的高峰。

宋代徽州诗人虽然不像范、欧诸先辈志在愤励当世、矫拔时俗,但也少见奔竞逐势、随从俯仰之态。徽州诗人对人格的追求,可以从其行为实践得到印证,也反映在其文学创作上。阅读徽州诗人的诗歌,会有一种强烈的印象,即诗人不是为了实现诗的价值而作诗,而是为了突出个人的价值而进行言语表达;诗人不是在刻意追求一种艺术的美,而只是以艺术形式而完成一次精神诉求。诗人不仅把诗言志的传统充分发挥,而且在诗歌中尽力表达自身,述说自我的追求、失落、心理纠结、人生感悟,虽然是零碎的、即时性的,往往能透射出诗人自身的精神气质和人格意志。创作主体刚正守节的义士气概、兀傲耿介的狂士气质、高洁不俗的文士气度,通过诗歌话语形式得到艺术化的呈现。

(一) 刚正守节的义士

刚正守节的义士以朱弁和许月卿为著。朱弁以自己的奋身使金、不辱其节的实践为徽州诗人树立了典范,其诗歌创作也以气格为著。明胡应麟赞朱弁:"其五言律多整峭,忠义之气勃郁篇章,匪直中州诸子,即南渡不数见。"①朱弁的诗歌,没有太多的激烈慷慨的爱国陈词,忠义融在对家国风物的痛彻思念中,融在持节未能回归的深深歉疚中,那一次次梦回江南又被中断的愁苦,一回回举首望月却不见月的怅惘,一天天独坐客馆数算着时日的焦急,那时时持在手上的"节旄",每每袭来的病痛,和念念不忘的捐躯之心,寄托着多少的乡愁国恨,表现出其忠肝义胆和爱国情怀。许月卿在宋亡后以缄口不言的行为进行抗争,与文天祥、谢枋得并称为"三仁"。他没有留下诸如"正气歌"之类的作品,不过从现存诗中大略能感知其弘扬正义、忠君忧国之心,如《鹿鸣用赵资相韵》:"报国自怜心事壮,忧时不觉梦魂飞。平生此志非温饱,勋业从公问指归。"《次韵李制干赠行》:"俨对丹墀日,捷排阊阖云。政须及边事,毋惜齿牙论。"《暮春联句》组诗其七:"主忧臣不辱,世乱孰为忠。白日青天共,潢池渤海证。"报国之志、边境之虑,赫然在目;忠义之气、豪壮之势,尽现笔端。

(二) 兀傲耿介的狂士

兀傲耿介的狂士以王炎和方岳为典型。王炎不畏强权,特立有守,曾为学职一事,辨之不从,投劾出关。贵介挠政,炎注于牍曰:"汝为天子亲,乱天

---

① (明)胡应麟《诗薮》,杂编卷六,上海古籍出版社,1958年,第333页。

子法;炎为天子臣,正天子法。"①王鏻序赞王炎:"辞不粉饰而遒劲摛章,政不峻急而恳恻流惠,性不脂韦而严毅立朝,论不诡随而和平定是。"②王炎的诗歌,早期往往以一腔豪情揭露社会,表达对民生疾苦的关怀,现实性极强。仕途不顺后,他或者通过描写山中景色,寄托自己的思乡之情、归隐之意,表达对官场的厌恶、俗世的鄙夷;或者通过大量的议论、说理,表达自己的壮志难酬的不平。晚年的王炎,心态比较平和通达,多表达自己的人生感悟和生活态度。与王炎相比,方岳更为桀骜不驯,锋芒毕露。其厉斥严嵩之议和,无所畏惧;怒杖贾似道部下,疾恶如仇;严拒丁大全之求,正义凛然。虽屡遭厄抑,志节欲坚;进退去止,发而为言。诗歌或直陈现实,抑邪引正;或嗟时悼物,托情寄兴,均有一股兀傲崚嶒之气。方谦称方岳"诗歌类靖节、少陵"③,从其诗的思想内容及精神境界来看确有相近处。不过,方岳其人其诗少了份陶渊明的淡泊平和,而多了些拗硬不平;比不上杜甫忠君忧时的执著,更多了些傲然率狂。方岳虽也学晚唐之诗,然其人与拜谒附势的江湖诗人格格不入,诗也很少衰弱鄙陋之气;方岳曾取法江西诗人,不过其作诗以意为之,比江西诗人更自由纵心。宋末方澄孙评论方岳"奇奇怪怪之文如其人,磊磊落落之气如其文"④,一语道出方岳其人其诗的内在关系。

(三)高洁不俗的文士

高洁不俗的文士以朱松、吴龙翰为代表。朱松识明志高,刚而不屈于俗;重道修身,杰然自拔于世。傅自得在《韦斋集》序中称赏朱松:"早友李侗,晚折秦桧,其学识本殊于俗,故其发为文章,气格高逸,翛然自异。"⑤朱松人格追求首先表现在他对草木的情感及描写上,圣洁娟美、一尘不染的菖蒲在哀玉流响的溪水中泛着清香,默默无语、自生自落的月桂独自绽放着美丽,冰雪寒姿、高情绝艳的梅花在寒月下孤芳特立,那是一个超然于现实的清冷纯净的世界,也是诗人孤洁高逸的理想境界。朱松的人格追求还表现在他的交友选择及评价中,学识卓越、风节高拔的时贤纯儒,超尘出俗、熟稔世情的方外之人,胸中磊落、笔势翩翩的书生,慷慨任侠、气度不凡的志士,构成其诗歌的形象系列,也是朱松人格理想的表现。与朱松相比,吴龙翰更具有狂高清雅的文人气质。朱松是学者型的诗人,学者对于其本人或世人

---

① (明)程敏政辑撰,何庆善、于石点校《新安文献志》,卷六九,黄山书社,2004年,第1706页。
② (宋)王炎《双溪类稿》,王鏻序,文津阁《四库全书》集部第1159册,北京商务印书馆,2003年影印,第405页。
③ (宋)方岳撰,秦效成校注《秋崖诗词校注》,附录方谦序,黄山书社,1998年,第677页。
④ (明)彭大翼《山堂肆考》,卷一二六,文津阁《四库全书》子部第979册,北京商务印书馆,2003年影印,第55页。
⑤ (宋)朱松《韦斋集》,卷首傅自得序,《四部丛刊续编》集部第64册,上海书店,1985年。

而言是其主要的身份角色;而吴龙翰对诗人身份有着自觉的认同意识,"要放诗魂出世间"的气魄、"春风满担诗千首"的自信、"自拗梅花凑满船"的诗情、"未容尘土侵"的诗境,都体现着其诗人气质和对诗歌的执著。吴龙翰以诗歌创作表现自己的清雅情趣,也以诗意生活证明自己的不俗人格。

徽州诗人的人格追求,既与徽人秉性相关,更是徽州教育所致。徽州山高土瘠,人刚而勇毅;水清澈峻急,人洁而不染。宋代徽州教育的广泛与兴盛,尤其是理学思想的强调,不仅强化了徽人的纯刚之性,而且以更加道义化的方式发展,使徽州学子更自觉地以儒家的道德伦理来要求自己,追求崇高的精神品质和理想的道德人格。因此,大多数诗人为了捍卫正气、坚持真理,他们敢于直言相谏,勇于与邪恶斗争,虽遭遇迫害打击也不改其衷。"气节操行本身,不见得会直接影响着文学创作,但可以通过精神境界的折射反映到创作中。有优秀气节操行的人,便有内在的'浩然正气',保持着一种自信自豪、宏大刚强、坦荡磊落、无所愧怍的精神境界。这种精神境界一旦外现为文学作品,便自然有英拔超俗之气。"①

三、健朗风格的追求

风格是作品的内容与形式整体所表现的艺术特色,是作家创作个性的表现。创作主体的气质品格影响制约着诗歌的风格特征,正如歌德所说:"一个作家的风格是他的内心生活的准确标志,所以一个人如果想写出明白的风格,他首先就要心里明白;如果想写出雄伟的风格,他也首先就要有雄伟的人格。"②徽州诗人崇尚气格美,诗歌创作从整体而言呈现出劲健阔朗的风格特征。下从选材立意、气势格调和语言表达三方面略作分析。

(一)命意自高

徽州诗人在选材立意上,与宋代诗歌创作取向大体一致,一方面向题材的广泛化、日常化发展,拓展诗歌的表现范围;另一方面对普通题材进行挖掘,赋予其人格意蕴和道德内涵,提升诗歌的精神高度。就徽州主要诗人来看,其创作取材范围较广,自然与社会,历史与现实,来去自如,尽在笔下。而从总体来看,诗人直接书写国计民生这类题材的诗歌并不太多,诗中最常见的是山水、草木、节序、建筑、情思、交往等题材内容,尤以山水、草木为著。诗人们正是在这些寻常的题材中发现不平凡的事物,寄寓自己的志意情怀和理想追求,从而呈现出刚健俊朗的气格美。

---

① 吴承学《中国古典文学风格学》,北京大学出版社,2011年,第37页。
② (德)歌德著,朱光潜译《歌德谈话录》,人民文学出版社,1978年,第39页。

徽州诗人钟情于山水描写,这与徽州"大好河山"的地理环境有关;但是,仔细考察我们会发现,徽人创作与山有关的诗远超过与水有关的诗(包括徽州本地和异地),而描写水又多险滩急流,这就不仅仅是外在环境所致,也包孕着徽州诗人的精神追求与审美理想。如以下几首诗:

直上最高头,无人独少留。万山皆在下,千里入双眸。马傍松边立,云从脚底浮。倚天一长啸,红日满沧洲。(方恬《遇昱岭》)

两山壁立束微行,石齿参差半已倾。莫等危时扶使稳,但逢险处放教平。一毫以上诸人力,半月之间乐事成。安得坦夷三万里,家家门外是鹏程。(方岳《修胥山路》)

巨灵劈破苍山石,鞭起九龙入空碧。山分两半合不成,夹住长江数千尺。九道惊湍相击撞,雷声怒发谁敢当。神蛟出没不可数,往往杀气摩穹苍。呜呼蜀道行且难,剑门险似铁门关。一夫可敌万夫勇,大开栈道通毂函。固知长江当城壁,立此天堑限南北。东南王气无穷年,此江未必成桑田。君不见敌兵百万连艨艟,雄师出斗一扫空。书生不能长枪与大剑,只坐帷幄收奇功。(吴龙翰《牛渚山观大江》)

方恬终官仅至教授,然从其诗中可以领略其胸怀和气魄:登高独览,万山白云在脚,雄视天下;倚天长啸,红日满照沧州,气壮河山。方岳以修山路入笔,既发觉出"莫等危时扶使稳,但逢险处放教平"的人生哲理,又颂赞人定胜天的伟力,更表达了"坦夷三万里,家家门外是鹏程"的宏伟理想。吴龙翰以雄奇的笔力描写了长江惊涛劈撞的壮景和天堑南北的险势,表达了雄师扫敌、书生"帷幄收奇功"的超常胆略和远大志向。诗人笔下的山水,带给人的不是心旷神怡的优美感受,而是惊心动魄的壮美震撼,从中我们能体会到其刚劲的力量和雄伟的气概。

借草木之物咏怀言志是古代诗歌创作的传统方式,也是徽州诗人对自然和自我关系的认识和把握的艺术表现。诗人在对草木利用或观照过程中,发掘出其与人相通的品质,从而以其作为人格精神或道德意志的载体或化身。徽州诗人喜欢以江南之地的草木作为吟咏对象,如前文提到的菖蒲、吉贝等,不过更多的是利用传统的具有人文意蕴的草木进行抒怀,一方面以梅、兰、竹、菊、松、柏、荷、桂等具有君子品格草木表达自己的情操品格,另一方面也以桃、李、杨、柳、水仙、茉莉等虽美但具有柔弱气质的草木进行对比,从而表现其刚毅正直、高洁坚贞、独立劲拔的人格理想。如下三首七律写松、柏、竹,极具气格之美:

  虬髯铁干老嶙峋,气格俨然冠剑臣。应为孤高多绝物,未妨偃蹇且全身。雪中屈折如颓玉,雨后淋漓又吐茵。抚手摩挲三叹息,世间那有独醒人。(王炎《吕待制所居八咏·醉松》)

  海物难穷造化奇,后凋惟有岁寒知。谁将修月黄金斧,斲就凌云紫玉枝。直干岂容尘点涴,灵根偏与石相宜。天然不假栽培力,肯逐春风盛与衰。(朱晞颜《石柏》)

  此君雅有冰雪操,阿堵难为金石交。亭上月明晚色净,江头潮落秋声高。举杯相属非俗物,着我于中亦世豪。对之清坐欲忘日,凛有直气如吾曹。(方岳《此君亭》)

  在宋人看来,最具气格美的草木莫如梅花。据程杰统计,《全宋诗》中近600位诗人有咏梅之作传世,其中20首及以上者有54人,这不仅远远超越前代对梅的吟咏,也大大超过同类题材。梅花在宋代被极力推赞,体现了"宋人道德情怀的健举、人文意趣的拓展",梅花作为"道德境界的象征"也成了"崇高文化"的形象代表。① 这在徽州尤为典型,如吴龙翰自号"古梅",吴资深自号"友梅",以号表示其志节。现存咏梅诗的宋代徽州诗人有19人,约占宋咏梅诗人数量的3%;其中超过20首的诗人有方岳、王炎、杨公远3人,约占宋此类诗人数量的5%。② 此外,方回、杨公远曾有梅花百咏诗,陆梦发也有《梅兴三十首》,惜多未存。③ 其中,徽州诗人不仅广泛咏梅,也对梅花的意蕴进行开拓。如谢琎《识时梅歌》以梅花诉说的方式代己述志,颇有见地,如下:

  花下独徘徊,似听梅花说。不愿傍官驿,驿外尘飞多马迹。几番驿使自南来,南枝折尽花狼藉。不愿在深宫,蛾眉人去寿阳空。缤纷檐下花飞片,不上官妆入草丛。不愿在西湖,旧时逋仙迹已芜。可惜暗香疏影处,迩来都是给樵苏。不愿近东阁,无人更管花开落。黄昏风雨锁朱门,和羹人伴归沙漠。但愿开向千岩窟,饕虐冯陵任风雪。花香只绕处士庐,花飞不点征人骨。(节选)

---

① 程杰《宋代咏梅文学的盛况及其原因与意义》,《阴山学刊》2002年第1、2期。
② 笔者对徽州诗人现存咏梅诗初步统计,具体为:方岳77首、王炎41首、杨公远38首、朱松16首、朱槔6首、程洵3首、汪莘3首、金朋说2首、吴锡畴2首、许月卿2首、陆梦发2首、吴龙翰2首、胡舜陟1首、胡仔1首、程大昌1首、汪晫1首、谢琎1首、詹初1首。
③ 周密《癸辛杂识》"方回"条云"回为庶官时,尝赋《梅花百咏》以谀贾相";杨公远《隐居杂兴十首》其十自云"集句曾赓百咏梅";方回《瀛奎律髓》卷二〇陆梦发《见梅杂兴》评,云陆梦发有"《梅兴》三十首"。

谢玭以梅语对生长环境如驿外、深宫、西湖、东阁等进行否定,表示甘愿在千岩之窟"饕虐冯陵任风雪",充分显示诗人的刚毅斗志和孤高情怀。除谢玭以长篇咏志外,朱松《梅花》表现凌然不可侵犯的气格和高情绝艳的生命境界;方岳《逢梅》质疑黄庭坚以水仙与梅为兄弟,认为水仙的婉弱难比梅花的气节刚强;程大昌《觅梅三首》、王炎《梅花》旨在以梅实、梅花说明自然之理;陆梦发《见梅杂兴》感于人们弃实求花的赏梅意兴,对其是否识梅之真表示怀疑。这些诗人都以梅表达自己的人格理想与人生理解。

徽州诗人选材立意自然受时代文化风尚感染,但也是自身气格追求和艺术选择的结果,诗人自身的气节品格和学识修养赋予其独特的观照、认识和把握世界的方式,"大约胸襟高,立志高,见地高,则命意自高"①。

(二) 格调昂扬

徽州诗人普遍不满晚唐诗人的穷苦酸寒之态,对其牢骚愤怨表示反感。王炎从诗贵中和持正的角度批评郊、岛之诗,《懒翁诗序》云:"郊、岛困穷,诗诚工,语多酸寒,且有怨怼。"程洵称赏友人"酸寒不作郊岛态,尚友渊明向千载"(《次韵张顺之见寄》);方岳自矜"谁肯低头老孟郊,譬之草木等荃茅"(《饶监丞惠诗有未能上下逐东野之句次韵寄呈》);许月卿也宣称"我诗不作郊岛寒,曾诛莓苔随意踏"(《次韵胡温升玉甫西野》)。除了对郊、岛不满之外,诗人也对韩愈进行质疑,胡仔《苕溪渔隐丛话》曰:"韩退之,唐之文士也,正色立朝,抗疏谏佛骨,疑若杀身成仁者;一经窜谪,则忧愁无聊,概见于诗词。"(《前集》卷四一)王炎甚至对其人品进行否定,《答韩毅伯五首》其五云:"三书上时宰,我常疑退之。士穷见素守,躁求亦何为。"徽州诗人的论诗观点并非新创,北宋时文人已普遍对郊、岛等人表示不满,如苏轼读孟郊诗而有"何苦将两耳,听此寒虫号"的感慨(《苏轼诗集》卷一六《读孟郊诗二首》)。不过,在南宋中后期,贾岛、姚和之诗受到江湖诗人的极力推崇,方岳、许月卿等人以其诗歌创作实现了对晚唐诗人的超越,不仅表现了其通达乐观的心态,也表现其自身具有的足够的道德优势。

从许多徽州诗人来看,"穷"是其政治和经济状况的最准确的概括。他们虽享受朝廷俸禄,然而不仅在政治上屡遭挫折,生活也极为贫穷,如朱松要保安江师接济粮米、王炎家仆告米粟不继、方岳经常饥肠雷鸣而感慨"渊明未必穷于我,薄有公田办秫材"等。诗人对造成其穷的邪恶势力表示反抗,但对于自己的穷困并不哀鸣号啼、悲怜痛惨,相反却表示出达观甚至傲然的态度。朱松认为穷陋是壮士品节的表现,《古风二首寄汪明道》其一云:

---

① (清)方东树撰,汪绍楹校点《昭昧詹言》,卷一四,人民文学出版社,1984年,第381页。

"紫兰初苗芽,深壑终自秀。肮脏萧艾中,不采则谁咎。儿曹逐纷华,壮士保穷陋。应知此调同,万世无先后。"王炎不仅以穷为乐,且以"穷而后工"自勉,《和韩毅伯述怀》云:"洗盏从容对圣贤,笑谈未了意凄然。折腰我既惭陶令,肆志公宜学仲连。三沐三熏嗟已晚,一觞一咏乐余年。人穷愈甚诗方好,留取珠玑向后传。"穷愁对于方岳而言,不仅能使气更清,"高人合着山岩里,纵有穷愁彻底清"(《春日杂兴》其二);也能使节更高,"纵有穷愁侵病骨,断无荣辱到灵台"(《三用韵酬沈同年》)。他不仅不以穷困自怜,相反,还时时体验到富贵的感受,如"诗眼顿惊春富贵,雨侵衫袖不知寒"(《次韵牡丹》其二),"谁知山中人,如此富贵相"(《山居十六咏·锦巢》),"闲中富贵阳和月,静处乾坤自在身"(《人日》其一)等。

对于生理的衰老,徽州诗人同样保持着乐观的心态。王炎《游东山》序:"山中杉木万根,昔所见拱把,今日霜皮雨干亦有老色。昔人有言'树犹如此,人何以堪',然万古一轨,不必叹也。"既然生老病死皆自然规律,人不仅不应嗟叹哀怨,更应该充分把握这样的时光。王炎晚年保持着赏花的雅兴,这份雅兴根于潇洒与自豪:"舣舟柳岸载清尊,招我花边一赏春。莫笑看花人已老,白头曾是少年人。"(《将使有诗许移厨双溪次其韵》其一)更有老来挥毫赋诗的自信:"缅思花下饮,岁月易侵寻。人老今华发,春深半绿阴。挥毫来妙语,移具有佳音。草木生光彩,青藜肯下临。"(《将使有诗欲移具相邀到双溪因次韵》)方岳认为年老更应该有所作为,"衰病老来常态耳,莫教左右手孤予"(《老态》);更应有精神,"自插斜枝垫角巾,诗狂又有老精神"(《梅花十绝》其五);气也不减当年,"白发相过各暮年,颜间老气自轩轩"(《次韵滕和叔投赠》其二);人也应更刚,"羽觞和月嚼冰黄,自笑诗肠老更刚"(《木犀》其三)。方岳借老梅表达自己历经沧桑、傲然面世的情怀,《观梅》其六云:"老树槎枒只一花,气条亦不放横斜。无风无雨无烟月,独立人间莫怨嗟。"

正因为徽州诗人对穷老病死持通达的人生态度,他们面对自然景物的衰变,就不会像古代诗人那样触景伤情、感物悲怀。伤春惜时,是诗人的普遍情感,雨落花谢,更使人惆怅满怀,王炎的《春日苦雨》却表达不同的理解:"桃花开时苦多雨,花似啼妆悄无语。桃花谢时雨更多,奈此轻红委地何。明年花似今年好,明年人胜今年老。是谁留得长少年,对此不须空懊恼。"悲秋叹秋,以秋景抒发羁旅之愁、离别之思、贬谪之伤是诗歌创作的传统模式,而徽州诗人笔下的秋天却传达给人不同的感受,如下:

霜枝凋翠雁横秋,莫倚危楼动旅愁。菊有清香樽有酒,茱萸不插也

风流。(程大昌《龙和刘侍郎九日登女郎台》)

万木惊秋各自残,蛩声扶砌诉新寒。西风不是吹黄落,要放青山与客看。(汪若楫《青山》)

积雨霁穷秋,柴扉立清晓。溪光照烟岫,未觉秋容老。溪边乌臼林,他日没飞鸟。浓绿半枯枝,殷红乱衰草。摇落想骚人,洞庭风袅袅。(吴儆《早起》)

麟笔大书六月雨,蝉声静扫一天秋。天河倒挽甲兵洗,地宝咸归秔稻畴。雨余敧枕轩窗月,天际归帆蘋蓼洲。一饱了知天赐履,漉巾洗盏办新篘。(许月卿《六月雨十一首》其一)

前两首,诗人面对秋天的霜枝凋翠、万木自残,仍风流潇洒、充满信心;后两首,诗人在秋季本无萧条悲凉之感,故所见即是让人清爽或奋发的景象。

(三) 辞气劲健

对气格的追求,使诗人更多关注其精神内容方面,并不着意于语言形式因素。韩愈认为"气盛则言之短长与声之高下皆宜"①。叶梦得评欧阳修"专以气格为主","其言多平易疏畅,律诗意所到处,虽语有不伦,亦不复问"②。然而,诗人之气有赖于语言而呈现,命意立格也须藉字词语句得以实现。查慎行云:"诗以气格为主,字句抑末矣。然必句针字砭,方可进而语上。"③通过对其语词层面的分析,才能更清楚把握诗歌的气格美。

徽州诗人普遍欣赏韩、柳等人雄健的笔力,朱松自谓"更觉难追诗力健,大弨久废若为弯"(《求道人自尤溪来还冷斋有诗次其韵》);程洵称友人"要从柳州斗雅健,未许公羊夸辨裁"(《次韵张顺之见寄》);方岳肯定"昌黎老韩手笔大,光范三书看渠破"(《古人行》);许月卿欣赏"句里韩筋犹柳骨""能泣鬼神风雨惊"(《次韵胡温升玉甫西野》)。徽州诗人对筋骨健力的追求,与宋人尚"健"的风尚一致,从欧阳修对韩愈的弘扬到黄庭坚对杜甫的崇拜,都包含着对其劲健格力的充分肯定。更重要的是,"健"是至大至刚的生命之气的本质,是刚强有力的人格精神的体现。不过,与江西诸人着意于打造奇峭拗硬的语言以追求"健"格不同,徽州诗人因气盛性率而多取法于韩

---

① (唐)韩愈撰,马其昶校注《韩昌黎文集校注》,卷三《答李翊书》,上海古籍出版社,1986年,第171页。
② (宋)叶梦得《石林诗话》,(清)何文焕辑《历代诗话》上,中华书局,1981年,第407页。
③ (宋)方回选评,李庆甲集评校点《瀛奎律髓汇评》,卷一,上海古籍出版社,1986年,第1页。

愈。由此,"所谓的'文以气为主'表现的风格特征即是'文以健为主',追求命意造语的气势与力量"①。

徽州诗人经常使用劲健有力的字词,展示其旺盛的生命力和高昂的精神。劲健有力的字词或可称为"健字",这与罗大经所谓的"健字"内涵不尽相同。② 罗大经从炼字角度对充当诗句谓语之关键字提出要求,其字本身未必有劲健之意。在此所言的"健字"与"弱字"相对,字词本身就具有生理或精神力量感,而且并非仅限于"撑柱"之主要动词。具体表现为:多用色彩亮丽的词来描写自然环境,如红、碧、翠、白、银、冰、玉、苍、黑等,而灰暗阴森之词少见;多用具有气力的词描写人或物的形态或风度,如瘦、硬、高、壮、老(苍劲之老)、虬、崔嵬、峥嵘、寥廓,而臃弱衰微之词少见;多用具有震慑力量的词来表现人或物的动作行为,如吼、啸、笑、怒、醉、飞、冲、奔、濯、拍、吹等,而哀怜呻吟之词少见;直接用褒义或正面性质的词来赞许友人或自己的品节或气质,如清、高、忠、义、节、贤、健、雄、豪、刚、直、狂、奇等;喜欢用具有宏大气魄或高洁品节的意象语词,如山、滩、岩、崖、风、雷、月、霜、梅、竹、松、菊、鹤、鹭、虎、猿等。诸如此类的词语,少了许多含蓄蕴藉、意犹不尽的韵味,而给人一种健挺雄壮、劲拔突兀的力量。

具有力量感或正面意义的实词能直接呈现劲健之力,承接斡旋之用的虚词也能增强阳刚之气。杜甫、韩愈最为擅长,清方东树云:"好用虚字承递,此宋后时文体,最易软弱。须横空盘硬,中间摆落断剪多少软弱词意,自然高古。此惟韩、杜二公为然,其用虚字必用之于逆折倒找,令人莫测。"③徽州诗人虽也效仿杜甫炼字以虚为"句眼",如上章论虚词所述,不过更多承韩愈虚词用法,虚词使用更频繁,横放拗硬感更强。如朱松《书永和寺壁》其一:"胸中一壑本超然,投迹尘埃只可怜。斗粟累人腰自折,不缘身在督邮前。"诗中"本""只""自""不"四个虚词,其声调全为仄声,给人以斩钉截铁的语气感;其本身没什么实在意义,主要起强调、突出、否定之作用,强化了诗人态度的明确和立场的坚定。吴儆《和刘守韵》:"使君元是一高僧,宿昔诗成自不禁。便合元刘论伯仲,岂同郊岛费呻吟。浮云出岫本无意,立雪齐腰谩觅心。扫洒烟尘须博大,看看九虎下纶音。"诗中"元""自""不""便""岂""本""谩""须"等虚词,多用在谓语之前强调主语的行为或状态的程度、性质,使诗歌不仅语意贯通,且气势倍增。方岳作诗常"以意为之",不受

---

① 周裕锴《宋代诗学通论》,巴蜀书社,1997年,第336页。
② (宋)罗大经《鹤林玉露》卷六:"作诗要健字撑拄,要活字斡旋,如'红入桃花嫩,青归柳叶新','弟子贫原宪,诸生老伏虔'。'入'与'归'字,'贫'与'老'字,乃撑拄也。"
③ (清)方东树撰,汪绍楹校点《昭昧詹言》,卷一,人民文学出版社,1984年,第19页。

格律束缚,诗歌虚词运用更灵活,如《次韵杜监簿》其四:"不须把浅不防秋,底事山樵亦过忧。说与诸公那解此,但知两角战蜗牛。"虚实词语错杂运用,声调顿挫硬朗,语意拗峭突兀,为诗歌增添了矫健之气。

徽州诗人还常常利用夸饰性的语言描写、酣畅淋漓的表达方式,营造一种雄健阔朗的境界,使诗歌具有震撼人心的美感力量。朱松年轻时"笔端日五色,气压诸生前"(《送祝仲容归新安》),《睢阳谒双庙》《送志宏西上》等作,语言健拔豪畅,气势凌风掀簸。吴龙翰也有雄奇豪健之作,《牛渚山观大江》《题国直先伯祖海潮赋后》《过淮南湖》等诗均笔力刚劲,意高境阔。方岳不仅善于以拗峭瘦拔之语表现出诗人的气骨筋力,也常常以奇特的比喻和极具色彩感的语言展示刚健宏大的能量,如《书断崖》:"老木枯藤绞苍石,岚重云寒土花碧。巨灵探璞夜不眠,斧斤睥睨鱼龙泣。中分一片落溪边,此秘未睹乾坤前。试留名字与后世,戒尔谨护青瑶镌。"

王炎前期创作不乏凌厉风行、辞气雄健之诗,如《大水行》;程珌诗歌总体表现气宏力大、语健辞绚,如《辛亥冬交石阻风三日》。下录二诗并简要比较:

  屯云墨色日将暮,晦明挥霍雨如注。水声夜半摇匡床,平旦出门吁可畏。盘涡潒漾吞边旁,悍流汹涌行中央。日中雨复缏縻下,沟塍水跃皆浑黄。黑风拗怒雷击地,浪头起立三丈强。权枒老木根株拔,崚嶒古屋椽桷裂。快马万蹄迸突而凭凌,灵鼍百面顽洞而砯砰。锐兵鏖战城栅倒,猛虎嗥吼崖谷崩。旁观气夺目力眩,濒流上下俱不宁。升高辟害叫舟楫,篙工倚柂不敢行……传闻溃洫山裂破,黑蛟夜出作奇祸。抉崖走石势力粗,十家六七无室庐。百年枯冢尚漂泊,变生仓卒人为鱼。君不见去年四月不雨至七月,涧溪一线皆断绝。川居人曾死于暍,山居人今死于溺。下田黄尘曾蓬勃,高田白沙今障没。呜呼灾害何其频,剿民之命谁肯任。剿民之命谁肯任,苍天苍天实照临。(王炎《大水行》)

  阴崖老虎杀气骄,一噫三日搅沉潦。日寒不焰云飞逃,乾坤蚁转东南高。疾势已作奔天涛,余威犹卷少陵茅。鱼鳖怖死蛟龙号,舟中性命如鸿毛。起来危立大江皋,白沙黄尘纷驿骚。徐呼风伯入苹萧,指挥八极建六鳌。翕张橐籥吾谁曹,太平之风不鸣条。(程珌《辛亥冬交石阻风三日》)

王炎《大水行》与程珌《辛亥冬交石阻风三日》,在立意构思和语言表达上较为相近。诗人通过夸张的语言极力渲染雨或风的迅急猛烈之势和折生伤命的危害,旨在表达对民生的关怀或整顿乾坤的壮志。诗人善于捕捉对象的动态变化特点,并通过丰富神奇的想象,使语言描写具有强烈的视觉感知效果,如王炎写雨"盘涡漾漾吞边旁,悍流汹涌行中央","浪头起立三丈强","快马万蹄迸突而凭凌,灵鼍百面颒洞而砯砰",程珌写风"日寒不焰云飞逃","疾势已作奔天涛",均给人以强大的震撼力。相比而言,王炎语言更为汪洋恣肆,描写具体细致,气势一贯而下,显得更宏阔不凡;程珌语言较为凝聚高亢,节奏急促飞快,气势直冲云霄,表现更高昂自信。

  张表臣《珊瑚钩诗话》云:"诗以意为主,又须篇中炼句,句中炼字,乃得工耳,以气韵清高深眇者绝,以格力雅健雄豪者胜,元轻白俗,郊寒岛瘦,皆其病也。"①徽州诗人重视人的道德意志和精神追求,多从命意立格上着意,以雅健雄豪格力为胜,故能超越元白郊岛轻俗寒瘦之态;但他们用语多以意为之,并不着力炼字求工,逊于精美深渺之情致。因此,从总体而言,诗歌境界阔大但不够丰厚,气力外放有余而韵味不足,艺术表达也未达到炉火纯青的高度。

---

① (宋)张表臣《珊瑚钩诗话》,卷一,(清)何文焕辑《历代诗话》上,中华书局,1981年,第455页。

第四章 科举辉煌与宋代徽州诗坛

宋代徽州创造了科举的辉煌。科举选士使徽州登科诗人大增,由此形成了阵容强大的仕宦诗人群体。徽州科举教育既追求科举功利,又重视君子品格培养,直接或间接影响了诗人的创作。科举入仕诗人的诗歌创作,显示了其深重的忧患意识、真挚的民生关怀和无畏的战斗精神。思乡是异地任职诗人反复吟咏的主题,不仅表现为诗人对家乡的深切怀恋,对"家国"或"旧土"的沉痛思念,还表现为对"精神家园"的渴望与追寻。仕隐矛盾是仕宦诗人创作的重要表现内容,反映了中国古代士人二重人格和复杂心态,揭示了人们在理想和现实的碰撞中的生存困境。

第一节 宋代徽州科举的辉煌成就

一、宋代徽州登科人数统计

宋代徽州教育的兴盛,创造了科举的辉煌成就。宋代徽州登科人数可观,学界研究者曾对其进行统计,如日本斯波义信据嘉靖《徽州府志》统计为624人,[1]李琳琦据道光《徽州府志》统计为783人,[2]周晓光据六县县志统计为781人,[3]赵华富据道光《徽州府志》及新编六县县志统计为860人,[4]于静依龚延明、祖慧《宋登科计考》统计为861人。[5] 因学者所据文献不同,尤其是古人记载属籍情况较复杂,所得数字有异。为了进一步考察徽州登科者的具体情况,笔者查阅《新安志》《徽州府志》、六县县志和徽人文集等

---

[1] (日)斯波义信《宋代江南经济研究》,江苏人民出版社,2001年,第407—408页。
[2] 李琳琦《徽州教育》,安徽人民出版社,2005年,第27页。
[3] 周晓光《徽州传统学术文化地理研究》,安徽人民出版社,2006年,第23页。
[4] 赵华富《徽州宗族研究》,安徽大学出版社,2004年,第455—456页。
[5] 于静《宋代徽州科举研究》,浙江大学2007年硕士论文,第5页。

相关文献,①并且参考《宋登科记考》重新统计,徽州总计登科人数862人,其中52人属籍存在争议暂不计入,比较确定的人数有810人(包括进士613人、诸科5人、武举进士27人、特奏名进士104人、其他赐第者37人、上舍及第12人、制科4人、童子科2人、不明科第6人),其中北宋253人,南宋542人,不能确定登科时代的有15人。具体如下:

宋代徽州登科统计表②

	歙县	休宁	婺源	祁门	黟县	绩溪	某县	徽籍	多籍	总计
宋太祖	0	0	2	0	0	0	0	2	0	2
宋太宗	6	3	1	4	0	0	0	14	0	14
宋真宗	13	0	5	1	1	1	1	22	1	23
宋仁宗	16	2	19	6	9	11	0	63	1	64
宋英宗	1	0	1	0	0	0	0	2	1	3
宋神宗	7	2	7	3	10	0	2	31	2	33
宋哲宗	1	3	22	2	7	1	0	36	4	40
宋徽宗	18	6	30	11	9	5	1	80	10	90
宋钦宗	1	0	1	1	0	0	0	3	0	3
北宋	**63**	**16**	**88**	**28**	**36**	**18**	**4**	**253**	**19**	**272**
宋高宗	9	15	29	9	8	5	1	76	17	93
宋孝宗	11	26	28	9	7	1	0	82	4	86
宋光宗	6	8	13	1	0	0	0	28	1	29
宋宁宗	9	31	46	2	5	3	0	96	3	99
宋理宗	34	34	56	21	19	4	1	169	5	174
宋度宗	9	29	40	8	4	1	0	91	2	93
南宋	**78**	**143**	**212**	**50**	**43**	**14**	**2**	**542**	**31**	**574**
某时	3	1		4	5	0	2	15	1	16
总计	**144**	**160**	**300**	**82**	**84**	**32**	**8**	**810**	**52**	**862**

① 参据文献主要有淳熙《新安志》、弘治《徽州府志》、道光《徽州府志》、民国《歙县志》、道光《休宁县志》、民国《婺源县志》、同治《祁门县志》、嘉庆《绩溪县志》、嘉庆《黟县志》、光绪《安徽通志》等。另外,龚延明、祖慧《宋登科记考》广征文献,汇总有宋历朝科举有功名者,具有重要的参考价值。

② 表中"某时"指不能确定科考者具体时代;"某县"指不能确定科考者所属之县;徽籍指文献记载徽州本籍者;多籍指文献记载籍贯不同者。

宋代共举行118榜常科考试,文、武两科正奏名进士及诸科登科总人数达10多万人,其中文科进士、诸科登科总数为91 232人;①宋代徽州本籍登科者810人,其中文科进士、诸科登科者为749人,约占宋代相应总登科人数的0.8%。从文科正奏名进士来看,两宋118榜共42 568人,徽州有613人,约占1.4%;北宋共19 169人,徽州199人,约占1.0%;南宋共23 399人,徽州401人,约占1.7%。为了进一步说明徽州登科情况,再把徽州登科人数与宋代州平均登科人数进行对比。北宋州级区划共计297个,每州平均进士数约65人,徽州进士数约为平均数的3倍;南宋州级区域共计197个,平均进士数约119人,徽州进士数约为平均数3.4倍。②如果依照登科人数尤其是宋人所重的文科正奏名进士来衡量教育的话,基本上可以确定,宋代徽州教育远高于一般州府水平。

二、宋代徽州进士六县分布

两宋徽州六县科举教育发展并不均衡,统计六县登科士人数量,并计算其与徽州登科士人总数比,可大致反映各县科举教育发展情况。具体如下:

宋代徽州六县登科者统计

	歙县	休宁	婺源	祁门	黟县	绩溪	某县	总计
北宋登科者	63	16	88	28	36	18	4	253
所占比例	25%	6%	35%	11%	14%	7%	2%	
南宋登科者	78	143	212	50	43	14	2	542
所占比例	15%	26%	39%	9%	8%	3%	0.4%	
某时③	3	1	0	4	5	0	2	15
两宋登科者	144	160	300	82	84	32	8	810
所占比例	18%	20%	37%	10%	10%	4%	1%	

---

① 龚延明、祖慧《宋登科记考》,江苏教育出版社,2005年,第1—3页。
② 北宋以元丰八年为据,南宋以嘉定八年为据。《元丰九域志》载,元丰八年(1085),有14府,242州,37军,4监,共计州级区划297个。嘉定八年(1208),有30余府,130余州,35军,2监,共计约197个一级行政单位。参见张全明《中国历史地理学导论》,华中师范大学出版社,2006年,第199—200页。
③ 不能确定登科时代者人数较少,不再计算其与徽州登科士人总数比。

从上表所列各县登科人数来看,北宋徽州六县登科人数依次为婺源、歙县、黟县、祁门、绩溪、休宁;南宋依次为婺源、休宁、歙县、祁门、黟县、绩溪。除绩溪外,南宋其他各县登科人数均在增长,尤以休宁为最。两宋六县登科人数排序与南宋相同。元末郑玉描述其时徽州科举状况:"新安士习,惟婺源为盛,每三岁宾兴,州县望烟而举,士子云和响应;休宁次之,歙次之,绩溪又次之,祁门与黟县其最下者也。"①除绩溪有些出入外,统计反映的宋代登科情况与郑玉所述元代基本一致。

衡量六县教育状况不能仅以绝对数字为准,还需参照六县人口进行相对比较。下面以北宋天禧、南宋乾道时期徽州六县人口作为代表,分别计算六县人口与徽州人口总数比,结果如下:

宋代徽州六县人口统计

	歙县	休宁	婺源	祁门	黟县	绩溪	总数
天禧	16 428 户	13 825 户	13 523 户	5 617 户	6 216 户	7 787 户	63 346 户
所占比例	26%	22%	21%	9%	10%	12%	
乾道	25 534 户	19 579 户	41 955 户	11 575 户	5 901 户	8 085 户	112 629 户
所占比例	23%	17%	37%	10%	5%	7%	

对比上面两表的登科比与人口比,北宋登科比高于人口比的县有婺源、黟县、祁门,歙县基本相当,登科比低于人口比的县有绩溪和休宁,休宁相差达12%。南宋由于六县人口和登科者变化,与北宋情况大不相同。登科比高于人口比首为休宁,相差9%,依次为黟县、婺源,祁门基本持平,而歙县与绩溪登科比明显低于人口比。从两宋发展来看,婺源、黟县一直保持较高的登科率;绩溪科举稍有些滞后;休宁从北宋到南宋,由登科比明显低于人口比而变为登科比明显高于人口比,这种突转表示南宋时期休宁科举教育的突飞猛进;歙县由登科比与人口比基本持衡到南宋时期变低,主要因为在其他各县科举教育飞速发展的态势下,歙县科举教育未能保持同样的发展速度。

---

① (元)郑玉《师山集》,遗文卷一《送汪德甫赴会试序》,文渊阁《四库全书》集部第1217册,台湾商务印书馆,1986年影印,第69页。

第二节 科举选士对徽州诗坛的影响

宋代徽州非常重视科举,多把科举考试作为改变自身生存状况的主要途径,由此创造了徽州科举的辉煌。科举选士改变了徽州诗坛的构成状况。宋代科举进士即可释褐授官,诗人多为进士意味着仕宦诗人队伍庞大,成为徽州诗坛的主要力量。当然,科举选士使更多士子奔逐在应试之途,在一定程度上也限制了其文学才华充分表现。

一、登科士人与登科诗人

了解宋代徽州科举与诗坛的关系,我们有必要清楚登科者中多少人为诗人,即徽州登科诗人与登科士人的比例。宋代徽州历朝登科者有810位,其中现有存诗的登科诗人92位,各朝登科诗人数量、其与登科士人比具体如下:

宋代各朝徽州登科士人与登科诗人统计

朝代	士人	诗人	比例	朝代	士人	诗人	比例
宋高祖	2	0	0	宋高宗	76	10	13%
宋太宗	14	6	43%	宋孝宗	82	17	20%
宋真宗	22	4	18%	宋光宗	28	4	14%
宋仁宗	62	7	11%	宋宁宗	96	3	3%
宋英宗	2	0	0	宋理宗	169	18	11%
宋神宗	31	1	3%	宋度宗	91	6	7%
宋哲宗	36	5	14%	南宋合	542	58	11%
宋徽宗	80	11	13%				
宋钦宗	3	0	0	某时	15	0	0
北宋合	253	34	13%	总计	810	92	11%

总体来看,宋代徽州登科诗人约占徽州登科士人11%,其中北宋约13%,南宋约11%。北宋时期,诗人比例最高为太宗朝,约43%;次为真宗朝,约18%。除高祖、英宗、钦宗三朝录取人数少没有登科诗人之外,北宋登科诗人比最低一朝为神宗朝,仅为3%。这种情况与科举考试内容及取舍偏重有关。北宋前期(太祖至英宗朝),进士科主要试诗赋、论策;①最初殿试取舍,也常以诗、赋、论为准,②从而激发徽州士人学诗的积极性。宋神宗熙宁四年罢诗赋及明经、诸科,以经义、论策试进士,③也大大降低了徽州士人刚燃起的诗歌热情。徽宗崇宁期间虽一度禁诗赋,然徽州登科诗人比上升,而且绝对数字也大大超过之前几代,主要原因大致有三:其一,崇宁兴学扩大了太学的规模,徽州士子进入太学者增多,太学士子较为重文,胡伸、胡舜陟、朱松等皆以文在太学有声;其二,徽州士子多敬慕元祐诗人,尤其是苏辙曾任绩溪令,于民有惠政,更增进了徽人对苏氏兄弟的情感;其三,徽宗期登科者多历经靖康之变,中原文化的影响以及高宗朝对诗赋的重视使这些前代科宦中举者成为南渡诗坛的骨干力量。

南宋时期,徽州登科诗人比最高一朝为孝宗期,为20%,而且其绝对数字也很高。登科诗人比最低一朝为宁宗朝,仅为2%。理宗朝虽然登科诗人比相对较低,然登科诗人的绝对数字最高。这种情况也与宋代科举制度有关。南宋建立了比较稳定的考试科目和内容,表现出对诗赋和学术兼顾的总体特征,④有利于徽州文学和学术的发展。孝宗朝科举制度稳定,文学赢来了中兴气象,徽州科举、文学发展与大气候基本吻合。宁宗朝科举人数上升,而诗人人数下落,有两个因素不容忽视:其一,登科士人中,特奏名进士和覃恩武举释褐者有31人,占登科总数近三分之一;其二,庆元党案对于登科者的文学追求也有一定的影响。理宗朝,理学成为官方哲学,徽州士子对朱子学术的推崇,使徽州登科士人中学者大增;而登第诗人如程珌、方岳等,或知贡举,或奖掖后进,典范的树立和影响,有助于南宋后期徽州诗坛鼎盛局面的形成。

---

① 马端临《文献通考》:"凡进士试诗、赋、杂文各一首,策五道,帖《论语》十帖,对《春秋》或《礼记》墨义十条。"司马光《温国文正司马公文集》卷二八《贡院定夺不用诗赋状》:"所有进士帖经、墨义,从来不曾校考,显是虚设。"可见,当时进士科试主要为诗赋、论策。
② 据宋李焘《续资治通鉴长编》载,宋代前三榜初殿试取舍皆试以一诗、一赋,太平兴国三年,诏令御讲武殿复试合格人,进士加论一首,自是常以三题为准。
③ (元)脱脱等《宋史》第2册,卷一五《神宗纪二》,中华书局,1977年,第278页。
④ 高宗建炎二年(1028),复以经义、诗赋两科取士;绍兴十三年(1133),合经义、诗赋进士为一科,考试内容为经义、诗赋、论策;绍兴十五年(1145)又分为两科,之后基本未变。

从空间角度,再对宋代徽州六县登科士人与登科诗人进行统计,以观六县登科者对诗歌创作的重视程度。具体如下:

徽州六县登科士人与登科诗人统计

时期	比较对象	歙县	休宁	婺源	祁门	黟县	绩溪	某县	总计
北宋	登科士人	63	16	88	28	36	18	4	253
	登科诗人	12	5	6	3	7	2	0	36
	所占比例	**19%**	**31%**	**7%**	**11%**	**19%**	**11%**	**0**	**14%**
南宋	登科士人	79	142	212	50	43	14	2	542
	登科诗人	13	18	14	6	5	2	0	58
	所占比例	**16%**	**13%**	**7%**	**12%**	**12%**	**14%**	**0**	**11%**
某时	登科士人	3	1	0	4	5	0	2	15
总计	登科士人	145	159	300	82	84	32	8	810
	登科诗人	24	22	20	9	12	4	0	92
	所占比例	**17%**	**14%**	**7%**	**11%**	**14%**	**13%**	**0**	**11%**

由上表可知,从绝对数量而言,歙县、休宁、婺源无论登科士人还是登科诗人都遥遥领先,黟县、祁门次之,绩溪登科人数落后于其他县。婺源虽然登科人数远远超过其他各县,占据徽州及第者总数的三分之一多,但是登科诗人却落于第三位,故登科诗人与登科者比最低,这在一定程度上表明婺源登科者相对而言并不特别重视诗歌创作。歙县登科诗人与登科者比最高,相对而言,歙县中举者更多关注诗歌,然南宋关注程度不如北宋。休宁南宋登科诗人、登科者数量都远超北宋,说明休宁南宋教育及文学的快速发展,不过,南宋登科诗人与登科者比也大大下降。其他三县登科诗人与登科者比相近。通过比较可以看出,宋代徽州登科士人数量制约登科诗人的数量,但二者数量的升降并非完全同步。

为了进一步说明科举与徽州诗坛构成的关系,还必须对诗人数量和登科诗人进行比较。宋代徽州留有诗作的诗人共有 162 位,其中 92 位有科第功名,六县分布情况如下:

登科诗人与徽州诗人比较

比较对象	歙县	休宁	婺源	祁门	黟县	绩溪	总计
诗人	45	47	35	15	12	8	162
登科诗人	25	22	20	9	12	4	92
所占比例	56%	47%	57%	60%	100%	50%	57%

从上表来看,徽州诗人中,登科诗人约占总数57%。这就意味着徽州诗人中一半以上科举登第,而且还不包括曾奔赴科场而未有科名者。尤为突出的是黟县,12位诗人无一例外地均为登科之人。科举教育产生了更多的登科诗人,登科诗人又在徽州诗人中占据了极大的比重,科举教育对诗坛的影响不言自明。

二、"举子事业"与"君子事业"

"举子事业""君子事业"语出黄庭坚《与周甥惟深》:"观古人书,每以忠信孝悌作服而读之,则得益多矣。亦不必专作举子事业,一大经,二小经,如吾甥明利之质,加意半年可了。当以少年心志,治君子之事业耳。"①祝尚书《"举子事业"与"君子事业"》②一文论宋代科举考试与文学发展的关系,可谓慧眼独具,深中肯綮。本文承其研究成果,进一步分析徽州科举、学术对徽州诗歌的影响,以说明徽州科举教育与徽州诗坛的复杂关系。

"君子事业"即人追求或作为君子所进行的活动。君子是儒家优秀人格的化身,孔子认为君子兼具仁者、智者、勇者的优点,如"无终食之间违仁""喻于义""博学于文,约之以礼""不忧不惧"等,孔子对君子的阐释成了古代士人修身行事的参照标准和价值规范。"举子事业"是为了能在科举选士中脱颖而出而进行的活动。科举考试是选士的手段和途径,朝廷通过相对公平的方式从国内选择优秀士人,作为管理国家的官僚人才或后备军。科举考试的主要内容是儒家经义,学校教育规定的教材为"九经"。照理说,"举子事业"与"君子事业"应该是相辅相成、融合为一的,但事实上二者却发生了冲突甚至对立。陆九渊在白鹿洞书院讲学时对此进行了剖析:"科举取士久矣,名儒巨公皆由此出。今为士者固不能免此。然场屋之得失,顾其

---

① (宋)黄庭坚撰,郑永晓整理《黄庭坚全集编年辑校》,江西人民出版社,2011年修订版,第642页。
② 祝尚书《宋代科举与文学考论》,大象出版社,2006年,第412—429页。

技与有司好恶如何耳,非所以为君子小人之辨也。而今世以此相尚,使沽没于此而不能自拔,则终日从事者,虽曰圣贤之书,而要其志之所乡,则有与圣贤背而驰者矣。推而上之,则又惟官资崇卑、禄廪厚薄是计,岂能悉心力于国事民隐,以无负于任使之者哉?"①君子与举子虽然都从圣贤之书起步,然科举考试对人的忠信、孝悌等道德品质无法考量,故难以辨别考生是君子还是小人;而科举考试的主要吸引力在于官位及俸禄,以其为求学的出发点和归宿,难免使"举子事业"与"君子事业"相违。故陆九渊明申:"志乎义,则所习者必在于义,所习在义,斯喻于义矣。志乎利,则所习者必在于利,所习在利,斯喻于利矣。故学者之志,不可不辨也。"②

宋代科举不仅录取人数多,而且中第者少了唐代吏部选人的程序可直接释褐,科举由此成为宋人最重要的入仕途径。科举入仕带给人身份地位和巨大荣耀,尤其是物质生活和生活环境的改变,对生存艰难的徽州学子构成巨大的诱惑,科举入仕成为绝大多数学子孜孜以求的理想和为之奋斗的目标。对于许多希望以科举改变自己和家族命运的徽州学子而言,"举子之业"乃其人生头等大事,故潜心于举子之业人数大增。朱熹直接指出这个问题,《书徽州婺源县中庸集解板本后》云:"熹故县人,尝病乡里晚学见闻单浅,不过溺心于科举程试之习。其秀异者,又颇驰骛乎文字纂组之工,而不克专其业于圣门也。是以儒风虽盛,而美俗未纯,父子兄弟之间,其不能无愧于古者多矣。"③朱熹认为务为科举之业,会导致学子不专于圣人之学,与"君子之业"相违。朱熹回祖籍徽州祭墓讲学,并将程氏、司马氏、吕氏等书赠予婺源学宫,对徽州特别是婺源教育影响极大。朱熹在徽州积极传播理学,使徽州学子的人生观和价值追求发生改变,甚至有些学子干脆放弃举业,致力于理学研究,更加重视"君子之业"。徽州教授诸葛泰《紫阳书院记》述之甚详:"然则徽之学者,当以文公为始,而学文公者,盖自吏部始。夫岂屑屑于科举,以钓声利而已。自心而得谓之性,率性而行谓之道,尧、舜、汤、文之所行是也。以己而从乎人谓之学,以人而资乎己谓之问,由孔、颜、曾、孟以至本朝周、程、张氏之所言是也。"④

---

① (宋)陆九渊撰,钟哲点校《陆九渊集》,卷二三《白鹿洞书院论语讲义》,中华书局,1980年,第276页。
② (宋)陆九渊撰,钟哲点校《陆九渊集》,卷二三《白鹿洞书院论语讲义》,中华书局,1980年,第275页。
③ (明)程敏政辑撰,何庆善等点校《新安文献志》,卷二二,黄山书社,2004年,第492页。
④ (清)施璜编,陈联、胡中生点校《紫阳书院志》,黄山书社,2010年,第324页。

三、科举"时文"与士子"外学"

科举"时文"包括科举考试所指定的各种文体写作,因科举之文的出题要求和评判规则,逐渐造成了适应于科举考试的文体的固定程序,又曰程文。"外学"语出刘克庄《李炎子诗卷》:"然士生叔季,有科举之累,以程文为本经,以诗、古文为外学,惟才高能并工。"①士子"外学"即指相别于"时文"的诗和古文。

科举考试造成了士子专攻"时文"之弊。就诗而言,"场屋之诗"和传统之诗有着明显区别。宋沿用唐代科举之制,诗为五言律,限定为十二句,在声律、音韵、避讳等方面有着严格的规定,故又称"格诗"。"南渡以后,讲求渐密,程序渐严。试官执定格以待人,人也循其定格以求合"②,科举之诗变成了程序化的写作。苏颂在《议贡举法》中谈到举业对于文学创作的影响:"自庆历初罢去公卷,举人惟习举业外,以杂文、古律诗、赋为无用之言,而不留心者多矣。此岂所以激劝士人笃学业文之意邪?"③科举应试诗文写作受到许多限制,无助于"笃学业文"。杨万里认为真宗时期编订的《礼部韵》对诗歌用韵限制与诗歌创作之旨背离:"今之《礼部韵》,乃是限制士子程文,不许出韵,因难以见其工耳。至于吟咏情性,当以《国风》《离骚》为法,又奚《礼部韵》之拘哉!"④今学者祝尚书深入考察宋代科举与文学关系,认为场屋诗文的程序化"揭示了诗文自身的结构特点和写作规律,有它一定的合理性和必然性";"但将程序变为固定模式,而且用以取士,则不仅扼杀了文体自身的活跃因素,更扼杀了无数学子的思想和青春"⑤。

不过,科举时文对于宋代徽州诗坛总体而言,其积极意义可能更大些。宋代科举考试诗赋地位无法赶上经义、策论,然除北宋后期,诗歌一直是考试科目,因此,科举教育不能忽视诗歌写作的指导,这对于文学教育相对落后的徽州具有巨大的推动作用。科举时文对用韵、平仄的规定,以及大量为了应付考试而编的关于诗法、诗格、用事、用韵等书籍,确实不利于进一步提升诗歌的思想艺术水平,但对于刚刚起步的徽州诗坛,无疑使更多的人在较短的时间掌握了诗歌写作的基本技巧,粗通诗法的创作者队伍迅速扩大。

---

① (宋)刘克庄《后村先生大全集》,卷一〇九,《四部丛刊初编》集部第 214 册,上海书店,1989 年。
② (清)永瑢等《四库全书总目》,卷一八七《论学绳尺》提要,中华书局,1965 年,第 1702 页。
③ (宋)苏颂撰,王同策等点校《苏魏公文集》,中华书局,2004 年,第 215 页。
④ (宋)罗大经撰,王瑞来点校《鹤林玉露》,丙编卷六《诗不拘韵》,中华书局,1983 年,第 339 页。
⑤ 祝尚书《宋代科举与文学考论》,大象出版社,2006 年,第 232 页。

当然,诗歌不能仅仅停留在科举时文的水平,徽州诗人的诗艺提高主要有两种途径,一是广博阅读,如方回,"不专为科举之学,学性理自真西山《读书记》入,学典故自吕东莱《大事记》入,学五七自张宛邱入,学四六自周益公入,而时文之进自州教授天台诸葛公泰始"①;二是把科举时文当成敲门砖,科举入仕后,转向学术研究或文学创作,正如方岳《送刘仲子就试》其二所言:"小技文章道未尊,入时新样更难论。鹄袍才脱须重读,六籍久为场屋昏。"

概言之,科举作为一种强大的动力,促成了徽州重教尚学的风气,使徽人的文化素质普遍提高。士子为了应试,都要进行诗文写作的训练,不仅普遍具有粗通文墨的能力,热爱文学、喜欢诗文者也大为增加。更重要的是,科举中选者通常入朝为官,政治身份的改变和社会地位的提高,使他们大多具有精英意识,对国家、社会、家乡更具有责任感,也直接或间接地影响了其诗歌创作的思想内容和精神高度。

第三节　精英意识与家国情怀

一、国运忧虑与民生关怀

(一)深重的忧患意识

南宋王朝外患深重,前期遭金国疯狂掠占,后期受蒙元野蛮侵略,民族矛盾异常尖锐;内政腐败,奸相把持朝权,人们生活日益贫困,社会矛盾错综复杂。偏安一隅的南宋王朝,长期处于内外交困的严峻考验之下,国家前途和人民命运岌岌可危。宋代文人普遍具有爱国情怀和忧患意识,进入官僚体制的文人,对自己的政治角色和精英身份的认同,往往使他们具有更强的社会责任感与承担精神。仕宦文人深为民族存亡而忧虑,表现在诗歌创作上,抗金、抗元是最为集中的主题②。

从徽州仕宦诗人整体而言,绝大多数没有亲历战场,更少有指挥军马的将帅和奋力杀敌的勇士,不过诗人在政治立场上多积极主战,也曾有报效国家、收复国土之宏图大志。吴儆"抱负不群,志气激烈,思欲提精兵十万直入穹庐,系单于而献阙下"③,《次韵李提点雪中登楼之什二首》表现了其杀敌

---

① (宋)方回《桐江集》卷八,(清)阮元辑《宛委别藏》,江苏古籍出版社,1988年,第513页。
② 王水照、熊海英《南宋文学史》,人民出版社,2009年,第5页。
③ (宋)吴儆《竹洲文集》,卷首程珌序,《宋集珍本丛刊》第46册,线装书局,2004年,第502页。

卫国之志："逐马银杯端可赏,屯边铁甲得无寒。""夜入蔡州擒叛将,拟将椽笔颂元和。"《酹月亭》抒发了欲收复中原而壮志未酬的怅惘："周郎人道古英雄,汉室颠危合奋忠。万里中原犹未复,一朝赤壁偶成功。新亭且对江山胜,陈迹俱随岁月空。把酒仍歌前后赋,九原唤起老坡翁。"王炎并没有赴战场杀敌,然其《出塞曲》生动地描述将士出塞的场面："羽檄走边邀,虎符出精兵。壮士卷甲起,骨肉送之行。击筑歌易悲,挈榼酒更倾。关山杀气缠,寒日无晶明。箭落紫塞雕,马裂黄河冰。"同时也表达将士的宏伟志愿："岂畏虏骑多,只忧将权轻。阃外不中制,一贤当长城。鼓行渡沙碛,愿勒燕然铭。"程珌少年大志,十岁赋《冰》诗："莫言此物浑无用,曾向滹沱渡汉兵。"《奉送季清赴山东幕府》一诗表达自己杀虏灭寇的壮志："迩来残虏尚窥窬,门内群寇更睢盱。胡乃脧剥及其肤,岂止牛羊不求刍。我欲别幕飞於菟,十万一屯淮之区。技闲器利整平居,帜明鼓震搜彼庐。精神所折虏如无,而况山东群盗乎。"《建康春教致语》鼓舞士气："朝来百鼓殷军门,知是元戎肃万屯。杀气直摧龙尾垒,英风远薄斗场村。从今吴卒精成勇,却看燕兵脆可掀。好入庙堂裨圣略,指麾诸将定中原。"方岳入主战将士赵葵幕府,参与抗战事宜,赵葵援泗水之战告捷,方岳即有贺诗《十二月二十四日雪》："泗水风声欲破荷,文城雪意趁禽吴。诗筒拟醉玉跳脱,捷羽已飞金仆姑。剡曲但能乘兴逸,灞桥仅不负诗癯。那知幕府文书外,更解飞琼打阵图。"胜仗使诗人欣狂之极,也更增强了其战胜蒙元的志愿和决心。吴龙翰自知无杀敌卫国之力,然也希望能运筹帷幄建立奇功,《牛渚山观大江》云："君不见敌兵百万连艨艟,雄师出斗一扫空。书生不能长枪与大剑,只坐帷幄收奇功。"一介书生报国胸怀由此可见。

  主战与议和是贯穿整个南宋的重要议题,决定着政治、军事甚至经济、文化等国策的制定,从而决定了南宋的整个国家的命运。主战派代表了正义之声,也不乏杀敌立功、威震四方的将领,然由于统治者偏于议和,使主战派不仅遭受打击,而且将士的作战斗志和能力大大下降,整个国家日趋衰亡。徽州诗人也发出了支持抗战、反对议和的强烈呼声,抒发了故土无法收复的悲痛,交织着对国家命运的忧虑。王炎《明妃曲》以汉朝和亲之事斥责当时议和之策："欲平两国恃一女,乌乎此计何其疏。至今和亲蹈故事,延寿欺君何罪为。"并借昭君思归表现了诗人对收复故土的渴望："此生失意甘远去,此心恋旧终怀归。胡天惨淡气候别,风沙四面吹穹庐。琵琶曲尽望汉月,塞雁年年南向飞。"《和沈粹卿登南楼韵》抒发中原未复、历史兴废的悲哀："鼓角声悲城上头,沈郎怀古一登楼。下临平楚容回顾,北望神州定欲愁。叫日征鸿云路冷,嘶风战马塞垣秋。人间俯仰更兴废,江汉滔滔万古流。"方岳积极主战,曾代赵葵拟书指责严嵩之投降政策,《直汀晚望》直斥严嵩之与蒙使划江协和的祸国行径:"沙头新雨没潮痕,独立苍茫欲断魂。如以长江限南北,何堪丑虏共乾坤。中年岁月疾飞鸟,旧隐文移惊夜猿。鸥鹭不能知许事,烟寒袖手与谁论。"吴龙翰《读岳武穆王传》揭示主和政策造成了国土难收的沉重事实:"当日主和甘下策,到今无计复中原。"《过淮南湖》指责失图中原、养兵不力,带来边地征民的血流之苦:"黄尘茫茫北风起,黄芦萧萧日色死。百万征夫血怒流,点污淮南一湖水。向来失着图中原,一朝此地化为边。养兵百年不用力,将军金印惭空悬。南湖南湖君莫渡,万仞山高鬼门户。夜夜青磷照断蓬,训狐自戴髑髅舞。"

(二) 真挚的民生关怀

邦以民为本,善为政者应以民生为重,"乐民之乐者,民亦乐其乐;忧民之忧者,民亦忧其忧"①。仕宦诗人被赋予更多的社会担当责任,诗歌中也常表现其真挚深切的民生关怀。考察宋代徽州诗歌,反映民生的诗篇在总体诗歌中比重极小,即使重视表现人民生活的王炎和方岳,这类主题的诗歌仅占其总诗量的百分之三左右。不过在他们的诗歌中,出现了许多职业的下层人民,除传统的田农、蚕农、渔人外,还有砚工、篙工、排门夫、猎夫等,诗中或反映人民的不幸遭遇和悲惨生活,或反映人民的丰收之乐与成功喜悦,描写具体切实,有较高的现实认识价值。

其一,忧民之忧。

徽州山多田少,土地贫瘠,时有雨旱之灾。方岳《社日以旱蔬食》描写天旱之状:"骄阳挟融风,合力为此旱。南山肤寸云,六合望弥满。怒吹不待族,赤日行火伞。"王炎《大水行》具体描绘水灾后发表感慨:"君不见去年四月不雨至七月,涧溪一线皆断绝。川居人曾死于喝,山居人今死于溺。下田黄尘曾蓬勃,高田白沙今障没。呜呼灾害何其频,剿民之命谁肯任。剿民之命谁肯任,苍天苍天实照临。"徽州多深山密林,常有老虎出没,祸害人民。王炎有诗《闻虎伤人》:"胸臆包藏不可窥,谁能攘臂编其须。未论犬牛俱受祸,饱人之肉人何辜。驺虞不肯食生物,自古及今常罕出。吁嗟虎豹山林多,陷阱弓刀如彼何。"方岳《湘源庄舍》也提及此事:"馋虎过新蹄,怒狸争旧穴。"《三虎行》细述猛虎之恶:"一母三足其名彪,两子从之力俱武。西邻昨暮樵不归,欲觅残骸无处所。"

人民生活的悲惨,除天灾外,更主要的原因是沉重的捐税和官府的盘

---

① (汉) 赵岐注,(宋) 孙奭疏《孟子注疏》,卷二,载(清) 阮元校刻《十三经注疏》,中华书局,1980年,第2675页。

剥。王炎《促织》:"春山布谷劝耕事,秋园络纬催机杼。大家未织吏索租,小家欲织无丝缕。无丝可织寒无衣,输租后期罪当笞。悲鸣终夜不能已,嗟尔候虫何自苦。"诗歌揭露了徽州农民在沉重的织租下不仅生活极度贫困、还要饱受鞭笞之苦的惨状。方岳有不少诗篇表现官府对人民的盘剥,除前引《三虎行》叙述农民无力交租冒猛虎吃人之险而逃以揭露"苛政猛于虎"之外,《排门夫》也颇具代表性,如下:

> 一家一夫排门起,五家一甲单出里。夫须被襫潦雾愁,与官输木供边垒。沙场草青胡运衰,军书抵急飞尘埃。官须排权二十万,岩邑配以三千枚。黠贪分头授掌唾,田里宁容高枕卧。望青径指三尺坟,踏白邀为万金货。残尔冢,尔勿嗟,行取金钱宁尔耶。小人所忧在一饭,政坐尔冢残吾家。待吾举火者百指,母已癯病儿垂髫。社朝浸种亦已芽,秧田未翻生荠花。吏呼劝农今几日,典衣已供塘堨册。九年回首奈若何,梦绕江南与江北。

祁门产木材,木材外运要扎排乘河水输出,俗称放排,放排者称排夫或排门夫。方岳此诗就描写了祁门排门夫的悲惨经历,因"与官输木供边垒"而误耕,而官吏黠贪又勒钱修冢,致使他们无法养家糊口,故而发出"残尔冢,尔勿嗟,行取金钱宁尔耶"的愤激之声。

灾荒、赋税,使人民处于水深火热之中,正如方岳《田家苦》所写:"六月之雨田成溪,七月之旱烟尘飞。眼中收拾不十年,未议索饭儿啼饥。夜点松明事治谷,规避债家相迫促。平明排闼自分沾,渠更舞权还不足。"无法保命的贫民不得不踏上流亡之途,王炎在《太平道中遇流民》一诗中描述了逃亡情景:"丁男负荷力已疲,弱妻稚子颜色悲。亲戚坟墓谁忍弃,嗟尔岂愿为流移。春蚕成茧谷成穗,输入豪家无孑遗。丰年凛凛不自保,凶年菜色将何如。但忧衔恨委沟壑,岂暇怀土安室庐。故乡既已不可居,他乡为客将谁依。"诗人见此惨状感到羞愧:"农桑不事得温饱,见尔令人颜忸怩。"诗人的自责表现了一位士子对下层贫民的同情和关怀。

其二,乐民之乐。

一位有责任、有良知的诗人不仅会深切关心、同情人民的疾苦,无情揭露、鞭笞盘剥人民的官僚,也会为人民的幸福而欢悦,为惠泽人民的举措而高歌。久旱逢雨,朱松如农民一样欢呼雀跃,《久旱新岁乃雨》:"高田土可筛,下田不受犁。遗蝗忧插啄,况乃麦未齐。赤子天自怜,沟壑忍见挤。雨逐新岁来,停云忽凄凄。莫辞三日霖,为作一尺泥。汪汪既没膝,滟滟仍拍堤。渐看蓑笠出，笑语喧畛畦。我欲与寓目，父老同攀跻。"汪襄组织壮士捕虎，诗歌《捕虎行》具体描述了猎夫捕虎的英勇行动："猎夫鼓勇欲生擒，失利宁虞伤手足。我令壮士八九辈，袒裼而往敢退缩。持戈踊跃皆直前，不顾爪牙加觝触。於菟怒斗力已困，白刃纷然刺其腹。不施陷阱设罗网，须臾俄闻就缚束。未踰半昼捷书来，抚掌惊嗟大神速。"诗人赞扬了猎夫奋勇力搏、生擒猛虎的勇敢和武力，也为猎夫消除虎患、获得猛虎皮肉而无比兴奋。诗人感慨"乃知刚狠不足恃，仁若驺虞才可录"，也表现了一位官员的仁者心怀。

方岳既为农民的痛苦生活而忧虑，也为农民的欢乐生活而欣悦，如《田家乐》一诗描写了农民丰收的场面："前村后村场圃登，东家西家机杼鸣。神林饮福阿翁醉，包裹余胙分杯羹。妇子迎门笑相语，惭愧今年好年岁。牛羊下来翁且眠，时平无人夜催税。"田家的苦与乐均系心中，充分表现了诗人忧民所忧、乐民所乐的民生情怀。王炎淳熙年间任潭州教授，农民丰收后生活改善使他格外兴奋，他在《丰年谣》五首中描写了农民新衣不愁、饱饭不忧的幸福图景："满箔春蚕得茧丝，家家机杼换新衣。五风十雨天时好，又见西郊稻秫肥。"颂扬朝廷徭户归耕、兵事不生的太平景象："洞丁徭户尽归耕，篁竹无人弄寸兵。要识二天恩德广，黄云千里见秋成。"还叙写了官府催科延缓、当地收租等惠民政策给农民带来的方便和快乐："睡鸭陂塘水慢流，离离禾稼满平畴。共言官府催科缓，饱饭浑家百不忧。""稻如马尾覆沟塍，桑柘阴中鸡犬鸣。收获登场便无事，输租人不入州城。"诗人不仅为丰收而高兴，更为朝廷的惠民政策而欢欣鼓舞，爱民之心由此可见。

（三）无畏的抗争精神

抗争精神是基于一种正义的信念在与邪恶势力的对抗中生成的内在力量和意志品质，主要表现为坚贞不屈、持守气节、英勇无畏的行为和气概。徽州不乏顽强战斗的勇士和义士，但以诗歌来表现其生命中的抗争实践却并不多，比如许月卿对奸佞权臣、蒙元敌国的抗争可歌可泣，诗歌中此类题材却难以发现。不过，诗人直面现实的精神和弘扬正气的斗志，多会在诗歌中自觉不自觉地表现出来，如朱弁、方岳、汪梦斗等人诗歌，彰显了其与敌国或权臣抗争的无畏精神。

其一，不惧敌国，捍卫民族尊严。

南宋时期，直接与金国抗争的徽州诗人主要有凌唐佐和朱弁。凌唐佐密反伪齐被害，其志可嘉，然其存诗甚少。朱弁其行、其诗都堪为典型。建炎元年（1127），朝廷欲遣使问徽、钦二帝，士大夫无敢行者，朱弁奋身自荐，以通问副使随王伦出使金国而被拘。金人威迫朱弁归顺刘豫伪齐，绝其饩馈以困之,朱弁忍饥殆尽,誓不为屈。后金人又逼迫其出仕金国,朱弁慷慨陈词以拒,誓不易官辱国。朱弁忠君爱国,立抗伪命,置生死于度外,视虎狼之金为草芥,忠义大节,终始凛然。① 在诗中朱弁也尽抒无憾不平之气,表现出不畏强敌、持节捐躯的爱国精神和民族气节,如下三首:

  行行春向暮,犹未见花枝。晦朔中原隔,风烟上巳疑。常令汉节在,莫作楚囚悲。早晚鸾旗发,吾归敢恨迟。(《上巳》)
  容貌与年改,鬓毛随意斑。雁边云度塞,鸟外日衔山。仗节功奚在,捐躯志未闲。不知垂老眼,何日睹龙颜。(《有感》)
  客滞殊方久,山围绝塞深。秋风入横笛,夜月傍沾襟。造膝他时语,捐躯此日心。飞霜满明镜,发短不胜簪。(《撼抱》)

  朱弁在金,请王伦留印作为节信,"受而怀之,卧起与俱",因此,诗中"仗节"不仅是苏武持节典故的运用,也是朱弁忠君誓志的实践,"莫作楚囚悲""捐躯志未闲""捐躯此日心"等,均表现了朱弁的坚强信念和爱国情怀。朱弁不仅绝不与金国合作,而且对出任伪官的宋人也极为鄙弃。《新安文献志》载朱弁《题云馆二星集后》一诗,序云李任道编录宇文虚中与朱弁文章合为一集,名"云馆二星",朱弁愤然宣称:"仆何人也,乃使与公抗衡,独不虑公是非者纷纭于异日乎?"宇文虚中文学造诣堪谓金初之首,然朱弁以其接受伪官为耻,并在诗中进一步表达此意:"绝域山川饱所经,客蓬岁晚任飘零。词源未得窥三峡,使节何容比二星。萝茑施松惭弱质,蒹葭倚玉怪殊形。齐名李杜吾安敢,千载公言有汗青。"朱弁忠义之纯、平生不污清白由此可见。
  宋亡入元,徽州士人多数表现出与元朝不合作的姿态,在宋代历史上书写了一曲曲忠义之歌。许月卿身服齐衰,深居一室,五年不言;孙嵩、江恺、吴应紫、程以南、鲍云龙等隐于山中;吴资深、吴浩、汪宗臣、胡一桂、胡次焱、刘光、滕璘、罗荣祖等义不仕元。与这些宋朝遗民相比,汪梦斗对元抗争并不突出。汪梦斗在度宗咸淳间为史馆编校,以事弃官归;宋亡,因尚书谢昌言等保荐,元世祖特召赴京,卒不受官放还,遂拟将仕郎,教授乡郡终生。然从其诗歌中,我们仍可以体会到其如何利用自己的方式对元进行抗争。汪梦斗自述在北上途中,"悲伤怀感,忧惧愁叹,不能自已,又每见之诗;与夫见

---

① (宋)朱熹《晦庵先生朱文公文集》,卷九八《奉使直秘阁朱公(弁)行状》,朱杰人等主编《朱子全书》第25册,上海古籍出版社、安徽教育出版社,2002年,第4552—4557页。

人以诗为贽,以及白事述志皆不能无诗"①,诗歌结为《北游集》。不少诗比较显明地表达了其对抗元朝、坚决不受元官的志向。下录《羁燕四十余日归兴殊切口占赋归八首》中三首:

　　士节陵夷久可怜,谓宜作气一时伸。恰求谔谔廷中辩,亦似厌厌泉下人。身死首阳名不死,家贫陋巷道非贫。世推五运今何运,归去何如老海滨。(其三)
　　留连荒邸况栖栖,席地跧蹲四体胝。饮量素悭愁对酒,杀机元浅倦招棋。相传帝统须求正,莫使王风久下衰。归去林间洗双眼,暮年要看太平时。(其六)
　　世道茫茫未解忧,新凉行色且归休。四年扰扰春如梦,五袞駸駸老转愁。禹贡九州行半矣,周家十乱有人不。浣纱云冷徽山月,不似林间乐一丘。(其七)

组诗其三哀叹社会士节衰落,决心以伯夷、叔齐、颜回等为范,以归隐保持气节;其六言"帝统须求正",直接把矛头指向元朝;其七忆及四年来元军攻占宋朝的历史,表达了对当时世道的忧虑。在元朝已一统天下的情况下,汪梦斗以诗歌来对抗统治者,其勇气胆量和民族气节令人叹服。汪梦斗拒绝接受元官,不过对于出任元官的人则多了一份宽容,如《见礼部尚书谢公昌言》:"曾将鸿笔冠群英,自是峨眉第一人。执志只期东海死,伤心老作北朝臣。叔孙入汉仪方制,箕子归周范已陈。盛代鸿文犹待草,正须自爱不赀身。"②对于充任元朝礼部尚书的谢昌言,以叔孙通为西汉制定仪礼、箕子向武王陈述《洪范九畴》作比,显然誉辞失当;不过,"伤心老作北朝臣""正须自爱不赀身"等句,婉言相劝之意明确,情感真挚而道义深刻,表现了汪梦斗的道德操守和坚定立场。

其二,傲视权奸,力斥邪恶势力。

与权奸邪恶作斗争,方岳其人、其诗最具有典型意义。方岳光明磊落,坚持正义,连撄四位权相逆鳞,屡遭黜官而无悔,可以说,与奸臣斗争贯穿了方岳的一生,其诗歌也洋溢着凛然不屈的正气和不畏强暴的抗争精神。方岳每与权臣交锋,总要遭到挟私报复,或被罢官降职,或被易地就任,方岳对

---

① (宋)汪梦斗《北游诗集》,卷首自序,《宋集珍本丛刊》第86册,线装书局,2004年,第60页。
② 文渊阁《四库全书》本《北游集》录此首诗尾联上句空缺,《全宋诗》与之同。宜秋馆刻本《北游诗集》,录此句为"盛代鸿文犹待草"。

迫害者蔑然视之,"研冰自补山人处,莫为区区费庙筹"(《报具阙》),"老僧今已倦行脚,不用维那吃饭凭"(《部索印纸》),表现出正直矜傲的凌然士气和绝不向邪恶让步的铮铮铁骨。当杜范、刘汉弼、徐元杰等耿直贤臣被史党迫害致死后,方岳把满腔的悲愤诉诸诗,直接把矛头指向史嵩之,《悼祭酒徐仁伯》二首强烈地谴责其残害贤良的罪恶:"酖毒不令猜叔子,药家谁实死颜畿。""等之百世无今日,杀我三良不半年。"《徐仁伯侍郎挽诗》痛悼徐元杰的冤死,怒斥史党的无耻行径:"彼相瘝人纪,臣言准老经。纲常通宇宙,机阱骇朝廷。躔宿惊霄陨,乾坤为昼冥……光蚀星奎壁,冤沉古鼎铏。茫茫千载恨,不尽月岩青。"方岳不顾自身安危,鞭挞丑恶决不留情,为贤伸冤言辞激烈,表现了一位士人坚持正义、扫除邪恶的抗争精神。

除方岳之外,其他仕宦诗人从不同侧面在不同程度上表现了对权臣的抗争。朱松抗颜秦桧,上疏反对议和,被外调饶州,朱松愤而请祠归闽,《秋怀十首》表达了其对恶人当道的愤慨之情:"尘埃地上臣,天阙无力补。夜叉呵九关,尝胆真自苦。""茝兰西窗下,萧艾病其根。白露堕秋夕,美恶两不存。"胡舜陟刚毅英武,力主抗战,《题静江府枕流亭》表现了其高远之志以及对议和投降行径的蔑视:"平生壮志在燕然,投老南征示息肩。鼷鼠发机端可笑,暂休戎马弄潺湲。"汪梦斗对秦桧死后被封王授誉也义愤填膺,《过江陵镇登秦申王坟读决策元功精忠粹德碑文有感近事而赋》一诗无情嘲讽其卖国投降、陷害忠良的无耻嘴脸:"力成和议得休兵,痛骂犹烦诸老生。拘执行人招覆灭,幸逃诛死罚殊轻。"《南园歌伤吴履斋旧景》一诗又把矛头直指奸相贾似道,揭露其陷害吴潜、祸害国家的滔天罪恶:

> 寂寞南园今如此,主人一斥循州死。南园如此未足悲,宗周随黍离离。丞相当年坐黄阁,正是北兵渡荆鄂。不知宣阃有何功,却以钧轴逊狡童。丞相身谋固已失,坐此谋失亡人国。梅花岭外羁魂哀,蓟门降王亦再来。南园池馆不似旧,百花憔悴竹树瘦。不堪回首望钱塘,宫阙倾颓禁苑荒。鄙夫奸人如王蔡,又无惠卿才可爱。丞相有见非不长,而乃升之中书堂。我行南园泪雨下,不免寒心怒欲骂。(节选)

汪梦斗曾与叶李等议上书劾丞相贾似道,为此李等坐罪,梦斗亦遁归。诗中直斥贾似道为狡童、鄙夫、奸人、"博饮好色不肖子",对其陷害丞相吴潜、并致使国家灭亡的罪行揭露无遗,虽作此诗时贾似道已死,诗人对权臣痛恶以及斗争精神仍得以充分表现。

二、游子之情与家园向往

先秦时"游子"指从事游说活动的士子,通常又称为"游士"。《史记》中沛公所言"游子"已具思乡之意:"'游子悲故乡',吾虽都关中,万岁后吾魂魄犹乐思沛。"后"游子"逐渐演变为客居异地的思乡者的代称。古代做官一般须离开家乡,而且为宦之地不固定,因此仕宦者也是"游子",思乡是其无法割舍的情感。

"乡"的基本含义是"家乡"。对家乡和亲人的怀恋是人类共同的情感,中国古代以农耕为主,家乡故土更成为离乡游子念念不忘的生命之根。"乡"的拓展含义是"乡国"或"国家"。中国士人普遍有着崇高的社会责任感和担当精神,在他们看来,家与国密不可分,尤其是当其远在异国时,对家乡的思念与国家的思念便合二为一。"乡"的深层含义是"精神家园"。人的一生就是不停地寻找"家园"过程,游子为寻求新的"家园"而离开家乡,而在异乡心力疲惫或人生失落时,又希望能寻找一方安顿身心的栖息之地,"家乡"就成为超越于实在意义的"精神家园"。

(一) 家乡的思念

"鸟飞返故乡兮,狐死必首丘"(屈原《哀郢》),人类对家乡自有深深的依恋之情。宋代徽州宗法观念已非常深固,离开家乡外出做官的诗人,对于生于斯长于斯的徽州山水风土更是难以忘怀。胡舜陟从歙溪乘舟出发赴任,望着家乡山水远去心生愁情:"草木纷纷落,江山正薄寒。云藏桐子宅,波急沈郎滩。回首家林远,多愁革带宽。青枫知客恨,涂血点林峦。"(《泛歙溪用老杜诗青惜峰峦过为韵》其四)程洵朝思暮想家乡的韩溪,"想见韩溪溪上路,烟梢雨叶拂云长"(《晓行湘岸竹闲有怀家山》),因此当遇到同音的寒溪即有诗:"溪名偶与故乡同,恍觉家山在眼中。定自今宵更愁绝,又飞清梦过江东。"(《寒溪》)与程洵相似,王炎外出山行,便不由自主地想起家乡的山路:"尽日扶舆度乱山,石根古涧水潺潺。孤烟时傍翠微起,疑在新安道路间。"(《山行二绝》其二)听到蝉鸣,即忆起一直魂牵梦绕的溪流:"绿阴遮日忽鸣蝉,堕地残红色未蔫。两岸垂杨低蘸水,梦魂时到故溪边。"(《闻蝉》)方岳看到飞花、闻听角生,也不免忆及家乡之景:"残角吹霜月欲斜,天寒无奈客思家。不知野竹沧江上,开到梅梢第几花。"(《闻角》)对于朱松而言,自入仕之后就再也没能回家乡,因此,其思乡之情比一般人更为浓烈,故乡山水风物常常不由自主地涌现于笔端,如"江南风物略知津,便觉诗成笔有神"(《杂小诗八首》),"莫嫌诗作江南语,一梦家山眼亦青"(《和几叟秋日南浦十绝句简子庄寄几叟》其十),"我梦故山月,罗影垂秋光"(《奉同胡德辉八月十四日夜玩月次韵》其一),"诗传绝境忽入手,置我乡国情何穷"(《再和求首座》)。对家乡的山水风物的怀恋和回忆成了朱松诗歌创作不竭的源泉,也是维系他一生的情感寄托。

"思乡"不仅指向家乡的山村土地,更主要在于家乡的亲人和朋友。林语堂指出:"关于中国社会所宗奉的五大人伦,其中四伦是与'家'有关的。此五大人伦即君臣之关系,父子之关系,夫妇之关系,以及兄弟朋友之关系。其最后一伦朋友之关系可为之合并于家庭,因为朋友乃为那些可以包括入'家'的范围内的人——他们是家族间的朋友。"[①]宗族文化的浸染,使离乡的游子始终不能忘却对父母兄弟、妻子儿女的孝悌关爱之心,因此,思家就不只是个人在异乡孤单寂寞时对家的念想,更意味着自己对家庭责任的一份承担。朱松在秋寒袭来时担心三弟衣薄,"木落天未霜,君归定何时","遥知客衣薄,归来一何迟";因思念之切,夜不成寐,"相思如惊鹊,中宵未安枝","寤惊衰叶翻,谓是步屦移"(《怀舍弟逢年时归婺源以诗督之》)。王炎出仕,一弟未随行,王炎牵肠挂肚,《又五首》其五:"竹间有数椽,读书乐未央。稻粱自为谋,风散鸿雁行。叔氏从我来,季子天一方。人生手足爱,念之搅中肠。谁不思息肩,我岂乐异乡。何时一青灯,夜雨同对床。"王炎还以女子口吻,写其对夫君的思念和理解,《门有车马客》云:"水行有却流,人行无反期。置书拜谢客,岂不心怀归。事君有明义,不得顾所私。"汪梦斗的组诗《思家五首》具体表述游子思家的内容:

> 六旬余父身长健,九十重亲发不华。高堂无人供滫瀡,如何游子不思家。
> 淮阴母家田未买,汾曲先庐屋已斜。人生墓宅颇关念,如何游子不思家。
> 妇挼草汁浴蚕子,婢炙松明治枲麻。东阡西陌要耕麦,如何游子不思家。
> 儿多废学自浇花,女近事人今抱牙。儿女长成忧失教,如何游子不思家。
> 荷净轩前水浮鸭,翠眉亭下柳藏鸦。亦要丁宁春照管,如何游子不思家。

长辈需要奉养,孩子需要教养,要为父母建宅修墓,要帮妇婢耕田养鸭,在外

[①] 林语堂《吾国与吾民》,中国戏剧出版社,1990年,第163—164页。

的游子怎能不思念家乡？林语堂关于朋友的界定或还可以争论,然在异乡才能真正感受到朋友(包括家乡故知和异地朋友)的重要,分别后才能真切体会友情的珍贵。王炎《答韩毅伯五首》其一："为别未一日,思君如三秋。"方岳《次韵秋夜》："别后故人频入梦,秋来燕子已还家。"朱松《书窗对月》："故人千里余,壶浊谁与倾。遥知劝影杯,共此通夕情。"程洵《次方唐卿对月见寄》更具体表达了这种感受："芒鞋却走荒山道,始觉在家贫亦好。归来对月思故人,寂寞柴门迹如扫。故人遗我新诗章,反覆幽怀欲倾倒。恍如明月坠我室,炯炯清光满怀抱。只今秋稼已如云,饱意可缓忧心捣。泼醅酒熟君不来,远思绵绵满秋草。"

中国古代有许多传统的节日,如除夕守岁、寒食祭祖、中秋赏月、重阳登高等,这些节日本身已经被赋予了团圆或思念之意,游子们总会在这些节日更为思念家乡、怀恋亲人。朱松在岁末追念故乡风俗,题写馈岁、别岁、守岁三诗,表达自己离家之久却无以建树的愁苦,"去乡二十年,忆此但愁卧"(《馈岁》),"凡心畏增年,而岁岂容追"(《别岁》),"乱离忆旧事,安眠梦无何"(《守岁》)。清明时节,总给人更多惆怅,方岳《清明日舟次吴门》其二云："片片飞花更异乡,人家插柳抵愁长。晴沙烟草几今古,春去春来燕子忙。"而在清明之日不能祭扫去世的亲人,这给异乡游子带来更大的伤痛,王炎在《寓居分宁去故乡千里不归者三年思念松楸成长句》中表达其无尽的乡思:

> 暧暧风日暖,林薄皆蕃鲜。好鸟仍啸歌,晚花亦嫣然。问之此何时,春莫将禁烟。家家馈觞豆,拜扫墟墓间。飞鸣乌攫肉,丛木挂纸钱。而我独不乐,慨然坐长叹。开编不能读,当馈不能餐。豺獭尚有祭,谁忍忘其先。念为贫所驱,随牒二十年。少壮不可留,览镜将华颠。空惭北山移,未表南阳阡。阖门有百指,负郭无一廛。坐此客异乡,归思空缠绵。忆昔初筮仕,吾母犹朱颜。三釜不及养,遽悲蓼莪篇。侵寻岁月久,百感难具言。伤心思宰木,清泪如流泉。狐死必首丘,古人亦重迁。况我虽宦游,十世家星川。亲朋日在眼,可以相周旋。土风有不同,客意终未安。花落草凄凄,青山啼杜鹃。

中秋团圆,游子思乡心切,"鸡肥社酒熟,吾亦怀吾乡";"怀哉故山友,共此今夕圆"(朱松《奉同胡德辉八月十四日夜玩月次韵》)。重阳登高,独在异乡更难以忍受,"一樽冷落思佳客,九日凄凉在异乡"(王炎《和陆簿九日二首》其二);"愁里重阳近,他乡酒易酣。秋风诗鬓短,寒夜客灯孤"(吴龙翰《重阳客中》)。"每逢佳节倍思亲"是所有游子的共同心理体验,仕宦诗人因行役在外不得而归,诗歌创作成了其抒发思乡愁苦的主要载体。

(二) 家国的怀恋

中国以家庭为中心的社会结构和文化,衍生出了"家国同构"的传统文化观念和"以国为家""舍家卫国"的家国情怀。孟子曰:"天下之本在国,国之本在家,家之本在身。"①家是最小国,国是千万家,国、家与个人是互相依存、密不可分的。家是个人所处环境的最基本单位,家乡是家的拓展,家国又是家的进一步扩大。从广义而言,家乡属于家国,任何人对家乡的思念都可看成对家国的热爱;从狭义而言,只有那些居于异国或不忘旧朝的人才真正地把国家当成家乡来思念。本节以狭义而论,主要讨论两类人:居于异国的使臣与身处新朝的遗民,前者以朱弁为典型,后者以汪梦斗为代表。

其一,异国新朝与国家之志。

朱弁充通问副使入金探问二宫,却被金国羁留,在沦落金地长达十六年的拘留生活中,朱弁面临着种种利诱和威逼,也饱尝了一般人难以体会的辛酸伤悲。胸有大志的朱弁已老弱多病,"形骸病自瘦,鬓发老相催"(《客怀》),他为自己未能尽到使臣使命而羞愧,"使节空留滞,侯圭未会同"(《独坐》),更强烈期望着有朝一日回国,"已负秦庭哭,终期汉节回"(《客怀》)。在朱弁的意识中,"家""乡"与"国"已合而为一,思念家乡就是思念国家,回国就意味着回家。然而,归期渺茫,国家和自己前途未卜,因此,朱弁的诗歌,几乎全被浓重的思乡归国的愁苦浸染。

汪梦斗受特召赴京,至正十六年(1279)正月成行,冬十月归里,舟车几行万里,客食二百七十日,固然领略了大江南北的不同风光,然因是受制而被迫无奈出行,故此行对于汪梦斗来言是且喜且悲。《北游集》自序:"以余有生时言之,北至淮极矣,借得在全宋盛时,北亦止极白沟耳,今逾淮又逾白沟,信乎此游为北之极也。呼,其亦可喜也夫!其亦可悲也夫!"在汪梦斗心中,淮河以南是家乡,是南宋的故土,回家不仅意味着此行的顺利结束,还意味着自己仍属于南宋的臣民。虽然此番北上汪梦斗已做好拒官的准备,然能否归回还是未知数,因此"思乡恋故"构成了北游诗歌的主旋律。

其二,空间转移与异地之苦。

朱弁囚居金地,行动自由受到限制,却无限放大了他的空间想象力。他在诗歌中经常穿越于异国金地与遥远的江南,遨游于现实之地与梦中之境,或从眼前的景物迅忽转到过去的想象中,或带着故乡的记忆来观看金地的

---

① (汉)赵岐注,(宋)孙奭疏《孟子注疏》,卷七,载(清)阮元校刻《十三经注疏》,中华书局,1980年,第2718页。

风物。在他心中,江南温暖、明朗而又美丽,而朔地寒冷、晦暗而且荒凉,"东风渐入江梅梦,朔雪犹迷塞柳天"(《善长命作岁除日立春》),"朔雪余千里,东风遍九州"(《元夕有感》),"行行春向暮,犹未见花枝"(《上巳》)。一切景语皆是诗人心境的反映,景色再美在心中不乐之人看来也可能是恶景;从另一方面讲,不同地区景物自身毕竟有很大区别,诗人本身也存在审美情趣的差异,恶劣的环境或不符合诗人审美习惯的景物更助长诗人的不良情绪。朱弁不适应金地环境气候,并以之与江南景物对照,就更加增长了其排斥甚或厌恶感。他是那么想念家乡,却又不得回去,因此只能在梦中寻找故乡的踪迹:"风烟节物眼中稀,三月人犹恋褚衣。结就客愁云片段,唤回乡梦雨霏微。"(《送春》)甚至在梦中也不得还家,思乡之愁就更加浓重:"关河迢递绕黄沙,惨惨阴风塞柳斜。花带露寒无戏蝶,草连云暗有藏鸦。诗穷莫写愁如海,酒薄难将梦到家。绝域东风竟何事,只应催我鬓边华。"(《春阴》)诗歌极力描绘金地春天的阴惨景象,渲染在异国的羁留之苦,尤其"酒薄难将梦到家"一句,意义递进,愁绪叠织,可谓"曲折凄挚"①。

汪梦斗奉令北上,得以游历大江南北,对空间的变化有着深切的亲身感受。他以出行及返回的路途为线索,记载自己的所见、所闻、所感。家乡为此程的出发点,中途所行之处,均是从未到过的新的地方,总会带给他与家乡不同的感受;家乡又是他此行之始就迫切期望的回归处,异地环境的恶劣更使他无比思念江南山水。北上渡江,沿江一带仍是"时寒江北较花迟",诗人感慨"一春十日九风雨,百岁半生多别离",心中盘算何时回家,"幽燕尚在黄云外,倭指何时是到期"(《枕上漫成》);夜宿黄河,面对"天上三更下弦月",诗人归思难抑,以至于"梦中万里异乡魂"(《夜宿黄河》)。当诗人继续北上,当地的气候和环境就不容乐观了,"此处无山亦无水,风沙卷地鼻生酸"(《道中不见山水》),"惊心卵石硋,劈面老沙吹"(《宛平道中即事》)。路上口渴无水,对江南的思念也与日俱增:"辘轳无处汲甘泉,恼得相如肺疾生。忆着江南山里路,时时一酌骨毛清。"(《道中渴水》)居地的炎热和蝇蚤更使诗人难以忍受:"漫说江南暑郁蒸,渠知此处烈于焚。团蝇对面如楼子,蛋蛋侵肌似锦文。病瘦带围宽一尺,事荒才思退三分。梦魂自有清凉处,还看冰衣水皱裙。"(《暑中》)江北环境的恶劣,加重了诗人本来已有的抵触情绪,使诗人愈发思念家乡。

其三,时序变化与节日之思。

痛苦而漫长的盼归岁月,使朱弁对时序的变化特别敏感,对于时间的感

---

① 钱锺书《宋诗选注》,三联书店,2002年,第227—228页。

受很复杂,一方面,觉得时间漫长难耐,急切期盼着赶快结束在异国的熬煎,回到故乡过上平稳的日子;一方面,叹悲时间短暂易逝,自己蹉跎岁月,未能完成使命。《岁序》:"岁序忽将晏,节旄嗟未还。低云惨众木,寒雨失群山。丧乱关诗思,讴谣发病颜。梦魂识旧隐,时到碧溪湾。"异国的痛苦生活仍在继续,而自己不仅于国无功,于家也无望,只能在梦中聊忆故乡。《秋夜》:"秋夜虽渐永,未抵客愁长。秋月虽已圆,不照寸心方。将心贮此愁,莫作万斛量。为月怜此夜,谁共千里光。空令还家梦,欲趁征鸿翔。"秋夜月圆,普照千里,却映不到方寸归心;还家之梦,欲逐鸿翔,可惜仍是徒然,秋、夜、月、雁等意象,表现了客愁之长、多、重。朱弁常年身在异国,又无人身自由,节日对于他来言既是精神寄托,也无疑是巨大的精神折磨。《寒食》:"清明六到客愁边,双鬓星星只自怜。兵气尚缠巢凤阁,节旄已落牧羊天。纸钱灰入松楸梦,饧粥香随榆柳烟。北向雁来寒雾隔,音书不比上林传。"兵事未断又困于异国,年岁已老而归期渺茫,祭日无法祭扫祖墓,家事、国事都不能尽责,节日感怀,艰难苦恨一起涌上心头,进一步强化了家国思恋的愁绪。

汪梦斗北上,每日扳着指头计算归期,因此不仅时令季节、就是每时每刻也在念想之中。《东行鱼台县界初闻莺》因闻莺而思家,"家山今隔几千里,始听春莺第一声",诗自注"时立夏八日"。《七月五夜枕上漫作悲秋一首时痔下犹未愈》诗题言明具体时间和事件,诗中"楚客悲秋已自愁,况于客病事悠悠"又进一步渲染欲归之意。《羁燕四十余日归兴殊切口占赋归八首》,把羁留之苦与归兴之切层层说明,淋漓尽致地进行表述,如其二:"水畔斜阳万马行,柳边残雨一蝉鸣。催人老去何忙甚,觉我新来太瘦生。不死虽然如管仲,有生终是愧渊明。商飙愈紧归心切,莫把诗书博恶名。"斜阳残雨、柳边蝉鸣等意象,既有时间迟暮之意,也是送别离去的象征,诗人思归心切,希望时间快速过去,以能及早离开归行。时俗节日之诗,汪梦斗也篇篇不离家乡,如《清明》:"他乡逢冷食,故国隔长江。"《端午》:"江南尽自多鱼米,好趁凉风及早回。"《汶阳重九》:"烧灯才了客天涯,秋过重阳未到家。自叹满梳搔白发,不堪好酒对黄花。"汪梦斗如愿以偿,终不受官放还,前引《思家五首竹枝体》,每首尾句"如何游子不思家",更道出"新朝的游子"对故国乡土深深的眷恋之情。

(三)家园的向往

在西方传统中,自从亚当和夏娃被逐出伊甸园,人类便失去了永远的天堂,背负"原罪"的人类要不断进行自我救赎,企图寻找曾经的乐园;在中国传统中,"家"或"家乡"是自己的生命之根,是生于斯长于斯的摇篮,人们的理想是能衣锦还乡、叶落归根。相比而言,西方人的理想具有终极意味,带着虚幻色彩,其理想是腾空向上的,不为土地所束缚,追求者迷惘然自由性极强;而中国人的理想要现实得多,且具有特定的指向性,追求者既要离开土地去实现"衣锦"之梦,又无法忘记最后回归故土,"思乡"便成了理想追求中永远的情结。不过,追求者在离开家乡后,随着时间、距离、人生经历等的改变,原来的"家乡"在其心目中进行理想化的想象,从而"家乡"已超越了客观对象层面,成为人们渴求并寻觅的精神"伊甸园"。

其一,异乡失意者的心灵寄托。

古代士人离开家乡到异地任官,主要目的在于功成归家,这样既可光宗耀祖,又能实现报国大志。离家的士子对异乡天然具有某种对立性,他们把自己定位为"异乡"的"游子""异客",对于异乡对自己的疏离非常敏感,孤独和寂寞的情绪常不断袭来。他们最初往往雄心勃勃,意欲有所作为,渴求异乡能够接纳、理解、赏识自己;然而时过境迁,自己不被重用,志向难以实现,心中的郁闷无以排遣,只能在对家乡的美好想象中暂时得到精神安慰和心理平衡;而当年老多病、生活困难时,孤独感更为加重,对家乡会产生更强烈的思恋和向往,甚至家乡就成为自己的唯一念想。王炎因"淹留异县客多病,迢递故乡书不来",或"历历旧时行乐处,凭栏小立首空回"(《上巳》),或"把酒排愁先畏病,拥衾作梦欲还家"(《春日即事四绝》其一)。方岳恨岁月蹉跎,故生愁思,而家又无音讯,更添新愁。《次韵楚客》:"戍角吹将短鬓华,此情付与酒生涯。两淮无事山如画,九日明朝菊未花。有客敲门缘问事,无田负郭却思家。雁来不带江南信,带得新愁落晚沙。"朱松因淹滞下僚,无人见赏,适逢节序之日,阴雨之天,思乡的愁绪如潮水汹涌而来,《寒食》:"粥冷春饧冻,泥开腊酒斟。故乡空泪满,华发正愁侵。山暝雨还住,烟孤村更深。谁知江海客,浩荡济时心。"对异乡的失意者而言,他们并不是真正想回到家乡,而是把家乡作为慰藉其失落心情的精神寄托,游子浓重的思乡之苦,正是对自己心中的那一方乐园的强烈依恋。

其二,旅途漂泊者的生命驿站。

人生是人类不断寻求更好家园的生命旅程,"并不是每个人都是旅行者,也并不总是在外在的旅途上,但他总是在内在的旅途,即生命旅途上","为了实现自己的选择,他往往投入实际的漫游之中,后者(外在的游历)只是前者(内在的游历)的外在表现和载体"[①]。无论求学求仕,还是入仕为官,古代士人通常必须离开家乡而行走于各地,家乡是其旅程的起点,其他

[①] 陶东风、徐莉萍《死亡·情爱·隐逸·思乡——中国文学四大主题》,杭州大学出版社,1993年,第149—150页。

地方是其旅程的中间某站,他不停地从一站走向另一站,希望通过自己的努力追求更好的一站。仕宦者虽然比普通的游子更有方向和目标(任职之地),然往往身不由己,如同一位不自由的旅客任人派遣,并不能如期所愿地欣赏和品味旅途的风景,因此,在漫长的漂泊或追寻之后,会情不自禁地回望家乡,真正体悟到家乡才是自己最好的心灵驿站。吴儆《弋阳道中》描述了这种漂泊的旅程,也表现了客子的愁苦:"积雨今朝霁,东皋晚日红。人家深蔽树,野水阔浮空。久客仍行役,青春已过中。岭头凝望处,肠断白云东。"久客行役,青春已过,凝望家乡,真的令人痛不堪言。方岳对于自己的漂泊旅程相对乐观,《除夜宿桐庐》:"才有佳山便歇程,岛烟汀雨正关情。世于吾道亦聊尔,我与梅花各瘦生。无处不曾供夜话,有田谁肯废春耕。年华俱在客中过,只为天公乞一晴。"王炎对宦游感到疲倦,他不仅渴望归家,而且也流露出归隐的欲望,《野次遇雨》:"木末云屯飞雨暗,柳梢水到小溪深。身随王事有行役,家在江南无信音。但得林泉堪着眼,莫将轩冕更关心。拂衣何日径归去,青鬓不禁愁绪侵。"对于这些游子而言,家乡是最终的驿站,是最后停泊的心灵港湾。

其三,天涯流浪者的精神家园。

吴龙翰曾经宣称"骚人行脚遍天涯,何处青山不是家"(《赠诗客梅窗》),然实际上大多数从仕的游子不像吴龙翰那样潇洒,他们常常把自己置于很尴尬的境地。身处异地,却总觉得异地不属于自己,自己也不属于异地,无法与异地完全融合;想念家乡,却又不能回家,不仅是归途遥远、行役束缚,更在于自身功业未成;更可悲的是,茫茫世界,找不到真正属于自己的家园。因此,游子们如远在天涯的流浪儿,时时体会着有家难归或无家可归的焦虑。方岳对自己的处境非常清楚,"经岁别家千里梦,浮生寄我一鸥身"(《留别》),因此有倦游回归之意。方岳对家乡有着比较清晰的定位,青山烟雨即是家乡,《约黄成之观琼花予不及从以诗代简》其三:"倦游久已厌纷华,欲问春簑未有涯。宇宙一杯诗潦草,江湖十载眼昏花。恨身不及随阳雁,将母何如反哺鸦。家在青山烟雨外,春寒几立暮江斜。"天涯漂泊的汪仪凤,也确定其家乡在云外青山处,《宿平江寺》:"行尽江东又复西,连天汀草淡烟迷。回头怅望家何处,云外青山一抹低。"烟雨白云、青山暮江,家乡确实非常诗意,然"恨身不及随阳雁"表明自己的身不由己,"云外青山"也道出路途遥远、并非能轻易而归。朱松时时畅想自己能够归乡,《送周时用自别业还永嘉》:"陌上花残客未归,故乡自合去迟迟。红香洲渚收归桨,却胜池塘草绿时。""红香洲渚"道出了诗人对精神家园的渴求和期盼,然而"故乡自合去迟迟"却表现诗人其实心有所虑,这使得回归家园显得遥不可及。

有家难归尽管痛苦,然总有向往;而找不到归家之路,就更为可悲。朱松在诗中表达自己的迷惘,"何时鸦识村,莫作驴转磨"(《次韵彦继用前辈韵三首馈岁》),他希望摆脱"驴转磨"般在原地打转的处境,像鸦雀一样识别返回自己村园,然而却无法辨识回归之路,这使得追寻的家园也变得渺茫无望。"家"是漂泊天涯的流浪者朝思暮想的记忆中的乐园,"家"是人们满怀憧憬、执著追求的理想之地,"家"也是人生航途中茫然失措、找不到方向的精神支柱,惟其难以达到,就更加渴望,或许人生的意义就在于不断地追寻理想家园的过程之中。

三、仕隐矛盾与人生困境

仕隐入出是古代士人面临的两种人生选择,也是困扰士人一生的基本矛盾。叶嘉莹对入世与出世作了精辟的分析:

> 人如果能在入世法与出世法之中,任择其一而固执之,都不失为一种可羡的幸福。如不可能,次焉者虽徘徊于入世与出世的歧途之上,时而入世,时而出世;此一件事入世,彼一件事出世,而却不但没有矛盾牴牾之苦,反有因缘际会之乐,这也不失为获得幸福之一道。再次焉者,则徘徊于入世与出世的歧途之上,想要入世,而偏怀着出世的高超的向往;想要出世,而偏怀着入世的深厚的感情,这已经无异于自讨苦吃了。而更次焉者,则怀着出世的向往,又深知此一境界之终不可得;抱有入世的深情,而又对此芸芸碌碌之人生深怀厌倦,不但自哀,更复哀人,这一种人该是最不幸的一种人了。①

对于宋代徽州文人而言,热衷于仕宦或甘于做隐士的文人有之;时而入世、时而出世并有因缘际会之乐者实在太少;而大多数人既抱有入世为官的热情,又具有隐逸山林的情怀,"于是读书人便永远在一种心灵的僵局中折磨自己,巢由与伊皋,江湖与魏阙,永远矛盾着,冲突着,于是生活便永远不协调,而文艺也便永远不缺少题材"②。

(一)欲隐之意

古代士人受"学而优则仕"思想的影响,不仅在心中期待着"致君尧舜""补衮经纬",而且在行动上也积极谋求步入仕途,"从道德理想而言,他们

---

① 叶嘉莹《迦陵论诗丛稿》(修订本),河北教育出版社,1997年,第220—221页。
② 闻一多《唐诗杂论·孟浩然》,上海古籍出版社,1998年,第29页。

是在实践以道自任的抱负,力图为天下苍生谋幸福;从不那么圣洁的成就动机言,他们是在寻求功名富贵,建立不朽功勋,进而光耀门庭福荫后世"①。然而美好的理想往往在现实的碰撞下被击碎,他们苦学多年、历经科考才打通的仕宦之途遍布荆棘和险滩,充满着丑恶与谎言,甚至还有数不清的陷阱和机关。入世为宦者或沉滞下僚无以提升,或公务羁缠身不由己,或上疏建议不被采纳,或被人排挤无法容身,或身遭陷害降职罢免甚至性命难保……种种境况让他们对前途开始怀疑,对仕宦产生厌倦,而时时产生隐逸的向往。南宋徽州仕宦诗人的隐逸思想的生成和表现主要有以下三种情况。

其一,淹滞下僚,志不得伸。

任何步入仕途的人,都怀揣着美好的愿望,憧憬着自己能早日实现政治理想。然而,官场升迁并非只看个人才华,当拼搏一番后才会感到前途是那样渺茫。朱松感慨自己无人援引、空有大志:"江海有一士,补衮抱经纬。帝衣日月明,袖手久不试。九关隔云雨,谁肯借一臂。弦急而调卑,此叹同万世。"(《秋怀十首》其九)无望中的朱松渴望归隐:"故园天一涯,茅荆谁为锄。峥嵘岁云晚,此念当何如。"(《微雨》)程洵屡考失利,后以特恩授官,然仕宦后依然穷困潦倒:"偃蹇我如蛙伏井,飘零君似鹊寻枝。回头十二年前事,一笑那能似彼时。"(《示伯羽》其二)因此,程洵不免又心向归隐:"江湖秋多风,归途眼增明。引首看高举,毋辞事遐征。"(《汪节夫解官东归赋此赠行》)王炎明确地表达了自己对从仕为官和希望归耕的看法:"世故驱我来,营此升斗粟。仕不上青云,何如返耕牧。"(《生朝无以自慰作留贫荐一杯》)王炎本有佐国定天的宏愿,然直到三十八岁,才首度出任崇阳县簿,因此诗中常表现出对任职的不满和对隐逸的向往,如《江夏道中值雪》:"叹息谋身拙,栖迟簿领间。朔风吹密霰,瘦马踏穷山。游宦亦何好,浮生元自闲。去年溪上雪,高卧掩柴关。"《至灌溪予瑰老二首》其二:"食肉定知非虎颈,腾身自笑不鸢肩。相逢莫话青云事,借我清风一枕眠。"淹滞下僚,志不得伸,是仕宦诗人向往隐逸的最根本原因。

其二,世道污浊,君子难容。

自古以来,官场险恶、尔虞我诈几乎已成共识,南宋社会尤甚。从南宋建立初期到灭亡,政治几乎都是由权臣把持,秦桧、韩侂胄、史弥远、史嵩之、贾似道等奸相不断把手中的权力膨胀到极致,政治黑暗、社会腐败令正人君子无法容身。詹初在《有感》一诗中作了具体描述:"世道已趋末,人心觉更殊。逐逐在势利,权势竞吹嘘。忠言翻为怨,成风在谄谀。谄谀势立至,势

---

① 胡翼鹏《中国隐士身份建构与社会影响》,社会科学文献出版社,2011年,第174页。

去还踌躇。小人夸得志,君子思归欤。不忍同世浊,深山高结庐。闭门守吾拙,势利安可居。势利一时荣,时过祸反予。不如守贫贱,履道常坦如。所以介然志,三公不易诸。"徽人性格多刚直桀骜、洁身自好,他们不愿随从俯仰,更鄙弃同流合污,往往坚持自己的意见主张,维护独立人格,不惮与邪恶势力作斗争,因此,不仅官职得不到提升,降职罢免时常发生,甚至有性命之虞。诗人们感到愤懑压抑,甚至灰心绝望,他们反思自己的所作所为,更渴望一方净土,能顺性生活,清白做人。朱松屡次向人表述自己性格与世相违,"我生寡所谐,强颜红尘中"(《酬冯退翁见示之什》),"我生苦中狭,与世枘凿乖。平生素心人,耿耿不满怀"(《戏答胡汝能》)。因此,他向往着充满诗意的归耕生活,《用退之韵赋新霁》云:"瞻言云中耕,缥缈穹脊绕。归把东皋犁,此念何日了。"王炎深知自己的耿直与官场不合,"圆枘运方穿,命不与己谋"(《又五首(以游子悲故乡为韵)》其一),《野次欲访于从周不果因寄二首》诗中表达对归隐的羡慕之意:"见说南山下,云霞好隐居。草深幽径断,心远俗人疏。倚杖时观获,焚香只读书。宦游无此乐,令我忆吾庐。"方岳狂傲清高,不仅强烈反抗邪恶势力,而且以上书自荐、孜孜求迁为耻,《旅思》云:"索米长安鬓易丝,向来书剑亦奚为。无诗传与鸡林去,有赋羞令狗监知。两戒山河饶虎落,五湖烟水欠鸥夷。喜无光范三书草,此段差强韩退之。"《次韵山居》其一又云:"孤亭危受众峰朝,岁晚移床借避嚣。梅次第花春漠漠,鹤相随睡夜寥寥。诸公安用怒生瘿,老子岂为饥折腰。更入乱云深处去,极知与世不同条。"方岳高傲地宣称自己绝不为五斗米而折腰,而避开官场丑恶,只能回归于乱云深处的山林。

其三,身不由己,无法事家。

忠君、孝亲是古代士人恪守的两大纲领性道德原则,关心国事、家事是古代士人履行的社会责任。自古忠与孝不能两全,国与家不能兼顾,大多数士人选择以君国为重、离家赴职,其理想是功成退隐、回家侍亲。然而,由于公职在身,无法事家,从仕的游子时时会对家庭产生愧疚之意,这种感觉在报国效君之志受到阻遏时尤其强烈,归耕家乡的愿望也提前而至。再度外任的失意,父亲老病的担忧,促使吴儆请祠归家,《上五府乞宫观书》陈述感人肺腑:"某父又以某行当远戍,忧患成疾,白发癯然,支离骨立。某以烟瘴万里,生还者稀,挈之而行则不可,舍之而去又不可,彷徨穷途,莫知所措。君命至重,不敢久留,父子相持恸哭,不忍相舍,行路之人皆为陨涕。"王炎多次表达无法事家的愁苦和归耕家乡的愿望,《谢江潭诸公》云:"行役今何时,天寒岁将莫。故乡松梓荒,他乡寓儿女。岂不念之深,只觉丹心苦。"《野次遇雨》又云:"木末云屯飞雨暗,柳梢水到小溪深。身随王事有行役,家在江南无信音。但得林泉堪着眼,莫将轩冕更关心。拂衣何日径归去,青鬓不禁愁绪侵。"无法归葬父亲,是朱松永远的伤痛,归耕故乡,是朱松念念不忘的情感,《寄题叔父池亭》云:"那知海陬叟,斗粟忘归耕。余生信萍梗,归梦识林坰。涨水有回波,故乡岂无情。一醉会有日,因之濯尘缨。"《十一月十九日与仲猷大年绰中美中饮于南台》郑重表示:"楚江东岸先人庐,竹君安否久无书。归欤何时应白首,我食吾言如此酒。"在某种意义上,徽州仕宦诗人所言的归隐、归耕、归乡、归家是一致的,归隐之地是家乡,归隐并非单纯追求个人自由、快乐,主要目的是归耕田园,奉养家亲,以尽自己的社会责任。

(二) 不同选择

古代士人经常会出现思想和行为的矛盾,心中非常向往隐逸,而是否真正隐逸又是另一回事。罗宗强谈士人心态时言:"在古代中国,有隐逸情怀的士人不少,但真正的隐士却不多。隐逸情怀是人生的一种调剂,而真正的隐士却要耐得住寂寞。"①尤其是对于已经入朝为官的士人,他们曾为仕宦之梦付出了艰辛的努力和沉重的代价,因此,对于大多数人而言,即使对隐逸生活极为向往,还往往会继续在宦海沉浮;只有少数人在特殊的情境下才毅然决然地弃官。宋代徽州官员有隐逸倾向的不乏其人,但在是否真正归隐的行为上出现分化,大致来说有三种类型:归隐或不仕、中隐或类中隐、罢官闲居。

其一,归隐或不仕。

入朝为官的士人,且不说仕途顺利者难以拒绝官僚体制的诱惑,即使仕途坎坷者,他们也往往徘徊在弃官归隐和继续做官之间,很难作出第二次人生选择。宋代徽州弃官归隐或拒官不仕人数众多,或不满朝廷权臣当政,毅然罢官归隐,如詹初、金朋说等;或身为前朝官员,宋亡后义不仕元,如许月卿等。詹初任太学录,上疏乞辨邪正,忤韩侂胄,罢归,遂以讲学为事。除上引《有感》一诗外,《有怀》也表述了促使自己归隐的原因:"闲居忽有怀,怅然令心恫。世人尚浮沉,君子难苟同。是以盖世贤,飘然返山中。栖迟竹林下,明道善其躬。如何彼之子,居常起波风。屈原泣泽畔,仲尼悲道穷。贤圣尚如此,吾身那可容。"金朋说任鄱阳知县,任满改官,应漕司课最,时党禁正严,荐举改官者自陈非伪学之党,方得擢用,金朋说上状言从师朱熹讲孔孟及程氏遗书,浩然解职归隐,日啸咏以终其身。金朋说诗歌也多书写自己归隐之乐,如《闲居吟》:"斗室安居广,炉香乐性闲。不欺幽独境,无愧两仪间。"许月卿在宋朝不满权相把持朝政,先因力抗严嵩之而不得升迁,后直陈

---

① 罗宗强《因缘集——罗宗强自选集》,南开大学出版社,2004 年,第 13 页。

贾似道为政失人心者三事被罢归,杜门著书,学者尊为师。《涉世》谓:"了却君王事便休,去时莫待雨淋头。如今版图半烟雾,眼看流离无限子。取将旧物还君王,襁褓赤子寝之床。"宋亡后许月卿更是齐衰深居,五年不言,表现出坚贞的气节和决然的姿态。

其二,中隐或类中隐。

"中隐"一语的提出及实践者为白居易,其《中隐》诗云:"大隐住朝市,小隐入丘樊。丘樊太冷落,朝市太喧嚣。不如作中隐,隐在留司官。似出复似处,非忙亦非闲。不劳心与力,又免饥与寒。终岁无公事,随月有俸钱。"王炎非常欣赏白居易的中隐思想和生活方式,《中隐赋》云:"有如乐天,可谓贤矣。不膏盲于邱壑之下,不柴栅于绅脩之间。招释子于匡庐之皋,呼酒徒于香林之滩。得丧两忘,去就俱闲。无乃渺今世而尚友,与斯人而比肩?"晚年王炎在所居双溪筑亭寄兴,"以白乐天自比"。不过王炎主张的"中隐"与白居易不同,他认为"可隐而见其中躁,可见而隐其德孤",主张"进退有正,以义为主,可否无固,因时为度"。王炎称赏白居易的不为圭组所累、泰然处之的"中隐"心态;同时又继承孔子的"时有道而见,无道则隐"的思想,并不提倡无原则、不合时宜的"中隐"。王炎有时称中隐为"半隐",他尊吕广问为"半隐翁",《半隐》一诗云:"举世竞宠利,嗜进无肯休。山林槁项辈,又乏经济谋。谒来半隐寮,再拜瞻吕侯。袖手辞富贵,结庐清且幽……已覆金瓯名,姑作绿野游。四海望霖雨,争欲挽之留。向来钓璜老,一出扶宗周。廊庙方侧席,公肯幡然不。"诗歌末句也以反问语气表达了当朝廷重贤之时"半隐"可出的思想。王炎赏识"中隐",不过诗中更多表现有朝一日"小隐"的愿望,如"少年豪气今揪敛,小隐生涯尚渺茫"(《岁莫官舍书怀二首》其一),"独对西风搔短发,欲谋小隐背初心"(《秋怀二首》其一),"不谓远游来此地,未能小隐待何时"(《和韩毅伯拟别》)……王炎最终没有选择"小隐",除经济条件的限制外,其泰然处世、待时而出的"中隐"观念,也是其行为选择的主要因素。

仕途的不顺,宦海的险恶,使朱松、吴儆等最终选择了请祠以归。从某种意义上讲,奉祠与中隐或吏隐是相通的:不离开官僚系统,仍享受国家俸禄,半仕半隐,似出似处。二者的区别在于,中隐者公务较少,然非彻底清闲,其闲在于心闲;而祠禄官本就是闲职,其心未必闲适,不一定都像中隐者那样通达知足、圆融无碍。欲中隐者可选择奉祠,奉祠者亦有如中隐者,二者在内涵和外延上有交叉之处,然并非同一或包含关系,故在此称奉祠为"类中隐"。朱松因与范如圭、胡珵等共同上疏,极力反对与金议和,遭到秦桧打击而外放饶州,朱松自请主台州崇道观闲职。朱松并非乐意于不劳心力的中隐生活,甚至还为之羞愧,《书事呈元声如愚起华三兄》云:"隐吏朱墨暇,饱眠北窗风。时呼方外客,逃暑尊酒中。寂寞杜拾遗,四壁口不供。坐取盘餐疑,哀哉岂天穷。"朱松愤而请祠,以此表示对奸相弄权的抗争,《寄江少明》表现了其对朝廷奸恶的鄙视:"龙卷风云一发蟠,不妨聊作侍祠官。高情未许群儿觉,万事何须正眼看。问道从公春信近,谈天容我酒杯宽。乘桴亦有平生意,回首纷纷行路难。"在悉心义理、植桑种菜的生活中,朱松逐渐心情静如,也体会到了世外之趣。《种菜》云:"傍舍植桑蔬,携锄理荒秽。桔橰勤俯仰,一雨功百倍。朝来绿映土,新叶摇肺肺。牛羊勿践履,食肉屠尔辈。"相对而言,吴儆要比朱松更达观些,《簟送人诗代简二首》其一表达其吏隐之意:"一幅冰纨织翠筠,风涵秋水碧鳞鳞。北窗高卧正须此,卷似闲曹吏隐人。"吴儆长期外任,对仕途彻底失望后,遂以亲老请祠,结庐竹洲,奉亲怡愉其中,甚得隐者之乐。吴儆在诗中表述了自己泰然平适的心态,《子吴子某既结茅竹洲以娱亲复于居之前沼为亭以朝爽名之盖亭西面于晨兴看山为宜》云:"何如池上亭,虚旷可看山。山色日夕佳,晨兴夜气还。宴坐日过午,清阴犹未迁。西山倦拄颊,南山兴悠然。"《独酌》云:"松竹开幽径,蓬蒿闷荆扉。庭前两梧桐,浓绿涵清辉。南楹开半山,晨夕异烟霏。樽酒自宾主,幽鸟更堉篾。饮罢两无言,还读渊明诗。"诗人以陶渊明为范,俨然一隐者形象。

其三,罢官闲居。

罢官闲居诗人以方岳为典型。淳祐二年(1342),方岳第一次被罢,居家近四年;宝祐元年(1253),方岳弃邵武职,后第二次遭罢,居家近五年;开庆元年(1259),方岳第三次被罢,居家近四年至去世。方岳在宦海沉浮,几度罢官,又几度复起,为宦日短,而闲居在家时长。方岳的行为有许多矛盾之处,他热衷于仕宦,急切希望提升,然根本不遵循官场的规则,甚至没有丝毫的融通之地;他并不希望归隐,也不愿闲居山中,却又毅然决然地弃官归家,并且拒绝朝廷的任命。方岳既具有隐士高洁脱俗、特立孤峭的气质,又具有狂士一往直前、欲建奇功的志向,狂与狷、热与冷有机统一于一身,这就注定他必然不能与官场社会兼容、然又不真正甘心归隐的一生。方岳在闲居时诗歌不乏隐逸之趣,然愤激之意不难发现,《入山林处》告诫世人仕途险恶,唯山林是正确的选择:"穷途一何恸,多歧一何泣。指似世间人,路头从此入。"《元日》以溪村之兴宣称对官场趋炎附势的鄙弃:"钓寂耕闲老病身,何堪附翼与攀鳞。山中是处有诗思,天上自来无故人。岁事共知双鬓雪,梅花又过一年春。晴妍已有溪村兴,牛下柴车或可巾。"《餐雪辘轳体》表现了清正高洁、傲世独立的人格:"透骨洗清烟火气,满腔顿着水晶宫。人间尘土何堪住,径住琼瑶第一峰。"方岳在山居生活中也能找到足以自我安慰的快意,《山居十首》其一云:"我爱山居好,林梢一片晴。野烟禽淬语,春水柳闲情。藓石随行枕,藤花醒酒羹。吾诗不堪煮,亦足了吾生。"历经坎坷的方岳虽不无遗憾,但山居生活的闲适和自由,也使诗人的心境逐渐变得豁达而平静。

(三) 人生困境

入仕和隐居是两种不同的生存方式,也是两种对立的价值趋向。仕与隐的矛盾和杂糅表现中国古代士人二重人格和复杂心态,也显示了在理想和现实碰撞中人们的生存困境。

首先,"政治化人生"拒斥"自然化人生",政治理想的实现必须以牺牲人格的独立为代价。入仕是一种"政治化人生",士人走上仕途就意味着进入国家的官僚权力机构,他们希望能在一最佳位置使自己的力量最大限度地发挥,从而实现自己的政治理想,然必须遵循官僚系统的规则,服从统治者的意志。隐居从根本上是一种"自然化人生",隐士虽然必须依附社会存在,然其身体和心理都自觉疏远社会而走向自然,从而能享受人格的独立和生命的自由。胡翼鹏在谈到传统官僚的生态特征时引用了《庄子·秋水》和《史记·老子韩非列传》所附庄子传中庄子拒聘的故事,认为前者以"曳尾于涂中"之神龟拒聘在于不愿死去,"故事的重心是控诉仕宦险恶",后者以"郊祭"之牺牛拒聘是不愿被羁缚,"故事的重点是强调个人自由与快活"[①]。人在官场未必都有让人胆战心惊的生命之虞,然所有人都必受官场所羁,因为"政治化人生"不容许个人随意自然地发展。日本学者内山精也指出:"科举及第者在其走上仕途的开端,便进入了皇帝的直接支配之下,作为俸禄和地位的代价,他们被赋予了一种义务,这就是坚持报恩于皇帝的思想。"[②]效国报君就意味着失去人身的自由和人格的独立;而寻求自由独立就应该像神龟或栖牛一样拒绝官场、走向隐逸。丘濬善于道术,后为句容令,秩满以诗寄茅山道友,表达了出仕失去归隐之趣的遗憾:"鸣凤相邀览德辉,松萝从此与心违。孤峰万仞月正照,古屋数间人未归。欲助唐虞开有道,深惭巢许劝忘机。明朝又引轻帆去,紫术年年空自肥。"王炎志在青云直上,但又希望能自由自在,《两鹤》表达了这种心理:"仙家堕下两麒麟,寄食庭除未易驯。正为白头违世路,要须丹顶伴闲身。高飞横绝心虽在,短舞婆娑意亦真。同返故山依蕙帐,莫思三岛十洲春。"但是,人在仕途通常不能两

---

① 胡翼鹏《中国隐士身份建构与社会影响》,社会科学文献出版社,2011年,第183—184页。
② (日)内山精也《传媒与真相——苏轼及其周围士大夫的文学》,上海古籍出版社,2005年,第119页。

者兼得,往往如"蚕以茧自缠",故"深念难为娱"(《又五首(以游子悲故乡为韵)其三》)。程洵《次韵赵祖德送李衡阳有感》也由衷发表感慨:"我本山林人,才非锥处囊。偶然踏朝市,包以冠与裳。谁吹邹子律,自分冰氏凉。余习但文字,残星弄微芒。来时岸柳绿,倏见秋叶黄。何当首归途,解此名利缰。湖山足佳处,与君共徜徉。"既然选择了官场,就意味着套上名利之缰,山林自由只能是一种精神的追求了。

其次,"诗意化人生"无法成就"物质化人生",物质条件的困窘限制了人们对隐逸的真正践行。隐逸的理想状态是一种"诗意的人生",隐士在幽静的环境中自由生活,身心感到极大愉悦和满足。然而,诗意人生不仅解决不了温饱,相反还需要一定物质资料作为基础。仕宦是"政治化人生",也是一种"物质化人生",因为仕宦必然伴随俸禄,能解决人基本的物质生存问题。古谚谓"三世仕宦,方解着衣吃饭",作为一种最体面的职业,仕宦吸引了众多生活困窘的士人。马克思指出物质生产资料决定上层建筑,也从根本上决定人们的意识形态和心理结构。罗宗强谈到士人心态时也强调现实生活问题:"现实的生活状况是决定一个人的心境的非常实在的因素。他们有什么样的生活条件,就可能产生什么样的想法。"①徽州山多地少,土地贫瘠,随着人口的增加,人们的生存问题就越来越严峻。在宋朝统治者大力倡导文教科举的举措下,当时徽州士人的最佳出路就是通过做官改善家庭状况从而光宗耀祖。仕宦有俸禄,归隐无寸田,这是困扰众多人的问题,徽州仕宦诗人也面临这样的困境。程洵家庭非常困窘,"无钱薄酒自难赊,笑解尘衣到酒家"(《次唐卿九日》),故累赴科考,为得一官;尽管做官后"依然都似旧时贫"(《示伯羽》其一),然如果弃官,岂不更为贫困?王炎"堕在黄尘九陌间,羡君小隐住南山"(《用元韵答铦老》),然"一身将百指,就食家浮游","欲耕无一廛,儿女牵人衣"(《又五首(以游子悲故乡为韵)》),又无法弃官归隐。《岁莫官舍书怀》表达了不得不羁身官场的痛苦:"三径无资出宦游,归心日夜绕松楸。络头不尽奔腾志,侧翅聊为饮啄谋。"欲归无资也是朱松最大的苦恼,《用绰中韵送正臣正臣欲归隐而无资故广其意以告识者云尔》借送友表达自己真切的感受:"相逢笑我眷微粟,我归未可君何难。世人钱作牛吼音,谁能立谈寿千金。空令拥鼻诵招隐,知君心在仙峰阴。故山自欲无归期,作诗但拟渊明词。"既然不能归隐,只能在诗中表达隐逸的心声。

对完美生活的向往是人的本性,接受传统文化教育的士人更自觉地对人生进行理想化的构建。他们既追求物质生活的富足,并希望实现个人的

---

① 罗宗强《因缘集——罗宗强自选集》,南开大学出版社,2004年,第14页。

价值；又追求自由自在的生活，幻想保持自然的天性。他们执著于儒家的积极入世的信念，希望有所作为，能"立身齐家治国平天下"；又渴望人格的独立，精神和心灵都不受束缚。然而，"政治化人生"不能与"自然化人生"并存，"诗意化人生"又不能满足"物质化人生"的需求。任何生活都有诱惑性，但选择其一都必须以牺牲另外选择具有的权利为代价，因此，人类对完美人生的追求决定了人必然无法摆脱的生存困境。王炎未第时作《村行》一诗，表明了他对未来的迷茫："行行度冈涧，泉石多幽奇。微风发清籁，好鸟吟高枝。此中有佳趣，岂无幽人知。去住两不可，空吟招隐诗。""住"是诗意的，其中有无尽的佳趣；而"去"是更现实的，时时在招引着士人。一旦人要做出选择，就会对没有得到的东西更为迷恋，也会对以前的选择追悔莫及。程洵《白竹桥》云："向来过此日流金，今日重来雪满林。轻弃箪瓢贪斗粟，区区奔走愧初心。"箪瓢固有乐，斗粟也有喜，失彼方能得此，得此必然失彼。人们既希望政治上有所作为，又不愿意失去自由，事实上，大多数人根本无法实现政治理想，同时也不能拥有自在之乐，最终只能是"轩冕山林两无得，讳穷徒觉意苍茫"（王炎《春日书怀》）。人们陷入自己为自己挖掘的陷阱之中，如困兽般奋力挣扎，痛苦也就随之而来，正如朱松《书梓桐院壁》诗中所言："斗升自役应笑我，何苦语曲嬉尘寰。归耕无田仕难合，疑此二柄首鼠间。摩挲崖石三叹息，我心安得如汝顽。"

然而，任何事情都有其两面性。诗人在为官时对隐逸心存幻想，使其产生种种失落，但对隐逸的向往，又未尝不对自身有益。仕宦诗人所言的归隐不一定要藏身山林，也不一定非要弃官不仕，隐逸多是表示了他们的一种价值取向，表明他们的人生追求。政治不顺、前途受挫时，隐逸的想象能成为继续生活的精神向往；人生失意、梦想落空时，隐逸的追求更坚定了自己的道德原则。仕宦诗人在诗中通过一种想象的隐逸状态，弥补自己心灵的伤痕，平衡自己失重的天平，从而能够带着一种希望和信仰更好地生活。这也许正是千百年来儒道之争与儒道互补的思想对人生的启示。

第五章 理学兴起与宋代徽州诗坛

南宋时期,理学在徽州传播并迅速发展,涌现了大批卓有成就的理学家。徽州的理学家多为朱熹的弟子或后传,他们以朱熹为泰山北斗,传授朱子学说,形成了具有地域特色的"新安理学"学派。① 新安理学家不仅致力于学术,也多喜欢诗歌创作,形成了新安理学诗人群体。理学诗人把人格完善作为自己的理想追求,尤为重视品行德操、胸襟气度、才学识见等内在的修养。他们把追求德性人格的日常践履诉诸诗歌载体,以诗化的形式呈现了其心性修养和志向胸怀。理学诗人极为关心自然或社会之理,自觉或不自觉地在诗歌中表现其对义理的体悟和认识。对理的追求,使有些诗歌呈现出理趣美,不过诗歌抒情性也大为削弱。

第一节 新安理学的崛起

一、新安理学的孕育

北宋理学在周敦颐创建基础上,经张载、邵雍等的发展,至程颢、程颐理学已趋于完善。其后,二程高足杨时、游酢等著书收徒,倡道东南,伊洛之学薪火相传。南渡前后,理学开始在徽州兴起。徽州士子接受理学主要通过两种途径:其一,求学或入仕异地,从游理学名儒,研习理学;其二,因任职或其他原因入徽的学者兴学讲经,倡导理学。徽州理学先贤主要有朱松、程

---

① 周晓光《新安理学》,安徽人民出版社,2005年,第18页。周晓光在其著《新安理学》中肯定了新安理学成派之说,不仅对新安理学的形成、发展、演变的历史进程作了清晰的介绍,而且也对新安理学的学术渊源、特点及重要理学家的思想等进行深入的分析。本文关于新安理学在南宋发展的论述参考了周先生的研究成果。需说明的是,因本文所论徽州诗人限于徽州本籍,理学家应依同一标准,祖籍徽州的理学家不再纳入,因此对朱熹思想不作具体论述,而主要侧重于其与新安理学家的关系和对新安理学的影响。

鼎、滕恺、李绘、汪存、程大昌、吴儆等人。

朱松师从杨时弟子萧顗、罗从彦等，闻龟山所传河洛之学；友理学名儒李侗、刘子翚等，执著求寻儒学之道。朱松推崇《大学》，追求正心诚意的圣贤之道，重视把理学的追求化为个人内在的道德修养。婺源程鼎曾从学朱松于闽，朱松以"事亲修身"为学之要赠之。后程鼎归居徽州，颂《诗》著书，传学其子程洵，从新安学派的学术渊源上看，程鼎是其中重要一环。

滕恺、李绘、汪存等从吕广问游，受伊洛致知笃敬之学。吕广问为理学家吕希哲从子，尹和靖门人，宣和七年（1125）任簿婺源，奉其兄吕和问以俱，许多学子拜于其门。滕恺才志杰然，远过流辈，有《溪堂集》，为朱熹所称。李绘不事科举，以讲学著述为业，时人慕名求教，李绘因材施教，循循不倦，著有《〈论语〉〈西铭〉解义》和《山窗业书》等。滕恺传学于滕洙，李季札、程洵等启蒙于李绘。汪存为坂上丈人汪绍之子，学者称"四友先生"，才气刚毅，言行端恪，为后学之楷范。

程大昌早年拜于休宁尉陈之茂门下，研讨理学平生未辍，"其学富赡而不杂，其识精密而渊深"①，著述宏博丰厚，学术成就斐然。程大昌的学术思想继承周敦颐学说，用理学思想对宇宙生成作了推演，朱熹称其"深远奥博"②。程大昌进一步发挥《中庸》之说，提出"至诚"的修身之道。程大昌在徽州大力推广理学，创建西山书院，讲学授徒，为徽州培养了许多理学人才，为新安理学学派的形成奠定了基础。

吴儆奉程朱为正统，兼取事功之学，其思想受到当时理学名儒不同程度的影响。吴儆与婺派学者吕祖谦、永康学者陈亮、永嘉学者陈傅良等过往密切。吴儆尊张栻为师，他任邕州通判时，张栻把其师胡宏《知言》一书给吴儆，并系统传授胡氏之说。吴儆奉二程学说为儒家正统，对朱熹学术极为推崇，认为"学伊洛者无如朱南康、吕东莱"（《答汪楚材书》）。吴儆奉祠归居后，建竹洲书院，分斋肄业，培养了一批理学后起之秀。

二、新安理学的诞生

徽州理学先哲以自己学术著作和学术活动，开启了学理之风。徽州具备了进一步接受研习理学的条件，正等待着一位理学大儒引领徽州的学术文化的发展。这一使命落到朱熹身上。

---

① （明）程曈辑撰，王国良、张健点校《新安学系录》，卷五，黄山书社，2006年，第106页。
② 朱熹《答程泰之书》："病中得窥《易老新书》之秘，有以见立言之指，深远奥博。"周晓光先生《新安理学》谓《易老新书》即《易老通言》。

朱熹出生成长于闽地，但对祖籍徽州感情极深。朱熹自己在书信、序跋和论著中多署名"新安朱熹"，因其父读书紫阳山，朱熹名厅室曰"紫阳书室"，以示不忘，遂又号"紫阳"。朱熹在与汪楚材一书表达自己对徽州的思念："熹与足下虽得同土壤，而自先世流落闽中，以故少得从故里之贤人君子游，顾其心未尝一日而忘父母之邦也。"朱熹中第后入徽祭祖，与徽州士人广为交往，与徽州的感情进一步升温。淳熙三年（1176）朱熹第二次入徽，大力传播理学。朱熹学术成就卓著，徽州人以朱熹为骄傲，极为崇奉朱子学术，由此逐渐形成以朱子学说为统帅的新安理学学派。

朱熹徽州弟子众多，"教泽所振，兴起群从，执礼者三十人"①。参考《新安学系录》《紫阳书院志》和朱熹书信等相关文献记载，初步统计朱熹及门弟子中徽州本籍者有以下诸人：程洵、汪会之、祝直清、程先、程永奇、李季札、吴昶、滕璘、滕珙、滕坪、汪清卿、汪端雄、汪莘、谢琎、祝穆、祝癸、许文蔚、朱德和、汪楚材、孙吉甫、叶味道、胡舜卿、金朋说、汪晫、詹初、程垲、程实之、祝汝玉、江子大、汪邦光、汪义端等②。紫阳书院论定朱熹十二高弟，下分县简述之。

婺源：程洵、滕璘、滕珙、李季札、汪清卿。程洵为程鼎之子，与朱熹有中表之亲。程洵初慕苏氏之论，也喜程氏之学，在朱熹的引导下，程洵致力孔孟之道、濂洛之学。程洵在和朱熹的谈论及书信交往中，对理的认识由浅入深，以至于"凡登程洵之门如出文公之门"。程洵有斋"道问学"，朱熹更之为"尊德性"，后程洵诗文集曰《尊德性斋集》。滕璘、滕珙为滕洙之子，初以书辞请教，朱熹示以为学之要；朱熹扫墓，滕氏兄弟始以弟子礼谒见，朱熹授之《大学中庸章句》；后滕珙兄弟与朱熹书信不断，请教研讨理学。学有所成后，滕氏兄弟收徒讲学，从学者甚众。李季札为李缯之子，本有家学渊源，朱熹入徽祭扫，又从朱熹学。其著述甚丰，于"仁"有所发明，《朱子语类》卷十六为其所记。汪清卿早有志圣贤之学，以"敬"名其斋，朱熹入徽时常住其家，并为其作敬斋箴，清卿拳拳服膺，终身不违。

休宁：程先、程永奇、汪莘、许文蔚。程先比朱熹年长，辞恩禄不受，隐居于东山。程先对《易》研究较深，尝以书问道于朱子。朱熹到婺源，程先担签挈子拜见朱子，朱熹示以圣学大要。因年老不能相从，故遣其子永奇入闽

---

① （清）施璜编，陈联、胡中生点校《紫阳书院志》，卷一八，黄山书社，2010年，第351页。
② 解光宇《朱子学与徽学》对于朱子学与徽学关系、朱熹徽州弟子及其学说考察甚详，论述具体，有极高的参考价值。在此著第7页列朱熹及门弟子30人，包括祖籍徽州的程端蒙、程珙，在徽学子赵师端、赵师恕兄弟。本文仅举徽州本籍学子，又增朱德和、叶味道、詹体仁、江子大、汪邦光、汪义端等，共32人。

从学朱熹。程永奇亲临朱熹的教诲,所造益邃,返乡时朱熹手书"持敬明义"百余言赠之,永奇以"敬义"名其堂。永奇一生钻研理学,著有《六经疑义》《四书疑义》《朱子语粹》等大量著作。汪莘读《易》自广,曾通书向朱熹请教,因其学涉驳杂,朱熹恳切规劝,加以引导。许文蔚曾从游东莱,后拜朱熹门下,为文辞皆根源道义,晚而授学,悉以不欺为主。

歙县:吴昶、祝穆。吴昶少刻志为学,博通五经,恶俗学之陋。朱子扫墓之际,吴昶率先执经馆下获闻伊洛之说。伪学党作,吴昶又徒步至寒泉精舍,就正所学。吴昶尝请得朱熹亲笔《四书》注以归,终身守其师说,著述甚丰,有《易论》《史评》等。祝穆与朱熹关系密切,其曾祖为朱熹外祖父祝确。祝穆年幼丧父,与其弟祝癸到闽地亲受朱熹教养。祝穆气象粹温,刻意问学,博览群书,有《方舆胜览》《事文类聚》行于世。

祁门:谢琎。谢琎得朱子教诲,恪守朱子之学,学术纯正。他一生以弘扬朱学、扶持纲常为志向,兴办县学,建立孔庙,以身传教。

朱熹的弟子们以朱熹为楷范,以朱子学为圭臬,敬信服行,或研究著述,阐述程朱理学说,或以讲学为事,弘扬朱子学说,新安理学在徽州诞生并迅速发展。

三、新安理学的成长

南宋后期,朱熹弟子传授朱子学术,培养了许多后起之秀,新安理学得以成长和发展。朱子之学主要通过八支薪火相传,后学人数更多,阵容更大。主要传承人物如下图所示①:

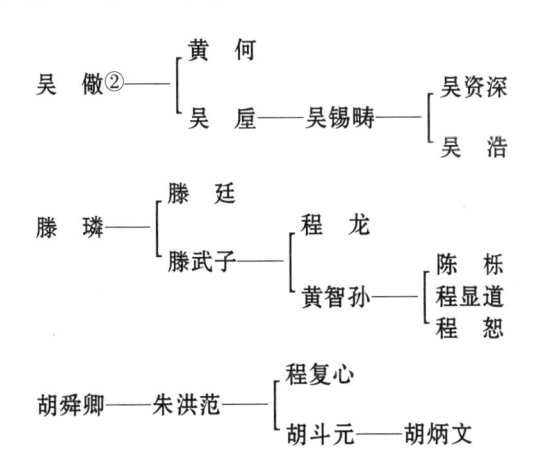

```
吴 儆②——┬─黄 何
         └─吴 扆——吴锡畴──┬─吴资深
                          └─吴 浩

滕 璘──┬─滕 廷
       └─滕武子──┬─程 龙
                 └─黄智孙──┬─陈 栎
                           ├─程显道
                           └─程 恕

胡舜卿──朱洪范──┬─程复心
                └─胡斗元──胡炳文
```

---

① 此图示参照《新安学系录》。字体加粗表示徽州本籍,斜体表示非徽州本籍。
② 吴儆,依《新安学系录》为朱熹弟子,依《宋元学案》为讲友,后者更符合实际。其从孙吴锡畴,先从家学,后又问学于朱熹三传弟子程若庸,表示吴儆家学与朱子学的融合。

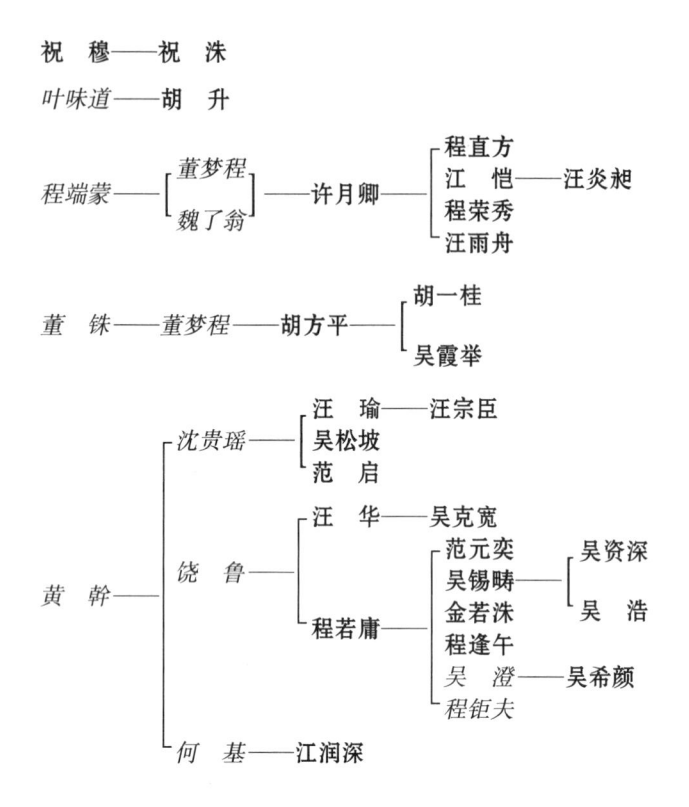

```
祝  穆──祝  洙
叶味道──胡  升

程端蒙──┬董梦程┐──许月卿──┬程直方
        └魏了翁┘           ├江  恺──汪炎昶
                           ├程荣秀
                           └汪雨舟

董  铢──董梦程──胡方平──┬胡一桂
                        └吴霞举

黄  幹──┬沈贵瑶──┬汪  瑜──汪宗臣
        │        ├吴松坡
        │        └范  启
        ├饶  鲁──┬汪  华──吴克宽
        │        │        ┌范元奕
        │        │        ├吴锡畴──┬吴资深
        │        └程若庸──┤        └吴  浩
        │                 ├金若洙
        │                 ├程逢午
        │                 ├吴  澄──吴希颜
        │                 └程钜夫
        └何  基──江润深
```

明代唐皋言："新安自朱子钟灵婺邑，绍统圣传，集诸儒之大成，而孔道赖之以不终晦。厥后郡之儒者，接踵而起，持守师说，羽翼圣经，莫不有裨于世。"① 南宋时期，新安理学从新兴到朱熹讲学之后迅速崛起，并确立了新安理学的基本形态。南宋以后，新安理学高扬尊朱倡理的旗帜，经历元代的进一步发展，坚定自信地走向了明清。

四、宋代新安理学发展特点

宋代新安理学经历了孕育、诞生及成长的发展过程，其发展主要呈现出三个趋势：从异出到同归；从入世到养性；理学的普及化。

其一，从异出到同归。新安理学根植于伊洛之学，从学术的接受来看，主要来源有三支，分别是尹学、杨学、谢学。尹和靖之学由吕广问传及滕恺、李缯；杨时之学由朱松、李侗等传至朱熹再至朱熹的弟子；谢良佐之学由张栻传至吴儆、王炎。李缯之子李季札为朱熹高足，说明前两支在孝宗期已经融合。张栻弟子吴儆基本能贯通理学各派的思想，尤奉程朱理学为正统。

---

① 道光《休宁县志》，卷二一《艺文》，《中国地方志集成》，江苏古籍出版社，1998年，第566—567页。

南宋后期,吴儆从孙吴锡畴师从朱熹三传弟子程若庸,表明徽州朱子学和南轩学从"共派而分流"到"异出而同归"①。朱熹与王炎关系稍微复杂,王炎初与朱子相契,两人多有和诗;然在置讲读官、择日开讲的问题上,王炎指出朱熹在宁宗守孝期侍讲不合礼制。实际上,二人学术根本都在伊洛之学,分歧并非本质矛盾,而是理学在具体实践中运用的差异,"朱子急欲宁宗亲近士大夫,故不拘丧礼","实一时权宜之计"②。南宋后期,新安理学逐渐从同中有异走向了唯朱熹为尊,"其学所本,则一以郡先师子朱子为归,凡六经传注、诸子百氏之书,非经朱子论定者,父兄不以为教,子弟不以为学也。是以朱子之学虽行天下,而讲之熟、说之详、守之固,则惟新安之士为然"③。

其二,从入世到养性。从总体而言,新安理学家既讲心性修养,又积极参政入世,基本实践了《大学》所言修身、治国的儒家主张。但从时间上考察,新安理学家对政治的态度及参与情况表现为从重入世向养性的偏移。南宋中期之前,理学家多入仕为官,且政绩突出,如程大昌为三朝经世名臣,历任国子监、礼部、刑部、吏部等重位,也出任多处地方官职,兴利除害,为民造福;吴儆常以社稷安危为己任,历任明州、雍州等地公职,在财政、民治等方面卓有成就。宁宗前后,理学家对仕宦的态度开始发生变化,致力于心性之学而不仕之人增多,如汪晫历经世事之变,放弃科举,归居西园,致力于曾子、子思的研究;吴㽦不事科举,究心性理之学等。南宋后期,许多理学家转向致力于学术,如吴锡畴、吴浩、胡方平、胡斗元等,以理学研究和涵养心性作为自己的毕生追求。

其三,理学的普及化。理学在徽州的传播和发展主要通过两种方式:一是通过各种教育形式,讲学授业,传播理学;二是悉心研究理学,认真撰写著作,广传于世。除了朱熹入徽传学之外,徽州官员尤其是州、县学学官不乏理学修养深厚的学者,他们对理学的倡导和教育,使学子们普遍接触并学习理学。新安理学学者学有成就之后,或者开办书院,或者在家收徒,广泛开展教育活动,大力传播朱子之学,使更多的学子致力于理学。新安理学学者悉心研究理学,尤其重视朱子学的研究,出现许多造诣较深的学术著作,引导徽州学子更为深入地研究理学;同时还编纂理学通俗读物,大力推广和普及理学,如程若庸《性理字训讲义》对性理进行通俗诠释,其书与《弟子规》《千家文》一起,被南宋列为童蒙必读书,对朱子学的普及起了重大作

---

① (明)程敏政辑撰,何庆善等点校《新安文献志》,卷一九,黄山书社,2004年,第446页。
② (清)永瑢等《四库全书总目》,卷一六〇《双溪集》提要,中华书局,1965年,第1376页。
③ (元)赵汸《东山存稿》,卷四《商山书院学田记》,文津阁《四库全书》集部第1225册,北京商务印书馆2003年影印,第441页。

用。理宗朝科举选士以程朱理学为主要内容,使徽州学子追求理学有了更大的动力,徽州学人崇奉朱熹学术,并且把理学的道德伦理要求自觉地运用到个人的生活实践之中。学者对理学的研究和推广促成理学在徽州的普及化,而理学的普及化又推动学者对理学进一步深入研究,整个徽州沐浴在浓浓的理学氛围中。

综上所述,南宋时期新安理学学派人数众多,思想丰富而趋于统一,理论精深又付诸实践,把徽州的学术推向了繁荣。更为重要的是,新安理学提高了徽人的道德品质和文化素养,影响了徽州诗坛的发展状况,下节具体论之。

第二节 新安理学诗人群体

一、新安理学诗人统计

据《新安学系录》《紫阳书院志》《朱子全书》《新安文献志》等文献,初步统计宋代徽州主要理学家有70位。① 六县理学家及存诗情况分布如下:

宋代徽州主要理学家存诗情况一览

居 地	类 别	主 要 成 员
婺源 32人	未存诗 23人	程鼎、滕恺、滕洙、祝直清、汪会之、李季札、汪清卿、汪端雄、朱德和、滕珙、滕坪、胡舜卿、汪邦光、江子大、程枟、滕武子、滕廷、朱洪范、胡升、江润身、汪瑜、吴松坡、胡方平
	存诗 9人	朱松、李缯、王炎、程洵、滕璘、许月卿、江恺、胡斗元、汪宗臣
休宁 23人	未存诗 8人	黄何、金静之、程若庸、黄智孙、程逢午、金若洙、范元奕、范启
	存诗 15人	程大昌、吴儆、程先、程永奇、汪莘、汪楚材、许文蔚、金朋说、詹初、吴虚、吴锡畴、曹泾、吴资深、吴浩、孙嵩
歙县 5人	未存诗 3人	吴昶、祝癸、程实之
	存诗 2人	方恬、祝穆

① 其一,统计限徽州本籍理学家,祖籍徽州、籍贯不能确定者未计入。其二,由宋入元学者,主要依据其宋代生活时间,凡宋亡时年满40岁或生年未考但在宋有影响者则归为宋代。其三,某县指不能确定县属的徽州学者。

续表

居地	类别	主要成员
祁门4人	未存诗3人	汪华、汪相、李伟
	存诗1人	谢琎
黟县2人	未存诗2人	汪义和、汪义端
绩溪2人	存诗2人	汪晫、汪梦斗
某县2人	未存诗2人	孙吉甫、吴少南
总计70人	未见存诗的理学家41人	
	存诗的理学家(或称理学诗人)29人	

总体而言,除黟县理学家未见存诗外,其他五县均分布人数不等的理学诗人。理学家以婺源为多,这既与任职婺源的吕广问和婺源学者李缯、滕恺、朱松等人早期传播理学有密切关系,更因为婺源为朱熹的祖籍、婺源人受朱熹影响更大所致。休宁理学家总数位列第二,然理学诗人人数却超过了婺源,休宁尉陈之茂、休宁学者程大昌、吴儆等,理学造诣很深,又爱好文学,这无疑成为休宁人的楷范,形成南宋休宁理学与文学迅速发展的局面。相较之下,其他四县理学家及理学诗人数量显然落后。

二、新安理学诗人基本情况

宋代徽州诗人162位,理学诗人29位,约占据总人数五分之一。理学诗人由于其理学成就,在徽州具有很高的威望,对徽州诗坛影响很大。故考察徽州理学诗人,在某种程度上可把握徽州诗坛的思想和艺术趋向。新安理学诗人仕宦、学术与创作情况如下:

新安理学诗人基本情况

作者	生卒年	籍贯	科第	仕隐情况	代表著作	存诗
朱松	1097—1143	婺源	上舍及第	承议郎	《韦斋集》	426
李缯	1117—1193	婺源		隐居不仕	《论语讲义》	1
程先		休宁		隐居不仕	《东隐集》	10

续 表

作者	生卒年	籍贯	科　第	仕隐情况	代表著作	存诗
程大昌	1123—1195	休宁	进士	吏部尚书	《程文简集》	13
吴儆	1125—1183	休宁	进士	安抚都监	《竹洲集》	64
程洵	1135—1196	婺源	特奏名进士	录事参军	《尊德性集》	125
王炎	1138—1218	婺源	进士	军器监	《双溪类稿》	826
方恬		歙县	进士	太平州教授	不明	6
滕璘	1150—1229	婺源	进士	朝奉大夫	《溪斋类稿》	3
吴屋	1151—1218	休宁		终生未仕	《自胜斋集》	2
程永奇	1151—1221	休宁		终生未仕	《格斋稿》	4
汪莘	1155—1227	休宁		隐居不仕	《方壶存稿》	221
金朋说		休宁	进士	罢官归隐	《碧岩诗集》	95
许文蔚		休宁	进士	著作佐郎	《文集》	1
汪楚材		休宁	进士	干办公事	不明	1
汪晫	1162—1237	绩溪		终生未仕	《环谷存稿》	55
谢玭		祁门	特奏名进士	龚州助教	《竹山遗略》	2
詹初		休宁		罢官归隐	《流塘集》	50
祝穆		歙县		迪功郎	《方舆胜览》	4
吴锡畴	1215—1276	休宁		隐居不仕	《兰皋集》	130
吴资深	1215—?	休宁		国史编校	《友梅集》	3
许月卿	1216—1285	婺源	进士	罢官归隐	《先天集》	289
胡斗元	1224—1295	婺源		终生未仕	《易传》《史纂》	3
汪梦斗		绩溪	魁江东漕试	史馆编校	《北游集》	128
曹泾	1234—1315	休宁	进士	知昌化	《服膺录》	17
孙嵩	1238—1292	休宁		义不仕元	《艮山集》	67

续　表

作　者	生卒年	籍贯	科　第	仕隐情况	代表著作	存诗
汪宗臣	1239—1330	婺源	两中亚选	义不仕元	《世乘窥班》	18
江恺		婺源	进士	义不仕元	《四书讲义》	1
吴浩		休宁		隐居不仕	《大学口义》	1

从上表来看，理学诗人除 2 人未见其著存世外，均有数量不等的著作，这充分表明理学诗人重视学术，普遍具有较高的学识水平。理学诗人对科举并非特别热心，登第者与不事科举者（包括落第者）基本持衡，不仕或归隐的人数一半以上，不过后期隐者明显多于前期。从其仕隐情况也不难发现，理学诗人隐居除普遍的学术追求原因外，多由气节道义而隐。南宋徽州隐逸诗人多是理学诗人，因此探讨理学诗人基本可反映徽州隐逸诗人的创作情况。

三、新安理学诗人类型

根据理学家对诗歌的认识和具体创作，新安理学诗人大致可以分为三种类型：诗人型理学家、理学家兼诗人、略涉诗作的理学家。

"诗人型理学家"，主要指从文学起步的理学家。这类理学家人数不多，且多出现在南宋中期之前，以朱松、程洵为代表。朱松早年以诗歌名播京师，有"文墨林中三角虎"之称。入闽从仕，朱松与闽地名儒萧颙、罗从彦等人交往，渐渐从对诗歌的热衷转向探究六经之术，诗文创作明显减少。朱松《上赵丞相札》云："行年二十七八，闻河南二程先生之余论，皆圣贤未发之奥，始捐旧习，披除其心，以从事于致知诚意之学。虽未能窥其藩篱，然自是所为文，视十年之前，无十之三四。"①程洵从文学走向理学经历了曲折的过程。程洵少师承李绻，敬慕苏氏学说与文章，于诗情有独钟。朱熹首次入徽，程洵刚 15 岁，即以诗赠朱熹，深受朱熹赞赏。程洵著《三苏纪年》10 卷，对苏氏父子行实、诗文编纂纪年，此书程洵生前并未示于朱熹，朱熹后阅此著感慨："其为此书也，用心甚苦，而独不以见视。比其既没，乃得见之，则有甚陋而可愧者，恨不及与之反复其说也。"②可见程洵在诗与理、文与道、苏

---

① （宋）朱松《韦斋集》，卷七《上赵丞相札》，《四部丛刊续编》集部第 64 册，上海书店，1985 年。
② （宋）朱熹《晦庵先生朱文公文集》，卷七十《读苏氏纪年》，朱杰人等主编《朱子全书》第 23 册，上海古籍出版社、安徽教育出版社，2002 年，第 229 页。

与程之间的徘徊和游移。在朱熹的反复教导下,程洵最终放弃酷嗜的苏文,与朱熹走向同调,理学认识逐渐深刻而纯粹,以至于凡登程洵之门的学子如出文公之门。程洵从文学致力于程朱理学,是内心反复矛盾斗争的结果。

"理学家兼诗人",指理学和诗歌追求基本同步,而且均取得可喜成就的理学家。他们既热衷于研究理学,同时又爱好诗歌创作,是新安理学诗人的主体,包括吴儆、汪莘、吴锡畴、金朋说、汪晫、詹初、汪梦斗、孙嵩等人。理学与诗并重,似二者并不相悖,然从实际的情况来言,在某种意义上二者彼此形成进一步发展的阻碍。汪莘可谓典型,汪莘对文和道追求基本上是同步的,然更重辞章。汪莘通书向朱熹请教,朱熹称其"乡道之勤、卫道之切",又言其"诗文论说甚富","所以用力于辞章者,又若是其博而笃也"。朱熹告诫汪莘文辞为一小伎,劝汪莘穷经观史,以求义理。汪莘后又与朱熹论为学之道,朱熹指出其"杂然进之而不由其序"之弊。在朱熹的规劝和指导下,汪莘逐渐由重文转向重学、由杂学趋于程朱理学。

"略涉诗作的理学家",指诗歌创作数量很少的理学家。我们从现有存诗的角度称之为理学诗人,但其身份更偏重理学家,甚至有些人从其创作态度、诗歌数量和质量而言或许根本不能称作诗人,如滕璘、吴浩等。这些理学家多将时间与精力用于学术,而无暇顾及诗文创作,更不用说诗艺的提高;而且他们对诗文有许多顾虑,担心沉潜于翰墨会玩物丧志,误入歧途,于道有害。不过他们并不排斥诗歌,在他们看来,诗歌可以涵养情性,也能作为表达其理学认识的载体,而且在以诗为交际工具的宋代,酬唱赠诗能增进学术交流,因此理学家也会略涉诗作。

第三节　性理人格的诗化呈现

新安理学以程朱理学为宗,其本质为"性理之学",或曰"心性之学",目的在于"从哲学本体的高度肯定儒家伦常思想的合理性,从而使现存社会生活中的伦常秩序、规范和法则成为人们自觉的'自律'准则,成为自我完成的主动欲求"①。在此理学观念下,新安理学诗人重视个体的品行操守、才学识见、胸襟气度等修养,并"自觉地作圣贤工夫(作道德实践)以发展完成其德性人格"②。他们把追求个体人格完善的日常践履诉诸诗歌载体,以诗化

---

① 阎福玲《宋代理学与宋代文学创作》,《河北师院学报》1991年第2期。
② 牟宗三《道德理想的重建》,中国广播电视出版社,1992年,第213页。

的形式呈现了义理体悟、心性涵养和人格追求。

一、义理体悟与情理表达

程朱理学认为"理"是宇宙万物的根本,是贯通天与人、自然与社会、宇宙本体与儒家伦理的至高主宰,因此,"理"不仅是自然世界最普遍的规律,也是人类社会最根本的伦理法则;理学不仅是形而上的哲学,更是用以指导世人完善自我人格以达到理想境界的哲学。新安理学诗人尊崇程朱理学,以研习儒家经典和宋儒学说为本,致力于探究宇宙之道、万物之理,他们不仅善于在静观万物中体悟或探究其理,而且也往往理性地思考自然世界和社会人生。对"理"的追求,使新安理学诗人常常通过诗歌表现对义理的体悟和理解,并自觉地"以理制情""以性范情",由此削弱了诗歌抒情功能,也影响了诗歌情感内容的选择。

(一)"理"的言说

诗人以诗歌形式对"理"的言说,称之为说理诗,或曰哲理诗。依据新安理学诗人说理诗的具体阐述形式及艺术表现效果,可以分为讲义诗、一般说理诗和理趣诗。一般说理诗介于讲义诗和理趣诗之间,不再具体论述,以下主要分析具有代表性的讲义诗和理趣诗。

其一,讲义诗。

理学家如把诗歌作为宣讲其理学观点或阐释其学术理解的工具,就会产生一些为人诟病的语录讲义诗。从总体而言,新安理学诗人讲义诗占据比重不大。有些理学诗人留下数量可观的诗歌,却并没有纯粹的枯谈义理的讲义语录诗,如吴锡畴、汪梦斗等。多数诗人的理学认识散见于酬唱或言怀的诗歌中。不过,有时也会在诗歌中直接阐说学术义理,宣传儒家伦理。

金朋说有不少"吟"体诗,直接对儒家伦理的核心概念进行解释,讲述修身为学之道,如下两首:

> 明诚道不离,知格无邪伪。中正着吾心,毋为私欲蔽。(《正心吟》)
> 正心谨独时,笃实惟精一。克念寸不欺,充然四端立。(《诚意吟》)

詹初的讲义诗创作更具代表性,他以诗探讨理气等理学根本问题,阐说的义理更精深。如下两首:

> 理本无象,气为有形。气为理载,理以气乘。匪理气粗,匪气理冥。气以理神,理以气弘。二者相须,其道分明。(《理气》)

生生天地心,吾人秉其真。虚灵无一物,纯然惟元仁。如何彼放失,物欲共沉沦。客感乃为主,本主翳埃尘。鉴此去物欲,而求我真纯。求之真即见,端然还在身。只恐物与欲,乘间复来侵。念兹心益奋,日夜终惟寅。戒惧与谨独,式用存吾神。(《求心斋》)

除了上述所举的诗歌,其他如王炎《题刘知宫愚圃三首》其三、程洵《荣木和陶靖节韵》、汪晫《静观堂十偈》其一等,用诗歌阐述理学观点或认识,都是名副其实的讲义诗。

从文学角度而言,讲义诗除了遵循诗的格式、韵律之外,无视诗歌的审美属性和创作规律,以抽象代形象,以义理代情志,以学术语言取代文学语言,毫无艺术价值。不过,从学术角度来看,新安理学诗人不失时机地发现并有效地利用诗歌作为载体来阐述学说,诗歌形式的要求使理学诗人要考虑如何用精练的语言去更好地说理,这样,讲义诗比起迂腐呆板的说理文章,其接受对象的范围更为广泛,接受也会更直接、更快捷,这就大大促进了理学的推广和普及。另外,新安理学诗人创作讲义诗,也表明了创作者对理学家身份的认可和以文学作为说理工具的自觉。

其二,理趣诗。

理趣诗是"哲理智慧与诗趣巧妙结合的产物","它通过具体生动形象的事物的吟咏描绘或刻画来展示诗人对自然社会人生的思考与体悟,阐说道理而有诗趣诗味,既给人诗美的愉悦,又能启迪人的心智"[①]。新安理学诗人也创作了不少理趣诗,或即物即理,理趣浑然;或感物明理,理趣相成;或咏物释理,理趣横生。

即物即理是一种最自在、最活泼的悟理方式,也是一种最自然、最高明的言理方式。诗人无须有意表现其内在之理,更无须以理语进行解释说明,而是通过对自然物象或社会事象的生动描述自然传达出其理,物自有理,物理妙合,理趣浑然。新安理学诗人常常在生趣盎然的山水风景中领悟道之本意,从活泼有趣的虫鱼花草身上体验生命的自足自乐,并在诗歌创作中表述其体道悟理的过程。有时,诗人并不直接言说体悟到的道理,甚至也不直接表述自己的感受,而是通过倾心描写或叙述所观所感的自然之境,让人体会其中蕴含的生机与理趣。如下:

晓步闲随蛱蝶行,村南村北雨新晴。山花野草自幽意,布谷一声春

---

① 阎福玲《禅宗·理学与宋人理趣诗》,《中州学刊》1995年第6期。

水生。(李缯《晓步》)

东风万物皆舒畅,野色溪光无尽藏。谁唤春来春不知,草自青青花自放。(汪晫《静观堂十偈》其五)

槐叶风清莺哺子,麦苗露湿雉寻媒。道人不出方壶境,坐见天时去又来。(汪莘《春夏之交风雨弥旬耳目所触即事十绝》其九)

藜杖步芳洲,风花点碧流。诗情凫泛泛,心事水悠悠。有约山长翠,无名草自幽。声声啼布谷,夜雨足西畴。(吴锡畴《洲上》)

诗人既不抒怀言志,更无一字说理。诗人似乎融入景物之中,只是静静地描绘所见到的事物。不过,诗人在似"闲言语"的描述中,呈现了蝶鸟、花草、野色、夜雨等蕴含的生机之趣,表述了"山花野草自幽意""草自青青花自放""天时去又来"等自然规律。读者并不感到诗人在说理,而是在诗中描写对象的审美感染下,如置身于诗人所处的天人合一的境界中,与诗人共同完成对道的体悟,从而领会到造物的生意、生命的自在和自然的永恒。

感物明理作为一种悟道方式,既强调外物对人的感发,又突出人对物的感知、思索并发觉其中之理,诗人也往往能通过描写对象联想引发出与之相关但又超越事物本身的人生哲理。感物明理作为一种言理方式,与即物即理基本不着理语不同,诗人既要写景,又要说理,写景是说理的基础和前提,说理成为其关注的重心和落脚点。虽要明理,然理因感物而得,由状物而现,不干巴巴说理,因此,理与物相随,物中生理,理中有趣,理趣相成。如下:

白云冉冉度南园,绿柳明花处处然。云物无心心自适,优游无我我忘年。(詹初《春日》)

青山露出本来面,白雪消融清净身。松树也知修养法,白头翁作少年人。(许月卿《雪后》其一)

一笑起推篷,烟云望眼中。橹鸣无调乐,帆饱有情风。山近水偏绿,鹃啼花正红。前途足奇观,行色莫匆匆。(吴锡畴《舟中》)

詹初《春日》由白云、绿柳、明花,感悟到理学家追求的无心自适、优游无我的生活方式,其理不仅与所描写景物相合,也与诗人的心境相契;汪莘《秋兴》由杨柳怯秋风反向思考,表达心地不随时节变化之理;许月卿《雪后》由雪后松树之状,体悟到修养之法,说理形象生动;吴锡畴《舟中》由形行程所观美景,表达了行程从容面世的理性思考。

咏物释理有两种表现方式,一是由外物的感发吟咏而体悟到其中之理,二是把已经体悟的理赋予对物的吟咏之中。从咏物诗的发展看，古诗咏物以抒情言志，魏晋后咏物致力于状写物态，唐后咏物兼而有之，①宋代咏物多议论说理。咏物释理如果理与物相合，而且表述生动形象，释理常会产生让人意想不到的趣味，呈现出理趣横生的艺术效果。如下：

  母鸡伏得两凫雏，驯食庭除不待呼。水浴泥行随分足，不知鸥鹭有江湖。（王炎《小凫》）
  为见春风不久归，颠狂上下弄晴晖。只饶天与无拘束，入幕穿帘任意飞。（吴锡畴《杨花》其一）
  奔波来往一生忙，方寸包藏不可量。用尽心机还骨立，为他人作嫁衣裳。（吴儆《说谜三绝》其三）

以上三诗与传统的咏物诗明显不同，旨在表意说理。王炎《小凫》表达了随从天性、安分知足之理，其理包含在对小凫的行为的生动描写之中，义理与物象不可分离，理因物象而显，物趣事理，浑融无间。吴锡畴《杨花》通过描写杨花颠狂上下、入幕穿帘的动态，表达了无所拘束、随意自在之意，说理中不乏生动描写，加之拟人化手法的运用，使说理并不枯燥，反而洋溢着生机与情趣。吴儆咏物诗以猜谜的手法咏物说理，形式本身就富有趣味，诗歌通篇以拟人方式咏物，表达了奔波一生、用尽心机却一无所得的生活现象，人与物合一，理与趣相生。

理趣诗代表新安理学诗人说理诗的最高成就，也基本表明诗人在说理时已经具有对诗歌自身艺术质素重视的自觉。陈文忠认为理趣具有四个特征："生趣盎然的形象性"，"即物即理的契合性"，"审美感悟的直接性"，"机趣洋溢的智慧性"②。"审美感悟的直接性"多指向禅意诗姑且不论，以其他三个标准观新安理学诗人的理趣诗，总体而言在形象性、契合性方面还不完美，这除了因为徽州总体创作经验的缺乏外，对理的追求也限制了诗人形象思维的充分发展。

（二）"理"对"情"的影响

不可否认，宋代新安理学诗人创作了不少情感真挚的诗歌，但仔细考察理学诗人创作活动及诗歌作品，不难发觉性理之学在一定程度上规范和制

---

① （宋）张戒《岁寒堂诗话》云："建安陶、阮之前诗，专以言志；潘、陆以后诗，专以咏物；兼而有之者，李、杜也。"
② 陈文忠《论理趣》，《文艺研究》1992 年第 3 期。

约了诗人的情感抒发。性理对情感的影响主要体现在"以理制情"和"以性范情"两个方面,前者主要指理性思维方式使诗歌抒情功能大为减弱,后者主要指心性修养使诗歌情感内容发生变化。

其一,以理制情。

程朱理学作为"义理之学"和"性理之学",注重心性与自然规律之间的内在联系,建立了以"理"为宇宙万物本原的本体论哲学。在程朱看来,"理"是宇宙的根本,既指向伦理道德,也指向自然规律,如二程认为"理便是天道",朱熹亦谓"合天地万物而言,只是一个理"①。程朱理学不仅重视义理思辨,而且强调以"格物"而"穷理","凡有一物,必有一理,穷而至之,所谓格物者也"②。只有通过对事物的观察、分析、思考,才能认识到其中蕴涵的道理。理学家重理穷理的思维方式普遍为宋人接受,而理学诗人更喜欢理性思考和议论说理,致使诗歌情感内容被有意或无意地挤兑和削弱。

新安理学诗人首先是理学家,他们尊崇程朱理学,致力于探究宇宙之道、万物之理;他们又是诗人,在诗歌创作中直接或间接表达其对道或理的体悟或认识。尽管理学诗人文学素养有差别,体道途径不同,但诗歌创作中都不同程度表现出重理穷理的学术思维方式的影响。他们或者置身于山水自然中领悟到与宇宙共通的生命意识;或者面对时序变化、草木荣枯认识到不以人意志为转移的力量;或者在对客观事物的欣赏中体会到与人相类的生存方式;或者由历史和现实的反思中总结出社会兴衰更替的规律。理学诗人似乎更为重视的是诗歌所体现的理,甚至有时候会为了理而说理,使诗歌成为表述道理或志怀的载体。举例来说,月亮这一传统意象,常常被赋予思乡之意,如李白的《静夜思》、杜甫的《月夜》等均引为绝唱,朱弁仍沿袭这一传统,如《十七夜对月》等诗以月抒发浓挚的异国思乡之情。而在理学诗人的笔下,月却具有全新的意义。除了汪莘《水天月歌》《日月莲花歌》等诗通过写月来表达"天地交泰"的哲学认识,借月言理者还有人在,如詹初《月》其一:"天上一轮影万轮,一轮方是月明真。只寻天上一轮月,水里万千何足论。"《云掩月》其二:"心如明月物如云,心放应为物所分。欲反此心须去物,原来还自在天君。"前诗以月表达了本质或真理的唯一性,后诗用月说明人心不应为物役之理。诗歌蕴含着深刻的道理,却失去了感染人心的情感力量。

重理穷理的学术思维造成新安理学诗人诗歌说理的倾向,然他们不是

---

① (宋)朱熹《朱子语类》,卷一《理气上》,朱杰人等主编《朱子全书》第14册,上海古籍出版社、安徽教育出版社,2002年,第114页。
② (宋)朱熹《四书或问》之《大学或问下》,朱杰人等主编《朱子全书》第6册,上海古籍出版社、安徽教育出版社,2002年,第525页。

完全超越尘世的圣人,更非没有情感的冷血动物,人伦之情、草木之爱等,仍然在其诗歌创作中占有较大的比重。从诗人整体来看,南宋中期之前诗人比较外放,抒情性较强,如朱松、程大昌、吴儆、王炎、汪莘等,诗歌不乏情感态度比较强烈的抒情言志之作;中后期诗人大多内敛,如詹初、吴锡畴等,诗歌以涵泳心性、表意明理为主要内容,情感态度平和泰然;直到宋亡时,理学家追求的人格意志在国运改变的激召下生发出强烈的民族气节,孙嵩等理学诗人创作了不少情感悲壮之诗。从诗人个体来看,诗人早年多激情之作,在理学修养积累到一定程度时,其创作态度和情感内容会发生很大的改变,如朱松从多情善感到高情绝艳,吴儆从慷慨言志到奉亲而乐,王炎由抨击世态逐渐平和淡泊,汪莘由不能自已到追求静境等。诗人创作变化固然与时代、年龄、经历等有关,但应当注意的是,理学尤其是程朱理学的哲学观点和诗学主张对于新安理学诗人自身和诗歌创作影响极大。

相对于一般诗人而言,理学诗人在情与理的认识上更清醒,情感态度更为客观冷静,情感表达更为理性化。王炎对于情理冲突有着深刻的体会,如《念往》四诗抒写自己对逝去结发之妻的怀念,"衰怀宁不悲""泫然清泪流""我意当何如"等句反映诗人的悲痛和无奈,但"欲以理夺情"则表示自己希望以理性战胜伤情的努力。当情不能已时,王炎又常会自觉地以儒家诗教来节制自己的情感表达。正如《鳙溪行》序云:"情见乎辞,若过于伤感,而卒归于正。盖庶几变风发乎情、止乎礼义云。"作者叙写了自己与妻子相识到妻子去世的过程以及自己的仕途坎坷经历,至"一泓清泪洒不断,四山萧飒来悲风",如此时收笔以景结情反映自己无尽的悲思似更佳,然而诗人有意要表示自己不过于伤感,故接着写道:"惟有老人老更健,年过九十如霜松。尊则吾母舅,亲又吾妇翁。收泪相劳问,停车少从容。悲思无益不自禁,暂时借酒浇心胸。明年强健再省觐,尊前更酌真珠红。"从诗歌创作的艺术性来考虑,这样的结尾不过画蛇添足罢了。不过,王炎有意言说自己要节制情感,这表明其在情感表达上深受理学思想的影响。

其二,以性范情。

在程朱理学体系中,理与性、情与欲相通,而理、性与情、欲对立。朱熹认为:"情既炽而益荡,其性凿矣,是故觉者约其情使合于中,正其心,养其性,故曰'性其情'。愚者则不知制之,纵其情而至于邪僻,梏其性而亡之,故曰'情其性'。凡学之道,正其心养其性而已。"① 在朱熹看来,"心之未动则

---

① (宋)朱熹《论孟精义》,卷三下《雍也》,朱杰人等主编《朱子全书》第7册,上海古籍出版社、安徽教育出版社,2002年,第201页。

为性,已动则为情"①,情欲未发非恶,而情欲发于性正为善,因此应该涵养心性,规范和节制情感。基于此认识,朱熹不反对诗歌"感物道情,吟咏情性"②,但强调诗人吟咏之情应符合"性情之正","诗者得其性情之正,是以哀乐中节,而不至于过耳"③。性情正,诗歌情感自会不激不滥,符合中和之美,这也表现了理学家对于情感的有条件的肯定。

  理学诗人把内圣作为自己的理想,自觉追求把儒家伦理道德规范内化为自觉的自律实践,从而养其性。同时,理学诗人以儒家的礼仪道德来规范和检验自己的日常行为和情感,以君子作为自己的参照,从而正其身。在道德标尺的衡量下,理学诗人普遍追求理想人格,通过自我人格的完善来体认人生价值。与之相应,在诗歌创作中,诗人既要充当审判者的角色,以儒家道德规范来过滤、筛选出正当高尚的情感,并且排除、限制低俗卑庸的情感;又要具有教化者的姿态,向人表明自己的处事方式和情感态度,抑恶扬善,激清去浊,展示理学家的道德情操和美好人格。理学诗人对德行气节的重视直接影响诗歌创作,使诗歌充溢着浩然正气,从而提升了诗歌的精神品质。

  与道德修养密切相关的是,理学诗人的生活态度也发生变化。正心养性使他们能够出处自如,穷达自适,"得意时竭诚尽智,失意时能守道自持"④,保持平和达观的情感态度。由此,传统诗歌经常被吟咏的情感也受到质疑和挑剔,罢官贬谪的痛苦、穷困潦倒的悲愁、惜春伤秋的惆怅、人生无助的哀叹等,这些在文学作品中一再渲染、反复表现的"情结",都为新安理学诗人所不满,成为创作时自觉或不自觉的消解对象。相反,理学诗人更欣赏为理学家所称赏的孔、颜等先圣自得其乐的儒家气象。无论是王炎对穷老病死的泰然、吴锡畴对功名利禄的超然,还是汪晫弃举习理的平静、金朋说罢官归隐后的安乐,均展现了诗人不为外界所左右、超越于爱恶利欲的通达之情。具体见下文。

二、心性涵养与性情吟咏

  通常认为,宋代理学诗的致命弱点是泯灭性情,然实际上,理学家不仅

---

① (宋)朱熹《朱子语类》,卷五《性理二》,朱杰人等主编《朱子全书》第14册,上海古籍出版社、安徽教育出版社,2002年,第229页。
② (宋)朱熹《朱子语类》,卷八〇《诗一》,朱杰人等主编《朱子全书》第17册,上海古籍出版社、安徽教育出版社,2002年,第2748页。
③ (宋)朱熹《诗集传》,卷首《诗序辨说》,朱杰人等主编《朱子全书》第1册,上海古籍出版社、安徽教育出版社,2002年,第356页。
④ 阎福玲《宋代理学与宋代文学创作》,《河北师院学报》1991年第2期。

把"情""性"作为其哲学基础,而且并不否认诗歌吟咏情性。不过,理学家把性情纳入伦理哲学的范畴,认为性体情用,"心统性情"①,虽然肯定"兴于诗者,吟咏性情",然更强调"涵畅道德之中而歆动之"②,主张诗应言"性情之正"。因此,所谓"吟咏性情"即是"将圣人的德性、情怀、气度等通过诗歌自然地表现出来,体现闲适潇洒的气象"③,而诗人"吟咏性情"事实上也是涵养自身心性的过程。新安理学诗人对此颇有心得,其性情涵泳主要表现为"乐""闲""静"三方面。

（一）安于山居的乐趣

"乐"是宋代理学家对儒家精神的发掘和传统儒教的发明,也是其追求的具体生活目标和审美理想。邵雍认为"学不至于乐,不可谓学"④；程颢肯定"学至于乐则成矣"⑤。南宋后期理学家罗大经云："吾辈学道,须是打叠教心下快活。古曰无闷,曰不愠,曰乐则生矣,曰乐莫大焉。夫子有曲肱饮水之乐,颜子有陋巷箪瓢之乐,曾点有浴沂咏归之乐,曾参有履穿肘见、歌若金石之乐。周、程有爱莲观草、弄月吟风、望花随柳之乐。学道而至于乐,方是真有所得。大概于世间一切声色嗜好洗得净,一切荣辱得丧看得破,然后快活意思方自此生。"⑥

其一,渔樵之乐。

金朋说罢官归隐碧岩山后,吟风咏月,弄花题草,时人比之陶渊明,然相对于陶渊明悠然南山的情趣,金朋说更能体会到山中渔樵生活的乐意,其以乐吟为题诗歌四首,充分表达了金朋说内在的快活,如下：

> 桃花涧底频垂钓,蓼子滩头稳系舟。取得鱼来换美酒,清风明月兴悠悠。（《乐渔吟》）
>
> 木美牛山斤斧息,烂柯林下度长年。有时岩底问渔者,利害相论理豁然。（《乐樵吟》）
>
> 黄鹂语后麦初熟,鸿雁来时稻正香。但获新仓丰稔足,床头新酿酒盈缸。（《乐耕吟》）

---

① （宋）朱熹《朱子语类》,卷五《性理二》,朱杰人等主编《朱子全书》第14册,上海古籍出版社、安徽教育出版社,2002年,第226页。
② （宋）程颢、程颐《二程集》,中华书局,1981年,第366页。
③ 邓莹辉《两宋理学美学与文学研究》,华东师范大学出版社,2007年,第130页。
④ （宋）邵雍《皇极经世书》,卷一四《观物外篇》,文渊阁《四库全书》子部第803册,台湾商务印书馆,1986年影印,第1088页。
⑤ （宋）程颢、程颐《二程集》,中华书局,1981年,第127页。
⑥ （宋）罗大经撰,王瑞来点校《鹤林玉露》,丙编卷二《忧乐》,中华书局,1983年,第273页。

牛背日高方睡熟,横吹短笛不成腔。毛球打罢归来晚,古木寒鸦又夕阳。(《乐牧吟》)

与金朋说相似,詹初罢官归隐后与妻子开田耕种,并自得其乐。《归田》述其犁黍读书之快活:"归田漫云苦,田野乐有余。忙去一犁黍,闲来万卷书。"《田居》描述了其耕田丰收之后的喜悦:"南开数亩田,妻子共锄耕。比岁颇丰稔,仰天歌治弘。忧贫本匪念,忘物自怡情。遥忆执舆者,问津来上平。"汪晫放弃科举归隐环谷,虽自称山农或农夫,却更具文人贤士的情怀,于他而言,"有朋自远方来"更能给以无比的喜悦,君子之交相与唱和才是真正的快乐,如《无题》:"农夫只合老山林,辜负时卿一寸心。老矣不堪持手板,死时何用覆斜衾。有人称善名非细,对客无惭乐最深。回首暮云天黯淡,谁能更听伯牙琴。"

其二,舞雩之乐。

理学诗人们不仅在山林渔樵耕种的生活中充分享受其中的快感,他们也善于从日常的生活起居中体会浴沂舞雩的风味,从所居住的环境中发觉让人心爽神怡的乐意。詹初《沐浴》其一:"暮春河水暖春晖,浴罢悠悠自坐矶。弄柳乘风兴未尽,高歌一曲日西归。"暮春而浴,乘兴高歌,颇有曾点气象。吴锡畴似乎没有詹初那样兴趣盎然的快乐,然十首次韵方岳的《我爱山居好》组诗,足见其心情的欣悦与舒畅;他也能常在山林幽居生活中寻到乐意,如《山行》:"云近侵衣湿,泉幽照影清。归樵饶乐意,笛弄两三声。"《友人幽居》:"空谷境常寂,幽居趣最真。蛙鸣聊当乐,花发即为春。"有"狂士""铁符"之称的许月卿每有幽愤和愁闷,也能积极地寻求排遣的方式,"闷来时暂作儿嬉,沽酒溪边就买鱼"(《闷来》),"携手方山行乐处,满林松竹翠阴阴"(《次韵马枢密二首》其),他非常欣赏"安乐先生"邵雍,《春日》表达了其对快乐的追寻:"夜雨昼晴花世界,晚风朝露柳精神。花花柳柳春何限,安乐窝中第一人。"

其三,箪瓢之乐。

理学诗人呈现的"乐"多是诗人因感物触景引发而起,然其根本在于诗人具有乐者之心,或者说诗人的乐意源于内心深处对乐的认同。程颢从学于周敦颐,周子每令其寻颜子、仲尼乐处,程颢自谓有曾点之意,感叹"旁人不识余心乐"(《偶成》)。新安理学诗人以孔、颜、周、程为榜样,追求安贫乐道,心中自乐。詹初认为外在的富贵莫如自身的仁荣,"何须身外更求荣,荣在吾身尔自轻"(《偶成》),嘲笑白居易"坐闻一曲琵琶奏,青衫何用涕泗涟"(《书白乐天琵琶行后》),而自能"随地人生俱可乐"(《书怀》其一);王炎晚岁归家之后,"经营惟种莳,来往但樵渔",因"百念今灰冷",故"虽贫自晏如"(《闲居即事》其二);汪楚材欣赏"襟怀无一事,终老乐箪瓢"的潇洒自如(《方壶别墅》);吴锡畴认为"箪瓢自钟鼎,风月即勋名",故能"浩荡一鸥轻"(《迂拙》)。只有当人们充分认识到追求目标的价值,排除干扰心理的不适因素,不为名利所累,不为欲望所拘,并且在日常生活中用心体会,方能寻到孔、颜乐处,真正实现内心深处的快乐。

(二)优游从容的闲情

理学在本质意义上是引领人追寻"天人合一"的自由之境。"乐"是人与自然合一的情感体验和精神面貌,而"闲"既是人自由自在、不为世俗所缚的生活方式与心理状态,也是人从容面对自然生命与社会人生的修养风度与精神气质。程颢最能领略"闲"情,并从中体会到"乐"意,"闲来无事不从容,睡觉东窗日已红"(《秋日偶成二首》其一),"闲"才会自在,"闲"方能从容。新安理学诗人普遍表现对"闲"的钟情与欣赏,他们常以闲居、闲步、闲行、闲思等为诗题,表达自己清闲、闲适的生活情趣和悠闲、闲雅的气度涵养。

其一,无所牵绊的清闲。

汪晫终身布衣,以闲为傲,《静观堂十偈》其四:"我无官守无言责,自倚栏干时一拍。只因冷眼看破来,笑杀时人空擘画。"金朋说退居之后,充分感受到从容自在的闲趣,《幽居吟》:"种竹为垣护草堂,面山临水纳幽芳。从容泉石无牵绊,不似从前志庙廊。"许月卿把读书吟诗、寻柳问花的归隐生活看作神仙式的清闲,《次胡伯凯韵》:"我隐自便甘曲渚,子来相与钓清湾。闲中日月诗书府,地上神仙人世间。寻柳问花千古意,窗前幽草不须芟。"王炎一生仕宦不顺,终日又为纷扰世事奔波,因此他深刻体会到"去棹来桡皆物役"(《奏事入都出西湖上成四绝》其二)的痛苦,渴求"归来更倚绳床坐,剩得劳生一日闲"(《用前韵答弥明圣言二首》其一),《送谢安国归清江》云:"轩冕喜而忧,山林静而闲。宠辱皆妄事,请看槐梦安。"

其二,逍遥自在的闲适。

汪莘自幼不羁,终身高蹈,在山水自然中尽享自由与闲适。组诗《夏日西湖闲居》十首中,诗人时"独泛扁舟吹玉箫",时"清夜湖心把酒杯",时"独占西湖明月天",闲居生活何等自在!《春怀》其九描述其春游的闲逸和舒畅:"日酿天正绿,风酣麦方秋。闲携稚子辈,眷言共春游。芒鞋过涧壑,竹杖穿林丘。东西随所适,语嘿颇自由。"吴锡畴能在闲中感受到至乐,"颇知闲最乐,天地入清吟"(《晚步》),因此他经常作出一些俗人难以理解的"闲事",或"闲过东园数落花"(《偶成》其二),或"洗砚裁笺准备闲"(《结屋》),或"东篱闲掇落英餐"(《秋日》),或"闲拂桐丝写幽意"(《对灯咏感》)。王炎非常艳羡悠游自得的闲人,他称赏王文州"人似龙媒出帝闲"(《和王文州咏雪韵》其二),麟老"闲似片云无俗情"(《和麟老韵五绝》其二),感慨自己虽然"杖屦消摇共来往",成为"林下一闲人"(《次韵子大四绝》其三),然与胡道士相比却是"输与道人闲复闲"(《到胡道士草庵二首》其一)。王炎曾经情不自禁地自问:"还信闲中安乐否,龟巢莲叶喜身轻。"(《和何元清韵九绝》其四)对于这个无需回答的问题,汪晫在《静观堂十偈》其三中作了具体的解释:"万缘一息丝不挂,一个闲身煞潇洒!"

其三,从容平静的心闲。

诗人不仅渴求身闲体轻,更向往和追求"心闲"。王炎以为心闲能消解忧愁,《游景德》:"老怯莺花笑,春残一出游。城隅寻古寺,柳下系扁舟。身健聊乘兴,心闲不着愁。支郎能款语,清坐小迟留。"程洵认为心闲消除万念,方能神定气闲,《夜泊华家埠》:"江涵寒月明,人掩孤篷卧。萧萧木末风,惊我幽梦破。心闲万念寂,枕稳千波妥。时闻掠水声,知有鱼舠过。"詹初体会到心闲方能自得,《题岱山水云幽居》:"幽居避俗氛,世事那复闻。闲浴池塘水,静看山岭云。云自无心出,水从有本分。水云真自得,吾与尔为群。"汪晫领悟到心闲外在世界也随之改变,《次韵梅中》:"梅熟雨初过,虚堂枕簟凉。心闲世自古,事简日偏长。藕叶度清气,兰花留晚芳。正巾堪一笑,发短自僧光。"许月卿从心闲品味神仙的感受,《神静》:"神静何须卜,心闲即是仙。芋煨牛粪火,瓢滴马鬃泉。绿染春风柳,红匀晓露莲。明朝晴景好,一棹尽平川。"在理学诗人看来,心闲实际上意味着平静而无虑,从容而自在。

（三）心如止水的静境

"静"是程朱理学的重要范畴,从本体意义上讲"静"与"动"相对,"理属静,气属动",故"循理为静"①;从伦理学意义上讲,"无欲,则静虚动直。静虚则明,明则通;动直则公,公则溥"②。"静"与"闲""乐"紧密相连,"闲"能生"乐","静"亦能生"乐",而"静"境的实现必须以心"闲"为前提,"养性欲虚而一,摄生欲静而闲"(王炎《题刘知宫愚圃三首》其三)。理学诗人为学上主静持敬,在道德修养上也以"静"为其神往的境界。

其一,执著以求静。

朱松欣赏程颢"万物静观皆自得"的治学方式,《秋怀十首》其六:"林皋一叶脱,静士最先知。自我抱兹独,悠然星气驰。"他喜欢静静地读书求道,

---

① （清）黄宗羲、全祖望《宋元学案》第1册,卷八九《濂溪学案》下,中华书局,1986年,第499页。

② （宋）朱熹《朱子语类》,卷一二《学六》,朱杰人等主编《朱子全书》第14册,上海古籍出版社、安徽教育出版社,2002年,第383页。

《灯夕在试院用去年韵》:"隔墙歌吹聒悲凉,信马狂心堕渺茫。报答风光吾老矣,小窗读易静焚香。"其笔下不乏静境的描写,如"饥鸦得林静,霁月紫窗生"(《书窗对月》),"停杯玩飞辙,河汉静不湍"(《中秋赏月》)等,然兵乱四起使他找不到一方静居的环境,而心中的报国之志不得实现更使他不能平静,因此迷惘中的朱松徘徊在儒学和释道之间,四处寻求安心之道。隐居山林的汪莘不难发现到静的环境,如"高檐长廊白日静,朱帘绿幕清风微"(《群玉堂即事》),"闲寻稚笋今朝长,静数新荷昨夜添"(《春夏之交风雨弥旬耳目所触即事》其七),"云覆醮坛闲悄悄,烟凝仙室静萧萧"(《赠祁门不老山高法师》)等,然因心存治国之宏愿,故虽高蹈却仍无法心如止水,《方壶自咏》其三表达对"静"的渴求:"生死何时了,盈虚只足伤。谁能一刻静,大胜百年忙。"

其二,静处而心定。

在徽州理学诗人中,汪晫较早自觉追求"静"境,他隐环谷山中,取程颢"万物静观皆自得"诗意作"静观堂",著有《静观常语》三十余卷。汪晫诗歌,时有言静、静境、心观等理语,然不乏传达其性情之静的诗篇。正是在对静的理性认识的基础上,汪晫对"静"境有不同他人的深刻感受。《次韵胡约之秋兴》:"秋山排闼翠盈轩,似向高人伴酒尊。桑叶一庭深不扫,菊花满院静无言。谷中景物随时变,案上文书信手翻。恰得君诗吟未了,梧桐疏雨滴黄昏。"秋山排闼、谷中景物、庭院桑叶菊花、黄昏梧桐疏雨和闲吟诗人构成了幽静的境界,更能衬托出诗人心中的平和淡然。詹初对"静"也有独特的理解,他认为人们需要荡涤心灵方能至静,"此心欲濯静中去,静定由来物自除"(《沐浴》其二),因此诗人理想的静境,往往呈现物我两忘、气闲心适的特征。《春日》:"白云冉冉度南园,绿柳明花处处然。云物无心心自适,优游无我我忘年。"吴锡畴体会到静中孕育着天机,因此静不寂然,而常带有生意,《晚春喜友人至》:"柳门竹巷静生苔,节序俄惊物物催。一雨拉将寒食过,百花让与牡丹开。若为缱绻留春日,正可淋漓纵酒杯。呼舞忽闻猿鹤喜,儿童忙报故人来。"许月卿乐意于寂静无言,然更欣赏心静气定,前者如《月色》:"明月亦清哉,清风绝点埃。村童催睡去,野叟问禅来。乐事赏心夜,清风明月梅。夜深群籁静,猿鹤莫相猜。"后者如《次韵午睡不知雨作》:"曲肱幽梦午风凉,销尽熏炉一穗香。急雨萧萧犹未觉,浮尘熠熠更相忘。自非静处心神定,谁识闲中气味长。隐几岂容无一事,愿将奇字问偏旁。"

三、人格追求与志怀抒发

"诗以言志"是中国诗歌创作一以贯之又不断发展的传统。先秦儒家之

"志"主要指思想、志向、胸怀、抱负,魏晋时"志"与"情"并举,唐代"情"与"志"实现统一。宋代理学家以"心性之学"发挥"诗言志"之说,认为情性、志怀均属心性修养的内容,然二者有别,"志者,心之所之,比于情、意尤重"①,志对于诗而言更为重要。志怀多指人的思想品德、人格意志,情性多指人的秉性气质、风度襟怀,二者的内涵和外延不同;然从实际上来看,二者并不能截然分开,故探讨诗歌抒发志怀时或及情性方面。新安理学诗人的志怀抒发主要表现为以下三个方面。

(一)高洁人格的自持

高洁品质是中国古代文人的道德理想与人格期许,也是自身生活处世的至高坐标。王弼注《周易》云:"进处高洁,不累于位,无物可以屈其心而乱其志,峨峨清远,仪可贵也。"②程颐云:"以刚明之才,无应援而处无事之地,是贤人君子不偶于时,而高洁自守,不累于世务者也。"③程子称赏怀抱道德而高洁自守者,认为其不屈道以循时、独善其身当为高尚其事,同时以自身的实践为理学家树立修身立德的典范。新安理学诗人普遍以高洁情操自励自持,其诗歌充分展现了对高逸脱俗、洁身自好的人格的追求或自我体认。

朱松之诗在当时即有"高远而幽洁"之誉。朱松往往能从其悉心观照的草木身上感受到与自己相通的品性,换言之,草木成为其人格理想寄托和追求的对象化实体。朱松最倾心描绘的植物是菖蒲和梅花。菖蒲具有与别的植物不同的气质与形态,其清洁绝香的美好风姿令诗人心驰神往,"窈窕云雾窗,参差冰玉肤","绝粒屏香节,仙姿清且腴"(《菖蒲》),"娟娟菖蒲花,可玩不可触","灵根盘翠崖,老作蛇蚓蟠"(《度芙蓉岭》)。在朱松看来,菖蒲是圣洁脱俗的象征,是心仪的婵娟子的化身,也是诗人寻觅追寻的人格理想的物化。朱松对梅花非常痴迷,山中寻梅、溪边探梅、月下赏梅构成了其生活的一部分。梅花与菖蒲品性相似,"玉""冰""香"是二者的共同之处。朱松诗中,"月""溪""仙女"或"佳人"是常常与梅花相随相伴的意象,连同诗人共同构成清空幽远、超凡脱俗的意境。在对梅花的欣赏中,朱松不仅倾心于其冰姿特立、玉洁暗香的品性,"仙姿不受凡眼污,风敛天香瘴烟里"(《答林康民见和梅花诗》);而且完全融入情绪氤氲的审美意境中,从而实

---

① (宋)朱熹《朱子语类》,卷五《性理二》,朱杰人等主编《朱子全书》第14册,上海古籍出版社、安徽教育出版社,2002年,第232页。
② (魏)王弼、韩康伯注,(唐)孔颖达等正义《周易正义》,卷五,载(清)阮元校刻《十三经注疏》,中华书局,1980年,第63页。
③ (宋)程颢、程颐《二程集》,中华书局,1981年,第792—793页。

现与梅花风味相怜、默契相通,"高情绝艳两无言,玉笛冰滩自幽咽"(《饮梅花下赠客》),梅花的高情绝艳何尝不是诗人追求的人生境界!

王炎题竹咏梅诗极多,他称梅为兄、竹为弟,"梅兄可纳交,竹弟亦耐久"(《雪晴即事》),庭院多栽种,"屋后莳菘韭,屋前种梅竹"(《生朝无以自慰作贫荠一杯》),似唯恐别人不可理解自己的高雅不俗,王炎往往以叙述议论的方式直接表白,如《题苍玉轩》:"室中阅丹经,檐外养修竹。竹清不受尘,人清不受俗。意甚珍惜之,命名以苍玉。此玉可种不可餐,檀栾秀色青于蓝。琅玕碧树未足贵,直节虚心同岁寒。"咏梅诗也大略如此,议论说理较多,但也不乏抒怀之作,如为人常提及的《次韵朱晦翁十梅》诸诗,虽无更多新意,却在一定程度上见出诗人的志怀。列举四首如下:

> 玉色不受垢,照影清江滨。江雪岂不寒,枝头浑似春。(《江梅》)
> 北枝未春风,南枝先暖雪。吹香只自怜,驿使音尘绝。(《岭梅》)
> 迥野殊寂寥,孤芳太清绝。暗香疑有无,似亦畏攀折。(《野梅》)
> 虬根蚀土石,老干饱霜雪。孙枝吐春妍,靳惜那忍折。(《枯梅》)

吴锡畴以"兰皋"自号,表现了对兰的品性和精神的欣赏和赞同,《兰》诗咏物言志:"石畔棱棱翠叶长,葳蕤紫蕊吐幽芳。灵均去后无人问,林密山深只自香。"吴锡畴对鹤情有独钟,诗中以鹤抒怀的诗有13首,多表现其离群孤高和自在悠闲。吴锡畴的独到之处在于他往往以平凡而不失高雅、普通却不低俗的日常景物或生活情事,呈现出其渊雅不俗、洁身自好的情趣和操行。如下二首诗:

> 小隐生涯无别事,护持蓑笠傍鸥沙。清泉频注吟边砚,活火随煎饭后茶。趁早须来添鹤料,便忙也去看梅花。焚香扫地齐书帙,客到邻墙有酒赊。(《僮谕》)

> 我爱山居好,崖云湿爨烟。琴横双鹤舞,犁阁一牛眠。酒熟花开日,诗成雨霁天。逢场聊适意,总结喜欢缘。(《山居寂寥与世如隔是非不到荣辱两忘因忆秋崖工部尝教以我爱山居好十诗追次其韵聊写穷山之趣》其六)

前诗娓娓叙述小隐生活日常饮食起居之事,后诗情不自禁地描写山居生活适意之情,从细微的描述中,我们可以感受到一平和超脱、高雅不俗的诗人形象:崖云之下,沙滩之边,以双鹤梅花为友,鸥鹭犁牛相伴;有横琴端砚相随,诗文书帙怡心;时有客而来,焚香扫地,赊酒闲聊,山居小隐,不亦乐乎!

与其他诗人迥然不同的是,汪莘常常通过营造超凡出尘的境界,展现其高洁脱俗、清逸特立的精神风貌。汪莘抱迈往轶群之气,高蹈山林,人如仙风鹤骨,居似世外之地,所交之友也多与其志趣相近,因此在汪莘笔下,常常出现类似神仙境界的描写,如:"洞天别有风光异,人世那知宇宙遥。云覆醮坛闲悄悄,烟凝仙室静萧萧。"(《赠祁门不老山高法师》)"自非君身有仙骨,安得蓬壶阆苑相因依。长松巨柏气象古,红鸾白凤交横飞。"(《题汪侍郎仲宗北山道院》)置身于幽深缥缈、迥异尘世的境地,人也韵高气逸、超凡脱俗。当然,汪莘之诗并非皆无烟火语,当他把神奇想象收敛,心境较为平静时,便以较为写实的手法描写其触目所及的人物景事,表达自己的高隐情怀和特立思想,如《陋居五咏·池馆》:"丈室明松窗,水竹相因依。卢橘冬已花,日出黄蜂飞。爱此禅房幽,不踏市朝机。时观彼苍意,常与人愿违。彼苍不可会,青山又斜晖。"丈室禅房、松窗水竹、卢橘黄蜂、青山斜晖,构成了寂幽又不乏生意的图景;诗人处于其中,纵观天地,真正体悟和领会到俗人难以理解的"彼苍之意"。

(二) 正义气节的坚守

理学家追求的理想人格是刚柔并济,内刚外柔,"仁体柔而用刚,义体刚而用柔"①。柔表现为心态平和、知足旷达的心态和日常行为方式,而刚体现了以道义自守、刚正不屈、临大节而不可夺的崇高品质。徽州人秉性本刚,治学之君子"尤以不义为羞",故新安理学家的气节崇尚较异地更为典型。理学诗人或自述其志,或借物抒怀,或以人为范,表现出对持义守节的肯定与赞赏,也表示了自己对道的追求的坚定信念。

徽州气节之士的典范莫如许月卿,宋亡后,许月卿以闭门不言的超绝行动书写了真正的气节之歌,遗憾的是从此再也不复作诗。观其早期诗歌,并无过多的气节表白,不过还是能寻到表现其志节的诗句,如《用名世弟韵》:"大圭白璧男儿事,小酌青灯兄弟情。倚阁烟云生别浦,高林风月满疏棂。人生功业何损益,外物本心须重轻。志节始终非易事,退之犹自怵天刑。"《暮春联句九首》其七亦云:"寸心元有雨,八面更当风。精卫海能涸,杜鹃天可通。君臣知有义,褒贬岂无公。一展霹雳手,九吞云梦胸。狂澜障川外,砥柱横流中。"汪梦斗拒受元官,《羁燕四十余日归兴殊切口占赋归八首》其三自表心迹:"身死首阳名不死,家贫陋巷道非贫。世推五运今何运,

---

① (宋)朱熹《朱子语类》,卷六《性理三》,朱杰人等主编《朱子全书》第14册,上海古籍出版社、安徽教育出版社,2002年,第263页。

归去何如老海滨。"孙嵩以归隐行动捍卫气节,《憨叹》一诗中表达了国家沦亡后自己的兀傲特立与深切悲痛:"救地扶天力不支,犹为落落怪男儿。泥中龙逝江神骇,波际鲸枯海若悲。恨入烟云连汉县,魂随霜雪薄燕垂。可怜傲兀南冠在,吟尽关山恸绝诗。"虽然无救地扶天、扭转乾坤之力,不失为光明磊落之伟男子,既然无法改变现实,只能以高歌悲吟来表示对社会的抗争。《遣怀杂赋》又云:"宇宙迂疏一布衣,谋身毕竟是邪非。能知道义丘山重,定看荣华草芥微。世事悠悠蝴蝶梦,人情扰扰桔槔机。英雄不是违流俗,白雪阳春和自稀。"虽为一介布衣,然以道义自守,视荣华为草芥,未尝不是乱世英雄。二诗抒写了一位无奈的英雄的最后坚守,充溢着悲剧精神。

王炎痛心当时社会"士气久不振,罢软无刚风"(《林宝文生日》),多次表示其对"刚""义"的崇尚,如"白眼看时事,刚肠厌俗流"(《旅兴》),"故家乔木高,义气许国坚"(《题巴陵宰邓器先北窗》),"貂裘半敝复来归,正坐刚肠不诡随"(《用元韵答清卿并简蔡尉》),"畏义如畏刑,律己吾所师"(《送游尧臣归闽六首》其一)。《题徐参议画轴三首岁寒三友》借松、竹、梅画抒发刚洁傲然之气:"玉色高人之洁,虬髯烈士之刚。可与此君鼎立,偃然傲睨冰霜。"吴儆以竹床为中介,《以竹床赠杨信伯古诗代简》盛赞竹子以绕指柔化百炼刚之品质:"此君丘壑姿,不受世炎凉。那知犹有用,未免斤斧伤。矫揉加尺度,指绕百炼刚。直节甘枕藉,凛气荐冰霜。"詹初毅然罢官归隐南山,在苍松之间构建草阁,以松树之坚贞和刚毅激励自己,《寒松草阁》云:"数椽草阁构新成,四面苍松入户清。霜雪须教长不改,后凋端与尔为盟。"汪宗臣以砚述志,《砚歌》云:"清风明月任消磨,一片刚肠犹是我。"

新安理学学者多为朱熹的弟子或再传,他们坚定地信奉朱子之说,以朱熹的品德志节为范,在诗中也多书写对朱熹的崇拜之情和对其"道"的追求与坚守,体现了矢志不违的信念和坚贞刚毅的气节。庆元党争,新安理学学者无视丢官或生命的危险,毅然追随朱熹。程永奇闻听其师去世的消息,虽党禁甚严,仍奋笔题诗悼念:"忽闻摧岱岳,吾党更何依。敛枕看炊黍,登楼送落晖。祥麟伤史笔,山鸟怪儒衣。此道终难绝,他年有是非。"(《闻考亭先师之讣时党禁方严》)同门滕璘对程永奇的大义凛然精神和执著坚守信念甚为敬赞:"道重谈经日,名收党锢时。衣冠泉下客,俎豆社中师。感事三投袂,怀贤一赋诗。庆源应不尽,春在谢庭芝。"(《挽诗》二)程洵曾赴闽问学朱熹,《崇安道中》表达了其不畏险阻、坚定求道的决心:"田如累级登高堂,石如金华卧群羊。上梅下梅山路恶,大将小将溪流长。振衣欲度分水岭,回首尚忆杨家庄。折花恨不逢驿使,为寄一枝还紫阳。"《用前韵怀兄晦翁》一诗又盛赞朱熹不惮险恶、甘于寂寞、乐在为道的高尚品德:"人皆乐夷涂,而惮陟崖岭。不折彭泽腰,即摩墨氏顶。谁能如此翁,独卧沧波冷。寂寞诗书林,优游岁年永。"汪莘深为敬仰朱熹,《怀朱晦庵先生》也表示承随朱子之道的由衷心愿:"道在羲皇孰断金,至人出处合天心。青山白云有生路,流水落花无足音。世外太古日色静,洞中一片春风深。自怜晚辈服膺久,亦许杖屦来相寻。"许月卿更是崇拜朱熹,称其"风光月霁足吾师"(《次韵朱塘三首》其三),《新安》赞曰:"忽生朱晦庵,追千万世前。示千万世后,如日月当天。呜呼新安生若人,不知再生若人是何年。"朱熹的刚毅正气在许月卿身上得到弘扬,"盖朱子平日刚毅之气凛不可犯,则知斯之为嫡传也"①。

(三)国土丧失的忧痛

理学家的至高理想是修身、齐家、治国、平天下,希望实现内圣外王,因此他们一方面提高自己的学识水平和气质修养;另一方面,他们也以仁者情怀关注社会现实,具有深刻的忧患意识。罗大经对此作了精辟的解释:"圣贤忧乐二字,并行不悖。故魏鹤山诗云:'须知陋巷忧中乐,又识耕莘乐处忧。'古之诗人有识见者,如陶彭泽、杜少陵,亦皆有忧乐。如采菊东篱,挥杯劝影,乐矣,而有平陆成江之忧;步屧春风,泥饮田父,乐矣,而有眉攒万国之忧。盖惟贤者而后有真忧,亦惟贤者而后有真乐,乐不以忧而废,忧亦不以乐而忘。"②

新安理学学者多远离社会政治,布衣或隐士居多,因此反映国计民生、社会苦难并非其诗歌的主要内容;然社会责任感使他们不能忘却其生活的社会,尤其是外辱侵略、国家处于水深火热之中,常会使他们生起故土之失的苦痛和国家前途的忧虑。入朝为官的理学家多有中原恢复之志,如吴儆、王炎等都是爱国忧民的理学诗人,前已言,不再多述。隐居山林的理学家,理学的追求和隐居环境的限制,使他们趋于内敛,然不乏忧世之作。隐士汪莘具有强烈的救世情怀,上书言时政之弊与用兵之法,三扣天阍而不悔,《中原行怀古》诗中表达了对收复故土的信心和渴望:"汉家中原一百州,故老南望空悠悠。问君北贼何足道,坐守画地如穷愁。不共戴天是此仇,生不杀贼死不休。"强烈谴责主和派怯弱保身的误国行径:"诸公但能安身计,更无一点英雄气。遂令多士皆沉醉,绝口不复言时事。"詹初本罢官归隐,不愿以世事扰心,然还是忍不住陷入沉思,《闻胡人入寇》云:"老来不忍闻征战,征战偏从老岁闻。静里追思生乱者,令人无语对斜曛。"吴锡畴心态平和,能放弃

---

① (清)黄宗羲、全祖望《宋元学案》第4册,卷八九《介轩学案》,中华书局,1986年,第2974页。
② (宋)罗大经撰,王瑞来点校《鹤林玉露》,丙编卷二《忧乐》,中华书局,1983年,第273页。

一切的功名利禄,却不能忘记中原故土之失这一事实,《闻雁》借物书写愁绪:"暮霞天角正红酣,渺渺飞鸣雁两三。万里中原消息断,赖能带得过江南。"《姑苏台》咏史表达怨恨:"歌舞声消迹已陈,危台今日压城闉。麋游莫恨终亡国,谁把鸱夷载谏臣。"

在宋元易代复杂多变的社会环境下,徽州诗人也进行了生存与死亡、道义与名利、气节与苟且、入仕与隐居等考验和抉择。历史的发展是对南宋社会莫大的讽刺,不仅北宋失去的故土无法收复,最后连自己苟且安居的所有国土都落入蒙元之手。理学诗人难以承受这一丧国之辱,在诗歌中表现出强烈的遗民意识。汪梦斗被特召进京,自出发到拒不受官而放还归家,舟车万里,客食二百七十日,"悲伤怀感,忧惧愁叹,不能自已,又每见之诗"。《道过茌平县感马周事》以马周事表示自己忠肝义胆却于国家灭亡无能为力:"翻思故国今何在,枉抱忠肝似马周。"《过御河有感》借隋朝修运河之事喻南宋江山落入元人之手:"转漕东南由汴力,此河今日力犹多。隋疲民力亡天下,却为他人浚两河。"《南园歌伤吴履斋旧景》伤悼奸人陷害吴丞相,更痛恨因此致使国家灭亡:"南园如此未足悲,宗周随歌黍离离。丞相当年坐黄阁,正是北兵渡荆鄂。不知宣闉有何功,却以钧轴逊狡童。丞相身谋固已失,坐此谋失亡人国。"壮怀激烈的孙嵩,在诗中多抒发亡国之痛,《秋怀五首》云:"君听草根蛩,泣吊风中梧。壮士秋怀涕,及此清霜初。"《曲江头》云:"君不见曲江头,离离衰草寒云秋。今人不见昔人游,昔人不见今人愁。"组诗《竹枝歌》借咏蜀地的衰败和物是人非寄以对故国的哀思,如其中三首:

峡路阴阴无四时,寒云鸟道挂天危。荒亭败驿此何处,望帝江山号子规。

巴子城荒非昔人,公孙何处问遗民。千年惟有武侯碛,留与踏歌行早春。

汉世明妃犹有村,荒祠歌舞与招魂。胡琴好入巴渝曲,万里还乡酾酒樽。

明妃尚且有村为祀,而自己却无国可归、无人可问,诗人又在另一诗《明妃引》中渲染无法返回故国的伤痛:"无时回,琵琶未阕边筋催。哀弦流入千家谱,明妃只作阕支舞。年年犹借南来风,吹得青青一抔土。"诗人对南国故土的思恋与悲哀深切而沉重。

综上,新安理学诗人把理学追求、心性完善的日常践履诉诸诗歌载体时,诗歌更多地展示了理学家的学识品行、道德情操和人格追求,抒情言志往往被议论说理所挤兑和削弱,而诗中打动人心的感性形象、情感力量让位于启人心智的理性意蕴、道德价值和精神品格。然而抒情毕竟是诗歌的本质特征,诗人"需要全副生命的投注",并"在艺术的创造中实现情感的升华"①。遗憾的是,徽州诗人还未来得及斟酌抒情策略和技巧,其情感就被理学进行了制约或改造。宗族的发展,使诗歌的情感成分加重,但毕竟是在宗亲伦理的观念下弘扬亲情,也往往体现为道德化的情感,下章将对此作进一步分析。

---

① 程杰《北宋诗文革新研究》,内蒙古教育出版社,2000年,第278页。

第六章 宗族发展与宋代徽州诗坛

宗族是以男性血缘关系为依托,在家庭、家族基础上形成的具有组织结构、伦理准则和一定经济力量的社会团体。① 宋代是徽州宗族发展的重要阶段,不仅出现了众多的地方大族,而且宗族观念得以强化。徽州宗族与科举教育、新安理学互为推动,在宗族发展理念和实践上为后世树立了范型。徽州宗族与文学的关系主要表现在徽州文学家族的兴起,以血缘及地域为纽带的家族创作群体成为宋代徽州诗坛的亮丽风景。家风和家学对家族成员的德行修养和文化素质意义重大,家族观念也影响了诗人创作的题材主题和作品流传。吴儆家族各代成员创作上的传承与变化,在一定程度上反映了南宋徽州诗坛的发展趋向。

第一节 宋代徽州宗族与文学家族

一、宋代徽州宗族的发展

徽州宗族是随着中原士族入迁繁衍和宗法观念深化而发展兴盛起来的。从汉代开始到南宋建立,徽州已基本完成了中原士族较大规模入迁的历程。宋代徽州宗族迅速发展,形成了众多社会影响较著的地方"大族"。这一历史

---

① 目前学界对于宗族和家族两个概念并没有形成统一意见。一种意见是不作区别,如徐扬杰谓"家族又称宗族",并认为"区分实在没有必要"(《中国家族制度史》,人民出版社,1992年,第4页)。另一种意见认为宗族与家族是两个不同的概念,必须进行区别。持第二种意见者,其观点也有分歧,如常建华以五服内外划分家族与宗族(《中华文化通志·宗族志》,上海人民出版社,1998年,第165页),钱杭把家族与宗族定为"总类"与"分类"的关系(《宗族的传统建构与现代转型》,上海人民出版社,2011年,第10页)。笔者参照常先生的观点,以宗族组织为家庭、家族、宗族三级结构:家庭是同居、共财的血亲成员,是宗族的基本单位;家族包括五服之内的父系血亲成员,其范围大致介于家庭与宗族间;宗族包括始迁祖之下所有父系血亲成员,其范围最广。又,学界指称以血缘关系构成的创作群体,大多用"文学家族",也有人用"文学家庭",本文袭用"文学家族"一语。

现象至迟在元初就被关注,由宋入元徽州著名学者陈栎,"博采各邑各氏之谱,约而成一郡名族之志,使阅之者易以便理"①,其所编《新安大族志》共载徽州81个大族。② 明戴延明、程尚宽等又撰《新安名族志》③,共列92个大族。二著并同存异,共计94个大族,舍去元、明时田、桂、史三族,总计91族。族志编写是徽州宗族观念深化的表现,也是徽州宗族高度发展的结果。

关于徽州宗族发展的原因和影响,国内外学界主要从移民、经济、理学、科举等方面进行探讨,如日本多贺秋五郎指出该地自南宋后即文人辈出,尤其是朱子对徽州宗族的影响极其重要;④台湾朱开宇以为起源于南宋的宗族组织之开展,与科举社会高社会流动的背景密切相关;⑤唐力行认为移民、文化、经济要素的互动,使徽州形成了宗族社会;⑥赵华富认为徽州宗族的始祖大都来自中原衣冠,重教崇文、传播经学是徽州宗族的传统。⑦ 诸人论述有一致处,即宋代徽州宗族发展与科举教育、新安理学具有双向互动关系,科举和理学推动了宗族的发展,反过来宗族的发展又促进科举和理学的兴盛。

徽州宗族与文学创作有无关系？宗族的发展对于徽州诗坛有什么影响？为了能切实解决这些问题,需要对各宗族成员的诗歌创作进行统计分析。徽州现有存诗的诗人总共162人,这些诗人分布在36个宗族中：程、鲍、方、俞、黄、汪、谢、詹、胡、吴、张、陈、李、叶、朱、郑、戴、许、孙、凌、唐、曹、王、洪、舒、吕、金、江、罗、杨、赵、祝、卢、滕、查、陆。从始迁年代来看,上述大族除杨、陆、滕三姓在宋代迁来之外,其他均发生于宋代之前,也就是说这些大族在徽州已经历相当长的历史时期。从始迁者的籍贯、身份来看,这些大族大多来源于中原士族或仕宦之家,受儒家文化影响较深。最初,这些衣冠大族尚能依靠世族的优势或祖辈的荫庇,在徽州这一方新地安然生存。随着入迁徽州人口的剧增,徽州可利用的资源受到限制,一个大族要保住自身的威望和地位,必须重新寻求发展的道路。

宋时中国官僚体制发生转变,世族不能再依恃门第取得官职和社会特

---

① （明）戴延明、程尚宽等撰,朱万曙、王平等点校《新安名族志》,黄山书社,2007年,第6页。
② （元）陈栎辑,（清）程以通补校《新安大族志全集》,清康熙六年致一堂刊本,《徽州名族志》上册,全国图书馆文献缩微复制中心,2003年。
③ （明）戴延明、程尚宽等撰,朱万曙、王平等点校《新安名族志》,黄山书社,2007年。
④ （日）多贺秋五郎著,刘淼译《关于〈新安名族志〉》,《徽州社会经济史研究译文集》,黄山书社,1987年,第121页。
⑤ 朱开宇《科举社会、地域秩序与宗族发展》,台湾大学出版委员会,2004年,第26页。
⑥ 唐力行《徽州宗族社会》,安徽人民出版社,2005年,第6页。
⑦ 赵华富《徽州宗族研究》,安徽大学出版社,2004年,第425、462页。

权。科举考试制度为广大学子提供了入仕做官、改变命运的渠道,也为徽州大族发展指出了新的发展方向。当徽州大族开始致力于子孙的科举教育时,因科举考试主要以诗赋策论考察儒家经典内容,经学和文学也相应成为学习的重点。当某一族有人中举之后,其自身享受到的利益和由此带来的本族社会地位的提升,使其把后代的文化教育视为首务,因此,族中更多成员从小开始接受经学和文学的教育,从而有更多成员中举。这是大族发展的良性循环。上述36族中,每族都至少有一位登第者,而且在登第者愈多的大族中,相应的诗人也基本上呈正比例增长。

南宋时,由于程大昌、吴儆、朱熹等人的学术成就和影响,特别是理宗朝对程朱理学的推崇,徽人从理学提倡的宗法思想中找到了宗族发展的理论依据和实践措施,徽州大族中致力于理学者也明显增多。诗歌与经学或理学相比,对于宗族发展的直接作用要弱些。徽州大族通常并不以单纯培养诗人为目的,诗歌主要作为族中子弟科举考试的工具,作为提高本族成员文化修养的手段,当然也是展示本族文化水平的资本。不过,当某一大族中的成员在文学上卓有成就时,就会极大提升本族的社会威望和文化影响,有利于维护和巩固本族的社会地位。在这样的宗族发展理念下,文学得到重视并随之发展起来。

二、宋代徽州文学家族

徽州宗族在宋代虽然高度发展,敬祖收族的宗法观念已经大为增强,不过朱熹等人对于徽州宗族建设的构想如祠堂、族产、族学等大多尚未付诸实践,宗族对于文化或文学的影响主要通过家庭或家族来实施。徽州宗族和文学关系最典型的表现就是文学家族的涌现。宋代徽州文学家族数量较多,仅从徽州本籍诗人诗歌创作角度来衡量,共有27家;有两个或以上成员现有存诗的家族有24家。各家族具体情况如下所示:

宋代徽州文学家族一览①

县	家族	代	成员	科第	仕宦	代表著作	存诗	人数
歙县	舒塘舒家	一	舒雅	南唐进士	直昭文馆	《西昆酬唱集》	6	2
			舒雄	进士	尚书郎	不明	2	

① 家族成员两人及之上有诗文存世或可考有诗文集则视为文学家族。鉴于前文统计徽州诗人时以徽州本籍为据,文学家庭成员范围亦为徽州本籍,故朱熹等人未列入表内。

续　表

县	家族	代	成员	科第	仕宦	代表著作	存诗	人数
歙县	吕家	一	吕文仲	南唐进士	翰林侍读	文集十卷	4	6
		三	吕溱	进士第一	翰林学士、知州	不明	2	
	俞家	一	俞献可	进士	监察御史	不明	1	4
			俞献卿	进士	龙图阁待制	不明	无	
		二	俞希孟	进士	刑部郎中	不明	4	
			俞希旦	进士	朝议大夫	不明	1	
	聂家	一	聂致尧	进士	卒赠礼部尚书	不明	1	4
			聂致孙	无	不明	不明	2	
		二	聂冠卿	进士	刑部郎中	《蕲春集》	1	
			聂宗卿	无	太常少卿	不明	1	
	许村许家	一	许元	赐进士	天章阁待制	不明	2	2
			许俞	进士	扬州从事	不明	1	
	呈坎罗家	一	罗汝楫	进士	开府仪同三司	《东山稿》	2	8
		二	罗颢	无	福州通判	不明	无	
			罗吁	无	福州通判	不明	无	
			罗颉	无	夔州通判	不明	无	
			罗颂	无	知颍州	《狷庵集》	2	
			罗愿	进士	知鄂州	《鄂州小集》	41	
			罗顾	无	蕲州通判	不明	无	
		三	罗似臣	进士	安庆教授	《徽州新城记》	无	
	槐塘程家	一	程元凤	进士	右丞相兼枢密使	《讷斋集》	13	2
			程元岳	进士	工部侍郎	《山窗集》	5	

续　表

县	家族	代	成员	科第	仕宦	代表著作	存诗	人数
休宁	西门查家	一	查元方	无	殿中侍御史	不明	1	2
		二	查道	进士	直史馆	预修《册府元龟》	4	
	城南曹家	一	曹汝弼	无	无	《海宁集》	10	27
		三	曹道	无	无	《芸窗雨集》	无	
		九	曹泾	无	知昌化县	《书稿》	17	
	会里程家	一	程大昌	进士	权吏部尚书	《程文简集》	13	3
		二	程准	无	开府仪同三司	不明	2	
			程卓	进士	同知枢密院事	《使金录》	2	
	商山吴家	一	吴俯	进士	国学录	《棣华杂著》	无	6
			吴儆	进士	广南西路安抚都监	《竹洲集》	64	
		二	吴垕	无	无	《自胜斋集》	2	
		三	吴锡畴	无	无	《兰皋集》	130	
		四	吴资深	无	国史编校	《友梅集》	3	
			吴浩	无	无	《直轩稿》	1	
	潜阜金家	一	金安节	进士	开府仪同三司少保	《文集》三十卷	无	2
		三	金文刚	无	提举浙西常平茶盐	不明	1	
	汪溪金家	一	金朋说	进士	知鄱阳,后隐	《碧岩诗集》	95	2
		四	金若洙	乡进士	知潜江	《东园集》	无	
	陪郭程家	一	程先	无	无	《东隐集》	10	2
		二	程永奇	无	无	《六经疑义》	4	
	首村朱家	一	朱权	进士	知惠州	《默斋文集》	4	3
		二	朱申	进士	不明	《道命录》	1	
	资村汪家	一	汪文振	进士	直焕章阁	不明	1	2
			汪楚材	进士	广西运使干官	不明	2	

续表

县	家族	代	成员	科第	仕宦	代表著作	存诗	人数
休宁	汊口程家	一	程珌	进士	端明殿学士	《洺水集》	128	3
		二	程洙	进士	上元簿	《南窗诗集》	4	
		三	程彻	无	国学教谕	不明	2	
婺源	武口王家	一	王汝舟	进士	夔州路提点刑狱	《云溪文集》	9	8
		二	王愈	进士	秘阁修撰	《二堂先生文集》	1	
		三	王昭德	无	万载丞	《绿净文集》	无	
		三	王筠	进士	镇江通判	《冰玉老人文集》	无	
		三	王橐	无	中奉大夫	《南窗杂著》	无	
		四	王纲	无	无	《懒翁集》	无	
		四	王炎	进士	军器少监	《双溪类稿》	826	
		五	王至卿	无	无	《樗叟诗集》	无	
	考水胡家	一	胡侃	进士	从事郎	《棣华稿》	1	2
			胡伸	进士	辟雍司业	《尚书注》	1	
	阙里朱家	一	朱弁	无	直秘阁	《风月堂诗话》	48	3
		二	朱松	上舍及第	吏部员外郎	《韦斋集》	426	
			朱槔	无	无	《玉澜集》	84	
	许昌许家	一	许大宁	无	无	不明	1	3
		二	许月卿	进士	摄提举常平	《先天集》	289	
		三	许允杰	无	不明	不明	无	
祁门	王家	一	王舜举	进士	直秘阁	不明	1	2
		二	王嵤	无	峡州推官	不明	1	
	井亭汪家	一	汪伯彦	进士	知枢密院事	《建炎中兴日历》	7	3
		三	汪德辅	无	广西提举	不明	1	
		五	汪佑	无	不明	不明	1	

续表

县	家族	代	成员	科第	仕宦	代表著作	存诗	人数
黟县	南山程家	一	程迈	进士	显谟阁学士	《漫浪集》	4	2
		三	程叔达	进士	华文阁直学士	《玉堂集》	2	
	黄陂汪家	一	汪勃	进士	权参知政事	不明	3	3
		三	汪义荣	进士	大理寺丞	不明	2	
		四	汪纲	进士	户部侍郎	《恕斋集》	1	
绩溪	市东胡家	一	胡舜陟	进士	京畿数略安抚使	《胡少师总集》	16	4
			胡舜举	进士	知建昌军	《盱江志》	1	
		二	胡仔	无	干办公事	《苕溪渔隐丛话》	22	
			胡伟	无	江西巡抚使	《宫词集句》	100	
	西园汪家	一	汪晫	无	无	《环谷存稿》	55	2
		三	汪梦斗	魁漕试	史馆编校	《北游集》	128	

宋代徽州文学家族多达 27 家,北宋时期主要有歙县舒家、聂家、许家,休宁查家和婺源胡家,另外 22 个文学家族主要活跃于南宋(包括由北宋到南宋的婺源王家)。徽州文学家族集中于 15 族,包括程氏 5 家,汪氏 4 家,许氏 2 家,朱氏 2 家,王氏 2 家,胡氏 2 家,金氏 2 家,舒、吕、俞、聂、罗、查、曹、吴各 1 家,程族和汪族数量居前。文学家族分布于六县,其中歙县 7 家,休宁 10 家,婺源 4 家,祁门 2 家,绩溪 2 家,黟县 2 家,休宁文学家族数量最多。宋代现有存诗徽州诗人 162 位,存诗共 8 607 首。上述文学家族中创作成员总计 83 人,现存诗者有 67 人,约占宋代现有存诗徽州诗人总数 41%;现存诗 2 621 首,约占宋代徽州现存诗总数 30%。由此来看,宋代徽州诗坛中,约五分之二诗人为文学家族群体成员,约三分之一的诗歌来自文学家族。

徽州文学家族诗人中,除了休宁陪郭程家,其他家族均有人在朝为官,17 家诗人全部有从仕经历,不少家族成员官位显赫,可证文学家族多是仕宦家族。从某种意义上来讲,仕宦是家族的政治、财力和社会威望的坚定基石,而文学是这些家族的附加荣誉。再来考察文学家族中仕宦者途径。文人从仕主要有两种途径：一是科举考试。文学家族中，诗人多通过科举而授官，比较典型的是歙县俞家、黟县汪家，家族几位诗人皆由进士为官。二是因父辈之功而荫授官职，如歙县罗家，罗汝楫由科举从仕而显，其子中除罗愿为进士外皆因父为官。不难看出，上述家族中，子辈因父辈之功而授职的，其父辈也无一例外通过科考走向显赫的仕途。由此我们大致有这样的认识，文学家族诗人入仕多自宋代科举考试，因科宦而闻的家族往往更容易产生文学家族。

上述徽州文学家族中，有著作传世者有23家，其中不少家族诗人全部有集。文学家族83位诗人中，有54人至少有一部著作，除了诗集或文集外，大多数人在诸多学术领域中有突出成就，如朱弁可考著作至少有9种，涉及经学、奏议、笔记、诗话、诗文等领域；程大昌至少有11种，涉及经学、地理学、考古、诗论、诗文词等领域；王炎至少有21种，涉及经学、礼仪、历史、医学、诗文词等领域……文学家族中的诗人多是学者，或者说，文学家族往往也是学术家族。一个文学家族中，如其文学成员中没有从仕者，却总会出现卓有成就的学者，如休宁程先、程永奇父子均未仕，而他们都是理学家。

由上可知，徽州的文学家族、仕宦家族、学术家族往往合为一体。徽州大族更为重视仕宦和学术，大致可从文学家族的角度得到证明。不过，当徽州的仕宦或学术家族因其成员普遍喜欢文学并进而成为文学家族时，家族成员的文学创作不仅给本族带来更大的声誉，而且文学作为家族成员交流的工具和纽带也有利于家族的凝聚和发展。

第二节　宗族对徽州诗坛的影响

一、家族教育与诗人素质

钱穆曾精辟总结了传统世族教育的"两大要目"，"一则希望其能具孝友之内行，一则希望其能有经籍文史学业之修养"，"前一项之表现，则成为家风；后一项之表现，则成为家学"①。宋代徽州大族多出于中原世家，其家族教育也不外乎"家风"和"家学"这"两大要目"。由于时代的变迁和徽州特殊的地理环境，使宋代徽州家族教育的内容也有所发展和侧重，以下从德行训范、文化传承两方面简要论述。

---

① 钱穆《略论魏晋南北朝学术文化与当时门第之关系》，《新亚学报》1963年第2期。

(一) 德行训范

宋代世家大族失去世袭特权和制度保护后,"比前代更强调在血缘的基础上,慎终追远,血亲相爱,亲族互助,使家族作为一个社会集团能够战胜困难、长久生存下来"①。迁居徽州的中原世族深知孝悌友爱对于家族发展壮大的必要性。徽州文学家族中不乏因孝友而著者,婺源王氏家族即为典型。王氏自二世建隆元年后,四世子孙同居共财二十五年,时阖门三百二十六人,"鸣鼓而后食,家之内外井井有余,肃如官府"②,婺源令刘定奏旌其门曰"孝友信义之家"③。王氏家族成员多承传家风,七世王汝舟以孝闻名于朝,汝舟三岁而孤,继祖母胡氏去世后,季父持丧百日而卒,汝舟上表云"诸父无在者,臣以适孙,乞解官接服,以终三年"④;九世王橐有隐德奥行,事祖母、太夫人极爱敬,有疾不离左右,药必尝而后进,惟谨执丧苦次,三年不饮酒茹荤、不入私室,事兄嫂致恭且顺,教兄子以诗书,不啻如己子⑤;十世王炎提出以义统宗,"虽不能尽于古义,诚能随其亲疏远近之宜,喜则相庆,忧则相吊,患则相救,贫则相恤,量吾力所能及而行之,不失古人为义之意,王氏尚不替也"⑥。除了王氏家族外,其他文学家族也把孝友仁义作为立家之本。以孝义而著的诗人比比皆是,如黟县许俞被胡瑗称为孝子,"事父以孝谨闻,供给甘旨,昼夜不怠,父之所欲,虽千里必致之","父丧,摧毁几致灭性","历父经由之地,涕泣者永日"⑦;绩溪汪晫,"九岁即遭父丧,哀慕如成人。事母以孝闻,尚逮事其大母,群从兄弟同居,承顺笃睦,家庭无间言,里党翕称之"⑧;婺源李缯,"事推官公及继母向夫人以孝闻,友诲诸弟绮、缄甚笃","诸子孤露,先生扶植教养如己子,男婚女嫁,皆有成立"⑨;休宁朱晞

---

① 张剑、吕肖奂、周扬波《宋代家族与文学研究》,中国社会科学出版社,2009年,第32页。
② (宋)王炎《续九族图后序》,见《全宋文》第270册,上海辞书出版社、安徽教育出版社,2006年,第291页。
③ (明)戴延明、程尚宽等撰,朱万曙、王平等点校《新安名族志》,黄山书社,2007年,第581—582页。
④ (明)程敏政辑撰,何庆善等点校《新安文献志》,卷八四罗愿《王提刑汝舟传》,黄山书社,2004年,第2031页。
⑤ (宋)王炎《双溪文集》,卷九《南窗杂著序》,《宋集珍本丛刊》第63册,线装书局,2004年,第134页。
⑥ (宋)王炎《世系录序》,见《全宋文》第270册,上海辞书出版社、安徽教育出版社,2006年,第292页。
⑦ (明)程敏政辑撰,何庆善等点校《新安文献志》,卷六四胡瑗《许孝子俞传》,黄山书社,2004年,第1572—1573页。
⑧ (明)程敏政辑撰,何庆善等点校《新安文献志》,卷八七吕午《康范汪处士晫墓志铭》,黄山书社,2004年,第2133—2134页。
⑨ (明)程敏政辑撰,何庆善等点校《新安文献志》,卷八七程洵《钟山先生李公缯行状》,黄山书社,2004年,第2129页。

颜,至性友爱,产业悉推与昆弟;休宁许文蔚,集平生笔耕所储,买田百亩为义庄,以赡宗族……

徽州家族不仅要求家族成员友爱互助,也普遍深明大义,推崇忠义为国。仍以婺源王家为例。八世王愈以气节为人所敬,与其父王汝平的训导帮助分不开。据汪藻所撰王汝平墓志铭载,王愈初任建昌令,时江南荐饥,县无储粮,独经廪厚藏,吏守文不敢发,其父以书抵愈曰"令活民而黜,职也",愈秉而行之,建昌之民居数千里不知其无岁;王愈守信州时,方腊进犯,其父索橐得白金数千两,间道资愈饷军,王愈守信州无秋毫之失,多在其父明于事机以助。① 徽州家族以道义为重,重视品行操守,涌现了许多刚毅英烈之士,如朱弁冒死使金,持节守义;朱松不随从俯仰,上书请战罢职;胡舜陟忠直谏战,诛寇为民,后被秦桧等人陷害致死;金安节忠义刚正,史称"南渡后完名全节一人而已";金朋说、詹初、许月卿坚持正义,罢官归隐等。

徽州家族往往视族人的道德品节重于高官利禄,对于不事科举或科举失利但才德出众的隐士,家族乡人也尊敬有加。徽州家族中出现了不少品节出众的隐逸诗人,如休宁程永奇,以朱熹"持正敬义"自勉,江西制阃请为白鹿洞书院山长,浙东帅聘为塾师皆不赴,而邑人子弟从者云集;绩溪汪晫,高蹈丘园,范彝伦,励风俗,德谊著于乡里;吴垕、吴锡畴、吴浩三代恬然山居,悉心理学,为人所敬等。概言之,徽州文学家族中,不管仕宦诗人还是隐逸诗人,都重操行气节,具有较高的道德修养。

(二) 文化传承

宋代科举制度的变革,崇文风气的盛行,使徽人意识到,祖宗的产业不能永葆家族的长盛不衰,而学术文化不仅能提高家族的威望,而且能够改变家族的命运,甚至造就出新的望族。宋代徽州家族教育非常兴盛,不仅出现多种形式的塾学,而且涌现了众多私人创办的书院。这些个人或家族创办的塾学或书院,其主要目的在于教授自己的子孙和家族成员文化知识。绩溪胡氏以教育子孙为著,"绩溪之民以族名者无虑百余,而学传子孙胡氏为最"②。胡策始起铅山尉,诲其子千里求师;长子宏,登进士科;次子咸,游太学十余年,为京师之士领袖,后谢病归,以其书授诸子,仰承俯授,皆有师法;咸子舜陟、舜举相踵登第;后舜陟于靖康间建东麓书院,使族中子弟能更好地受学。休宁程氏在教育子孙上更胜一筹。程士彦延礼名儒教于家塾,训迪子弟;子甗通文

---

① (明)程敏政辑撰,何庆善等点校《新安文献志》,卷九一汪藻《右朝散郎致仕王君公权墓志铭》,黄山书社,2004年,第2249—2250页。

② (明)程敏政辑撰,何庆善等点校《新安文献志》,卷九一汪藻《朝散郎致仕胡君咸墓志铭》,黄山书社,2004年,第2251页。

史,能继其志;畎长子大昌后为时儒宗,设西山书院亲授学术,学者云集;大昌子准、阜、覃,从子卓等均承传家学,闻名一时。另外,休宁吴氏,婺源朱氏、滕氏、李氏,歙县罗氏、吴氏,黟县汪氏等在家族文化教育上均卓有成果。

宋代徽州家族在文化教育上既重科举功名,也重学术传承。徽州家族文化教育主要目的是敦促子弟参加科举、取得功名,族中长辈亲自或聘请名师来传授科考相关的学问和技能。徽州累世几代为进士之家族众多,据不完全统计,宋代徽州家族中有两人及之上成员中进士者有45家,这足以说明徽州家族科举文化教育之功。徽州家族文化教育上的突出特点是重视学术的传承。南宋以来以理学著称的家族甚多,如婺源滕恺家、李绎家、朱松家、程鼎家、程先家、胡舜卿家、胡方平家,歙县祝直清家、吴昶家,休宁程大昌家、吴儆家,绩溪汪晫家等均为理学世家。徽州家族无论是科举知识的教导,还是理学的传授都不保守,家族中的书院往往对所有的学者开放,家族长辈也倡导子孙向其他家族中名儒求学拜师。徽州的文学家族,正是在这浓浓的学术氛围中成长了起来。

徽州家族重视对家族成员的文化教育,众多文学家族的出现就是徽州家族重视文化教育的成果。徽州文学家族与非文学家族相比,更为注重对后代的文学教育。前文曾提到徽州众多的早慧诗人,其实诗人天赋的表现,都离不开先辈的文学启蒙或者家庭文学环境的熏陶,如胡伸其父课二兄伟、伋为诗,胡伸随听,才有七岁作庄周梦蝶诗的佳话;罗顾记载其兄罗颂"每出文一篇,先君未尝不称善",正是在这种家庭环境下,七岁的罗愿能作《青草赋》为父祝寿。王炎在《冰玉老人集序》中回忆自己诗歌受到父辈称赏的细节:"某弱冠时见先大夫与诸父唱酬有《上元雪诗》用'峥嵘'字韵,某不揆,斐然成一篇缀卷尾,有'鳌山耸处尚峥嵘'之句,先大夫为一启齿,传至诸父处,族伯父镇江通守见之,莞尔笑曰:'上元用鳌山事凸押峥嵘韵,有意思,吾辈不如,后生乃能为此语。'当是时,群从昆弟数十人而伯父独每见某欣然谈笑忘倦,其教诲奖掖良厚。"徽州文学家族长辈常对子孙的文学才能的夸赞和肯定,这对于家族成员的文学创作无疑有巨大的激励作用。家族先辈的文学成就不仅激励后世继承传统,而且也是后世学习的楷范,如胡舜陟尤为推崇杜甫,手校《老杜》集,作诗以杜甫诗为法;其子胡仔收杜甫诗集八种,其著《苕溪渔隐丛话》,也以杜甫之诗为宗。这种现象在文学家族中普遍存在,如吴儆对其后代、吴昶对曾孙吴龙翰、汪晫对孙汪梦斗等均有重大的影响。

二、宗亲伦理与抒情主题

徽州诗人崇尚理学,常常自觉或不自觉地"以理制情"或"以性范情",

对个人情感进行约束和规范,但是,我们从徽州诗人包括理学诗人的作品中仍能感受到浓浓的亲情。在宋代徽州宗亲观念中,不仅强调孝悌传统,甚至把尊亲之情上升到仁义的高度进而推广,如王炎《宗子论》云:"仁义,人道之大端也。仁莫重于亲亲,义莫严于尊尊。下洽子孙,旁洽族属,亲亲之道也。上正祖祢,尊尊之道也。"父慈子孝,友于兄弟,敬祖恤族,思亲念家,既是人之性情的自然流露,也是宗亲伦理情感的集中反映。徽州宗族倡导宗亲伦理情感,这无疑使徽州诗人对情感抒写更为自信,不过也在一定程度上规定了诗人情感表达的范围。下文仅从抒情主题的角度,以观宗亲伦理情感对徽州诗人创作的影响。

(一) 追慕先祖

祖先是家族凝聚的精神主宰,祖宗功业更令每个家族成员引以为自豪。对宗族先贤德行业绩的记述,除了通过宗谱、家传、墓志等体式,诗歌创作也有悠久的传统。屈原《离骚》自谓"帝高阳之苗裔兮,朕皇考曰伯庸";魏晋诗人热衷于"咏世德之骏烈,诵先人之清芬"(陆机《文赋》);杜甫也骄傲地宣称"诗是吾家事"(《宗武生日》)。宋代徽州大族开始有意识地追溯先祖,确定亲疏关系,从而统宗收族;并大力颂赞在德行功勋、学术文章等方面卓有成就的先贤,增强家族自豪感和凝聚力,从而维护本族的荣誉和社会地位。宋初徽州诗人在诗歌中对此已有表现,如查元方《查公山》、许元《城阳祭祖》等追述先祖之隐德,反映了诗人尊祖敬宗的宗族意识。

宋代徽州诗人对先祖的追慕和颂扬,涉及范围很广,德行、功勋、文学、学术等都成为后人在诗中孜孜以赞的内容。程灵洗在侯景之乱时集乡勇、据山险,英勇抗击侯军,受到徽人的敬仰,更是族人的骄傲。程元凤《淳祐己酉岁谒祖梁将军忠壮公庙》赞:"有美英姿七尺长,桓桓威武孰能当。保州萧史来依德,拒逆侯生竟败亡。爵受重安持督节,谥书忠壮配高皇。堂堂庙宇黄牢下,暮鼓晨钟不暂忘。"方岳自称唐代诗人方干为其先祖,《次韵范文正公》云:"唐人犹有故家存,山里鸬鹚步下村。宗派侻容诗嗣续,横枝吾亦是儿孙。"方干家鸬鹚步,方岳家自严徙徽,谱系虽远,追溯宗脉,亦可谓"诗书到远孙"。方岳对方干的人品、隐行和创作态度都非常欣赏和崇拜,《次韵徐太博》其一云:"宗派鸬鹚烟雨外,钓蓑能得几多清。坐无相印田二顷,捻到吟髭雪几茎。"方干隐会稽鉴湖,与姚、贾友善,诗风相近,方岳诗中的晚唐格调很大程度上源于对方干的追慕。方岳多次在诗中表达对方干诗才的敬赏和仰慕之情,如"最喜吾宗诗有派,每依苍石插槁竿"(《重题钓台》),"舟行严濑多逢雨,山识吾宗少有诗"(《寄吕宗卿》)等。吴龙翰以曾祖吴昶为楷范,诗歌中尽情表达了自己对曾祖学术渊源和道学成就的敬仰,《淳熙丙申二月晦翁归婺源,先曾大父因随杖屦,遂挂名于弟子之列,乃以所著书说以求正晦翁可之,又尝投书论〈易〉甚详。龙翰不学,缁玷家声,因读遗文,有作数语,亦所以自勉》:"吾祖曾师云谷仙,读书直下悟蹄筌。道参太极本无极,易论先天与后天。绿遍春风窗外草,香浮夜月沼中莲。派分一勺濂溪水,道统绵绵万古传。"诗歌标题说明曾祖学源朱子,正文又极力歌颂其学术贡献。又《读家集》,序中记述曾祖与曾伯大父棣华卓然、以文名家,并介绍曾祖的大量遗著;诗歌正文又进一步称颂:"刻志钻书史,篝灯照夜阑。学术三代上,文章两汉间。胸次秋沉潴,词吐玉琅玕。"曾祖的求学态度和人品学术,成为激励吴龙翰不断追求的动力源泉。

追怀先世功德,颂扬历史荣耀,不仅在于增强本族之人的自豪感和自信心,更在于希望现世及后代能承继祖宗的先业,发扬先人开启的优良家风。因此述祖德、咏家风、警现世、示后人是紧密连在一起的。汪晫怀古叹今,以诗昭示诸弟,《过西园,视豁然亭旧址,景仰苏黄门有感,用其留题韵示五弟八弟》:"西风落叶满空山,怀古情惊每怆然。诗句尚传人化鹤,危亭何在草生烟。披寻旧址营华构,追继当时醉玉船。要为故家复遗业,当知此举合为先。"汪晫曾祖汪激、从曾祖汪深与时绩溪宰苏辙交从甚厚,西园为其先世别业,苏辙有《题汪文通豁然亭》诗,汪晫告诫同辈兄弟应复遗业、承家学。方岳在与族弟以及同姓文人的唱和中,常以承继方干文学传统而共勉,如《以越笺与三四弟有诗次韵》:"老干仙去吾宗冷,有继华星一字不。"《次韵方教采芹亭》:"笔床茶灶肯同住,毕竟吾宗是作家。"戴泳敬仰先祖戴季仁创槐溪书院,也肯定家族后辈承传先业,人才兴旺,《槐溪书院》:"屋抱清溪旧业存,疏槐夹道托深根。晚来雨过孙枝秀,总是乾坤发育恩。"吴浩褒赞宗族世代蓄德、家业兴盛,《源宗人珏寿庆楼》云:"吾宗培世德,盛事褒一门。仰颜有寿母,俯目见子孙。"许月卿追怀祖先到许由,又以家风相传为豪,《箕山》:"箕山惟一瓢,襄邑亦四壁。古今一许氏,传家以清白。"又《允杰侄以诗来卒章和予生孙次韵一百首今存四》其四:"洗儿汤饼吾方拙,教子盐梅汝更荣。许氏一门忠孝盛,夔皋熊虎□延评。"徽州诗人缅怀先祖、颂扬家业,不仅体现了其尊祖敬宗的伦理情感,也体现其重视宗族发展的思想观念。

(二)畅叙亲情

亲情,是人类社会最本真、最普遍的情感;亲情,是文学永恒的主题和取之不竭的素材源泉。对亲情的叙写和歌咏是徽州诗人情感世界最真切自然的表现,也是徽州诗歌最打动人心的一面。这种血浓于水的情感因被宗族大力提倡,使诗人在表达上更为自觉和自信,诗歌自然具有明显的宗亲伦理色彩。

其一,孝敬长辈。

亲情的表现与孝道的弘扬紧密联系在一起。吴儆请祠奉亲,以孝为乐,《和孙先生彦及棣华堂诗韵》云:"弟兄吾手足,父母吾怙恃。尽此菽水欢,还胜有酒醑。"朱松借咏萱草敦促孝道,《记草木杂诗七首·萱草》云:"水菽怡慈颜,万钟亦土苴。时从斑衣儿,艺萱北堂下……谁言壶中春,在此眉寿罍。""萱草"又名忘忧草,古时游子远行,要在北堂种萱,以减轻母亲的思念;"斑衣"为孝亲之典,据刘向《列女传》载,老莱子孝养双亲,行年七十,着五彩斑衣,以娱双亲;"眉寿"出自《诗经·豳风·七月》:"为此春酒,以介眉寿。"诗歌用诸多典故,旨在强调对父母力尽孝道。程珌极力宣扬孝行,《揭富阳孝子门》以旌表富阳孝子孝女,希望"既以劝邦人,庶几风普天"。程珌在诗中多次提到自己"还亲""侍亲""奉亲"之事,表示"欲为慈颜供一笑"(《庆元丁巳十月奉亲如临安宿西菩寺表弟吴克仁俱焉》),而且以为"慈亲意在营一丘",故"卷卷欲于近舍求"(《新旧句》),希望能为父母寻得一方理想的墓地。

对去世先辈的祭奠和怀念是后辈孝思的重要表现,王炎诗堪为典型,如下:

> 泪滴松楸意转哀,欲归小立更徘徊。春风不管人间恨,溪上樱桃花自开。(《到白石先妣新茔》)
>
> 忆昔初筮仕,吾母犹朱颜。三釜不及养,遽悲蓼莪篇。侵寻岁月久,百感难具言。伤心思宰木,清泪如流泉。(《寓居分宁去故乡千里不归者三年思念松楸成长句》节选)
>
> 不瞻宰木过三年,霜露凄凉倍怆然。马鬣但惊荒宿草,龟趺未办表新阡。平生钟釜空遗恨,旧物杯棬半不传。鸿雁差池风雨急,吞声清泪彻黄泉。(《九月到白石先妣茔所》)

泪滴松楸、欲归徘徊、百感伤心、风雨黄泉等,再现了王炎对逝去双亲的沉痛怀念。王炎还在诗中对儿子王恕的孝行进行赞赏,《病中恕子投劾同归》序言自己因病思家,"恕子慨然投劾同归,壮年游宦,计日月为考,舍之而去,可谓爱亲矣","有子而孝,使予返故园,父子相依,钟鸣漏尽,终于牖下,可以含笑入地",诗中"同产弟兄谁见在,余生父子独相依"等句,也流露出王炎为儿子孝顺而感动的心情。

其二,族人情深。

真挚的情感在亲人之间的交往赠和诗中得到充分的表现。在徽州诗人的创作中,父母子女之间的下孝上慈、骨肉情深自然易产生共鸣,而宗族亲人之间的亲密友爱、深切关怀也让人为之动容。婺源朱氏家族诗人酬赠诗作中表现得最为突出。朱松与从叔朱弁、二弟朱柽、三弟朱槔均有诗歌酬赠,如《寄题叔父池亭》表达了朱松对叔父的尊敬和对家乡的思念,《南浦五小诗迎劳二弟》《丁未春怀舍弟时在京师》《有怀舍弟逢年时归婺源以诗督之》等诗,让人真切感受朱松对其弟的牵肠挂肚、关怀备至,前文朱松一节已有所述,现不多论。下仅举朱弁和朱槔两诗,以观朱氏家族成员之间的亲情,如下:

> 昔我别汝父,见汝立扶床。汝今已婚宦,我须宜俱苍。向来青云器,不佩紫罗囊。竹林我未孤,玉树汝非常。青衫初一尉,远在子真乡。念将东南归,拜我溱洧傍。上能论道义,次犹及文章。自惭老仍僻,何以相激昂。日暮嵩云飞,秋高塞鸿翔。了知还家梦,先汝渡江航。迢迢建业水,高台下凤凰。鼻祖有故庐,勿令草树荒。我欲种松菊,继此百年芳。汝归约我兄,晚岁同耕桑。请策葛陂龙,来寻金华羊。(朱弁《别百一侄寄念二兄》)

> 忧幽坐南轩,万壑取我囚。疾雷且不闻,焉知草虫愁。强颜理编简,阅世如东流。滔滔竟不返,谁复操戈矛。天涯念孤侄,携母依诸刘。书来话悲辛,心往形辄留。先茔托仙峰,山僧扫梧楸。二女随母住,外翁今白头。伯氏尚书郎,名字腾九州。仲兄中武举,气欲无羌酋。棣华一朝集,荆树三枝稠。堂堂相继去,遗我归山丘。漆园梦方觉,白衣云正浮。凭陵若蹈空,何处停华辀。故乡岂不怀,屋食良易谋。自我识废兴,于天无怨尤。平生喜闻诗,此诗当挽讴。不须生刍奠,君从二兄游。(朱槔《自作挽歌辞》)

朱弁诗作于朱松登第授政和尉南归拜别时,百一侄即朱松,念二兄指朱森,诗歌叙述其早日与朱松父子的交往,极力夸赞朱松的才华德行,并表达了回归故园、与兄共耕的愿望。朱槔诗作于晚年,其时二兄朱松、朱柽已逝。朱槔临终前最挂念在建州受刘子翚教养的孤侄朱熹;又以先茔事相托,对二女安顿;然后回忆兄弟之情,表示最终追随二兄的遗愿。朱槔的自挽词,感人至深,充分展现了手足之情、叔侄之亲。

除朱氏外,其他诗人寄赠诗中也多有呈现。王炎与昭叔弟、德莹弟感情至深,宦游不得相见,只能"洞庭秋水望中天,侧目飞鸿断复连","秋风白发欺来日,夜雨青灯忆往年"(《寄德莹弟二首》其二);而有书传来,使王炎喜出望外,"欲传消息苦无便,喜报平安今有书。行李何时能缓带,对床风雨且幽居"(《得昭叔弟书》)。方岳叔侄共同的悲惨命运,使彼此互为悯爱,情同父子,《别蒙侄》中云:"呜呼吾与汝,生世何不辰。每思十年事,雪涕时沾巾。方予第奉常,堂有未老亲。当时尔父母,绿鬓犹青春。乃各不待年,拱木号苍旻。祸予不自殒,降丧无太频。骨肉才百指,踵作松下尘。乃今所存者,欲言鼻酸辛。我父惟我耳,尔父惟尔身。绵延仅不绝,一丝引千钧。所以叔侄间,不啻父子真。"

其三,痛悼亡亲。

亲情之作中最能打动人心的是对亡亲痛悼之诗。人生最悲痛的事情莫过于亲人的去世,亲人感情愈深,对于生者而言更难以承受。诗人以诗歌表达对亡亲的痛悼,寄托其无尽的哀思,其情感更为真挚,悲伤更为沉痛。程珌姊弟三人,十年中二姊相继离去,程珌有诗《哭吴范二姊》:"逝者如斯乎,翩翩北飞鸿。鸿北来岁南,人去亡回踪。庚寅仲姊去,庚辰伯姊空。千里不一见,血泪迸秋风。自余只一弟,留守先人宫。我已日崦嵫,安能久转蓬。束担其归与,相从十载山之东。"手足先亡,血泪迸溅秋风,其伤痛令人动容。王炎一生中历经多位亲人的去世,他写下数十篇悼怀亡亲的诗作,组诗《杜工部有同谷七歌,其辞高古难及,而音节悲壮可拟也,用其体作七歌,观者不取其辞,取其意可也》七首,除其一言自己穷困潦倒外,另外六首均为悼念死去的家亲。其二伤心穷困一生的老母谢世;其三、其四悲悯弟妹相继离去;其七怀念自己的亡妻;最催人泪下的是其五、其六,两诗分别悼念自己的儿子和孙子,如下:

> 有子有子共七人,六子短命一子存。后固无穷前万古,浮生修短何足论。天属情钟在我辈,岁月虽久哀如新。呜呼五歌兮三叹息,理不胜情难自释。
>
> 有孙有孙未冠巾,颀颀状貌如成人。谓其长大习诗礼,他年可望高吾门。岂期一旦舍我去,白首老翁徒痛心。呜呼六歌兮音调急,独坐吞声襟袖湿。

王炎有子七人,六个儿子先他而去,这对于王炎来说无疑是致命的打击,因此,虽然他尽可能地以理性来压制自己的伤悲,然此种悲情如何能化释;更让人不可接受的是,寄予厚望的孙子尚未冠巾,也早离人世,"独坐吞声襟袖湿"表现了王炎难以抑制的悲痛。

（三）期望后辈

大族的兴起主要凭恃先祖的功业，大族地位的维持在于后代人才辈出。长辈对晚辈不仅要尽抚养之责，倾慈爱之情，还要督促激励其努力成才。这不仅是宗族发展的需要，也是对晚辈最高层次的关爱。朱松壮年而逝，为父时间不长，但其教子有方为世人所慕。除了史料记载外，朱松对其子朱熹的厚望和教诲在诗中也有所表现。朱熹出生三天，朱松有《洗儿二首》，借题抒发自己的不遇，如其一："行年已合识头颅，旧学屠龙意转疏。有子添丁助征戍，肯令辛苦更冠儒。"作为儒生而无法报效祖国，使朱松耿耿于怀，添丁征戍为自我解嘲，然儿子学有所用、为国效力却是内心希望。朱熹生日，朱松有《以月团为十二郎生日之寿戏数小诗》四首，诗中"已堪北海呼为友，犹恐西真唤作儿"，"小友他年春入手"，"眼明已见角犀丰"等，表现了朱松希望儿子不仅品行卓然、才学出众，而且能取得功名、仕宦显贵。朱熹到读书年龄，朱松有诗《送五二郎读书》："尔去事斋居，操持好在初。故乡无厚业，旧箧有残书。夜寝灯迟灭，晨兴发早梳。诗囊应令满，酒盏固宜疏。獶㹢宁似犬，龙化本由鱼。鼎荐缘中实，钟鸣应体虚。洞洞春天发，悠悠白日除。成家全赖汝，逝此莫踌躇。"朱松谆谆教导，希望子女能超越前人，完成父母不能了结的心愿。

长辈对于晚辈，都会寄以极高的期望，除了在特定的日子长辈作诗以嘱晚辈外，往往以寄赠诗、训勉诗对其进行教导和劝诫。长辈寄赠诗于晚辈，多不吝教诲，如胡舜陟在《寄侄》中云："学耨知兼力，辞淳发巨澜。三冬文史足，轩冕未应难。"希望其侄能努力求学、厚积薄发。方岳《别蒙侄》动之以情，晓之以理，在叙说叔侄情深的基础上，以自己的亲身经验对其侄谆谆告诫："向来恶少子，覆辙那可遵。应门故自佳，尔学忧荆榛。索居寡师友，则与不学均。老夫本无似，嗜书如嗜醇。少时共灯火，往往夜向晨。但患业不精，宁往父母嗔。尔今既婚冠，不与儿童邻。一念及泉壤，于何敢因循。此身所系重，安事予谆谆。"训勉诗是以诗的形式直接对后代实施劝诫规范，程珌、詹初均有训励子侄之诗，如下：

外物不足恃，翻覆百年间。唯有万卷书，可以解我颜。男儿贵立志，达人得大观。百川日夜流，与海会波澜。丘陵安于卑，宁复望太山。方当少年时，发齿未凋残。圣贤户庭阔，人人可跻攀。谨勿随余子，碌碌走丘樊。（程珌《勉子侄》）

呼尔群儿，示尔儿知。俭则本立，学则智资。时逐勿逐，古圣是规。

守道安贫,我所慕思。竞势趋豪,我心实悲。毋谓放巧,毋谓谨痴。毋谓恶小,乃以自欺。毋谓善小,弃而不为。为善去恶,奋志乘时。少壮不力,老大何追。尔父虽昧,所言则宜。永以为训,无为我遗。(詹初《训子》)

训勉诗的实质就是家训,不过相比较一般的书面形式的训诫或家规而言,训勉诗显得不那么严厉峻刻,诗中往往出现长辈的角色,或以自身的经验训导晚辈,如程珌告诫子侄不能依恃外物,不要碌碌无为,并激励子侄少年立志,通过自己的才学以成圣贤;或以自己的感受劝勉后代,如詹初言自己所慕所思,告知其子要安贫守道,最后又反复叮嘱,希望其子能铭记训导。严训与慈爱融合,诗教与家训为一,长辈教育后代值得肯定,不过诗歌文学性的失落也令人遗憾。

需要一提的是,宗亲伦理情感还反映在对家乡的思恋上。在宗亲伦理观念中,族人之间的关系和亲情既有亲疏远近之分,又强调亲情由近及远、推广全族,从直系亲属到五服之内的族人,再到同宗共祖的族人,宗族成员和睦团结,友好共处。徽州宗族多聚族而居,同一乡村之人多属一宗族,这样家族亲人实际上多是一乡之人。因此,对于客居异乡的游子而言,家与乡是统一的,对亲人的怀恋与对家乡的思念凝为一体。由于浸透在骨子中的浓厚的宗族观念,使徽州的士子纠结在"离乡"与"还乡"的矛盾情感中,一方面为光宗耀祖而离乡发展,另一方面希望侍亲尽孝、固守家土;一方面因以禄养家不得不走向仕途,另一方面又热切希望衣锦而归;一方面常常因梦落异地而倍加思乡,另一方面又身不由己而不得返乡……这些无法摆脱的生活悖论,是徽州仕宦诗人反复咏叹的主题,也是徽州诗歌中最有价值的内容之一。关于思乡的抒写本编第四章已详述,不再赘言。

三、家集整理与诗文留存

从宽泛意义上,家集包括收录家族人作品的总集和别集。如黟县程叔达绍兴年间曾著《家集》68卷,很可能是其对先人著作的整理汇编;吴龙翰诗歌《读家集》,诗中仅言曾祖吴昶的创作。家集整理主要指家族成员对先辈的作品搜集、编纂并以手抄或刊刻的形式传家或传世。

古人称立德、立功和立言为三不朽,徽州家族也以立言为本族的巨大荣耀和文化标征,故家集编纂整理不仅是创作者个人的事情,也是家族之人特别是家族后代致力而为的责任。宋代徽州文学家族已开始注重族人别集的编纂和整理,除诗人自己裒辑外,家族后辈对先辈的创作非常重视,或对先

人别集辑补重刊,或搜罗其作并且编集,或抄录先人著述,或收藏先人别集。宋代徽州家族对先人著作整理情况主要情况如下:

宋代徽州家族整理先人著作列举

作　品	时　间	收藏整理情况
胡舜陟《三山老人语录》	绍兴十八年(1148)	子胡仔《苕溪渔隐丛话》录
朱松《韦斋集》	淳熙七年(1180)	子朱熹刻于江西
程洵《尊德性斋小集》	庆元六年(1200)	族人程万里、其婿黄昭远编集
吴儆《竹洲集》	端平二年(1235) 淳祐七年(1247)	子戢集刊; 曾孙吴资深缮录
方岳《秋崖新稿》	宝祐五年(1257)	从子方贡孙、孙方石刻于书院
汪莘《柳塘集》	咸淳七年(1271)	从子汪贵孙搜访编刊
金朋说《碧岩集》	咸淳九年(1273)	从子金若洙编
汪晫《康范诗集》	祥兴元年(1278)	孙汪梦斗编刻
詹初《流塘集》	南宋后期	子詹阳于族人处乞得残本藏之
程珌《洺水集》	南宋末	曾孙程景山辑刻
王櫜《南窗杂著》	开禧二年丙寅(1206)	子王炎编
王至卿《樗叟诗集》	约开禧年间	子王天隮编
王筠《冰玉老人文集》	开禧二年丙寅(1206)	从子王炎编
王愈《二堂先生文集》	嘉定三年(1210)	从孙王炎搜访重编
王昭德《绿净文集》	约开禧嘉定年间	从子王炎编

宋代徽州家族中大量的家集,现已无从得知其编集状况,其诗文创作更无从获知,如上列诸集后5种已经亡佚,赖王炎集序而被后人所知;前10种,所幸宋代之后其后世又进行辑佚,今存相关整理本。以婺源王家、绩溪汪家为例,可见徽州文人对其先人著作整理保存的努力。据王炎《二堂先生文集》序,从祖王愈去世十余年,其遗文编次无遗佚,后王愈孙時整理,属王炎为序;五十余年后王炎首求家集,已散失不存,经再三搜访,合于其曾孙从之处、族孙实处所得而编次。又据汪梦斗《康范诗集》跋,知汪晫诗词、杂著

二十篇,《静观常语》三十余卷,汪梦斗皆录成正本,因以呈诸时贤,悉留武林亲故家,不幸失于寇燔;后梦斗根据亲友所传诵与二父所记,集得诗词而编刻。虽然宋代徽州家族文人对先人作品整理或刊刻,希望永世留存,遗憾的是,因经历时间甚久,加之兵事、失火、人亡等不可控因素,宋刊本或钞本今多不存。

家族成员整理先辈别集,通常在其集卷首或卷末附序或跋。为了提高先人的文名,扩大别集的影响力,整理者往往向社会名流求序。吴儆后人编《竹洲集》求序可谓用心良苦。据程珌所作集序,吴儆子栐将梓父集,"欲珌一言于篇末,盖累年于兹矣,而公之孙铉又复申言之";曾孙吴资深录其诗文进呈请谥,孙铉、曾孙吴资深又向吕午求序,并反复嘱托记吴儆孝事。汪莘从子贵孙为《柳塘集》求序也煞费苦心,咸淳元年(1265),贵孙拜访史唐卿,书示诗词二篇,嘱为之跋;咸淳七年(1271),向知州王应麟、通判孙嵘叟求序;咸淳壬申(1272),又以《柳塘集》见示宇文十朋。类似例子不胜枚举,如朱熹刊刻父集向傅自得求序,程万里为程洵《尊德性斋小集》向周必大求序、其婿黄昭远又求序于王炎,金若洙编《碧岩诗集》向理学名儒范奕、程若庸求序等。后人编纂家集,也会自己作序。王炎最为典型,其整理先辈文集至少有四种,而且均自己题序;汪梦斗编祖父汪晫《康范事集》,也亲自题跋。因整理者自编先集,故序中对先辈的诗文创作留存状况及编纂经过等记述详尽真实。

家集,是家族文学创作状况的最好说明;后人整理家集,是后世尊亲敬祖、崇扬家族文化的集中表现。徽州家族通过编纂家族中人文集,不仅能保存并昭示先人才学,增进家族情感和家族凝聚力,也能激发后人的创作欲望,从而继承发扬家族的文化传统。

第三节　南宋商山吴氏家族诗歌创作

宋代徽州诗坛上,活跃着众多的文学家族,其中南宋休宁商山吴氏家族较具有典型性。首先,吴氏家族现存一定数量的诗歌作品,这是可供研究的基础;其次,吴氏家族不仅以理学著称于世,也以文学名噪徽州,在徽州家族中较具有代表意义;最重要的是,吴氏家族诗歌创作代有继人,从高宗、孝宗朝的吴俯、吴儆兄弟,继以吴垕、吴锡畴父子,到宋末元初的后辈吴资深、吴浩兄弟,基本贯穿整个南宋时期;另外,吴氏家族的学术教育活动对徽州诗坛影响较大。分析吴儆家族诗歌创作,不仅能更好地了解南宋徽州家族的家风、家学对于家族成员诗歌创作的影响,也可以从家族的视角纵观南宋时期徽州诗歌的传承与变化。

一、商山吴氏家族世系

吴自殷得姓,始祖曰泰伯。传至三十一世曰芮,秦时为鄱阳令。三子浅封便项侯,析居新安,为新安吴之始祖。六十一世曰少微,由歙徙居休宁西二里石舌山麓,第进士,官至监察御史。

商山在休宁南三十五里,少微公后曰子明始迁于此,为商山吴氏一世祖。二世曰待,字古简。三世曰垓,字班小。四世曰仁达,时人称"十万公"。仁达有三子:曰珣,助教;曰文选;曰文举。六世曰师政,珣子。师政子曰俊,字季衡。俊子舜选,字次皋,号仁寿老人,以子贵封官至奉议郎。九世长曰俯,字益章,乾道二年进士,授太学国录。次曰儆,字益恭,绍兴二十七年进士,积官广南西路安抚,谥"文肃"。俯有四男:曰塾;曰屋,学者称"自胜先生";曰垚;曰垣。吴屋子曰铿;曰锡畴,沉潜理学。锡畴三子:曰霁;曰浩,究理学;曰渡,号度轩;一女。吴儆四男:曰载,字世赏,以父荫补宣教郎,金书高邮军判官厅公事;曰圻;曰垫;曰坰;二女。吴儆孙辈十一人。吴载子曰镐;曰鉴,出继吴屋之后;曰铉,字符鼎,以祖功授迪公郎。吴圻子镇、铭。吴坰子镎、镡、镛、锜。铨不明所出,出继吴塾之后。锡不明所出,或为垫之子。吴铉子资深。吴镇子曾二、曾四,均教授。吴铭子元八,掌教。吴镎子资渊,遂安县令。①

元代之前商山吴氏家族珣支世系图如下:

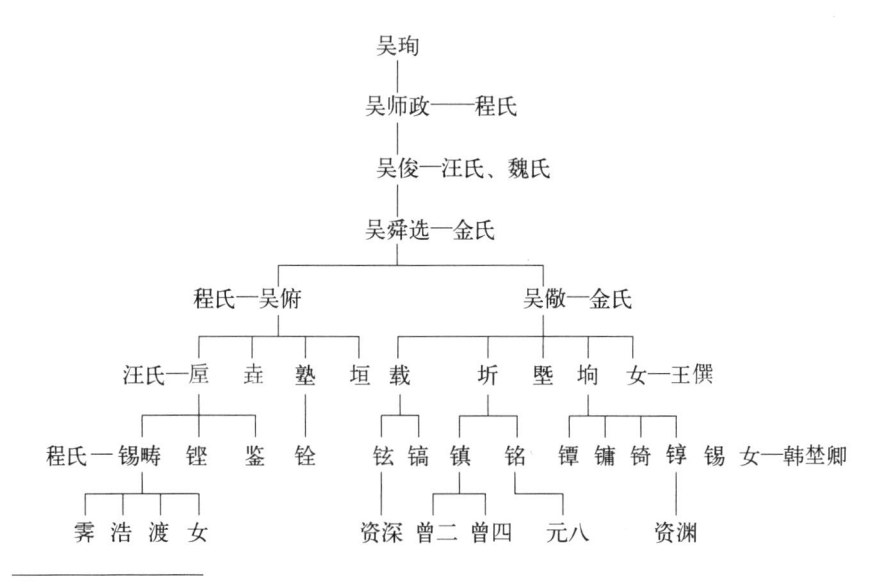

```
                        吴珣
                         |
                     吴师政——程氏
                         |
                     吴俊—汪氏、魏氏
                         |
                     吴舜选—金氏
          ┌──────────────┴──────────────┐
       程氏—吴俯                      吴儆—金氏
   ┌────┬────┬────┐         ┌────┬────┬────┬────┐
汪氏—屋  垚   塾   垣        载   圻   垫   坰   女—王僎
 ┌──┬──┬──┐    |      |  ┌─┤   ┌┴┐  ┌─┬─┬─┐
程氏—锡畴 铿 鉴  铨    铉 镐  镇 铭 镡 镛 锜 镎 锡 女—韩埜卿
 ┌─┬─┬─┐                            |           |
 霁 浩 渡 女         资深 曾二 曾四   元八        资渊
```

---

① 吴氏家世和家族成员行实主要参考:宋吴浩纂修,明吴明庶、吴士彦等续辑《商山吴氏重修族谱》;宋程卓撰《竹洲先生吴公儆行状》;明戴廷明、程尚宽等撰《新安名族志》;明程瞳辑撰《新安学系录》等。

休宁吴氏家族因吴俯、吴儆兄弟登科而声重徽州,吴氏家族由此发展兴盛。以下主要以吴氏兄弟及后代为例,介绍商山吴氏家风、家学及诗歌创作。

二、吴氏家风与家学

(一) 重视教育,躬行实践

吴氏家族至吴儆祖辈时,已非常重视族中子弟教育。据吴儆诗《过丛桂堂故叔祖教授读书之所》可知,吴儆曾在叔祖"丛桂堂"接受教育。吴儆《和金尚书棣华堂诗韵》序:"吴氏之不造有年矣,而近岁读书者稍倍于前,所以师表而教诲之者,有吾叔祖故进士及第彦启与今伯父民宗。叔祖弃诸孙八年矣,今之所以执经而进见,质疑而问义,与有所法而不敢为非者,惟吾伯父在。乃者家君辟屋数椽,以棣华名之,金丈殿院贻以佳什,伯父赓和,且序所以名斋之意训诸子侄焉。"彦启名授,吴珣弟文选之孙,绍兴十二年进士,官吏部著作郎,以理学名世;民宗名卓,吴珣弟文举之曾孙,沉潜理学,时多誉望,号双峰。清王梓材等《宋元学案补遗》卷七一载吴先生彦启和吴先生民宗,二人对吴儆影响很大。

吴儆好为人师,热心教育活动。早在太学期间,就有数十人与之从游。吴儆《棣华小录序》载:"绍兴乙亥,子吴子自虞庠谒告归于家,邑之士以治经术作文章从予游者数十人,譬诸草木,吾臭味也。"吴儆奉祠归居时,建竹洲书院,每岁数百人,居不能容纳,学人结茅傍居。吴儆分斋肄业,如安定湖学之法教之,造就了一大批人才。吴儆高弟主要有黄何、方恬、汪义端、程卓等。吴儆去世后程卓撰写《行状》,极为推尊吴儆。还有一些学者虽未拜于其门,也尝请教吴儆,如汪莘自称竹洲之客,两度拜访吴儆,二人诗酒唱和;汪楚材与吴儆论伊洛之学,现存吴儆《答江楚材》书。吴儆非常注重家学传承。从子吴垕天资聪慧,吴儆深相期待,以闻诸当世大儒之学授之,寄望吴垕能世其学。吴垕弃举子业,究心于家学而充大之。吴儆不仅教导子侄,而且鼓励子侄与其门生交游。程卓为吴儆高弟,与吴垕友善,吴儆子吴坰又从游程卓。吴锡畴非常注重对其子的教育,吴浩始能言,锡畴即授以《大学》《孝经》《论语》;吴浩五岁入学,庄重沉稳,学有所进;稍长,受过庭之训,益充其闻,多所自得。

(二) 以孝为本,代代相传

吴儆把孝作为立家之本,也以其孝行为后代树立了楷范。吴儆认为:"兄弟天伦也,夫妇人合也,孝友天性也。"(《读友于堂诗书其后》)又云:"弟兄吾手足,父母吾怙恃。"(《和孙先生彦及棣华堂诗韵》)吴儆被擢升为广西南路安抚督监后,力请祠奉亲,曰:"吾奉亲以往乎,亲且老,离井里以戚吾亲,非孝也。上方以孝治天下,其念我乎?"吴儆获准归居后,视父嚬笑以为欣戚,居前有竹洲数亩,因父乐之,吴儆结庐其上,日奉觞酒与父怡愉其中。吴儆离世时,召唤其子嘱托:"子之事亲也,生有养,死有葬。今吾先而祖以死,有余恨矣!汝其毋忘乃父之志,以事而祖。"又曰:"汝其知所以立身立家乎?忠孝者,百行之本也;恭俭者,百行之端也。"①吴儆后代均以孝著称。吴㕒天资孝友,修洁恬淡,其放弃举子业,主要原因在于侍亲,曾曰:"使吾得叨世科,亲不及养矣。"②吴锡畴五岁而孤,常以未能侍亲为恨,每次扫墓,痛不自已。十六岁时,因其兄持家无方,家产几败尽,有人教之讼官,吴锡畴泣谢曰:"贫富命也,二祖以孝友名世,而吾兄弟辄论财产,若先训何?"③吴锡畴切实遵从祖辈孝悌之训,虽终身贫困,未有所怨。吴资深也每以曾祖之孝为念,他衷辑曾祖遗文,与其父吴铉求序吕午,嘱咐必书吴儆托梦之事。据吕午《竹洲集序》载,吴儆见梦于资深曰:"内相程公序吾文固美,而未及吾孝行,何邪?"吕午以为梦因吴儆一念在孝,死犹不忘。实际上这是吴资深日有所思,夜有所梦。

(三)学宗二程,博闻兼通

吴儆家族为典型的理学之家,《新安学系录》共录宋代徽州本籍学者53位,而吴家就占了5位:吴儆、吴㕒、吴锡畴、吴浩、吴资深。

吴儆为学不名一师,博闻兼通。《新安学系录》将吴儆列为张栻、朱熹、吕祖谦的弟子。程敏政亦曰:"昔我两夫子,倡此道于河洛之间,门墙之士,比于邹鲁。盖自龟山三传得文公朱子,自上蔡三传得南轩张子,而东莱吕氏自荥公以来,世受程学,一时及门者与河洛相望。若吾邑竹洲先生吴文肃公,其一人焉。"④实际上,张栻为吴儆师,朱熹、吕祖谦以友论更合适。吴儆通判邕州时,经略广右的张栻甚重吴儆,授以《知言》,传其师胡宏之学。吴儆秩满,张栻敬书"孔子之刚、曾子之勇、南方之强"三章以勉。吴儆自云:"某未第时常从陈阜卿学为举子之文,历仕后常见尹少稽论古文,二先生于古今之文盖习矣而察者。晚而后见薛士隆言王伯之略,见南轩先生论诚明之妙,而志气已衰,精力已惫,方且茫然自失,未知所以为根本大计。"(《答吴益深书》)吕祖谦极为推重吴儆,据陈亮《与吴益恭安抚》可知:"伯恭(吕

---

① (明)程敏政辑撰,何庆善等点校《新安文献志》,卷六九程卓《竹洲先生吴公儆行状》,黄山书社,2004年,第1687页。
② (明)程瞳辑撰,王国良、张健点校《新安学系录》,卷八,黄山书社,2006年,第170页。
③ (明)程瞳辑撰,王国良、张健点校《新安学系录》,卷八,黄山书社,2006年,第184页。
④ (宋)吴儆《竹洲文集》,卷首,《宋集珍本丛刊》第46册,线装书局,2004年,第499页。

祖谦)、君举(陈傅良)于兄极相知,但其力不能有所及,在临安亦尝数数欸语否。"①朱熹也推崇吴儆,其读吴儆《尊己堂记》,恨不能得听其议论。吴儆认为学伊洛者无如朱熹和吕祖谦,肯定二人能究学致用,同时也善于吸收其思想精华。总之,吴儆学术根于伊洛之学,融湖湘学、婺学、闽学,又受永嘉、永康事功学的影响,形成包容兼并的理学思想。

吴儆后代从小接受吴儆之学,也发扬吴儆不名一师、博闻兼通的学术精神。吴垕十五岁游乡校,升讲书,讲篇必祖述濂洛诸儒及考亭夫子之说。虽精于举子业,后弃其所习,究心于理学。吴垕与朱子三传弟子程若庸友善。吴锡畴究心家学,又从师程若庸研核性命之赜,上探考亭之续。吴垕、吴锡畴不固守家学,接受朱子学术,贯通融合二家学术。吴资深受学于从父吴锡畴。吴浩自幼接受其父吴锡畴的教育,与其父一样,终生隐居不仕,专务性理之学,所著《大学口义》传世。明解缙曾列举宋亡元初吴浩等六位重要理学家,认为六人为性命义理之学,不失为文公之徒。吴氏家学逐渐统一于新安理学体系之中,成为朱子学的一部分。

三、吴氏家族文学创作

吴氏家族中,吴俯、吴儆、吴垕、吴锡畴、吴资深、吴浩都曾有著述传世。除吴俯未见存诗外,其他五人都有不同数量的诗歌存世。

吴俯(1124—1174),字益章,吴儆兄。乾道进士,授国学录。吴俯与吴儆绍兴间游太学,时人赞之曰:"眉山三苏,江东二吴。"陆九渊曾评述二人:"大吴造理深刻,下笔如老师说禅,字字有法,不为才气所豪夺。其季乃以《春秋》是是非非之学,行其不可夺之志于场屋间,伯氏所无有也。"②吴儆《竹洲文集》中附《棣华杂著》,其中应收录吴俯之作③。

吴儆(1125—1183),字益恭,学者称竹洲先生,谥文肃。吴儆生而颖悟,日颂千余言。十岁属文,已能道老生宿儒所不能道。绍兴十八年(1148)入太学,太学诸生笔墨角逐,均为首选。绍兴二十七年(1157)进士,调鄞县尉,历知安仁县、通判邕州。淳熙五年(1178),迁知州兼广南西路安抚都监,以亲老奉祠。淳熙七年(1180),起知泰州,转朝散郎致仕。淳熙十年(1183)卒。吴儆博学多闻,"上下数千年间世变升降,制度因革,灿然若指诸掌,而能剂量之以道;出入诸子百家,天官稗说,靡不洞究,而能折衷

---

① (宋)陈亮《陈亮集》,卷二一《与吴益恭安抚(儆)》,中华书局,1974年,第327页。
② (明)程瞳辑撰,王国良、张健点校《新安学系录》,卷八,黄山书社,2006年,第125页。
③ 据程敏政序,《棣华杂著》为吴俯所撰;而四库馆臣认为是吴儆遗稿,有待进一步考证。

之以圣人之经"①。其为文也涵蓄演漾,著《竹洲文集》②。吴儆诗歌下文将述。

吴居(1151—1218),字基仲,号自胜先生。吴儆从子。吴居天资颖慧,十岁能文,吴儆赠之彩索曰"色丝传妙语,新艾粲恩袍"。吴居笃于理学,又嗜文辞。著有《自胜斋集》《雪窗二十咏》《吴基仲诗集》等。程珌《吴基仲诗集序》云:"君之栖幽寂而誉雷霆,生今代而名后世,不在乎区区章句间也,而君固有大于诗者……君之诗平淡质实,亦皆践履体察之所形见者,读者可以想见其人。"③《新安学系录》谓其诗"皆性命道德之要",程若庸、范弥发见之惊叹不已,皆相属和。吴居诗现存2首④,诗中并无太多道学家气息。如《半月台》:"整佩飞身入广寒,宫门半掩彩云端。鬓边牙掠斜方插,手内弓弦直未弯。杨柳梢头醒后见,梧桐疏处静中看。因知世事难圆满,且把胸怀取次宽。"诗歌想象丰富,融理性认识于富有诗意的形象中,颇具理趣美。

吴锡畴(1215—1276),字符范,后更字符伦,自号兰皋。吴居子,吴儆从孙。吴锡畴三十岁弃举子业,沉潜理学,笃实潜修,不以名利穷达入心。度宗咸淳间,知南康府叶闾聘主白鹿洞书院,辞不赴。慕徐稚、茅容之为人,于所居处艺兰,寓无人自芳之意。吴锡畴人品超然流俗,诗歌清新绝尘。有《兰皋集》2卷,吕午、方岳、程鸣凤、陆梦发、方回、宇文十朋、王应麟等人为集作序或题跋。吴锡畴诗歌下文将述。

吴资深(1215—?),字逢源,号友梅。吴儆曾孙。嘉熙二年(1238),缮写曾祖吴儆文集进上,授国史编校。入元,江东道聘充南轩书院山长,不赴。吴资深以诗鸣世,著《索笑集》《友梅集》等。据杨公远诗《次省斋韵觅友梅索笑集不蒙见惠再借韵》,可知《索笑集》在当时影响很大。吴资深诗现仅存3首⑤,大致观其一斑。如《月梅》:"一声渔笛起沧浪,透入疏棂月半床。撩得吟魂无处着,梅花正度隔溪香。"清远幽洁,有不尽韵味。

吴浩,字义父,号直轩。锡畴子,吴儆从孙。笃意理学,著《直轩稿》。吴

---

① (宋)吴儆《吴文肃公文集》,附录程卓撰吴儆行状,《宋集珍本丛刊》第46册,线装书局,2004年,第695页。
② 吴儆文集现存主要版本明弘治本《竹洲文集》、明万历刻本《吴文肃公文集》、四库本《竹洲集》,均为二十卷,附录一卷,然编次或收文有异。
③ (宋)程珌《程端明公洺水集》,卷一二《吴基仲诗集序》,《宋集珍本丛刊》第71册,线装书局,2004年,第111页。
④ 吴居及其诗《全宋诗》未载,明金德玹《新安文粹》卷一二载《半月台》;弘治《休宁志》卷三六载《藏溪》。
⑤ 吴资深及其诗《全宋诗》未录。《新安文献志》卷五三录《山家》,卷五七录《题荆公读书堂》,汤华泉先生已补录。《月梅》一诗笔者据明金德玹《新安文粹》卷一三补录。

浩现存诗《璜源宗人珏寿庆楼》,颂赞宗人舍去荣爵、奉养服勤之世德,艺术价值不高。

吕午曾应吴资深之求为《竹洲集》作序,又为《兰皋集》题跋,对吴氏家族成员诗歌创作深有了解,其感慨而言:"予每念竹洲先生以文章行义惊动一世,岂无有能继家声者?近岁逢原以诗名,实先生曾孙;今兰皋又先生之孙,吴氏世不乏季子矣。"①吴儆以其节行事业和学术诗文为后人树立了榜样,吴氏家族在其指引下代代相继,不断发扬光大。

四、从《竹洲集》到《兰皋集》

吴儆著《竹洲集》,现存诗64首②;吴锡畴著《兰皋集》,现存诗130首。③ 下面对二人诗歌作一比较,以了解吴氏家族诗歌创作特点和发展变化,并由此窥南宋徽州诗坛发展趋向之一斑。

吴儆与吴锡畴祖孙均以理学名世,又有共同的家族背景和家学传统,二人诗歌均非刿目鉥心,刻意而作,而"本深而末茂,实大而华荣"④;无寒瘦酸之态,少伤悲幽怨之意,表现出深富涵养的理学家的健康心态。然由于所处时代不同,生活经历迥异,个人性格情趣的区别,二人诗作又呈现不同的特点。

(一) 诗以言志与诗见性情

吴儆是具有实干精神的地方长官,也是社会活动广泛的理学家,其"胸中义理磅礴郁积,举而措之事业,且无留连,文章特其土苴"⑤,诗歌更是其"余事"。吴儆继承古代诗歌抒情言志传统,现存诗中题赠诗有40余首,占存诗一半以上,其他为即事抒怀诗,描写自然景物诗较少。吴儆抱负不群,胸有大志,曾慨然曰:"使吾得当一面,提精兵数万,必擒颉利以报天子。"⑥其诗中时有国家安危之忧,恢复中原之志,如"万里中原犹未复,一朝赤壁偶成功"(《酹月亭》),"夜入蔡州擒叛将,拟将椽笔颂元和"(《次韵李提点雪

---

① (宋)吴锡畴《兰皋集》,卷首,《宋集珍本丛刊》第86册,线装书局,2004年,第203页。
② 吴儆诗文主要引自明万历刻本《吴文肃公文集》,参及明弘治刻本《竹洲文集》、四库本《竹洲集》及《全宋诗》、《全宋文》。《全宋诗》录吴儆诗65首,其中《送吴令君》《赠吴令君》为他人赠吴儆之作,另据《新安学录》补短句一则。
③ 吴锡畴诗引自《全宋诗》,参及《兰皋集》。《全宋诗》录吴锡畴诗128首,又据吕午跋补断句二则。
④ (宋)吴锡畴《兰皋集》,王应麟跋,《宋集珍本丛刊》第86册,线装书局,2004年,第204页。
⑤ (宋)吴锡畴《兰皋集》,宇文十朋跋,《宋集珍本丛刊》第86册,线装书局,2004年,第204页。
⑥ (宋)吴儆《吴文肃公文集》,附录程卓撰吴儆行状,《宋集珍本丛刊》第46册,线装书局,2004年,第695页。

中登楼之什二首》)等。吴儆认为心存社稷者,应胸怀人民,《寄题淳安陈令君读书林》云:"问君有社稷,亦复有人民。奈何独自苦,学道则爱人。"吴儆忠义激烈,即使身处厄处,也不改初衷,《和唐秘校见贻长篇》云:"君不见少陵流落老更穷,长叹自比稷与契。"吴儆也疾恶如仇,对尸位素餐者尤为鄙弃,《题祝圣寺》云:"当家弗父酋,居位蠹国政。视公岂容诛,三叹发深省。"葛邲谓吴儆"才足以佐理天下而不得居卿相之位","气足以并吞胡虏而不得任铁钺之寄","节足以挥斥奸慝而不得纲维国之风宪","文足以磨光云汉而不得黼藻国之纶綍"①,读吴儆诗歌,也能感受一位文才横溢、气节冠世的伟丈夫的理想抱负和凛然之志。

吴锡畴是全心精研义理的学者,也是倾心于诗歌的诗人,吟咏诗歌可以说是其涵养心性的重要方式。与吴儆外向事功性格相比,吴锡畴内敛而沉静,笃学而淡泊。诗歌多写景状物,有时也直表心迹,诗歌不复有吴儆之壮志豪情,而见一笃实潜修之士安分自赏、清静超然之性情。吴锡畴时时能在大自然中体悟到无处不在的诗情和理意,如《洲上》:"藜杖步芳洲,风花点碧流。诗情凫泛泛,心事水悠悠。有约山长翠,无名草自幽。声声啼布谷,夜雨足西畴。"他心情平和安寂,能从豆花梧叶、秋雨鸟鸣中静静地品味人生,如《寂寂》:"寂寂闭门坐,身闲心太平。豆花含雨重,梧叶坐秋鸣。"吴锡畴对历史社会也有清醒的认识,如《姑苏台》:"歌舞声消迹已陈,危台今日压城闉。麋游莫恨终亡国,谁把鸱夷载谏臣。"吴锡畴自谓性情迂拙,故更情愿于一种安分守己的生活,如《迂拙》:"迂拙安吾分,炎凉任世情。箪瓢自钟鼎,风月即勋名。"宇文十朋跋《兰皋集》云:"余尝爱竹洲先生之为伟丈夫也,游戏翰墨如戛玉铿金,迨慷慨论事顾飘飘然有封狼居胥意……而见其孙兰皋,人与诗俱清者也。特未知视当世事,还肯如竹洲先生规模布置否?虽然,余观兰皋诗集肮脏不遇之意多卞和之璞,固未尝献,非献而不售也。"②吴锡畴少了吴儆的慷慨豪气,其诗也不能达到吴儆诗的宏阔境界,他执著于内圣的追求和道德践履,把理学家的心性修养和诗歌创作化为了自己的生存方式。

(二) 归居之憾与山隐之乐

吴儆晚年弃职求祠、归居奉亲,有着比较复杂的心态。吴儆因政绩显著入京廷对,上呈恢复大计和强国施政方案,对自己和国家的未来信心百倍;

---

① (宋)吴儆《吴文肃公文集》,附录葛邲《宋竹洲先生吴公传》,《宋集珍本丛刊》第46册,线装书局,2004年,第700页。
② (宋)吴锡畴《兰皋集》,宇文十朋跋,《宋集珍本丛刊》第86册,线装书局,2004年,第204页。

后吴儆虽被提升为安抚都监,然仍要到遥远的南疆任职,不仅才志难以充分施展,而且无法侍奉年迈的父亲,这与吴儆的期待相差甚远。年近五十的吴儆感到实现政治理想非常渺茫,忠君和孝亲的天平砝码从前者自然就滑到后者一边。可以说,吴儆的归居之乐是从奉养尽孝中获得的,但并非源于本真意义上的归居愿望。因此,吴儆的一些书写山居生活之趣的诗歌,隐约闪现着一些遗憾,如《子吴子某既结茅竹洲以娱亲,复于居之前沼为亭,以朝爽名之,盖亭西面于晨兴看山为宜》,尾二句"晚山虽好不遮日,谁能触热望长安",似有未能在帝都为官的落寞之感。再如《簟送人诗代简二首》其二,后二句"退食归来高枕处,满林风雨梦潇湘",高枕处尚满林风雨,人也无法平静。不过,吴儆善于调整自己,入则天下为重,出则治家修身,逐渐在归居生活中找到自己的位置,如《独酌》云"饮罢两无言,还读渊明诗",在与陶渊明的对话中体味人生真意。

相较而言,吴锡畴心态显得尤为乐意平和。吴锡畴弃举子业后,已无任何名利之心,即使被聘为白鹿洞书院主讲,也不愿赴职。他恬然归居山林,安于清静闲适的生活。这与其说吴锡畴清高自处,不如说这是他对平淡适意生活的追求和认同,正如四库馆臣所云:"盖笃实潜修之士,不欲以聚徒讲学,嚣竞浮名也。"[①]吴锡畴对荣辱穷达有着清醒的认识,故世间的功名诱惑不入其心,《烟波奇观写兴》云:"自来樵钓无荣辱,到底功名有是非。识得老天穷我意,免教世俗践危机。"外界纷争竞逐会使人找不到自己,而山居生活能带来清心与淡然。《醉吟》云:"涉世谋多拙,逢人口欲瘖。门前流水净,洗尽利名心。"既然没有功名利禄的欲望,也就少却了许多烦恼,能体味到寻常人不能获得的快乐。细心品读以下几首诗歌,能感受到吴锡畴心境的从容与惬适:

> 晚日弄晴阴,徐行野径深。山寒梅韵峭,林杳鹤声沈。缓水元无响,飞云岂有心。颇知闲最乐,天地入清吟。(《晚步》)
> 一笑起推篷,烟云望眼中。橹鸣无调乐,帆饱有情风。山近水偏绿,鹃啼花正红。前途足奇观,行色莫匆匆。(《舟中》)
> 策蹇又山行,看山不识名。平林秋后薄,叠嶂日边明。云近侵衣湿,泉幽照影清。归樵饶乐意,笛弄两三声。(《山行》)

徐行野径、缓水无响的闲心,橹鸣泛舟、烟云望眼的逸情,平林叠嶂、归樵笛弄

---

① (宋)吴锡畴《兰皋集》,卷首,《宋集珍本丛刊》第86册,线装书局,2004年,第201页。

的诗意,都能给吴锡畴带来意想不到的快乐。吴锡畴的乐趣在于对"道"的深刻体悟,是"学道而至于乐",表现了其理学追求达到了一种更高的境界。

(三)自然生华与刻意清新

吴儆欣赏诗出肺腑、不假雕琢的创作方式,"浮云出岫本无意,立雪齐腰谩觅心",认为柳宗元、刘禹锡畅达高于郊、岛的雕琢苦吟,"便合元刘论伯仲,岂同郊岛费呻吟"(《诗和刘守韵》)。他的诗歌确像刘禹锡诗高远俊洁、清朗超迈,如《寓郡城客舍热不可寐与程彦举坐语达旦》:"淡月微云对倚楼,无声河汉自西流。高城忽起梅花弄,散作晴空万里秋。"结句之联想自然贴切,亦见其通达开阔之气度。再如《次韵李提点雪中登楼之什二首》其二:"朝来园柳变融和,深院啼鸦少客过。清坐渐看银色遍,佳眠更觉溜声多。谩夸明月舟中兴,争似销金帐底歌。夜入蔡州擒叛将,拟将椽笔颂元和。"引笔题诗,一挥而就,诗渊雅自然,气势贯通。程珌认为吴儆"才俊而言卓,德厚而言醇",其辞章"则峭直而纡余,严洁而平淡,质而不俚,华而非雕,穆乎郁乎有正笏垂绅雍容廊庙之风"①,人与文表里相符,无意于华而自然成之。吴儆积学甚厚,又豪迈不俗,"非若世之务艰险以为奇,事雕镌以为新"②,故能厚积薄发,自然生华。

吴锡畴现存诗歌全为近体诗,对诗的表现技巧已经有了自觉意识。他曾拜访方岳,探讨诗艺诗法。方岳评吴锡畴诗:"意王恺之珊瑚扶疏二尺美止此矣,比吴君过予崖下,出其宝则高三四尺者六七株,如'燕未成家寒食雨,人如中酒落花风'者尚多也,子其秘之,毋使豆粥韭齑为帐下儿所笑,彼恺辈那得与君争长。"③吕午读《兰皋诗》后甚为称赏,又选以其五言诗四联、七言诗三联为佳句。现择几联如下:

> 草色迷幽径,禽声出晚山。(《春望》)
> 高峰明落日,危石响幽泉。(《山村问宿》)
> 轻薄杨花芳草岸,凄凉杜宇夕阳山。(《晚春》)
> 清风千载梅花共,说着梅花定说君。(《林和靖墓》)

吴锡畴重视锤炼和选用字词,然而并非有句无篇。如《蓝溪道中》:"绿筱雨初歇,清和日正长。乳禽穿薄霭,弱蔓上颓墙。村市笋厨美,田家䴵饵香。

---

① (宋)吴儆《竹洲文集》,卷首程珌序,《宋集珍本丛刊》第46册,线装书局,2004年,第50页。
② (宋)吴儆《吴文肃公文集》,吕午序,《宋集珍本丛刊》第46册,线装书局,2004年,第587页。
③ (宋)吴锡畴《兰皋集》,方岳序,《宋集珍本丛刊》第86册,线装书局,2004年,第203页。

老翁扶杖出,小立看移秧。"全诗一句一景,形象描写雨后生意盎然的乡村图景,尤其是尾联以老翁小立看秧收结,给人带来不绝余味。又如《渔父》:"箬笠尽自了生涯,岸尾沙头即是家。入夜醉归横短笛,满江明月浸芦花。"人与景水乳交融,理与境相合无间,既有唐诗风味,又不乏宋诗理趣。四库馆臣云:"盖其刻意清新,虽不免偶涉纤巧,而视宋季潦倒率易之作,则尚能生面别开。"①其评价颇为中肯。

吴氏家族是徽州典型的文学家族,家族成员传承理学思想,躬行孝悌之训,爱好文学创作,一以贯之,代代不绝。从吴俯、吴儆兄弟,到吴垕,再到吴锡畴,至第四代吴资深、吴浩兄弟,商山吴氏家族基本经历了整个南宋的风云变幻。由于时代发展,人事更迭,家族成员也在悄然发生着转变,从积极从仕、外向事功到恬然归隐、不问世事,从议论学术、博闻兼通逐渐到潜心性理、融于朱学。与之相关的是,诗歌创作也发生变化,诗歌题材内容由广博趋于狭窄,表达方式从主言志到重性理,艺术风格从宏阔俊朗、自然无华到纤巧平和、刻意清新。吴氏家学和诗歌发展均呈现出内敛性、精致化的趋向。吴氏家族诗歌创作的传承与变化,也反映了南宋徽州诗坛的一种发展趋势。

---

① (宋)吴锡畴《兰皋集》,卷首,《宋集珍本丛刊》第 86 册,线装书局,2004 年,第 201 页。

结　　论

　　文学的发展既是"有序的历时的发展过程",也是区域文学不断兴起并"逐步走向主流,从而导致整个文学风气更新演进的过程";然而不同区域因其地理环境、历史传统的差异以及社会政治、经济等状况的悬殊,使"它们参与文化整合的时间和方式也是不可能整齐划一"①。曾经是荒服之地的徽州,其文化水平在相当长的历史时期落后于中原地区。徽州文学发轫于南朝,兴起于唐,直到宋室南渡前后,徽州诗坛才崛起于全国诗坛之林,并且以上升趋势蓬勃发展。徽州诗坛的兴盛,是宋代社会文化的发展与徽州特殊的地理环境共同作用的结果。宋代徽州诗坛像一个晚出生但成长快的孩子,因为文学经验不足,加之重视学术追求等因素,文学艺术成就并不特别高,影响也不算很大。但是,其百余人的创作队伍以及八千余首诗歌作品,已具有了相当大的规模,而且诗歌在思想内容和艺术形式上,也呈现出较为鲜明的地域特色。宋代徽州诗坛初步形成一方独特的文学领地,是宋代文学和地域文化研究不可替代的重要标本。

一、宋诗视域中的徽州诗坛

　　丹纳《英国文学史》论述文学发生和发展的三个动因:种族、环境、时代。其启示意义是,地域文学的研究,一方面,应该把人的文学活动置于时代与环境交织的时空范围内,从而揭示某一地域在一定时期内的文学特征;另一方面,应该把地域文学置于宏观的文学史的框架中,从而在更大时空范围内考察地域文学的发展过程和历史作用。

(一)宋代徽州诗坛发展过程

　　宋代诗歌发展,经历了从北宋时的革新、繁荣到南宋时的中兴、衰落的过程,具有明显的上升和衰败的趋势。徽州诗歌的发展与宋诗总体发展并不同步。北宋时期,徽州诗歌发展明显迟缓于宋诗总体进程;南渡前后徽州

---

① 程杰《北宋诗文革新研究》,内蒙古教育出版社,2000年,第250页。

诗坛崛起,其后基本呈上升趋势发展;南宋后期,在宋诗整体发展开始下滑时,徽州诗坛逐渐走向繁荣,并延续到宋末元初。

北宋时期,徽州诗坛发展较为落后。徽州诗人及诗歌数量较低,现有存诗徽籍诗人33位,现存诗歌总计277首;而且诗歌文学成就不高,文学影响也不大。北宋前期徽州诗坛为五代入宋诗人引领,诗歌创作更多表现出"白体"和"晚唐体"特点;中后期呼应诗文改革之风,丘濬等人诗歌表现出直面现实和大胆创新精神,然整体创作特色并不明显。在北宋轰轰烈烈的诗文革新大潮中,徽州既没有出现宋诗新变的先锋,也缺乏参与宋诗发展中的重要作家,只是零星地溅出些许几乎不为人知的水花。不过,北宋徽州诗人和仕徽诗人的创作,不仅积累了许多创作经验,而且培养和储备一批文学人才,为徽州诗坛在全国的崛起和发展奠定了基础。

南渡前后,徽州诗坛实现了飞跃发展。随着徽州时代的开始和南宋政权的南移,徽州本籍诗人及创作数量剧增,徽州诗坛也开始崛起。现有存诗的徽州诗人26位,存诗681首,尤其是高产诗人朱松成为徽州诗坛一面鲜明的旗帜。南渡徽州诗坛诗学成就突出,朱弁《风月堂诗话》和胡仔《苕溪渔隐丛话》表现了不同的诗学旨趣。仕徽诗人以汪藻和范成大影响最大。南渡前后,徽州诗人多分散到福建、湖州、临安及北方的金国等地,诗坛凝聚性不强。徽州诗人多保持一种自然的创作态度,表现出异于居主流地位的江西诗派的艺术风貌,然总体创作尚显粗疏,艺术成就不高。

孝宗到宁宗前期,南宋社会出现中兴局面,徽州学术和文学的发展也保持强劲的势头。徽州本籍诗人及创作增多,现有存诗者45位,存诗1 805首,王炎、汪莘、程珌、程洵存诗均达百首以上。朱熹在徽州的学术传播,使朱子学成为徽州诗坛的思想统帅,诗坛成员因共同的理学追求而空前凝聚,理学诗人成为徽州诗坛创作的主要力量。受理学的影响,徽人诗学思想和诗歌创作均呈现出与学术联姻的特征:一方面理学诗人赋予诗歌以体道言理的大用,诗歌创作不仅是义理表达的一种手段,而且成为涵养性情的方式;另一方面,诗歌地位无形中降于学术之下,诗人对审美价值重视不够,理学追求在不同程度抑制了诗人艺术的进一步提升。

南宋后期,整个社会由中兴开始走向衰落,徽州诗坛却呈现出相反的发展态势。徽州本籍诗人及诗歌数量继续攀升,徽州诗人的影响也进一步扩大。此期现有存诗的徽州本籍诗人53位,存诗5 837首,存诗百首以上的诗人有7位。高产诗人方岳不仅以其诗歌创作成就在南宋后期独领风骚,而且引领了更多徽州诗人进行创作,把徽州诗坛推向南宋领先之列。以方岳为中心的徽州诗人,诗歌少有卑怜凋敝之态,表现出对整个社会颓衰时风的超越;而且诗人开始重视诗歌艺术特征,探讨诗歌语言表现技巧,相对于之前的诗歌创作,艺术审美价值有了较大提高。

宋代徽州诗坛的崛起和发展,是宋代社会文化的发展与徽州特殊的地理环境共同作用的结果。宋代崇文尚教、科举取士的文化政策,不仅使生存艰苦的徽人看到了改变自身及家族命运的出路,也唤起了徽人对文化和文学的兴趣。随着宋室的南渡,徽州处于京畿文化辐射地带,理学开始传入徽州并迅速发展,学术的繁荣对于徽州文学影响巨大。宋代徽州宗族文化的发展,强化了徽人的宗族观念,也促成了众多文学家族的涌现。随着徽州文化的发展兴盛,宋代徽州诗坛也从酝酿、崛起,到壮大、繁荣,终于在宋诗创作格局中占据了一席之地。

(二) 宋代徽州诗歌思想内容

徽州四塞险要,长期与外界处于近乎隔离的状态。宋室南渡后,徽州成为交流和传播汉文化的重要地区。面对宋代文化和诗歌发展成果,徽州诗人有选择地吸取其营养,同时又保持着相对疏远的创作姿态,从而徽州诗歌创作也表现出较为鲜明的地域特征。从思想内容方面来看,宋代徽州诗歌题材比较丰富,多方面地展现了徽州士人的物质生活、人生追求和精神境界。

首先,徽州诗人对徽州独特的自然风景和民生风俗的抒写,为宋诗增添了新鲜的内容。徽州的山水之美的描写和赞颂,并不由徽州诗人开始,更不是徽州诗人的专利,但在生于斯长于斯的徽州诗人笔下,山水图像更为逼真生动,也承载着更多的期望。徽州诗人热衷于书写的日常生活,不管是饥饿之中对食物的无尽畅想,还是对桃源生活的深深依恋,不管是贫困的生存处境中徽人对新的出路的选择,还是文化传播带来的徽人信仰的变化,都给读者带来了新奇的阅读体验和感受。

其次,徽州诗人在诗歌中表现了对社会现实的关注和人生价值的思索,反映了特殊的地域文化心理。徽州诗人多由科举而入宦,儒家思想和精英意识,使诗人社会责任感增强,诗歌反映了其远大理想、忧患意识和斗争精神。徽人怀着报效国家和改善家境的美好理想离开家乡,而梦想与现实的反差和理想的失落,又使诗人产生强烈的归乡情绪和隐逸欲望。诗歌抒写了诗人离乡与还乡、入仕与隐逸的情感悖反和心理纠结,不仅反映了诗人的精神追求和价值观念的矛盾性,也表现了中国古代士人无法摆脱的生命困境。

再次,徽州诗人通过诗歌表达了自己的理学认识和道德追求,典型体现了理学对"朱子阙里"学子的影响。理学诗人在创作中有意无意地表现自己对理的体悟,甚至把诗歌当作传播理学的工具而直接阐述理学观点。不过,理学对诗人的影响更多地表现为重视个体的品行学识和道德修养,由此,诗歌创作也成为涵养情性、完善道德人格的一种手段,道学家的头巾气息多融在诗人表现心性修养的叙述之中。另外,徽州诗人的情与理的矛盾冲突在诗歌中也有表现。徽州诗人一方面维护和弘扬人伦亲情,一方面又克制自己的情感表述,当诗人理不胜情时,也出现不少真挚动情的诗篇,尤其是王炎、吴龙翰等人的爱情诗,为很少言情的宋诗增加了一抹亮彩。

(三) 宋代徽州诗歌艺术特征

不同诗人及其诗作,都具有不可替代性和不可重复性;然任何个人的创作,都是时代精神和心境的写照,也无不打上了地域文化的记忆印迹,从而表现一定时空范围内人们的审美追求。宋代徽州诗人的奇新之趣、气格崇尚和义理体悟,使诗歌也呈现出独特的美学风貌。

首先,无意求之的新奇美。徽州诗人普遍具有奇新之趣,除了受宋代普遍的求新尚奇的诗风影响外,根本在于自身心理结构的特殊性。奇山秀水滋生了徽人强烈的好奇心和超乎寻常的想象力,广学博识助长了徽人的求异思维和创新意识,因此,与江西诗人有意识地凸显奇峭硬险之美不同,徽州诗人的新奇之作多是自然感发、无意求之而为。徽州诗人不仅易于发现事物的新奇之处,而且善于从具体可感的事物出发而展开丰富奇特的联想,这在想象力受阻遏的宋代是难能可贵的。想象和学识的结合,使徽州诗人的感知和思维方式往往与众不同,从而在语言表达上也呈现出新奇性。

其次,一以贯之的气格美。气格美是徽州诗人精神风貌与自身修养在诗歌创作中的艺术呈现,也集中反映了徽州诗人的审美理想。崇尚气格是宋代诗人的总体趋向,徽州诗人的典型意义在于不仅以自己的生命实践弘扬气格,而且在诗歌创作中一以贯之地承继并发展北宋范、欧开创的健康诗风。诗人在诗歌中满怀信心地高扬生命之气,凸显主体人格力量和精神境界,题材选择与意象运用与之相应,格调高昂,气势较盛,语词刚劲,外放有余而含蓄不足,总体呈现出刚健隽朗的风格。

再次,自觉言理的理趣美。徽州诗人普遍热衷于说理,除了受宋代诗风影响之外,更因徽州浓厚的理学氛围而尤为突出。与宋人以理入诗的趋向和结果相似,徽州诗歌中出现了被人诟病的理障之弊,甚至有语录讲义之诗,但也不乏既有哲理性、又有趣味性的理趣诗。不少诗人能在创作中通过吟咏刻画具体形象的事物来阐说道理,在启迪人心智的同时又能给人审美的愉悦。应该指出的是,理趣考量的不仅是诗人对自然社会人生的思考与体悟的深浅广狭程度,而且还要求诗人具有较高的艺术表达能力,相对于体道说理的自觉性而言,对于诗艺诗趣,徽州诗人多存在不屑为之的主观认识,加之客观上的文学经验不足,这样,从诗歌创作总体而言,诗歌的理趣之美也就打了折扣。

徽州诗歌在起步上远滞后于文学发达地区,虽然奋起直追,但由于普遍缺少日锻月炼的功夫,诗歌创作并没有取得突出的成就;不过在过多人为化的宋诗中,徽州诗歌也多保持了一份本真状态。徽州诗歌作为宋诗的有机组成成分,不仅与其他地域的诗歌共同构成宋诗的体系,在一定程度上深化和扩充了宋诗的思想内容;同时亦作为一独特的标本,丰富了我们对宋诗艺术特征多样性的具体感知和理性认识。

二、地域文化视域中的徽州诗歌

"地域"不仅意味着某一自然空间或行政区域,也是凝聚、沉淀着历史和时代精神的"特殊的文化的人造物"。地域文学是地域文化的组成部分,与地域其他文化要素有着密切的关系。当我们把徽州诗人活动置于徽州文化生态系统中,不仅可以深入理解徽州诗人创作的地域特征,而且可以更全面地认识徽州文化。

(一) 徽州文化的有机组成

徽州是其区域全部自然因素和人文社会因素化合而成的文化空间,而徽州诗坛是徽州区域文化显现、构成的一端。一方面,徽州诗坛的风貌及演化,都取决于其文化性格;另一方面,徽州诗歌是徽州文化发展的一闪亮标签,在一定程度上反映并且塑造了徽州文化的地域性格。

徽州四塞险要,长期与外界处于近乎隔离的状态。由于朝廷官员的管理和中原士族的入迁,汉文化与本土山越文化不断碰撞、交融,至宋代才真正确立了汉文化主导地位。宋室南渡后,徽州进入京畿文化辐射地带,成为交流和传播汉文化的重要地区,徽州的教育、科举、家族、文学等都也迅速发展起来,徽州文化空前兴盛。宋代徽州诗歌的勃兴与徽州文化有着密切的关系,宋代徽州诗歌的兴盛也是徽州文化繁荣的重要表征。

诗歌作为一种富有创造性的精神产品和艺术体式,不仅是地域文化的重要载体,也是地域文化中的有机组成部分。徽州诗人以独特的观照方式和想象性语言构建的文学世界,折射出其所处地的历史文化风俗,反映了一定时空范围内人的思想情感和价值观念。而且诗人以"文学的想象与叙事广泛而有效地参与了'地方感'的编码与建构,参与了地理空间的生产"[①]。

---

① 刘小新《文学地理学:从决定论到批判的地域主义》,《福建论坛》2010年第10期。

因此,徽州诗歌以其丰富的表现内容成为地域文化组成部分,对于徽州地域文化的建设有着重要的意义。

(二) 徽州文化的文学文献

诗人在创作中,固然可以通过想象产生非凡的事物,然而熟知事物及惯常印象必然出现在作品之中。诗歌由于其形式的灵活性、创作者的广泛性,其呈现的地理景观、生存状况和文化风俗等,相比于其他志书更为形象和丰富。从这个意义上来说,诗歌是地域文化的重要载体,也是研究地域文化的重要的文学文献。

徽州地理环境和文化习俗是徽州诗人的审美对象,也是徽州诗歌重要的艺术表现内容。阅读徽州诗歌,可以了解徽州众多的奇山怪峰、山泉溪水、岩洞险滩等风景,见识了如牛尾狸、银茄、猫头笋、老来红、纸衾、眉子砚、松墨等物产。徽州诗歌也透射出当时徽人的生存状况,如从诗人饥饿时的自我解嘲和对蕨笋、蟹螯等食物诗意想象,可了解徽州物质资源的匮乏;从诗人笔下对于蚕农、渔夫、砚工、排门夫、裱书者等的描写,可见出徽人在自然条件和官府压榨下对生活出路的选择。通过诗歌,还能初步了解徽州人当时的信仰,如黄山、齐云山、颜公山等诗篇表现了对自然和神仙的敬畏;僧庙在诗中的出现也反映了佛道对徽人的影响;而岳武庙、晦庵亭等颂诗则反映了对志士、名儒的崇拜。诗人以其独特的诗歌表述方式,绘就了徽州最为生动的自然和人文地理画卷。

徽州诗歌的兴盛是徽州教育、科举的重要成果,诗歌创作也能在一定程度上反映教育和科举的状况。首先,通过唐宋、两宋徽州诗人及诗歌创作的数量比较,可以大致了解宋代徽人对文学教育的重视程度。其次,通过徽州诗人是否具有进士身份和其诗歌所表现的思想内容,可以大致了解科举入仕对诗人群体形成及其创作的影响。另外,从诗歌中艺术手段的运用如用典、炼字等,可以了解徽人学习接受主流创作或受某一作家影响情况。尤为值得一提的是,有些诗歌中还有对教育内容和形式的描写,本身就是教育文献,如程珌、王炎等人的勉诫诗,有助于了解其家族的教育状况;朱权的《西山书院》、戴泳的《槐溪书院》等诗,又能弥补史料对徽州书院的记载等。

徽州的学术状况及对文学的影响,也在诗歌创作中得以表现。首先,新安理学学者的学术著作,大多没有存世,其学术思想除了史志记载外,可以从诗歌中去获取一些信息,如朱松、汪莘等人的理学观点,主要通过诗歌得以补充。一些理学诗人的宣讲理学思想的诗歌,如詹初的《理气》《心如谷种》等,虽然文学艺术性欠缺,却保留或表现了其理学观点或主张,具有一定的学术文献价值。其次,学者之间的关系,可以从徽人的交往诗中找到相关的线索。如据王炎《与朱侍讲晦翁论谅中开讲事》一文,可知王炎与朱熹学术观点有分歧,但如果阅读朱熹《次晦叔寄弟韵二首》和王炎《次韵朱晦翁十梅》等诗,可以断定二人相交甚笃,王炎作为挚友坦诚指出朱熹的讲授不合礼制。再次,从理学诗人吟咏的内容,也可见理学诗人心性修养、胸襟气度等,如诗歌中对正义气节的坚持、对高洁人格的追求、对"闲""静"等的钟情等,都充分展现了诗人的品德情操、修养风度和生活方式。

另外,徽州宗族的发展及对文学的影响,不仅可以从文学家族成员诗人及诗歌数量得以佐证,可以从徽人编纂先人的诗文集获得相关资料,也能从诗歌创作的内容提取相关信息。当我们集中考察一个家族不同成员的创作时,既可以看到受家族影响不同诗人的精神和文学追求具有相近的趋向,也能从不同代的家族成员创作的相异之处发觉家族随着时代思潮发展而逐渐发生变化的脉络。

(三) 徽州文化的情感载体

诗歌是一种古老而又纯粹的文学体裁,其本质特征和重要功能就是抒情言志。徽州诗歌是诗人情感志向和思想观念的载体,是徽州精神文化的凝聚和表现。通过诗歌不仅可以更为深入地了解诗人的真实的心理世界,而且可以洞观徽州的士风民情和精神追求,因此诗歌又是研究徽州地域文化的特殊的心理情感文献。

从徽州诗人诗歌创作总体来看,两宋徽人在诗歌中表现的情感,有两个比较显明的特点,一是重情向尚理的转变,一是出仕与归乡的纠结。

重情向尚理的转变。徽州诗人情感丰富,重情好义,在诗歌作品中得以充分地显示:或忧国忧民心存天下,或追慕先祖怀恋家人;或壮怀激烈体现无畏的抗争精神,或异乡漂泊抒发浓烈的游子之愁;或彰显不为世用愤激亢奋的狂士情怀,或表达安于山居闲适自在的儒者之乐。不过从诗中也可以看出理对情的制约。从诗人整体来看,南宋中期之前诗人比较外放,诗歌创作多以抒情言志为基本手段,议论说理情感态度也比较强烈;中后期诗人大多内敛,诗歌以涵泳心性、表意明理为主要内容,情感态度平和泰然。诗歌的表达方式和思想内容的变化,可以看出程朱理学对徽人学术追求、文学创作乃至生活方式、情感态度的影响。

出仕与归乡的纠结。徽州诗人一方面满怀憧憬、信心百倍地走出徽州,意欲有所作为;一方面又痴情地、热切地向往归隐,而这种欲望往往要超过前者。诗人在诗歌中或者流露理想失落的愤懑,或者抒写欲归不能的痛苦,或者表达脱离仕宦的隐逸之乐。归隐往往与返乡结合在一起,归耕之地一般指向徽州,从而徽州不仅是诗人实在的家乡,也成为诗人精神家园的隐喻。当诗人抒发自己的情感怀抱和精神困惑,并且把自己的理想追求赋予想象构建的"家园"时,徽州也带有更多个人的体验和想象的成分,诗歌中的徽州更为纯净和自然,多洋溢着自由和真情,是更适合人心性的"桃花源",因此也成为一个超越于实在徽州的新的"地域"。诗人对徽州的诗意抒写,在一定程度上强化了徽人的宗族观念和安土重迁的心理,引领了徽人"向内转"的精神追求和行为选择,使徽人更乐于在远行一段路之后享受"青山绿水中蝴蝶的安详"①。

徽州诗歌不仅是地域文化的重要的艺术载体,直接或间接反映地域文化;同时"也反作用于人文地理与地域文化","是塑造地方性的一种力量"②。从这个意义而言,徽学研究不应只把徽州诗歌作为徽州文化中可有可无的点缀,而应该努力去开拓、挖掘这片神奇的土地。

三、徽州诗人创作启示意义

徽州文化不仅具有鲜明的地域特色,也凝聚了中国传统文化的基本因子。徽州文化相对于别的区域而言,传统文化保留得最多也最完整,故成为中国传统文化的典型之一。当我们肯定徽州诗歌与徽州文化的不解之缘时,在某种程度上也承认了徽州诗歌与中国传统文化的关系。徽州诗人及其诗歌在弘扬传统文化、培养道德人格、启示现代人精神追求方面,也有着重要的意义。

(一) 坚持道义,崇尚气节

徽州山峭水清,俗尚骨鲠,以刚烈勇武著称。随着中原士族入迁、教育的普及和理学的传播,徽人尤为推尊清刚高行之士,更重道义气节。徽州诗人以自己的行为实践和诗歌抒写,张扬了刚义持节的优良品质。

伸张正义、刚正不阿是徽州诗人典型的性格特征。南渡之后,世风日卑,攀附权臣求取富贵者比比皆是,而徽州诗人敢于忤逆权势,扬清激浊,在诗中痛斥邪恶,弘扬气节,表现出凛然刚毅的高尚气格。庆元党禁,摈斥道学,而徽州的理学诗人尚能不屈其道,无论是詹初、金朋说等弃官犹弃敝履,还是程洵、程永奇等执著追随朱子,其人其诗都表现出信守道义、矢志不渝的精神。

坚贞不屈、保持气节是多数徽州诗人的道德准则。凌唐佐、朱弁等身处异族、持节不移;胡舜陟、金安节、朱松、方岳等不畏强权,力主抗战;许月卿、孙嵩、江恺、汪宗臣等归隐山中,义不仕元。他们以自己的行为树立了忠义

---

① 赵焰《思想徽州》,东方出版社,2006年,第7页。
② 刘小新《文学地理学:从决定论到批判的地域主义》,《福建论坛》2010年第10期。

爱国的旗帜,以诗笔谱写了一曲曲捍卫民族尊严的篇章。

徽州诗人对气节的坚守和对气格之美的崇尚,不仅对于南宋日趋颓衰的世风、士风、诗风有着纠正补弊意义,而且对于后人也有着极大的教育和鞭策作用。当今社会,随着外来文化的大量涌入,价值失范、信仰失落也成了不容忽视的问题,重新发掘遮蔽许久的宋代徽州诗人及诗作,弘扬其崇高的精神意志和气节品质,对于引领当今世人的精神追求具有重大的意义。

(二) 价值体认,完善自我

徽州山限壤隔,人本性真纯而自信。在理学传入后,徽人信奉朱子学说,自觉追求道德人格的完善。徽州诗人在诗歌创作中抒写了对人生的思考和追寻,凸显出不断追寻个体价值和人格理想的主体意识。

徽州诗人对自己的价值表现出充分的自信,诗人似乎不是为了实现诗的价值而作诗,而是为了突出个人的价值而进行言语表达。无论是朱松"补衮抱经纬"、程珌"龙伯坐鳌头"的壮志,还是汪莘"插天截海蟠金城"、方岳"老子胸吞云梦泽"的浩气,或是金朋说"眼前皆是春"、吴锡畴"浩荡一鸥轻"的通达,不仅表现了其对自我能力的欣赏,对自我价值的肯定,而且显示了其意欲实现自己的生命理想的自觉性和主动性。

徽州诗人的主体意识还表现为对自我尊严的捍卫和独立人格的追求。理想与现实常会龃龉,目标与所得总有落差,特别是希望通过取得一定的政治地位来实现自己的宏图大志者,往往会面临许多两难的选择。徽州诗人通常不会放弃自己的道德原则去赢得升迁的机会,更不会以丧失自己的人格自由和尊严以实现自己政治理想,如王炎"气格俨然冠剑臣"、方岳"不将此手揖公卿"、许月卿"决不能枉道以事人"等,均显现了其坚持自己的独立意志、捍卫自身尊严的主体精神。

徽州诗人注重个体的品行修养,并自觉地通过道德实践去发展完善理想人格。儒家倡导"达则兼济天下、穷则独善其身","兼济天下"未必皆能,而"独善其身"却是徽州诗人的普遍选择。除了仕途失意者转向修身自高之外,还有不少诗人如汪晫、吴锡畴等,均是自愿选择潜习理学来实现自我价值。在徽州诗人的创作中,普遍表达了对高洁正直品格的肯定,对学博德高才识的欣赏,对恬淡自乐境界的追求,反映了诗人不断涵养性情、自我提升的努力。

对人生价值的思考和生命意义的追寻,是人们学识修养积累到一定程度的结果,也是进一步完善自我、形成高尚人格的基础。在世界日益市场化的 21 世纪,商业社会使人的追求表现为物质崇拜与精神滑落的失衡状态,培养健全的道德人格和积极的主体意识是亟待解决的问题。宋代徽州诗人及其诗歌创作,或能给予我们一些重要的启示。

参考文献

一、典籍

（清）阮元校刻《十三经注疏》，中华书局，1980年。

（宋）朱熹撰，朱杰人等主编《朱子全书》，上海古籍出版社、安徽教育出版社，2002年。

（汉）班固撰，（唐）颜师古注《汉书》，中华书局，1962年。

（南朝宋）范晔撰，（唐）李贤等注《后汉书》，中华书局，1965年。

（晋）陈寿撰，（南朝宋）裴松之注《三国志》，中华书局，1959年。

（宋）欧阳修、宋祁等撰《新唐书》，中华书局，1975年。

（元）脱脱等撰《宋史》，中华书局，1977年。

（明）宋濂等撰《元史》，中华书局，1976年。

（明）陈邦瞻撰《宋史纪事本末》，中华书局，1977年。

（宋）李心传撰《建炎以来系年要录》，中华书局，1956年。

（宋）陈骙、佚名撰，张富祥点校《南宋馆阁录·续录》，中华书局，1998年。

（清）陆心源撰《宋史翼》，中华书局，1991年。

（宋）司马光撰，（元）胡三省音注《资治通鉴》，上海古籍出版社，1987年。

（宋）李焘撰，（清）黄以周辑补《续资治通鉴长编》，上海古籍出版社，1986年。

（清）黄宗羲撰，（清）全祖望补修，陈金生、梁运华点校《宋元学案》，中华书局，1986年。

（明）程曈辑撰，王国良、张健点校《新安学系录》，黄山书社，2006年。

（宋）祝穆撰，（宋）祝洙增订，施和金点校《方舆胜览》，中华书局，2003年。

（清）乾隆二十九年《钦定大清一统志》，文津阁《四库全书》，史部第475册，商务印书馆，2003年。

（清）顾炎武撰《天下郡国利病书》，《四部丛刊三编》，史部第21册，商务印书馆，1935年。

（清）赵宏恩等修《江南通志》，文津阁《四库全书》，史部第507—513册，商务印书馆，2003年。

（清）沈葆桢等修，何绍基等纂光绪重修《安徽通志》，清光绪四年刻本，《中国地方志集成》，凤凰出版社，2011年。

（宋）赵不悔修，罗愿纂淳熙《新安志》，清嘉庆十七年刻本，《宋元方志丛刊》第8册，中华书局，1990年。

（宋）赵不悔修，罗愿纂淳熙《新安志》，宋淳熙二年修、清光绪十四年重刊本，《中国方志丛书》，成文出版社，1974年。

（宋）罗愿编纂，萧建新、杨国宜校著《〈新安志〉整理与研究》，黄山书社，2008年。

（明）彭泽修，汪舜民纂弘治《徽州府志》，明弘治十五年刻本，《天一阁藏明代方志选刊》，上海古籍书店，1964年。

（明）何东序修，汪尚宁等纂嘉靖《徽州府志》，明嘉靖四十五年刻本，《北京图书馆古籍珍本丛刊》，史部第29册，书目文献出版社，1998年。

（清）丁廷楗等修，赵吉士等纂康熙《徽州府志》，清康熙三十八年刊本，《中国方志丛书》，成文出版社，1975年。

（清）马步蟾修，夏銮纂道光《徽州府志》，清道光七年刊本，《中国地方志集成》，江苏古籍出版社，1998年。

（清）张佩芳修，刘大櫆纂乾隆《歙县志》，清乾隆三十六年刊本，《中国方志丛书》，成文出版社，1975年。

（民国）石国柱修，许承尧纂民国《歙县志》，民国二十六年排印本，《中国地方志集成》，江苏古籍出版社，1998年。

（明）程敏政纂修，欧阳旦增修弘治《休宁志》，明弘治四年刻本，《北京图书馆古籍珍本丛刊》，史部第29册，书目文献出版社，1998年。

（清）廖胜煃修，汪晋征等纂康熙《休宁县志》，清康熙二十九年刊本，《中国方志丛书》，成文出版社，1970年。

（清）何应松修，方崇鼎纂道光《休宁县志》，《中国地方志集成》，江苏古籍出版社，1998年。

（民国）葛韵芬等修，江峰青纂民国重修《婺源县志》，民国十四年刊本，《中国地方志集成》，江苏古籍出版社，1996年。

（清）周溶修，汪韵珊纂同治《祁门县志》，同治十二年刊本，《中国地方志集成》，江苏古籍出版社，1998年。

（清）吴甸华修，程汝翼等纂嘉庆《黟县志》，同治十年据嘉庆十七年刊本重刊，《中国地方志集成》，江苏古籍出版社，1998年。

（清）清恺等修，席存泰纂嘉庆《绩溪县志》，嘉庆十五年刊本，《中国地方志集成》,江苏古籍出版社,1998年。
(明)鲁点纂修《齐云山志》,北京图书馆藏明万历刻本,《四库全书存目丛书》,史部第231册,齐鲁书社,1996年。
(清)闵麟嗣纂修《黄山志定本》,清康熙刻本,《四库全书存目丛书》,史部第235册,齐鲁书社,1996年。
(元)陈栎辑,(清)程以通补校《新安大族志全集》,《徽州名族志》上册,全国图书馆文献缩微复制中心,2003年。
(明)戴延明、程尚宽等撰,朱万曙等点校《新安名族志》,黄山书社,2007年。
(明)曹嗣轩等辑,胡中生、王夔点校《休宁名族志》,黄山书社,2007年。
(宋)吴浩纂修,(明)吴明庶、吴士彦等续辑《商山吴氏重修族谱》,明崇祯十六年刻本。
(明)汪湘纂修《汪氏统宗谱》,北京师范大学图书馆编《明刻孤本秘籍丛刊》,广西师范大学出版社,2010年。
(明)汪璨、汪尚和等纂修《西门汪氏族谱》,明嘉靖六年刻本。
(清)汪澍、汪逢年等纂修《西门汪氏宗谱》,清顺治九年刻本。
(清)施璜撰,陈联、胡中生点校《紫阳书院志》,黄山书社,2010年。
(宋)陈振孙撰,徐小蛮、顾美华点校《直斋书录解题》,上海古籍出版社,1987年。
(元)马端临撰《文献通考》,浙江古籍出版社,2000年。
(清)永瑢等编《四库全书总目》,中华书局,1965年。
(清)瞿镛编《铁琴铜剑楼藏书目录》,中华书局,1990年。
(宋)程颢、程颐撰《二程集》,中华书局,1981年。
(宋)黎靖德辑《朱子语类》,上海古籍出版社、安徽教育出版社,2002年。
(宋)陆九渊撰,钟哲点校《陆九渊集》,中华书局,1980年。
(宋)陈亮撰《陈亮集》,中华书局,1974年。
(宋)黄震撰《黄氏日抄》,文津阁《四库全书》,子部第709、710册,商务印书馆,2003年。
(西汉)刘安编撰,(东汉)高诱注《淮南子》,上海古籍出版社,1989年。
(宋)庄绰撰,萧鲁阳点校《鸡肋编》,中华书局,1983年。
(宋)罗大经撰,王瑞来点校《鹤林玉露》,中华书局,1983年。
(宋)周密撰,吴企明点校《癸辛杂识》,中华书局,1988年。
(明)彭大翼撰《山堂肆考》,文津阁《四库全书》,子部第976—979册,商务印书馆,2003年。
(清)赵吉士撰《寄园寄所寄》,黄山书社,2008年。

(民国)许承尧撰,李明回等校点《歙事闲谭》,黄山书社,2001年。
(唐)韩愈撰,马其昶校注《韩昌黎文集校注》,上海古籍出版社,1986年。
(宋)范仲淹撰,李勇先、王蓉贵校点《范文正公全集》,四川大学出版社,2002年。
(宋)欧阳修撰,洪本健校笺《欧阳修诗文集校笺》,上海古籍出版社,2009年。
(宋)梅尧臣撰,朱东润编年校注《梅尧臣集编年校注》,上海古籍出版社,1980年。
(宋)苏轼撰,孔凡礼点校《苏轼文集》,中华书局,1986年。
(宋)黄庭坚撰,郑永晓整理《黄庭坚全集编年辑校》,江西人民出版社,2011年。
(宋)李纲撰,王瑞明点校《李纲全集》,岳麓书社,2004年。
(宋)汪藻撰《浮溪集》,《四部丛刊初编》,商务印书馆,1929年。
(宋)汪藻撰《浮溪文粹》,明正德元年马金刻本,《宋集珍本丛刊》第34册,线装书局,2004年。
(宋)胡舜陟撰《胡少师总集》,清道光十九年刻本,《宋集珍本丛刊》第38册,线装书局,2004年。
(宋)朱松撰《韦斋集》,《四部丛刊续编》,集部第64册,上海书店,1985年。
(宋)朱松撰《韦斋集》,清雍正六年刻本,《宋集珍本丛刊》第40、41册,线装书局,2004年。
(宋)朱熹撰,郭齐笺注《朱熹诗词编年笺注》,巴蜀书社,2000年。
(宋)范成大撰,富寿荪校《范石湖集》,上海古籍出版社,1981年。
(宋)吴儆撰《竹洲文集》,明弘治刻本,《宋集珍本丛刊》第46册,线装书局,2004年。
(宋)吴儆撰《吴文肃公文集》,明万历刻本,《宋集珍本丛刊》第46册,线装书局,2004年。
(宋)吴儆撰《竹洲集》,文津阁《四库全书》,集部第1146册,北京商务印书馆,2003年。
(宋)程洵撰《尊德性斋小集》,知不足斋丛书本,古书流通处影印。
(宋)罗愿撰《罗鄂州小集》,明万历刻本,《宋集珍本丛刊》第61册,线装书局,2004年。
(宋)罗愿撰《罗鄂州小集》,明钞本,《宋集珍本丛刊》第61册,线装书局,2004年。
(宋)王炎撰《双溪类稿》,文津阁《四库全书》,集部第1159册,商务印书馆,2003 年。

(宋)王炎撰《双溪文集》,清钞本,《宋集珍本丛刊》第 63 册,线装书局,2004 年。

(宋)王炎撰《重刻双溪类稿》,清钞本,《宋集珍本丛刊》第 63 册,线装书局,2004 年。

(宋)詹初撰《宋国录流塘詹先生集》,清初钞本,《宋集珍本丛刊》第 65 册,线装书局,2004 年。

(宋)汪莘撰《方壶存稿》,明刊本,《北京图书馆古集珍本丛刊》,集部第 88 册,书目文献出版社,1998 年。

(宋)汪莘撰《方壶存稿》,清钞本,《宋集珍本丛刊》第 69 册,线装书局,2004 年。

(宋)汪莘撰《方壶先生集》,清雍正刻本,《宋集珍本丛刊》第 69 册,线装书局,2004 年。

(宋)金朋说撰《碧岩诗集》,清钞本,《宋集珍本丛刊》第 69 册,线装书局,2004 年。

(宋)汪晫撰《西园康范存稿》,明嘉靖刻本,《宋集珍本丛刊》第 70 册,线装书局,2004 年。

(宋)程珌撰《程端明公洺水集》,明嘉靖刻本,《宋集珍本丛刊》第 71 册,线装书局,2004 年。

(宋)吕午撰《竹坡类稿》,清钞本,《北京图书馆古籍珍本丛刊》,集部第 89 册,书目文献出版社,1990 年。

(宋)方岳撰《秋崖先生小稿》,明嘉靖刻本,《宋集珍本丛刊》第 84 册,线装书局,2004 年。

(宋)方岳撰《秋崖集》,文津阁《四库全书》,集部第 1186 册,北京商务印书馆,2003 年。

(宋)方岳撰,秦效成校注《秋崖诗词校注》,黄山书社,1998 年。

(宋)汪梦斗撰《北游诗集》,宜秋馆刻本,《宋集珍本丛刊》第 86 册,线装书局,2004 年。

(宋)吴锡畴撰《兰皋集》,傅增湘校宜秋馆刻本,《宋集珍本丛刊》第 86 册,线装书局,2004 年。

(宋)吴龙翰撰《古梅遗稿》,清咸丰钞本,《宋集珍本丛刊》第 88 册,线装书局,2004 年。

(宋)许月卿撰《先天集》,明嘉靖刊本,《四部丛刊续编》,商务印书馆,1934 年。

（宋）胡次焱撰《梅岩文集》，文津阁《四库全书》，集部第 1192 册,北京商务印书馆,2003 年。

（元）方回撰《桐江集》,（清）阮元辑《宛委别藏》,江苏古籍出版社,1988 年。

（元）方回撰《桐江续集》,《四库全书珍本初集》,商务印书馆,1935 年。

（元）杨公远撰《野趣有声画》,文渊阁《四库全书》,集部第 1193 册,台湾商务印书馆,1986 年。

（宋）陈思、陈世隆编《两宋名贤小集》,清钞本,《宋集珍本丛刊》第 101—103 册,线装书局 2004 年。

（明）金德玹编,（明）苏大续《新安文粹》,明天顺四年刻本,《四库全书存目丛书》,集部第 292 册,齐鲁书社,1997 年。

（明）程敏政辑撰,何庆善、于石点校《新安文献志》,黄山书社,2004 年。

（清）吴之振、吕留良、吴自牧选,（清）管庭芬、蒋光煦补《宋诗钞》,中华书局,1986 年。

（清）厉鹗辑撰,胡道静、吴玉如等整理《宋诗纪事》,上海古籍出版社,1983 年。

（清）陆心源撰,徐旭、李建国点校《宋诗纪事补遗》,山西古籍出版社,1997 年。

（清）张景星、姚培谦、王永祺编选《宋诗别裁集》,上海古籍出版社,1978 年。

（南朝）钟嵘撰,曹旭笺注《诗品笺注》,上海古籍出版社,1994 年。

（南朝）刘勰撰,周振甫注《文心雕龙注释》,人民文学出版社,1981 年。

（宋）欧阳修撰,郑文校点《六一诗话》,人民文学出版社,1962 年。

（宋）朱弁撰,陈新点校《风月堂诗话》,中华书局,1988 年。

（宋）胡仔纂辑,廖德明点校《苕溪渔隐丛话》,人民文学出版社,1984 年。

（元）方回选评,李庆甲集评校点《瀛奎律髓汇评》,上海古籍出版社,1986 年。

（明）胡应麟撰《诗薮》,上海古籍出版社,1958 年。

（明）胡震亨撰《唐音癸签》,上海古籍出版社,1981 年。

（清）方东树撰,汪绍楹校点《昭昧詹言》,人民文学出版社,1984 年。

（清）王夫之等撰《清诗话》,上海古籍出版社,1963 年。

（清）何文焕辑《历代诗话》,中华书局,1981 年。

丁福保辑《历代诗话续编》,中华书局,1983 年。

北京大学古文献研究所编《全宋诗》,北京大学出版社,1991—1998 年。

曾枣庄、刘琳主编《全宋文》,上海辞书出版社、安徽教育出版社,2006 年。

吴文治主编《宋诗话全编》,江苏古籍出版社,1998年。
唐圭璋编《全宋词》,中华书局,1988年。
朱易安、傅璇琮等主编《宋代笔记全编》,大象出版社,2003年。

二、论著

袁行霈、陈进玉主编《中国地域文化通览》(安徽卷),中华书局,2013年。
程民生《宋代地域文化》,河南大学出版社,1997年。
安徽文化史编委会主编《安徽文化史》,南京大学出版社,2000年。
安徽省徽州地区地方志编纂委员会编《徽州地区简志》,黄山书社,1989年。
高寿仙《徽州文化》,辽宁教育出版社,1995年。
翟屯建《徽州文化史》(先秦至元代卷),安徽人民出版社,2015年。
姚邦藻主编《徽州学概论》,中国社会科学出版社,2000年。
朱万曙主编《论徽学》,安徽大学出版社,2004年。
王振忠《徽学研究入门》,复旦大学出版社,2011年。
周晓光《新安理学》,安徽人民出版社,2005年。
周晓光《徽州传统学术文化地理研究》,安徽人民出版社,2006年。
解光宇《朱子学与徽学》,岳麓书社,2010年。
傅小凡《朱子与闽学》,岳麓书社,2010年。
唐力行《徽州宗族社会》,安徽人民出版社,2005年。
赵华富《徽州宗族研究》,安徽大学出版社,2004年。
赵华富《徽州宗族论集》,人民出版社,2011年。
李琳琦《徽商与明清徽州教育》,湖北教育出版社,2003年。
李琳琦《徽州教育》,安徽人民出版社,2005年。
朱万曙《徽州戏曲》,安徽人民出版社,2005年。
张健《新安文献研究》,安徽人民出版社,2005年。
吴兆民《徽州文学概论》,合肥工业大学,2017年。
韩结根《明代徽州文学研究》,复旦大学出版社,2006年。
方盛良《清代扬州徽商与东南地区文学艺术研究——以"扬州二马"为中心》,人民文学出版社,2008年。
曾大兴《文学地理学研究》,商务印书馆,2012年。
曾大兴《中国历代文学家之地理分布》,商务印书馆,2013年。
胡阿祥《魏晋本土文学地理研究》,南京大学出版社,2001年。
胡可先《唐诗发展的地域因缘和空间形态》,中国社会科学出版社,2010年。
李浩《唐代三大地域文学士族研究》,中华书局,2002年。

李浩《唐代关中士族与文学》,中国社会科学出版社,2003年。
梅新林《中国古代文学地理的表现形态与演变》,复旦大学出版社,2006年。
蓝勇编著《中国历史地理学》,高等教育出版社,2002年。
漆侠主编《辽宋西夏金代通史》,人民出版社,2010年。
何忠礼等《南宋全史》,上海古籍出版社,2012年。
陈文新主编《中国文学编年史》,湖南人民出版社,2006年。
曾枣庄、吴洪泽《宋代文学编年史》,凤凰出版社,2010年。
程千帆、吴新雷《两宋文学史》,上海古籍出版社,1991年。
孙望、常国武主编《宋代文学史》,人民文学出版社,1996年。
王水照主编《宋代文学通论》,河南大学出版社,1997年。
王水照、熊海英《南宋文学史》,人民出版社,2009年。
王辉斌《宋金元诗通论》,黄山书社,2011年。
周裕锴《宋代诗学通论》,巴蜀书社,1997年。
张毅《宋代文学思想史》,中华书局,1995年。
叶嘉莹《迦陵论诗丛稿》,河北教育出版社,1997年。
莫砺锋《唐宋诗论稿》,辽海出版社,2001年。
姚瀛艇《宋代文化史》,河南大学出版社,1992年。
陈植锷《北宋文化史述论》,中国社会科学出版社,1992年。
刘方《文化视域中的宋代文论》,学林出版社,2006年。
钱建状《南宋初期的文化重组与文学新变》,厦门大学出版社,2006年。
沈文雪《文化版图重构与宋金文学生成研究》,光明日报出版社,2009年。
刘婷婷《宋季士风与文学》,中华书局,2010年。
刘文刚《宋代的隐士与文学》,四川大学出版社,1992年。
蒋星煜《中国隐士与中国文化》,上海人民出版社,2009年。
胡翼鹏《中国隐士身份建构与社会影响》,社会科学文献出版社,2011年。
龚延明、祖慧《宋登科记考》,江苏教育出版社,2005年。
祝尚书《宋代科举与文学考论》,大象出版社,2006年。
苗春德、赵国权《南宋教育史》,上海古籍出版社,2008年。
冯尔康《中国宗族制度与谱牒编纂》,天津古籍出版社,2011年。
钱杭《宗族的传统建构与现代转型》,上海人民出版社,2011年。
程章灿《世族与六朝文学》,黑龙江教育出版社,1998年。
王毅《宋代文学家庭》,湖南师范大学出版社,2008年。
张剑、吕肖奂、周扬波《宋代家族与文学研究》,中国社会科学出版社,2009年。
姜广辉《理学与中国文化》,上海人民出版社,1994年。

韩经太《理学文化与文学思潮》,中华书局,1997年。
许总《宋明理学与中国文学》,百花洲文艺出版社,2010年。
石明庆《理学文化与南宋诗学》,中国社会科学出版社,2006年。
张文利《理禅融会与宋诗研究》,中国社会科学出版社,2004年。
邓莹辉《两宋理学美学与文学研究》,华中师范大学出版社,2007年。
钱锺书《谈艺录》,三联书店,2001年。
钱锺书《宋诗选注》,三联书店,2002年。
钱锺书《钱锺书手稿集·容安馆札记》,商务印书馆,2003年。
张高评《宋诗特色研究》,长春出版社,2002年。
程杰《北宋诗文革新研究》,内蒙古教育出版社,2000年。
程杰《中国梅花审美文化研究》,巴蜀书社,2008年。
薛富兴《山水精神——中国美学史文集》,南开大学出版社,2009年。
陈文忠《中国古典诗歌接受史研究》,安徽大学出版社,1998年。
吴承学《中国古代文体学研究》,人民出版社,2011年。
吴承学《中国古典文学风格学》,北京大学出版社,2011年。
胡建次《归趣难求》,百花洲文艺出版社,2005年。
田子馥《中国诗学思维》,人民出版社,2010年。
刘为钦《思与诗的搏击》,中国社会科学出版社,2010年。
郭昭第《文学元素学》,中国社会科学出版社,2006年。
陈寅恪《元白诗笺证稿》,上海古籍出版社,1978年。
欧阳光《宋元诗社研究丛稿》,广东高等教育出版社,1996年。
莫砺锋《江西诗派研究》,齐鲁书社,1986年。
张宏生《江湖诗派研究》,中华书局,1995年。
陈来《朱子书信编年考证》,上海人民出版社,1989年。
莫砺锋《朱熹文学研究》,南京大学出版社,2000年。
束景南《朱子年谱长编》,华东师范大学,2001年。
詹杭伦《方回的唐宋律诗学》,中华书局,2002年。
昌彼得等撰《宋人传记资料索引》,中华书局,1988年。
祝尚书《宋人别集叙录》,中华书局,1999年。
祝尚书《宋人总集叙录》,中华书局,2004年。
潘柏澄《方虚谷研究》,新文丰出版公司,1978年。
朱开宇《科举社会、地域秩序与宗族发展——宋明间的徽州,1100—1644》,
　　国立台湾大学出版委员会,2004年。
黄宽重、刘增贵主编《家族与社会》,中国大百科全书出版社,2005年。

三、译著

刘淼辑译《徽州社会经济史研究译文集》,黄山书社,1987年。

(日)斯波义信著,方健、何忠礼译《宋代江南经济史研究》,江苏人民出版社,2012年。

(法)丹纳著,傅雷译《艺术哲学》,人民文学出版社,1963年。

(法)费尔南·布罗代尔著,刘北成、周立红译《论历史》,北京大学出版社,2008年。

(德)马克思、恩格斯《马克思恩格斯全集》23、46,人民出版社,1972、1980年。

(德)歌德著,朱光潜译《歌德谈话录》,人民文学出版社,1978年。

(德)顾彬著,马树德译《中国文人的自然观》,上海人民出版社,1990年。

(英)迈克·克朗著,杨淑华、宋慧敏译《文化地理学》,南京大学出版社,2003年。

四、论文

金克木《文艺的地域学研究设想》,《读书》1986年第4期。

张宏生《偏离群体的"别调"——论方岳诗》,《江苏社会科学》1994年第3期。

阎福玲《禅宗、理学与宋人理趣诗》,《中州学刊》1995年第6期。

秦效成《方岳研究三题》,《黄山学刊》1998年第4期。

郭齐《论朱熹诗》,《四川大学学报》2000年第2期。

胡可先《两宋徽籍诗人考》,载《徽学》,安徽大学出版社,2001年。

张晶《朱弁"体物"的诗学思想与其诗歌创作》,《河北大学学报》2001年第2期。

尚永亮、张娟《唐知名诗人之层级分布与代群发展的定量分析》,《文学遗产》2003年第6期。

吴兆民《徽州文学的历史地位》,《黄山学院学报》2005年第4期。

汤华泉《新辑徽州文献中的宋佚诗》,《淮北职业技术学院学报》2007年第2期。

朱万曙《明清徽商的壮大与文学的变化》,《文学遗产》2008年第2期。

解光宇《论新安理学家汪莘》,《黄山学院学报》2008年第4期。

殷海卫《胡仔〈苕溪渔隐丛话〉成书考论》,《济南大学学报》2009年第1期。

侯体健《钱锺书〈容安馆札记〉批评宋代诗人许月卿发微——兼及钱先生论理学、气节与宋末诗歌》,《社会科学》2012年第7期。

王祥《宋代江南路文学研究》,博士论文,复旦大学 2004 年。
季品锋《钱钟书与宋诗研究》,博士论文,复旦大学 2006 年。
殷海卫《〈苕溪渔隐丛话〉研究》,博士论文,陕西师范大学 2006 年。
常德荣《南宋中后期诗坛研究》,博士论文,上海大学 2011 年。
邱光华《方回诗学研究》,博士论文,首都师范大学 2012 年。
刘俊丽《宋诗作者队伍的定量分析》,硕士论文,武汉大学 2004 年。
于静《宋代徽州科举研究》,硕士论文,浙江大学 2007 年。
李智《南宋徽州词坛研究》,硕士论文,南京师范大学 2008 年。
陈颖《南宋中期徽州文人及其创作》,硕士论文,华东师范大学 2009 年。
潘天英《南宋皖江词人群体研究》,硕士论文,南京师范大学 2010 年。

附录一：徽州文献所见宋佚诗补辑

笔者在翻检徽州方志、家谱、文集及其他相关文献时，发现《全宋诗》未收诗歌数百首，舍去学界前辈、同仁已补之诗，余计得《全宋诗》佚诗134首，佚句17则，涉及诗人58位，21位诗人未见录《全宋诗》。① 其中徽州本籍诗人39位，②佚诗113首，佚句14则；非徽州本籍诗人19人，佚诗21首，佚句3则。

一、《全宋诗》已收诗人佚诗

1. 曾巩(8—5513)：补1句③

《赠王汝舟》：身役薄书虽扰扰，力穷文史尚桓桓。（宋罗愿《新安志》，卷七《先达》，清嘉庆十七年刻本）

按，王汝舟始筮仕，曾巩赠诗。事见《新安志》。

2. 汪襄(29—18617)：补2首

《题王墓》：路远迢迢水溢溪，野桥低柳黄莺啼。扶筇直到云深处，古冢桃花落无数。当年奉籍归巨唐，只今耿耿存灵光。佳城埋玉断春梦，细草青青出砖缝。我来沽酒斟酌之，紫烟不散阴垂垂。转盼千山生寂寞，遗愁无限春风作。（《坦川越国汪氏族谱》卷四《文苑》，民国十四年刊本）

《题家传》：新安十姓九居汪，衮衮云仍姓字香。民到于今尊显祖，当年功业不能忘。（明汪湘《汪氏统宗谱》，卷三，明刻本）

3. 罗汝楫(30—19345)：补1首

《题劝忠楼》：凛然精爽古英雄，生此崎岖涧谷中。地胜发祥夸故宅，时移降福仰灵宫。均调甘霖资农事，密扫妖氛助战功。牢落鸡豚祠奉薄，玺封

---

① 笔者博士论文附寻载截至2015年从徽州文献所辑录的宋佚诗，时与所见学界补辑成果重出的诗句均舍去，后在此基础上略有增删修改。
② 徽州本籍诗人指出生成长在徽州的诗人。徽州本籍诗人下有横线标注。
③ "（）"中数字分别为诗人小传在《全宋诗》的册数和页码。另外，文中"□"表示字阙或字迹不清难以辨认；汉字加"[ ]"表示存疑待考。

4. 汪藻(25—16504)：补1首

《怀倪巨济》：穷愁煎我鬓丝成,却怕江梅照眼清。投迹数峰烟际寺,怀人千里日边城。阴崖春云犹在,空谷夜深泉有声。遥想鸣珂闻阊路,苹花汀草正关情。(明金德玹《新安文粹》,卷一二,明天顺四年刻本)

5. 陈尚文(38—23785)：补2首

《杜鹃吟》：山头血作山花红,杜鹃哀哀啼春风。山头云归月皎皎,杜鹃声随山月晓。晓声暮声无已时,可怜转听仍转悲。野馆无人山色暝,一声和雨泪应垂。春天啼禽了无数,怜汝含冤独深诉。当年失意负归期,今日劝人归恐暮。我谋三径老未成,耳低正惭归去声。蜀魄声中千古恨,沉思侧听愈伤情。苌弘一日化为碧,精卫千年尚衔石。古来身自不由人,造物变更谁料得。嗟嗟杜鹃勿悲辛,茂林深处可巢身。风露满山喉舌冷,宁胜缄默过残春。(明金德玹《新安文粹》,卷一一,明天顺四年刻本)

《闻鹃》：花凝血恨满山头,蜀魄年年怨未休。千古凄凉三月暮,一声依约几家愁。月明半夜客欹枕,雨急黄昏人倚楼。我独伤春应更切,一泓清泪不禁流。(同上书,卷一二)

6. 吴儆(38—24059)：补1句

失题：色丝传妙语,新艾粲恩袍。(明程瞳《新安学系录》,卷八)

按,吴儆赠从子吴㕓。事见《新安学系录》。

7. 朱熹(44—27461)：补1首

《云岩》：山行何逍遥,林深气萧爽。天门夜不关,池水时常满。日照香炉峰,霭雾烟飞暖。(明鲁点《齐云山志》,卷四,明万历刻本)

按,此诗题名为云谷子。

8. 罗愿(46—28966)：补3首

《题富山庙壁》：孤隋颠覆仅绵延,乱极神尧未奋前。坚保里间姑待定,遽归图籍信知权。宠褒尚喜纶书在,疏牍难凭简牒传。考实辨疑书素壁,九原遗愤为公宣。(明汪湘《汪氏统宗谱》,卷三,明刻本)①

《赓前韵(汪藻题尘岭庙)二首》其一：有美英姿白马颠,据鞍曾向此山边。解全生聚勾吴壤,与戴升平贞观年。极贵终身仍食土,救民一念想通天。称忠赖有王言在,千古当同甲令传。

《赓前韵(汪藻题尘岭庙)二首》其二：老人昔抗社回颠,万骑如风尚略边。炯炯霸心存异代,巍巍王礼象当年。神龙到处云行雨,唳鹤闻时阵蔽

---

① 《坦川越国汪氏族谱》卷四《文苑》录此诗,题目为《题劝忠楼》,署名龙图罗汝楫。

天。存殁分明皆可纪,一时唐史用疑传。(同上)

9. 王炎(48—29685):补1首1句

《招隐诗》:白银双阙高巍巍,佩印如斗生光辉。药石之妙国可医,缩手为试众迟迟。前旒侧席九天上,青云发轫遄其驱。(宋王炎《双溪类稿》,卷一《中隐赋》,文津阁《四库全书》本)

《次韵上元雪》:鳌山耸处尚峥嵘。(同上书,卷二五《冰玉老人集序》)

10. 滕璘(50—31084):补2首

《挽诗》其一:世家程伯后,人物晦翁徒。启钥中和说,书绅敬义图。遗容存旧笔,荒垄带新芜。拟奏招魂曲,斯文望转孤。

《挽诗》其二:道重谈经日,名收党锢时。衣冠泉下客,俎豆社中师。感事三投袂,怀贤一赋诗。庆源应不尽,春在谢庭芝。(明程曈《新安学系录》卷八)

按,此诗为程永奇挽诗。事见《新安学系录》。

11. 何坦(50—31165):补1首

《题富山庙壁》:炀帝南游鼎始迁,群雄蜂起竟相延。九州鱼肉千门泪,六郡鸡豚万井烟。天启唐家新日月,地封越国旧山川。霸国王佐都休问,试问灵祠今几年。(明汪湘《汪氏统宗谱》,卷三,明刻本)

按,何坦开禧间为徽州州学教授,事见弘治《徽州府志》。

12. 朱权(51—32079):补3首

《颜公山》:颜公之山翠插天,州经域志从来传。其高直上五百仞,湖中多鲤游清涟。当时至人隐居此,乘风一旦飞泠然。每逢旱暵人祷雨,灵应若响踵不旋。一或斋戒少弗恪,立见蛇虺彰违愆。商瞿得子倘迟暮,随问兆答开必先。尼丘太白古闻有,以颜名子今连绵。皇家中兴建炎载,塑像如由僧惠圆。诛茅结庵奉香火,星郎揭扁题真全。宗老质直继有作,鼎新堂殿尤光前。取经造像皆不苟,檀施月共俱精虔。晨钟暮鼓震山谷,香炉镇日凝青烟。嗟予所好非仙释,读书每苦尘事牵。赢粮负笈寓西阁,谢绝俗物窥陈编。再罹寒暑不知久,焚膏继晷那能眠。已而摘髭忽有得,吾乡遂号破荒年。少慰高堂平昔志,旋恨三釜不及泉。二侄因此履吾迹,亦擢科第相联翩。鄞州作碑记其实,已为敬把坚珉镌。重来恍隔二十载,子沂随侍彩衣鲜。山川泉石浑如旧,旧人所存才二焉。昇公见客瀹茶鼎,为留一宿明朝还。嗟予随牒方南北,负此猿鹤皆尘缘。揭来稽山两阅岁,夜梦时到嵯峨巅。已卜对山筑居室,定须早晚谋归田。挂笏西山看爽气,何妨援笔成诗篇。(弘治《休宁志》,卷三六,明弘治四年刻本)

《西山书院(程文简公重创)》:挂笏朝看爽气浮,好开黉馆集英游。流

芳旧欲传家学,起废今闻聚族谋。声入琴弦松不老,色侵书帙竹偏幽。但愁捷径从兹去,夜鹤他年怨不休。(同上)

《谒王墓》:灵祠奕奕枕山隅,霸业英风武德初。尘暗中原方逐鹿,波澄六郡免为鱼。歌传桃李知兴废,身去枌榆妙卷舒。盖代功名遗诰在,谁将直笔纪新书。(明汪湘《汪氏统宗谱》,卷三,明刻本)

13. 汪楚材(53—32834):补1首

《方壶别墅为汪叔耕赋》:绕屋留余地,穿渠引水来。养莲才出叶,甃石渐生苔。借润宜滋柳,临清得种梅。主人心地古,不是乐传杯。(弘治《休宁志》,卷三七,明弘治四年刻本)

14. 程珌(53—33008):补2首

《云岩》:曲径峰前转,林行见虎踪。涧边松偃蹇,岩下洞空窿。瑶草垂甘露,飞泉挂白虹。道人面北坐,应悟性圆通。(明鲁点《齐云山志》,卷四,明万历刻本)

《送李童子歌》:嘉禾戢戢蜂方乳,请君移植白瑶圃。沃以诗书词翰雨,培以阴功厚德土。十风五雨歌尧天,家家高廪若云连。如云未长揠其巅,愿君毋若宋人然。(宋程珌《洺水集》,卷一二《送李童子序》,明嘉靖三十五年刻本)

15. 钱时(55—34313):补1首

《云岩》:弹却冠尘曳素袍,小鞍乘舆过林皋。山岩崒嵂云烟合,楼阁嵯峨星斗高。五老云连扶凤撵,万松风动响鲸涛。玉笙吹彻金鸡唱,落尽岩前几树桃。(明鲁点《齐云山志》,卷四,明万历刻本)

16. 谢琎(55—34734):补1句

《题七真堂前古杉》:惯于岩下经风雨,不与人间作栋梁。(宋谢琎《竹山遗略》,咸丰峨术斋刻本)

17. 李遇(56—35026):补1首

《谒庙赓前韵》:穿云荷插上云巅,带雨呼牛渡晓川。一抹荒城孤陇外,数声啼鸟落花天。灵旗来下今无恙,社酒相传古有年。但得时和少公事,一帘昼景枕书眠。(明汪湘《汪氏统宗谱》,卷三,明刻本)

18. 刘俣(56—35143):1首

跋汪莘诗:妙诗圆美走盘珠,照我形骸秽类除。光与《离骚》争日月,人非《尔雅》注虫鱼。一廛总览溪山秀,万卷森罗宝玉书。谁肯犯严开荐口,忍教夫子久穷居。(宋汪莘《方壶先生集》,卷首,清雍正刻本)

19. 吕午(56—35150):补1首1句

《白岳》:白云堆里石门开,人向蓬山顶上来。四面峰峦排剑戟,九霄烟雾幻楼台。水清潭底龙常宅,风静松梢鹤自回。好景留人不知晚,上方钟鼓

却相催。(明鲁点《齐云山志》,卷四,明万历刻本)

失题:侯封深愧先雍齿,药石常思荷孟孙。(宋吕午《竹坡类稿》,卷一《胡俊伯诗集序》,清钞本)

20. 赵㬎(59—36823):补10首

《松风行》:结庐千载松山中,鬒鬖百万摩苍空。几回午夜欹残枕,苍髯翠干号天风。乔松杰傲风力壮,风欲震荡松与抗。激成音韵协自然,洪纤高下难名状。或如凤凰在朝阳,雄鸣雌和声锵锵。或如湍流下滩险,沆沆浩浩抑更扬。或如轻雷初震发,隐隐隆隆响复灭。或如急雨波涛惊,蛟龙汹汹斗未辍。或如钧天广乐张,仿佛闹中语笙簧。或如万夫鏖战雄,暗呜叱咤前无当。我生本自厌凡俗,郑卫相欢适相辱。何似松风枕上闻,夜静更阑听不足。嗟哉琴音非子期,高山流水契者谁。嗟哉蛙鸣非孔侯,悠闲鼓吹无人知。松风今日声名起,流芳会与韶护比。世人不识松风清,经我品题当竦耳。松风与我为良邻,一曲价重千黄金。清霄梦回更欹枕,松风慎勿负知音。(明金德玹《新安文粹》,卷一一,明天顺四年刻本)

《俞令君一新县治二首》其一:松萝依旧插苍旻,堂宇重新映碧岑。矫矫栋梁人以目,兢兢绳尺匠于心。危檐日近彰何锦,邃馆春回畅宓琴。看取规摹今愈伟,冰崖立檗已千寻。

《俞令君一新县治二首》其二:枫陛畴咨帝曰俞,敷天如宇势巍巍。须扶日月依黄道,更架星辰护紫微。循雉甫腾池凤誉,仙凫将傍衮龙飞。须知宋桷开洪造,敢仗般斤次第挥。(弘治《休宁志》,卷三五,明弘治四年刻本)

《邑令君邵农》:铜龙楼上声停挝,黄绅抖脱摧放衙。蹒跚玉趾凤锵佩,掣捻金勒春随车。郊行不用锦步障,川原远近蒸红霞。朋来宾佐亦奇趣,百吏奔走群如鸦。招提·望十里赊,冰衔此日人惊夸。为垂针砭砺游堕,劝酌醪醴铺豚猳。安知南阳有布衣,纸田笔耒春萌芽。令君曷不重劝相,使准诗易生奇葩。紫门本来无俗客,枪旗沸鼎松风哗。愿言知己若用例,高轩曾过诗人家。(同上)

《题齐云石门岩》:洞门高阔万寻巅,石井重开十丈莲。龙隐层崖帘挂雨,象排幽壑鼻撩天。波涵仙掌溶溶月,露冷香炉淡淡烟。漫说玉堂成往事,岩云常伴五云鲜。(同上书,卷三六)

《东岩二绝并图呈秋崖》其一:天梯石栈十八子,翠壁丹霞六一公。我有东岩亦奇胜,借君秋月与春风。

《东岩二绝并图呈秋崖》其二:几为梅花赋招隐,五川突兀瞰吟边。峰前五老穿霞彩,日暮香炉腾紫烟。(同上)

《岂卿堂》(竹牗过予于寒谷,予曰:"欲名堂以岂卿,而书'谷口岂其卿'于桃板,未偶也。"既别,寄书云:"某几坐竹牗,信手翻庄、骚、史、汉等书,偶至郅恽传郑敬归隐事,欣然有得,抚几而作曰'山中是宜政,谷口岂其卿',讵非的对乎?甚欲□成之,不敢攘窃吾诗帅名,谨具鞭稿以献功于足下。"猿安敢当小诗,敬以竹牗为称首):山中是宜政,谷口岂其卿。二句两人得,一吟千虑轻。犁锄归掌握,风月受权衡。莫说无功德,身心俱太平。(同上书,卷三七)

《月夜》:偶同仙侣宿岩扃,月色晖晖满太清。秋水无痕千顷碧,天灯悬照万方名。自怜心似冰壶冷,更觉身同鹤羽轻。夜静山花檐外落,倚栏无语学吹笙。(明鲁点《齐云山志》,卷四,明万历刻本)

《石桥》:桥上迷行踪,桥畔安禅室。尝记山中人,神交二千石。世虑蚁旋墨,浮生驹过隙。不寻桥上行,沉沦真可惜。(《齐云山志》,黄山书社,2011年)

按,此诗刻休宁齐云山石桥岩,行书,间距高60厘米,宽50厘米。落款为"吟啸子赵猿题"。

21. 方岳(61—38262):13首2句

《白岳述怀》:因叩玄天到此山,叫开阊阖入重关。白云飞过峰无数,绿树深藏屋几间。物外乾坤长不老,壶中日月自宽闲。何时解组归林下,许借丹炉炼大还。(明鲁点《齐云山志》卷四,明万历刻本)

《有怀柳塘次韵十绝》其一:手茨生草堪铅黄,杨柳当门水满塘。残稿已随杨柳尽,一方秋水自荒凉。

《有怀柳塘次韵十绝》其二:老矣南山归旧庐,上书北阙定何如。可怜李谪仙人死,换酒竟无腰下鱼。

《有怀柳塘次韵十绝》其三:孤坟芜没野烟浓,从古诗人一例穷。风雨草堂无处所,只应山色识梁鸿。

《有怀柳塘次韵十绝》其四:蒯侯空复气横秋,落魄江湖不见收。雨急黄昏子规夜,柳塘春水为谁愁。

《有怀柳塘次韵十绝》其五:一经科目不伊皋,入手风烟卧钓舠。天上自容宫锦醉,玉楼何处夜挥毫。

《有怀柳塘次韵十绝》其六:群玉峰头醉老仙,人间岁月似飞烟。荼蘼花下客安在,不独先生苦问天。

《有怀柳塘次韵十绝》其七:浩然风露荻花秋,卧读仙人远叶册。四海倦游归已老,断崖只在屋西头。

《有怀柳塘次韵十绝》其八:蹇驴行卷识诸贤,犹及乾淳极治前。曾得晦翁题品过,不妨抱月对山眠。

《有怀柳塘次韵十绝》其九:松声犹自学吟声,三十六峰秋月明。半夜沉寥山鬼啸,不缘书剑两无成。

《有怀柳塘次韵十绝》其十:老气如虹作么生,夕阳两傍冢边明。所思不至遗书在,付与秋风一雁声。(弘治《休宁志》,卷三八,明弘治四年刻本)

《题吴氏秀峰庵》:不学修眉与画屏,天然一笔插苍冥。晚来雨过登楼看,羞得群峰不敢青。(明嘉靖《宁国县志》,卷四《艺文类》)

偈言:是心如虚空,本自无一事。若能只恁幺,缘累从何生?而一切凡夫,不肯只恁幺。妄生颠倒想,流浪五浊中。见种种欲乐,炽然起贪痴。无名着爱根,念念在富贵。由此一念故,戈矛生于心。犹如瘴毒蛇,竟日思噬啮。又如彼阴贼,含沙而射人。是人堕邪见,展转无是处。我有一法门,非作亦非止。粗茶与淡饭,直据现在身。于十二时中,无复起妄想。得安稳常住,不以苦为乐。如鹏与斥鷃,无适非逍遥。如鱼自潜深,不觊钩上饵。浮念一扫除,心逸而日休。我今作是偈,付嘱于诸人。能只恁幺者,君子坦荡荡。是名佛境界,安乐常欢喜。不能只恁幺,小人长戚戚。是名魔境界,云何离垢缠。若人了此言,究竟渐净觉。(宋方岳《秋崖集》,卷三六《只恁幺轩记》)

失题:为诗踏雪过茅屋,不领一骑过山猿。(宋方岳《秋崖集》,卷二七《答龚国录札》)

失题:门前车马倦逢迎,尘满荷衣不堪着。(同上)

22. 汪立信(62—38918):1首

《云岩》:齐云形胜冠江南,维石岩岩不尽探。凿洞几时经鬼斧,度仙何日驻鸾骖。雨余图画尘埃净,日出芙蓉紫翠含。长啸一声山谷应,老龙惊起出寒潭。(明鲁点《齐云山志》,卷四,明万历刻本)

23. 吴锡畴(64—40399):2句

《和友人见寄》:幽梦长随明月去,寸心难逐片云通。(宋吴锡畴《兰皋集》附录,宜秋馆刻本)

失题:荧光水上下,林影月高低。(同上)

24. 汪若桴(65—40659):补2首

《齐祁寺山下少立》:梯石层层上,禅房隐翠微。寺幽僧已出,林密鸟知归。竹下风穿袖,松边露滴衣。池清模画景,倒蘸小山扉。(弘治《休宁志》,卷三六,明弘治四年刻本)

《游秋吟亭不值》:爱他柑橘绿于苔,锁定园门未肯开。照水芙蓉关不得,隔篱穿竹出溪来。(同上书,卷三七)

25. 王应麟(66—41280)：补 1 首

《云岩》：悬崖峭壁耸危巅,青蛇断石虬藤缠。石门炉峰更奇绝,泠然别有壶中天。丹霞晓湿飞红雨,怪石崩腾啸岩虎。我来登览望东溟,蓬莱□水知何许。(明鲁点《齐云山志》,卷四,明万历刻本)

26. 陆梦发(66—41205)：补 1 句

《梅诗》：生禀东南温厚气,才当西北苦寒时。(《新安文献志》,卷五十九)

按,《新安文献志》载陆梦发《见梅杂兴》,诗后注方虚谷曰："太初平生苦吟好高,《梅诗》三十首,今选其一。又有一联云：'生禀东南温厚气,才当西北苦寒时。'盖自况也。"

27. 方回(66—41422)：补 14 首

《白岳》：抠衣登白岳,稽首叩玄宫。岩下群仙洞,山头五老峰。翠云飞送雨,白鹤舞凌风。好景游归晚,箫声缥缈中。(明鲁点《齐云山志》,卷四,明万历刻本)

《赠吴友梅》：平生闻君曾大父,真能赤手缚胡虏。才豪不减辛幼安,文雄欲压陈同父。戈船垂作桂岭征,彩衣自向竹洲舞。乃祖爱竹孙友梅,阅世繁华差呰伍。吾尝谓梅乃吾儒,滋味必酸身必癯。以君方之政相似,宜而岁寒盟不渝。冰心雪骨胶漆共,蜂媒蝶使参商殊。昔人得位惭卿长,此意亢宗定何如。嬲君一语君然否,君当与世无一偶。奈何倾盖赠君诗,将相侯王无不有。友梅非与梅株守,人梅不殊即君友。梅差易认人难知,相逢一笑且杯酒。(弘治《休宁志》,卷三八,明弘治四年刻本)

《客至》：执册禅榻倦,薄游行寺门。门外何所有,土屋连颓垣。有客骑马来,引避趋邻藩。客云勿遽尔,正欲与君言。是时雨初止,踏泥升堂轩。磬折各有述,空庭晚无喧。中土旧章甫,属尔方南辕。结交不在早,臭味古所敦。问我江左事,底处有故园。文字颇传世,师友谁渊源。历官凡几载,曷不高腾骞。得无涉忧患,鬓雪何太繁。末语及世故,欲答声复吞。琐质蛙与鼬,讵能知鳌鲲。彼美凌倒景,朝暮遨瀛昆。子桑赖裹饭,弱喘危仅存。隔友呼爨奴,命酒愁空樽。市远乏笋饵,温薪诚为温。长跪酬一觞,鸟归林已昏。邂逅此未竟,明发当再论。客去坐叹息,冻影孤猿蹲。平生坐疏直,交亲化仇冤。今亦可已夫,嗽液滋灵根。忍饥习所惯,归钦黄山村。(明金德玹《新安文粹》,卷十一,明天顺四年刻本)

《水西寺》：隔岸看尤好,双崖杰阁开。塔晴穿雾出,僧晓渡溪回。别院呼猿洞,孤峰戏马台。伉彭两奇绝,移向此间来。(同上书,卷十二)

《忆径》：梯石通仙崦,疏泉出野池。绿载莎夹路,红织锦成篱。字刻摩

崖古,吟拖拄杖迟。侵疆擅畦菜,未省姓名谁。(同上)

《倚楼》:文经武略两无奇,天地犹容两鬓丝。李广岂无双国士,陶潜空有五男儿。永怀孔氏春秋笔,时调周人正变诗。尽日倚楼谁复识,此心自许此心知。(同上)

《自题画像》:莫笑诗人骨相穷,雪天霜地自春风。登名略似晁无咎,守郡惭如陆放翁。眸子清寒凝点漆,笔端诡怪露长虹。年来却被儿曹笑,北海樽里酒亦空。(同上)

《途中值雨》:渺渺寒波风叶飞,行人道上去来稀。荒山风雨重阳近,久客江湖匹马归。但许有花簪醉帽,不愁无水濯征衣。平生厌见守钱虏,未觉吾家生事微。(同上)

《割麦谣》:种麦望割麦,麦青马来吃。一匹尚不可,何况千万匹。(同上书,卷一三)

《渔家》:渔家翁媪共扁舟,白浪如天夜不忧。宫女三千花世界,月明长照一生愁。(同上)

《东园》其一:诗卷连书册,茶瓯间酒杯,春行花夹路,夜坐月临台。

《东园》其二:寒食廉纤雨,单衣料峭风。树阴深院绿,花片小池红。(同上)

《乌聊登览》:香火雄三庙,楼台冠一州。逝川无昼夜,乔木自春秋。窦氏元归洛,番君卒在刘。兰亭复行世,萧鼓岁椎牛。(明汪湘《汪氏统宗谱》,卷三,明刻本)

《忠烈诞辰》:城北云岚七里桥,城南仙陇对花瓢。六州纳土归唐室,八字封王历宋朝。鹤驭降神瞻碧落,蜗居卜吉傍乌聊。金书朱榜标忠烈,万古吴山日两潮。(同上)

28. 滕㻦(67—42130):补1首

《拜岳将军墓》:大坟老树列其中,小冢旁堆树亦同。必世孝忠为父子,极天愤痛在英雄。尚方有剑谁能请,中国输金使不通。相对含悲石翁仲,老衰无泪落秋风。(明金德玹《新安文粹》,卷十二,明天顺四年刻本)

29. 曹泾(68—42870):补9首

《答陈寿翁》:共此松萝荫,蹇予萍梗身。几年传妙句,今日见斯人。拔俗典刑老,藏山文字新。定交如择主,贞子倚周臣。(明程敏政《新安文献志》,卷五三)

《赞王金事可与自号濯缨亭主》:行行六马辔如濡,襟佩云从得范模。天下同知宗孔氏,江东今复见夷吾。无边秋色吟肩瘦,有脚春阳道味腴。眼底新安至清水,不知聊可濯缨无。(明程敏政《新安文献志》,卷五四)

《通倅陈弗斋部运归自河南》：风月平分本是闲，一车留汴独间关。了将官事归来喜，识得宣和万岁山。（同上书，卷五七）

《汤泉》：山与红尘远，人疑碧落游。振衣新浴罢，彻底自风流。（清闵麟嗣《黄山志定本》，卷六，清康熙刻本）

《壬午清明节落石纪行》（清明节肖翁、伯虎二弟具酒邀游落石，吕宗魏、汪舜庸偕行。初登邹令君补之憩棠之所小饮，次至落石饮。稍久，舟行遇汪端夫、敬夫与敬夫之二子及新令尹吴君，蒙招同舟。即登胡八儿岩，侧入小洞，左出乃下。将仕君续至，饮乐甚，歌而哗之。又稍久，舟还下，闻渡遵陆饮于南极，乃别，晚矣。明日成古诗纪行，就呈同游诸公）：红桃酣东风，绿杨舞南陌。佳节当清明，胜游偿落石。弟兄联友朋，杖藜凡五客。桥分渡得舟，径险步捐屐。初登卷阿平，小饮地为席。曰昔邹大夫，听断此遗迹。周视第蹊扃，左下悬崖迫。竭蹶仍徐趋，心赏得幽宅。何年浑沌开，成此穹厚磔。峭岩危欲倾，飞龙出修额。堕迹高或毕，鲸鲵割平脊。天梯岂可升，月斧谁为划。私窃量虚盈，应不愆寻尺。相传缺裂初，下流开辟易。至今骇旁观，怪事如宿昔。猛者羌自矜，乘危笑以哑。怯者若不持，岩墙忽其圻。方丈聊盘桓，清樽稍殽核。小却双桨轻，远眺吾意适。可人来匪期，一见成莫逆。平阳三世英，昆弟双连璧。令尹延陵君，新渥声辉赫。乘兴上崭岩，小洞纵窥隙。向来谁家子，学仙谷能辟。脱屣竟何之，想像空怅惜。下山复上船，溯洄恋深碧。赤壁歌慨慷，杯盘正狼藉。但觉天地宽，不知舴艋窄。夕阳山影移，春树鸟声喷。引棹且东还，此乐不可剧。夷途骤骅骝，净宇追欢伯。高谈哗四筵，清风分两腋。归来恰黄昏，明日又书册。（弘治《休宁志》，卷三六，明弘治四年刻本）

《次韵休宁西门汪璜隐》：君家柳塘翁，胸腹纳渠观。落笔辄惊人，高歌期汗漫。宗风继者谁，忽在塘东岸。年少藻思盛，如水决淮汉。松萝有此奇，走也但钦赞。（同上书，卷三八）

《和休宁真率会诗》（谨次韵松所先生真率会诗三首，其一缉本意稍即景，其二谢谨独先生，其三于八位自号各摘一字在内，稍依齿次。松所为序，倡为诗，合居第一，弘末缀宜也，谩发朱先生一笑）其一：八人五百四十二，比吟中仙乐更真。不羡浮荣惟贵老，但求适意岂忧贫。招弓及我成痴客，惊座为谁亦恶宾。毕竟忘形何尔汝，清风明月要闲人。

《和休宁真率会诗》其二：秋崖肆笔题耕绿，认作兰亭本是真。况复门楣连诧贵，底须萍水尚交贫。雨中访觅惊阛阓，兴里俍陪极主宾。一似春晖有偏照，谓予同姓异他人。

《和休宁真率会诗》其三：松萝山畔石溪滨，耕绿亭宽乐意真。槐夏正

阴宜觅醉,麦秋一稔总忘贫。宜须独酌夸同旅,便可升歌合众宾。仿佛耆英亦堪画,泓中毛颖属何人?(同上)

30. 吴龙翰(68—42873):补 1 首 4 句

《钓鱼矶》:苔石分云坐,蓑衣戴月披。渺渺晴江阔,秋风袅一丝。(明金德玹《新安文粹》,卷一三,明天顺四年刻本)

《夜宿莲花峰顶》:铁笛一声天未晓,吹开三十六峰云!(宋吴龙翰《古梅遗稿》卷六,清咸丰钞本)

失题:野烧经荒冢,斜阳照断碑。(元方回《桐江集》,卷三《跋吴古梅诗》,《宛委别藏》本)

失题:月侵鹤背夜巢寒,琴声大胜俗人谈。(同上)

失题:病骨瘦于秋后叶,松子落敲山帽响。(同上)

31. 孙嵩(68—43152):补 3 首

《读尚书金忠肃公遗事》:休嗇植其步,前后万马途。河流决宇县,尺土为之郛。若人负特操,应得良史书。南渡有圣相,恶鸩京黼馀。微旨出颦笑,终身判荣枯。当时盈庭议,谁识雌雄乌。尚有矫矫者,老凤鸣高梧。一朝位横榻,执简宸庭趋。臣有忠义燧,欲爇高城狐。其人丞相兄,请即司败诛。仗卫咸吐舌,霜风飘玉除。有喷大如屋,引去神明扶。不许踵朝迹,青山生白须。网罗八百士,烟瘴岭海隅。殁者魂郁结,存者声嗟吁。孽火欲延燎,未足烧璠玙。秦城王气灭,晋扈甘泉车。鼎吕立蓍艾,矩矱弹吁谟。未觉年遽耄,自视心逾孤。上章愿得谢,臣齿今桑榆。石田不一顷,越自筮仕初。屏间出揖客,不见苍头奴。至今谈素节,可以素薄夫。千年歙川水,永鉴寒蟾蜍。试草招魂句,冢隧荒春芜。(弘治《休宁志》,卷三八,明弘治四年刻本)

《黑杨梅全甘乃越之上品移植休宁者暑袢食之苏醒弄笔戏书二首》其一:破暑佳梅慰客心,清姝自有色中黔。顿惊项里酸何似,正属文园渴不禁。

《黑杨梅全甘乃越之上品移植休宁者暑袢食之苏醒弄笔戏书二首》其二:山树能生却暑丹,仙浆巧滴冻冰丸。戏成异状昆仑黑,全压同宗越绝酸。(同上)

32. 汪宗臣(69—43267):补 4 首

《题竹洲曾孙吴逢原友梅堂》其一:箆笃横烟洲,其间移罗浮。髯梢污红尘,琼蕤谐清游。筇沉天吹霜,琴虚人当楼。兹时如寒盟,翻为青松羞。

《题竹洲曾孙吴逢原友梅堂》其二:肃气屈众花,挺立自洁白。万壑迥雪月,一干扫水石。读《易》义见复,拟道信取益。物态任冷暖,岁晚此莫逆。

（明程敏政《新安文献志》，卷五九）

《题汪梅牖盘隐》：湾环长溪交，缭绕石径抱。山中松风寒，俗子不可到。（同上）

《休宁县邸疾中和江冲陶韵》（成连先生伯牙二师）：户外嚣尘非所乐，窗前明月与谁同。投闲得闹山城暑，摆俗回清竹槛风。芝岫烟寒空夕照，蓉峰云暖绚朝红。成连着我移情处，海韵风声入操桐。（弘治《休宁志》，卷三五，明弘治四年刻本）

33. 程彻（70—43953）：补1首

《郊行即事》：竹舆轧轧过山蹊，难禁羊肠策杖藜。村市家家新甑熟，野庵处处短墙低。蛩调管瑟声喧谷，云锁琅玕影在溪。我欲狂吟嫌句拙，搔头西望落苍鹭。（弘治《休宁志》，卷三六，明弘治四年刻本）

34. 孙岩（70—43946）：补2首

《曲井》（井在予居之北一里，西距大川十余步，特宜酿事。予为定今名，且系之诗，以告夫道出此而未及知者）：水居天壤间，才品各不同。箬溪显吴土，鄱湖占楚封。侣含曲蘖性，孰测阴阳工。里中有甘井，谱与二水通。为我作桂醑，气韵均韶风。惜哉产幽侧，昔宾都未逢。川北罗右姓，岁酿家千钟。轲峨大艑集，鲊罂与俱东。往往入钱塘，争为欢伯雄。尔来知几秋，此井不言功。我欲旌其功，一亭蔚双桐。川后相屏护，亦致小白龙。我心静如井，不求楚江萍。野水无人渡，何时一扬舲。（弘治《休宁志》，卷三七，明弘治四年刻本）

《读尚书金忠肃公遗事》：京麟积摧压，官路庑隅毁。翩翩马渡江，颓风稍振起。吾邦有巨人，自树剧卓伟。糠秕谢新经，渊泉出古史。拔迹孤远中，大华冰雪峙。廓落彤庭对，天子早知已。是时云雷屯，驰骛罗文武。斟酌周汉策，正将锵律吕。何物太平翁，视世臧反否。朝同青云上，暮异重泉里。箝杜忠义口，不得露生语。公方陟横榻，劲气盖吴楚。击其外窟兔，眼底无强御。伊人怒生瘿，懦夫颡有泚。吾亦事远引，薰莸肯同处。山林二十年，烟瘴八百士。巨灵拥金璧，延英企入扈。而彼鬼资余，虫沙溿何许。艰难黄发重，周折丹心古。但患有不闻，宁有怀不吐。阜陵亦尚旧，往往欣听履。一旦告劳归，萧然未第始。平生负郭田，不增一犁土。客来候拾事，屏户泠秋水。质真黄少翁，清苦羊续祖。至今振简策，洒淅疪荟洗。想见三代民，□□□□□。歙江日夜流，未存人物矩。凭高［试］大□，文学□□□。（同上，卷三八）

35. 鲍寿孙（70—44470）：补1首

《云岩》：芒鞋踏破洞中云，石径缘山入窈深。竹覆仙房凉似水，苔侵佛

面半无金。日斜孤鹤松梢立。露下寒虫草际吟。童子焚香延客坐,一帘山色晚沉沉。(明鲁点《齐云山志》,卷四,明万历刻本)

36. 江砢(71—44643):补 8 首

《新径》:便可行松影,尤宜坐竹风。邻家呼酒近,来往水声中。

《小涧》:悠悠浮竹影,细细响松根。千丈寒光远,如蛇曲度村。

《晚行》:树暗催归鹭,村遥认渡牛。夕阳收欲尽,策杖过荒洲。

《新竹》:忍口留墙笋,柔枝散薄阴。晚来携短杖,便有岁寒心。

《夏末雨后》:雨气侵衣润,林花照酒新。热尘无一点,斜日淡随人。

《夜雪初霁》:枕上声初断,开窗玉作林。浮云归已尽,明月挂天心。

《早夏思家》:绿树莺呼梦,浑疑在故园。家人占鹊喜,笋已出篱繁。

《昭君怨》:万里劳边算,堪嗟孤冢青。君王何不悟,咫尺是宫庭。

(上均见明程敏政《新安文献志》卷五十六)

37. 汪炎昶(71—44800):补 2 首

《次韵题金子西新桥》其一:隐隐长虹跨碧虚,行人惊怪旧时无。咄嗟解作峥嵘事,谈笑能为久远图。荫及龟鱼应鼓舞,欢腾猿鸟亦喧呼。人言杜预成功后。千载惟君与暗符。

《次韵题金子西新桥》其二:桥边风物似耶溪,收入新诗总是题。残雨村边行白鹭,夕阳树杪挂晴霓。鱼翻岸底天光动,禽踏波间柳影低。遥羡主宾行乐处,蓼花洲渚绿杨堤。(弘治《休宁志》,卷三七,明弘治四年刻本)

二、《全宋诗》未收诗人佚诗

1. 王愈:补 1 首

王愈,原名琮,字原道,号北山老人,徽州婺源人。王炎从祖。哲宗绍圣进士,宣和间知信州,败方腊军,官至朝请大夫,充秘阁修撰,著《二堂文集》。事见《新安志》《徽州府志》《宋王双溪先生集》等。

《悼子昭德》:皎然玉树照珠林,俊逸天材复不群。天上楼成要作记,地中宫阙去修文。当年暂泊尝经此,今日重来独念君。拨置清樽双泪落,人间此恨岂堪闻!(王炎《双溪类稿》,卷二五《绿净文集序》)

2. 周殿撰:补 1 首

周殿撰,后谪监歙县酒税。事见《新安志》。

《戏赠吕望天》:新安吕望天,一旦弃家缘。朝就市廛食,暮归空屋眠。为君打瓦卦,乞我一文钱。日日只如此,已经三十年。(宋罗愿《新安志》,卷一〇《杂录》,清嘉庆十七年刻本)

按,崇观间有吕望天者,行好仰视,为人作瓦卦,语默不常。周殿撰戏赠以诗。事见《新安志》。

3. 畲荣：补1句

畲荣，南昌人，宣和时任徽州教授。

失题：三径就荒归不得，菊松风景倩人描。（明戴延明、程尚宽《新安名族志》后卷）

4. 程先：补11首

程先，字傅之，号东隐，徽州休宁人。与子永奇均从学朱熹。著《东隐集》。事见《徽州府志》《新安文献志》等。

《东山小隐自况》：小隐东山下，翛然远市廛。听泉惊水龠，扫径惜苔钱。病骨知将雨，忧怀愿有年。丘园贲衰老，束帛几戈戈。（明程敏政《新安文献志》，卷五三）

《闲居书怀》：灰却丹心剖棘藩，市居宁觉市声喧。梦中幽趣官槐国，尘外高踪吏漆园。懒取砚山供秘玩，且封文冢葬陈言。寻常恰类君平肆，问卜时时有过门。（同上书，卷五四）

《和人感秋韵八首》之《秋日》：短景迫山阳，愁多尚觉长。一声芦叶响，万里塞云黄。

《和人感秋韵八首》之《秋月》：征魂犹未返，素魄为谁明。梦入萧关去，西邻络纬鸣。

《和人感秋韵八首》之《秋风》：疾风拔枯楠，天作破瓦色。古殿无飞尘，过者见瑟瑟。

《和人感秋韵八首》之《秋雨》：金疮怯秋气，谪戍未终更。滴滴思乡泪，飞空作雨声。

《和人感秋韵八首》之《秋山》：忆昔游吴甸，新知结项容。松江枫落后，貌得洞庭峰。

《和人感秋韵八首》之《秋水》：奔湍激哀玉，动影漾寒金。八月西兴浪，千年伍子心。

《和人感秋韵八首》之《秋云》：上下青铜炯，中间着我宜。曾将根厮断，怪石似玻璃。

《和人感秋韵八首》之《秋草》：多情门外草，与我共飘零。腐化犹相恋，将衣点作萤。（同上书，卷五六）

《和韵》：金缕听佳唱，山炉袅细香。石紫泉欲咽，野大日偏长。丝过蛛封巧，巢成燕避凉。竹君闲可欸，兰友味相忘。鲍系终归鲁，瓜形曷相商。土田聊自给，渔钓且迷阳。革故符谁应，迍邅瑟自张。木枝已拳曲，小大讵堪量。（同上书，卷五八）

5. 汪文振：补1首

汪文振，字子泉，休宁资村人。淳熙十一年进士第八人。历黄州教授，知累迁吏部郎。斥韩侂胄开边事，迁司农少卿，提点浙西福建刑狱。进直焕章阁，主管冲佑观。事见《新安文献志》《休宁志》等。

《临安道中》：落尽梅花日更迟，可人春色上桃枝。不堪故遣人憔悴，常是年年寒食时。（明金德玹《新安文粹》，卷一三，明天顺四年刻本）

6. 汪纲：补1首

汪纲，字仲举，号恕斋，黟县人。淳熙十四年（1187）中铨赋，累除外任。历知绍兴府，主管浙东安抚司公事，又除直龙图阁。理宗立，授右文殿修撰，加宝谟阁待制。绍定初召赴行在，权户部侍郎。《宋史》卷四〇八有传。

《谒军司马公墓》：新秋雨霁访碑阴，基德亭前草木深。凭眺六朝封版地，松楸登岭已千寻。（《坦川越国汪氏族谱》卷四《文苑》，民国十四年刊本）

7. 吴昺：补2首

吴昺（1151—1218），字基仲，号自胜先生。休宁人。吴儆从子。私淑考亭之说，与程若庸、范弥发友善。所著有《自胜斋集》《雪窗二十咏》《吴基仲诗集》等。事见《新安学系录》《新安文献志》《休宁志》等。

《半月台》：整佩飞身入广寒，宫门半掩彩云端。鬓边牙掠斜方插，手内弓弦直未弯。杨柳梢头醒后见，梧桐疏处静中看。因知世事难圆满，且把胸怀取次宽。（明金德玹《新安文粹》，卷一二，明天顺四年刻本）

《藏溪》：一溪春水皱春风，近日崎岖料峭中。记得年时三二月，杜鹃花吐几山红。（弘治《休宁志》，卷三六，明弘治四年刻本）

8. 郑震：补1首

郑震，号合溪。南宋宁宗朝人。

《晓看黄山》：奇峰三十六，仙子结青鬟。日际云头树，人间天上山。九州人共仰，千载鹤来还。遥见樵苏者，披云度石关。（清闵麟嗣《黄山志定本》，卷六，清康熙刻本）

按，嘉定戊辰（1208）黄之望作《黄山图经序》："表侄郑震来自宛陵，出示中山焦君东之摹刻《黄山图经》并前贤题咏。"事见《黄山志定本》卷三。

9. 戴泳：1首

戴泳，字适之，徽州绩溪县人。嘉定十六年（1223）登进士第，历修职郎、浮梁县主簿。

《槐溪书院》：屋抱清溪旧业存，疏槐夹道托深根。晚来雨过孙枝秀，总是乾坤发育恩。（弘治《徽州府志》，卷五《学校》，明弘治十五年刻本）

10. 陈民瞻：补1句

陈民瞻，天台九华人。著《清隐甲稿》《清隐乙稿》《清隐丙稿》，编选《王昭君辞》。事见宋吕午《竹坡类稿》。

失题：露光多在竹，风力尽于松。（宋吕午《竹坡类稿》，卷一《清隐丙稿序》，清钞本）

11. 许大宁：补1首

许大宁（1193—1249），字宁之，号友仁，徽州婺源人，许月卿父。事见《新安文献志》《先天集》。

《哭从兄端之》：几年书案共囊萤，岂料于今隔死生。回首鹡鸰原上路，云愁烟惨不胜情。（宋许月卿《先天集》，卷七《友仁先生圹记》）

12. 程垣：补1句

程垣（1199—?），字务实，徽州休宁人，著《紫薇逸士集》、诗集《甲乙稿》。事见方岳《秋崖集》卷二六《回程务实札》，弘治《休宁志》卷七。

失题：子璋触髅血模糊，手提掷还崔大夫。（宋方岳《秋崖集》，卷三八《跋程务实诗集》）

13. 李君：补1首

李君，理宗时人。

《蜀议》：汉骑城夔仲谋惧，艾毡入剑孙吴平。素船倒峡长江一，昶俘入朝江南下。（宋方岳《秋崖集》，卷三八《跋李君蜀议》，文津阁《四库全书》本）

14. 叶介：补4首

叶介，字介夫，别号云崖山人，徽州休宁人。宝庆年间（1225—1227）协同金士龙重建齐云山真武祠之两廊楼房，后又募捐辟三清阁、建四聚楼。嗜好文学，医学颇有建树，撰《治安通鉴》《药石》等文。

《云岩四首》其一：吾爱云岩东，天门有路通。苍颜岩独耸，沉香洞空窿。车辚雷隐隐，帘卷雨蒙蒙。浩歌碧云端，万壑生松风。

《云岩四首》其二：吾爱云岩西，华林卧幽栖。驯鹿林阴伏，乌鸦洞口啼。仙掌神所刊，石崖天与齐。落月散清晓，梦回闻金鸡。

《云岩四首》其三：吾爱云岩南，天镜开三潭。入门见石鼎，构屋依山岚。千崖纡郁翠，万象中浑涵。居诸岁月深，留题仰晦庵。

《云岩四首》其四：吾爱云岩北，飘然度崖侧。谁知神仙居，自与尘凡隔。万年松更青，五老头不白。横玉弄寒云，万里天一色。（明鲁点《齐云山志》，卷四，明万历刻本）

15. 孙吴会：补1首

孙吴会，字楚望，自号霁窗，晚年更号牧随翁。祖籍徽州休宁人，迁居镇江府。端平二年(1235)登进士第,监无为军昆山镇。历沿江制置使参议官,仕至朝请郎、知常州。

《望仙》:忆昔云山里,幽人构此庵。檐松青郁郁,庭草碧毵毵。学道当勤苦,参玄迥绝谈。静观心自在,明月印寒潭。(明鲁点《齐云山志》,卷四,明万历刻本)

16. 吴资深:补1首

吴资深,字逢源,号友梅,休宁人。曾任国史编校。入元不仕。著《索笑集》《友梅集》等。事见《休宁志》《新安学系录》等。

《月梅》:一声渔笛起沧浪,透入疏棂月半床。撩得吟魂无处着,梅花正度隔溪香。(明金德玹《新安文粹》,卷十三,明天顺四年刻本)

按,《新安文献志》卷五三录《山家》,卷五七录《题荆公读书堂》,汤华泉先生已补录。

17. 石迁:补1首

石迁,生平不详。

《石照山》:石镜照奸恶,大焚光不磨。大夫心地险,莫向此中过。(嘉庆《绩溪县志》,卷十一,江苏古籍出版社)

18. 刘溉:补1首

刘溉,生平不详。

《游黄山》:地迥群峰异,苍崖半倚天。猿啼重岫外,虎啸白云边。帝马留遗迹,星坛隐旧仙。瀑泉长曳练,池水暖生烟。古洞排虚险,高岩列碧鲜。灵峰遥可望,异境到无缘。晓雾开还翳,晴岚断复连。樵歌时响亮,谷鸟日翩翾。兽露孤峰侧,松欹怪石前。结茅深有意,脱屣是何年。(清闵麟嗣《黄山志定本》,卷六,清康熙刻本)

19. 释怡庵:补1首

释怡庵,生平不详。

《黄山》:千岩竟没翠云梯,万壑争流鸟乱啼。月塔正圆如月印,天都直上与天齐。山椒夜起金银气,谷口朝看雾霭迷。借问古今嘉遁者,苔花蚀刻几留题。(同上)

20. 焦显:1首

焦显,南宋宁宗嘉定癸酉(1213)举人,太平县人,解元焦颐之弟。

《游翠微即事》:入山寻古寺,曳杖到翠微。山色无今古,人心有是非。同谁挑布袋,随我问麻衣。坐听楞严罢,青猿抱子归。(清释超纲辑《黄山翠微寺志》,卷下,清康熙钞本)

21. 无名氏: 补6首

《发黄山》: 天公知我为山来, 尽收云气翠作堆。天公知我出山去, 千里晓雾漫不开。好山固自不世俗, 诗人言归非所欲。三十六峰削寒玉, 恨不题诗满山谷。

《轩辕峰》: 轩皇石室乱云深, 万壑千岩何处寻。仙客独居春酿酒, 樵夫曾听夜弹琴。红泉流乳澄丹鼎, 紫术飞花盖药砧。空使游人迷旧路, 朱砂溪洞绕香林。

《黄山杂咏》之《青鸾峰》: 卓立巉岩鸾凤形, 翩跹舞翠炫花文。冲霄千载飞腾处, 犹剩峰头一片云。

《黄山杂咏》之《叠嶂峰》: 架空睥睨三千界, 叠起棱层十二楼。明月上来遮不得, 翠光浮动万山秋。

《黄山杂咏》之《翠微峰》: 洞里乾坤世莫知, 时闻啸鹤带云归。几回洞口乘风立, 欲挟飞仙上翠微。

《黄山杂咏》之《石柱峰》: 削石成峦气势雄, 岿然一柱插晴空。莫言材大难为用, 会有擎天镇地功。(清闵麟嗣《黄山志定本》, 卷六, 清康熙刻本)

附录二：汪莘年谱简编

汪莘，字叔耕，自号方壶居士，学者又称柳塘先生。

宋李以申《汪居士传》："汪居士莘，字叔耕，休宁人……自号方壶居士。"①《新安文献志》卷首《先贤事略》上："汪柳塘莘，字叔耕，休宁西门人。师朱子，自号方壶居士。所著曰《柳塘集》。"②《新安名族志》："莘，号方壶居士，师朱子，学者称柳塘先生，著有《方壶存稿》。"③休宁《西门汪氏宗谱》卷七《金判支》："莘，字叔耕……自号方壶居士，学者称柳塘先生。"④

汪莘词《鹊桥仙》云："柳塘居处，方壶道号，汪姓莘名耕号。"又诗《秋怀十首》其一云："形骸欹仄面皮黄，破屋三间号柳塘。"

徽州休宁西门人。曾屏居黄山，后筑室柳溪之上。

弘治《徽州府志》卷九《人物》："汪莘，字叔耕，休宁西门人。"⑤《休宁县志》卷六《人物》："汪莘，字叔耕，西门人。"⑥《汪居士莘传》："屏居黄山，稍遂高蹈意。""筑室柳溪之上，囿以方渠，自号方壶居士。"⑦《宋史翼》卷三六《汪莘传》："汪莘字叔耕，休宁人。不屑降意场屋之文，屏居黄山，读《易》自广。"⑧休宁《西门汪氏宗谱》："晚年筑室柳溪上。"⑨

---

① （明）程敏政辑撰，何庆善、于石点校《新安文献志》，卷八七，黄山书社，2004年，第2131—2132页。
② （明）程敏政辑撰，何庆善、于石点校《新安文献志》，卷首，黄山书社，2004年，第1册，第18页。
③ （明）戴彦明、程尚宽等撰，朱万曙等点校《新安名族志》，黄山书社，2007年，第201页。
④ （清）汪澎、汪逢年等重修《西门汪氏宗谱》，卷七，清顺治九年家刻本。
⑤ 弘治《徽州府志》，卷九《隐逸》，《天一阁藏明代方志选刊》，上海古籍书店，1964年。
⑥ 康熙《休宁县志》，卷六《硕儒》，台北成文出版社，1970年，第768页。
⑦ （明）程敏政辑撰，何庆善、于石点校《新安文献志》，卷八七，黄山书社，2004年，第2131—2132页。
⑧ （清）陆心源《宋史翼》，卷三六《隐逸》，中华书局，1991年，第392页。
⑨ （清）汪澎、汪逢年等重修《西门汪氏宗谱》，卷七，清顺治九年家刻本。

一世祖汪侯。三十一世祖文和始迁新安。四十四世祖越国公华。六十一世祖接,为西门汪氏始迁祖。

一世,汪,姬姓,鲁成公黑肱次子,母姒氏。长仕于鲁,为上大夫。食采平阳,号汪侯。三十一世,迁江南祖文和。建安二年,中原大乱,公南渡江,孙策表授会稽令。四十四世,华。武德四年授总管歙、宣、杭、睦、婺、饶六州诸军事,歙州刺史,封越国公。六十一世,西门始祖,接,宋初自婺源回岭迁休宁邑治之西。①

汪莘高祖六十四世言。曾祖六十五世汉。祖六十六世金判公文义。父六十七世汝明。汪莘为汪氏六十八世,承金判公支一脉。

高祖言,字信甫,娶石氏。曾祖汉,又讳浩,字翰美;宋封迪功郎;娶金氏,封孺人;有子文彬、文义、端礼、端智、端信、端仁、体仁,分七个支系。祖文义,字宜仲;宋承事郎,历饶州金判,其支系称金判公支世系;娶吴氏,有子汝为、汝楫、汝明、汝畴。父汝明,字传卿;母吴氏。

汪莘,娶谢氏。子涤,字声之。孙宜。曾孙社,为将仕支应麟次子,字社甫,娶朱氏。玄孙佛寿,字仲和,娶吴氏。

汪莘著有《方壶集》《柳塘集》《方壶诗余》等。

汪莘别集,宋、元书目均未著录。据今存宋人所题序跋可知,汪莘诗文在宋代已结集流传,时有钞本和刻本两种。嘉定元年(1208)刘次皋跋:"柳塘汪叔耕自新安来应诏上封事,一日因同舍生陈斯敬访余于学省,出示诗稿三编。"②由此知,汪莘嘉定时已自编其诗,然其篇目未详。端平二年(1235)程珌作《汪叔耕方壶集序》,则当时汪莘集已编定,此集应为《方壶集》。咸淳乙丑(1265)史唐卿跋称"其侄掌书访予于松雪,书示诗词二篇",则知汪掌书至迟此年已开始收集汪莘诗文,并求跋于人。咸淳辛未(1271)中秋,王应麟序云:"掌书贵孙其犹子也,咀其华而践其实,昔耕之而今获矣。"孙嵘叟序云:"掌书兄克世其家,荟录遗编,以传不朽,惜三疏犹未之见。"由上知,汪莘侄子掌书名贵孙,咸淳辛未年整编汪莘集并付刊,而此时汪莘叩关之书已不存,可见汪莘诗文佚失之状。咸淳壬申(1272)宇文十朋跋称"紫阳汪讲书以《柳塘集》见示阅",以此知辛未刊本应为《柳塘集》。

---

① 汪莘家世主要参据(明)汪璨、汪尚和等纂修《西门汪氏族谱》,卷四,明嘉靖六年家刻本;(清)汪澎、汪逢年等重修《西门汪氏宗谱》,卷三,清顺治九年家刻本。
② (宋)汪莘《方壶存稿》,卷末,清钞本,《宋集珍本丛刊》第59册,线装书局,2004年,第346页。

现存汪莘集最古者为明刻本《方壶存稿》,裔孙璨、尚和、显应辑,汪循订。瞿镛曾收藏,现存中国国家图书馆。《铁琴铜剑楼藏书目录》:"休宁柳塘汪莘叔耕著,休宁仁峰汪循进之订。前有端平乙未洺水程珌、咸淳重光叶洽山阴孙嵘叟、重光协洽岁浚仪王应麟三序,又嘉定戊辰阆风刘次皋跋。附刻晦庵朱夫子、徐安抚、真直院西山三书。序跋与书,皆以手迹摹刻。后有汪循跋,谓先生著述多不存,所存者此耳,故谓之《存稿》,裔孙璨、尚和、显应辑而期传之。一本显应作'学海',或作'孝海'。后来万历重刻本,增入《税科提举邵公行状》一篇,又有淳熙壬申(笔者案,淳熙壬申误,应为咸淳壬申)华阳宇文十朋跋、乙丑改元鄞史唐卿跋,此本皆无之。"①

万历重刻本国内未见,《静嘉堂秘籍志》卷三七著录日本静嘉堂文库庋藏一部。《皕宋楼藏书志》卷九〇著录此本有史唐卿跋和万历二年张应元重刊序。张应元《万历重刊方壶存稿引》云:"孝廉学海汝至甫续校,以永其传。"则此本为万历二年学海等续校重版。② 瞿镛所言一本"显应作'学海'",或是万历本。

清出现钞本多部,以九卷本为多,另有八卷本、四卷本。《宋集珍本丛刊》第六十九册收清初钞本《方壶存稿》,九卷。卷首有程珌、孙嵘叟、王应麟三序,卷一为书、辞、序、说、颂、行状;卷二为赋、歌行;卷三古诗五言;卷四古诗五言;卷五律诗;卷六、卷七绝句;卷八、卷九为诗余。《附录》有李以申撰《汪居士传》,朱熹、徐谊、真德秀书,宇文十朋、史唐卿、刘次皋、汪循四跋。《宋集珍本丛刊书目提要》云:"其卷一载《税课提举邵公行状》,《附录》又载宇文十朋、史唐卿跋,则此钞本系从万历本钞出。""此钞本卷四标目为《五言古诗》,今考所收诗《群玉堂即事》……多为七言,则标目有误。四卷本标目为《长句古诗》,当是。然今万历本稀见,国内各图书馆均未见著录,此钞本存万历刊本之旧,是亦汪莘之功臣矣。"③

清编修汪如藻家藏本《方壶存稿》为八卷本。《四库总目提要》著录:"是编第一卷为书、辨、序、说、颂,第二为赋、歌行,第三卷至第七卷为古今体诗,第八卷为诗余。附录李以申所撰传及交游往来书。前有程珌、孙嵘叟、王应麟三序,后有宇文十朋、史唐卿、刘次皋、汪循四跋。"④从所载跋来看,八卷本当源于万历九卷刻本,九卷本诗余二卷,八卷本合为一卷。与清钞九卷本目录对照,二本第一卷标目稍有差别,或此本据明万历刊本整理重编。

---

① (清)瞿镛《铁琴铜剑楼藏书目录》,卷二一,中华书局,1990年,第331页。
② 参祝尚书《宋人别集叙录》下册,中华书局,1999年,第1164页。
③ 四川大学古籍研究所《宋集珍本丛刊书目提要》,线装书局,2004年,第204页。
④ (清)永瑢等《四库全书总目》,卷一六三《方壶存稿》提要,中华书局,1965年,第1397页。

《四库总目提要》注《方壶存稿》八卷,然《四库全书》钞录《方壶存稿》为四卷。第一卷为书、辨、序、说、歌行,第二卷、第三卷为古今体诗,第四卷为诗余。此四卷本应为八卷合并为四卷。前有程珌、孙嵘叟、王应麟三序,然而卷末只载徐谊书,其他书、传、跋均无,是抄录所漏,还是别有其本,未可知。

清雍正时汪栋重编刻汪莘集,题为《方壶先生集》,四卷。《宋集珍本丛刊》第六十九册亦收入其书。卷端署'族后学栋重订'。卷首有程珌、孙嵘叟、王应麟三序及刘次皋跋,又有李以申传,目录后有汪莘遗像及程珌赞。四卷分别为:卷一古诗,卷二律诗、绝句,卷三赋、颂、杂文,卷四诗余。卷末附真德秀帖、徐谊书。《宋集珍本丛刊书目提要》云:"此本系清雍正九年汪栋将明刻九卷本并合重编为四卷刊行。"又云:"《四库》本著录亦为四卷本,然与此本相校,遗漏甚多,如《四库》本杂文仅收三篇,遗《诗余序》《休宁税课提举邵公行状》二篇;又此本《月赋》《后月赋》《拟仁宗皇帝南郊庆成赋》《晦庵朱子祠堂颂》等文,库本均未收入;又核所载诗、词,其遗漏者几倍之。则此本虽亦为四卷,其优于《四库》者远甚。"①

汪莘自编《方壶集》并无词,汪莘始作词在嘉定元年中秋,是年冬汪莘编刊《汪莘诗余》,收词三十首。汪莘《诗余序》:"余平昔好作诗,未尝作词。今五十四岁,自中秋之日至孟冬之月,随所寓赋之,得三十篇,乃知作词之乐过于作诗,岂亦昔人中年丝竹之意耶!每水阁闲吟,山亭静唱,甚自适也。则念与吴中诸友共之,欲各寄一本,而穷乡无人佣书,乃刊木而模之,盖以寄吾友尔,非敢播诸众口也。嘉定元年仲冬朔日,柳塘汪莘叔耕书。"②宋及之后未见有方壶词单行本著录,汪莘词均置于方壶诗后,依汪莘别集而流传。《彊村丛书》录其词,题为《方壶诗余》。

高宗绍兴二十五年乙亥(1155),汪莘一岁。

六月十一日,汪莘出生。

明汪氏裔孙汪璨、汪尚和等纂修休宁《西门汪氏族谱》卷四:"莘,字叔耕……绍兴乙亥六月十一日生。"③清汪澍、汪逢年等重修休宁《西门汪氏宗谱》卷七:"莘,字叔耕……绍兴乙亥生。"④唐圭璋《宋词四考·两宋词人时

---

① 四川大学古籍研究所《宋集珍本丛刊书目提要》,线装书局,2004年,第203页。
② (宋)汪莘《方壶先生集》,卷三,清雍正刻本,《宋集珍本丛刊》第69册,线装书局,2004年,第283页。
③ (明)汪璨、汪尚和等纂修《西门汪氏族谱》,卷四,明嘉靖六年家刻本。
④ (清)汪澍、汪逢年等纂修《西门汪氏宗谱》,卷七,清顺治九年家刻本。

代先后考》:"汪莘字叔耕,休宁人。绍兴二十五年生。"①

汪莘作《诗余序》称"今五十四岁",序写于嘉定元年(1208)仲冬朔日。1208年上推54年,即1155年。

孝宗隆兴元年癸未(1163),汪莘九岁。

少时即好性命之说,喜游历。

《沁园春并序》:"余自总角好性命之说。"

《潘别驾寄牡丹歌次韵》"忆昔少年健如虎,两脚不住寻奇芳。"

按,总角古多指八岁(女)、九岁(男)至十四岁。

读谢希逸《月赋》,尝以为恨。

《月赋》:"少时读谢希逸《月赋》,见其征引陈熟,比兴寒窘,大抵拙于文而乏于理,窃尝以为恨。"

乾道七年癸巳(1171),汪莘十七岁。

是年始从游吴儆。

汪莘《访吴安抚竹洲》:"忆昔见公十载前,知公即日图凌烟。而今见公十载后,岂意翻为竹洲叟。"吴安抚竹洲即吴儆。吴儆有诗《汪叔耕见访不数日别去恶语为赠兼简子用子美二友》:"负峤得老穷,扫轨事幽屏。凳然罗雀门,有客顾而整。悲欢十年别,樽酒清夜永。"据"十载"前、后及"悲欢十年别"句,知十年前两人有交往。言"吴安抚"谓吴儆时已胜任安抚督监,"竹洲叟"意其在家乡。吴儆举官后归家有两次,一是丁母忧,一是升任安抚都监后请祠归家。乾道七年(1171),吴儆丁母艰,淳熙元年(1174),服阕。淳熙五年(1178),吴儆上殿面对,七月,除知州兼广西四路安抚都监;吴儆请祠归家当在淳熙六年(1179)前后。汪莘初与吴儆游应在公元1171—1174年间。从两次始年计算,时隔将近十年。1171年下推十年为1180年,时吴儆已归家。

淳熙二年(1175)乙未,汪莘二十岁。

闻朱熹之学风,慕悦尊敬,希望有朝拜见。

《辞晦庵朱侍讲书》:"莘平生闻先生之风,慕悦之父母如也,尊敬之神明如也,想象愿见而不获者凡二十年。"汪莘辞朱熹于1194年(见后),上推十年为1175年。

---

① 唐圭璋《宋词四考》(修订本),江苏古籍出版社,1985年,第59页。

淳熙七年庚子(1180),汪莘二十六岁。

又与吴儆游,二人互通诗书。

吴儆于淳熙六年前后归家,于竹洲建宅,号竹洲。汪莘再次拜访吴儆约在1180年或稍后(见上)。两人情深意切,饮酒赋诗,"坐呼兰溪酒,即取太白劝"。汪莘有诗《访吴安抚竹洲》《访吴安抚命赋诗竹洲中有静香亭长堤静观斋舞雩亭》。汪莘别后,吴儆寄诗《汪叔耕见访不数日别去恶语为赠兼简子用子美二友》;汪莘回赠《竹洲见寄次韵》,并附《又叙谢》。

淳熙九年壬寅(1182),汪莘二十八岁。

五月大雨,汪莘即兴赋诗。

汪莘有诗《淳熙壬寅仲夏大雨写望》。

淳熙十年癸卯(1183),汪莘二十九岁。

四月三日,有诗《鸡雏》。

《鸡雏》诗注曰:"癸卯孟夏初三日赋。"

闰十一月东行,腊月至秀州船厂玩月。

汪莘有诗《闰十一月东行腊月立春夜秀州船场玩月甲辰正月廿四日出都城廿七日晓行即事》,从诗题知。

淳熙十一年甲辰(1184),汪莘三十岁。

汪莘在都城临安。正月二十四日离开都城,汪莘有思乡之意。

《闰十一月东行腊月立春夜秀州船场玩月甲辰正月廿四日出都城廿七日晓行即事》:"故乡春事正如许,春事只缘思故乡。"

淳熙十二年乙巳(1185),汪莘三十一岁。

三月六日,汪莘在南浦。

《乙巳暮春初六日晚对新月》:"忆自消魂南浦后,不禁描出向前村。"

淳熙十五年戊申(1188),汪莘三十二岁。

六月,闻朱熹除兵部侍郎,汪莘表示担忧。

《戊申六月闻晦庵先生除兵部侍郎》:"韩范诸公各一时,贤豪久速系安危。从来功业知难就,未敢先赓庆历诗。"

淳熙十六年己酉(1189),汪莘三十三岁。

此年前后，汪莘与朱熹通信。

朱熹《答汪叔耕》二，书尾云："《大学章句》一本附往。"《大学章句》一书成于己酉，此信当于己酉或后。① 书首云"来书说论"，可知汪莘有书于朱熹。

夏，汪莘有《己酉夏偶兴》四首。

《己酉夏偶兴》其一："雨后荷盘可干汞，日中莲座自焚香。"汪莘好道家之学由诗中"汞""香"略可获知。

是年，汪莘与徐谊相识。

徐谊淳熙十六年七月知徽州，汪莘当于此年或稍后结识徐谊。

光宗绍熙三年壬子(1192)，汪莘三十六岁。

有诗《壬子岁云峰写望》。

《壬子岁云峰写望》："西极层云最上层，碧云峰着白云楞。六龙顶佩斜阳下，恰似青纱一点灯。"

绍熙四年癸丑(1193)，汪莘三十七岁。

三月，与吴子文有交。

《三月谢吴子文》："为我归途怯晚风，解袍添我意何穷。念君夜度青松岭，亦恐寒侵气体中。"吴子文，号东窗，由其诗《访隐者不遇》"道人入山访道人，山深俗朴鸡犬驯"，可知吴子文或为修道之人。

绍熙五年甲寅(1194)，汪莘三十八岁。

二月，沿江西归，有组诗《甲寅西归江行春怀》十首。

《甲寅西归江行春怀十首》其一："江行二月正清新，无主桃花不恋春。老去情怀甚年少，少年未解惜芳晨。"

七月，汪莘上书封事，未报。八月，朱熹召赴京，汪莘作《辞晦庵朱侍讲书》遮道进言，寄责朱熹。

李以申《汪居士传》云："嘉定间，会下诏求言，遂三叩天阍，论天变人事、民穷吏污之弊，行师布阵之法，不报。慈湖杨公简见其书曰：'真爱君忧国之言也。'时朱子召赴经筵，未至，莘逆通书……"②弘治《徽州府志》《新安学系录》《四库全书总目》等书均载汪莘嘉定年间上书封事，然未及汪莘绍熙五年曾上书封事。实汪莘在宁宗时曾两度上书，绍熙上书后见朱熹，嘉定封事间识刘次

---

① 陈来《朱子书信编年考证》，上海人民出版社，1989年，第297—298页。
② （明）程敏政辑撰，何庆善、于石点校《新安文献志》，卷八七，黄山书社，2004年，第2131页。

皋等人。汪莘《辞晦庵朱侍讲书》云："莘所上封事,所论主上父子间与民穷吏污之弊。""主上发明诏,设优赏,以待言者,莘实志不在焉。大不能了莘性命,小不能救莘饥寒,所为来上封事,拳拳惟以主上父子之间为务,非敢轻也。""诸公视之,以为背时之论,莫有能举而行之者。是以徘徊京都,日夜待先生至。"汪莘应诏上封,主言两宫失和之事,被认为是背时之论而不报,故汪莘于朱熹任侍讲之前进书,希望朱熹能尽劝讲之责。又云："莘所上封事,所论主上父子间与民穷吏污之弊,既已献诸先生矣。先生尝论之曰'所论过宫事甚好,当说与诸公。'"可见此前汪莘已与朱熹互相通信论及上封之事。《宋朱子年谱》亦载："七月光宗内禅,宁宗即位,召赴行在奏事,辞。""先生辞奏事,两旬不报,遂东归。道中忽被除命（焕章阁待制兼侍讲）。"①《宋史·宁宗纪》载："（绍熙五年七月）戊辰,诏求直言。""甲申,以兵部尚书罗点签书签密院事。诏两省官详定应诏封事,具要切者以闻。""（八月）癸巳,以朱熹为焕章阁待制兼侍讲。"②据上引推,汪莘上封应在绍熙五年七月戊辰至甲申间,进言于八月癸巳朱熹任侍讲后。束景南《朱熹年谱长编》亦定淳熙五年汪莘上封事归辞书朱熹;并认为朱熹十月十六日《乞差官看详封事札子》云"登极之初,已下明诏,来献言者众,未闻一有施行",或即因汪莘上封事有感而发,此说可采信。又言孙嵘叟序"至于叩阍三疏,极论时政六事"之"叩阍三疏"即指是年上封事③,似还可商榷。见下文所述嘉定元年夏汪莘再度上疏事。

宁宗庆元五年己未(1199),汪莘四十五岁。
休宁郑丞吴山寺劝农,有诗,汪莘次韵。
《庆元五年休宁权县郑丞吴山寺劝农次韵》其一："骏马轻衫拂晓行,野塘春水縠纹生。心知沮溺无寻处,犹把津头问耦耕。"其二："凤凰城里旧徘徊,村里吴山跃马来。也有旗亭沽酒处,可怜桃杏向人开。"

庆元六年庚申(1200),汪莘四十六岁。
高似孙庆元六年任徽州通判,汪莘诗《寿高秘书》或写于此时。
《寿高秘书》："万壑千岩映翠霞,越王城下竞传夸。青天白日秘书舫,乳燕鸣鸠内相家。"从诗中"秘书""越王城""内相"等信息,疑为寿高似孙所写。高似孙(1158—1231),字续古,号疏寮,内翰高文虎之子。鄞县人,或说余姚

---

① （清）王懋竑纂订《宋朱子年谱》,卷四上,台湾商务印书馆,1982年,第194—195页。
② （元）脱脱等《宋史》,第3册,卷三七《宁宗一》,上海古籍出版社,1977年,第715—716页。
③ 束景南《朱熹年谱长编》,卷下,华东师范大学出版社,2001年,第1153—1155页。

人,均属古越地。淳熙十一年(1184)进士,绍熙中为绍兴府会稽县主簿,庆元五年(1199)除秘书省校书郎,六年通判徽州。嘉泰三年(1203)知信州,后知江阴军任上,被傅伯成劾诋事韩侂胄及无君心,被追降五官。嘉定十七(1224)年时,为朝议大夫,新除秘书省著作郎,兼权右郎官。晚年迁居越州,卒赠通议大夫。

嘉泰元年辛酉(1201),汪莘四十七岁。

正月初八,到徽州歙县见高校书,二十二日出西郊,有诗。

《辛酉正月初八日入郡赴高校书之约二十二日出西郊即事》:"竹篱茅屋两三家,白昼青春自岁华。碧縠水边搓柳线,绿罗天畔绣桃花。"

嘉泰二年壬戌(1202),汪莘四十八岁。

正月,病中有诗《自去秋疾作正月尚未全愈晓枕有怀》。

《自去秋疾作正月尚未全愈晓枕有怀》:"插柳栽花便满林,午天蜂蝶晓天禽。老来病损浑无力,报答春光只有心。"

二月,病起,有诗《壬戌岁春怀》二首。

《壬戌岁春怀》其一:"病起南皋二月时,镜中樗散鬓成丝。"

冬夜,思性命之学。

《沁园春并序》:"嘉泰二年冬夜,坐一榻,知思之所及,随手骇目。"

嘉泰年间,汪莘与徽州通判汤起岩有交。

《访汤倅》:"文者道之器,诗者文之精。世儒失本原,谓以一枝鸣。仆昔颇好学,不与时俗并。"汤倅,即汤起岩,嘉泰年间(1201—1204)通判徽州。

嘉泰三年癸亥(1203),汪莘四十九岁。

约1203—1205年间,汪莘成立诗社。

南宋末陆梦发《兰皋集序》云:"曩见冯深居,言旧客海宁之渔亭,枚举吟社,起自竹洲之客汪柳塘以下二十余人,一时雅集不减山阴。"冯去非,字可迁,号深居,南康郡都昌县人,理学家冯椅之子。冯椅曾于徽州讲学,冯去非当是随父居休宁(旧称海宁)时与汪莘有交,并参与汪莘诗社活动。方岳在《回冯宪(去疾)》中云:"儿时学于里之东皋,识厚斋,癯然山泽之儒也。"厚斋即冯椅,著《厚斋易学》。方岳生于庆元四年(1198),儿时若以六岁大致估算的话,冯去非在徽之时大约是1203年前后。冯去非生于1188年,①

---

① 欧阳光《宋元诗社论稿》题冯去非生于1892年,常德荣博士论文《南宋后期诗坛研究》考证冯去非生于1188年,本文采信。

时约十六岁。汪莘有诗《开禧元年四月自中都挈家还乡寓居城南十二月迁居柳溪上其夜大雪初二日盖宰来访约过县斋为一日款深夜而归赋此》其一有句："长怀社中友,共发瓮头春。"汪莘诗社成立应是开禧元年(1205)十二月之前,大约于1203—1205年间活动。

嘉泰四年甲子(1204),汪莘五十岁。

汪莘有诗《方壶自咏》十首。

《方壶自咏》其八："百岁已过半,只身谁与偕。"

李以申《汪居士传》："筑室柳溪之上,囿以方渠,自号方壶居士。"依此,似汪莘迁居柳溪方后号方壶。实嘉泰四年汪莘已以方壶自咏,而迁居柳溪在开禧元年(见下),方壶非汪莘柳溪迁居后自号。

开禧元年乙丑(1205),汪莘五十一岁。

春在京都。四月,由都城回家,先居城南,在休宁县西门柳溪之上建宅。十二月初一日迁居,次日盖宰来访,汪莘后到县斋,归有诗《开禧元年四月自中都挈家还乡寓居城南十二月迁居柳溪上其夜大雪初二日盖宰来访约过县斋为一日款深夜而归赋此》①。

是年夏,有诗《野趣亭》,自称野人。

《野趣亭》："朝廷不用野人来,自有野云来相伴。"题注为乙丑夏。

开禧三年丁卯(1207),汪莘五十三岁。

五月,有客来访,作《迁入新居后客至偶成》。

《迁入新居后客至偶成》诗注开禧三年五月。

汪楚材《方壶别墅》："面面轩窗好,溪山不待招。清风修竹径,细雨绿荷桥。地僻人烟少,天恢景象饶。襟怀无一事,终老乐筜瓢。"方壶别墅当是汪莘柳塘新居。

约九月,汪莘访徐谊于建康。

《访建康留守》："公昔荷橐侍紫皇,公今握符坐建康。"徐谊曾任吏部员外郎,兼职临安府,后忤韩侂胄被外放。开禧三年(1207)九月,徐谊以朝散大夫安抚使兼行宫留守司公事(《景定建康志》),汪莘诗当言此事。按,《张

---

① 清雍正刊本《方壶先生集》题"初二日",而清钞本《方壶存稿》为"初一日",从诗题来看,"十二月迁居柳溪上其夜大雪,初二(一)日盖宰来访",如是初一当为次年春节,从常理来看,第二年当应标出,尤其是佳节,故不采"初一日"。

孝祥资料汇编》录汪莘此诗,谓汪莘访张孝祥,①误。

其后,徐谊以遗贤上荐汪莘,未果。

徐谊帖:"谊妄意欲以文学履行上之于朝,前书已尝略陈之矣。今移牒州县,使备书吏笔札,就宅上抄录著述。又尝以书嘱南老运干董督其事,若春间毕事,便当从南昌附奏。"

李以申《汪居士传》:"徐贰卿谊帅江东,谓其履行素高,移檄本郡,使备书史笔札抄录著述,欲以遗逸引荐于朝,不果。"

十月,孟植来守新安。后二年,汪莘与孟植交往甚厚。

孟守即孟植,开禧三年十月到官,嘉定二年三月除浙东提举。

秋病,抱病过冬。

《生查子》:"去年飞雪时,病与梅花道。"题注:"忆去秋抱病过冬,因赋此。"

开禧年间(1205—1207),汪莘与徽州通判潘霆往来赠诗。

汪莘有诗《寄潘倅(霆)》,潘霆,字材叔,永嘉人,开禧间(1205—1207)通判徽州。汪莘与潘霆唱和赠寄诗还有《潘别驾寄牡丹歌次韵》《潘别驾自祁门回》《次潘别驾韵》。

嘉定元年戊辰(1208),汪莘五十四岁。

春,汪莘访孟植,有诗《访孟守》。

《访孟守》:"及此春日舒,扶病犹蹒跚。"知为春日。汪莘称二人关系如同韩孟或张樊,"文盟后韩孟,诗社前张樊。"

夏,汪莘再度上疏。入京携诗稿,刘次皋读后题跋。

上引《汪居士传》云:"嘉定间下诏求言,遂三扣天阍,论天变人事、民穷吏污之弊、行师布阵之法,不报。"束景南所云汪莘绍熙五年上疏事,前已述;又认为孙嵘叟序中"至于叩阍三疏,极论时政六事"之"叩阍三疏"指绍熙五年上封事,②似还可商榷。刘次皋跋:"柳塘汪叔耕自新安来应诏上封事,一日因同舍生陈斯敬访余于学省,出示诗稿三编。"刘次皋为汪莘好友,跋于嘉定戊辰七月之朔,其言是年汪莘曾应诏上书封事当无误。孙嵘叟咸淳元年作序时已不见三疏,其所言似据李以申传。据上推知,汪莘曾于绍熙五年进言,嘉定年间再度上疏。

七月一日,与刘次皋、陈斯敬等饮于钱塘门外双清楼。

---

① 参见《张孝祥资料汇编》,中华书局,2006年,第80—81页。
② 束景南《朱熹年谱长编》,卷下,华东师范大学出版社,2001年,第1153—1155页。

汪莘有诗《孟秋朔日天台刘允叔和叔乡人陈思敬饯饮钱塘门外双清楼上》,刘允叔即刘次皋;陈思敬为汪莘乡人,刘次皋跋言陈思敬为其同舍生,或汪莘与刘次皋因陈思敬而识;和叔不明,赵蕃在《题钓雪图》序云"一日得此图于表弟刘和叔许",不知是否此人,待考。

秋,作《晦庵朱子祠堂颂》。

《晦庵朱子祠堂颂》:"开禧三年秋,太守孟公来守新安。嘉定元年秋,即学宫作晦庵祠堂。郡民汪莘闻之曰:'是举也,所以惠吴邦人甚厚。'乃为之颂。"

中秋,开始作词,首词《水调歌头》。

《诗余序》:"余平昔好作诗,未尝作词。今五十四岁,自中秋之日至孟冬之月,随所寓赋之,得三十篇,乃知作词之乐过于作诗,岂亦昔人中年丝竹之意耶!"

《水调歌头》序:"嘉定元年中秋日,因赋水调,其夜无月。"

九月九日,有词《满江红》两首,一谢孟植,一为自赋。

《满江红·谢孟使君》,孟使君即孟植。《满江红·自赋》:"吾老矣,几番重九,几杯醽醁。"

十一月一日(仲冬朔日),自刻所赋三十首词,编为《方壶诗余》,并作序。

《诗余序》:"自中秋之日至孟冬之月,随所寓赋之,得三十篇。""穷乡无人佣书,乃刊木而模之。"

十二月八日,与洪仲简溪行,有词《行香子》。

《行香子》题注:"腊八日与洪仲简溪行,其夜雪作。"

是年,访徐谊于豫章,识张汉卿,有诗《赠张汉卿》。

《赠张汉卿》序:"徐侍郎在宜春一寓,张汉卿朝夕相周旋。侍郎起九江,帅金陵,移豫章,皆挟以俱。余访侍郎于豫章,与之同处西斋,其气貌如古剑客,而得其心,真道人也。颇有归兴,余故作是诗以赠之。"徐侍郎指徐谊,嘉定元年改知隆兴府,隆兴府即原洪州,也称豫章。

嘉定二年乙巳(1209),汪莘五十五岁。

正月二日,大雪,雪后,与金叔润相挽溪行,有词《好事近》二首。三十日,有词《洞仙歌》。

《好事近》序:"嘉定二年正月二日大雪……雪后金叔润相挽溪行。"

《洞仙歌》序:"正月二日大雪自后雨雪屡作,至三十日甲子始晴。"

二月二日,太守孟植论牡丹,汪莘赋词《浣溪沙》。

《浣溪沙》序："邦君孟侯坐上论牡丹，以为此花发于春深，禀气厚，属余赋词，遂以此意赋之。二月初二夜。"

三月，汪莘有词《满庭芳》《谒金门》《玉楼春·赠别孟使君》等。

《满庭芳》："云绕画屏，天横练带，画堂三月初三"。

《谒金门》序："使君再招饮牡丹，如山坐上，赋此。"

孟植嘉定二年三月除浙东提举，《玉楼春·赠别孟使君》词当于此时作。

后有诗《黄山高》。

《黄山高》序："新安黄山，为吴越诸山之祖。顷临川孟侯在郡日，怪余无黄山诗，因赋此篇。"此诗当作于孟植离任不久。

四月起，汪莘与徽州知州赵希远相交。

赵希远，嘉定二年四月知徽州。汪莘《题新安郡圃驻屐亭》自注："赵恭荣王典郡时，创亭名驻屐。后其子希远守徽，一新此亭。"

九月九日，有诗《重阳赵使君惠酒》。

赵使君即赵希远，嘉定二年四月至嘉定四年六月任职徽州，度过两个重阳节，故此诗作于在嘉定二年或三年重阳节，暂系于二年。

嘉定四年辛未（1211），汪莘五十七岁。

六月，有诗《瑞粟颂》《送赵君十绝》。

《瑞粟颂》："嘉定四载六月中，采来疑自东极东。"

秋，在杭州。有诗寄商飞卿。

《寄商察院（飞卿）》自注"嘉定四年秋"，由诗句"窃伏西湖雪鬓催，长歌声断鬼神哀"知在杭州。商飞卿，字羼仲，台州临海人。淳熙初，由太学登进士第。任无为军教授，历工部郎官，擢监察御史，终户部侍郎。

是年，汪莘书见真德秀。

《别真直院西山》："去年来见公，略以书自陈。"《别真直院西山》写于嘉定五年，见下考，书见真德秀应为嘉定四年。

嘉定五年壬申（1212），汪莘五十八岁。

三月，又访真德秀。

有诗《谒真直院杨花满路口占一绝见直院诵之》。

三月至四月，汪莘与"群玉堂八仙"雅聚。

汪莘有诗《群玉堂即事》《真直院招饮道山群玉堂自陈秘监而下凡八人坐上赋绝句》《玉堂中赓任宫讲希夷惠诗韵》等。

《群玉堂即事》序："真直院德秀招饮于群玉堂，自陈秘监武、李秘阁道传、任侍讲希夷而下,有丁大著端祖、宣校书缯、曾侍郎从龙、刘祭酒次皋凡八人,当日相引临池看金鱼、抚琴、壶奕,碧笺小纸吟诗诵赋。诸公或诵余诗,或诵余赋,皆当日事也。赋诗以纪一时之事,并致怀归之意。"《群玉堂即事》诗中又称八人为"饮中八仙"。

真德秀,字希远,号西山,浦城人。庆元五年登进士。嘉定元年迁博士,召试学士院,除秘书省正字。嘉定二年十二月,召除沂王府教授,兼学士院权直。三年特授秘书郎。四年三月除著作佐郎,后兼礼部郎官。五年,除军器少监,复升权直学士院。六年,擢起居舍人。真德秀组织群玉堂雅聚,引荐汪莘与馆阁诸名贤相识。又向朝廷推荐遗贤。汪莘《别真直院西山》,诗末言"那宜种橘柚,幸使守松筠",知真德秀欲引遗贤未果。

陈武,字蕃叟,温州瑞安人。淳熙五年进士。嘉定三年二月为军器少监,三年五月以军器少监兼国史院编修官。四年闰二月以军器少监兼秘书少监,四月除秘书少监。五年四月为秘书监兼国史院编修官、实录院检讨官。六年五月知泉州。官至参知政事。

李道传,字贯之,陵阳人,庆元二年邹应龙榜进士及第。嘉定四年四月除秘书郎,六月除著作佐郎。五年十月除著作郎。六年七月知真州。官至太常博士。

侍讲希夷,字伯起,眉山人。淳熙二年同进士出身,治诗赋。嘉定四年三月除秘书丞兼太子舍人,四年六月除为著作郎。五年十月为将作少监。六年十月除秘书少监,兼国史院编修官、实录院检讨官。

丁端祖,字梦开,湖州乌程人,绍熙四年进士出身。三年九月除秘书丞,嘉定四年三月为著作郎。五年十月知蕲州。

宣缯,字宗禹,四明人。嘉泰三年上舍两优释褐出身,治礼记,四年十月除校书郎,五年十月为秘书郎,六年十月为著作佐郎。官至参知政事。

曾从龙,字君锡,晋江人。嘉定元年为起居舍人,二年,除起居郎。三年三月以权礼部侍郎兼同修国史,四年五月为吏部侍郎仍兼。官至参知政事。

刘次皋,即刘佽,又字允叔,号阆风居士,宁海人。宁宗嘉定元年(1208)进士,终黄陂县主簿。

排比以下八人的任职及任职期限,可大致推断出群玉堂雅聚时间。陈武任秘书监是嘉定五年四月;丁端祖嘉定四年三月为著作郎,五年十月知蕲州;宣缯任校书郎为四年十月至五年十月;真德秀嘉定二年、嘉定五年,曾权直学士院;任希夷四年三月为太子舍人;李道传四年四月除秘书郎;曾从龙三年、四年时任侍郎;刘次皋任祭酒时间不详,然必在嘉定元年进士及第之后。前三人的职位和任职时间比较清楚,由此可大致推断雅聚时间为嘉定五年。汪莘有诗《谒真直院杨花满路口占一绝见直院诵之》："三月天寒尚腊衣,钱塘游子叹斜晖。"可见汪莘是在嘉定五年三月进京。又由《访曾侍郎》句"春已暮,人未归",《别真直院西山》句"过从两三月",知汪莘六月前仍在京城。故推群玉堂雅聚时间为嘉定五年三月至六月间。

六月,与真德秀分别,离京归徽州。

《别真直院西山》:"过从两三月,意味十万春。将非前世缘,更结来生因。所恨难久留,归理青溪缗。"汪莘三月上京,过从两三月,至迟到六月离开。

九月十一日,汪莘卒。葬于二十五都溪头。

关于汪莘的卒年,主要有两种不同意见。其一,嘉定五年(1212)。明汪氏裔孙汪璨、汪尚和等纂修的休宁《西门汪氏族谱》卷四载:"嘉定壬申九月十一日卒。"①清汪澍、汪逢年等重修休宁《西门汪氏宗谱》卷七载:"嘉定壬申殁……葬二十五都溪头。"②其二,宝庆三年(1227)。《宋人传记资料索引》:"汪莘(1155—1227),字叔耕,号柳塘,休宁人……宝庆三年卒。年七十三。"《宋人别集叙录》《中国文学大辞典》《全宋文》等均以汪莘卒年为1227年。③ 唐圭璋《宋词四考》之《两宋词人时代先后考》未考汪莘卒年。笔者所见文献有限,汪莘宝庆三年(1227)卒不知所据。徽州族谱、宗谱编写严谨认真,记载具体翔实,相对其他文献而言更为可信,故暂采族谱汪莘卒年记载。

---

① (明)汪璨、汪尚和等纂修《西门汪氏族谱》,卷四,明嘉靖六年家刻本。
② (清)汪澍、汪逢年等重修《西门汪氏宗谱》,卷七,清顺治九年家刻本。
③ 参见昌彼得、王德毅等《宋人传记资料索引》,中华书局,1988年,第704页;祝尚书《宋人别集叙录》中华书局,1999年,第1163—1165页;钱仲联、傅璇琮等《中国文学大辞典》(修订本),上海辞书出版社,2000年,第535页;曾枣庄《全宋文》,上海辞书出版社,2006年,第131页。

后　　记

　　这部书稿终于修改定稿,此时没有苦尽甘来的欣慰,更没有破茧化蝶后的轻盈,而仍有无法释负的沉重。回忆从选题到撰写的过程,不禁感慨万千。

　　我硕士期间专业是文艺学,对当代作家评论感兴趣,后转向古代文学研究,2012年有幸在河北师大跟阎福玲教授攻读博士学位。感谢阎老师力排众议使我忝入师门,并一步步把我引向学术之路! 在阎老师悉心指导下,我写的第一篇古代文学论文被《文学遗产》采纳,这也给了我进一步学习研究的信心和动力。读博期间我跟着阎老师上了他为研究生开的"唐宋文献学""宋诗研究"等课,并积极参与他的"聊天"课,导师亲切生动的交谈使我如沐春风,导师的学术观念和治学方式更让我受益终身。

　　读博期间,我认真听了王长华教授的"中国文化研究"课,王老师眼界高远,学识渊博,每有迷惑向老师请教,总能一语切中要害,使我有醍醐灌顶之感。我在读博前后坚持听了曾智安教授的"唐诗研究""乐府学研究"课,而且每有论文曾老师都进行指点和修改,老师的学术眼光和治学态度对我影响极大。我有幸加入"畿辅文化与文学研究"课题组,并在文学院举办的"问道"学术沙龙汇报相关研究成果,江合友教授、刘万川教授、易卫华教授、王京州教授、王雪枝教授、杜志勇教授等,都在学术上进行引导和帮助。在此向各位老师致以真诚的谢意!

　　我致力于徽州文学研究,还要感谢张国星编审和朱万曙教授。当时导师和我初步商定以南宋宋代徽州诗坛作为研究对象时,不少老师为我担心,我自己对研究一陌生地域的文学也有所顾虑。恰在这时,两位老师来河北师大做了关于地域文学研究的讲座,不仅坚定了我研究的信心,而且在研究思路、作家选取、理论提升等方面给予点拨和指导。在博士论文开题、答辩以及后续研究中,詹福瑞教授、廖可斌教授、杜桂萍教授、李金善教授、孙少华研究员、吴继章教授、霍现俊教授等,都提出了许多宝贵意见。再次感谢你们的鼓励、帮助和提点!

本书的出版，还要感谢上海古籍出版社领导和工作人员！上海古籍出版社对我的博士论文给予了肯定，并撰写了推荐意见，后得以顺利申报国家社科基金后期资助项目。尤其要感谢编辑常德荣先生。说起来我和常先生有些缘分，在我撰写博士论文时，就以他的博士论文为范本，这部书的编辑出版，又是他来负责。他认真而敬业，审读文稿一丝不苟，指出了我在学术理解和文字表达上许多问题；他热情和谦逊，每有疑惑我都会向他请教，在愉快的交流中增长见识。

对于我的家人，不仅仅是感谢，更多的是愧疚。因为既要坚持教学工作，又要静下心进行研究，使我没有足够的时间和精力顾及家里。爱人高树芳在繁忙工作之余，主动承担了家务之事，而且在我工作或学习中遇到困难、挫折时，他都会耐心劝导和鼓励，使我顺利完成博士学业，并进一步从事学术研究。自我选择读博至现在，女儿从初中到研究生毕业工作，儿子也从出生到上学，惟在心中祈盼一双儿女健康快乐！

记得第一次上"聊天"课，阎老师说到三类学者：蚂蚁型、蝴蝶型、蜜蜂型。自认为做不成蜜蜂，蚂蚁或许可以，没料到后来阎老师打趣我是蝜蝂型。蝜蝂持物负之，甚为困剧，所幸我有众位师友亲人的帮助，终未蹶仆不起。2015年我顺利地完成博士学位论文，后又在此基础上拓展和深化，2019年获批国家社科基金后期资助项目。又经三年《宋代徽州诗坛研究》修成定稿。

这部书稿即将付刊，仍有不尽完美的遗憾。据说蝜蝂幼虫善负只是为了蜕皮，直至成熟不再遇物辄取。我期待自己在学术研究上能走向成熟！

2023 年 12 月 19 日

图书在版编目(CIP)数据

宋代徽州诗坛研究／王昕著. —上海：上海古籍出版社, 2024.5
ISBN 978-7-5732-1159-0

Ⅰ.①宋… Ⅱ.①王… Ⅲ.①宋诗—诗歌研究 Ⅳ.①I207.22

中国国家版本馆 CIP 数据核字(2024)第 089190 号

宋代徽州诗坛研究
王　昕　著

上海古籍出版社出版发行

(上海市闵行区号景路 159 弄 1-5 号 A 座 5F　邮政编码 201101)
　(1) 网址：www.guji.com.cn
　(2) E-mail：guji1@guji.com.cn
　(3) 易文网网址：www.ewen.co

商务印书馆上海印刷有限公司印刷

开本 787×1092　1/16　印张 27.75　插页 2　字数 483,000

2024 年 5 月第 1 版　2024 年 5 月第 1 次印刷

印数：1—1,300

ISBN 978-7-5732-1159-0

I·3835　定价：128.00 元

如有质量问题，请与承印公司联系